타임 트래블러 1

FEEL PREMIUM EDITION

타임 트래블러 [1]

위대한 유산 · 윤소리 장편 소설

Contents

프롤로그

벽장 틈으로 보이는 것은 엄마가 맞다. 엄마는 지금 바늘귀에 까만 실을 꿰느라 눈을 찡그리고 있다. 바늘귀에 무사히 실을 꿰고 나서 간신히 후, 하고 한숨을 쉰다. 눈이 점점 침침해진다 걱정하는 엄마의 습관이다.

술래잡기를 하다가 벽장으로 숨었는데, 아까는 안 계신 줄 알았던 엄마가 방구석에서 반짇고리를 앞에 놓고 앉아 있다. 한참 눈을 깜박거렸다. 뭐가 이상한지 딱히 찍어 말할 수 없는데 이상하다. 무릎때기가 얄랑얄랑하는 저 검정 바지는 어느 구석에서 튀어나왔지? 무릎이 찢어져서 신난다, 새 바지가 생기겠구나, 했는데 결국 엄마가 말끔하게 꿰매 놓았었지. 그래. 꿰매 놓았었어. 그 순간 눈썹에 저절로 힘이 들어갔다.

어, 아무래도 뭔가 이상해. 왜 엄마가 저기 앉아 계시지?

벽장 속으로 바람이 승승 든다 생각할 때부터 등짝이 싸르르 했는데. 조금 전까지 제법 떠들썩하던 바깥도 이제는 숨 막히게 조용하다. 동갑짜리 조카 진희는 다른 곳으로 나를 찾으러 간 모양인데, 그냥 나가 버릴까. 조금 더 숨어 있을까. 내가 부스럭부스럭하자 엄마가 어깨를 흠칫하며 벽장 쪽을 돌아보더니 조용히 물었다.

"거기 벽장에 민호냐?"

"응, 엄마. 나 술래잡기하니까 조용히 해."

얼결에 속삭이듯 대답했다.

"조금 있으면 시집가도 될 아가씨가 술래잡기는. 그래, 알았다."

엄마가 고개를 돌리고 벙긋 웃는다. 나는 엄마의 등만 봐도 엄마가 웃는지 우는지 한숨을 쉬는지 다 안다. 엄마도 내가 발가락 꼼지락대는 것만 봐도 아픈지 안 아픈지 웃고 싶은지 울고 싶은지 다 안다고 하셨다. 침을 꼴깍 삼켰다. 목은 점점 매캐하게 아파 오는데 말이 나오지 않는다.

"민호야, 조금 있다 엄마 시장 갈 건데, 우리 강아지 뭐 사다 줄까. 먹고 싶은 거 있니?"

"엄마, 부라보콘. 두 개, 아니 네…… 다섯 개."

"원 참, 너는 어쩌면 그렇게 부라보콘을 좋아한다니? 오빠 것들까지 다섯 개?"

"내 것만 다섯 개. 오빠들은 나보다 먼저 태어나서 더 많이 먹었잖아."

이런 욕심꾸러기 같으니, 엄마는 크게 나무라지도 않고 그저 흘흘 웃기만 한다. 나는 벽장 속에서 눈을 깜박깜박했다.

"그래, 그럼 민호 부라보콘 다섯 개 사 오마. 부라보콘 녹지 않으려면 엄마가 펄펄 뛰어와야겠네."

엄마는 내가 조르는 것에 짜증을 낸 적이 거의 없었다. 그때의 나는 어쩌면 좀 버릇없고 나만 아는 아이였을지도 모르겠다. 나는 벽장문을 빼꼼 열어 두고 망연히 엄마의 등을 지켜보았다. 이건 꿈이 아닌데. 너무 현실 같아서 이상한 게 아니고, 그냥 이게 현실이었다. 뺨을 꼬집지 않아도 안다. 바로 나가서 엄마를 끌어안으면 엄마는 뒤를 돌아보고 "왜 다 큰 아가씨가 응석이야, 응?" 하면서도 나를 폭 안아 줄 것이다. 엄마는 네 아들 끝에 늦둥이로 낳은 딸인 나를 몹시도 예뻐했다. 애 버릇 망친다는 말도, 오빠들의 시샘도 아랑곳하지 않았다.

벽장 속으로 다시 바람이 일었다. 눈을 몇 번 깜박이는 사이에 엄마가 사라졌다. 갑자기 밖에서 진희가 "못 찾겠다 꾀꼬리!"를 외치는 소리가 들렸다. 나는 주먹을 쥐고 눈을 비빈 후 조심스럽게 벽장 밖으로 나갔다.

엄마는 없었다.

나는 그때 열 살이었고, 그날은 엄마의 기일이었다. 엄마는 내가 여덟 살 되던 해 그날, 시장에 다녀오다가 집 앞 삼거리에서 용달차에 치였다. 용달차가 엄마의 머리와 가슴을 두 번 치고 가서 엄마는 그 자리에서 바로 죽었다고 했다. 시신의 형태가 하도 엉망이어서 나는 엄마의 마지막 모습조차 볼 수 없었다.

또래보다 늦되었던 나는 꽤 오랫동안 엄마의 죽음을 받아들일 수 없었고, 고통 없이 죽었으니 그나마 다행이라는 어른들의 말도 이해할 수 없었다. 앰뷸런스가 지나간 집 앞 2차선 도로에는 부라보콘이 녹으면서 생긴 흰색과 분홍색의 물이 여기저기 질펀하게 퍼져 있었다. 아이스크림 웅덩이의 개수는 다섯 개였던 것도 같고, 열 개였던 것도 같다.

"시, 시장에 가지 말라고 해야 했는데. 아까, 엄마한테."

부라보콘 따위 먹지 않아도 되었다. 먹고 싶지도 않았다. 엄마가 나를 꼭 안고 발바닥을 간질이며 "우리 민호, 내 예쁜 강아지, 귀여운 똥강아지." 할 때의 목소리가 부라보콘보다 훨씬 달콤했다. 벽장 속에서 본 것은 2년 전의 환상이나 꿈이 아니고 내 앞에 놓인 현실이었다. 놀랍다기보다, 슬프다기보다 그저 속이 꽉 막혔다. 그때 바로 뛰어나가서 엄마 소매를 붙잡고, 시장에 가지 마라, 죽지 말고 나와 같이 있어 달라 말했어야 했는데. 그 기회를 놓쳐서는 안 되었는데.

엄마가 돌아가신 지 2년째 되던 해 여름, 엄마의 기일에 나는 그렇게 첫 번째 시간 여행을 했다.

1.
72년 전의 의뢰

민호는 두 눈을 부릅뜨고 눈물을 참으면서 주변을 두리번거렸다. 눈앞이 노랗다. 아무리 세어 봐도 이구는 십팔. 병아리 반 정원은 꽉 채운 스물. 둘이 모자란다. 이번엔 또 누구냐. 짝 잃어버리지 말고 챙기라고 신신당부를 했는데 아예 짝지어 준 둘이 없어졌네. 콧물과 진땀이 쫄쫄 흐른다. 견학 온 학생들이 바글대는 신석기관을 아무리 두리번거려도, 목청을 놓아 불러도 없어진 두 명의 꼬맹이는 보이지 않는다.

아이들의 이름을 부를 때마다 사람들의 시선이 맵게 꽂힌다. 그렇다고 발만 동동 굴러 봐야 뾰족한 수도 나오지 않는다. 원감 선생님을 호출할까 원장마마님께 이 사태를 실토할까 백 번쯤 고민한 뒤에야, 민호는 저 뒤에서 멀찍이 따라오는 하하호호 꼬마 커플을 발견했다. 얼씨구, 둘이서 손까지 잡으셨다? 그러고 보니 저 두 꼬맹이는 애놈들도 대놓고 놀려 대는 염장 커플이시다. 머릿속에서 화산이 바그르 끓어오르는 것 같다. 아오오, 이 도토리 같은 놈들을, 확 그냥! 그녀는 머리카락을 휘날리며 사람을 헤치고 두 꼬맹이 앞으로 달려갔다.

"아오오! 이 잡…… 어머, 영민아, 예진아. 어디 갔다 오니? 선생님이 걱정했잖니, 응?"

"화장실에요. 예진이가 오줌 마렵……."

"야, 문영민, 더럽게! 내가 언제 그거 마렵댔어? 그냥 화장실 간댔지!"

"아, 네, 선생님, 예진이가요, 오줌, 아니 소변이 마려운 건 아니고요, 화장실이 급하다고 해서요, 제가 기다려 줬어요. 친구니까요."

애정 넘치는 눈으로 생긋 웃어 주는 레이디에 폼 나게 씩 웃어 주는 사나이까지, 머리에 피도 안 마른 것들이 아주 아라리가 났다.

덩을 싸든 된장을 싸든 개나 소나 다 하는 걸 무슨 대단한 일을 한다고 이 사달이냐. 아니 그보다 하루 종일 시끄럽게 떠들어 대는 조동이로 화장실 갔다 온다는 말은 왜 못 해? 민호는 후들거리는 다리를 부여잡고 한숨을 푹 쉬었다. 심장이 벌렁대는 꼴을 보니 수명이 다시 십 년은 줄었겠다. 미인이 아니라도 충분히 일찍 죽을 것 같다.

민호는 이럴 때마다 박물관 단체 관람 따위를 분기별 견학 계획에 꼭꼭 잡아 넣는 원장마마님의 머리를 짤짤 흔들어 버리고 싶었다. 자고로 일곱 살 꼬맹이들이란 냄비 속에서 자그르르 열이 받은 팝콘과 같아서, 일단 툭 트인 공간에 풀어놓았다 하면 반드시 통통탕탕 튀어 산지사방 흩어지게 되어 있다.

물론 원장마마님은 뭔가 선한 의도와 원대한 포부를 가지고 꼬맹이들을 여기까지 끌고 오는 거겠지만(물론 무료 견학이라는 점도 많이 중요하겠다) 대체 어떤 꼬맹이들이 깨진 돌멩이와 부서진 항아리만 가득한 곳을 좋아하겠느냐고. 게다가 사람까지 미어터지다 보니 전장이 따로 없는 것이다.

시험 기간이 끝났는지 초등학생으로 보이는 아이들도 바글바글, 시커 먼 교복을 입은 언니 오빠들도 바글바글, 어느 곳이든 도떼기시장이라 보람유치원 병아리 반 스무 개 도토리들의 안위는 위험천만하기 짝이 없다.

박물관 탐방의 제1목표는 원아들을 잃어버리지 않는 것, 제2목표는 원아들을 다치지 않게 하는 것, 제3목표는 이 도토리들을 돌돌돌 잘 굴 려서 무사히 유치원까지 데려가는 것. 제4목표는 이 도토리 팝콘들이 집에 가서 '참 재미있었어요.' 라는 말을 하게 만드는 것. 민호는 꽁다리 만 남은 치약을 필사의 힘으로 쥐어짜듯 상냥한 목소리를 내 본다.

"예진아, 영민아. 혼자 돌아다니면 길 잃어버려서 위험해요. 여긴 넓 고 복잡해서 꼭 선생님하고 친구들하고 같이 다녀야 하고 화장실 가는 것도 선생님한테 꼭 이야기해야 해요."

"혼자 아니고 둘인데요. 그리고 잃어버리면요, 관리하시는 아저씨한 테요, 전화기 빌려서요, 원장 선생님한테 전화하면 돼요. 그리고 그 자 리에 가만히 서 있으면 데리러 오신댔어요."

예진이라는 꼬마 아가씨는 눈을 빠르게 깜박이며 영민이의 등에 매달 린 유치원 가방의 전화번호를 가리킨다. 민호의 머리 뚜껑이 달강달강 한다. 그녀는 양손을 허리에 척 얹고 식식 콧김을 뿜었다.

"김예진, 문영민, 그래서 맘대로 돌아다니겠다고?"

"아…… 그러면 윤민호 선생님이 원장 선생님한테 야단맞죠? 저 잃 어버렸다고요?"

"그럼 선생님 짤려요?"

"짤리긴 뭘 짤려, 이것들아!"

'어차피 임시 땜빵 교산데!' 하는 말은 목구멍 너머로 꼴깍 삼켰다. 아무리 발랑 까져서 나름 인생 상담까지 되는 아이들이라지만 자존심상 그런 말까지 털어놓을 순 없었다.

민호는 자신이 유치원 교사를 계속하다간 5년 내에 득도하고, 죽을 때면 사리가 고무 함지박으로 차고 넘치게 나올 거라 확신했다. 하지만 이를 복복 갈면서도 눈 깜박이 아가씨를 향해 찌그러진 미소를 지어 주었다.

학교 졸업한 지 7년 동안 일곱 유치원에서 해마다 잘린 기록을 새로운 숫자로 경신하고 싶지도 않았고, 이번 달 월세까지 못 내서 고시원이나 찜질방을 찾아 헤매고 싶지도 않았던 것이다. 지금은 주 2회 유아 체육 선생님 자리도, 출산 휴가를 낸 교사의 땜빵 자리도 감지덕지한 상황이었다.

자! 박물관 탐방의 네 번째 목표가 남아 있다. 예전에 어떤 놈의 자식인지, "뭘 보고 왔니?" 하는 엄마의 말에 "선생님 등만 보고 쫓아다니라고 해서요, 아무것도 못 봤어요." 하는 대답을 한 놈이 있었는데 이번까지 그런 사태가 벌어지면 곤란하다. 민호는 씩씩하게 고개를 들고 진열장 속에 포진한 승리의 V형 항아리들을 가리켰다.

이완은 눈썹을 찌푸리고 행렬의 앞에서 허둥거리는 여자를 바라보았다. 평소보다 학생 관람객이 많고 안내하는 도슨트도 다른 때보다 많이 돌아다니지만 평소에 비해 크게 소란한 편은 아니었다. 저 한 명과 그 떨거지들이 만들어 내는 소음만 빼면.

"일당백이군."

이완은 들릴락 말락 중얼거리며 코트 주머니에 손을 넣었다. 고개가 절레절레 흔들렸다. 약속 시각까지 시간이 조금 남아서 옆의 전시실에 들어온 건데 도떼기시장이 따로 없다. 졸지에 봉변을 당한 기분이었다. 옆에 서 있던 동갑내기 5촌 조카 앤드류가 고개를 위로 쭉 빼고 소음의

14

근원지를 확인했다.

"거 어지간히 정신없는 선생이네. 애 잃어버렸나 본데, 관리 사무실 가서 방송하는 게 안 나을까?"

"조금 아까 두 명이 빠져나와서 화장실 쪽으로 가는 것 같던데."

"어? 봤어? 그럼 지금이라도 저 여자한테 가서 이야기해 주어야 하는 거 아닌가?"

"……내가 왜?"

이완은 진열 박스 안에 놓인 크고 작은 토기들을 찬찬히 살피며 조용조용 덧붙였다.

"물어본 것도 아니고, 군이 우리가 나서지 않아도 알아서 찾아갈걸. 저렇게 수선 피울 일도 아닌데."

"참 사람 어지간히 쌀쌀맞네. 댁이 오지랖 넓은 거 싫어하는 건 아는데, 그래도 나서 주어야 할 경우가 있잖아."

"민폐 끼치는 사람들도 모두 그렇게 갸륵한 생각으로 나서는 거지."

"기사도란 게 있으면 곤경에 빠진 레이디를 좀 도와줘야 하는 것 아닌가?"

"레이디로 보여? 난 여자인지 남자인지도 모르겠는데."

이완은 지친 표정으로 말했다.

현재 보람유치원 병아리 반 선생님은 반쯤 몬스터의 형상이었다. 허리까지 닿는 긴 머리카락을 노란색 고무 밴드로 친친 묶은 건 그렇다 쳐도, 아이들을 찾기 위해 들뛰느라 머리카락은 사방팔방 볼썽사납게 흐트러졌고, 그것도 모자라 정전기까지 일어나 머리카락들이 붕붕 공중부양을 하고 있다.

시꺼먼 뿔테 안경이 꽉 채우고 있는 얼굴은 화장기 하나 없이 밋밋한데, 그나마도 열이 올라 코끝이 새빨갛다. 볼품없이 껑충한 키에, 커다란 회색 후드 티셔츠, 펑퍼짐하고 물 빠진 청바지에 컨버스 운동화까지. 특징 없고 볼품없고 품위 없고. 삼무(三無)를 고루 갖춘 패션까지 완벽하다. 앤드류는 웃음 섞인 목소리로 핀잔을 주었다.

"그래도 남자인지 여자인지도 모르겠다는 말은 심했네. 저 선생님에게 모욕이라고."

"사실대로 말한 건데 모욕은 무슨."

"하지만 너도 남한테 '사내새끼냐 계집애냐' 그런 말 들으면 기분 나쁘잖아. 그렇다고 네가 남녀 구별 잘 되는 여자를 딱히 좋아하는 것도 아니면서. '나 여자예요' 하고 대놓고 어필하던 비서를 3일 만에 해고한 건 기억도 안 나냐?"

"앤드류, 그만하지?"

"아, 예이, 하여간 뭔 말을 못 하게 해요."

찬바람이 이는 목소리에 앤드류는 아랫입술을 비죽거리며 웃고 만다.

이완은 여자에 대한 실없는 농담이나 남자들끼리 가볍게 오가는 패설 따위를 극도로 싫어했다. 좋다고 계속 따라다니는 여자들에게 허튼짓을 하는 일도, 빈말을 하는 법도 없었다. 어렸을 때부터 함께 자란 사이지만 앤드류는 이완이 어려울 때가 많았다.

"야야야! 영민아! 예진아아아! 어디 있니이이!"

무쇠솥을 긁는 듯한 목소리가 다시 전시실을 가득 채웠다. 출구 쪽으로 걸음을 옮기던 이완은 여자 쪽으로 시선을 돌렸다. 미간이 미세하게 꿈틀거렸다.

"……정말 미치겠군."

눈썹 사이로 세로 주름이 깊게 나타났다.

"거봐, 내가 알려 주고 올까? 그러면 좀 조용해질 것 같은데."

"그게 아니고……."

"아니면 뭐?"

앤드류는 고개를 갸웃하며 이완을 바라보았다. 말끔하고 반듯한 얼굴에 짜증스러운 기색이 나타났다 사라지기를 되풀이했다. 긴 한숨 끝에, 이완이 중얼거렸다.

"……비뚤어졌어."

"그래, 정말 어지간히 시끄럽……. 응? 뭐? 뭐가 비뚤어져?"

"안경이, 비뚤어졌다고. 저 여자."

앤드류는 멍청한 얼굴로 이완을 보고, 여자 쪽을 보고, 다시 이완 쪽으로 시선을 돌렸다. 짜증스러운 기색과, 약간의 홍조가 단정한 얼굴 위로 얼크러졌다. 그는 손가락을 들어 앞머리를 헤집더니 고개를 돌리고 애써 무심한 표정을 지었다.

푸하! 앤드류는 고개를 돌리고 폭소했다. 이런, 아까부터 그게 내내 거슬리셨단 말이군. 진정 박이완 씨다운 발언이다. 이완은 짧게 헛기침을 했다.

이완은 어릴 때부터 결벽이랄까, 강박이랄까, 약간 예민한 구석이 있었다. 이완이 뉴욕의 친부 집에 들어와 살게 된 것이 일곱 살 때였는데, 그때도 이미 비뚤어진 물건, 지저분한 집 안, 비위생적이고 불결한 것, 잘못된 내용을 박박 우기는 사람들을 보면 발에 가시가 박힌 것처럼 괴로워했다. 제자리에 놓이지 않은 물건, 비뚤게 놓인 물건들은 반드시 제자리에 반듯하게 돌려놓고 와야만 직성이 풀렸다. 가사 도우미 앞에 접시를 들고 와 손가락으로 얼룩을 가리키며 이마를 찡그릴 때도 많았다.

기억력이 뛰어나고 백과사전을 뒤적이기 좋아하던 소년은 친구가 무언가를 잘못 알고 떠들 때마다 무던하게 넘어가는 법이 없었다. 소년은 평소엔 조용하고 얌전했지만 발동이 잘못 걸리면 몹시 피곤한 존재였다.

하지만 자신의 예민함을 남들이 싫어한다는 것을 알게 되자 이완은 그것을 표현하지 않고 참기 시작했다. 어린 앤드류가 눈치를 챌 정도로까지 속을 숨겼다. 앤드류는 이완이 속으로 참을 때마다 눈썹을 살짝 꿈틀거리거나 입술을 안으로 꾹꾹 말아 넣거나 손바닥에 손톱자국이 날 때까지 주먹을 꽉 움켜잡는다는 것을 알고 있었다.

그래서인지 그는 잠이 안 온다 호소할 때도 많았고, 속이 답답하다, 소화가 안 된다, 하며 배앓이도 종종 했었다. 이완의 아버지이자 앤드류의 작은할아버지뻘 되는 제임스 박은 '콩알만 한 새끼가 성질머리만 더러워서' 그렇다고 욕을 퍼붓곤 했다.

앤드류는 이완이 언젠가는 터질 거라, 저런 식으로 참기만 하는 데는 한계가 있을 거라 생각했다. 하지만 이완은 다른 방법을 택했다.

그는 어느 순간부터 타인에게 적당히 무심해지기 시작했다. 애초에 붙임성이 좋은 편도 아니었고, 남의 일에 깊이 개입하는 성격도 아닌 듯했다. 누가 너에게 쌀쌀맞다, 정이 없다 하더라 걱정하는 앤드류에게, 이완은 쓰게 웃으며 속을 털어놓았다.

"내가 남의 일에 나서는 걸 좋아했다면, 내가 불편한 걸 내키는 대로 떠들어 댔다면, 주변 사람들에게 하루 종일 불평만 해 댔을 거야. 내 잘못도 상대의 잘못도 아니지만 결과적으론 항상 내가 피곤하고 재수 없는 인간이 되어 있으니까."

그의 목소리는 늘 물결 없는 호수처럼 담담했다.

"이대로가 낫다."

앤드류의 예상과 달리 이완은 전시실을 벗어나는 대신 여자 쪽으로 천천히 걸었다. 입술을 꾹 말아 넣고 인상을 쓰고 있다. 얼레? 정말 못 참겠나? 소음인지 안경인지 어지간히 거슬렸던 모양이네.

결벽이나 강박 성향을 스스로의 노력으로 어느 정도까지 누를 수 있는지는 알 수 없었지만 그렇게 거슬리는 걸 평생 참고 살아야 할 이완을 보고 있으면 딱하기도 했다.

아이들이 화장실에 간 것 같다고 먼저 말해 주고 '당신 안경이 비뚤어졌다.'고 점잖게 이야기해 주려나? 짜증 나는 대로 쏴 대려나? 속을 누르지 않는 상황에서 이완은 꽤 신랄한 독설가이기도 했다.

'뭐, 요새 유산 문제로 스트레스가 머리 꼭대기까지 치밀었을 테니 인내심이 바닥났을 수도 있지.'

앤드류는 이완을 따라가는 대신 자리에 서서 그의 뒷모습을 지켜보았다. 주변에 있던 여학생들이 이완을 흘끔흘끔 곁눈질하며 소곤거린다. 하긴, 전시실 들어설 때부터 여자들의 시선이 쏠리긴 했었다. 정작 당사자는 그런 데 상당히 무심한 편이지만 같이 다니는 앤드류는 어딜 가든 화살처럼 꽂히는 그 시선을 고스란히 느껴야만 했다.

코트 차림의 이완은 키가 크고 균형이 잘 잡힌 체격이라 뒷모습만 보아도 한숨이 나올 정도로 태가 좋았다. 얼굴은 또 어떻고. 이마가 넓고 깨끗하고 이목이 단정한 데다 피부까지 깨끗한 편이라 같은 남자가 보아도 저절로 눈길이 가곤 했다. 그러니 여자들이 보면 얼마나 눈이 돌아가랴 싶다. 성질머리가 저 모양인데도 여자들이 시도 때도 없이 들이대는 건 다 이유가 있다.

앤티크 딜러 따위 하지 말고 연예인이나 되었으면 아주 잘나갔을 것 같은데 말이지.

이완의 시도는 무산되었다. 화장실에서 나온 아이들을 발견한 여자는 투우장의 황소처럼 들뛰며 두 아이 앞으로 돌진했던 것이다. 그녀는 그 와중에 이완의 어깨를 사정없이 치고 지나갔다. 이완이 한쪽 어깨를 움켜잡으며 눈썹을 찌푸렸지만 뒤에서 들리는 건 사과의 말이 아니었다. "아오오! 이 잡……. 어머, 영민아, 예진아. 어디 갔다 오니? 선생님이 걱정했잖니, 응?" 하는, 욕설을 꾹꾹 눌러 참는 듯한 유치원 교사의 코맹맹이 목소리다.

이완은 몸을 반쯤 돌린 채 그녀를 노려보다가 발밑을 내려다보았다. 아까 보지 못했던 것이 구두코 앞에 놓여 있었다. 허리를 굽혀 그것을 주워 들었다. 반지르르한 비단의 감촉이 손끝에 감겼다. 뒤따라온 앤드류가 눈을 둥그렇게 떴다.

"어? 뭐야? 웬일이야? 너답지 않게 뭘 땅바닥에서 줍고 그래?"

이완은 손안에 든 물건을 말끄러미 내려다보았다. 아무래도 여자가 돌진하며 자신을 치고 지나갈 때 주머니에서 떨어진 것 같다.

잠시 물건을 살피던 이완의 고개가 옆으로 기울어졌다. 용처를 얼핏 알 수 없는 물건이었다. 붉은 비단으로 된 반구(半球) 형태의 물건인데, 크기는 주먹보다 약간 컸다. 겉에는 큼직하게 모란과 나비를 수놓았고, 안에는 솜을 듬뿍 넣어 위로 둥글게 불룩한 모양을 만들었다. 가장자리는 기쁠 희(喜) 자를 연이어 수놓아 테두리처럼 장식했다.

"앤디. 좀 이상한 게 있어."

앤드류는 고개를 비죽 내밀어 이완의 손안에 놓인 물건을 들여다보았다.

"뭔데? 뭐가 이상해?"

"기계수가 아니고 손으로 직접 수를 놓았어."

"하? 핸드메이드라고? 누가 만들었는지 몰라도 정성이 뻗쳤네. 근데 뭐가 이상한데?"

"실의 결을 봐. 결이 왼쪽으로 꼬인 것도 있고 오른쪽으로 꼬인 것도 있어."

"근데 그게 뭐?"

"아무래도 무늬 결을 살리려고 직접 꼬아 만든 것 같은데. 여기 사용된 수실 전부. 지금 전통자수를 하는 사람 중에서도 간혹 직접 실을 꼬는 경우도 있긴 하지만 상당히 드물지. 게다가 그런 사람도 실 전부를 직접 꼬아 만들지는 않아."

"뭐?"

"푼사……의 색도 선명하게 나오지 않은 걸 보면 염색도 손으로 직접한 모양인데."

"그게 대체 무슨 말이야?"

앤드류는 잠깐 멍청한 얼굴을 했다. 이완은 손에 들린 물건을 샅샅이 살피며 낮게 중얼거렸다.

"그렇게 낡은 건 아니라 이상하긴 한데, 형태로 봐선 요즘 만들어진 물건이 아니야. 적어도 100년도 더 전의 물건이거나, 아니, 색 조합이 화려한 원색 계열이 아닌 수수한 색감으로만 구성된 걸 보면, 적어도 200년 이상 된 물건 같다. 문양이나 염색 상태로 보면 궁중 침방에서 나온 건 아닌 것 같고. 민간 사대부 집안의 규방에서 나온 물건 아닐까 싶은데."

앤드류는 눈을 둥그렇게 떴다. 고미술품 딜러로 벌써 이름값을 하는 이완의 안목은 믿을 만했다. 그가 앤티크라 장담한 물건은 거의 틀림없었다. 하지만 200년 전 자수가 놓인 물건이 이렇게 반드르르할 리도 없고, 저렇게 선머슴처럼 들뛰고 있는 여자의 주머니에서 떨어질 아이템도 아닐 것이다. 앤드류는 꼬꼬마 두 명을 앞에 놓고 시근거리는 여자를 보며 고개를 갸웃거렸다.

"그런데…… 무엇에 쓰는 물건인지 모르겠어."

바늘꽂이라기엔 크기가 크고, 노리개라기에는 더욱 가당찮고, 복주머니도 귀마개도 아니고. 이완은 정체불명의 물건을 한 손에 쥔 채 한참 중얼거리다가 눈을 들어 병아리 반의 키 큰 교사를 바라보았다.

여자는 아이들을 찾고서는 얼굴이 붉으락푸르락하더니 1분도 되지 않아 금방 씩씩해졌다. 아이들이 그녀를 무시하고 휘두르는 꼴이 뻔히 보였는데, 그럴 때마다 당황하는 모습이 얼굴에 고스란히 드러났다. 경력이 짧은 신참인가? 생각보다 나이가 어린가? 어지간히 단순하고 속을 숨기지 못하는 성격인가 보다.

얼굴을 1/3쯤 가리는 커다란 뿔테 안경이 비뚜름하게 얹힌 꼴은 볼수록 우스꽝스러우면서도 거슬렸다. 차라리 렌즈를 낄 것이지. 청바지에 컨버스 운동화, 두툼한 회색 후드 티셔츠를 입은 그녀는 키도 크고 목소리도 허스키했다. 선머슴도 저런 선머슴이 없는 것이, 도무지 이런 고급스러운 유물과 매치가 되지 않았다. 마른 몸매에 어울리지 않게 두드러진 가슴을 빼놓으면 사내라 해도 할 말이 없어 보였다.

마른 몸매에 어울리지 않게 두드러진 가슴?

"……어?"

이완은 저도 모르게 얼빠진 소리를 냈다. 허리춤에 손을 얹고 으르렁대는 여자의 왼쪽 가슴이 푹 꺼져 있었다. 이완은 멍청한 얼굴로 눈을 깜박였다.

아니, 저게 어떻게 된 거지? 사람 가슴이 어떻게 저렇게 비대칭일 수가 있나……?

푸하! 옆에서 앤드류의 폭소가 터졌다. 아무리 보아도, 여자의 오른쪽 가슴은 여전히 하늘 높이 솟아오른 근사한 굴곡을 갖고 있었으나, 왼쪽 가슴만 절벽처럼 평탄했다. 이완은 저도 모르게 자신의 손에 든 물건을 내려다보았다. 솜이 불룩하게 들어간 반구형의 붉은 주머니. 이완은 순간적으로 물건의 용도를 알아차렸다.

……오 이런 맙소사.

"뭐? 요즘 만들어진 물건이 아니라고? 200년 이상 된 물건? 사대부 규방? 미치겠네. 그거 여자들 가슴 패드 아냐? 뽕이라고 부르는 거. 자 그마치 '자수비단뽕'이네. 이거 감 좋고 눈썰미 좋기로 유명한 뉴욕 려 갤러리 박 실장님 맞으신가?"

앤드류는 이완의 어깨에 손을 턱 얹으며 미친 듯이 낄낄거렸다. 젠장. 이완은 손에 든 것을 코트 주머니에 쑤셔 넣고는 고개를 저었다. 내가 이런 실수를. 틀림없다고 생각했는데. 여자들만 쓰는 물건이라 전혀 감을 못 잡았다. 아니, 요새 여자들, 가슴에 넣는 패드 따위를 이렇게 비단으로 만들고, 직접 자수까지 놓고 그러나? 한 번도 본 적이 없으니 알 수 없다. 두 뺨으로 순식간에 열이 몰렸다.

"정말 김샜네. 그나저나, 안 돌려줄 거야? 내가 돌려줄까?"

앤드류가 옆에서 짓궂게 웃으며 옆구리를 찔렀다. 얼굴이 점점 더 후끈후끈해진다.

"이건 내가 알아서 할 테니, 차에 가서 유언장 들어 있는 화각함이나 갖고 와. 밀랍 인장 파손되지 않게 조심해서."

이완은 눈썹을 찌푸리며 덧붙였다.

"박부전 전시 준비하는 기획 전시실로 갖다 놓고 거기서 기다려. 김준일 교수 도착하면 바로 연락하고. 약속 시간 다 돼 가."

"예입, 알겠습니다."

바로 비서 모드로 돌아간 앤드류가 억지로 웃음을 참으며 신석기 전시실을 빠져나간다.

○ ● ○

이완은 아이들의 행렬을 따라 느릿하게 걸었다. 이 빌어먹을 '자수비단뽕' 을 어떻게 돌려주어야 할지 난감했다. 여자는 자신의 몸에서 무엇이 빠져나갔는지 아무 느낌도 없는 듯했다. 자신이 남에게 어떤 시각적 청각적 테러를 일으키는지도 전혀 모르는 모양이다. 무엇을 흘렸는지 찾을 생각도, 안경을 고쳐 쓸 생각도 하지 않았다.

아이를 찾고 기세를 회복한 선생님은 드디어 교사 본연의 임무를 수행하기 시작했다. 꼬맹이들을 둥그렇게 세워 놓고 신석기관의 토기들에 대해 설명을 시작한 것이다. 이완은 약간 초조한 기분으로 손목시계에서 시간을 확인했다. 옆의 기획 전시실에서는 서담 박부전 유물전의 준비 작업이 한창이었고, 그는 그 전시실에서 두 시에 약속이 있었다.

"이야! 병아리 반! 여기 봐요! 항아리들을 많이 모아 놨네! 승리의 V자 모양 항아리들이 많죠? 이건 아주아주 옛날에 살던 원시인들이 쓰던 항아리인데 빗살 토기라고 불러요. 흙으로 만들어서 빗의 가시 모양으로 찍찍찍찍 무늬를 그린 거예요. 여기 무늬들 좀 볼까? 앞으로 누운 일자하고, 뒤로 누운 일자들이 쭉 줄을 서 있지요?"

이완은 혀를 찼다.

'선생님, 빗의 가시가 아니고 빗살이고, 빗살 토기가 아니고 빗살무늬토기입니다. 다른 것도 아니고 한반도의 신석기 대표 유물인데 똑바로 말 못 해 줍니까?'

물론 이완은 그렇게 말하는 대신 코트 주머니를 더듬었다. 주머니 속에 든 '자수비단뽕' 이 점점 무겁게 느껴졌다. 어디에 쓰였던 물건인지 알고 나니 맨손으로 편하게 만지작대기도 마뜩잖았다. 뒤를 따라다닐수록 점점 더 돌려줄 자신감이 없어졌다. 자칫했다가는 변태 소리나 듣기 십상이다.

"이 무늬를 새긴 사람은 굉장히 일하기 싫었나 봐. 다른 항아리들은 꼼꼼하게 무늬를 새겼는데 이건 그냥 막 찍찍쨱쨱 긁어 놨어요. 왜 영화에 나오는 울버린이 한 번 쫙! 휘두른 것 같지 않아요? 세상에! 이 항아리 만든 사람은 일하다가 급한 일이 생겼나 봐요. 위에는 꼼꼼한데 아래는 무늬 넣는 걸 다 때려치웠어!"

아이들은 선생이 가리키는 토기들을 보며 깔깔대고 웃었다. 이완은 그녀가 가리킨 토기를 보고 두통이 일었다.

'선생님, 아랫부분 무늬가 생략된 건 급한 일이 생겨서 날린 게 아니고, 청동기의 무문토기로 넘어가는 신석기 후기 토기들의 특징입니다.'

그의 마음이 들릴 턱이 없는 여자는 허리춤에 손을 얹고 단언했다.

"웃을 거 없어요! 너희는 안 그런 줄 알아? 너희도 그림 그릴 때 배경이나 바탕 그리다 지겨워지면 점점 커지다가 날려 버리잖아!"

"귀찮으면 안 그리면 되잖아요."

"김아린, 너 원시인 무시해? 걔들도 예쁜 무늬 좋아하고 좋은 냄새 좋아하고 맛난 거 똑같이 좋아해!"

교사는 조금만 흥분하면 반말이 튀어나왔다.

"V자 항아리 만든 사람도 예쁜 게 더 좋았던 거예요. 무늬를 하나씩 다 봐 봐. 이건 앞으로 뒤로 찍찍, 이건 사각으로 찍찍, 이건 산 모양으로 찍찍. 비슷한 것 같은데 자세히 살펴보면 무늬마다 다 다르잖아요. 원시인들도 창의적인 디자인 감각이 있었거든."

'선생님이 그걸 어찌 아십니까. 디자인 감각으로 예쁘라고 찍찍 그린 건지 주술이나 상징적인 의미로 새긴 건지.'

속으로 투덜대던 이완은 쓰게 웃으며 한숨을 쉬었다. 이럴 줄 알았으면 차라리 아까 떨어진 것 신경 쓰지도 말고 줍지도 말 것을. 주웠어도 분실물센터에 갖다 주고 신경을 꺼 버릴 것을. 괜히 나답지 않은 짓을 했다가 저 시끄러운 선생님의 뒤를 따라다니게 되었으니 꼴이 우습다.

사실 이완은 이따위 일에 신경 쓸 계제도 못 되었다. 그는 몇 달 동안 유산 상속 문제로 잠도 제대로 못 자고 골머리를 앓던 중이었고, 뉴욕의 갤러리를 닫아 두고 한국까지 날아온 이유도 그 때문이었다.

"선생님. 이 항아리들은 왜 아래가 뾰족해요? 바닥에 놓으면 넘어지잖아요."

까랑까랑한 여자아이의 목소리가 튀었다. 여자는 고개를 기웃하며 생각에 잠겼다.

"병아리 반 친구들, 놀이터 모래 파 봤지요? 막 파다 보면 가운데만 깊고 나머지 부분은 거꾸로 된 고깔 모양으로 되어 버리지요? 흙에다가 얼른 세워 놓고 쓰려고 그랬나 본데?"

아하, 그렇구나! 그녀의 소 뒷발로 쥐 잡은 듯한 설명에 꼬마들이 일제히 고개를 까닥까닥한다.

"이 항아리에 뿅뿅뿅 아기 구멍은 왜 나 있어요?"

"음, 우리 같이 의논해 볼까? 왜 구멍이 났을까?"

'유물 설명은 다수결로 결정하는 게 아닙니다, 선생님!'

제기랄. 내가 안 듣고 나가고 말지. 이완이 속을 끓이거나 말거나 키가 큰 여자는 그 자리에 털퍼덕 주저앉아 아이들과 대토론을 시작했다. 다 집어치우고 나가려는 결심과 달리 이완은 어느새 꼬맹이들의 꽁무니로 돌아와 그들의 토론에 귀를 기울이기 시작했다. 참신 발랄한 선생과 꼬마들에게서 무슨 결론이 나올지 궁금하기도 했다. 여자의 손가락이 하늘로 번쩍 올라갔다.

"그래! 이 항아리 구멍에다가는 끈을 걸어서 말이지!"

아이들의 눈이 반짝반짝한다. 이완은 여자의 입에서 무슨 말이 나올지 잠자코 기다렸다. 시한폭탄이 터지는 것을 기다리는 기분이었다.

"망치로 벽에다 못을 땅땅 박아 놓고, 이 항아리를 걸어 놨을 거야. 먹을 걸 잔뜩 담아서."

아이들은 고개를 까닥이며 아하, 그렇구나, 하는 깨달음의 표정을 지었다.

'이보세요, 싱크빅도 좋고 다수결도 좋은데, 그거 쓰던 사람들은 움집에서 살았습니다. 지푸라기 뭉치에 못이 잘도 박혔겠습니다. 아니, 그보다 석기 시대에 못은 무슨 얼어 죽을.'

이완은 손수건을 지그시 틀어쥐고 이맛살을 구겼다. 입술이 저절로 들썩들썩하는 것을 참는 것이 영 쉽지 않았다.

여자는 설명을 하다가 손목시계를 들여다보며 시간을 가늠했다. 아까 아이들을 잃어버리는 바람에 시간을 너무 지체한 모양이다. 다른 전시실도 몇 개 더 있을 테니, 먼저 지나간 다른 반 학생들과 합류하려면 서둘러야 할 것 같다. 설명하는 말이 저절로 빨라졌다.

"이 항아리는 이름이 독널이래요. 크기도 꽤 크죠? 이 밑의 거울 좀 봐 봐. 아래 구멍도 나 있어. 아래가 깨져서 못 쓰고 버렸나 봐요. 우리가 쓰는 항아리하고 조금 비슷해졌죠? 아마 이 안에는 쌀이나 김치, 된장 같은 거 담아 놨을⋯⋯."

"아뇨, 독널은 항아리로 만든 관이라는 뜻입니다. 그곳엔 곡식이 아니고 사람 뼈를 담아 묻었어요. 청원군 소로리의 탄화미 추정 연대가 13,000년 전이라는 걸 감안하면, 일부 지역에서 쌀이 재배되었을 가능성이 아주 없지는 않지만, 김치, 된장이 나올 시기는 전혀 아닙니다."

이완은 더 이상 참지 못하고 앞으로 나섰다. 대체, 어지간해야 넘어가지. 저런 막가파 역사교육을 받고 자랄 아이들과 이 나라의 앞날이 심히 걱정스러웠다. 설명하던 여자가 고개를 비쭉 내밀고 이완을 쳐다보았다. 20쌍의 눈이 조르르 함께 쏠린다. 갑자기 사방이 조용해지는 기분이었다.

괜히 말했나?

이완이 후회하는 순간, 여자의 턱이 덜컥, 아래로 떨어지는 것이 보인다. 비뚤어진 안경 너머의 눈이 야구공만큼이나 커졌다. 이완은 고개를 돌리고 코끝을 찡그렸다.

……선생님. 침 떨어지겠습니다.

이완은 잠시 병아리 반 앞에 서서 청동기, 철기 유물의 특징과 삼국시대 유물의 특이점을 간단하게 설명해 주었다. 교사가 급하게 부탁하기도 했거니와, 저 선생님이 상상 그대로 소설을 써 대는 것을 견딜 자신이 없었다.

쟁쟁대던 아이들은 눈을 반짝반짝하며 잠깐 설명에 귀를 기울였으나 집중력은 2~3분이 한계인 것 같았다. 이완의 설명은 대학생 교양 강의에 어울릴 법한 수준이었고, 말투도 차고 딱딱한 편이었다. 3분 후, 싱크빅 선생님마저 하품을 하는 것을 보고 이완은 적당히 설명을 접고 물러났다. 바가지 머리를 한 꼬마가 석검을 유심히 쳐다보더니 옆에 서 있는 선생님을 올려다보며 물었다.

"선생님, 청동칼도 있다면서 왜 돌을 갈아서 칼을 만드나요?"

이완이 대신 대답해 주기도 전에 그녀의 자신만만한 대답이 튀어나왔다.

"에이! 그야 뻔하잖아. 청동은 당시에 신상 명품이라 많이 비싸서 부자들만 쓸 수 있었던 거예요."

이완의 손등으로 입을 가리고 짧게 웃었다. 시한폭탄 같은 대답이지만 들을수록 은근히 재미있다. 접근 방법도 신선하지만 어떻게 보면 정답에 근접하기도 했다. 신기한 건, 그녀의 대답을 들으면, 까마득한 신석기, 철기 시대의 사람들 이야기가 옆집 사람들 이야기처럼 느껴진다는 점이었다.

"한정우, 그래도 사람들이 칼 가는 경험치가 많이 쌓인 것 같지 않아요? 아까 본, 깨지다 만 돌덩이들보다는 완전 아이언맨 급 대변신이죠?"

"네, 선생님. 완전 멋져요."

"그러게. 이 디자인 좀 봐요. 이런 각 잡힌 칼이 그냥 나오겠어? 칼갈이들은 이 모양이 나올 때까지 밥 먹고 줄창 돌만 갈아야 했을 거예요. 아침 먹고 갈고, 저녁 먹고 갈고, 달을 보며 갈고, 해가 떠도 갈고. 그때는 칼 가는 기계 같은 거 없었으니까. 그렇죠?"

"선생님, 칼갈이들이 불쌍해요."

"맞아요, 정말 불쌍해요."

"아냐 얘들아, 어쩌면 칼갈이들은 우리 식으로 치면 스티브 잡스나 빌 게이트 같은 잘나가는 기술자였을지도 몰라!"

스티브 잡스를 기술자라 해야 하나? 빌 게이트는 또 무슨 문이야. 이완은 심층 설명할 생각을 접고 입을 다물었다. 물론 당시의 스티브 잡스들은 금속과 불을 다루는 야장들이었겠지만, 이 정도 석검을 만들 수 있는 사람들 역시 고급기술을 가진 전문가라는 말은 일리가 있었다.

아무튼, 마제석검을 보며 애플의 창업자를 떠올리게 만든 걸 보면 저 여자한테는 유물을 독특하게 감상하는 재주가 있는 듯했다. 여자의 엉터리 설명을 거치면 죽어 있는 유물에 생기가 돌았다.

"어? 얘들아, 근데 이 돌칼, 메이플에 나오는 도둑 대거하고 비슷한 거 같지 않니?"

"어, 맞아요, 맞아요, 선생님! 여기 영어도 대거라고 써 있어요! 어떻게 아셨어요, 선생님? 선생님 영어 잘 모르시잖아요."

"야, 인마! 그 정도는 알거든? 나 그래도 대학 나왔거든?"

아이들의 눈이 동그래지며 순간적으로 침묵에 휩싸였다. 선생님이 대학을 나왔다는 사실이 아이들에게는 충격인 듯했다. 키 작은 꼬마 신사가 얼른 말을 돌렸다.

"선생님, 저 칼에 찔리면 죽어요?"

"세현이 너 이거 돌칼이라고 막 무시해? 이거 날 세워 놓은 거 봐! 찔리면 당근 죽지! 공룡도 트롤도 한 칼에 사냥할 수 있겠다."

어느덧 위대한 전사가 된 선생님께서 모나미 볼펜을 위풍당당 높이 치켜드는 드는 것으로, 마제석검에 대한 눈높이 교육이 일단락되었다.

민호는 발이 허공에 둥둥 뜬 듯했다. 입이 말을 하는지 콧구멍이 말을 하는지도 모르겠다. 민호에게 있어 잘생긴 남자 사람이란 텔레비전과 인터넷, 만화책에만 존재하는 외계 종족이었다. 그런데 그 외계 종족이 갑자기 코트 자락을 휘날리며 눈앞에 나타나 말을 걸었다.

오 마이 갓! 민호는 눈을 크게 뜨고 안경을 고쳐 썼다. 초점이 바르게 맞춰진 안경 너머로 민호의 얼굴을 바라보고 있던 사나이가 아아, 하며 어쩐지 안심한 듯 살짝 웃는 것이 보였다.

세상에. 민호는 속으로 찬탄했다. 아니 어떻게 사람이 한 번 웃는데 반경 10미터가 훤해지는 것 같냐? 게다가 저 피부 좀 봐라. 윤민호 30 평생 통틀어 저렇게 피부가 맑고 뽀얀 사나이는 처음이었다. 자고로 '일반적 남자 사람' 이라 하면 거대 모공, 벌건 여드름, 시커먼 수염, 술, 담배, 자외선에 찌든 터프 스킨을 기본 사양으로 장착한 종자들이 아니던가. 하지만 저 총각은 얼굴에 기름을 **빡빡** 먹여 삼일 밤낮으로 문질러 닦아 놓은 것처럼 광채가 난다.

뒤로 넘긴 머리카락은 삐져나오는 놈 한 올 없고, 이마는 넓고 반듯하다. 굵은 눈썹도, 남자답지 않게 긴 속눈썹도 젤을 먹여 빗질을 한 것처럼 촉촉하고 차분하다. 돈 좀 붙게 생긴 번듯한 콧대하며, 좀 얄팍한 것 같으면서도 움직일 때마다 섹시 터지는 발갛고 매끈한 입술 좀 봐라. 세상에, 여, 여보세요? 그 입술 좀 움직여서 말 몇 마디만 더 해 봐요. 어머나, 저놈의 입술만 보고도 애가 서겠네. 그것도 한 큐에 축구단도 만들겠어! 민호는 저도 모르게 침을 꼴깍 삼켰다.

민호가 쑥대밭이 된 머릿속을 수습도 못 하고 넋을 빼놓고 있는 동안 남자가 한 걸음 다가왔다. 눈썹을 살짝 찌푸리면서 혀를 차는 게 보인다. 무슨 할 말이 있나? 민호는 바짝 긴장했다. 그는 주머니에서 손을 빼서 앞머리를 쓸어 올렸다. 깨끗한 피부 위로 살짝 붉은 기가 스며들었다. 차분하게 가라앉은 음성이 흘러나왔다.

"……독널은 옹관이라고도 부릅니다. 이 정도 크기는 유골함이었을 거고, 유골이 아닌 시신이 들어간 경우는 더 큰 항아리를 두 개 겹치는 형태로 쓰기도 했죠. 아래쪽 구멍은 파손된 게 아니고 망자의 영혼이 빠져나가라고 뚫어 놓은 게 아닐까 추측하고 있습니다."

아, 한숨이 푸르르 나왔다. 덧붙여서 설명을 하려고 했던 거였구나.

살짝 실망스럽기는 했지만, 저 사람이 말을 걸어 주었다는 것이 중요했다. 내용 따위야 아무려면 어떠냐. 항아리관, 뼈다귀, 시체, 유골 따위의 썩 낭만적이지 못한 말조차 시원한 물이 찰랑이는 것처럼 상쾌하게 들렸다.

아무래도 천지신명께서 나를 불쌍히 여기사 지긋지긋한 모태 솔로와 짝사랑의 운명에서 벗어날 기회를 열어 주신 모양이다. 연애 세포의 최종 진화 형태인 김선정 여사가 뭐라 했더라. 취향인 남자를 발견하면,

기회를 놓치지 말고 팔딱 뛰어 잡으라 하지 않았던가.

민호는 자신의 취향이 조금 까다롭다는 것은 인정하고 있었다. 하지만 뭐, 아주 큰 걸 바라는 건 아니었다. 얼굴을 조금, 얼굴만 조금 밝힐 뿐이다. 사실, 인간적으로 말해서, 얼굴 좀 밝히는 것이 모태 솔로 30년의 벌을 받을 만큼의 큰 죄는 아니지 않나?

오랜 세월 동안 그녀의 애를 폭폭 끓였던 외사랑의 대상도 민호가 보기엔 하염없이 잘생기긴 했다. 다만 모든 것이 완벽할 순 없는 것이, 그 사나이는 키가 약간 작았다. 민호보다 약간 더 작았지만, 그건 순전히 키가 너무 큰 자신의 잘못이었다. 176센티가 다 뭐람. 남자가 여자의 코털을 보는 사태란 두 번 생각할 것도 없이 끔찍한 일이지만, 키 작은 사나이에겐 잘못이 없는 것이다. 코털 따위야 원한다면 모조리 뽑을 수도 있는 거니까.

덧붙여, 체크에 한이 맺힌 듯한 그의 패션 센스에 대해, 친구들은 안구 테러리스트라고 입을 모았지만, 10년의 체크 재킷도 보다 보면 정이 들게 마련이었다. 갈갈한 목소리나 머리가 큰 것은 사소한 흠이었지만, 키스를 유발하는 듯, 앞으로 살짝 돌출된 그의 입이 모든 허물을 덮었다.

유감스럽게도 민호의 친구들은 '키스 유발자'라는 민호의 의견에 동조하는 대신 그를 '도널드'라는 별명으로 불렀다. 하지만 민호가 생각하기에 도널드 덕은 사나이답고 자기주장이 확실한, 나름 소신 있는 캐릭터이며 자신의 실리를 잘 지키는 믿을 만한 남자 오리였다. 게다가 도널드라는 이름을 가진 세계적인 갑부도 있다는 걸 보면, 별명까지도 얼마나 부티 나고 고급스러운가!

다만 민호가 그의 명예를 위해 매번 떨쳐 일어날 수 없었던 것은, 그에게는 된장처럼 오래 묵은 애인이 있기 때문이었다. 아무리 밤마다 칼

춤을 추고 방자를 해 봐야 그들은 헤어지지 않았고, 민호는 애달픈지 고달픈지도 모르는 짝사랑으로 이십 대를 모조리 날려야 했다.

어찌나 옆구리가 시리고 외로웠든지, 민호는 짝사랑을 하는 내내 다른 남자가 찔러 보기라도 하면 홀랑 넘어갈 만반의 준비를 해 놓고 있었다. 그래. 정말로 뉴 페이스를 사귈 테다! 그것도 눈깔이 튀어나올 정도로 멋진 페이스로 사귈 테다!

……라는 신년 결심은 벌써 일곱 번쯤 해 봤다. 그리고 그 숫자도 얼마 안 있으면 새로운 숫자로 경신될 가능성이 높아 보였다. 얼마 전까지는. 아니, 방금 전까지는. 짙은 회색 트렌치코트를 입은 저 외계 종족이 눈앞으로 다가오기 전까지는.

자자, 저 아리따운 외계 종족께선 나이가 어느 정도 되려나? 손가락에 반지가 없으니 싱글이려나. 싱글이면 좋겠다. 싱글이어야 하는데. 순간 민호의 얼굴을 빤히 바라보던 외계 종족이 민호와 눈이 마주치자마자 고개를 돌리고 헛기침을 한다.

민호의 눈이 싸르르 가늘어졌다. 헛기침, 꼼지락, 마른세수, 곁눈질, 주변 배회. 이런 수상한 행동을 어떻게 해석해야 하는가? 생각해 보면 저 총각, 신석기관에서부터 우리 주변을 줄창 맴돌았던 것도 같다. 얼러리, 저것 좀 봐. 민호가 고개를 갸웃갸웃하며 가자미눈을 하는 순간 다시 눈이 마주쳤다. 다시 고개를 돌리고, 손등으로 입을 가리고, 똑같이 헛기침.

오……올레?

민호의 머릿속에서는 두 번 물어볼 것도 없이 착착 결론이 나 버렸다.

애들은 가라, 애들은 가. 이런 기회는 날이면 날마다 오는 게 아니다. 민호는 그가 서 있는 방향을 3초에 한 번씩 돌아보며 열심히 텔레파시를 보냈다. 이봐요, 조금이라도 맘에 있으면 사나이가 나서서 찔러 봐야지? 그거야말로 사나이의 미덕이 아닌가요? 용기 있는 자가 미인이든 몬스터든 얻게 되어 있다고. 좀? 좀? 미끼라도 던져 보지요? 나 잘 낚여 줄 자신도 있는데?

하지만 아이들을 졸졸 끌고 1층을 후루루 돌아 나오도록 그 사나이는 손목의 시계를 흘끔대기만 할 뿐, 먼저 나서서 뭔가를 할 생각이 없어 보였다. 아이들을 차에 태워야 하는 시간이 다 될 때까지 아무리 눈치를 보아도, 저 외계 사나이는 입을 다물고 뒷짐을 진 채 나타났다 사라졌다 하며 애만 태울 뿐이다. 민호는 다급해졌다.

'어쩌지? 이봐요, 그렇게 나를 흘끔댈 때는 언제고, 나 좀 안 찔러 봐 요?'

"선생님, 뭐 하세요?"

"뭐 하긴, 나라도 먼저 찔러 봐야 하……. 으악! 문영민 너 왜 사람은 놀래고 그래!"

화장실의 꼬마 기사는 복도 끝 출입구에서 병아리 반을 기다리고 있 는 보람유치원 군단을 가리켰다. 아이고, 우리가 또 꼴찌냐. 내가 미쳐. 민호는 허둥지둥 아이들을 인솔해 나가면서 입구에 서 있던 사내의 널 찍한 등짝을 탁탁 두드렸다.

"아저씨? 아, 아니, 선생님? 잠깐만요."

순간 민호는 정말로 백만 볼트 스파크라도 튄 줄 알았다. 그는 소스 라치게 놀라 펄쩍 뛰면서 몇 걸음 물러섰고, 순간적으로 등을 탁탁 털었 다. 민호는 어리둥절해서 그를 올려다보았다. 혹시 너무 세게 쳤나? 그 렇다고 손에 똥이 묻은 것도 아닌데 이게 웬 쌉싸름한 반응이냐. 그는 아차 싶은 얼굴로 민호에게 고개를 숙였다.

"아, 죄송합니다. 너무 놀라서. 무슨 일이십니까?"

"별건 아니고요. 아까 설명하시는 거 들으니까 이런 쪽에 대해서 잘 아시는가 봐요? 설명도 잘하시고."

"아무래도 직업이라서요."

이마에 살짝 땀이 배어 나온 듯했지만 그의 입에선 그래도 차분하게 대답이 흘러나왔다. 직업? 유물 설명하는 게? 아하! 민호는 고개를 끄덕였다. 고궁이나 박물관에서 유적, 유물 같은 거 설명해 주는 직업이 있다고 듣긴 했다. 어쩐지. 항아리와 뼈다귀, 김치, 된장을 설명할 때 전문가의 스멜이 한 가닥 풍기더라만. 물론 그런 일을 하기엔 저 압도적으로 찬란한 외모가 너무 아깝기는 했다.

"혹시 명함 한 장 받을 수 있을까요? 아니 전화번호라도……."

"예?"

낯색이 살짝 변하는 게 보였다. 민호는 내친김에 한 걸음 다가갔으나 그 사람은 조용히 두 걸음을 물러섰다. 민호는 걸음을 멈추었다. 어쩐지 뻘쭘하고 뒷골이 쎄르르했다. 민호는 손을 앞으로 내밀었다.

"아, 인사가 늦었네요. 저는 윤민호라고 하는데요, 방배동에 있는 보람유치원 임시 교사고요, 아, 이게 아니고, 저희 유치원에서 종종 박물관 탐방을 하는데 해설해 주시는 분이 계시면 정말 도움이 많이 될 것 같아서요. 원장님이 박물관 탐방을 자주 하시거든요. 혹시 아르바이트 같은 거 하시나요? 물론 무료로 해 달라는 건 아녜요. 많지는 않지만 사례비도 있고……."

"……예?"

잠시 후 민호는 풀이 잔뜩 죽은 얼굴로 아이들을 끌고 나와 유치원 차에 태웠다. 병아리 반이 가장 늦었다. 꼬꼬마 놈들은 머리를 맞대고 수군수군 의견이 분분하다.

"선생님 아까 그 잘생긴 아저씨한테 차였나 봐."

"바보야, 애인 사이도 아닌데 어떻게 차이냐?"

대답도 없고, 내민 손을 맞잡을 생각도 없어 보였다. 기가 막힌 얼굴로 자신을 내려다보던 남자를 보고서야 민호는 자신이 크나큰 착각을 하고 있었음을 깨달았다. 내민 손이 쪽팔리고 들이댄 것이 창피해 양 볼이 순식간에 불타올랐다. 민호가 민망해 죽으려 하는 것을 보고서도 그는 손을 내밀지도, 명함 따위를 꺼내 주지도 않았다.

그래, 그래도 내가 나서서 찔러 본 것이 낫지, 아무것도 모르고 괜히 아까워하는 것보단 낫지, 창피한 건 딱 한순간이잖아. 민호가 애써 위안하는 순간 뒤에서 또랑또랑한 목소리가 들렸다.

"아냐! 딱 보면 모르냐? 저건 선생님이 잘생긴 아저씨 전화번호 따려다 실패한 거야."

"시끄러. 이것들아!"

아아. 오늘 창피한 건 우주가 멸망할 때까지 갈 것 같아. 취향을 압도하는 외모에 이성이 홀랑 튕겨 나간 결과는 참담하기 그지없었다. 민호는 의자에 앉아서 두 손으로 얼굴을 가렸다.

"선생님 괜찮아요. 울 아빠가 그러시는데요, 못 먹는 감이라고 막 찌르면 안 된대요. 남의 감이 터지면 돈 물어 줘야 한대요. 그래도 선생님은 돈은 안 물어 줬잖아요."

옆에 앉은 화장실의 꼬마 기사께서 조그만 손으로 어깨를 톡톡 두드려 주며 위로했다.

○　●　○

"이겁니까? 할머님의 유물이?"

김준일 교수는 앞에 놓인 붉은색 화각함을 조심스럽게 살펴보았다.

가로세로 폭이 세 뼘 정도가 되는 제법 큰 함의 앞뒤 좌우로 정사각형 모양의 자잘한 우각판(소뿔을 펴서 갈아 만든 얇은 판)이 빼곡하게 붙어 있었다. 앞면에 붙은 것만 해도 40조각이었다. 조각마다 십장생이 정교한 솜씨로 그려져 있었는데, 선이든 칠이든 솜씨가 여간 찬찬하지 않은 것이 한눈에 보아도 귀물이다.

낡은 종이와 밀랍으로 사면 봉인이 되어 있고, 물고기 모양 자물통에도 누렇게 변한 종이와 밀랍 인장이 박혀 있다. 준일은 이완이 내준 장갑을 끼고 양쪽에 달린 들쇠를 잡고 들어 보았다. 무엇이 들었는지 상자는 꽤 묵직했다.

"이것도 서담 선생님의 컬렉션이었나 보군요."

"예. 듣기로는 풍양 조씨의 어느 당상관 집안에서 흘러나왔다고 하는데, 돌아가신 할머님께서 몹시 아끼셔서 항상 곁에 두셨다고 했습니다."

"할머님께서 살아계시던 구한말 시기 작품은 아닌 것 같습니다."

"그렇습니다. 제작 시기는 18세기 중반으로 추정하고 있습니다. 최근 평양이나 개성 쪽에서 비슷한 물건들이 몇 개 발견되어서 중국 루트를 타고 뉴욕 크리스티 경매와 런던 옥션에 올라왔습니다. 그걸 보면 그 지역에 유명한 공방이나 솜씨 좋은 화각 장인이 있었던 모양입니다."

"화각함은 보존이 힘들어서 수가 많지 않은데……. 우각판 색깔을 보면 확실히 고색(古色)은 느껴집니다만 각판들의 귀퉁이도 들뜨지 않았고, 앞바탕이나 경첩, 들쇠 같은 장석들도 반질반질한 걸 보니 상태가 상당히 좋군요. 그동안 아버님께서 관리를 세심하게 하신 모양입니다."

이완은 푸스스 바람 빠지는 소리를 내며 웃었다. 아버지는 유물을 손질하는 법 따위 관심도 없었다. 이완에게 역사와 유물에 대한 설명과 감식 방법, 관리, 복원 기술 등을 가르쳐 준 것은 어린 시절 사고로 돌아가신 어머니와 계부, 그리고 터울이 많은 사촌인 앨버트 황이었다.

이완은 열다섯 살이 되기 전에 이미 옻과 토분을 이용해 굽이 나간 다완과 이 빠진 사발 등을 수리할 수 있었고, 대학교에 입학할 즈음에는 앞장떼기(배접된 종이를 물에 불려 떼어 내는 것)로 만들어진 오원 장승업의 모작을 구별해 낼 수 있었다.

"가지고 오기 전에 손질을 한 번 해서 그렇습니다. 메트로폴리탄에서 위촉한 변호사가 갑자기 집에 쳐들어오기 전까지는 이 화각함이 소장품에 포함되어 있었던 것도 잘 몰랐죠. 앨버트가 그것에 대해 자세히 알고 있어서 그나마 다행이었습니다."

"앨버트라면, 갤러리 려에서 일하시는 앨버트 황 말씀이십니까? 지난번 박 실장님 대리로 한국에 오셨을 때 뵌 적이 있습니다. 함께 계신 앤드류 황 씨도 함께 뵈었었죠."

김준일 교수는 뒤에 서 있는 앤드류에게 알은척하며 눈웃음을 지었다. 이완은 손가락으로 화각함을 툭툭 쳤다.

"이 안에 그 유언장이 들어 있습니다."

○　●　○

이완은 몇 달 전, 뜬금없이 뉴욕 메트로폴리탄 박물관에서 온 조니 해밀턴이라는 변호사를 만나고 어리둥절했다. 그리고 그가 말한 내용을 듣고는 아예 정신이 나갈 정도로 충격을 받았다.

"저희 집안에 있는 유물 3,500여 점을, 아버지께서 돌아가시는 대로 메트로폴리탄에 기증해야 한다고요? 농담하십니까, 미스터 해밀턴? 지금 아버지는 말 한 마디 못 하는 상태로 7년째 누워 계십니다. 얼마 전에는 심정지까지 온 적이 있었습니다. 대체 언제 그런 말씀을 들으셨는지 모르겠군요."

"노노, 저는 아주 말짱한 정신입니다. 미스터 박이야말로 아버님께 말씀 들은 게 전혀 없는 모양이시군요. 유감이지만 서담 컬렉션 3,512점은 아버님께 온전하게 귀속된 상태는 아니었습니다."

"무슨 말씀이십니까?"

"할머님 김춘방 여사께서 아버님인 제임스 박, 한국 이름으로 박병우 씨라 했던가요? 그분께 유산을 상속하실 때 조건을 걸어 놓으셨거든요. 상속은 엄밀하게 말해서 지금까지 보류 상태였던 겁니다. 아버님께서는 지금까지 할머님이 건 조건을 이행하지 못하셨고, 당연히 유물을 마음 대로 팔거나 하시지도 못하셨을 겁니다."

생전 처음 듣는 말이었다. 하긴, 생각해 보니 이상했다. 아버지는 오 랫동안 술과 여자와 도박에 미쳐 있었고 항상 돈이 부족하다 아쉬운 소리를 해 댔지만 창고와 저택에 쌓여 있는 유물을 경매에 내놓은 적이 없었다.

변호사는 싯누렇게 변해 가는 문서를 들고 와 할머니의 1차 유언장이라며 그의 코앞에 들이댔다. 그 안에는 반듯반듯한 궁서체 한글로, 다음과 같은 내용이 적혀 있었다.

1. 서담 박부전과 김춘방의 아들인 제임스 I. 박은, 일황 치하 조선으로 환국하지 말고 이곳에 남아, 조선의 유물 수집을 계속하여라.

2. 제임스 박이 살아 있는 동안 조선이 독립할 경우, 제임스 박은 상속받은 열쇠로 최종 유언장이 든 함을 열어 최종 유언장을 공개하고 집행하여라.

3. 그렇지 못할 경우, 최종 유언장이 든 함을 열지 말고 소각 폐기하고, 유물 3,512점을 뉴욕 메트로폴리탄 박물관에 기증하여라. 다만 박물관에서 '조선관'을 별도로 만들어 주어야 한다.

영문으로 번역되어 공증까지 된 서류였다. 날짜를 살펴보니 1941년 9월 9일. 할머니가 돌아가신 때는 대한민국이 독립하기 몇 해 전이라 들었으니 얼추 맞는 것 같다. 하지만 이 뜬금없는 내용은 무어란 말인가. 이완은 눈도 깜박이지 못하고 그 문서를 들여다보았다. 멀쩡하게 길을 가다가 벼락을 맞은 것 같다. 그는 서류를 내려놓고 변호사를 지그시 노려보았다.

"금시초문이군요. 대체 저도 모르는 유언장이 어디서 튀어나온 겁니까?"

"오, 이런. 모르셨습니까? 공증을 맡은 라이프 앤 멘델 로펌은 저희 솔로몬 로펌과 마찬가지로, 100년의 역사와 전통을 자랑하는 곳입니다. 이 유언장이 오래전에 작성되긴 했지만 엄연히 정식 공증된 서류라는 걸 잊지 마시기 바랍니다. 아버님이나 앨버트 황이 박 실장님께 언질이라도 했을 거라 생각했는데 아닌가 보군요."

이완은 노회한 변호사의 얼굴을 보며 싸늘한 표정을 지었다.

"지금 이 유언장이 1차 유언장이면, 최종 유언장은 아니란 뜻이군요. 왜 1차 유언장의 내용이 집행되어야 합니까? 최종 유언장이 분실된 겁니까? 유언장이 든 함이란 게 뭡니까?"

변호사는 이완의 질문 공세에 조목조목 대답하는 대신, 옆에 놓인 큼직한 종이박스 안에서 붉은 상자를 꺼내 탁자 위로 올려놓았다. 이완의 눈이 가늘어졌다.

화각함?

붉은빛이 도는 화각함. 노르스름하게 변한 정도나 단순한 활형 들쇠, 둥글고 심플한 앞바탕을 봐서는 화각함이 등장하기 시작한 1700~1800년대의 작품 같다. 문양이며 색깔의 조화, 화각을 마름한 모양새들을 볼 때 몹시 고급스러운 물건이었다. 궁중이나 적어도 당상관 이상의 집안에서 쓰이던 물건 같다. 우리가 보관하던 유물 중에 저런 게 있었던가? 분명 낯이 익다는 느낌은 있었지만 잘 기억이 나지 않았다.

"최종 유언장은 이 화각함 안에 들어 있습니다. 라이프 앤 멘델 로펌과 저희 솔로몬 로펌에서 20년 전쯤부터 공동으로 은행 금고에 위탁 보관하고 있었지요. 물론 내용을 아는 사람은 아무도 없습니다."

"아버지가 유언장을 공개하지 않으신 이유는 뭡니까? 분명 유언장에는 조선이 일본으로부터 독립하면 최종 유언장을 공개할 수 있다고 되어 있는데요. 아시다시피 한국은 오래전에 독립을 했습니다."

"함을 열 수 있는 열쇠가 없다고 했습니다."

변호사는 잘라 말했다.

"유언장 내용으로 짐작하면, 김춘방 여사께서 이 함의 열쇠를 아들인 제임스 박에게 분명히 전해 준 것 같습니다만."

"그런데요?"

"문제는, 아버님인 제임스 박 씨가 열쇠를 받은 기억이 없다는 것입니다. 제임스는 일곱 살에 어머니를 잃고 고아가 되었으니까요. 로스앤젤레스에 큰 저택이 있고, 어마어마한 부자가 될 수 있는 고아이긴 했지만요."

이런. 이완은 주먹을 지그시 움키고 자리에서 일어섰다.

"그럼 지금까지 그 함의 열쇠는……."

"제임스도 모르는데 그 행방을 어찌 알겠습니까. 그래서 최종 유언장이 공개되지 못하면, 제임스 박의 사망과 동시에, 1차 유언장의 내용이 집행되어야 하는 것이죠. 박물관 측에서도 이 사실을 알고 있었고, 그동안 꾸준히 기다리고 있었습니다. 얼마 전에 제임스에게 심정지가 한 번 왔다는 이야기는 들었습니다. 그래서 아들 되시는 박 실장님께서 천천히 양도 준비를 하셔야 하지 않을까 싶어, 사실 확인차 저를 보낸 것입니다."

조니 해밀턴은 부드럽고 정중한 목소리로 덧붙였다.

"물론 박물관 측에서는 흔쾌히 조선관 설립을 수락한 상태입니다. 오래전에."

"그렇다면 아버지께서 지금까지 유물을 한 점도 처분하지 않으셨던 이유가?"

"예, 처분하지 않으신 게 아니고, 못 하신 겁니다. 상속이 보류된 상태였으니까요. 제임스 박은 소유주가 아니라 유물의 관리자였지요."

그는 서류를 내려놓고 눈앞에 서 있는 변호사를 노려보았다. 온몸이 부들부들 떨리기 시작했다. 빌어먹을, 욕설이 입 밖으로 튀어나올 뻔했다. 전혀, 정말 전혀 알지 못했다. 이완은 바스러질 듯 낡은 유언장을 몇 번이고 확인했다. 뒤에 붙은 자잘한 별첨서류까지 한 글자도 빠짐없이, 변호사의 말대로였다. 천장이 빙글빙글 돌았다.

"저희 할머님이 왜 최종 유언장의 공개를 망설이셨는지 혹시 아십니까?"

"그야 돌아가신 김춘방 여사만 아시겠지요."

"박물관 측에서도 이 유언장의 존재를 처음부터 알고 있었습니까?"

"그렇진 않습니다. 제임스 박은 평생 열쇠를 찾다 20년 전쯤 포기하고, 유언장이 보관된 라이프 앤 멘델 로펌 사무실에 천문학적 금액을 걸고 유언장을 폐기해 달라고 로비를 했던 모양입니다. 다행인지 불행인지, 로펌의 담당자와는 협의가 되었는데, 그 직후에 박물관으로 제보가 들어왔습니다. 모 로펌에 귀 박물관에 대한 유물 기증 유언장이 공증되어 있으니 확인해 봐라. 그쪽에서 발뺌하면 사본이라도 구해 보겠다. 그렇게 들통이 났고, 메트로폴리탄 박물관은 그때 이 유언장의 존재를 알게 되었죠."

"……제보자는."

"라이프 앤 멘델의 내부인사나 앙심을 품은 다른 로펌의 짓으로 추정하고 있습니다. 하여간, 박물관 측에선 쌍수를 들어 환영했고, 라이프 앤 멘델과 제임스 박은 그 일로 큰 곤욕을 치렀습니다. 그 덕에 저희 솔로몬 로펌에서 이 상자를 공동으로 관리하게 된 것이지요."

나이 먹은 변호사의 얼굴이 느긋해졌다.

"아버님이나 박 실장님께서는 유감스럽겠지만, 메트로폴리탄 박물관에 기증하라는 것이 재산을 남긴 망자의 뜻이니 존중받아 마땅하지 않겠습니까."

"왜 박물관 측에서는 20년 내내 아무 말도 없다가 지금 와서 이러는 겁니까?"

"제임스 박이 생존해 계시니까 기다린 거죠. 하지만 얼마 전에 심정지가 오지 않았습니까. 인정하고 싶지 않으시겠지만, 이제는 박물관에 기증하는 절차를 슬슬 준비하셔야 할 것 같습니다."

"제가 만약 열쇠를 찾아낸다면요?"

조니 해밀턴은 다시 매끄럽게 웃으며 어깨를 으쓱했다.

"물론 박 실장님께서 아버님이 돌아가시기 전에 열쇠를 들고 나타난다면, 아버님의 대리로서, 이 화각함을 열고 최종 유언장을 공개하실 수 있습니다. 다만 추신으로 붙어 있듯, 함을 훼손하거나 가짜 열쇠로 열게 되면 그 유언장은 무효가 될 것이고, 바로 기증 절차를 밟게 된다는 점을 잊지 마시기 바랍니다."

이완은 유언장으로 다시 시선을 떨구었다. 아래쪽에 분명하게 덧붙인 조항이 있었다.

추신. 유언장이 든 함을 훼손하거나 다른 열쇠를 사용하면 최종 유언장은 무효가 된다. 동일한 열쇠를 함 안에 넣어 두어 확인할 수 있게 하였다.

유언장을 쥔 손이 덜덜 떨렸다. 변호사는 짐짓 딱하다는 듯 고개를 슬렁슬렁 저었다.

"박 실장님은 태어나기 전이라 잘 모르시겠지만, 아버님께서는 젊은 시절 내내 열쇠를 찾다가 인생을 다 날리셨다고 들었습니다. 그 때문에 도박과 술에 빠지셨던 걸로 알고 있어요. 그래도 굳이 찾으실 생각이시라면 이 상자를 박 실장님께 놓고 갈 수도 있습니다만, 딱히 권하고 싶지는 않군요."

"솔직히 말씀하셔도 괜찮습니다. 열쇠 찾는 데 협조를 안 하거나 끝까지 숨길 경우, 제가 손해배상청구소송을 낼까 신경이 쓰이신 거겠죠."

변호사는 정곡을 찔린 듯, 시선을 옆으로 돌리고 코끝을 찡그렸다.

이완은 아랫입술을 지그시 물었다. 어쩐지. 그 엄청난 유산을 눈앞에 두고도 한 점 팔 생각을 안 하기에 물려받은 유물을 지키겠다는 거룩한 사명의식이라도 있는 줄 알았다. 뇌졸중으로 쓰러지기 직전까지 그것들만 보면 분통을 터뜨리곤 하던 이유가 이제야 이해가 간다.

하지만 얼굴 한 번 보지 못한 할머니가 대체 무슨 생각으로 이런 유언을 남겼는지는 끝내 이해할 수 없었다. 70여 년 전의 유언 한 장이 저 화각함 안에 숨어서 자신에게 상속되어야 할 유물들을 지배하고 있었다. 뉴욕의 자택과 창고에 있는 3,500여 점에 이르는 한국 고미술품의 가치는 어마어마했다. 한국에서 국보급으로 여겨질 만한 것들이 수두룩했다.

일단 열쇠를 찾아 최종 유언장을 공개하는 것이 급했다. 안에 든 내용이 어떤 것이든, 전 재산을 몽땅 외국 박물관에 기증하라는 것보다는 나을 것이다.

며칠간 물도 넘어가지 않았다. 7년째 의식도 찾지 못하는 아비는 그가 옆에서 무슨 말을 하든 아무런 반응을 보이지 않았다.

"왜 저한테 한마디도 이야기를 안 해 주셨습니까? 정말 아무 기억 안 나요? 어렸을 때 할머니가 뭔가 중요한 거라면서 물려준 것 기억 안 납니까? 예? 안 나느냐고!"

그는 누워 있는 환자의 멱살을 잡고 으르렁거리다가 비참한 얼굴로 고개를 저었다. 의식 없이 누워 있는 팔순 노인에게 소리나 질러 대는 꼬락서니가 한심했다.

"무관심과 학대를 20년 넘게 견딘 결과가 이런 겁니까? 왜 그동안 말을 안 해 주었지? 나한테 이런 엿을 먹이려고?"

이완은 헛웃음을 치며 허탈하게 물러앉았다.

제임스 박은 이완에게 결코 좋은 아버지가 아니었다. 그는 50이 넘은 나이에 이완을 보았다 했는데 아들이 일곱 살이 되어서야 집에서 키우기 시작했다. 자의로 데려와 키운 것도 아니었다. 로스앤젤레스에 살던 이완이 사고로 어머니와 계부를 잃는 바람에 억지로 떠맡게 된 것이었다.

아버지는 이완에게 아비다운 애정을 베풀지 못했다. 이완은 중학생 때 아비를 완력으로 제어할 수 있게 되기 전까지 그에게 종종 손찌검을 당했다. 그 후로도 제임스는 술만 들어가면 너 때문에 되는 일이 없다며 밤새 주정하거나 온갖 엄살을 부리며, 아르바이트를 하는 아들의 푼돈을 뜯어내기 일쑤였다. 앨버트 황의 도움이 아니었으면 생활은 고사하고 저택의 세금조차 제대로 낼 수 없었을 것이다.

이완이 한국 역사와 고미술품에 대해 배우기 위해 한국에 있는 대학으로 진학했을 때, 그는 완벽한 해방감을 느꼈다. 대학 재학 중에 제임스가 뇌출혈로 식물인간이 되었을 때에도 아무런 연민도 미련도 없었다.

다만 아비와 인연을 끊지 않고 간병인이나마 붙여 둔 것은, 그가 소유하고 있는—소유하고 있는 줄 알았던— 고미술품 때문이었다. 이완의 할아버지인 서담 박부전과 할머니 김춘방이 일본과 미국에서 수집한 한국 유물들은 가히 단독 박물관을 설립할 수 있을 정도로 어마어마했다. 그 가치를 잘 알고 있는 이완이었기에, 의절 대신 인내라는 쉽지 않은 선택을 할 수 있었다.

그런데 지금 이게 무슨 개같은 꼴이냐고.

물론 이완은 유물들을 미국 사회에 환원하겠다는 거룩하고 자발적인 의사 따위는 전혀 없었다. 자발이고 나발이고, 날강도한테 전 재산을 털리는 기분밖에 들지 않았다. 뉴욕의 박물관에 기증한다는 것이 할머니의 뜻이라는 것도 납득할 수 없었다. 할머니는 이민 1세대로, 떠나온 고국에 대한 집착이 적지 않았을 것이다. 땅 설고 물 선 이역 박물관에의 기증은 아귀가 맞지 않는다. 차라리 한국의 박물관에 기증한다고 했으면 이해라도 했을 것이다.

대체 왜 그랬을까. 할머니가 대체 왜.

그는 고개를 흔들고 퍼뜩 정신을 차렸다.

이건 아니다. 이유 따위가 중요한 게 아냐. 이렇게 멍청하게 넋을 놓고 있으면, 아버지의 사망과 동시에 기증 절차가 시작될 것이다.

이완은 간신히 정신을 수습하고 방법을 모색하기 시작했다. 뉴욕이나 로스앤젤레스에 위치한 앤티크 갤러리나 지인들을 통해 예전 할머니의 인맥을 수소문하거나, 해묵은 이야기를 알 법한 늙은 교포들을 찾아 헤맸다. 하지만 그런 방법으로 제대로 된 정보가 나올 턱이 없었다. 할머니에 대한 이야기나마 얼추 기억하고 있는 앨버트 황만 해도 열쇠에 대해서는 금시초문이라며 안타까워했다.

모래밭에서 바늘 찾기도 유분수지. 그는 머리를 쓸어 올리며 손에 힘을 주었다. 아무도 기억하지 못하는 열쇠 따위는 애초부터 존재하지 않았던 것과 비슷하였다.

거의 보름 만에 녹초가 되어 돌아온 이완은 침실로 들어가 넥타이를 집어 던졌다. 머리가 깨질 것처럼 아팠다. 침대에 걸터앉아 고개를 수그렸다.

'72년 전에 물려준 열쇠를 찾으라는 건 사실 불가능해. 생각해 보자. 어떻게 해야 하나. 어떻게.'

'어차피 고스란히 뺏기게 될 거라면, 열쇠를 가짜로 제작한다면? 이런 함의 열쇠와 자물쇠 같은 경우는 시기의 유행에 따라 비슷하게 제작할 수도 있지 않나?'

'아냐……. 분명 화각함 안에 열쇠의 짝이 남아 있다고 했지.'

이완은 곰곰 생각에 잠겼다.

'샘플을 보며 만들어도 완전히 똑같게 만들기는 어렵다. 하물며 보지 않고? 그 시대나 제작 지역의 고유 디자인을 짐작할 수 있는 장인이나 전문가도 거의 없는데? 턱도 없는 소리.'

'차라리 상자를 살짝 뜯어내 안의 열쇠를 빼돌린 후 고(古) 유물 복원 전문가에게 의뢰해 감쪽같이 제작하게 하면?'

제기랄! 이완은 화각함을 들여다보며 아랫입술을 피가 배도록 깨물었다. 자물통과 사방에 덕지덕지 붙은 밀랍 인장을 보니 여는 건 고사하고 건드리는 것조차 조심스럽다.

초능력으로 뭔가를 투사하는 사람이라도 알아봐야 하나. 예전 러시아였나, 어디에서 상자 안에 든 것을 투사하는 초능력자를 키웠네 어쨌네 하는 삼류 잡지 기사도 본 것 같은데. 이완은 침대에 길게 누워 홍소했다.

그와 면식이 있던 한국의 젊은 교수에게서 연락이 온 것은 조니 해밀턴 변호사를 만난 지 한 달쯤 지난 후였다. 몇 해 전 국립중앙박물관에서 서담 유물전 개최를 추진했던 김준일이라는 사람으로, 그때는 이완이 일언지하에 거절한 바 있었다. 수락할 이유도 없었고, 국보급 유물들을 뉴욕에서 서울까지 보내 놓고 불안에 떨고 싶지도 않았었다.

이완의 소식을 어떻게 들었는지, 그는 단도직입으로 "박 실장님의 유산 문제를 해결할 만한 사람을 안다."고 운을 띄웠다. 비밀을 엄수하겠노라, 맡겨만 주면 깔끔하게 해결해 주겠노라, 방법을 감추고 흥정을 내건 젊은 교수는 제법 자신만만했다.

다만, 그는 서담 박부전 선생이 모은 유물로 전시회를 개최하는 데 협조해 달라는 부탁을 끌어 붙였다. 국민과 대한민국 역사학계를 위해 귀한 협조를 부탁한다고 점잖게 말은 했으되 이것은 분명 거래였다. 뉴욕에 있는 유물을 대규모로 옮기는 것부터 보통 일은 아니었거니와, 유물의 가치가 워낙 어마어마했기에 쉽게 결정할 수 있는 일도 아니었다.

하지만 이완에게는 선택의 여지가 없었다. 모 아니면 도. 그나마 이런 제의도 없었다면 이완은 지금도 뉴욕의 자택에 처박혀서 소득도 없이 골머리를 썩이고 있었을 것이다.

지금 국립중앙박물관에서 준비 중인 서담 유물전은 그렇게 급하게 결정된 것이었다.

○ ● ○

　이완은 피곤한 듯이 눈을 문질렀다. 시차 때문인지 스트레스 때문인지 머리가 무겁고 피곤했다. 교수가 내준 작설차는 너무 진하게 우러나서 가벼운 떫은맛이 사라지고 그저 씁쓸했다. 아니, 요 몇 주 동안은 입에 들어오는 모든 것이 다 쓰고 시기만 했다.

　이완은 궁금한 기색을 감추지 못하는 앤드류를 밖으로 내보냈다. 김준일 교수는 사안이 사안이니만큼 다른 사람을 물려 달라는 부탁을 몇 번이나 했었다. 앤드류는 마땅찮은 기색이었으나 이완이 두 번 말하기 전에 자리에서 일어나 전시실 밖으로 나갔다.

　"그런데 정말 가능하겠습니까, 교수님? 사라진 지 70년이 넘었습니다. 대체 어떤 방법으로요?"

　"장담하기는 어렵지만, 아주 불가능하지도 않을 겁니다. 일을 맡아 주기로 한 사람이 이쪽 분야에서 능력이 꽤 좋아서요. 이쪽 분야의 스페셜리스트라고나 할까요?"

　키가 작달막한 교수가 입을 크게 벌리고 웃었다.

　"일단 오늘 서로 얼굴 보고, 이 물건을 맡겨 주시기만 하면, 그쪽에서 알아서 할 겁니다. 그보다, 이번 전시회를 열 수 있도록 도와주셔서 진심으로 감사드립니다."

　이완은 별말씀을요, 하며 눈을 감고 고개를 뒤로 기댔다. 교수의 대답이 마땅찮다. 어떤 사람이, 무슨 방법으로 열쇠를 찾는다는 건지, 혹은 감쪽같이 만들겠다는 건지 여전히 말해 주지 않는다. 물건을 굳이 맡기라는 것도 미심쩍고. 방법에 대해 물어보면 교묘하게 말을 뭉개거나 다른 말을 한다.

하지만 김준일 교수를 사기꾼으로 치부하기엔 그의 사회적 위치가 만만찮았다. 한국에서 손꼽히는 대학의 조교수이고, 신문에도 얼굴이 종종 오르내리는 편이었다. 대형 박물관의 관록 있는 학예사들이나 학계의 실세들 사이에서도 제법 연줄이 빽빽한 것으로 알고 있었다.

결국 이완은 그 사람을 직접 만나 보고 물건을 전해 주겠다고 못을 박았고, 오늘 그 '스페셜리스트'를 직접 대면하기로 한 것이다.

아무래도 한국 고미술품에 대한 대가이거나 할머니가 살아 계시던 일제 강점기 시기의 역사를 전공한 박사급 인물, 혹은 인사동에서 잔뼈가 굵은 고미술품 수집상이나 무형문화재급 장인일 거라 짐작은 하고 있다. 하지만 그 '스페셜리스트'가 대체 이 상황을 어떻게 타개할지는 짐작도 되지 않았다.

"아, 지금 왔나 봅니다."

김준일 교수는 자리에서 일어나 손을 들어 보였다. 키가 껑충한 사람이 관리자의 안내를 따라 엉거주춤한 걸음으로 들어섰다. 이완의 눈이 설핏 벌어졌다.

나 정말 전생에 나라를 구했을까?

아이들을 무사히 차에 태워 놓고 원장님께 양해를 구한 후 박물관으로 되돌아간 민호는 눈앞에 펼쳐진 광경에 멍하니 눈만 껌벅거렸다.

지금 박물관 기획 전시실에서는 '서담 박부전 유물전'의 준비가 진행되고 있고, 민호를 부른 김준일 교수는 일반인의 출입이 금지된 전시실 안에서 기다리고 있었다. 그런데! 그런데!

반갑게 손을 흔드는 체크무늬 재킷 사나이 옆으로 어쩐지 좀 낯익은 사나이가 앉아 있었다. 반경 10미터의 광채에 둘러싸여서.

　민호는 김준일 교수가 병아리 시간강사로 교양 한국사 강의를 시작할 때부터 인연이 있었다. 지금은 역사학계의 새 바람이니 소장파 교수의 선봉이니 하며 인터넷이나 텔레비전에 가끔 얼굴을 올릴 정도가 되었지만, 시간강사 시절의 그는 강의 때마다 어디서 주워들은지도 모를 철 지난 개그로 친구들의 손발을 오징어 다리로 만들었던 인기 없는 인간이었다. 뭔가 기억나지 않는 이유로 두 번 낙제를 주는 바람에 민호는 교양 한국사 과목을 세 번 들은 기록도 갖고 있었다.

　악연도 인연이랬지. 민호는 애잔하게 한숨을 쉬었다. 저렇게 잘생기지만 않았어도. 저렇게 입술이 톡 튀어나오지만 않았어도. 내가 얼굴만 좀 밝히지 않았어도. 내가 단 한 번에 교양 한국사를 패스했어도. 내가 배고프다고 할 때마다 어디서 끌어모은지도 알 수 없는 식권을 몇 장씩 내밀지만 않았어도. 그렇게 얽힌 인연 덕분에 민호는 빛나는 이십 대를 속앓이로 다 보내야 했다.

　물론 김준일 교수님에겐 딱히 잘못이 없다. 그는 어장관리를 하는 게 아니라, 자리 잡지 못하는 제자를 안쓰럽게 여겨 일도 연결해 주고, 다른 사람보다 특별히 잘 챙겨 주는 것에 불과했다.

　하지만 자신을 짝사랑하는 사람을 시도 때도 없이 불러내 밥을 사 주고(물론 학교 식당이 좀 저렴하긴 하지만 무려 밥을 사 준다는 것이 중요한 것이다), 안경이나 가방, 운동화 따위를 들려 보내면서 다정한 말로 위로나 격려를 해 주는 것은 천년의 공덕을 말아먹을 몹쓸 짓이다. 물론 부른다고 홀딱 나가지만 않으면 되는 거지만, 그게 말처럼 쉽냐 말이다. 게다가 이런저런 일로 계속 엮이게 되니 이것도 인연인가 착각도 하게 되고, 그러다가 애꿎은 두꺼비만 여럿 죽어 나갔다.

그런데 오늘은 뭔가 다른 일이 벌어질 것 같다. 텔레비전에나 나올 만한 외계 종족을 하루에 두 번이나, 그것도 우연히 만나다니. 우연이 겹치면 필연. 로또는 끝나지 않았다. 그녀는 전생에 나라를 구한 이순신 장군처럼 씩씩하게 트렌치코트 사나이의 맞은편에 앉았다.

하지만 민호의 희망과 달리 김준일 교수의 옆에 앉아 있는 사내는 민호를 보는 순간, 전생에 나라를 팔아먹기라도 한 것 같은 표정을 지었다. 민호는 속이 따르르했지만 그래도 억지로 미소를 지어 보였다. 맞은편에 앉은 사내는 빠르게 표정을 거두고 차분한 얼굴로 되돌아왔다. 하지만 이미 본 것을 무를 수는 없어 마음이 아팠다. 김준일 교수가 민호를 가리키며 옆의 사내에게 말했다.

"소개하죠. 민호 씨? 여기 이분이 저번에 이야기했던 박이완 실장님, 서담 박부전 선생의 손자시고, 지금 뉴욕에서 유명한 고미술품 갤러리 '려'를 운영하고 계시지. 인사동에도 한국 사무실을 얼마 전에 내셨고, 이 서담전이 성사되도록 애써 주셨어. 박 실장님. 이쪽이 제자인 윤민호 씨, 제가 말씀드린 '스페셜리스트'입니다, 하하하. 고미술품이나 유물의 이력을 알아내는 데 최고의 전문가라 할 수 있⋯⋯."

"지금 유물에 대한 최고의 전문가라고 하셨습니까?"

의아한 듯한 목소리가 흘러나왔다. 김준일 교수가 고개를 끄덕이자 갑자기 한 톤 낮아진 목소리가 조용히 바닥에 깔린다.

"교수님, 지금 저하고 장난하십니까?"

김준일 교수와 민호는 무슨 말인지 몰라 어리둥절했다. 너무 차분한 말투라 그 사람이 화를 내고 있다는 사실도 바로 알아차리지 못했다. 싸늘한 목소리가 쏟아져 나왔다.

"이번 전시회를 수락한 건 김준일 교수님이 저희 집안 수집품을 전시해 달라는 조건을 걸고 흥정을 했기 때문입니다. 지금 여기 와 있는 유물 중에는 일반에 한 번도 공개 안 된 것도 많습니다. 그것들이 어느 정도 가치를 갖는지는 김 교수님도 잘 아실 거고, 이송이나 전시 문제에서도 제가 얼마나 많은 양보를 했는지도 아실 겁니다. 분명, 제 상속 문제를 해결할 방법이 있다 하지 않으셨습니까?"

"박 실장님? 왜, 왜 그러십니까?"

"그런데 최고의 전문가랍시고 데려온 사람이 이런 사람입니까?"

민호는 자리에서 일어선 사내의 얼굴에 경멸과 실망의 빛이 엉기는 것을 얼빠진 낯으로 지켜보았다. 김준일 교수는 황급히 자리에서 일어나 그를 붙잡았다.

"박 실장님, 왜 이렇게 화를 내십니까? 잠깐 자리에 앉아 보시죠, 이완 씨?"

이완은 턱 끝으로 민호를 가리키며 냉연하게 내뱉었다.

"사기를 치려면 좀 그럴듯한 사람을 데려오셨어야죠. 유물에 대한 전문가? 스페셜리스트요? 말을 배우기 전부터 고 유물에 대한 교육을 받은 사람 앞에서 그게 통할 거라고 생각하셨습니까? 제가 급하다고 진위 검증도 안 할 거라 생각하셨습니까?"

아니 이게 무슨 말인가? 사기? 이거 나한테 하는 말 같은데. 그런데 내가 왜 이렇게 개처럼 욕을 먹고 있어야 하지? 전문가는 뭐고 스페셜리스트는 또 뭐냐. 민호는 엉거주춤 엉덩이를 떼고 더듬거렸다.

"아니 이보세요, 그게 무슨 말씀이세요? 사기라니, 난 거짓말을 하면 머리에 쥐가 나는 사람이에요. 저기, 교수님, 지금 이게 무슨 일……."

"박 실장, 말씀이 심하십니다. 지금 왜 이러시는 겁니까?"

김준일 교수의 목소리도 날이 섰다. 그는 교수의 말을 무시하고 민호를 향해 고개를 돌렸다.

"윤민호 씨라고 했습니까? 전문가시라고? 그럼 한번 물어볼까요? 지금 앞에 있는 이 상자의 이름이 뭔지는 아십니까?"

민호는 어리둥절한 얼굴로 앞에 높여 있는 고색창연한 상자를 뜯어보았다. 상자 이름? 사각형 조각조각마다 해님, 달님, 거북이, 사슴이 잔뜩 그려져 있는 벌건 상자 이름 따위를 내가 어떻게 알아. 그녀는 필사적으로 생각을 쥐어짜며 더듬었다.

"혹시 이 상자에 강아지처럼 이름이라도 붙여 놓았나요? 메리, 쫑, 두식이, 삼봉이 그런?"

두 사람의 표정이 동시에 썩어 들어가는 것을 보며 민호는 얼른 주둥이를 쉐질렀다.

"상자죠. 어, 낡은 나무 상자네요. 얇은 플라스틱 그림판이 붙어 있는……."

"그렇죠. 당신 눈에는 우각(牛角)판이 플라스틱으로 보이시겠죠. 18세기에 소뿔로 만든 플라스틱이라니. 얼마나 기적 같은 유물인지 모르겠군요."

이완은 코웃음을 치며 김준일 교수에게 고개를 돌렸다.

"교수님, 유감스럽게도 저는 조금 아까 옆의 전시실에서 이 선생님을 봤습니다. 지금 교수님은 신석기 대표 유물 이름조차 제대로 모르는 유치원 교사를 전문가라고 제 앞에 들이댄 겁니다. 좀 어지간히 믿어 줄 만한 레벨의 사람을 데려와야 믿거나 말거나 할 거 아닙니까?"

민호는 쭈글쭈글 구겨진 김준일 교수의 얼굴과 이완을 번갈아 바라보다가 문득 화가 치밀었다. 내가 고미술품 전문가가 아니고 유치원 선생이라 화가 났다? 왜? 난 유치원 교사 아니라고 한 적은 한 번도 없었는데? 생짜로 끌려와서 이 욕을 처먹은 나야말로 당신한테 화를 내야 하는 거 아닌가? 뱃속에 살고 있는 정의의 용사가 불같이 변신해 튀어나왔다.

"이거 생사람 잡네. 이봐요, 내가 빨간 상자 이름을 못 맞춰서 유감이 긴 한데, 물건 이름 모르는 게 사기는 아니잖아요. 내가 언제 유치원 선생이 아니라고 했나? 내가 속이긴 뭘 속였다고?"

"아, 민호야, 지금 박이완 씨가 뭘 오해하신 모양이야. 이완 씨. 박 실장님? 제가 이야기한 유물의 이력에 대한 전문가라는 건 민호가 고미술품 전문가라는 말이 아닙니다."

"교수님, 지금 와서 말을 돌리시기엔 좀 늦은 것 같습니다. 이럴 줄 알았으면 미리 말이라도 맞춰 두지 그러셨습니까? 사기를 치려고 작정했으면, 일자무식 유치원 선생이 아니라 빗살무늬토기나 화각함 이름 정도라도 아는 사람을 데려왔으면 좋았을 텐데요. 이런 큰 거래에 그 정도 성의는 보여야 하지 않습니까?"

빈정대는 말에 민호의 머릿속에서 뭔가 핑, 나가 버렸다.

"우와 씨……, 환장하겠네. 귓구멍에 콩알이 박혔나. 내가 언제 당신한테 나 고미술품 전문가요, 그랬냐고! 왜 멋대로 사기꾼이라고 단정해? 선이 이렇다, 후가 이렇다 들어나 본 다음에 욕을 하든 말든 해야 할 거 아니에요? 그리고 당신, 이런 고린내 나는 물건 좀 안다고 지금 유치원 교사 무시해? 그럼 당신 말이야, 마리아 몬테소리나 피아제나 프뢰벨이 뭐 하던 사람인지는 알아? 엉? 그 골치 아픈 몇 단계 조작기인지 그런 거 아냐고!"

민호가 손가락을 치켜들고 삿대질을 하자 이완은 황급히 뒤로 물러서다 소파에 다시 주저앉고 말았다. 손이라도 닿았으면 경기라도 했을 것 같다. 하긴, 아까 등짝을 터치했을 때도 어찌나 맹렬하게 옷을 털었나. 이완은 이제 불쾌감을 숨길 생각도 하지 않고 눈썹을 확 찌푸린 채 코트의 구김을 바로잡았다. 잠시 후, 낮고 조용한 목소리가 흘러나왔다.

"피아제 인지발달 단계 정도는 압니다."

아, 아는구나. 제기랄, 아는 민간인도 있네? 민호는 뻘쭘하게 물러섰다. 이완은 고개를 흔들더니 가늘게 한숨을 쉬었다.

"나한테 손대지 마세요. 남이 멋대로 손대는 거, 기분 별로 좋지 않습니다. 손가락질도 함부로 하지 않으셨으면 좋겠습니다."

사방이 싸하게 가라앉았다.

"그리고 아까부터…… 그 안경."

"네?"

"안경다리가 비뚤어진 겁니까, 얼굴이 비뚤어진 겁니까. 좀 똑바로 써 주시면 안 됩니까?"

저 인간 지금 뭐래냐.

민호의 안경은 한쪽 렌즈에만 도수가 들어 있어 그 무게 때문에 자주 한쪽으로 기울어지곤 했다. 하지만 그런 거에 신경 쓰는 사람은 아무도 없어서 민호도 크게 신경 쓰지 않았다. 근데 뭐? 얼굴이 비뚤어졌냐고? 저 말하는 싸가지 좀 봐. 부아가 오른 민호는 뭐라고 쏴붙여 주려 고개를 들었다가 멍청하게 눈을 껌벅였다.

……아아. 빌어먹을, 난 틀려먹었어. 찌푸려도 수려한 저 눈썹만 보면, 독설을 뿜어도 매력적인 저 입술만 보면 도무지 입이 떨어지질 않는구나.

민호는 홀린 듯이 손을 들어 안경을 단단히 올려 썼다. 세로로 골이 팼던 미간이 다시 평정을 되찾았고, 사방은 다시 조용해졌다. 뒤늦게 정신을 차린 준일이 조심스럽게 말했다.

"유물의 이력에 대한 전문가라는 건, 이완 씨가 생각하시는 그런 의미가 아닙니다. 이런 말씀까지는 안 드리고 조용히 처리할 생각이었습니다만 정 믿지 못하신다면 할 수 없군요."

"무슨 말입니까?"

"혹시 이완 씨는 타임 트래블러에 대해서 들어 보신 적 있습니까?"

"네?"

"민호는 유물이나 유적을 매개로 해서 시간 여행을 할 수 있습니다."

○ ● ○

♡러블리도널드♡

우렁찬 전화벨 소리와 함께 깜박이는 하트가 보인다. 민호에게 가장 반갑지 않으면서도 도저히 끊어 낼 수 없는 전화, 바로 김준일 교수에게서 오는 전화였다.

오래전 풋풋한 대학 신입생 시절에 강의실에서 처음 만난 후부터 벌써 10년이 지났다. 전공도 아닌 교양강좌 교수, 그것도 병아리 신참 강사였지만, 같은 강의를 세 번 들은 학생과 교수란 어차피 보통 인연은 아니었다. 그는 민호가 시간 여행자라는 것을 알게 된 후부터 가끔 뜬금 없이 전화해서 안부를 묻곤 했는데, 본론은 항상 미아가 되어 헤매고 있을 누군가를 찾아 달라는 부탁이었다.

비밀 카페에서 뭔가 희한한 신고가 접수된 거겠지.

역사학계의 새바람인 도널드 교수에게는 괴악한 취미가 있었다. 그는 오래전부터 오컬트 마니아였고, 그가 운영하는 카페 역시 오컬트나 신비체험 따위의 카페에서 분리되어 나온 '시간여행연구회'라는 비밀 카페였다. 민호도 억지로 가입한 상태이긴 했지만 거의 유령회원 수준이었고, 시간 여행자들의 사건 사고는 대부분 김준일 교수를 통해 민호의 귀에 들어왔다.

아니 대체, 카페에서 골치 아픈 일이 생겼으면 거기서 해결하라고. 먹고살기 바빠서 눈팅도 못 하는 유령회원 들볶지 말고! 내가 흥신소 직원도 아니고 경찰도 아닌데 왜 나한테! 안 해! 그렇게 백 번씩 결심해도 민호는 그의 목소리만 들으면 도무지 그의 청을 거절할 수가 없었다. 항상 주둥이가 제일 먼저 배신을 때리면서 "시간 많아요! 밥이요. 좋죠. 저는 항상 배가 고파요. 몇 시까지 어디로 나가면 돼요?" 하고야 마는 것이다.

하지만 이번에는 절대로! 네버! 신년맞이 새 결심을 할 그 날도 다가오는데, 이번에는 당당하고 멋지게 거절하리라! 민호는 단단히 결심을 굳히고 전화를 받았다.

— 지내는 건 어떻고? 계속 아르바이트 찾는 중인가? 일전에 유치원 파트타임 교사 자리 들어갔다며?

"네, 유치원에서 일주일에 두 번씩 유아 체육을 하고 있죠. 백 미터를 20초에 끊던 사람이 체육선생을 하려니 아이아주 재밌어요. 그래도 이번에 출산 휴직 교사 땜빵으로 석 달 계약했어요."

준일은 재미있다는 듯 수화기 너머에서 짤막하게 웃었다.

— 왜 아직도 파트타임이나 임시 교사야? 경력도 그 정도면 원감 급 아냐?

"일 년 넘게 다닌 데가 없어서, 그, 그게 경력이라고 쓰기가 거시기한 거죠. 원장 선생님들이 오히려 저한테 문제 있는 거 아니냐고 생각하거든요."

사실 문제 있는 게 맞다. 배운 게 도둑질이라고 지금까지 유치원과 어린이집을 전전하고 있는데 해마다 일 년을 못 채우고 잘리니 그게 문제다.

어느 유치원이든 가는 곳마다 친구를 괴롭혀 놓고 울면서 피해자 시늉을 하는 얄미운 것들이 꼭 있는데, 그런 애들을 야단치면 엄마가 쫓아와서 항상 야단야단을 하는 것이다. 그때만 잘 참으면 되건만, 민호의 뱃속에 살고 있는 사랑과 정의의 용사는 그럴 적마다 어김없이 출동하곤 했다.

아아, 밥값도 못 하는 용사 따위는 필요 없는데. 원장실에서, 교실에서, 혹은 재롱잔치가 열리는 구민회관 강당에서 사랑과 정의의 이름으로 판판이 배틀을 뜨고 나니 남은 것은 적립금 제로의 통장과 해마다 어김없이 적립되는 나이뿐이었다.

— 거, 그렇게 적성에 안 맞으면 다른 일을 찾아보지그래.

"좋은 자리나 좀 소개해 주시고 그러세요."

다른 정규직 자리를 찾아봐야 마땅한 자리가 없다. 아니, 자리가 없는 게 아니고 이력서에 쓸 것이 없다. 자리를 이것저것 가릴 계제는 아니었지만, 서른 살 윤민호의 스펙이란 참으로 허망하기 짝이 없었다.

유치원으로 실습을 나갔던 첫날 5분 만에 아하, 이것은 내 길이 아니로구나, 애정만으로 커버하기엔 어린이들의 파워가 지나치게 막강하구나, 하는 대오각성이 왔을 때, 그때라도 다른 길을 찾아보았어야 했는데. 딱 하나 있는 자격증이라고 미련을 갖다 보니 이 지경이었다.

— 그래서 내가 괜찮은 일을 소개해 주려고 연락한 거고.

러블리 도널드가 은근한 목소리를 낸다. 매번 되풀이되는 위험신호에 민호는 엉덩이를 주춤주춤했다. 내 이럴 줄 알았지. 간신히 잊을 만하면 이렇게 의뢰 건수를 들고 전화를 한단 말이지. 이럴 때마다 속도 모르고 조건반사처럼 들썩대는 이 망할 궁둥짝을 오지게 걷어차고 싶다.

"이제 그쪽 일은 안 하고 싶은데요. 다른 아르바이트 좀 소개해 주시면 안 되나요? 몸으로 뛰는 건 잘하는데."

— 지금까지 잘해 놓고 왜 그러냐. 그리고 그것도 몸으로 뛰는 거잖아.

"교수님, 저기, 그 일은 너무 힘들고 위험하고요, 다쳐도 보험도 안 되고요, 보수도 좀 그렇고요. 울면서 고맙다고 인사하는 건 솔직히 정말 필요 없고요."

— 이번엔 사람 찾아오는 거 아니야. 보수가 나쁘지도 않을 거고, 무엇보다 부탁한 사람이, 울면서 고맙다고 할 사람은 절대 아니니까 안심해도 돼. 그리고 이런 기회에 우리 민호 얼굴이나 한 번 봐야지. 넌 내가 보고 싶지도 않았냐? 둘 다 이렇게 바빠서야 언제 얼굴 한 번 보겠냐. 응?

아 씨, 빌어먹을! 그 말 한마디에 염통이 궁당궁당한다. 그렇게 나긋나긋 녹진녹진한 목소리로 말하지 말라고! 당신 애인 있잖아! 가난한 시간강사를 진진 기다려 준 여자 있잖아. 나같이 허접한 여자 말고, 댁의 취향대로 똑똑하고 예쁘고 글래머인 애인이 조만간 유학에서 돌아올 거잖아!

민호는 이불을 뒤집어쓰고 발버둥을 친다. 아아, 난 안 될 거야. 아마 안 될 거야. 이 교수님은 어떤 귀신같은 재주를 쓰는지 기가 막힌 타이밍으로 사람을 낚는다. 지독하게 외롭거나, 룸메이트 선정이의 연애담 들어 주는 일에 진력이 났거나, 운동화에 난 구멍을 들여다보며 인생이 살짝 멜랑멜랑하다고 느낄 때, 어쩌면 이렇게 맞춘 듯이 연락을 하는지.

— 로스앤젤레스에 사시던 어떤 교포 할머니가 유서를 써서 상자 안에 넣고 밀봉해 놨는데, 그 열쇠를 잃어버렸대. 할머니는 오래전에 돌아가셨고, 손자가 그 열쇠를 찾고 있는 중이야. 상자는 직접 가지고 한국으로 들어올 거고, 열쇠만 어디 있는지 찾아 주면 돼.

"상자 톱으로 썰면 되잖아요. 아니면 열쇠를 새로 파든가! 미국엔 열쇠쟁이가 없대요?"

순간 꽥꽥대는 고함이 터졌다.

— 그 상자 비싼 거야! 부수면 안 된다고! 가짜 열쇠, 새 열쇠도 안 된다고 했어. 보수는 내가 선불로 몰빵해서 줄게. 큰 거 두 장이면 어때?

민호는 이불을 걷어차고 벌떡 일어났다. 이백? 이백이라고! 김준일 교수의 오컬트 의뢰를 받기 시작한 지 많은 세월이 흘렀지만 이런 세기적인 거금이 오간 적은 처음이다. 그럼, 못 할 게 뭐 있어. 어쩌다 과거로 끼어 들어가 어느 길바닥인지도 모를 곳에서 울고 있는 인간들을 찾아오는 일보다는 쉬울 거 아냐. 그까짓 열쇠! 찾아내면 되지.

손바닥의 수명선이 손등까지 돌아가 있는 무병장수의 아이콘 윤민호, 어떤 극악한 상황에서도 현재로의 컴백에 성공했던 서바이벌의 천재 윤민호 아니던가. 그녀는 수화기를 꽉 붙잡은 후 맹렬히 고개를 끄덕였다.

"김준일 교수님이니?"

선정은 민호의 방과 연결된 문을 열고 비쭉 고개를 들이밀었다. 친구 방에서 저렇게 푸닥푸닥 이불 걷어차는 소리가 들리면 뻔할 뻔자다. 아니나 다르랴. 우중충한 잡동사니가 가득한 방에서, 키가 껑충한 친구가 이불 속에 묻혀서 발버둥을 치고 있다.

선정이 고개를 들이밀자마자 화들짝 놀라 전화기를 바닥에 놓치고, 그것을 주워 이불 속에 숨기기까지 하신다. 내가 정말 못살아. 선정은 신경질적으로 머리를 흔들었다. 채 말리지 못한 머리카락에서 물이 줄줄 떨어져서 남자친구가 선물해 준 꽃분홍색 드레스 잠옷에 짙은 얼룩을 남겼다.

"못된 인간 같으니, 왜 또 전화질이래?"

"아, 시, 시간 되면 알바 좀 할 수 있냐고."

"그럴 줄 알았어! 아 진짜 그 교수님 완전 짜증 나."

"왜 애꿎은 교수님한테 짜증을 내고 그래?"

얼굴이 벌그레한 민호가 기어들어 가는 소리로 중얼거린다. 짜증 나고말고. 아마 친구는 오늘 밤 밤새 혼자서 이불을 퍼덕퍼덕할 거고, 조만간 알바랍시고 어딘가 나가서 며칠 있다가 상거지가 돼서 돌아올 게 뻔한데.

친구 말을 들어 보면 그 교수님, 알바 소개인지 의뢰인지 친구를 데려다가 뭔가 지독하게 고생시키는 것 같은데, 보수도 변변하게 주는 것 같지 않다. 맛있는 뷔페에 데려가는 걸로 끝낼 때도 있고, 그냥저냥 운동화나 안경 따위를 선물해 주는 걸로 퉁칠 때도 있었다. 만만한 유휴 노동력을 끌어 쓰는 것도 유분수지. 그러잖아도 천년의 모태 솔로인 친구가 어떻게든 잊으려고 발버둥 친 게 벌써 몇 년짼데, 잊을 만하면 전화해서 낚시질이다.

더 기분 나쁜 건 따로 있다. 친구가 말하는 걸 들어 보면 그 인간, 만날 때마다 친오빠 이상으로 자상하게 챙기기도 잘하고, 묘하게 사심이 담긴 듯한 말도 툭툭거리는 모양이다. 불행히도 이 무딘 친구의 안테나는 그 진위를 분별할 만한 감도가 못 되었다. 나쁜 놈, 우리 민호 어장관리 하는 거야, 그냥 모든 여자에게 친절한 거야, 아니면 정말 감정이 있는 거야? 선정은 입을 비죽거리며 투덜거렸다.

"민호 너, 사람이 좀 비싸져 봐. 줏대 없이 홀랑홀랑 부른다고 다 가니? 너도 말야, 살짝 밀었다 톡톡 당겼다 팡 튕기고 좀 그래 봐! 남녀 사이에 적당한 긴장감이 얼마나 중요한지 알아?"

"야, 밀고 당기고가 어디 있어! 애인 있다고 교수님!"

"유학 나가서 5년째 안 들어오고 있다는 학장님 막내딸? 그게 애인이니? 5년이면 시집 장가 두 번씩 갔겠다!"

"왜 이래! 나 그런 못된 마음 없어! 교수님이 청첩장 주면 정말 축복하고 기도하는 마음으로 결혼식에 갈 거거든? 가서 축의금 십만 원이든 백만 원이든 내주고 올 거거든?"

"이 찌질이 모자란 계집애야! 축의금을 왜 내! 사심 없으면 뻥 걷어차고 연락받지 말란 말이야!"

선정은 속이 터져 가슴을 팡팡 쥐어질렀다. 민호는 한쪽으로 얌전히 찌그러져서 눈만 껌벅껌벅했다.

"네가 문제야, 윤민호 네가! 왜 그딴 남자한테 꽂혔냐고! 뭐 볼 게 있다고! 세상에 괜찮은 남자가 얼마나 많은데! 네가 어디가 어때서!"

어디가 어떻긴 하다. 나이 서른에 모아 놓은 재산은 없고, 부모님도 안 계시고, 마눌님한테 쥐여사는 오빠들은 막내 여동생을 잘 챙기지 못하는 눈치였다. 입성은 추레하고 예쁘게 꾸미지도 않고 직장도 변변찮다. 본인도 비슷한 생각을 했는지, 조그만 목소리로 중얼거린다.

"교수님 정도면 사실 괜찮잖아. 나에 비하면 좀 많이 괜찮지."

"괜찮은 거 다 썩었니! 다 늙어서 마흔 다 돼 가는 난쟁이 똥자루를!"

"잘생겼잖아. 꽃중년이 될 거라고. 내가 얼굴을 조금 밝히잖아. 아니 많이."

"아 진짜 미치겠어! 잘생긴 사람 다 죽었다니! 네 눈은 정말 옹이구멍이니! 응? 넌 얼굴 밝힌다는 말을 할 자격이 없어!"

"딱히 얼굴뿐 아니고, 목소리도 근사하고."

……귓구멍에 본드를 발라 놨니? 쏘아 주고 싶은 것을 선정은 간신히 참았다. 있는 내가 참아야지. 빛나는 이십 대 내내 혼자 속앓이를 해 온 친구를 너무 몰아붙이고 싶지는 않았다.

"친절하고 자상하고 똑똑하고 속도 깊고."

"난 그 교수님 볼 때마다 야매 협잡꾼 같아. 아휴, 말을 말자. 대체 누구든 만날 생각을 해야 저놈의 콩깍지가 깨지지."

"나도 남자 사람 만나기 싫은 게 아니야! 만나 볼 생각은 차고 넘친다고. 하지만 유치원 교사라는 특수 직종이 문제야. 남자가 씨가 마른 바닥이라고."

민호는 처량하게 중얼거렸다.

"네가 맘만 먹으면 돼, 계집애야!"

"아냐, 기회가 없었던 것뿐이야! 기회만 오면 나도 얼마든지……."

웃기시네. 혹시나 교수님이 애인하고 헤어질지도 모른다면서, 닭 쫓던 개처럼 천년만년 지붕 쳐다보다가 골든타임을 다 날려 버린 건 너란 말이야. 선정은 속으로 사정없이 콧방귀를 뀌었다. 이불에 파묻힌 천년의 모태 솔로 친구의 어깨가 더 움츠러들었다. 씩씩하고 쾌활한 친구는 남자 이야기만 나오면 세상에서 가장 불쌍하고 궁상맞은 인간이 되었다. 선정은 친구의 어깨를 토닥토닥 두드렸다.

"민호야, 너무 속상해하지 마. 사람한테는 누구나 놓치지 말아야 할 기회가 온대. 그때 놓치지 말고 팔딱 뛰어서 잡으면 된대."

"그게 놓치지 말아야 할 기회인지 뻥 걷어차야 할 똥차인지 어떻게 아는데?"

"그야 모르지. 그러니까 네가 해야 할 일은, 밤이건 낮이건 일단 팔딱거리고 뛰고 봐야 하는 거야."

"……."

"성경인지 불경인지에, 이전 것은 지나갔으니, 보라, 새것이 되었도다, 하는 말이 있대. 그게 똥차가 지나갔으니, 보라, 벤츠가 왔도다, 하는 말 아니겠어?"

선정은 그 말을 해 준 사람이 작년에 헤어진 똥차였음을 굳이 말하진 않았다.

"교수님이 똥차는 아닌데. 남의 차일 뿐인데."

"따라 해 봐, 남의 차는 무조건 똥차다."

"그래그래. 남의 차는 똥차지."

민호는 콧물을 훌쩍하며 내키지 않는 목소리로 따라 했다. 선정은 민호의 손을 굳게 잡았다.

"명심하라고. 기회가 보인다 싶으면 팔딱팔딱."

"팔딱팔딱?"

"그래, 남의 똥차 따위는 잊고, 네 눈에 꽂히는 남자가 보이면 언제든지 팔딱팔딱."

기회가 닿으면 팔딱팔딱, 꽂히는 남자라면 팔딱팔딱. 언제든지, 어디서든지. 민호는 비장한 얼굴로 마법의 언어를 되뇌었다.

○ ● ○

"지금, 그 참신한 말을 저한테 믿으라는 말씀이십니까? 차라리 저 민호 씨라는 분이 고미술품 전문가라는 말을 믿겠습니다."

다시 자리에 앉은 이완은 팔짱을 끼고 찬찬히 말을 이었다.

"시간 여행이 물리학적으로 불가능한 개념인 걸 교수님도 모르진 않으실 텐데요."

"세상은 꼭 가능한 일들로만 이루어져 있는 건 아니니까요. 지금도 적지 않은 사람들이, 여러 형태로 시공을 교차해서 돌아다니고 있습니다. 확인을 시켜 드릴 수 없는 게 유감이군요."

"그걸 믿으라는 건 신앙의 영역이겠군요. 교주가 되고 싶으신 겁니까?"

이완은 이 사기꾼 같은 것들을 어떻게 해야 할까, 난감한 고민에 빠졌다. 말도 못 붙이게 허무맹랑하지만 또 너무 허무맹랑하다 보니 웃어넘길 생각도 들지 않았다. 사정이 하도 급하다 보니 앞뒤 가릴 참은 없었지만, 사람을 이렇게 어수룩하게 볼 줄은 몰랐다. 몇 번 접촉해 본 바,

김준일이라는 교수는 학자답지 않게 셈도 빠르고, 꽤 정치적이면서 사람을 눙치고 어르는 구석도 있었다.

하지만 맞은편에 앉아 일 분에 한 번씩 안경을 고쳐 쓰고 있는 저 여자는 사기꾼이 되고 싶어도 될 수 없을 것 같다. 일단 생각한 것이 그대로 얼굴에 드러나는 스타일이고, 용의주도, 주도면밀 따위의 낱말은 그녀의 세상에선 존재하지 않는 것이 확실했다. 애들한테 휘둘리고, 무식한 소리를 해 대고, 속옷 안에 든 패드를 질질 흘리고 다닐 때부터 알아봤다. 지금도 한쪽 가슴만 푹 찌그러져 있는 것이 뚜렷하게 보인다. 차라리 양쪽을 다 빼든가 할 것이지, 뭔가 이상하다는 느낌도 없나?

저렇게 칠칠치 못한 주제에 멀쩡한 얼굴로 사기를 치다니. 스스로가 그럴 깜냥도 안 된다는 걸 모르나?

……아니면, 정말 천에 하나, 만에 하나, 저 사람의 말이 사실이라면?

이완은 씁쓸하게 웃었다. 그런 생각을 했다는 것 자체도 우습지만, 그대로 모든 일을 무르고 돌아가기는 꼴이 더 우스웠다.

그는 중간에 끼어 있는 교수를 치워 버리고 자칭 시간 여행자라는 여자와 따로 이야기를 나누어 보기로 마음먹었다. 김준일 교수와 달리, 저 여자에게서라면 거짓말의 꼬리를 금방 잡을 수 있을 것 같았다. 만에 하나 그 말이 사실이라면, 그것을 확인할 방법이 있는지 따져 보기에도 너구리 교수보다는 사고회로가 단순해 보이는 저 여자가 수월해 보였다.

"죄송하지만 교수님, 잠시 자리 좀 피해 주시죠. 제가 윤민호 씨에게 직접 물어볼 게 있습니다."

"예? 박 실장님 그게 무슨 말씀이십니까."

"……."

"어차피 저도 다 아는 내용인데, 제가 있는 데서 물어보셔도 됩니다만."

하지만 이완은 대답하는 대신 팔짱을 끼었다. 두 사람의 어깨를 누르는 침묵이 한참 지속되었다. 김준일 교수는 영 마땅찮은 기색이었으나 결국 무거운 엉덩이를 떼고 걸음을 옮겼다. 그는 나가기 전, 뒤를 돌아 민호에게 무슨 말을 할 듯이 입술을 달싹거렸으나, 고개를 갸웃거리는 민호를 보며 한숨을 쉬고는 밖으로 나갔다.

　단둘이 남게 되자 사내 이름을 가진 사내 같은 여자는 손을 꿈지럭대며 눈을 내리깔고 온몸을 배배 꼬기 시작했다. 이완은 팔짱을 풀고 소파 등받이에 등을 기댔다.

　"윤……민호 씨라고 했나요? 시간 여행을 하신다고요. 과거든 미래든 마음대로 갈 수 있습니까?"

　"과거만요. 미래는 현재에서 볼 때 확정된 게 아니니까 못 가는 것 같아요."

　"허. 그렇습니까. 그러면 일시를 지정해서 갈 수 있습니까?"

　"이게 무슨 타임머신인 줄 알아요? 그냥 열리는 대로 가지. 하지만 대충 아주 오래전, 별로 안 오래전, 그 정도 구별은 돼요. 그리고 일단 내가 타고 들어간 길은 자국이 남아서, 시간이 많이 흐르지 않았으면, 다시 찾아가는 것도 가능해요."

　준비라도 한 듯, 대답이 술술 흘러나온다. 이완은 여전히 미심쩍은 표정을 풀지 않았다.

　"적지 않은 사람들이 시공을 교차해서 돌아다닌다, 이게 무슨 말인지 설명해 주실 수 있으십니까?"

　"어 그게…… 예를 들면, ……꿈이요."

　"아하? 꿈을 꾸는 사람이 시간 여행자라, 그것참 대단하군요. 저도 꿈 때문에 불면증이 와서 수면제를 달고 사니 시간 여행자에서 마스터 급은 되겠군요?"

"그게 또 그렇지도 않은 게, 드리머는 레벨이 가장 낮은 여행자라서요."

"드리머? 그건 또 뭡니까?"

"사람이 잠이 들면 영혼이 여행을 다니는 경우가 있어요. 어떤 사람은 자기의식이나 무의식을 돌아다니고, 어떤 사람은 다른 시공을 돌아다니며 구경하죠. 드리머는 자기의식이 시공을 돌아다닌다는 것을 자각하고 있는 사람이에요. 과거의 시공을 유영하면서 지켜보기도 하고, 누군가의 생각 속으로 들어가 그 사람의 눈으로 구경을 하고, 공감을 하고, 그 사람이 된 것처럼 느낄 수 있는 사람들이요. 왜 꿈에서는 자기가 여자가 되기도 하고 남자가 되기도 하잖아요."

어제 먹은 된장찌개를 이야기하듯 심심한 어조였다. 이완은 입을 꾹 다문 채 민호의 말에 귀를 기울였다. 너무 황당하니 반박을 하기도 어려웠다.

"……민호 씨도 드리머인가요?"

"아뇨, 저는 타임 트래커예요. 타임 트래커들은 자기 의지로, 다른 시간으로 직접 찾아 들어갈 수 있는 사람을 말해요."

"레벨이 좀 더 높다는 말이로군요. 어떤 식으로 찾아 들어갑니까?"

"아 거참, 남의 영업 비밀을 그렇게 닥닥 긁어야 해요? 근데 이거 어떻게 설명하지?"

민호는 중얼거리며 머리를 손으로 북북 긁었다. 이완은 여전히 잔뜩 찌푸린 낯으로 민호의 눈을 바라보고 있었다.

"그냥, 사람마다 다른데, 저 같은 경우는 어떤 특정 공간에 있을 경우, 오래된 유물에 손을 대고 있을 경우, 여러 시기의 시공이 겹쳐져 있는 걸 느낄 때가 있어요. 어, 뭐랄까, 눈앞에 수많은 길이 사방팔방 펼쳐져 있는 느낌인데, 어, 뭐라 설명해야 하지? 음, 뭐 하여간 그런 게 있어요."

뭐, 내가 생각해도 괴상망측한 설명이네. 민호는 다시 머리를 긁다가, 콧방울을 만지작거리다가 안경을 고쳐 썼다. 남자의 눈썹이 다시 꿈틀거린다. 역시 아직도 안경에 신경을 쓰고 있나 본데. 왜 저 사람은 남의 안경 따위에 오만 신경을 쓰고 야단이래. 민호는 불퉁한 목소리로 말했다.

"나중에 돈 모아서 쌍꺼풀 하고 라식 받을 거예요. 그때는 안경 안 쓰고 다녀도 되니까, 조금만 참으셔야겠네요."

순간 이완은 피식 웃음을 터뜨렸다.

"그때까지 민호 씨와 만나고 있으면 곤란합니다. 지금 꽤 급합니다."

그의 웃음을 보자 민호도 긴장이 살짝 풀리는 것 같다. 아까는 잘 몰랐는데 웃을 때 저 사람 얼굴에 살짝 보조개가 생긴다. 쌀쌀맞은 얼굴에 정말 안 어울리는 필살기다. 민호도 씩 웃으면서 말했다.

"여기서 들으신 거 절대 다른 데 이야기하시면 안 돼요. 이번 것도 원래는 그냥 상자만 받아서 알아서 찾아낼 생각이었거든요. 저는 오빠가 넷인데 제가 이런 요상한 증세가 있는 걸 아무도 몰라요."

"유언장이 든 상자를 그냥 드릴 순 없습니다……. 무관심한 오빠들이군요."

"제가 입이 무거운 거죠."

"그럼, 김준일 교수님한테는 왜 알려 주신 겁니까?"

"그건 알려 준 게 아니라고요! 들킨 거예요, 현행범으로!"

민호는 뺙 고함을 질렀다.

"대학생 때 우리 시골집 창고에서 타임 트래킹을 한 적이 있어요. 제가 자란 시골집은 몇 백 년 된 종가라서 꽤 먼 시간까지 트래킹을 할 수 있어요. 그때 만났죠. 교수님은 강사 휴게실 소파에서 졸다가 꿈을 꾸고 계셨거든요."

"창고에서? 아니, 잠깐, 김준일 교수도 드리머? 타임 트래블러입니까?"

이완의 눈이 둥그레졌다. 민호는 한숨을 푹푹 쉬며 고개를 끄덕였다. 그때 꿈 한 번 꾼 걸로 끝나긴 했지만 그 경험이 워낙 강렬해서 도저히 그가 드리머임을 부인할 수가 없었다.

"다시 말씀드리지만, 주변에 드리머 정도 되는 사람은 꽤 있어요. 다만, 평생 자각을 못 할 뿐이에요."

민호의 초기 시간 여행은 종가 고택이었던 민호의 집을 매개로 해서 이루어졌고 대부분의 시간 여행 경험 역시 그곳에서 쌓였다. 민호는 어릴 때부터 새로운 환경을 접하는 일에 대해 신기할 정도로 거부감이 적었다. 대부분의 타임 트래커도 비슷한 기질을 갖고 있다 하였다.

미지의 장소와 시간에 떨어지면 가장 먼저 해결해야 할 일은 옷을 대충 훔쳐 입는 일이고, 다음엔 먹을 것을 확보하는 일이었다. 여행이 길어질 것 같으면 잠을 잘 곳도 마련해야 했다. 현재 민호의 큰오빠가 관리하고 있는 남양주 시골집은 사람이 살지 않는 폐가로 도깨비굴이 다 되었지만 시간 여행을 할 때 보는 과거의 고가(古家)는 항상 북적이는 사람들로 생기가 넘쳤다.

"아마 김준일 교수님이 꿈을 꾸면서 의식이 그 시간과 장소에서 오락가락했던 모양이에요. 저는 몰랐지만 교수님이 제 얼굴을 기억했던 거죠. 그때가 졸업반이었는데, 1학년 때 패스했어야 할 한국사 수업을 세 번째 듣고 있던 참이었고, 실습이니 시험이니 취업이니 앞두고 스트레스가 잔뜩 올라와 있었거든요. 그래서 잠깐 아무 데나 갔다 오자 하고……."

"스트레스 해소용으로 시간 여행을 한단 말입니까?"

이완이 얼빠진 얼굴로 더듬었다. 민호는 멀뚱하게 머리를 긁었다.

"그냥 여행인데요. 다른 사람들도 스트레스 쌓이면 '여행이라도 갔다 오고 싶다' 는 말 하잖아요?"

"그게 어떻게 그냥 여행입니까?"

"어 물론, 못 돌아올 수 있다는 걸 감안하면 좀 짜릿한 여행이긴 하죠. 하지만 스트레스 쌓인다고 에버랜드 가서 바이킹이나 미친 열차 타는 사람도 많은데 그 정도 짜릿한 거야 양반이죠. 말 통하고, 조심만 하면 무사히 돌아올 수 있고, 비행기값도 안 들고."

민호는 맞은편에 앉은 사내가 입을 멍청하게 벌리는 모습을 보았다. 잘생긴 사람은 어떤 꼬락서니가 되어도 기본 이상은 가는구나. 다만 보조개가 사라진 것은 아쉬웠다.

○ ● ○

창고에서 나온 민호는 어슬렁어슬렁 눈치를 보며 마을 어귀까지 나가 보았다. 새로운 공간으로 들어갈 때는 항상 짜릿하고 조마조마한 설렘이 느껴지곤 한다. 지린내와 구린내가 코로 확확 들어오는 걸 보니 제대로 타임 트래킹이 된 게 맞다.

흙으로 벽을 바른, 넘어지기 일보 직전인 초옥이며, 아이쿠, 시커멓게 때가 탄 치마저고리를 입고 한쪽 가슴을 밖으로 덜렁 늘어뜨린 쪼글쪼글한 아줌마가 꼬맹이를 허리에 동인 채 휘적휘적 가는 꼴이 보인다. 어쩐지 꽤 먼 시기로 나온 것 같다. 쪼글쪼글 아줌마는 민호를 이상하다는 듯이 흘끔거리더니 도망치듯 걸음을 옮겼다.

후드 티셔츠랑 청바지가 이상해서 그런가? 민호는 옷이라도 훔쳐 입어야 할까 생각하다 고개를 저었다. 저렇게 새까맣게 때가 타도록 옷을 입는 시대라면 옷이 아주 귀할 것이고, 그녀가 훔쳐 입은 저고리 한 벌이 어떤 아줌마나 아가씨에게 평생에 유일한 여벌 옷일 가능성이 컸다. 그리고 타임 트래킹을 할 때 만나는 대부분의 사람이 키가 상당히 작아서 옷들이 맞을 성싶지도 않았다.

걷다 보니 배가 고팠다. 시간 여행을 하고 나면 비행기를 열 시간 탄 것 이상으로 몹시 피곤해지거나 위장에 구멍이 난 것처럼 허기가 들곤 했다. 밭두둑 옆으로 참외가 줄줄이 숨어 있는 것이 보였다.

민호는 자리에 쪼그리고 앉아서 노란 봉탱이 참외를 몇 개 집어 이로 줄기를 끊어 냈다. 지저분하게 묻은 흙을 바지에 쓱쓱 문지른 후 껍질째 크게 베어 물었다. 빛깔이 노르스름한 것치고 아직 맛은 덜 들었지만 시간 여행을 다니다 보면 이 정도 먹을 것은 엄청 고퀄리티에 해당했다. 와삭, 와삭, 삭, 세 번 베어 문 순간 멀리서 두엄을 내고 있던 키가 땅딸한 일꾼이 달려오기 시작했다.

"언 놈의 새끼가 겁도 읎시 내 앞에서 도둑질이여!"

기겁한 민호는 꽁지가 빠지게 도망치기 시작했다. 얼결에도 양손에 움켜쥔 참외는 끝까지 놓지 않았다. 그게 더 괘씸했던지 일꾼은 몇 백 미터 거리를 쫓아오며 욕을 고래고래 퍼부었다. 민호가 산길로 허둥지둥 들어서자 결국 귀찮아졌는지 이젠 돌멩이를 집어 던지기 시작했다. 일꾼은 투포환 선수 같은 팔뚝 파워를 갖고 있었고, 민호는 어깨에 돌멩이를 맞았다. 그 와중에 두 번이나 된통 엎어진 것은 덤이었다. 양쪽 무릎이 까져서 피가 흘러내리는 것도 나중에야 알았다.

민호는 밤이 될 때까지 산속에 숨어 있었다. 전깃불이 없는 산속은 무시무시했고, 무릎은 확확 쑤셨고, 미친 듯이 배가 고팠다. 민호는 쪼그리고 앉아 피가 나는 부분을 입으로 쭉쭉 빨아 가며, 코를 훌쩍거리며 훔쳐 온 참외를 먹었다. 뭔가 재밌는 게 있을 줄 알았는데 아니나 다를까 허탕이었다. 국내 여행이든 해외 여행이든 시간 여행이든, 준비 없는 여행의 말로는 뒤끝이 좋지 않게 마련이었다.

민호는 밤이 되어서야 간신히 헛간으로 되돌아와 원래 시간으로 복귀할 수 있었다. 별 기억도 남지 않을 허탕 여행이었다고 생각했다. 며칠 후 강의실에서 만난 김준일 교수가 그녀의 무릎에 찬란하게 얹힌 빨간 딱지를 발견하기 전까지는.

민호의 얼굴과 무릎의 상처와 팔뚝의 멍을 한참 번갈아 보던 교수의 얼굴이 퍼렇게, 벌겋게, 허옇게 시시각각 변했다. 그는 수업을 할 생각도 하지 않고 민호의 무릎만 바라보며 강단에서 더듬었다.

"아, 제, 제가 며칠 전에 강사 휴게실에서 졸다가 꿈을 꾸었는데 말입니다."

"……?"

"꾸, 꿈에서 전 어느 종가의 일꾼이었어요. 저와는 달리 굉장히 몸집이 좋은 사람이었죠. 옷차림을 보니 개화기 전 시대였던 것 같았어요. 밭에 두엄을 내고 있었는데, 여, 여기 앉아 있는 어떤 여학생이 나타나서 참외를 훔쳐 먹기 시작하더군요."

모여 있는 학생들이 뭔 뚱딴짓소리냐 싶은 얼굴로 웃음을 터뜨렸다. 민호는 웃을 수 없었다. 김준일 교수도 웃지 않았다. 그의 시선은 민호에게 박혀 떠나지 않았다. 그는 참외를 훔쳐 먹던 제자의 얼굴을 기억하고 있었다. 그의 턱이 달달 떨리는 것이 선명하게 보였다.

"교수님은 자신이 타임 트래블러라는 것을 그날 처음 아셨어요."

민호는 덤덤하게 말했다. 이완은 징징 울리는 머리를 한 손으로 가만히 짚었다. 믿어야 할지 말아야 할지 점점 갈피를 잡을 수 없었다. 거짓

말을 하는 것 같지는 않은데. 만약 이 말이 사실이라면 윤민호라는 저 어리바리한 여자는, 유물의 이력에 대한 '스페셜리스트'가 맞으며, 결론적으로 화각함의 열쇠를 찾을 가능성이 가장 높은 사람이 될 것이다.

문제는 이 얼빠진 유치원 선생의 말이 사실인지 아닌지를 어떻게 확인하느냐 하는 것이다. 이완은 아까보다 한결 수긋해진 말투로 물었다.

"그냥 믿으라고 하기에는 근거가 너무 빈약하다는 생각 안 드십니까?"

"여전히 사기꾼으로 보이면 맘대로 하세요. 정 못 믿겠으면 판 엎으시고, 전시회도 취소하고, 여기 전시한 것들 전부 끌어안고 가서, 혼자서 자알 찾아보시면 되겠네요."

민호의 불퉁한 목소리에 이완은 정중하게 사과했다.

"아까 험한 소리 한 것 죄송합니다. 지금도 불쾌하게 하려고 드린 말씀은 아닙니다. 다만 유서 깊은 골동품을 통째로 맡겨야 하는 일이고, 워낙 큰 분쟁이 걸린 일이니까 확인할 방법이 있으면 좋겠다는 거죠. 어쨌든 두 분의 말씀은 상식적으로 받아들이기 어려운 내용이니까요."

"당신 할머님의 유언도 상식적으로 이해하기 어려운 건 마찬가지죠."

"그 말은 증거를 보여 주기가 어렵다는 말씀입니까?"

"지금 당장 타임머신이라도 뿅 하고 타고 가서 공룡이라도 잡아 와야 하나요? 뭐 갖고 온다고 해도 믿을 생각도 없는 것 같은데요?"

민호는 일부러 가시를 잔뜩 박아 대답했다. 이완의 입매가 단단하게 굳었다.

"증거를 보여 줄 수 없다는 건, 일을 맡겠다면서 포트폴리오도 제출하지 않는 것과 마찬가지죠."

"만약 못 하겠다면 어떻게 되나요?"

"이번 전시회를 취소하고 김준일 교수를 사기죄로 고소할 생각입니다. 피해보상청구도 별도로 들어가고요."

씩씩하게 따지던 아가씨가 갑자기 조용해졌다. 이완은 눈을 가늘게 뜨고 여자의 얼굴을 살폈다. 큼직한 안경 너머로 눈이 동그랗게 된 여자가 하얗게 질린 입술을 달싹거리고 있었다.

"교수님은 거짓말하지 않았어요. 아무 잘못 없다고요."

"아 물론, 그러시겠죠."

"뭘, 어떻게 증명하면 되나요?"

"아무 시대라도 좋으니, 타임 트래킹? 그걸 해서, 그 시대에 사용되던 물건을 하나만 갖다 주실 수 있을까요? 아무리 하찮은 것이라도 상관없습니다. 대부분의 물건은 사용되던 시대가 언제인지 스스로 이야기하니까요."

"아무거라도?"

"돌멩이나 식물이나 애완동물 같은 것만 아니면. 그 시대 사람이 만든 거라면 무엇이든지. 물론 가능하다면 말입니다."

침묵이 길어졌다. 민호는 여전히 핏기가 가신 얼굴로 그를 노려보며 꼼짝 않고 서 있다. 이완은 모르는 척 자리에서 일어서 주변을 찬찬히 돌아보았다. 전시 준비가 거의 끝났는지 300여 점에 이르는 소장품들은 세팅이 대부분 잘 되어 있었다. 조명 정도만 손보면 바로 입장객을 받을 수 있는 상태였다.

민호는 코를 시근거리며 그의 등짝을 흘겨보았다. 저 인간이 우리를 사기꾼 취급한 게 분하긴 했지만 못 믿는 심정도 이해는 되었고, 김 교수님이 거대한 흥정을 저질러 놓은 상태니 판을 깨면 안 될 거라는 자각도 있었다. 게다가 사기죄에 피해보상이라니. 걸려도 더럽게 걸렸구나.

민호는 시무룩하게 앞에 놓여 있는 유물들을 죽 훑어보았다. 보아하니 국사책에 실릴 만큼 한 가락씩 하게 생겼다. 아마 비싸겠지. 그것도 뒈지게 비쌀 거야. 보험료나 운송비도 오지게 비싸겠지. 박물관이나 이 사람이 손해배상을 하라고 한다면 단위가 억대로 깨질지도 몰라. 교수님 연봉은 아무래도 그 정도는 안 될 것 같은데.

민호는 한숨을 쉬며 눈앞에 놓인 등잔을 손으로 쓸어 보았다. 아래에 네모 모양 구멍이 숭숭하고 위로 조그만 그릇이 오르르 붙어 있다. 손끝의 감촉이 투박하고 거칠거칠하다. 흙으로 만든 것은 알겠는데 도자기처럼 매끈하지 않은 걸 보니 뭔가 코팅이 될 만한 걸 안 바르고 그냥 구운 것 같다. 등잔 한 개가 떨어져 나간 것이 특이했다. 오래되었겠지. 책인지 텔레비전인지에서 비슷하게 생긴 놈을 본 적이 있다. 생긴 걸 보면 고려청자니 백자니 그런 것보다 더 오래되었을지도 모르겠다.

민호는 고미술품에 대한 배경 지식 따위는 전무했지만 유물 구경은 좋아했다. 특히 사람들이 오랜 세월 대를 이어 가며 쓴 물건들이라면 사족을 못 썼다. 그런 물건일수록 그곳에 담겨 있는 사람 사는 이야기들이 길고 애틋했고, 오래전 사람들의 애정과 괴로움, 삶의 여러 가지 색깔이 켜켜이 느껴지곤 했다.

민호는 사람이 다 들어갈 정도로 큼직한 자개장이며, 국사책에서 본 것 같은 어깨가 불룩한 청자, 얼굴이 둥그스름한 여자의 초상화, 터치가 억센 글씨가 빽빽하게 새겨진 낡은 병풍 등을 찬찬히 구경했다. 까칠한 사나이가 어쩐지 조용하기에 뒤를 돌아보니 그는 피곤한 듯 눈을 감고 이마에 손을 대고 창턱에 걸터앉아 있었다.

"이 등잔은 왜 접시가 하나 없어요?"

"신라 토기등잔 말입니까? 종지는 보관 중 유실됐습니다. 그 덕에 가치가 절반 이하로 폭락했어……. 아! 그거 왜 들고 왔습니까? 당장 제자리에 안 갖다 놓습니까? 그걸 한 손으로 덜렁 들고 있으면 어떡해!"

그는 민호가 등잔을 들고 있는 것을 보고 벌떡 일어나 고함을 질렀다.

민호는 당황해서 한 걸음 뒤로 물러섰다.

"어? 그러면 안 돼요? 쏘리쏘리. 두 손으로 쥐었다가 잠깐 한 손으로 옮겨 잡은 것뿐이에요. 근데 말로 하면 되지 왜 소리부터 지르고 그런대요?"

"그러다 놓쳐서 돈 물어내면 덜 억울할 것 같습니까?"

이완은 민호의 손에서 등잔을 뺏고, 두 손으로 감싸 잡았다. 미안하다 했는데 좀 너무하시네, 민호가 혼잣말로 투덜거리자 이완이 사납게 쏘아붙인다.

"이런 물건이 소더비나 크리스티에서 얼마에 팔리는지는 아십니까?"

"흥, 귀하신 몸이네요. 그래 봤자 접시도 하나 없으면서. 똥값 됐다면서요."

"그래도 당신 연봉보다는 훨씬 많이 나갈걸?"

"아 네, 그렇게 대단한 똥님인 걸 몰라뵀었군요."

민호는 다시 코웃음 쳤다.

이완은 입을 다물고 고개를 저었다. 기분이 좋지 않다. 속에서 독설가 박이완이 발동이 걸리려는 모양이다. 지금 이렇게 하찮은 말싸움이나 하고 있을 때는 아닌데. 이상하게 저 사람하고는 자꾸 부딪치고, 거슬리고, 참지 못하게 된다. 저 여자와의 관계에서 평정을 유지하기 위해서는 다른 사람보다 더 먼 거리가 필요할 듯했다.

그는 자신의 영역에 남이 발을 들이는 것을 좋아하지 않았고, 사람 사이의 관계에서 적당한 거리가 반드시 필요하다고 믿는 사람이었다. 거리를 지키지 못할 때, 사람들 사이에선 필연 마찰이 일어나게 되어 있다. 특히 나처럼 탐탁잖은 성정을 가진 사람임에야. 이완이 토기등잔을 다시 자리에 놓자 뒤따라온 민호가 두리번거렸다.

"이 병풍은 누구 거예요?"

"추사의 그림과 글씨를 모아 만든 10폭 병풍입니다. 거기 제일 왼쪽 그림에 낙관 보세요. 완당(阮堂)이라는 도장 옆에 추사잠춘(秋史潛春)이라고 씌어 있지 않습니까."

"완당은 또 뭐래요……. 이렇게 흘려 쓴 걸 어떻게 읽으라고요."

"추사는 호가 수백 개나 됩니다. 완당은 그래도 자주 쓰인 호 중 하나예요. 그리고 그 정도를 흘려 쓴 거라 하시면 초서체 보면 화성인이 쓰고 간 거라 하겠군요. 뒤쪽엔 사군자가 있습니다. 뒤쪽은 그림들만 있으니 속 편하게 보시면 되겠…… 이봐요! 손! 자국 남아요! 맨손 대지 말라고! 손으로 만지면 글씨가 읽혀? 이봐요, 민호 씨, 당신 고미술품 다루는 방법 안 배웠어?"

"내가 그런 걸 어디서 배워요?"

"무식이 자랑입니까? 정말, 당신은 왜 이렇게 사람을 미치게 해!"

그가 불같이 화를 내자 민호는 찔끔해서 병풍 뒤로 숨어 버렸다. 확실히 땀에 젖은 손가락을 그림에 댔던 것은 실수였다. 이완은 가방에서 작은 루페를 꺼내 그녀의 손이 닿았던 부분을 확인했다. 민호는 조그만 목소리로 사과했다.

"어, 저기, 미안해요. 제가 오래된 물건을 보면 만져 보는 버릇이 있어요. 조심할게요."

"……."

"추사가 김정호든가? 그림 멋진데요?"

"추사가 김정호인지 김정희인지도 헷갈리는 사람이, 그림이 멋진지 어쩐지 볼 눈은 있습니까? 그러면서 이 물건이 얼마나 비쌀지, 얼마나 조심해서 다루어야 할지 짐작할 상식은 왜 없습니까?"

"아 거참, 사람 이름 못 외웠다고 눈깔까지 빠져나간 줄 알아요? 아는 거 그냥 순순하게 이야기해 주면 안 되나요? 정말 싸가, 아니, 재수,

아, 아니, 사람 치사해서!"

민호는 코딱지가 튀어 나갈 정도로 세차게 콧방귀를 뀌었다. 이완은 까딱하지 않고 쏘아붙였다.

"콧방귀 뀌지 마세요. 그림에 콧물 튑니다."

"네에, 제 콧물은 영광스럽게도 이 비싼 그림과 함께 천년만년 보존이 되겠고요. 아주 고맙네요."

민호의 목소리가 점점 강팔라진다. 이완은 길게 한숨을 쉬었다. 인내심이 바닥을 칠 때마다 말로 상대를 찔러 대는 버릇이 무시로 튀어나오려 한다. 이완은 속을 지그시 누르고 양해를 구했다.

"민호 씨, 미공개이긴 해도 이 병풍에 있는 추사의 글씨와 산수화 정도면 국보급 유물입니다. 그래서 예민하게 구는 거니 이해해 주셨으면 좋겠습니다. 꼭 손을 대야 할 일이 있으면, 여기 장갑 드릴 테니 끼고 만지세요."

이완은 탁자 위에 흰 장갑을 내려놓았다.

민호는 병풍 뒤에서 잠시 생각에 잠겼다. 시간 여행을 가는 일은 저 사람이 생각하는 것보다 조심스럽고, 위험한 일이었다. 내가 타임 트래커라는 건 하늘이 알고 땅도 알고 김준일 교수님도 알고 나도 안다. 굳이 증명하기 위해서 귀찮게 갔다 오는 것보다 다른 방법이 없을까. 순간 민호의 머릿속으로 번뜩이는 섬광이 가로질렀다.

'그렇지, 땜빵이 될 만한 물건이 있잖아! 항상 휴대하는 그거.'

민호는 병풍 밖을 곁눈질하며 씩 웃었다.

'그래애. 지금 번개처럼 트래킹 다녀왔다고 하고, 그걸로 땜빵하면 되는 거야.'

'어, 근데 사실 이 아이템은 좀 상당히 쪽팔리는 건데.'

'쪼, 쪽팔리긴 뭘. 용도가 뭔지 저 사람이 알 게 뭐야. 어차피 한 번 보여 주고 말 건데!'

'이러면 넌 정말 사기꾼이 되는 건데?'

'사기가 아니지, 언니! 내가 시간 여행자라는 건 틀림없는 사실이잖아. 효율적인 시간 절약이지.'

민호는 자신의 꼼수를 정당화시키기 위해 레드 썬, 옐로 썬을 열 번 쯤 중얼거린 후, 후드 티셔츠의 목덜미를 죽 잡아당겼다. 분명 이 속에⋯⋯.

"으힛?"

아니 얘가 어딜 갔지? 아, 아침에 분명, 분명 양쪽에 공평무사, 균등하게 분배해 집어넣은 것이 없어졌다. 내 뽕이! 핸드메이드 특별 뽕 한 짝이! 한쪽이 푹 찌그러져 격심한 비대칭을 보이고 있는 속옷을 내려다보며 민호는 지각이 붕괴하는 것을 느꼈다. 그녀는 짝짝이 가슴을 들여다보며 맹렬히 자문자답했다.

'어디서 떨어뜨렸지? 나 언제부터 짝짝이로 다닌 거지? 왜 사람들은 이거 이야기 안 해 주었지?'

'그 이야길 누가 해 주겠냐, 이 바보야.'

'그럼, 그 말 많은 꼬꼬마들은 왜 이런 이야기를 안 해 주었지?'

'애들이 뭘 아니, 이 멍청아.'

민호의 등짝으로 땀이 진득하게 흘러내렸다. 오늘도 어김없이 대형 흑역사를 저축하는구나. 아까 저 인간을 보고 정신이 안드로메다로 날아간 후로 무슨 일이 있었는지 제대로 기억도 나지 않는다. 그저 확실한 건 이 방에서 떨어뜨린 것 같지는 않다는 거.

패닉에 빠진 후 어느 정도의 시간이 지났는지 모르겠다. 민호는 퍼뜩 정신을 차리고 옷 속에 손을 넣어 나머지 한 짝을 끄집어냈다. 절벽보다야 쌍봉낙타가 당연히 좋은 것이지만, 비대칭 짝짝이와 대칭 절벽 중에서 선택하라면 별수 없이 후자를 선택해야만 하는 것이다. 그러잖아도 A/4컵, 도로 위 과속방지턱만큼의 볼륨도 안 되는 주제라 속상해 죽겠는데. 민호는 비단 패드를 두 손으로 꼭 움켜쥐었다. 솜을 얼마나 빡빡 밀어 넣었는지, 이 큼직한 것이 빠져나간 들판을 바라보니 갑자기 심장이 써늘해지는 기분이었다.

그래, 다른 사람은 몰랐을 거야, 레드 썬! 자, 윤민호, 너는 돈 많이 벌어서 F컵 수술부터 받는 거야. 레드 썬! 이건 교수님 취향과 상관없는…….

"민호 씨?"

밖에서 차분하게 가라앉은 목소리가 들렸다. 처음 만났을 때처럼 정중하고 부드러운 목소리인 걸 보니, 그 사람도 나름 흥분을 삭인 모양이다. 민호는 허옇게 뜬 얼굴로, 허둥지둥 빠져나갔다.

'이걸 과거에서 집어 온 거라고 말해? 말아? 말해? 말아?'

망설임이 끝나기도 전에 그의 시선이 민호의 손에 와 닿았다. 한쪽 눈썹이 실긋, 움직였다. 민호는 입술을 달싹거렸다. 있잖아요. 제가 말이죠, 그게 말이죠. 성질에 맞지도 않는 거짓말을 하려니 입이 얌전하게 말을 듣지 않고 늑장이다.

"저, 그, 그게, 박 실장님? 제, 제가 지금 번개같이 시간 여행을 갔다……."

"민호 씨."

민호는 말을 멈췄다. 그의 시선이 자신의 손에 꽂혀 있다. 보일락 말락 찌그러진 눈썹과, 딱딱하게 긴장한 입술이 보인다. 째깍째깍, 시간이 길게 늘어졌다. 목이 긴 사내의 울대뼈가 꿀럭, 하며 아래위로 움직이는 것이 보였다.

"제가 아까 전시실에서, ……이걸 주웠는데 말입니다."

맞은편에 서 있는 사내의 얼굴에 붉은 기운이 은은하게 퍼졌다. 그리고 말하는 것보다 더 망설이며 주머니에 손을 넣어 눈에 익은 둥그런 덩어리를 끄집어냈다. 솜이 팽팽하게 들어간 붉은 자수비단뽕이 그의 두 손가락 사이에서 덜렁덜렁 흔들렸다.

"……이게 민호 씨 거였나 보군요."

민호의 입이 딱 벌어졌다. 머릿속이 흰 페인트 통을 엎어 놓은 것처럼 새하얗게, 새하얗게 지워지기 시작했다.

"바, 바늘꽂이예요. 바늘꽂이라고! 내 친구가, 아는 친구가 선물해 준 거예요!"

뇌와의 연결고리가 끊어진 혓바닥이 전면에 나섰다. 사내는 대답이 없었다.

"하나만 주면 정 없다고 두 개 준 거예요. 바느질 좋아하는 친구가, 해, 핸드메이드! 핸드메이드!"

"……."

"정말 바늘꽂이라니까? 우리 집에 바늘이 백 개쯤 있는데, 그거 꽂아 놓으려면 하나로는 모자라서! 두 개가 필요해서! 치, 친구의 정을 생각해서 항상 가지고 다니……."

"……누가 물어봤습니까? 안 궁금합니다."

얼굴이 수박 속처럼 익어 가는 사내가 퉁명스럽게 내뱉으며 시선을 돌렸다. 순간 거대한 깨달음이 민호의 뒤통수를 후려쳤다.

'오 마이 갓, 저 사람이 나를 따라다니고, 헛기침을 해 대고, 괜히 곁눈질하던 게 다 이유가 있었구나!'

세계 8대 미스터리가 풀린 것은 반가운 일이지만 하나도 기쁘지 않았다. 이 덜떨어진 푼수야, 이 돌대가리, 또라이, 멍충이, 아메바 새끼야.

아아. 여기가 1층만 아니라면 창밖으로 뛰어내리고 싶어! 민호는 스스로에게 욕설을 퍼부으며 머리를 쥐어뜯었다.

그럼 그렇지, 내가 무슨 전생에 나라를 구해! 저런 사람이 나 같은 년한테 관심을 보일 턱이 없다. 주제도 모르고 눈길 좀 받았다고 가슴을 벌렁대며 좋아했다니. 생각할수록 눈물이 나오려 한다.

쪽팔림이 지나가니 비참해졌고, 그나마도 지나가니 이젠 부아가 치밀었다. 방귀 뀐 놈이 성낸다고 뭐라 하지만, 방귀 뀐 놈의 분노에도 당위성은 존재하는 법이다.

"그래도 댁도 참 거시기하네. 제가 떨어뜨린 걸 알고서도 말 한 마디 안 해 줘요? 이거 흘린 거 같습니다, 한마디만 하면 되잖아요! 변태같이……."

"변태요?"

"변태 아니고요? 이런 걸 주머니에 넣고 다니면서 대체 뭔 생각을……."

이완의 얼굴로 갑자기 열이 확 몰리는 게 보였다. 목소리가 갑자기 써늘하게 가라앉았다.

"내가 왜 그따위 소릴 들어야 합니까? 바늘꽂이라며? 지금 당신 입으로 바늘꽂이라 안 했습니까? 당신은 바늘꽂이 앞에 놓으면 성욕이 올라가나 보지?"

"웃기신다. 다 알고 그런 거잖아요! 다 보고 있던 거잖아! 누가 모를 줄 알아요?"

민호의 시근거림이 맹렬했다. 이완은 팽팽하게 쏘아붙였다.

"그래요. 까놓고 말합시다. 어디에 쓰던 건지 알면 말하기가 좀 쉬웠을 것 같습니까? 당신 창피할까 봐 말 못 했을 거란 생각은 못 합니까? 오죽하면 누가 떨어뜨린 줄 알면서도 분실물 센터에 갖다 주려 했겠습니까?"

"거봐요. 알고 있었지! 이게 뭔지 알고 있었잖아! 내내 보고 속으로 웃고 있었으면서?"

민호는 얼굴이 시뻘겋게 되어 깡깡 소리를 질렀다. 이완은 머리카락을 헤집더니 툭 내뱉었다.

"웃어요? 내가? 미치겠군. 내가 그렇게 말종은 아닙니다. 사람을 대체 어떻게 보고. 남자들은 그런 거 민망하지 않은 줄 압니까?"

이완은 얼굴뿐 아니라 귀까지 곱게 물든 뺨을 손등으로 문지르더니, 자포자기한 듯 한숨을 쉬었다.

"그래요, 됐습니다. 윤민호 씨, 내가 실수했습니다. 그런데 하나만 물읍시다. 그 바늘꽂이 어디서 구한 겁니까?"

민호는 역시 창피한 것은 마찬가지라 얌전히 입을 다물었다. 이런 문제로 여자하고 말씨름할 내공까지는 안 되는 거 보니, 저 남자도 생각보다 숫기 없고 순진하거나 꽤 점잖은 모양이다. 민호는 이완이 건네주는 '바늘꽂이'를 받아 주머니에 쑤셔 넣으며 조그맣게 대답했다.

"친구가 만들어 줬어요. 바느질 아주 잘하는 친군데요."

"친구? 민호 씨 친구라 했습니까?"

이완은 믿어지지 않는다는 듯 고개를 좌우로 갸우뚱거렸다.

"맞아요. 어…… 진짠데."

"친구라."

이완은 씁쓸하게 고개를 저었다. 분명 조선 후기의 유품이라 생각했는데. 감이 무디어졌나. 앤티크 딜러가 진품 위품을 제대로 가리지 못하면 위험했다. 앤티크를 세 번만 잘못 사면 집안이 망한다는 말은 꽉 닫힌 고미술품 세계에서 불변의 진리로 통했다. 멀리 갈 것도 없다. 잘나가던 딜러였던 앨버트 황이 나이 잔뜩 먹어 갓 개업한 이완의 매장에서 일을 하게 된 이유가 무엇인가. 그렇게 노련한 앨버트도 위작을 감별하는 데 서너 번 실패하여 파산에 이르렀기 때문이다.

민호는 우물쭈물했다. 친구는 맞지. 오랑캐가 쳐들어오던 시절에 살던 친구이긴 하지만. 순간 이완이 치고 들어왔다.

"그 친구 지금 어디 삽니까?"

"어? 어! 그, 그게, 요새는 오래 못 만나서요."

"요새는 연락 안 합니까? 그 친구한테 물어보고 싶은 게 있는데."

"그, 그 친구는, 어, 그게, 지금 없어요, 주, 죽었거든요."

"그 친구 이름이 뭡니까?"

"구월이. 구월에 태어나서 구월이. 바느질하고 자수를 정말 잘해서 내가 자수 대마왕이라고 놀렸었다고요."

잔머리도 꼼수도 깨끗이 포기한 채, 민호는 꼬박꼬박 대답했다. 취조하는 사내의 얼굴이 점점 이상해졌다.

"그 친구가 실도 직접 만들었습니까? 염색도 하고? 실도 직접 꼬고 그러지는 않았습니까?"

"어? 어떻게 알았어요? 이거 막 무늬 맞춘다고 왼쪽으로도 꼬고, 오른쪽으로도 꼬고."

이완의 얼굴에 서렸던 딱딱한 기운이 점차 풀리기 시작했다. 어쩐지 흥미가 발동한 모양이었다. 하지만 찌푸린 눈썹의 주름이 완전히 없어지지는 않았다.

"바늘꽂이라."

"바늘꽂이 맞아요. 정말이에요. 뽕 따위가 아니라니까."

"그렇다고 해 둡시다."

이완은 더 이상 묻지 않았다. 속을 전혀 알 수 없는 얼굴로 가만히 바라보기만 할 뿐이었다. 한참 지난 후 사내의 얼굴에 보일락 말락 미소가 나타나기 시작했다. 백만 가지의 의미가 담긴 웃음이었지만 민호는 그 것을 제대로 읽을 수 없었다.

결국 민호는 긴 한숨을 쉬며 손을 들었다. 이 판에서 칼자루를 쥔 쪽 은 저쪽인 것 같다. 밀고 당기기도 함부로 하면 안 되는 것이다.

"하죠, 뭐. 증거인지 증명인지."

민호는 시큰둥한 목소리로 툭 내뱉으며 다시 병풍 뒤로 걸음을 옮겼 다. 콧노래를 흥얼거리며 병풍 밖에 놓인 탁자 위에 검은 뿔테 안경을 툭 내려놓았다. 이완은 눈을 가늘게 뜨고 덩그러니 놓인 안경을 내려다 보았다.

"안경은 왜……? 그림이 안 보입니까? 벌써 노안이 왔어요?"

흥. 말도 예쁘게 하지. 그야, 과거로 트래킹할 때, 안경을 쓰고 가면 도깨비 취급을 받으니까 그렇지. 하지만 민호는 순순히 대답해 주지 않 고 콧방귀만 뀌었다.

"아무 데라도 가서 뭐라도 갖고 오면 된다 했지요? 언제까지 가져오 면 되나요?"

"결심이 빨라서 좋군요. 빠르면 빠를수록 좋겠지요. 혹시나 해서 하 는 말이지만, 인사동에 가서 돈 주고 사 온 건 받지 않습니다."

"여전히 내 말은 코딱지만큼도 안 믿고 있죠?"

"오, 놀랍군요. 평생 눈치 못 채실 줄 알았습니다."

"아오, 말 진짜 거시기하게 하네. 어디 가서 성질 더럽단 말 안 들어 요? 그것도 모르고 점잖고 성격 좋은 줄 알았네. 얼굴에 깜박 속아 갖 고."

"하지만 이 얼굴로 태어난 걸 어쩌겠습니까? 노력해서 못생겨질 수 있는 것도 아니고. 운명으로 받아들이고 살고 있습니다."

민호는 킬킬킬 숨죽여 웃었다.

"노력하면 안 되는 게 어딨어요? 얼마든지 떡판 고릴라가 될 수 있죠."

"아하. 민호 씨 얼굴은 나름 엄청난 노력을 하신 결과물이군요. 어쩐지."

"아오 진짜, 이 아저씨 말하는 거 정말 싹퉁머리가 바가지…… 아니, 매너가 좀 강아지 과네요?"

병풍 밖으로 화장기 하나 없는 얼굴이 날름 튀어나오며 아릉거렸다.

"어?"

이완의 눈이 설핏 벌어졌다. 잠시 침묵이 흘렀다. 그의 시선이 민호의 민얼굴에 한동안 머물렀다. 민호는 멋쩍은 얼굴로 눈을 깜박깜박했다.

"나도 안경 벗은 내 민낯이 좀 거시기한 거 알거든요? 그렇다고 사람 면 팔리게 그렇게 빤히 바라볼 게 뭐예요."

이완은 여전히 한마디 말도 없이 민호를 내려다보았다. 문득 희미한 목소리가 그의 머릿속으로 흘러내렸다.

'봉황의 눈이라고 아니?'

이제는 다시 들을 수 없는, 그립고 아픈 목소리가 갑자기 되살아났다.

이완은 퍼뜩 정신을 차리고 고개를 흔들었다. 자신을 말끄러미 쳐다보는 여자의 눈 속에서 작은 별이 반짝인다. 생기발랄한 것을 넘어, 기품과 싱싱한 힘이 느껴진다. 텔레비전에서야 살구씨처럼 크고 동그란 눈이나 반쯤 감긴 섹시한 눈을 제일로 쳐줄지 모르겠지만, 관상에서 극귀상으로 쳐주는 눈은 바로 코앞에 보이는 봉황의 눈—봉안(鳳眼)이었다.

그뿐이 아니었다. 얼굴의 절반을 가렸던 시커먼 뿔테 안경이 사라지고 나니 흐리터분한 분위기가 종적 없이 사라졌다. 하관이 단단한 계란형 얼굴에 이마가 동그스름하고 매끈하게 나와 선이 부드러웠다. 피부가 살짝 가무스름하고 콧대가 약간 세 보이긴 했지만 전체적으로 오목조목하여 얼굴형과 조화를 이루고 있었다. 눈이 아찔한 미인은 아니었지만 고양이나 여우의 얼굴처럼 독특한 매력이 있었다. 기가 막혀서. 저런 얼굴을 얼뜨기 같은 안경으로 내내 가리고 다녔단 말인가? 이완은 더듬더듬 말했다.

"민호 씨, 당신, 봉안……인 거, 알고 계십니까?"

"당연히 봉이 아니죠. 내가 봉으로 보였어요?"

핑, 하는 콧방귀 소리와 함께 얼굴이 병풍 뒤로 쏙 사라졌다. 이완은 순간 크게 웃음을 터뜨렸다. 아, 무슨 반응이든 상상 이상을 보여 주는구나. 언짢았던 기분이 순식간에 흩어졌다.

"그래요, 그건 됐고요. 지금 뭐 하십니까?"

"쪼지 좀 마요. 예술…… 아트 감상 중이니까요."

"네네, 좋습니다. 그럼 며칠쯤 출발할 예정입니까? 무슨 준비가 필요합니까?"

"아 거참, 얼굴은 잘생긴 주제에 성미는 왜 이리 급해요. 어련히 때 되면 알아서 간다고 할까."

이완은 웃음기가 가시지 않은 얼굴로 병풍 귀퉁이를 비라보았다. 여자가 말하는 것이 은근히 재미있다. 얼굴을 쏙 내밀고 배시시 웃는 얼굴이, 특히 그 눈이 자꾸 신경이 쓰였다.

병풍 옆 탁자 위에는 민호가 올려놓은 안경이 다리를 벌린 채 얹혀 있었다. 내 이럴 줄 알았지. 입에서 푸스스 바람 빠지는 소리가 흘러나왔다. 안경다리의 수평이 맞지 않아 한쪽 다리만 덜렁 위로 올라와 있다. 가뜩이나 꺼벙한 안경을 쓰고 있는 주제에 다리마저 휘어 있으니 그 꼴이 내 신경을 긁지 않고 배기겠나.

"뭐, 얼굴이 비뚤어진 건 아니니 다행인데……."

그림 구경 삼매에 빠지기라도 했는지, 병풍 뒤에서 여자의 콧노래 소리가 흥얼흥얼 커졌다 작아졌다 한다. 그는 한참 망설이다가 천천히 손을 내밀었다. 두 손가락을 집게 모양으로 구부려 안경다리를 집어 들었다.

'What the hell……'

비뚤어진 다리만 문제가 아니었다. 안경을 위로 들어 올려 햇빛에 비춰 본 이완은 속에서 울컥 무언가 넘어오는 줄 알았다. 코 패드와 다리 연결 부분인 힌지 사이로 때가 자닥자닥했고, 안경알에도 부옇게 손자국이 남아 있었다. 거기에 덤 앤 더머 디자인과 구부러진 다리까지 합치니 진정한 트리플 크라운 테러가 완성되었다. 봉황 눈에 감탄했던 마음이 순식간에 썰물처럼 빠져나갔다.

그는 병풍을 한 번 보고, 다시 안경을 들여다본 후, 한숨을 쉬며 물티슈를 꺼냈다. 손끝 하나 대기도 싫은데, 그냥 놔두고 볼 수가 없었다. 찌든 때와 뿌연 안경알을 물티슈로 닦고, 마른 손수건으로 다시 문질렀다.

한참 후 말갛게 반짝이게 된 안경을 보니 그제야 숨통이 약간 트이는 것 같았다. 그는 손수건으로 안경다리를 감쌌다. 이 다리만 제대로 잡아 놓으면 더 이상 내가 괴로울 일은 없겠다. 칠칠치 못한 여자 같으니. 이런 거 하나 신경 안 쓰고 제 얼굴을 칠푼이로 만들어 놓다니.

안경다리를 잡은 손에 지그시 힘을 주었다. 플라스틱 다리는 용이하게 휘지 않았다. 손에 약간 힘을 더 주었다. 약간 휘어진다 싶은 순간, 수건 사이에서 뿌득, 하는 소리가 천둥처럼 울렸다.

"아."

갑자기 사방이 조용해진 것 같다. 진땀이 쭉 흘러내렸다. 제기랄! 이완은 눈을 커다랗게 뜨고 천천히 손수건을 펼쳐 보았다. 힌지 부분의 이음매가 부러져 나갔다. 그는 부러진 안경다리를 내려다보고 병풍을 본 후 다시 안경을 내려다보았다.

몇 번을 봐야 소용없다. 빼도 박도 못하게 부러졌다. 정신을 차린 이완은 자신이 한 행동을 믿을 수 없었다.

'내가 미쳤나. 대체 내가 왜 이랬지? 내가 왜 남의 물건에 손을 댔을까?'

'아, 그게, 난 그저 저 여자가 안경을 비뚤게 쓰고 다니는 게 딱해서 몰래 고쳐 놓으려고 한 것뿐이야. 인상이 하도 바보 같아 보여서. 이거 하나 쓴다고 멍청하게 변하는 얼굴이 아까워서.'

'무슨 미친 소리야. 네 눈에 거슬리니까 한 짓이잖아.'

아무리 똑같은 것으로 물어준다 해도, 보상금을 준다 해도, 남의 것을 허락도 안 받고 손을 댔다가 망가뜨렸다는 점에는 변함이 없다. 욕을 바가지로 먹어도 싼 짓을 한 것이다.

"미, 민호 씨."

이완은 작은 목소리로 중얼거렸다. 병풍 너머는 조용했다. 등짝으로 새로운 땀방울이 차올랐다. 그는 약간 목소리를 높였다.

"죄송합니다만, 민호 씨, 윤민호 씨? 제, 제가 잠깐 드릴 말씀이 있습니다. 잠깐 나와 주시겠습니까?"

"……."

"정말 미안합니다만, 제가 드릴 말씀이……."

김준일 교수와 앤드류는 전시실에서 들리는 고함에 황급히 안으로 들어섰다. 전시실에 놓여 있던 추사의 10폭 병풍 옆에서, 이완이 얼빠진 얼굴로 두리번대고 있었다. 한 손에는 손수건을, 한 손에는 안경을 든 채 몹시 당황한 목소리로 고함을 지르고 있었다. 민호 씨, 민호 씨? 어디 있습니까? 윤민호 씨? 사람 그만 놀리고 지금 당장 안 나옵니까?

그와 함께 있어야 할 민호는 어디에도 없었다.

2.
타임 트래킹

이완은 손안에 든 수건을 힘주어 움켜잡았다. 손수건은 이미 축축하게 젖어 있었다.

정말 없어졌군.

바로 눈앞에서 사람이 사라졌음에도 이완은 여전히 여자의 말이 실감이 나지 않았다. 사람이 사라지는 마법을 본 것만큼도 드라마틱하지 않았다. 이 병풍을 걷으면 뒤에서 눈을 데구루루 굴리며 나타날 것 같았다.

김준일 교수 역시 심각한 얼굴로 주변을 서성거렸다. 앤드류는 얼빠진 얼굴로 두 사람을 번갈아 바라보았다. 앤드류가 보는 데서 전시실로 들어왔던 유치원 선생이 그 안에서 감쪽같이 사라졌으니 농담으로 넘기지도 못할 판이었다.

이완은 앤드류에게 입단속을 시키고 돌아가게 했다. 인사동에 있는 려 갤러리 사무실 2층에, 한국에 머무를 때 사용하기 위해 인테리어를 새로 해 둔 숙소가 있었다. 여러 사람이 드나드는 호텔 생활을 좋아하지 않는 이완이 일부러 준비한 곳이었다.

두 사람은 한참 동안 말도 없이 사라진 여자를 기다렸다. 시간은 무겁게 흘러갔다. 김준일 교수는 담배를 피우기 위해 서너 번 자리를 비웠다. 이완은 목이 말랐지만, 꼼짝 않고 카우치에 앉아 자리를 지켰다. 오늘 박물관 폐관 시간은 9시로 늦긴 했으나 이미 날은 어둑어둑해지고 있었다.

"어디로 사라졌는지 김 교수님도 모르신다니, 그럼 윤민호 씨는 어떻게 된 겁니까? 바로 돌아오기는 하는 겁니까?"

"박 실장님과 함께 있다가 없어진 사람을 저한테 물으면 어떡합니까? 저한테 이야기를 하고 간 것도 아니지 않습니까?"

준일의 대거리가 전에 없이 뾰족했다. 여자가 없어진 지 세 시간이 넘어간다. 두 사람 모두 신경이 바이올린 현처럼 팽팽하게 당겨진 상태였다.

"누군가 따라가서 찾아올 순 없습니까?"

"누가요? A급 트래커가 아니면 다른 시간으로 흘러들어간 사람 추적 못 합니다. 그런 사람들이 돌멩이처럼 길에 치이는 줄 아십니까? 게다가 멋도 모르고 시간 여행을 갔다가 빠져나오지 못하고 그 시대에 갇히는 사람도 많습니다. 시간 여행이란 게 옆 동네 놀러 가는 일처럼 만만한 일 아닙니다."

"당신이야 잘 알지 모르겠지만, 저는 타임 트래블러라는 게 있다는 것도 오늘 처음 들었습니다. 쉬운지 어려운지 제가 어찌 알았겠습니까?"

"박 실장님께서 민호에게 끝까지 증거를 보이라고 몰아붙였으니 홧김에 가 버린 거 아닙니까! 아무런 사전 준비도 없이!"

준일은 언성을 높였다. 그는 이완이 '증거 물품'을 요구하고, 그녀에게 '고소'와 '피해보상청구'를 들먹였다는 이야기를 들은 순간부터 몹시 노여워하기 시작했다. 이완은 씨늘하게 말을 잘랐다.

"저로서는 당연히 요구할 수 있는 부분이라고 생각하는데요. 검증 없이 일을 맡기는 사람은 열이면 열 사기꾼의 만만한 밥이 되는 세상에서, 대체 무얼 믿고 유서가 담긴 함을 통째로 맡긴단 말입니까?"

"그게 얼마나 위험한 일인지 정도는 알아보셨어야 하지 않습니까."

"위험한 일이라는 말은 일언반구도 하지 않았습니다. 당신도, 그 여자도."

"한 번쯤은 물어봐야 하는 것 아닙니까?"

이완은 준일 앞으로 몸을 수그린 채 나직하게 으르렁거렸다.

"우습군요. 제가 전부터 확인차 이것저것 물어볼 때마다 정보는 주지도 않고 이리저리 말을 돌리던 분이 할 말은 아닌 것 같습니다만."

"그건……!"

"지금 저하고 책임 공방을 하려는 겁니까? 그렇다면, 위험한 걸 그리잘 아시는 분이 왜 민호 씨를 타임 트래킹에 밀어 넣었는지부터 말씀해 주셔야겠습니다."

준일의 눈썹이 꿈틀했다. 한참 만에야 숨이 죽은 목소리가 흘러나왔다.

"저는 정말 급하고 중요한 일 아니면 민호에게 그런 부탁 안 합니다. 물론 민호가 항상 안전하게 돌아올 거란 믿음이 있었으니 가능한 일이었고요. 민호의 귀환 능력과 생존력은 감탄할 만하니까요."

"이번 전시회가 그렇게 급하고 중요하셨군요? 당신 말마따나 그렇게 위험한 걸 감수하도록 할 만큼이요? 왜요, 이번 일 성사되면 박물관에서 고액 연봉 걸고 큐레이터로 스카우트라도 한다 했습니까? 아, 한국에선 학예사 월급이 그리 많지는 않은 것 같던데, 경력 사항에 뭔가를 더 집어넣어야 할 게 있었습니까?"

"박 실장님!"

"당신이 부탁하면 되고, 남이 하면 안 되고? 게다가 그 귀환 능력치라는 건 매번 제자를 위험에 몰아넣고 오나 못 오나 실험해 본 결과로 형성된 것 같군요."

"말씀이 심하시군요. 민호는 제게 제자 이상입니다. 친동생과 다름없어요! 그런 식으로 취급한 적 없습니다."

준일은 어느덧 방어적인 태도로 변했다. 이완의 얼굴에 다시 찬웃음이 일었다.

"만만한 호구이니, 당연히 제자 이상일 수밖에요. 이번 일도 제 의뢰를 받으면서 가장 큰 득을 본 것은 아마 교수님이었을 것 같은데 말이죠. 민호 씨에게 어느 정도의 보수를 약속하셨는지 제가 따로 물어볼까 봐, 밖에 나가서 불안하진 않으셨습니까?"

"제가 그 가난한 제자에게 가야 할 돈을 떼먹기라도 했다 생각하십니까? 사람을 어떻게 보고!"

"아 물론, 저와의 거래에선 반대급부가 돈은 아니었으니 떼먹었단 이야기는 안 듣겠군요."

이를 드러낸 이완은 꽤 신랄하고 매서웠다. 준일은 쓰게 입맛을 다셨다. 괜히 건드렸어. 공격 좀 받았다고 무섭게 발톱을 박는군.

맨해튼 뮤지엄마일에 소재한 갤러리 려의 대표인 박이완은 나이는 젊지만 안목이 높은 고미술품 딜러로 뉴욕 화랑가에서 유명한 축이었고, 결벽증과 독설로는 더 유명했다.

감식안에 대해서는 이견이 없었으되 그의 성품에 대한 평은 극명하게 두 개로 나뉘어 있었다. 예의 바르고 흠잡을 데 없는 기품 있는 젊은이, 라는 것과 예민하고 까칠하며 오만방자한 애송이라는 것이었다.

준일은 상반된 평가가 어쩌면 모두 다 사실일 거라 생각했다. 어느 정도의 거리를 두고 그를 접하느냐가 관건이겠지만. 어렸을 때부터 교육을 받은 백만장자 클럽 레벨의 매너와, 안하무인 부잣집 도련님다운 무례함이 박이완이라는 사람의 인격에서 뒤섞였으리라 여겼다. 하지만 준일의 예측과 달리 이완은 순순하게 고개를 수그렸다.

"제가 말이 과했습니다. 아무래도 예상 밖의 일이라 신경이 날카로워진 모양입니다."

"아닙니다. 저야말로 실수했습니다. 민호가 저한테 아무 말도 없이 가서 저도 과민했어요."

준일 역시 쓰게 웃으며 물러서야 했다. 이완은 푹 젖은 손수건을 가방 안에 넣고, 새로운 손수건을 꺼내 이마를 닦았다.

"실종 신고라도 해야 합니까?"

"신고해서 뭐라고 하시게요? 병풍 뒤에서 마법처럼 여자가 사라졌으니 누가 좀 찾아봐 달라고요? 사라진 여자는 방배동에 있는 보람유치원 임시 교사고, 진짜 정체는 시간 여행자로, 지금 내 의뢰를 받고 타임 트래킹을 떠났다고 진술하시게요?"

……미친. 지금 사람 갖고 노는 건가. 이완이 입을 꾹 다무는 것을 보며 준일은 달래듯 조심스럽게 말했다.

"너무 염려는 마십시오. 별일 없으면 무사히 돌아올 겁니다."

박물관 폐관 시간이 다 되어 가도록 사라진 사람은 돌아오지 않았다. 이완은 무섭게 침묵한 채 전시실을 오락가락했다. 김준일 교수가 식사나 하러 가자고 권했으나, 그는 고개를 저었다. 위장이 쥐어짜이는 것처럼 공복감이 들었지만, 입속으로는 빵 조각 하나 넘어가지 않을 것이다. 그는 신경이 곤두서면 입안에 들어온 것도 목구멍으로 넘기지 못할 정도로 까탈이 유난했다.

그들은 결국 자리에서 일어섰다. 아직 전시 준비 중인 전시실이지만 폐관 이후의 박물관에 남아 있을 순 없었다. 김준일 교수는 민호가 돌아오면 연락을 주겠다 하며 먼저 자리를 떠났다.

이완은 소파 옆에 얌전치 못하게 박혀 있는 민호의 꼬질꼬질한 배낭과 옆구리 솔기가 터진 패딩 점퍼를 발견하고 마음이 더욱 무거워졌다. 시간 이동은 다른 계절로 하는 건가? 만약 같은 계절로 간 거라면 이 옷이라도 입고 갔어야 하는 게 아닐까. 가서 병이라도 걸리면 어쩌나. 되돌아오는 길이 막힐 수도 있다는 걸 한 번이라도 진지하게 말해 주었다면 '확인만을 위한 시간 여행'은 시키지 않았을 텐데.

후회해야 부질없다. 그는 가방에서 흰 장갑을 꺼내 낀 후, 패딩 점퍼와 가방을 집어 들고 자리에서 일어섰다. 패딩 점퍼의 소매와 목덜미, 그리고 가방에 땟국이 자르르한 것이 눈에 빤히 보이지만, 평소처럼 집어 던지고 손을 털기에는 속이 몹시 거슬렸다.

현관의 잠금이 해제되는 소리가 나더니 조용한 구두 굽 소리가 들린다. 이완의 오가는 소리는 한결같이 조용하고 요란한 법이 없다. 술조차 마시지 않으니 어릴 때부터 함께 지냈어도 흐트러진 꼴 한 번 제대로 본 적도 없다. 앤드류는 방문을 열고 거실로 나갔다.

"이완? 이제 들어왔어? 박물관에서 지금까지 기다린 거야?"

신발을 반듯하게 정돈해 놓고 긴 코트를 한쪽 팔에 얹고 들어오던 사내가 고개를 들어 눈을 깜박거렸다. 얼굴에는 지친 기색이 가득했지만 목소리는 차분했다.

"앤디? 왜, 안 자고?"

"무슨 일인지 궁금해 미치겠는데 잠이 오나? 무슨 일이야? 시간 여행이란 건 또 뭐고? 열쇠를 대체 어떻게 찾는다는 거야? 대체 그 여자는 전시실에서 어디로 간 거고?"

"앤디. 좀 피곤하다. 저녁도 안 먹었어. 방으로 따뜻한 물이나 좀 갖다 주겠어?"

앤드류는 따뜻하게 데운 물과 컵, 그리고 가사 도우미가 만들어 두고 간 타락죽을 챙겨 침실로 들어갔다. 성격이 예민한 이완은 신경 쓰이는 일이 있으면 종종 식사를 하지 못했다. 그럴 때 그가 먹을 수 있는 것은 물처럼 마실 수 있는 죽이나 수프 같은 유동식뿐이었다. 옆에서 누가 강권하며 챙기지 않으면 몇 끼를 생으로 굶는 경우도 있었다.

이완은 그새 샤워를 마치고 배스 가운을 입은 채 침대 위에 걸터앉아 있었다. 아직 말리지 못한 머리카락이 이마와 목덜미에 들러붙어 있었다. 앤드류가 쟁반을 탁자 위에 내려놓자 그는 앉은자리에서 거의 석 잔 가까이 물을 마시고서야 컵을 내려놓았다.

입맛이 전혀 없는 모양이지만 그래도 고맙다는 말과 함께 억지로 수저는 든다. 달그락거리면서 죽을 뜨는 손의 움직임이 느리고 힘겨워 보였다. 앤드류는 오늘은 제대로 된 이야기가 나오지 않을 것임을 알았다.

"많이 피곤해?"

"음."

"뭐 필요한 거 있어? 원하는 거?"

눈썹을 살짝 찌푸리며 생각하던 이완이 다시 달그락거리며 숟가락질을 시작했다. 땅바닥에 꺼질 것 같은 목소리가 흘러나왔다.

"……이럴 땐 스칼렛이 옆에 있으면 좋겠어."

"그 말이 나올 줄 알았다."

앤드류는 피시시 웃으며 덧붙였다.

"어지간히 힘든 모양이네. 뉴욕으로 연락 넣을까? 상황 보아하니 내가 움직여야 할 것 같은데?"

"음. 그래 주면 고맙지."

"고맙긴 뭘. 어쩌겠어. 그렇게 보고 싶다는데 모셔 와야지."

"비즈니스석으로 예약하는 거 잊지 말고."

"어련하시겠어. 표 구해지는 대로 내가 잘 모셔 올 테니 넌 기운이나 내셔."

앤드류는 푸스스 웃으며 이완의 어깨를 두드려 주었다.

쟁반을 물린 이완은 침대 위로 길게 드러누워 손으로 얼굴을 문질렀다. 시작도 하기 전에 나가떨어질 것 같은 기분이었다.

한참 동안 뒤척여도 잠이 오지 않는다. 전화기를 더듬어 번호를 눌렀다. 헬로, 낮고 부드러운 목소리가 흘러나왔다.

"앨버트, 저예요."

— 이완? 이완이구나. 지금 서울 시각이, 저런, 많이 늦지 않았나? 피곤하진 않아?

이완은 침대에 누운 채 희미하게 웃었다. 몸이 천천히 꺼져 들어가는 것 같다.

— 찾는 일에는 진척이 있고?

"아직은요. 아주 가능성이 없는 건 아닌 것 같은데 확실치 않아서요."

— 네가 너무 힘들까 봐 걱정이구나. 제임스도 참, 아무리 어릴 때 열쇠를 받았어도 그 중요한 걸 잊어버려 너까지 이렇게 힘들게 하다니.

"전 괜찮아요. 앨버트가 걱정이죠. 별일은 없죠?"

— 나는 혈당관리 잘 하고 있으니 걱정하지 마라. 저번처럼 방심했다 병원에 실려 갈 일은 없을 거야. 아버지도 내가 자주 곁에서 지켜보고 있으니, 무슨 일 있으면 바로 연락하마.

"예."

— 너 힘들어서 전화한 거지? 아니면, 뭐 걱정할 일이 생겼냐?

"……정말이지."

이완은 짧게 웃었다. 귀신을 속이지 당신은 못 속이겠어. 실은 말이에요. 오늘 어떤 여자를 만났는데, 시간 여행자래요. 그 여자가 내 눈앞에서 사라졌어요. 유물을 타고 사라져서 아직 오질 않아요.

하지만 이완은 그의 고민을 입 밖으로 내지는 않았다. 시간 여행자의 이야기 따위를 믿어 줄 리도 없거니와 이런 일로 앨버트까지 번거롭게 하고 싶지는 않았다. 매장 관리와 아버지를 맡겨 둔 것만으로도 충분히 과했다.

— 진인사대천명이라 했다. 네 인생을 망가뜨릴 정도로까지 열쇠 찾는 일에 파묻히지는 마라. 네 아버지의 시행착오로도 충분하니까. 유물이 아무리 중요해도 네 인생 자체보다 중요하지는 않아.

"그렇죠. 그렇긴 한데, 또 그럴 수 없는 게 사람 마음이니까요. 건강 조심하세요. 아버지보다 당신이 더 걱정이에요."

— 걱정하지 마라. 너하고 앤드류 장가갈 때까지는 멀쩡히 살아 있을 거니까. 대체 어떤 여자를 끌고 와 인사를 시키려고 이렇게 속을 썩이는지, 박이완 아주 연구 대상이다.

껄껄 웃는 소리가 들린다. 이완은 수화기를 든 채 베개에 머리를 파묻었다. 그냥 다 집어치우고 평안한 시간으로 돌아갔으면 좋겠다. 앨버트의 웃음이 그 마음에 불을 지른다. 달콤하고 조용하고 편안한 일상, 내일이 예측 가능한 일상으로.

○ ● ○

"봉황의 눈이라고 아니?"

어스름한 어둠 속에서, 누군가의 입술에서 하얗게 입김이 쏟아진다. 이완은 몸을 힘껏 웅크렸다.

"그게 뭐예요?"

이완이 고개를 들어 올리자 웃음을 머금고 있는 다정한 눈이 보인다. 칼끝으로 그려 놓은 것처럼 가늘고 길게 위로 빠진 눈꼬리, 깨끗한 흰자위 안에 먹처럼 새까만 검은자위가 생기 있게 반짝거렸다.

……이모?

춥고 어두운 방이었다. 온몸이 덜덜 떨리는 것이 느껴진다. 이모의 목소리가 귓가에서 찰랑거렸다.

"눈 중에서 제일 귀하고 곱고 예쁜 눈이 봉황의 눈이래. 가늘고 길고 까맣고, 눈동자에 힘이 있지."

"이모 눈도 가늘고 길고 까만데요?"

"응, 이모 눈도 봉황 눈이래. 이완이 네가 보기에도 정말 예쁘니?"

자분자분 속삭이는 목소리가 희미하게 흩어지기 시작했다. 이완은 입술을 달싹이며 대답하려 애썼다. 예뻐요. 커다란 인형 눈보다 훨씬 예뻐요. 눈만 예쁜 게 아니고, 얼굴도, 마음씨도, 목소리도 천사처럼 고와요. 이완은 꽁꽁 얼어붙은 몸을 바짝 붙였다. 푹신한 털외투가 이완을 푹 감쌌다.

작은 창문 밖으로는 폭설이 내렸고, 바닥에는 살얼음이 맺혀 있었다. 이모의 얼굴이 부옇게 흩어진다. 이완은 안타까워 손을 들어 더듬었지만 형체는 점점 희미하게 사라진다. 새파랗게 얼어 있던 뺨과, 별이 담겨 있던 것 같은 새까만 눈동자만 남았다.

"우리 이완이야말로 세상에서 제일 예쁘지. 최고로 예쁘지."

벼락 치는 소리가 들렸다. 사방이 깜깜해지고 뱃속이 요동쳤다. 온몸을 두들기는 공포가 몰아쳤다. 사방은 갑자기 새하얗게 변했다가, 순식간에 시뻘겋게 물들기 시작했다. 그 한가운데서 새까만 머리카락이 거미줄처럼 흩어졌다. 붉은 색깔이 점점 사방을 잠식해 들어오기 시작했다.

쇠가 갈리는 소리가 귀를 터뜨릴 것처럼 울린다. 목이 졸아붙는 것 같다. 이완은 숨을 쉴 수 없어 목을 붙잡고 발버둥 쳤다.

"헉! 어억!"

이완은 심하게 기침을 하며 이불을 걷어치우고 일어났다. 꿈이었다. 그것도 어릴 때 자주 꾸던 악몽이었다.

"왜 하필 오늘따라……."

이완은 길게 한숨을 쉬며 마른세수를 했다. 봉황의 눈. 오늘 낮에 보았던 여자의 봉안. 그것 때문인가 보다. 뻣뻣한 고개를 억지로 돌려 보았다. 아직도 목에 통증이 남아 있는 것 같다. 온몸이 두들겨 맞은 것처럼 아팠고 잠옷이 땀으로 흠뻑 젖어 있었다. 어릴 때부터 이 꿈을 꾸고 나면 한참 동안 몸살을 앓곤 했다.

이완은 억지로 비틀비틀 일어섰다. 민호의 패딩 점퍼 주머니 속에서 우렁찬 나팔 소리가 들리고 있었다. 윌리엄 텔 씩이나. 머리가 징징 울렸다. 저걸 받아야 하나 말아야 하나 한참 고민하는 사이 나팔 소리는 점점 빠르고 시끄러워졌다.

전화기를 잡아 들여다보니 액정화면에는 '보람유치원' 이라는 글자가 깜박거리고 있었다. 혹시 무사히 돌아와서 유치원으로 출근했나? 가방과 옷을 찾는 중인가?

"여보세요. 윤민호 씨 휴대전화……."

말하던 이완은 흠칫 놀라 말을 멈췄다. 목소리가 폭삭 갈라졌다. 당황한 여자의 목소리가 들렸다.

— 어머, 윤민호 선생님 핸드폰 아닌가? 여보세요?

"……맞습니다. 어제 윤민호 씨가 가방과 전화기를 놓고 가셨습니다. 혹시 급한 일일까 해서 대신 받았습니다."

— 아, 그러시군요. 저는 보람유치원 원장 김민희라고 합니다. 혹시 윤민호 선생님 아시는 분인가요?

"아, 예. 그게……."

아예 모르지야 않지만 뭐라 대답하나? 이완이 말끝을 흐리자 여자는 재빠르게 물었다.

— 아시는 분이면 좀 여쭤 볼 게 있는데요. 어제 혹시 윤 선생님을 보셨나요? 오늘 선생님 일곱 시 반 출근인데 연락도 없이 안 나오셔서 혹시 무슨 일이 있나 해서요. 집에 연락해 보니 어제는 집에 안 들어오셨다고 하고요.

이완은 손으로 머리를 꽉 감쌌다. 모르겠다고 하면 이젠 유치원 쪽에서 실종 신고가 들어갈 게 분명했다. 그는 어떻게 대답해야 할지 한참 망설였다.

— 잠시 급한 일로 여행을 간 것 같다고요? 언제 올지는 모르고요? 아하……. 그렇군요.

수화기 너머로 코웃음 치는 소리가 들렸다. 이완은 억지로 몸을 일으켰다.

— 그럼, 윤민호 선생님이 여행 다녀오셔서 전화기 찾으러 오시면, 더 이상 유치원에 안 나오셔도 된다고 전해 주시겠어요?

"무슨…… 말씀이십니까?"

이완은 수화기를 잡은 손에 힘을 꽉 주었다. 원장의 설명으로는, 윤민호 선생님은 원래 파트타임으로 유아 체육을 가르치고 있었는데 출산 휴가를 쓰고 있는 교사를 대신해서 3개월간 풀타임으로 계약을 했다는 것이다. 무엇보다 출결만큼은 정확해야 한다는 조건으로 계약해 놓고도 어제는 급한 일이라고 조퇴에, 오늘은 여행(?)인지 뭔지를 하시느라 연락도 없이 결근을 하신 거란다. 이완은 자신의 대답이 새로운 사건 사고를 야기했음을 깨달았다. 입안으로 쓴 침이 가득 고였다.

"제가 그런 말씀까지 전해 드릴 이유는 없는 것 같습니다. 저는 윤민호 씨를 어제 처음 뵈었고, 그분이 박물관에 두고 간 소지품을 챙겨 두었을 뿐입니다."

─ 어, 어머나, 죄송합니다! 윤 선생님이 남자친구에게 맡겨 놓으신 줄 알고……. 어제 남자친구 일로 조퇴한 것 같다고 동료 선생님이 그러시기에, 저는 그런 줄로만……. 세상에, 죄송합니다!

이완은 전화기를 이불 위에 집어 던졌다. 남자친구? 등골이 쭈뼛 서는 것 같다. 그 와중에 민호의 전화기 흰 커버에 가무스름하게 손때가 올라 있는 것이 눈에 들어왔다. 어쩐지, 손때 탄 물건 특유의 끈끈한 느낌이 난다 싶더라니.

울컥 열이 치솟았다. 어지간히도 지저분한 여자다. 이런 인간이 어떻게 세균 감염, 식중독, 패혈증 따위에 안 걸리고 용케 살아남았는지 모르겠다. 그런 주제에 남자친구도 있나 보지? 그 남자 취향 특이하네.

이불 위에 나동그라진 하얀 전화기를 노려보았다. 노려볼수록 점점 찌르는 듯한 불쾌감이 뚜렷해진다. 이유를 알 수 없다. 지저분해서 그렇겠지. 저런 전화기를 모르고 만졌다면 누구라도 불쾌하고 화가 날 것이다. 그는 옆에 놓인 물티슈를 뽑아 손가락을 세게 문질렀다. 문질러도

문질러도 불쾌감은 가시지 않았다.

그는 물티슈를 한 장 더 꺼내 휴대폰 커버를 신경질적으로 닦았다. 하얗게 제 색을 찾아가는 커버를 보니 마음이 다소 진정되었다. 그는 마른 수건으로 벅벅 문질러 화면에 윤까지 내 주었다.

대체 이게 뭔가. 그 여자가 돌아오면 내가 대체 뭐라 해명해야 하나.

안경을 부러뜨린 것은 물어내면 그만이라지만 유치원 잘리게 된 걸 어떻게 이야길 해. 물론 그대로 놔두었어도 잘렸을 것 같지만, 자신의 책임이 없다 할 순 없었다.

도대체, 어디 있는데 아직 연락이 없어? 그냥 갔다가 바로 돌아올 수 있는 게 아니었어? 정말 시간 여행인지 뭔지 가 버린 거 맞아?

여자가 흘린 물건 덕에 잠시 솔깃하긴 했는데, 이젠 시간 여행을 증명하는 일 따위는 아무래도 상관없다. 사기라도 좋고 눈속임이라도 좋으니 빨리 나타나기나 해. 이완은 짜증스럽게 이불을 걷어치웠다.

○ ● ○

김준일 교수는 아침에 강의가 있는지 연락이 되지 않았다. 그는 혼자 중앙박물관으로 향했다. 앤드류는 항공편을 알아봐야 한다며 늦게까지 노트북을 켜 놓고 있더니 늦잠을 자는 모양이었다.

이완은 관리인에게 신분을 밝히고, 어제 그들을 만났던 전시실에 들어갔다. 전시 준비가 거의 끝난 넓은 공간은 조용했다. 한쪽 귀퉁이에는 서담 박부전 유물전의 일시가 적힌 플래카드가 길게 늘어져 있었다.

이완은 병풍 쪽으로 빠르게 걸음을 옮겼다. 혹시나 돌아와 있으려나. 하지만 병풍 뒤에는 아무것도 없었다. 빌어먹을! 그가 짧게 내뱉는 순간 뒤에서 부스럭대는 기척이 들렸다.

"……누구?"

뒤를 돌아본 이완은 눈앞이 아찔했다. 어제 그들이 이야기를 나누었던 소파 위에서 키가 껑충한 여자가 몸을 새우처럼 구부리고 누워 있었다. 저도 모르게 입에서 고함이 터졌다.

"윤민호 씨!"

외마디가 떨어지기 무섭게 쿵 하는 소리가 이어졌다. 어이구우, 길게 늘어지는 신음까지. 소파에 간신히 붙어 있던 민호가 바닥으로 굴러떨어진 것이다.

여자는 개구리처럼 엎어져서 끙끙 소리를 냈다. 긴 머리카락이 좌르르 바닥에 흩어져 물귀신 형상이 따로 없었다. 이완은 기겁을 하고 외쳤다.

"민호 씨! 윤민호 씨? 무사히 오신 겁니까? 괜찮으십니까? 이런 맙소사!"

여자를 일으키는 순간, 커다란 파도가 뱃속으로 훅, 거세게 밀려왔다 빠져나가는 것 같았다. 돌아왔구나. 제기랄, 다행, 다행이다.

하지만 안도의 한숨을 쉴 겨를이 없었다. 무사히 귀환한 줄 알았던 여자는 그리 무사해 보이지 않았다. 두 팔로 몸을 꽉 끌어안고 우들우들 떨고 있는데 몰골도 말이 아니었다.

눈은 흐릿하고 얼굴은 시뻘겋고, 머리카락은 흩어지다 못해 미친년이 헤쳐 놓은 것처럼 얼기설기 엉켰다. 밤에 꽤 추웠을 텐데 홑겹 후드 티셔츠 하나만 입고 소름이 오르르 돋은 꼴로 학학, 골골, 학학 하고 있었다. 이마에 손을 대니 뜨끈하다 못해 펄펄 끓었다. 그는 황급히 민호를 부축했다.

"언제 온 겁니까? 관리인 아무한테나 부탁해서 연락이라도 좀 하지!"

"그랬다간 꼼짝없이 도둑년으로 몰릴 텐데요?"

여자가 가물가물 대답했다.

"아으 제, 제기랄. 몇 시간 전에 왔는데 문은 계속 잠겨 있고, 붙잡히면 잡혀갈까 봐 꼼짝없이 숨어 있었다고요. 춥기는 뒈지게 춥고 아오오! 내 옷이랑 가방은 어디로 도망갔고. 으, 아으의! 소, 손대면 아파요!"

"그건 제가 챙겨 뒀습니다. 좀 일어나 봐요. 병원에 바로 갑시다. 열이 굉장히 심해요."

"사람들이 의리 없게, 안 온다고 날 가둬 놓고 그냥 가요? 먼저 가자고 한 사람 누구예요? 아, 누구냐고! 갈 거면 전화기라도 놓고 가지. 아으, 뒈지게 아픈 데다 오살하게 추워. 배고파서 미치겠어요. 속이 쓰려요."

제발 한 가지씩 말해. 한 가지씩. 이완의 등으로 땀이 흘러내렸다. 가방, 패딩, 핸드폰. 그래, 생각해서 챙긴 건데 생각이 짧았다. 하다못해 야간 당직자에게 뭐라고 둘러대서라도 하룻밤은 기다려 주었어야 했는데. 아니, 그래도 어떻게 몇 시간 만에 이렇게 다 죽어 가는 병자가 되어 나타나.

"아, 배고프고, 온몸이 아파, 가려워요, 두드러기가 났어. 존나 가려워. 머리 아파요."

"뭐가 이렇게 총체적 난국…… 잠깐만요, 가……렵다고 했습니까? 두드러기?"

자세히 살펴보니 민호의 뺨에, 목, 팔과 손등에 오돌오돌 무언가 솟아 있는 게 보였다. 이완의 몸이 뻣뻣하게 굳었다.

혹시 세균이나 바이러스…… 감염?

머리가 띵, 울렸다. 깜박 잊고 있었다. 다른 시대에 갔다 왔으면 무슨 병균을 묻혀 왔을지 알 수 없었다. 페스트에 장티푸스, 이질, 천연두, 콜레라에 매독이나 재수 없으면 에볼라 바이러스까지. 역사를 뒤흔들었던 수많은 전염병이 그의 머릿속에서 열 가지쯤 탁구공처럼 튀었다.

그는 반사적으로 민호를 밀쳐 내고 민호의 몸이 닿았던 부분을 정신 없이 털어 댔다. 그를 의지하고 간신히 서 있던 민호는 다시 벌러덩 뒤로 자빠졌다. 철퍼덕, 이번엔 아까보다 더 커다란 소리가 들렸다.

"아으 아야야, 존나 아파, 시발……! 대가리 깨졌나? 나 어떡해……."

이완은 아차 싶어 황급히 여자의 옆에 무릎을 접고 앉았다. 하지만 머릿속으로는 이 여자를 붙잡아 일으켜야 하나 당장 화장실로 달려가 옷을 벗어 치우고 손이 닿았던 부분을 비누로 닦아 내야 하나 방황하고 있었다.

공기전염이 되는 병은 이렇게 옆에 있는 것만으로도 위험하지 않은가. 하물며 손을 잡고 부축까지 했으면, 지금 바로 전신 소독을 하고 옷가지를 태워 버려야 할지도 몰랐다.

이완이 손을 내밀지도 못하고 주춤대는 사이 민호는 엉금엉금 기어그의 다리를 꽉 붙잡았다. 헉, 하는 신음이 절로 튀어나왔다. 손아귀 힘이 어찌나 센지 물귀신에게 잡힌 것 같았다. 아무리 빼내려 몸부림쳐도 머리가 산발로 흩어진 물귀신은 귀신 곡하는 소릴 하며 손아귀에 점점 힘을 주었다.

이완은 입술을 꽉 깨물고 허리를 숙였다. 여자는 계속 무슨 말인가 중얼대고 있었다. 아픈 걸 호소하는 건가? 하긴 열이 이렇게 펄펄 끓는데. 어제 김준일 교수가 예민하게 화를 냈던 것이 이제 이해가 된다.

어딜 어떻게 다녀왔는지 모르겠지만 이렇게 다 죽어 가는 꼴로 나온 것을 보니 시간 여행이란 건 두 번 시킬 짓은 못 되는 모양이다. 순간 이완의 등 뒤로 서늘한 바람이 지나갔다. 이 짓을 열쇠를 찾을 때까지 시켜야 한다는 말인가?

"내, 내 가방 좀 갖다 줘요. 그 가방 10개월 할부라고!"

"가방 무사하니 걱정 말아요. 제가 챙겨 두었습니다. 나중에 갖다 드리겠습니다."

"아니, 지금 당장, 가방 속에 그거 들었어. 아이고……."

"뭐가 들었다고?"

열에 들뜬 여자의 입에선 한참 만에야 꾸물꾸물 대답이 나왔다.

"……폰이요."

"핸드폰이요? 핸드폰도 패딩 코트하고 같이 집에 갖다 놓았습니다. 지금 필요하면 제 것 빌려 드리겠습니다. 이보세요? 윤민호 씨? 정신 차리세요!"

"아오, 씨, 핸드폰 아니고…… 가방 속에, 그, 그게……."

"대체 무슨 폰 말하는 겁니까?"

"아 씨, 탐폰이라니까!"

귀청이 째질 것 같은 고함이 터졌다. 이완은 입을 벌린 채 굳어 버렸다. 민호는 소리를 질러 놓고 벌겋게 열이 오른 얼굴로 후줄후줄 까라졌다.

제기랄, 이완은 난감한 얼굴로 고개를 저었다. 대체 이럴 때는 뭐라고 해야 하나. 어제도 그렇고, 지금도 그렇고. 대체 이 여자는 나한테 왜 이러는 건데?

물론 이 아가씨로서는 총체적 난국이었을 것이다. 여자의 영역이니 자세히는 알 수 없지만 하룻밤 동안 얼마나 불편했을지는 대충 짐작이 되었다. 그렇다고 지금 나한테 어쩌라는 건가? 지금 집에 가서 가방을 가져오라는 건가? 아니면 아무 데나 가서 사 오라는 건가? 내가 어떻게?

여자의 몸이 동그랗게 구부러졌다. 끙끙 앓는 소리가 점점 잦아들면서 몸이 느리게 흔들리기 시작했다. 이완은 두 사람 사이에 착실히 적립되고 있는 민망함이나, 여자의 가방이나 생리용품 따위를 걱정할 계제가 아니란 것을 알아차렸다.

장티푸스, 이질, 페스트에 대한 걱정 역시 잠깐 접기로 결심했다. 사람이 죽어 가는데 그런 생각을 하는 자신이 혐오스러웠고, 자신의 말 한마디로 있는 대로 고생을 하고 온 여자가 딱했다. 바로 목욕하면 돼, 바로 소독하면 돼, 병명을 확인하고 결과가 안 좋으면 옷을 태워 버리고 전신 소독을 해 달라 하면 돼. 그는 속으로 되뇌며 민호의 손을 잡아 끌어당겼다.

"민호 씨, 좀 업혀 봅시다."

"괜찮아요. 걸어갈 수 있어요."

"말 좀 들읍시다. 바로 병원에 모시고 가겠습니다. 짐은 집에 들러서 금방 갖다 드릴게요. 조금만 참으세요."

이완은 허리를 구부리고 민호를 안아 일으킨 후 몸을 추슬러 등에 업었다. 생각보다 마르고 가벼웠다. 펄펄 끓는 몸이 등에서 길게 늘어졌다. 식식, 뜨거운 김이 목덜미에 와 닿았다. 이완은 눈을 꾹 감고 다리에 힘을 주어 몸을 일으켰다.

"미안해요, 나 트래킹 실패한 거 같아요."

뒤에서 나직하게 중얼거리는 소리가 들렸다. 이완은 무뚝뚝하게 대답했다.

"괜찮습니다. 어쨌든 무사히 돌아와 줘서 고맙습니다."

○ ● ○

민호가 정신을 차린 것은 오후가 다 되어서였다. 위로 보이는 하얀 천장과 팔에 꽂힌 주삿바늘을 보니 병원인 것 같았다. 누워 있는 환자가 자신뿐인 걸 보니 특실이나 1인실인 모양이다.

1인실이면 안 되는데.

민호는 자리에서 일어나 앉아 주변을 두리번거렸다. 열이 가라앉으니 머리도 맑았다. 온몸을 바늘처럼 쏘아 대던 통증도 거짓말처럼 사라졌다. 노랗게 햇빛이 들어오는 창가에 키 큰 남자가 등을 돌리고 서 있었다. 민호는 눈을 깜박거렸다. 등을 돌리고 서 있는 뒷모습이 기가 막히게 근사했다. 성질이 더러워도 태가 근사한 건 지구가 도는 것처럼 거스를 수 없는 진실이었다.

그런데 왜 저 사람이 여기 있는 거지?

아, 맞다. 아침에 전시실에서 저 사람이 나를 업고 병원으로 데려온 거였지. 열 때문이었는지 온몸이 따가웠던 기억은 난다. 민호로서는 다행스럽게도, 그에게 무슨 말을 지껄였는지 전혀 기억이 나지 않았다.

서 있던 사내가 고개를 돌렸다. 민호는 어제와 달리 그의 눈가에 짙게 그늘이 내려앉은 것을 발견했다. 그는 천천히 다가와 침대 곁의 의자에 앉았다.

"좀 괜찮습니까?"

"아, 겨우 감기 몸살 정도를 가지고요."

"감기는 아니었습니다."

"배탈인가? 식중독이었나? 거기서 햄인지 소시지인지를 안 굽고 그냥 먹긴 했는데요, 밤부터 속이 뒤집히고 머리 아프고 열이 나기 시작했거든요. 하마터면 화장실도 없는 곳에서 설사를 할 뻔…… 아, 아니 좀 고생할 뻔했네요."

그는 무언가 말하기 어려운 듯 망설이다가 한마디 했다.

"식중독도 아니었습니다. 민호 씨, 조금만 더 늦었으면 목숨을 잃었을 겁니다."

저도 모르게 눈이 둥그레졌다. 내 여행이 드디어 생사를 넘나드는 서스펜스 영역으로 돌입했구나. 대체 무슨 일이 있던 거지? 혹시 거기서 광견병 같은 심각한 병균을 묻혀 오기라도 했나? 맞은편에 앉아 있는 사내는 미간을 찌푸리고는 들릴락 말락 중얼거렸다.

"의사 말이, TSS 증후군이라고 하더군요."

그건 또 무슨 해괴한 신종 질병이냐. 민호가 고개를 갸웃거리며 눈을 데굴데굴하자 이완은 입을 꾹 다물더니 퉁명스럽게 뱉었다.

"퇴원하고, 검색으로 직접 찾아보세요."

"의사 선생님한테 설명 들었을 거 아녜요."

"못 들었…… 다 잊어버렸습니다. 직접 찾아보시라니까요."

"아 거 참, 사람 치사하네. 정말 이럴 거예요?"

아무리 꽥꽥거려도 그는 눈썹만 찌푸리고 입을 다물어 버렸다. 깨끗한 피부 위에 다시 옅은 홍조가 내려앉았다. 민호는 눈썹을 찌푸린 사내의 모습이 빌어먹게 섹시해서 입을 멍하니 벌린 채 채근을 그만두었다.

눈썹 찌푸리는 걸로 나라를 말아먹었다는 미인이 양귀비인지 오드리 햅번인지는 모르겠지만, 충분히 가능한 일이라는 생각이 들었다. 무, 물론, 황제가 게이라는 전제하에.

"탐폰을 오래 바꿔 주지 않으면 중독성 쇼크 증세가 올 수 있습니다. 경고 문구 못 봤습니까?"

금테 안경을 쓴 머리가 허연 의사 선생이 코를 실룩이며 타박이었다. 민호는 입을 떡 벌렸다. 내내 옆을 지키고 있던 이완이, 의사가 들어오자마자 자리를 피한 이유를 알 것 같았다.

탐폰을 대체 몇 시간이나 사용했느냐는 말에 '한 스무 시간?' 이라고 우물쭈물하자 옆에서 간호사가 기절할 것 같은 표정을 지었다. 시간 여행 때문이었어요, 어쩔 수 없었어요, 하며 항변할 수도 없어 억울하기 그지없었다.

의사는 짐짓 근엄한 얼굴로 중독성 쇼크 증후군(TSS—Toxic Shock Syndrome)에 대한 설명을 길게 늘어놓기 시작했다. 삽입식 생리대는 체내에 있는 시간이 길어지면 포도상구균이나 각종 박테리아가 증식할 위험이 커지고, 그럴 경우 갑작스러운 고열, 구토, 설사, 현기증, 발적 등의 증상을 일으키며, 심하면 사망에 이를 수도 있다, 일단 중독 증세를 보였으니 앞으로는 긴 여행 중에 삽입식 생리대를 사용하지 않는 게 좋겠다는 친절한 조언까지 남겨 주었다.

이완이 병실 안으로 들어오는 순간, 민호의 뺨과 귀와 이마와 목덜미에서 열꽃이 폭발했다. 애인도 아니고 아빠도 아닌 인간한테, 겨우 이틀 동안 밑바닥까지 모조리 털린 기분이었다.

왜 여기서 얼쩡대면서 남의 개인 정보(?)를 수집하느냐. 이제 저 잘생긴 외계 종족이 쟁그러워 죽겠다. 살아 돌아온 것은 정말 축하할 만한 일이지만 축하고 나발이고 그냥 죽고 싶을 뿐이다.

불타는 고구마처럼 얼굴이 익은 민호가 머리카락을 쥐어뜯는 것을 보고도, 외계 종족은 무심한 얼굴로 창밖으로 시선을 돌릴 뿐이었다. 흘낏 시선을 돌렸을 때 딱 한 번 시선이 마주쳤는데, 쌀쌀맞아 보이는 얼굴에 붉은 기운이 살짝 남아 있었다. 나가, 당장, 나가라고요! 드라마에 나오는 여자들처럼 호기 있게 외치려 했던 민호의 입술이 딱 달라붙었다.

아아. 남몰래 쪽팔려하는 모습조차도 이렇게나 섹시하다니…….

난 이제 망했다. 정말 망했다.

○ ● ○

"제가 민호 씨한테 사과드릴 게 두어 가지 있습니다."

이완은 민호의 무릎 위로 수건에 싸인 안경을 내려놓고 고개를 수그렸다.

"미안합니다. 제가 실수로 부러뜨렸습니다. 같은 것으로 물어드리겠습니다."

풀어 본 민호는 멀뚱멀뚱 한참 동안 들여다보더니 들릴락 말락 중얼거렸다.

"이거 선물 받은 건데……."

눈이 깜박깜박하는 것이 보인다. 비난하는 말은 없지만 섭섭한 기색이 역력했다. 소중한 건가? 남자친구가 있는 것 같다더니, 그 사람에게 받은 거였나? 이완은 다시 고개를 숙였다.

"정말 미안합니다. 잠깐 다리 휜 것을 고쳐 놓으려고 했었어요. 그러면 이미지가 훨씬 달라질 것처럼 보였거든요."

사실 휘었든 안 휘었든 그 안경은 민호에게 어울리지 않았다. 아까 잠들어 있는 여자의 얼굴을 보며 확실히 느낀 것인데, 안경을 벗은 민얼굴은 훨씬 생동감 있고, 따뜻한 분위기를 갖고 있었다. 다만 목소리가 작아진 것은, 그 말이 절반밖에 맞지 않기 때문이다. 자신이 거슬리지 않았다면 다른 사람 물건에 손끝 하나 대지 않았을 것이다.

"음, 민호 씨, 원하신다면 렌즈로 바꾸시는 것도 생각해 보세요. 안경이든 렌즈든, 비용은 제가 다 드리겠습니다. 왜 그런 어울리지도 않는 안경을……."

이완은 입을 다물었다. 여자가 열심히 손사래를 치고 있었다.

"아니에요. 이거 5년 넘은 거라 그렇게 다 안 물어 주셔도 괜찮아요. 그냥, 교수님한테 선물 받은 거라서 그러는 거예요. 수리비도 얼마 안 나올 거니까 걱정하지 마세요."

하지만 수건에 싸인 부러진 안경을 챙겨 가방에 넣는 손길은 조심스럽기 그지없다. 교수? 교수라고? 이완은 다시 속이 거북해지는 것을 느꼈다.

혹시 김준일 교수를 좋아하나?

김준일 교수는 이 여자를 동생처럼 아낀다고 했었다. 하지만 두 사람이 특별한 사이처럼 보이지는 않았는데. 아침에 전화를 받을 때, 남자친구가 있다는 말에 기분이 좋지 않았던 것이 떠올랐다. 이완은 잠시 당혹했다. 시무룩하던 민호가 갑자기 고개를 번쩍 들었다.

"저기요, 전화기 좀 빌려 주세요. 유치원에 늦게라도 출근한다고 전화해야 해요. 병원에 입원했다고 하면 하루 정도는 봐주실지도 몰라요. 출근 시간 전엔 왔는데, 전화기도 없고, 밖에 나갈 수도 없어서 연락을 못 했거든요."

이완은 다시 얼굴을 찌푸렸다.

"아, 민호 씨, 그게."

"나 거기서도 잘리면 안 돼요. 잘해 주면 내년에 정규교사로 고용한다고 했거든요. 그리고 지금 방세가 두 달이 밀린 상태라서요."

"민호 씨, 그게, 제가 전화를 대신 받아 놓은 게 있습니다. 원장 선생님이…… 민호 씨 그만 나오라고 전해 달라 하셨습니다."

"네?"

민호의 눈이 동그래졌다. 이완의 목소리는 아예 바닥으로 들러붙었다.

"정말 미안합니다. 급한 일로 잠시 어디 다녀온다고 둘러댔는데 무단

115

결근이라고, 계약 위반이라고 하시더군요."

욕설이 터질 거라 생각했다. 욕먹어도 싸다고 생각했다. 하지만 한참 시간이 지나도 그녀에게선 이완이나 원장을 욕하는 말은 나오지 않았다. 그저 한참 동안 눈을 깜박거리더니 결국 잘렸네, 중얼거릴 뿐이었다. 고개를 수그린 여자의 어깨가 축 늘어진다. 에이 씨, 민호는 짧게 중얼거리며 코를 두어 번 훌쩍이고 코를 문질렀다.

이완은 속이 몹시 불편했다. 자신이 요령껏 대처하지 못한 것에 대한 책임감이 무겁게 들러붙었다. 그는 조용조용한 목소리로, 자신의 실수로 그렇게 되었다고, 함께 유치원에 가서 해명을 해 주겠노라 제안했다. 하지만 민호는 고개를 저었다.

"괜찮아요. 그게 왜 박 실장님 잘못이에요? 내가 대책 없이, 준비 없이 시간 여행 갔다 와서 생긴 일이잖아요. 그렇다고 시간 여행에서 늦게 돌아왔다고 설명할 수도 없잖아요. 내 책임이에요."

"하지만 그렇게 하라고 압박한 것도 저고, 쓸데없이 전화를 받은 것도 저예요. 김준일 교수님에 대한 건과 별도로, 윤민호 씨에게는 제가 피해보상을 해 드리도록 하겠습니다."

"어차피 원장님 마음에 안 들어서 그랬을 거예요. 사실 저번 주에 다른 반 선생님한테 행패 부리는 학부모하고 대판 싸웠거든요. 그래서 그럴 거예요. 정말 신경 쓰지 않으셔도 괜찮아요."

새까만 눈동자에 보일랑 말랑 맺힌 눈물이 보였다. 이완은 입술을 꾹 물었다. 아슬아슬 고인 것이 넘칠 것 같아 신경이 거슬렸다. 민호는 주먹을 쥐고 눈언저리를 쓱쓱 문질렀다.

"그리고 김준일 교수님은 거짓말한 것도 아니고, 사기를 친 것도 아니에요. 확인 못 시켜 드린 건 제 책임이니까, 교수님한테는 잘못이 없어요. 그분은 저를 믿었던 죄밖에 없어요."

이완은 바람 빠지는 소리를 내며 웃었다. 저 여자가 김 교수를 좋아하리라는 짐작이 대충 맞는 것 같다.

"고소를 하지 말라는 말씀이군요."

"예. 정말 속인 게 아니거든요. 제가 트래킹에 성공하기만 했어도."

"증거 없이 우기는 것이 얼마나 쓸데없는 일인지 알 만한 나이는 지났을 텐데요? 게다가 아무리 봐도 일을 이렇게 키우고 끌고 온 사람은 당신이 아니고 김 교수님입니다. 이렇게 사람 목숨이 왔다 갔다 하는 일인 줄 알았으면 한국에 들어오지도 않았을 겁니다."

"그게 아니라니까요. 사실 그렇게 위험한 것도 아니고, 교수님은 진짜 아무 잘못도……."

"그 이야기는 그만합시다. 제가 김 교수와 직접 만나 합의할 테니까요."

민호가 그를 감싸고돌수록 그에 대해 고약한 감정이 생기는 것 같다. 이완은 소 취하를 하겠다고 약속하는 대신 의자를 끌어당겨 침대 가까이 앉았다.

"어떻게 실패했는지 실패담이나 들어 봅시다. 대체 그렇게 사라지고 어디로 어떻게 간 거예요?"

"도착하자마자 대실패인 것을 알았죠. 밖에서 빵빵, 하는 자동차 경적 소리가 들렸으니까요."

민호는 개산발로 흩어진 머리를 긁었다. 이완은 손으로 입을 가리고 웃었다.

○ ● ○

새 공간으로 발을 디디는 순간 민호는 트래킹에 실패한 것을 알았다.

안경도 벗고, 머리카락도 옛날 처녀 총각처럼 좀 대충 땋아 보고, 나름 준비를 한 후에 새로운 공간을 타고 들어왔는데 이런 제기랄, 창밖에서 자동차 클랙슨 소리가 빵빵 들렸던 것이다.

순간 뒤통수가 쎄하게 식었다. 창밖을 보니 길게 쭉쭉 빠진 자동차가 여러 대 주차되어 있었고, 자신과 비슷한 옷차림을 한 외국 사람들이 오락가락하고 있었다. 천장에는 전기로 연결된 것이 분명한 화려한 전등까지 달려 있었다. 아마 병풍을 보관하던 박물관이나 창고 같은 장소인 듯, 잘 짜인 유리장 안에 도자기며 돌돌 말린 그림, 상자 등이 사방 벽으로 빼곡하게 놓여 있었다.

"아오 씨, 좆 됐다."

역대 트래킹 최고의 대실패는 엄마의 장롱을 따라 엄한 집 안방으로 이동했을 때였는데, 그때는 정말 이름도 모를 신혼부부한테 변태 날도둑놈 취급을 받았었다. 엄마 장롱이 중고인 줄 어떻게 알았겠어. 하지만 대실패 흑역사 1위 자리가 오늘부로 새로 갱신되는 소리가 들린다.

물론 비슷한 시기로 이동한 적도 없지는 않지만 오늘은 뭔가 본때 있게 증명해야 할 때 아니던가. V자 항아리 시대 정도로 갔다면 퍽 좋았을 텐데. 아, 이 병풍으로는 그 시대까지는 못 가겠구나. 그저 자동차가 빵빵대는 시대라는 것만으로도 충분히 아웃이었다.

자, 이제 어쩔까. 그냥 이대로 돌아가? 가서 다른 곳으로 간다고 해?

하지만 그냥 돌아가기는 아까웠고, 자꾸 마술사처럼 소득도 없이 뿅뿅 없어졌다 나타났다 하면 그 깐깐한 사나이가 믿어 줄지도 의심스러웠다. 불행인지 다행인지 그녀가 이동한 곳은 아무래도 유물 창고인 것 같았다. 순간 번개처럼 한 가지 아이디어가 떠올랐다.

잠깐, 잠깐. 그럼 여기 보관하고 있는 골동품 중에서 아무거라도 들고 가면?

민호의 눈이 야릇하게 휘어 올라갔다.

'그럴듯한데? 뭔가 시공을 이동한 증명으로 들이밀 수도 있잖아?'

'어이 윤민호, 너 지금 그걸 들고 가서 거짓말을 하겠다는 거야?'

'이봐, 양심은 둘째 치고 네 푼수에 들키지 않을 것 같아? 네가 거짓 말한 것치고 뽀록 안 난 게 있었어? 조금 아까만 해도! 그 비단뽕의 수 치를 잊었느냐고.'

'하지만 이건 누가 알아봐? 그 사람이 여기까지 따라와서 확인해 볼 것도 아니고. 이게 창고에서 집어 온 건지 200년 전에 가서 집어 온 건 지 어떻게 아냐고.'

속에서 몇 개의 목소리가 맹렬하게 싸우는 사이 민호는 살금살금 병 풍 밖으로 나와 주변을 둘러보기 시작했다.

왜애애애애애애……

갑자기 귀청이 떨어질 듯한 사이렌이 울리기 시작했다. 민호는 그 자 리에 얼어붙은 듯이 굳어 버렸다. 제기랄! 혹시 도난 감지기? 현대에서 도 아주 뺴도 박도 못할 현대로 와 버렸구나. 이럴 줄 알았어! 못된 생 각을 하면 반드시 벌을 받게 되어 있다니까! 민호가 허둥허둥하는 사이, 문이 콰당 열리고, 제복을 입은 흑인 두 사람이 손에 든 짤막한 총을 겨 누면서 안으로 들어왔다.

"Don't move! hands up!"

아이고, 제길, 그것도 모자라서 말도 안 통하는 미국으로 이동하셨느 냐. 민호는 병풍 뒤로 후다닥 숨어 힐끔거렸다. 덩치가 태산 같은 사람 들이 병풍 쪽으로 조심스럽게 다가오고 있다. 이런 오라질. 들키지 않고 넘어간 틀려먹었다. 평생의 남자 복을 대신해서 받은 것 같던 서바이 벌 운발은 오늘로서 끝장을 보는 건가?

자, 총을 맞더라도 도망을 갈 것이냐, 일단 손을 들고 일신의 안전을 보장할 것이냐.

잠깐만. 만약 이대로 끌려가서 경찰에서 취조라도 받게 되면 어찌 되지?

어찌 되긴, 경찰에 취조 기록이 남겠지! 당연히 사진도 남을 테고.

……얼쑤, 경사 났네.

민호는 머릿속이 하얗게 물드는 것을 느꼈다. 시간 여행을 할 때, 여하한 형태로든 그 시대에 기록을 남기거나 시대에 맞지 않는 뭔가를 흘리고 와서 후세 사람에게 들키게 되면, 원래 있던 곳으로 돌아가는 길이 막혀 버린다.

시간 여행의 길은 어떤 경우에든 과거를 향해서만 열려 있다. 그 이유는 정확히는 모르지만 미래는 현재의 인간에게 확정되지 않은 상태이므로 여행이 불가능하다고 시간 여행자들끼리 짐작만 할 뿐이었다. 미래에서 온 여행객도 만나기 어려웠다. 시간 여행자들이 맘 놓고 여행하기에, 현재라는 시공에는 CCTV니, 폰카니, 차량 블랙박스니 하는 지뢰가 너무 많아서일지도 모른다.

민호가 그동안 의뢰를 받아 주로 했던 일은 얼결에 시간 여행을 하게 되어 길바닥에서 울고 있는 사람을 데리고 나온다든가, 시간 여행을 나름 재미나게(?) 하다가 돌아오는 길이 막힌 사람들을 귀환시키는 일이었는데 후자가 훨씬 골치 아팠다. 그 인간이 남겨 놓은 기록 및 현대의 증거물들을 말소시켜야만 다시 돌아가는 길이 열렸다.

안경을 쓰고 알록알록한 체육복 차림으로 시간 여행을 갔던 중학생을 구해 주었을 때가 가장 어려웠다. 의뢰를 받아서 한 것은 아니고 흔적을 보고 따라갔다가 우연히 구해 주게 된 케이스였는데, 성적표를 위조한 것이 들통이 나서 반나절만 빽소니를 친다고 들어갔다가 길이 막혔더라 했다.

이유를 알고 보니, 커다란 모범생 안경 때문에 여행을 들어간 시대에서 '한낮에 출몰한 야광귀'로 몰려 동네에 '현상수배' 방이 붙었던 탓이었다. 간신히 찾아낸 녀석은 사람이 없는 흉가에 숨은 채, 굶주림과 공포에 새파랗게 질려 덜덜 떨고 있었다. 현대에서 온 '특수요원'을 만난 소년은 민호를 끌어안고 큰 소리로 울음을 터뜨렸다.

민호는 관아에 숨어들어 최근 기록을 훔쳐 내 먹물 범벅을 만들어 놓고 동네방네 붙어 있던 현상수배 전단을 모두 태워 버린 후에야 그 망할 녀석을 데리고 귀환할 수 있었다. 민호는 그 사건 이후로 안경 따위의 눈에 띄는 아이템은 절대 갖고 다니지 않았다.

그 시대에 묶인 몇몇 사람은 하늘이 무너지는 표정으로 좌절했지만, 많은 사람은 심드렁한 얼굴로 그러면 이곳에 살면 되지, 하는 반응을 보였다. 그곳의 원주민(?)과 사랑에 빠졌던 어떤 사람은 "이것은 낭자와 나에게 주어진 운명이오!" 어쩌고 하며 진심으로 기뻐하기도 했다. 타임 트래블러들은, 근본적으로 다른 세계에 대한 동경과 모험심, 그리고 열린 기질을 갖고 있었다.

민호 자신도 다른 세계에서 새로운 삶을 시작하는 것 자체가 두려웠던 적은 없었다. 과거의 한 시점으로 간절하게 돌아가기를 원하기도 했었다. 그녀가 가장 후회하고 되돌리고 싶어 하는 열 살, 그 벽장 속으로.

하지만 이번엔 반드시 돌아가야 했다. 가까운 사람들에게 인사도 못 하고 온 것도 그렇지만, 그녀가 못 가면 김준일 교수는 그 쫀쫀하고 성질 더러운 인간에게 사기죄로 고소당하고 아마도 억대가 분명히 넘어갈 손해배상청구를 받을 게 틀림없었다.

민호는 곁눈으로 창밖을 가늠했다. 2층이긴 한데, 아래쪽은 무성한 풀밭이고, 그리 높아 보이지도 않았다. 민호는 그런 일에 대해서는 판단이 빨랐다. 다행히 CCTV는 없는 모양이니 경찰에만 끌려가지 않으면 어쨌든 돌아갈 가능성은 있는 것이다. 한쪽 다리 정도 부러진다 해도 돌아가서 고치면 되지 않겠나.

두 번 생각할 것도 없이 창문을 드륵 열고 뛰어내렸다. 뛰어내리는 순간 어떤 사실이 퍼뜩 떠올랐다. 그녀가 신은 컨버스 신발은 충격 흡수 기능이 바닥에 가깝다는 사실이었다. 아니나 다를까, 착지하는 순간 커다란 충격이 머리를 후려쳤다. 그 순간 또 다른 사실이 퍼뜩 떠올랐다.

아, 시발, 나 마법 중인데.

때는 이미 늦으리. 그녀가 미처 챙기지 못한 마법의 아이템은 저쪽 세계의 패딩 점퍼 주머니와 가방 속에 얌전히 잠들어 있었고, 발바닥은 빠개질 것처럼 얼얼했다. 하지만 위에서 뭐라고 요란하게 떠드는 것을 보니 길게 엎어져 있을 때는 못 되는 것 같다. 민호는 얼얼한 발을 끌고 뛰기 시작했다. 다행히 뼈가 부러지지는 않은 모양이었다.

민호의 서바이벌 능력 중 가장 탁월한 것은 위기를 감지했을 때 꽁지가 빠지게 '뛰는' 능력이었다. 지금까지 기록된 '100퍼센트 귀환율'이라는 경이적인 수치에는, 어릴 때부터 오빠들 틈바구니에서 다져진 도망질 관록이 배경으로 깔려 있었다.

숨는 것은 괜찮았다. Pantry라는 영어의 뜻은 알지 못하지만, 그 안에 식료품이 많다는 것은 민호의 본능이 일깨웠다. 그녀는 새벽이 될 때까지 살라미 소시지와 햄, 그리고 생선 통조림이 가득한 식료품 저장고의 찬장 뒤에 숨어 있었다.

소시지를 훔쳐 먹으며 민호는 깊이 한숨을 쉬었다. 그 방에 못 돌아가면 여기서 눌러 살아야 하는데, 그럴 경우 혼자서 갖은 고초를 겪어야 할 러블리 도널드 교수님이 걱정이었다.

하지만 남의 걱정을 집어치울 때가 오고야 말았다. 자정쯤 되어 몸에서 갑자기 열이 치솟기 시작하자 그때부터 진정한 헬 게이트가 열렸다.

애초에 옷을 놓고 오는 바람에 으슬으슬 춥기도 했으나 이건 뭔가 이상했다. 훔쳐 먹은 수제 소시지에 요리사가 발열 마법을 걸어 둔 것이 틀림없다. 젠장, 조금 덜 먹었으면 덜 아팠을 텐데. 그러게 왜 겁도 없이 도나캐나 처먹어. 시간 여행을 할 때 늘 동행하는 수호천사는 브라키오사우루스의 뇌와 위장을 가진 게 틀림없었다.

시간이 지나면서 열은 점점 심하게 치솟았다. 민호는 말 그대로 '대갈통이 뽀사지는 통증'이 무엇인지 난생처음으로 실감했다. 이판사판이라, 민호는 방에서 나와 어정어정 기다시피 2층으로 올라갔다. 시계 속 뻐꾸기가 을씨년스럽게 울었다. 두 시인지 네 시인지 기억도 안 나는데 하여간 몹시 늦은 밤이었고, 끔찍하게 추워 이가 딱딱 소리를 내며 부딪쳤다.

믿을 수 없게도, 병풍이 놓여 있던 2층 방은 잠겨 있지 않았다. 아까 그 야단을 하고 도망을 쳤는데도. 이럴 줄 알았으면 아까 해 떨어지자마자 나올걸. 민호는 경호원들 역시 브라키오사우루스의 가호를 받고 있음에 심심한 감사를 표한 후, 살금살금 걸어 창가로 다가갔다. 어쩐 일인지 이번에는 왜앵 소리도 나지 않는다.

그녀는 병풍 뒤로 들어가기 위해 어둠 속에서 두리번두리번했다. 창가 쪽으로 어스름하게 병풍이 펼쳐져 있는 윤곽이 보인다. 갑자기 뒤에서 문이 콰당 열렸다.

"걸렸다! 역시 제 발로 함정에 기어들어 왔어!"

"생각보다 일찍 튀어나왔군. 어지간히 급했나 본데?"

방과 복도 전체에 불이 확 켜졌다. 여러 사람이 달려오는 듯한 발걸음 소리가 두다다다 들리더니 두 개의 문에서 제복 차림의 험상궂은 형님들이 우르르 쏟아져 나왔다. 제기랄! 민호는 병풍 앞에서 엉거주춤한 상태로, 수많은 사람에게 고스란히 둘러싸였다. 아까 얼굴을 보았던 덩치

123

큰 흑인 오빠가 허리춤에 손을 얹고 외계 언어를 지껄이기 시작했다.

"또 뛰어내려 보시지, 이젠 아래에서도 몇 겹으로 대기하고 있으니까."

"저택 안에 숨은 줄 알고 기다리고 있었지. 아직 도난당한 게 없으니까 다시 올 거라고 생각했거든."

"대기하고 있을 거란 생각 못 했나? 아이큐가 지렁이 수준도 안 되는 모양이야."

천만다행으로, 민호는 그들이 비아냥대는 말을 한마디도 알아듣지 못했다. 뒤늦게 도착한 가운 차림의 젊은 사내가 앞으로 나섰다. 경호원들이 비켜 주는 걸 보니 적어도 집사장이나 주인의 아들 급은 되는 것 같다. 근사한 똥꼬턱을 갖고 있는 그 사나이는 턱을 쳐들고 민호에게 물었다.

"어느 나라 사람이지? 중국인가? 일본? 누가 보낸 건가. 혼자 온 건가, 공범이 있나?"

민호가 병풍 앞에서 벌벌 떨며 눈을 굴렸다. 뭘 알아먹어야 대답을 해 주지. 열 때문에 가뜩이나 대가리가 마비됐는데.

순간, 익숙한 것이 눈에 띄었다. 교양 한국사 책에서도 봤고, 반나절 전에 박 실장이라는 인간에게 욕을 퍼먹게 만든 토기등잔과 꽤 비슷하게 생긴 놈이었다. 물론 이 등잔은 종지가 다섯 개 고스란히 있다는 것이 달랐다. 그렇다면 이건 엄청 비쌀 게 틀림없다. 민호는 두 번 생각할 것도 없이 토기등잔을 번쩍 집어 올리며 외쳤다.

"스탑! 돈트 무브! 이프 유 터치 미, 아이 윌 브레이크! 쉣쉣쉣! 뽀큐뽀큐뽀큐!"

순간 똥꼬턱의 얼굴이 새파랗게 질렸다. 멈춰! 그만둬! 그는 악을 쓰며 경비원들을 뒤로 물린 후, 덜덜 떨리는 목소리로 말했다.

"헤이. 이봐, 베이비, 그거, 정말 구하기 힘든 거야. 내 귀한 보물에 흠집만 내지 않으면 신변의 안전을 보장할 테니, 내려놓자, 베이비."

민호는 눈을 껌벅거렸다. 느끼해서 넘어올 것 같은 '베이비' 말고는 예전에 영화에서 몇 번 들었던 '마이 프레에셔스(my precious)'라는 낱말만 간신히 귀에 들어올 뿐이었다. 하지만 흙으로 만든 등잔의 파워가 생각보다 놀랍다는 것을 확인하기엔 충분했다.

이거 제대로 잡았네. 시한폭탄을 두르고 인질을 잡는 것보다 훨씬 효과가 좋구나. 박 실장이란 인간이 벌벌 떨 만한 거였구나. 내가 잘못한 게 맞네. 민호는 어질어질한 중에도 그런 생각을 했다. 민호는 그것을 꼭 움켜쥔 채, 병풍 뒤로 뒷걸음질해 들어갔다. 똥꼬턱이 걸쭉하게 욕설을 뱉는 소리가 들린다. Son of bitch라는 욕 정도는 민호도 알았다. 그 욕의 대상이 남자라는 것 정도도 알았다. 기분이 몹시 더러워진 민호는 목에 핏대를 올려 외쳤다.

"아임 낫 손! 도오터! 아이 앰 도오터 오브 비치!"

순간 병풍 바깥은 뭐라 말할 수 없는 침묵에 휩싸였다. 민호는 자랑스럽게도, 자신이 자그마치 영어로 코쟁이들을 굴복시켰음을 확신했다.

똥꼬턱이 나서서 사근사근해진 목소리로 무언가를 지껄이기 시작했다. 말투와 표정만으로 봐서는 완전 사랑 고백만큼 애절하다. 민호는 등잔을 두 손으로 잡은 채 정신을 집중했다. 돌아가야 하는데, 시간이 없는데, 집중이 잘 안 된다. 열이 확확 치솟고 머리가 깨질 것 같다. 병풍 뒷면에 등을 대고 필사적으로 빌었다. 제발. 제발.

얼마만큼의 시간이 흘렀는지 모르겠다. 시간 이동을 할 때는 시간 흐름이 제대로 느껴지지 않는다. 그저 많이 겪어 익숙해진 공기의 흐름이 몸의 주변을 감쌀 뿐이다. 자그르르, 아련하게 찰랑대는 소리가 가볍게 일었다. 굳게 막힌 창가에서 바람이 사르르 인다. 됐다, 잡았다. 시공의 흐름을 잡았다. 민호는 눈을 떴다.

눈앞으로 수많은 갈래의 실과 같은 길이 무수한 방향으로 펼쳐져 있었다. 황홀할 정도로 눈부신 장면이었다. 다른 사람들에게 보여 줄 수 없어서 아쉬운 그런 장면.

시간의 흐름을 담고 있는 물건들은, 민호가 원하면 어김없이 자신이 품어 왔던 이야기와, 그것이 통과해 온 시간의 길을 보여 주곤 했다. 현재로 이어진 길은 가장 투명했고, 과거로 이어지는 길일수록 점점 황금빛으로 찬란했다. 민호는 그 길 중에서 자신이 들어온 자취를 쉽게 찾아냈다. 어차피 자신이 열고 온 길이기에, 다른 사람의 자취는 보이지 않았다.

왔던 길로 접어들려는 순간 갑자기 병풍 바로 밖으로 가까워진 발걸음 소리가 들린다. 민호는 황급히 등잔을 위로 치켜들고 소리를 질렀다.

"아이 캔 브레이크! 갓뎀! 뽀큐!"

순간 밖에서 시꺼먼 손이 불쑥 들어와 등잔을 낚아챘다. 뭐야! 기겁한 민호는 손아귀에 힘을 주어 확 잡아당겼다. 아주 잠깐 힘겨루기가 있었고, 갑자기 떵, 하는 소리와 함께 손에 든 등잔의 종지가 뚝 떨어져 나왔다. 싸늘한 정적이 찾아왔고, 2초쯤 지난 후 똥꼬턱 사나이의 입에서 광란의 부르짖음이 터져 나왔다.

엉겁결에 등잔을 되찾은 경비는 멍청한 얼굴로 병풍 뒤를 바라보았다.

여자가 없어졌다?

그는 자리에 주저앉은 채 정신없이 두리번거렸다. 뭐지? 분명 눈앞에서 산발한 마녀 꼴로 헐떡대고 있던 여자, 지금 어디 간 거야? 급하게 뒤를 돌아보고 몇 걸음 뒷걸음질하고 있었잖아? 손에 든 등잔의 부상

정도(?)를 확인하느라 잠깐 눈을 돌린 사이에, 코앞에 있던 여자가 마술이라도 부린 것처럼 사라졌다.

황급히 그의 뒤로 달려온 똥꼬턱 사내가 덜덜 떨며 자리에 주저앉았다.

○ ● ○

이완은 눈썹을 찌푸리고 듣고 있다가 한참 만에야 물었다.

"무사히 온 게 천행이로군요. 그럼, 떨어져 나온 건 가지고 오셨습니까?"

민호는 옆에 걸린 바지 주머니를 가리켰다.

"글쎄, 버릴 데가 없어서 바지 뒷주머니에 넣어 오긴 했는데, 잊어버렸어요. 아까 하도 엎어지고 넘어지고 그래서 깨졌을지도 몰라요. 깨진 조각 있으면 좀 버려 주시겠어요? 나중에 손 벨지도 모르니까."

이완은 잠자코 일어나 청바지 뒷주머니에서 떨어져 나온 부품을 꺼냈다. 다행히 부서지지는 않았다. 이완은 그것을 한 손에 들고 민호를 물끄러미 바라보다가 한숨을 쉬었다.

"원래 시간 여행은 이런 식으로 터프하게 다녀야 하는 겁니까?"

"미션이 있는 경우는 별수 없죠. 댁도 아프리카 오지에서 사람 찾아오라는 미션 받아 와 봐요. 입에서 훌랄라가 나오나. 그나저나, 저 퇴원해야 하니까 짐 좀 갖다 주세요. 특실 입원비 비싸서 오래 있으면 안 되거든요."

이완의 얼굴이 어쩐지 좀 더 사납게 변한 것 같다. 아니나 다를까, 그는 자리에서 일어서서 못마땅한 어조로 내뱉었다.

"댁한테 병원비 내라고 안 했습니다. 어차피 조금 더 몸을 추슬러야 하니, 이불 뒤집어쓰고 잠이나 주무시죠. 짐은 제가 지금 가서 갖다 드릴 테니까."

금방 온다는 사람은 오지 않고, 대신 김준일 교수가 퇴근하고 병원에 들렀다. 음료수와 롤 케이크를 한 무더기 사 들고 온 그는 자리에 앉자마자 잔소리를 시작했다. 자신에게 말도 없이 갔다 왔다고, 얼마나 걱정했는지 아느냐고. 교수님 의뢰 말고도 시간 여행 다닌 적이 한두 번이 아닌데 새삼스럽게 뭘. 하지만 민호는 그렇게 대거리하는 대신 그저 머리를 긁으며 웃고 말았다.

트래킹의 실패 이야기를 듣고서는 콧구멍이 실룩실룩했으나, 이내 고개를 끄덕이며 무심하게 말했다.

"그래, 몸 괜찮아지면 다시 다녀오면 되지."

민호는 살짝 풀이 죽었다. 이렇게 고생했으니 다시 보내기가 조심스럽다는 말이라도 해 줄 줄 알았다. 생판 남인 박 실장도 그렇게 걱정해 주던데. 하지만 다행히도, 얼른 표정을 감출 수는 있었다. 고생은 고생이고, 약속은 약속이니까 교수님의 저런 말에 섭섭해하면 안 된다. 오늘따라 저 말이 쬐……금 서운한 건 아마 빌어먹을 뭔 증후군으로 아픈 끝이라 그럴 것이다. 민호는 눈물이 괴려는 눈을 재빨리 깜박이며 스스로를 달랬다.

민호는 교수가 내놓은 롤 케이크를 풀어 놓고 정신없이 먹기 시작했다. 시간 여행을 다녀오고 나면 으레 트롤이라도 잡아먹을 수준이 되어 있게 마련이었다.

"너, 안경은 어쨌냐."

"어, 그거 트래킹 하기 전에 잠깐 벗어 놓고 간다는 게, 다리를 부러뜨렸어요. 죄송해요, 교수님."

민호는 박 실장의 핑계까지 대고 싶지는 않았다. 명색 의리의 윤민호, 그 이름에 걸린 명예가 있으니까. 다시 이마에 딱밤이 퉁 박혔다.

"낼모레 결혼해야 할 처자가 억세기도 하다. 어떻게 하면 그 굵은 걸 부러뜨릴 수 있어?"

"남자가 있어야 결혼이든 이혼이든 하죠. 에헤, 안경은, 뭐, 제가 좀 파워가 되잖아요."

"퇴원하는 대로 다시 하나 맞춰 줄까? 비슷한 디자인으로?"

"그래도 너무 큰 건 무겁던데요. 좀 작고 가벼운 안경이나 렌즈 같은 건……."

"렌즈는 무슨. 넌 큰 안경이 잘 어울린다고 했잖아. 얼굴에 큰 특징이 없고 이목도 밋밋하고 흐릿한 편이라 안경테가 진하고 굵은 스타일이 나아. 내가 잘 어울리는 걸로 골라 주지."

손가락이 머리통을 퉁퉁 쳤다. 10년 체크 사나이의 센스 따위는 믿을 만하지 않았고, 자신의 얼굴에 대해 사정없이 진실을 말해 주는 저놈의 주둥이가 가끔 밉기도 했지만, 그래도 고마운 건 고마운 거였다. 민호는 롤 케이크 부스러기가 잔뜩 묻은 입을 벌쭉 벌리고 웃었다. 갑자기 노크도 없이 문이 열렸다.

"교수님 계셨군요. ……으, 민호 씨, 입이 그게 뭡니까?"

이완은 얼굴을 보자마자 대뜸 눈썹을 찌푸렸다. 민호는 옷소매를 끌어당겨 입술을 문질렀다. 이완은 얼굴을 조금 더 험상궂게 구겼으나, 그 이상 말을 덧대지 않고 가방에서 물티슈를 꺼내 내밀었다. 민호가 먹으며 닦으며 부산을 떠는 동안 이완은 민호의 옷과 가방, 그리고 큰 상자를 탁자 위에 얹어 놓았다.

"보여 드릴 게 있습니다."

그는 상자를 열어 완충재를 걷어 냈다. 민호도 어리둥절한 얼굴로 상

129

자 안에서 나온 것을 지켜보았다. 상자 안에서 나온 것은 분명 박물관에 전시 준비 중이던 종지 네 개짜리 토기등잔이었다. 김준일 교수도 눈을 크게 뜨고 자리에서 일어섰다.

"이건 전시품으로 가지고 오신 신라 토기등잔 아닙니까? 이, 이걸 왜 박물관에서 가져오신 겁니까?"

"이걸 한 번 보시죠, 민호 씨."

이완은 대답 대신 완충용 에어캡에 따로 작게 싸인 것을 풀어 헤쳤다. 민호의 입이 벌어졌다. 자신이 몇 시간 전에 들고 온 놈 같은데? 미국 어느 똥꼬턱 사나이의 대저택에 보관되어 있던, 토기등잔 본체에 달려 있다가 내 손에 의해 불우하게 떨어져 나온 종지. 보면 볼수록 틀림없었다.

이완은 자신이 가져온 토기등잔의 비어 있는 부분에 그것을 얹었다. 달그락. 울퉁불퉁한 절단면이 빈틈없이 딱 맞물리는 것이 보였다. 민호는 이게 대체 어떻게 된 일인지 알 수 없어 입을 뻐끔거렸다. 김준일 교수 역시 어찌 된 영문인지 몰라 두 사람을 번갈아 바라보았다.

"접착 처리를 잘 해서 복구하면 완벽해질 것 같습니다. 그렇죠?"

"어, 그러네요. 이게 어떻게 된 거죠?"

"글쎄요, 어떻게 된 건지는 저보다 민호 씨가 더 잘 알 것 같습니다만."

하, 하하, 이완은 고개를 수그리고 낮게 웃었다. 민호와 김준일 교수의 벙벙한 얼굴을 보니 점점 더 유쾌해졌다.

토기등잔의 종지가 사라진 것이 언제인지는 정확히 알지 못한다. 다만 이완이 현재 살고 있는 뉴욕 머튼타운의 자택에서 있었던 일이란 건 확실했다.

그것이 어떻게 없어졌는지 아무도 제대로 설명하지 못했다. 귀신이

나왔다는 사람도 있고, 허깨비를 봤다는 사람도 있었다. 무슨 일인지 멀쩡하던 토기등의 종지는 그렇게 자취를 감추었고, 지금에서야 때를 기다렸다는 듯 되돌아왔다. 이렇게 기상천외한 방법으로.

웃음이 광기를 띠기 직전, 이완은 웃음을 딱 멈췄다. 눈이 맑게 빛나고 있었다.

"지금, 윤민호 씨에게 정식으로 의뢰하겠습니다. 유서가 들어 있는 화각함의 열쇠를 찾도록 도와주십시오."

"어? 네? 저 트래킹 실패……?"

"그 전에 저하고 미리 약속하셔야 할 것이 있습니다."

이완은 빙긋 웃으며 말을 잘랐다.

"이번처럼 위험하다고 생각하면 바로 돌아오셔야 합니다. 언제든지 취소할 기회를 드리겠습니다. 손해배상과 계약위반 따위 책임도 묻지 않겠습니다. 어젯밤처럼 아찔한 경험은 한 번으로 족해요. 우리 집 경비원들은 예나 지금이나 항상 실탄을 장전하고 있습니다."

민호는 고개를 들어 이완을 멀거니 올려다보았다. 열 때문에 뇌세포가 너무 파괴돼서 그런가 헛소리가 들리는 모양이다. 어울리지도 않는 저 화기애애한 표정은 무엇이냐. 경비원은 뭐고 실탄은 또 뭐냐고? 순간 벼락같은 깨달음이 강림했다.

……어, 어떤 얼간이 한 마리가 박 실장네 창고를 털어 오려고 했던 거구나.

머리카락이 쭉 곤두서는 것 같다. 민호는 멍청한 얼굴로 머리를 쥐어뜯었다. 나였어! 저 비싸다는 신라 시대 등잔을 팔푼이로 만든 범인이! 아오, 제기랄! 나였어! 그럼 아까 봤던 '마이 프레셔스' 똥꼬털 사나이는 관리인이나 경비원쯤 되었으려나? 저거 도둑맞고 저 성질 더러운 박 실장한테 된통 깨졌을 텐데. 가만, 관리인인데 왜 마이 프레셔

스지? 아오 시발, 그게 중요한 게 아니잖아. 지금 넌 천문학적인 금액을 물어 주어야 할 현행범으로 잡힌 거야, 이 멍충아!

금방이라도 날벼락이 떨어질까 봐 입도 뻥긋 못 하고 눈치만 살살 보고 있는데, 이완은 허파에 구멍이 뚫린 것처럼 자꾸 웃기만 했다. 아니 웃음이 나오나? 그동안 저 유물을 땡처리 떨이 등급으로 몰락시킨 범인이 나타났는데? 나 같으면 엎어 놓고 곤장으로 후려 패도 시원찮을 것 같은데?

"김준일 교수님. 약속한 대로 전시회를 진행하시면 됩니다. 이 토기 등, 보도 자료와 광고의 수정분은 자료를 다시 드릴 터이니 알아서 해 주시면 고맙겠습니다. 그리고 민호 씨, 제 실수로 교사직 계약이 해지되었으니 제가 그 기간에 해당하는 만큼 대체할 자리를 주선하고 싶습니다. 몇 개월 계약을 하셨었나요?"

민호는 믿어지지 않아 눈을 깜박깜박했다. 저 사람이 지금 뭐라 말하고 있는 거지? 화 안 내? 왜 안 내? 뭘 주선해? 민호는 얼없는 어투로 대답했다.

"……내년 2월까지요."

"혹시 유치원에서 일하는 데 엄청난 보람이나 넘치는 애정을 느끼고 계십니까?"

"노노노노! 에브리데이 엄청난 휘둘림과 넘치는 살심을 느끼고 있어요! 내 몸에 지금 맺혀 있는 사리로 전 국민이 구슬치기를 할 수 있을 정도라고요!"

민호는 맹렬한 속도로 고개를 저었다. 대체할 자리를 주선한다니, 어쩌면 유치원이 아닐 거라는 희망의 빛이 번득인다. 민호의 심장이 두근두근했다.

푸후, 꼬리가 좀 더 길어진 웃음이 들렸다. 민호는 눈을 둥글게 뜨고 이완을 올려다보았다. 쌀쌀맞고 차갑게 느껴지던 얼굴에 보조개가 돌아와 있었다. 어째 느낌이 심하게 좋은데, 너무 좋아서 불안할 지경이다. 얇고, 매끈한 굴곡을 그리고 있는 입술 사이로, 어제보다 훨씬 부드럽고 풍성해진 목소리가 흘러나왔다.

"그렇다면 퇴원하시는 대로, 인사동에 있는 려 갤러리 한국 사무실로 출근해 주시기를 부탁드리겠습니다."

3.
시간 여행자

앤드류는 전화기에 들어온 메시지를 보고 코끝을 찡그렸다. 이완이었다.

[이촌동, 한국종합병원 특실 501호, 윤민호 씨 병문안]

잠에서 깨어 일어나니 이완은 집에도 갤러리에도 없었고, 오전 내내 전화를 해도 받지 않았었다. 그러더니 이제야 답 문자가 들어온 것이다.

대체 어떻게 된 거야. 나한테까지 설명 한마디 없네.

어제의 일이 궁금해 미칠 지경이다. 얼핏 시간 여행이라는 말만 들었을 뿐, 제대로 설명도 듣지 못했다. 윤민호라는 유치원 선생은 어디론지 없어졌고, 이완은 즉답을 피했다. 앤드류는 미간을 모으고 생각에 잠겼다.

아무래도 좀 이상한데?

이완은 다른 사람에 대해선 무심하고 결벽 증세를 보이는 독설가인지 몰라도 앤드류나 앨버트에 대해서는 아니었다. 특히 어릴 때부터 함께 자란 앤드류에게는 그리 과민하지도 냉랭하지도 않았고, 무엇을 숨기는 일도 드물었다.

생각해 보면 5촌이라는 촌수도 썩 가까운 건 아니고, 그나마 제대로 된 숙질간도 아니었다. 할머니는 같지만 할아버지가 다른 친척만큼 애매한 사이가 있을까.

그럼에도 이완은 앤드류를 친형제 이상으로 세심하게 챙겼다. 앤드류의 아버지인 앨버트에게도 마찬가지였다. 앨버트가 위작을 몇 점 사들이는 바람에 파산했을 때, 함께 뒷수습을 해 주고, 자신이 막 오픈한 작은 갤러리에 당분간 와서 도와주지 않겠느냐, 아는 게 없어 난감하다며 자존심이 상하지 않도록 정중하게 부탁한 것도 이완이었다. 그것이 정말 쉽지 않은 제안이었다는 건, 앤드류가 이 바닥에 발을 들여놓고서야 알게 되었다.

고미술품 바닥은 철저하게 닫힌 세계고, 대부분의 딜러는 단독으로 거래에 임한다. 정보 보호 차원에서라도 함께 일하는 사람을 두지 않는 경우가 많다. 고미술품과 관련한 지식이나 정보를 남에게 함부로 가르쳐 주지 않는 것은 이 바닥의 첫 번째 불문율이었다. 경매나 혹은 박물관 등에서 매입하는 경우가 아니라면, 고가의 물건일수록 비밀 거래를 하는 것이 일반적이다.

하지만 이완은 앨버트를 자신의 갤러리로 불러 자신의 일을 맡겼고, 거래에서 얻은 이익을 두 사람이 합의한 비율로 속임 없이 분배했다. 집까지 날린 그들에게 뉴욕 자택에서 지내라고 선선히 허락한 것도 이완이었다.

앨버트의 지병인 당뇨가 악화되어 풀타임 근무가 불가능해지자, 앤디를 대신 보내 달라 청하기도 했다. 당장 수입이 끊어질 앤드류의 집안을 위한 점잖은 배려란 것을 모를 수가 없었다. 앤드류에게 실무를 가르치고 챙기느라 일이 두세 배는 더 많아졌는데도 이완은 귀찮다는 내색 한 번 하지 않았다.

고 유물에 대해 앤드류는 아는 것이 전혀 없었다. 심지어 한국 유물을 전문으로 하는 갤러리에서 일하는 주제에, 고구려와 고려를 혼동하고 왕조의 순서도 제대로 알지 못했다. 그러니 어떤 시대의 유물이라 설명을 해 주어도 멍청한 얼굴로 고개를 갸웃거리는 게 일이었다. 이완은 그에게 청자와 백자의 호칭부터 복원과 수리에 쓰이는 토분 고르는 법까지 하나하나 가르쳐야 했다. 게다가 앤드류가 열등감이나 좌절감을 느끼지 않도록 말없이 신경을 써 주었다.

그 정도면 헌신이라 해도 부족하지 않다. 앤드류는 그것을, 자신의 영역으로 들어오게 허락한 사람에게만 보여 주는 박이완만의 애정 표현이라고 생각했다. 그런 걸 보면 이완의 예민한 까탈은 타고난 것이라기보다 좀 다른 이유가 있는 것도 같다.

"휴……. 어지간하면 적당히 포기하고 뉴욕으로 돌아가지. 시간 낭비하지 말고. 천하의 박이완이 허무맹랑한 이야기에 휘둘리는 꼴을 볼 줄이야."

전시실로 들어간 여자가 사라진 것은 앤드류도 알고 있다. 하지만 눈앞에서 직접 보지 못한 앤드류는 여자가 신기한 능력을 갖고 있다기보다 이완이 눈속임에 넘어간 것이라는 쪽에 더 무게를 실어 주고 싶었다.

그는 전화기의 문자를 들여다보며 씁쓸하게 웃었다. 물론 이완 앞에서는 그런 말까지는 입 밖에 내지 못했다. 이성적인 이완이 눈앞에 놓인 사실을 받아들이지 못하고 헛된 시도에 매달리려는 모습이 보기 싫었

136

다. 물론 그 마음이 이해가 안 되는 바는 아니었다. 속 편하게 포기하라기에는 이완이 잃어야 할 게 너무 컸다.

"뭐, 그래 봐야 어차피 제가 번 돈도 아니지 않아? 메트로폴리탄에 기증한다고 억울할 건 또 뭐야."

저도 모르게 툭 튀어나온 말에 앤드류는 눈을 크게 떴다. 입술이 속으로 천천히 말려들었다.

아니지. 놀란 척할 건 없다. 솔직히 말하자면 그동안 애써 부인하고 있던 것뿐이지, 사실 이 고약한 감정은 제법 오래되고 질긴 것이었다.

그래, 하늘에서 저절로 뚝 떨어질 줄 알았던 엄청난 유산이 하늘로 날아가게 되었으니, 억울하고 분해서 잠도 안 오는 거, 한국까지 와서 이상한 말에 휘둘리고 있는 거, 이해한다.

하지만 그 유물들은 아직 네 것이 된 게 아니었잖아. 갖고 있다가 사기를 당해 뺏긴 것도 아니잖아. 그리고 너만 해도, 유산에 목매지 않아도 괜찮을 정도로 살고 있잖아. 나이 서른을 목전에 두고, 앤티크 딜러로 그 정도 자리 잡았으면 된 거지. 그게 억울하면 하늘에서 동전 하나 떨어진 게 없는 나 같은 사람은 뭐냐고.

3,500점이 넘는 고가의 유물들. 곁에서 지켜보기에는 항상 부아가 났었다. 선대에서 한 끗 차이로 이완의 집안으로 몰려가게 된 유산. 로또도 그런 로또가 어디 있어. 원래 로또는 당첨되지 않는 게 당연한 거라고.

'어쩌면 나는 이완의 불행을 고소하게 생각하는 걸까?'

⋯⋯글쎄. 어릴 때부터 지금까지 그를 좋아하고 고마워하던 마음이 거짓은 아니었는데.

생각하던 앤드류는 고개를 수그리고 풀기 없이 웃었다. 그런 생각을 하는 게 죄받을 짓인 건 안다. 그래도 불현듯 치미는 생각을 막을 수는 없었다. 부럽고, 질투 나고, 자신을 돌아볼수록 더욱 초라해 보이고 비굴해지는 마음.

이완은 내가 이런 생각 하는 거 꿈에도 모르겠지.

고리타분하고 도깨비 소굴 같은 골동품 따위는 들여다보지도 않겠다고 사춘기 때부터 아버지하고 얼마나 싸웠던가. 콩알만 한 한인사회에서 벗어나 주류 사회에서 보란 듯이 성공하겠다고, 아버지를 설득하게 도와 달라고 이완에게 부탁했을 때, 녀석은 팔짱을 끼고 한참 생각하더니 짜증 나는 말을 했었다. "잘할 수 있는 것과, 좋아하는 것 중에서 선택해야 한다면, 잘할 수 있는 것을 택하는 게 맞다."라고. 그리고 이완은 선택의 기로에 놓였을 때 제 말대로 '좋아하는 것'을 버리고 '잘하는 것'을 선택했다.

어쩌면 그 말이 맞는 것 같다. '좋아하는 것'을 선택한 앤드류가 10년간 이루어 놓은 결과는 보잘것없었다. 빈말로라도 무언가를 이루고 있는 과정이라 할 수도 없었다. 이완의 성취와 비교하면 참담할 정도였다.

길게 한숨이 흘러나왔다. 자신이 성취한 것을 보며 이완을 시샘하는 건 부질없는 짓이다. 피부색, 유리천장 따위 들먹일 것도 없다. 대학을 졸업하지 못한 인디밴드 베이시스트 출신이란 어차피 주류 사회로 진입할 수 없는 조건이었다. 앤드류는 억지로 생각을 접었다.

앤드류는 바로 이촌동에 있는 종합병원으로 향했다. 중간에 처리해야 할 일도 많았다. 일단 자신과 스칼렛의 항공편 예약을 위시한 번거로운 서류 수속이 모두 앤드류의 몫이었다.

병원에 가면서, 뉴욕에 있는 아버지에게 전화를 했다. 앤드류는 뉴욕에 있는 갤러리 려의 제반 상황에 대해, 그리고 이완의 아버지인 제임스박의 상태에 대해 이완에게 매일 보고해야 했다. 현재 그 일을 맡아 주고 있는 것은 앤드류의 아버지인 앨버트 황이었다. 다만 앨버트와 앤드류는 여전히 사이가 좋지 않았다.

— 열쇠를 찾을 방법이 정말 있다고 하더냐.

아버지의 목소리는 긴장과 흥분으로 잘게 떨렸다. 앤드류는 눈썹을 찡그렸다. 주워들은 것도 몇 토막 없고, 그나마도 말하기엔 허무맹랑했다. 아버지한테 미친놈 소리나 안 들으면 다행이게.

"아직은 확실치 않은 것 같아요. 교수라는 사람 말하는 것도 딱히 미덥지 않고."

— 어차피 불가능하다는 거 뻔히 알 텐데, 똑똑한 애가 왜 그러나 모르겠구나.

"그렇죠. 이완도 안 된다고 생각하면서도 여기까지 온 거예요. 아무리 냉정한 척해도 받아들이기 쉽지 않을 테니까요."

앤드류는 비죽이 웃었다. 아버지의 긴 한숨 소리가 수화기 너머에서 흩어졌다.

— 너 예전처럼 엉뚱한 짓 하고 돌아다니는 거 아니지? 도무지 안심이 되질 않으니 원. 행여 말 안 듣고 망종 짓 할 거면 지금이라도 들어와라. 아무래도 내가 대신 그 아이 옆에 있는 게 낫겠다.

앤드류는 이맛살을 와락 구겼다.

"내 일은 내가 알아서 해요. 이완이도 가만히 있는데 아버지가 왜 나서서 그러시는데요?"

— 저놈의 성질머리! 알아서 하긴 뭘! 네가 그동안 알아서 한 짓이 뭐가 있어? 음악을 하네, 기타를 하네 잘난 척 돌아다니다가 이제 와서 하는 짓이 남의 밑에서 바닥부터 배우고 있지 않으냐. 젊은 놈 인생 허송하는 것만큼 아까운 거 없다. 이완이도 걱정이라고 말 좀 전해라. 제임스도 평생 그 열쇠만 찾다가 결국은 도박꾼에 주정뱅이로 인생 말아먹

지 않았냐!

"아, 글쎄 그만 좀 하라니까요! 제풀에 지칠 때까지 냅둬 보라고요. 지금 이완이 하는 거 보면 옆에서 아무리 뜯어말려도 포기 안 한다고! 혹시 알아요? 그 정성이 갸륵해서 하늘에서 열쇠를 떨어뜨려 줄지?"

— 몹쓸 놈! 남의 속도 모르고 함부로 말질이야!

요란하게 혀 차는 소리와 함께 통화 종료 음이 들린다. 관자놀이가 쿡쿡 쑤셨다. 앤드류는 전화기를 옆으로 집어 던진 후, 불쾌한 표정을 숨기지 않고 액셀을 밟았다. 금요일 오전의 서울 강변북로는 크고 작은 차량들로 바글바글했다.

○ ● ○

앤드류가 특실의 문을 열고 들어서자 소파에 앉아 노트북 화면을 확인하던 이완이 조용히 일어나 손을 내밀었다. 피로한 기색이 남아 있었지만 얼굴은 말끔했고, 구김 하나 없이 단정한 정장 차림이었다. 아무리 피곤해도 집 밖으로 나갈 때는 흐트러진 모습 한 번 보인 적이 없다. 다만 눈가에 내려앉은 옅은 그늘은 어쩔 수 없는 모양이었다.

"연락 못 받아서 미안. 경황이 좀 없었다."

환자가 잠이 깰까 봐 조심스러운 듯, 목소리가 낮았다. 그르륵, 커튼을 쳐 둔 쪽에서 코 고는 소리가 들렸다.

"감히 박이완 씨를 연락 두절로 만들어 버린 유치원 선생님이 귀환하셨나? 이름이…… 윤민호?"

앤드류는 커튼을 살짝 열고 들여다보았다가 얼빠진 듯 몸을 돌렸다. 머리를 개산발로 풀어 헤친 여자가 사지를 방만하게 펼친 채 쩝쩝 잠꼬대를 한다. 가까이 다가와서 들여다보는 이완의 눈썹이 못마땅한 듯 아래위로 움직였다.

"환자님 상태는 지나치게 좋아 보이는데? 아파서 입원한 거 맞아? 보험 사기 같은 거 아냐?"

"앤디."

"농담이야 농담. 그나저나 이제 좀 실토해 봐. 어떻게 사라졌다 어떻게 온 건지."

"어차피 같이 일할 사람이니, 알아 두는 게 좋겠지. 어제……."

"아, 아니 잠깐잠깐, 왜 저 여자가 같이 일할 사람이야?"

"어제저녁에 단기계약 형식으로 채용했어."

뭔 말이야? 앤드류의 눈이 가늘어졌다.

"사람 뽑는다는 말은 금시초문이네. 이렇게 번갯불에 콩 튀기듯이 뽑았다고? 손 많이 가는 초짜 신입이 필요했어? 게다가 전직 유치원 선생을?"

그것도 여자라?

앤드류가 알기로, 이완은 여자 직원과 함께 일하는 것을 싫어했다. 아니, 싫어했다기보다 주변 사람과 지저분한 추문이 이는 상황을 아예 원천봉쇄하는 쪽이었다.

학생 시절부터 이완의 주변에는 여자가 끊이지 않았다. 물론 지랄맞은 성질 때문에 제대로 이루어지는 꼴은 보지 못했지만 앤드류로서는 그것까진 알 바가 아니었다. 이완이 아무리 칠색 팔색 하고 진절머리를 내도 옆에서 보기엔 그저 부러울 뿐이었다.

상황을 악화시킨 건 갤러리를 막 열었을 때 일어난 일이었다. 처음 뽑았던 여직원이 채용 3일 만에 해고를 당한 적이 있는데, 이유인즉슨, 그녀가 근무 시간에 이완과 마주칠 때마다 대놓고 들이댔기 때문이란다.

애석하게도 그녀의 고용주는 육탄공격형 유혹이라면 진저리를 치는 사내였다. 이완은 "그렇게 더우시면 지금이라도 플로리다 누드 비치로 내려가셔서 시원한 여름을 보내시라."라는 담담한 조언과 함께 여자를 해고했다.

그 말을 들은 앤드류는 저 인간이 고자인지 아닌지를 심각하게 고민했다. 그렇지 않고서야, 자진해서 입속으로 날아든 꿀떡을 어찌 저리도 매몰차게 뱉어 낼 수 있단 말이냐. 하지만 그 말을 입 밖으로 낼 수는 없었다. 그녀가 이완을 부당 해고 사유로 고소했기 때문이었다. 이완은 그녀가 자신에게 막무가내로 들이댔던 상황이 담긴 CCTV 영상을 증거 자료로 법원에 제출해야 했고, 맞고소와 피해보상청구라는 강수를 두어 그녀가 고소를 취하할 때까지 민망하고 지루한 싸움을 이어 가야 했다.

그 후로 이완은 그 일에 대해 누가 농담이라도 하면 정색하고 말을 잘랐고, 여자 직원을 고용하지도, 옆에 두지도 않았다. 이완은 앤드류의 속을 짐작한 듯 쓰게 웃었다.

"이상하게 생각할 거 없어. 내년 2월까지만 계약이야. 나는 그동안 이 사람하고 열쇠 찾는 일에 주력하려고. 이번 전시회 행정적인 부분은 네가 좀 커버해 주어야겠다."

아아? 앤드류의 눈이 가늘어졌다. 그는 머뭇머뭇하며 조그만 목소리로 물었다.

"열쇠를 정말 찾을 가능성이 있어?"

"해 봐야지. 손 놓고 있을 수는 없으니까."

그는 가능성에 대해서는 대답하지 않았다. 앤드류가 내내 미심쩍게 생각했던 부분에 대해서도 말하지 않았다. 해야 하니까, 라는 당위만 말할 뿐이다.

"어제 했던 말, 자세히 설명 좀 해 줘 봐. 이 여자 정체가 뭐야?"

"알잖아. 유치원 교사. 김 교수 말로는 이쪽 방면의 전문가라는데, 그런 거 같진 않고."

"자꾸 말 돌릴 거야? 전문가는 무슨 얼어 죽을."

"음. 애들하고 노는 것 정도는 나보다 전문가겠지."

"나 지금 농담하는 거 아니거든? 이거 심각하게 묻는 거야. 나 그날 '시간 여행자'라는 말을 똑똑히 들었다고."

"들었으면서 뭘 묻고 그래. 그 얘긴 이쯤 하지. 나도 잘 모르니까."

이완은 차분했지만 앤드류는 그럴 수 없었다.

"나 네가 그런 거 믿는 거 난생처음 봐. 뭘 믿고 저런 사람을 고용한 거야? 사기꾼 아냐? 정말 시간 여행인지 타임 슬립인지 그런 걸 한다고? 야, 차라리 '저런 스타일의 여자가 좋아서 고용했다'고 하면 믿는 시늉이라도 해 줄게."

"실없는 소리."

앤드류는 이완의 냉랭한 목소리에 어깨를 찔끔하며 물러섰다. 드르륵, 다시 코 고는 소리가 들린다. 실없는 소린 맞네. 저 여자는 적어도 이완의 취향과 백만 광년은 떨어져 있다.

"스칼렛은?"

"하이고. 빨리도 묻는다. JFK발 비즈니스석 두 개 취소된 거 잡았어. 뉴욕에 연락도 해 놓았고."

"고생했다. 좀 부탁하마."

이완은 그제야 희미하게 미소했다. 앤드류는 코를 비쭉이며 콧방귀를 뀌었다.

"이렇게 잠시를 못 참고 불러들일 거면 처음부터 데리고 다니라고."

"음. 아무래도 그래야겠어."

앤드류는 콧방귀를 핑핑 뀌었다.

"그렇게 좋냐? 처음엔 성질이 만만찮다고 그렇게 투덜대더니."

"델 제수 집안 레이디들이 원래 성질이 좀 드세지. ……그나저나 아버지 상태는 어떠시대?"

"어제 심부전이 한 번 왔었대. 우리 아버지가 옆에 있을 때 왔었나 봐. 그나마 다행이었지. 살려 놓기는 했지만 의사 말로는 며칠을 버틸지 알 수 없다고 해. 열쇠를 찾을 거라면 서둘러야 할걸?"

이완은 팔짱을 낀 채 말없이 고개를 끄덕였다. 앤드류는 조심스럽게 그의 얼굴을 살폈다. 이완의 눈썹이 살짝 꿈틀거린다.

"앤드류, 종지 하나가 사라진 신라 토기등 생각나냐? 언제 유실됐는지 기억은 하고 있어?"

"이번 전시품에 포함된 거 아냐? 유실됐던 날짜 같은 걸 내가 어떻게 알아. 우리 태어나기도 전의 일인데."

"종지를 찾았어."

언제부터인지 여자의 코 고는 소리가 멈췄다. 사방이 조용해졌다. 이완은 웃는 듯 마는 듯한 얼굴로 천천히 되풀이했다.

"종지를 가져왔어. 저 여자가."

앤드류는 종잡을 수 없는 얼굴로 믿을 수 없다는 말만 되풀이했다. 어떻게? 정말 어떻게? 두 번 세 번 확인을 하는 꼴이 아무래도 믿기 어려운 모양이다. 하긴. 나 같아도 미친놈 취급 안 한 게 다행이다. 괜히 말했나 싶기도 했지만 어차피 수행비서 노릇을 할 녀석이니 끝까지 모를 수는 없을 것이다. 그리고 앤드류는 가벼워 보이는 말투에 비해 입은 무거웠다.

이완은 민호가 일어나기만 기다렸으나 감감무소식이었다. 민호는 아침밥도 집어치우고 아예 동면 모드였고, 회진을 도는 의사도 죽었다 살아난 환자를 군이 깨우지는 않았다. 타임 트래킹에 대해 의논하기 위해 아침 일찍부터 왔건만 말짱 헛일이 됐다. 이완은 혀를 차며 앤드류를 끌고 병실을 나섰다.

그는 간호사를 불러, 민호가 오늘 퇴원하겠다고 조르거나 6인실로 옮겨 달라고 하면 딱 잘라 거절하라고 말해 두었다. 워낙 죽을 고비를 넘기고 온 참이라 하루 정도는 경과를 더 보아야 안심이 될 것 같았다.

어제 저 간덩이 작은 여자가 특실의 하루 입원비를 알아내고 그대로 까무러쳤으니, 미리 말해 두지 않으면 제멋대로 6인실로 옮길 게 뻔했다. 6인실이라니. 그는 환자들과 보호자들이 좁은 공간에서 바글거리는 것도, 다인실 특유의 침침하고 퀴퀴한 냄새도 싫어했거니와, 무슨 신성한 의무처럼 하루 종일 틀어 놓는 텔레비전의 소음은 이완에게 거의 재앙과 같았다.

무엇보다, 입원한 사람들이 빤히 마주 보이는 곳에 앉아서 "우리, 열쇠를 찾기 위한 시간 여행에 대해서 진지하게 의논해 볼까요?"라고 말할 수는 없는 것이다.

점심때가 훌쩍 지날 때까지 여러 가지 일이 겹쳐서 분주했다. 전시회를 위해 담당 큐레이터와 김준일 교수를 만나 보아야 했고, 전시장 레이아웃을 최종 점검하고, 유물의 상태 확인과 관리에 대해 몇 가지 합의도 해야 했다.

종지를 되찾은 신라 토기등은 아무래도 이완이 직접 수리 작업을 해야 할 것 같은데 적어도 2~3주는 넘게 걸리는 일이라, 전시품목에서 빼자고 제의했다. 하지만 홍보팀장이 펄쩍 뛰었다. 메인 광고에 포함된 유물이라는 것이다. 결국 신라 토기등은 1차 수리만 한 상태로 전시를 하기로 결정되었다. 그 덕에 방송에 나갈 영상 부분을 다시 촬영해야 했고, 기자들에게 넘긴 보도 자료도 수정 요청을 해야 했다.

미국에서는 전시회를 위한 유물의 보험료 산정 문제와 운송 조건 등을 합의하기 위해 전속 세무사, 뉴욕 려 갤러리의 전속 변호사, 그리고 박물관 측에서 보낸 변호사와 함께 전쟁을 치렀는데 여기서도 전시회와 관련된 자잘한 문제들이 끝이 없었다. 뉴욕의 갤러리는 당분간 앨버트가 맡아 준다고는 해도, 당뇨가 심하고 아버지도 가끔 들여다보아야 하므로 오래 맡겨 둘 수 있을지는 미지수였다. 여하간 열쇠 건을 빠른 시일 내로 아퀴 짓고 돌아가야 할 것이다.

이완은 함께 식사나 하자는 큐레이터와 김준일 교수의 제의를 점잖게 거절했다. 겉으로는 태연한 척했지만 손가락은 주머니 속에서 초조하게 움직이고 있었다. 병원에서 맥없이 누워 있을 여자에게 뭐라도 얼른 먹여야 할 것 같았다. 어제 업을 때 생각보다 가벼워 놀랐었다. 그런 몸으로 어떻게 험한 곳을 혼자 돌아다니려는가 싶다.

두 사람을 서둘러 보낸 이완은 박물관 근처의 죽집에 들러 전복죽과 흑임자죽을 한 그릇씩 포장 주문했다. 오늘 시간 되는 대로 병원에 들른다고 메모를 남겼으니 혼자서 하루 종일 기다리고 있을지도 모른다. 속은 좀 괜찮을까? 그 여자, 자느라고 아침도 걸렀고, 점심이라야 새 모이만큼 주는 병원 밥이니 그 입에 변변치도 않았을 것이다. 생각해 보니 이완도 아침 식사를 걸러서 뒤늦게 허기가 돌았다.

영양이 많으면서 소화가 잘 되는 걸로 고르긴 했는데, 그 여자 입맛에 맞는 게 있으려나. 병실에서 함께 먹으면서 방법을 의논해도 괜찮을 것 같다. 죽을 좋아할까? 뭘 좋아하느냐 물어볼 걸 그랬나?

"어? 나랑 같이 밥 먹으러 갈 거 아니었어? 왜 두 그릇이나? 난 죽 안 좋아하는데, 혼자서 그거 다 먹으려고?"

앤드류가 뒤에서 툭 뱉었을 때에야 그는 정신을 차렸다. 내가 왜 그 여자 죽까지 샀을까. 앤디의 것이라 핑계를 댈 수도 없는 것이, 앤디는 죽을 위시한 모든 종류의 유동식을 싫어했다. 그는 손에 쥔 종이가방을 들여다보며 앤드류가 납득할 만한 이유를 생각해 내려 애썼다.

"환자가 아침을 걸렀으니까. 나도 아직 안 먹었고."

"에헤이! 박이완이란 인간이 언제부터 직원 아침밥 챙길 정도로 자상해졌어? 나도 아침 먹는 둥 마는 둥 해서 배고픈데?"

"난 병원에 가서 의논할 게 있으니 넌 집에 들어가서 먹는 게 낫겠다. 토기등잔 수리할 준비나 해 둬. 옻이랑 토분은 작업실에 있으니까."

앤드류가 코끝을 찡그리고 불만스러운 표정을 짓는다. 굳이 맥이 죽따위 챙기지 않아도 굶어 죽을 일은 없어 보이던데, 투덜대는 소리가 다들린다. 그러니까, 음, 그러니까 이건. 이완은 갖다 붙일 이유를 다시 쥐어짜 냈다.

"내가 아침 안 먹어서. 혼자 식사하긴 좀 처량하니 하나 더 사 가는 것뿐이야."

"혼자 먹는 게 처량하다고? 다른 사람도 아닌 박이완이?"

또 잘못 밟았다. 이완은 점점 곤혹스러워졌다. 사람들하고 같이 먹는 걸 더 싫어하던 사람이 할 말은 분명 아닌 것 같다. 앤드류는 전혀 믿어지지 않는다는 얼굴로 말했다.

"뭐, 박이완 평생에 한두 번쯤 그렇게 느껴질 수도 있겠지."

병원 앞에서 제과점에 들렀다. 어제 그 여자가 달기만 한 롤 케이크를 우유도 없이 허발하던 생각이 났다. 입가에 지저분하게 붙어 있던 빵가루도 같이 떠올랐다. 이완은 눈썹을 지그시 찌푸리다가 뒤를 돌았다. 병원까지 어슬렁어슬렁 따라오던 앤드류가 별일도 다 있다는 얼굴로 눈동자를 돌린다.

"앤디, 롤 케이크보다 맛있고, 부스러기가 떨어지지 않는 게 뭐가 있지?"

"롤 케이크보다 더 맛있는 건 뭐고 부스러기는 또 뭐야?"

"……."

"이것도 누구 갖다 줄 거야?"

"……음, 아, 아니, 내가 먹을……."

"너 케이크는 혀가 설탕에 절어 붙는 것 같다고 칠색 팔색 하지 않았어?"

"음. 그랬지."

이완은 취조 모드로 돌아선 앤드류에게 더 이상 묻는 것을 포기했다. 다행히 앤드류도 더 이상 묻지는 않았다.

이완은 매대 사이에서 한참 방황하다가 화려하게 장식된 40조각짜리 케이크 세트를 샀다. 크림과 초콜릿 따위로 뒤발한 사각 미니 케이크 세트였다. 보기만 해도 속이 메슥거렸지만 그 여자는 어쩐지 이런 종류의 음식을 잘 먹을 것 같다. 한입에 쏙 들어갈 만한 크기가 가장 마음에 들었다. 입가에 잔뜩 붙어 있던 빵 부스러기 따위는 두 번 다시 보고 싶지 않았다.

그 유치원 교사는 유치원에 다시 가서, 아이들 틈에 앉아 음식 깔끔하게 먹는 법을 배워야 할 것이다. 그 전에는 이렇게 한입에 쏙 들어가는 것들만 먹고 살아야 할 것이다.

한입에 쏙 들어가는 음식이 또 뭐가 있을까. 그는 제과점 옆에 있는 초밥집 간판 앞에서 들어갈까 말까 한참 망설이다가 앤드류가 조심스럽게 묻는 말을 듣고 퍼뜩 정신을 차렸다.

"……저기, 혹시 애 들어섰어?"

앤드류는 당장이라도 오렌지와 레몬을 짝으로 사들일 기세로 눈을 반짝이고 있었다.

○ ● ○

병실 문을 열기 전부터, 안에서 우렁우렁하는 사내의 목소리가 들렸다. 문을 열고 들어서니 백발이 성성한 부부가 병실을 먼저 차지하고 있었다. 큰오빠 내외라고 했다.

민호는 큰오빠에게 어디서 뭘 하고 다니는데 유치원에서 잘리느냐, 얼마나 부실하게 먹고 다니다가 병원에 입원까지 했느냐 취조를 당하는 틈틈이 왜 너는 아직 남자도 하나 없냐, 왜 선도 안 보느냐, 네 나이가 똥값이란 자각이 아직도 없냐, 하는 잔소리를 뒤집어쓰고 있었다.

이완은 죽과 케이크를 탁자에 내려놓고 엉거주춤 인사를 했다. 그것도 모자라, 미심쩍은 눈으로 흘끔대는 백발 사나이와 악수를 하고 명함까지 건네주어야 했다. 명함을 들여다본 풍채 좋은 사내는 고개를 갸웃했다.

"흠, 나이가 어떻게 되시나? 스물아홉? 허, 갤러리 려의 실장? 인사동이라. 여기선 무슨 일을 하시는 겐가? 옛날 재떨이나 담뱃대, 옛날 사람들 쓰던 갓 같은 거 사고팔고 하시는 겐가? 아, 그건 황학동인가? 뭐어쨌든, 나이도 젊은 사람이 장하군. 우리 시골집에 오래된 물건이 수두룩허니 쌓여 있었는데 와 보겠나? 학교는 어딜 나왔는고? 오호, 머리가 꽤 좋았나 보군그래? 수입은 좀 괜찮고? 그나저나 아버님은 무슨 일을 하시나? 집은 어딘고?"

이완은 부글부글하는 속을 지그시 누르고, 입에 매끄러운 미소를 띠었다. 아니, 나이도 먹을 만큼 먹은 것 같은데, 초면에 만난 사람에게 이렇게 미주알고주알 캐는 짓이 얼마나 무례한 것인지 모르는 걸까?

모르는 것 같다. 질문 공세 및 탐색전은 옆에 있던 대종가의 종부이신

올케마마님이 가세하면서 쌍방향 협공으로 양상이 바뀌었다. 그것도 부족해 두 사람은 틈틈이 몸을 돌려 민호에게 새로운 잔소리를 퍼붓기도 한다.

폭풍이 지날 때면 고개를 바닥에 처박을 지혜도 없는 미련 처자가 또 박또박 반항하다가 번번이 등짝 스매싱을 당하고 있다. 맷집이 실한 걸 자랑하는 건 좋지만, 알았다고 한마디만 하면 끝날 이야기를 30분간 듣고 있는 꼴을 보니 머리 나쁘기도 저 정도면 예술이다 싶었다.

배고픈 상태를 지나 속이 쓰릴 지경이 되어서야 그들은 무거운 엉덩이를 떼었다. 큰오빠는 나가면서 이완의 어깨를 툭툭 치며 눈을 찡긋했다.

"잘 부탁함세."

의미심장한 한 마디에 이완의 머릿속은 쑥대밭이 되었다. 문이 닫히자마자 이완은 몸을 확 돌려 민호를 노려보았다.

"민호 씨, 대체 큰오빠라는 분은 왜 저한테 함부로 저런 이야길 하시는 겁니까?"

"어? 큰오빠가 왜요? 욕한 것도 아니고, 그냥 몇 가지 물어본 것뿐이잖아요?"

"처음 보는 사람한테 나이며 직업이며 집안을 취조하는 게 상식이라는 겁니까, 지금!"

"취조요? 처음 만나서 모르니까 물어봤지 뻔히 아는 사람한테야 물어볼 일이 있겠어요? ……저, 혹시 기분 나쁘셨어요?"

"그럼 기분 좋았겠습니까? 그리고, 잘 부탁함세, 는 또 뭡니까?"

"동생하고 일할 사람이니까 그럼 잘 부탁한다 하지, 못되게 굴면 밑의 애들을 풀겠네, 그러나요?"

해맑게 반짝이는 눈을 보니 말이 나오지 않았다. 저건 정말 몰라서 저러는 거다. 이건 머리도 나쁘고, 눈치도 없고, 적당히 대신 사과해 줄 센스는 더욱 없고, 총체적 재앙이다.

"어, 기분 나빴으면 미안해요. 그리고 신상 털린 게 억울하면 뭐, 나도 알려 줄게요. 저는 윤민호고, 전직 유치원 교사였고, 집은 사당동이고, 본가는 남양주 산골짝에 있고요. 키는 176센티, 몸무게는 57킬로그램. 올해 서른 살이죠. 아 근데 박 실장님은 아직 서른 안 되었다고 했었죠? 그리고 우리 오빠는 올해 환갑이 되었고……."

"그런 거 하나도 안 궁금합니다……. 민호 씨 서른 살이었습니까?"

이완은 당황한 얼굴로 민호를 쳐다보았다. 뭔가 속은 기분이었다. 얼굴이 어려 보이고 아이들에게 하도 휘둘리기에 20대 중반쯤 되는 줄 알았다. 게다가 무슨 여자가 몸무게까지 턱턱 대놓고 이야길 하나? 민호가 고개를 끄덕이더니 씩 웃었다.

"그럼 이제 말 까도 되죠? 그동안 존댓말 쓴 거 존나, 아니 완전 억울해서."

이완의 눈꼬리가 날카로워졌다. 어린 나이부터 고미술품이라는 시니어들의 세계에 몸담았던 그였지만 적어도 자신이 거래하던 사람 중 나이라는 필터로 무시하는 사람은 없었다. 게다가 말 튀어나오는 본새 봐라. 존나? 저 여자랑 같이 일하려면 저따위 말을 들어야 하는 건가?

"왜 벌써 말이 짧아집니까? 싫습니다."

"어? 왜……요? 내가 박 실장님보다 누난데? 1년이면 열두 달이고 365일에 밥이 천 그릇이 넘잖아……요!"

"월급 주는 사람에게 반말을 쓸 생각이었습니까? 유치원 원장이 동갑이면 반말합니까?"

"어, 그거하곤 뭔가 좀 다른데? 물론 돈 주는 사람이 천하무적이긴 한데, 사실 내가 교수님 소개받아서 박 실장님 도와주는 거잖아요. 돈도 김 교수님한테 받는 거고. 나 아니면 열쇠 무슨 재주로 찾을 건데 요? 3개월 계약은 댁이 실수한 거 책임지느라고 해 주는 거라고 댁 입 으로 말하지 않았어요?"

여자의 얼굴에는 '사실은 내가 갑이여!'라는 메시지가 선명하게 나타 났다.

"그리고, 말이 나왔으니 말인데, 비서도 반말 꼬박 하더만 왜 나한테 만 말 높이래요?"

"앤드류 말입니까? 앤드류를 언제 봤습니까?"

"남 자고 있는데 옆에서 시끄럽게 떠들어 댄 게 누군데요! 그 사람 이 름이 앤드류인지 스크류인지 내가 어떻게 알아요?"

"앤디는 함께 자란 친척이라 그런 겁니다."

대거리를 하던 이완은 점점 수렁으로 빠지는 느낌에 입을 다물었다. 사실 여자의 말이 맞긴 맞다. 3개월 계약이 자신의 실수를 보상하기 위 한 것이 맞고, 여자가 아니면 자신의 문제를 해결해 줄 사람이 없을 거 라는 말도 맞다. 게다가 여자는 전시 계약 따위와 전혀 상관이 없다. 자 신이 고용주라고 나이도 어린 주제에 유세를 떨 일이 아니었다.

하지만, 여자가 반말을 하는 것을 들으니 기분이 이상했다. 아주 쉽 게, 그것도 번번이 무장해제를 당하는 기분인데, 그것이 불쾌한 감정인 지 거북한 감정인지도 제대로 알 수 없었다. 그래서 더 강하게 자신을 방어하다 보니 항상 이 지경이 된다. 여자는 귀찮은 듯 툭 내뱉었다.

"됐어요, 됐어. 그럼 계약 끝나고 나서는 반말해도 되는 거……죠?"

"싫습니다. 전 아주 친한 경우 아니면 말 트는 것 싫어합니다."

"아, 그럼 일 끝내고 친해지면 되는 거네요. 일 끝내고 만나서는 바로 말……."

"누가 당신하고 친해지고 싶다 했습니까? 누가 일 끝나고도 당신하고 만나고 싶다 했습니까?"

"아 진짜 엿같네. 싫으면 관둬요. 관둬. 이렇게 보기 싫으면 계약은 왜 했는데? 아, 급하게 열쇠를 찾아야 하니까. 그래요, 그럼 계약 끝나고, 혹시 나중에 어디서 얼굴 마주 보게 돼도, 그냥 모른 척하면 되겠네요. 나도 당신 같은 사람 재수 없으니까. 교수님 부탁만 아니었어도 진짜, 이런 일 안 해 주는 건데. 아오 씨."

그냥 다른 사람들처럼 점잖게 거리 지키면서 존대해 주는 게 그렇게 힘드나. 함께 일하면서 어지간히도 피곤하게 생겼다. 그는 마땅찮은 눈으로 그녀를 노려보았다. 민호 역시 고개를 뻣뻣이 쳐들고 눈에 힘을 주어 이완을 흘기기 시작했다.

시선만 마주쳐도 장렬하게 불꽃이 튕기고 있으니 앞날이 훤히 보인다. 이완은 스스로를 잘 알았다. 예측불허 럭비공처럼 불가해한 방향으로 튀는 반응을 용납하지 못할 것이다. 게다가 자신도 제대로 감정을 컨트롤하지 못하는 상황이 반복되면 '대업'을 달성하기 전에 뇌혈관이 터져 버릴 것이다.

이완은 팔짱을 끼고 곰곰 생각에 잠겼다. 저 여자를 위해 죽도 사고 케이크도 사고 굶주린 조카님까지 쫓아낸 다음에 덜렁덜렁 뛰어온 얼간이는 대체 어디 사는 누구인지 모르겠다. 내가, 왜? 대체 왜? 왜?

병실 문이 벌컥 열렸다. 어, 오빠? 0.5초 만에 발랄해진 목소리가 튀어나왔다. 이번에는 머리카락 색깔이 조금 덜 하얀, 조금 아까 나간 큰오빠와 비슷하게 생긴 중년 사나이가 들이닥쳤다.

"어이, 윤민호! 살아 있네!"

"어떻게 알고 온 거야? 대기업 부장님쯤 되면 막 나와도 돼?"

"큰형이 여기 입원실 넘버를 비상연락으로 다 돌렸어. 너 알잖냐, 큰

형 교장 은퇴하고 우리 가문 빅마우스 된 거. 이제야 종손의 권위를 발동하시네? 문병 안 가 보면 단체 기합이라는데? 저야말로 막냇동생 평생 내팽개쳐 놓고 산 주제에."

"그럼, 셋째 오빠랑 막내 오빠도 오는 거? 오빠, 먹을 거 사 오라고 해, 맛있는 거."

"아마 걱정돼서 오긴 할 거다. 너 식중독으로 죽다 살아났다며 먹을 거 소리가 나와? 그래서 무단결근으로 유치원도 잘렸다면서? 어디서 뭘 주워 먹었기에!"

전직 교장의 마우스 파워란 결코 무시할 것이 못 되는 바, TSS 증후군의 정체가 식중독이라는 괴담이 빠르게 퍼지기 시작했다. 이완은 뒤에서 헛기침을 했다. 대기업의 부장이라는 오라버니는 그제야 뒤를 돌아 이완을 발견했다.

"박이완이라고 합니다."

아하? 부장님의 눈꼬리가 탐색 모드로 바뀌는 것이 확연하게 보였다. 그 역시 첫째 형처럼 이완과 악수를 하고, 명함을 주고받고, 점잖게 말을 꺼냈다.

"흠흠, 그래 올해 나이가 어떻게 되시나?"

이완은 썩어 들어가는 얼굴로 작전상 후퇴를 했다. 듣자 하니 오빠가 넷이라 했다. 인해전술, 피할 수 없으면 즐기……는 게 아니고, 즐길 수 없으면 피하는 게 맞았다. 침대에 앉아 케이크를 까먹던 여자는 '아버님은 무슨 일을 하시나.', '잘 부탁함세.' 따위의 말이 어떤 의미를 갖는지 끝까지 짐작을 못 하는 것 같았다. 직업상 재벌급 인사들을 자주 접하는 이완은 은근히 둘러말하는 사모님이나 점잖은 척 말을 빼는 회장님의 의중을 잡아내는 데 도가 텄다. 하지만 자신보다 사회 경력이 길던 여자의 저질 눈치로는 평생 그 경지까지는 이르지 못할 것 같다.

그는 복도에서 주린 배를 끌어안고 시근거렸고, 점잖은 월급도둑은 자그마치 삼십 분을 꽉 채워 뭉갠 후에야 회사로 복귀했다.

오빠와 조카 군단이 지나가자 이번엔 친구와 동료 부대의 침공이 이어졌다. 직장에서 쫓겨난 주제에 문병 오는 동료들은 여단급이다. 아니 대체 몇 해 전에 그만둔 유치원의 동료까지 오는 건 어찌 해석해야 하나? 대학 친구, 동아리 친구 등으로 종류별 분산 공격이 되풀이되었는데, 유감스럽게도 여자들은 남자들보다 엉덩이가 훨씬 질겼다.

병원 로비에 있는 카페까지 후퇴한 이완은 몇 번 문자를 보내 손님들이 갔는지 확인했으나 손님들은 점점 늘어나는 추세였다. 찾아오는 사람의 숫자로만 보면 충분히 국회의원 급이었다. 이 기세로 나가다간 병실 앞에 길게 회복기원 화환이 늘어지는 꼴을 보게 될지도 몰랐다.

철벽의 눈치를 자랑하는 여자는 이완의 확인문자가 사람들을 내보내라는 무언의 재촉임을 전혀 알아차리지 못했다. 이완은 마테차를 앞에 놓고 지그시 눈을 감았다. 누구는 속이 타서 말라비틀어질 것 같은데, 댁은 친구들하고 하하호호랄랄라가 나온단 말이지.

덜컹, 병실 문을 열자마자 찝찔한 음식 내음이 콧속으로 달려들었다. 스무 개의 눈동자가 일제히 이완에게 쏠렸다. 어제 죽을 고비를 넘긴 사람 앞에 피자와 치킨, 케이크, 탕수육 등이 널려 있었다. 탁자 한쪽 구석에는 이미 깨끗하게 비어 버린 죽 그릇 두 개가 포개져 있었다. 이완은 자신의 점심 식사와 자신의 인고의 시간이 허무하게 날아가는 소리를 들어야만 했다. 침대 한가운데 책상다리를 하고 앉은 민호는 닭다리를 든 손을 번쩍 들어 보였다.

"박 실장님, 먹을 복은 있네요! 어디 있었어요?"

인해전술, 즐길 수 없으면 피하는 게 맞고, 걸귀의 배 속으로 사라진 전복죽과 흑임자죽은 포기하는 것이 정신건강에 좋다. 이완은 다시 문을 닫고 복도로 나왔다. 빈속에 절어 붙은 기름 냄새가 들어가니 속이 뒤집혔다. 그는 죽 두 종류를 그녀에게 다 주고 온 것을 처음으로 후회했다.

내가 지금 대체 여기서 뭘 하고 있는 거지? 내일 퇴원하고 사무실로 불러서 의논해도 되는 일 아니었나?

이완은 고개를 흔들며 씁쓸하게 웃었다. 아무래도 내가 박이완이 아닌 것 같다. 그는 깔끔하게 자리를 털고 일어나 인사도 없이 밖으로 나와 버렸다.

이렇게 피곤하고 미련한 짓, 더는 안 한다. 그는 전화기를 꺼 버렸다.

○ ● ○

선정은 눈을 비비며 자리에서 일어났다. 달그락거리는 소리, 물소리, 방문 틈으로 들어오는 희미한 불빛, 이틀 동안 연락이 되지 않던 친구가 이제 들어온 모양이다. 새벽 두 시였다. 며칠 전 김준일 교수의 연락을 받았으니 조만간 연락 두절의 아르바이트를 다녀올 거라 생각은 했다. 선정은 의자에 걸어 둔 긴 숄을 걸치고 슬리퍼를 신고 방문을 열었다.

"민호니? 갔다 왔어?"

"어? 응. 왜 일어났어?"

친구는 침대에 걸터앉아 냉장고에 넣어 둔 반찬과 남은 밥을 양푼에 넣어 쓱쓱 먹고 있었다. 정체를 알 수 없는 여행 알바를 다녀온 친구는 늘 배가 고프다고 했었다. 선정은 민호를 물끄러미 바라보다가 민호의 곁에 걸터앉았다.

"일은 잘 끝났어?"

"어, 아니. 시간이 좀 걸릴 것 같아. 몇 번 더 가야 할지도 모르고."

민호는 의뢰받은 일에 대해서는 자세히 말해 주는 법이 없었다. 처음엔 궁금해하며 이것저것 캐묻던 선정도 업무상 기밀이라는 말에 자세히 묻지 않게 되었다.

"선정아. 나 직장 옮겼어."

"또? 왜?"

"무단결근 때문에. 바로 올 수 있을 거라 생각했는데 일이 길어졌거든. 그러잖아도 접때 학부모님하고 배틀 뜬 걸로 원장한테 찍혀 있었는데. 뭐 다행히 내년 2월까지는 일할 수 있어. 월세는 이번 달 월급 받으면 한꺼번에 줄게. 미안."

"취직됐으니 다행이다. 어느 유치원인데?"

"유치원 아니고, 어, 인사동에 있는 려 갤러리라는 곳이야."

선정의 눈이 둥그레졌다. 아니, 갤러리라는 곳은 큐레이터라나 뭐라나 그런 사람만 뽑는 거 아닌가? 그냥 일반 사무직인가? 그래도 얘는 영어도 잘 못하고 액셀도 잘 못 쓰는데. 어떻게 뽑힌 거지? 선정은 이 허당 같은 친구가 어디 이상한 사기꾼이나 다단계에 걸려든 게 아닌가 걱정이 되었다.

"그랬구나. 갤러리는 가 봤어? 사장이 수상한 사람은 아니고? 혹시 뭐 물건 팔라는 거 아니고? 혹시 무슨 단계별로 얼마씩 물건 사야 한다거나, 무슨 합숙 교육 받으라는 얘긴 없고?"

"김준일 교수님이 뉴욕의 유명한 갤러리 실장님이라고 했어."

선정은 당장 스마트폰을 가져와 뉴욕의 려 갤러리를 검색하기 시작했다. 점점 신빙성이 없어지는 것이, 뉴욕에 본적을 두고 있는 갤러리가 토익점수 500도 나오지 않는 사람을 직원으로 뽑을 리가 없는 것이다.

막노동꾼을 뽑을 생각이라면 모르겠지만, 사실 저 껑충하고 말라빠진 친구는 막노동꾼으로서도 그리 신뢰가 가지 않는 외양이었다.

게다가 선정은 사실 김준일 교수도 딱히 신뢰하는 편이 아니었다. 교수라는 직함만 빼면 약장수의 스멜이 농후했다. 선정이 생각에 잠겨 있는 사이 민호는 눈치를 힐끔힐끔 보며 말을 꺼냈다.

"있잖아, 선정아. 근데 거기 실장님이 참 잘생겼더라. 이름이 박이완이라고 하는데."

"응? 웬일이야. 잘생긴 사람 타령을 하더니 소원 성취했네. 김준일 교수님보다 더?"

선정이의 놀리는 듯한 말에도 민호는 개의치 않았다.

"어, 음. 조금 더 잘생긴 거 같은데."

선정의 눈이 동그래졌다. 그동안 민호는 텔레비전에 나오는 연예인들을 제외하면, 도널드 교수보다 잘생긴 민간인은 없다는 확신을 갖고 있었다. 이 괄목할 만한 반응은 뭘까?

"사실 그 사람 이번에 김준일 교수님 일 때문에 만났는데, 처음 봤을 때 지평선에서 태양이 솟아나는 줄 알았어. 세상에 나이도 나보다 한 살 어린 거야."

지평선의 태양이라니. 그 사람 대머리라니? 타박하려던 선정은 입을 멍하니 벌렸다. 양푼을 긁고 있는 친구의 눈빛이 너무 애잔했다. 물론 선정은 민호의 잘생겼다, 라는 말이 전혀 믿을 만하지 않다는 것을 잘 알고 있었다.

하지만 이런 반응을 보이는 건 김준일 교수 이래로 처음이었다. 그동안 아무리 소개팅을 해 주겠네 찔러 보아도 허탕만 치던 친구였다. 들을 때는 동동대며 혹한 기색을 하다가도 항상 막판에 이런저런 핑계를 대며 도망을 쳤던 것이다. 혹시 얘가 드디어 제2의 김준일을 만났나? 순간 스마트폰 화면에 Iwan Park의 사진과 프로필이 떠올랐다. 어디, 이번엔 또 어떤 종류의 도널드냐, 하던 선정의 입이 크게 벌어졌다.

이건 안목이 기괴하고 나발이고를 떠나 천하를 평정할 만한 마스크였다. 불꽃 스파크를 믿는 친구에게서 불꽃이 튀는 건 당연할 것 같다. 문제는 얼굴을 밝히는 사람이라면 누구에게나 불꽃이 튀게 생겨 먹었다는 점이다. 게다가 아래에 적힌 프로필이 장난 아니다. 오르지 못할 나무 정도가 아니라, 쳐다봤다간 목 디스크에 걸릴 나무 정도는 될 것 같다. 시들시들한 친구의 목소리가 계속 이어졌다.

"나한테 은근히 신경 쓰는 것 같더라고. 뭐 예의상 하는 말이겠지만 눈도 예쁘다고 해 주지 않나, 유치원에서 잘렸다니까 당분간 자기 사무실에서 일하라고 해 주지 않나. 그래서 혹시나 했는데. 왜 기회가 오면 팔딱 뛰어야 한다며."

민호가 중얼거렸다. 며칠 전의 대화가 생각난 선정은 소리 없이 비명을 질렀다. 이 융통성 없는 계집애야! 팔딱팔딱도 좀 통할 것 같은 사람에게나 해야지. 이게 가능할 거 같니!

"내가 착각한 거였더라고. 처음에 나 신경 쓰는 것 같던 건 안경이 비뚤어져서 보기 싫어서 그런 거였대."

비단뽕 얘기까지는 선정이에게도 차마 할 수 없었다. 민호는 머리를 긁으며 덧붙였다.

"비서하고 이야기하는 거 몰래 들었는데, 애인이 있더라."

"얘, 얘는, 그럼 당연하지. 이렇게 잘나가고 잘생긴 남자는 20대 초반에 품절이 되는 거야! 여자들이 놔두지 않아."

"응. 그렇겠지?"

민호는 순순하게 고개를 끄덕였다.

스칼렛. 스칼렛이라고 했다. 병원 침대 옆에서 들린 두 사람의 대화에서 그 이름이 자꾸 기억에 남았다. 그 잘난 사람이 옆에 앉혀 놔야 직성이 풀리는 여자 이름이. 복도 많은 여자. 재주도 좋지. 그 쌀쌀맞은 외계 종족을 어떻게 홀랑 호려 놓았을까. 그저 부럽고 하염없이 한숨이 나왔다.

세상을 객관적으로 살아간다는 것은 슬픈 일이다. 간신히 새로운 감정이 찾아오나 했는데, 용기 있게 팔딱팔딱도 했는데. 늘 생각하지만 용감한 것이 항상 좋은 것은 아니다. 다만, 시작도 하기 전에 뭉개 버릴 수 있다는 것은 좋은 일이다. 산뜻한 청춘을 모조리 날려 버린 호박엿 같은 사태에 비하면 말할 수 없이 좋은 일이다.

"다행히, 그 남자가 성질이 좀 더러워. 많이 깐깐하고, 좀 그렇더라고."

팔이 닿지 않는 곳에 있는 포도는 으레 시게 마련이지. 성질이 더러워서 다행이지. 다행이고말고. 민호는 선정이를 바라보며 씩 웃어 보였다. 용감한 것이 항상 좋은 것은 아니지만, 씩씩하게 웃는 것은 대체로 결과가 좋았다. 남자친구가 사 준 레이스가 자글자글한 드레스 잠옷과 분홍색 나이트캡을 쓰고 있는 선정은 코끝을 가만히 찡그리더니 민호의 어깨를 꼭 안아 주었다.

○ ● ○

다음 날 아침 일찍 퇴원 수속을 위해 병원에 들른 이완은, 민호가 누워 있던 침대가 텅 비어 있는 것을 발견했다. 화장실에도, 휴게실에도 여자의 모습은 보이지 않았다. 눈앞으로 노랗게 안개가 차올랐다.

"또 어딜 간 거야! 말도 없이!"

간호사 말로는 아침 회진 때도 자리에 없었다고 했다. 비어 있는 침대를 보니 명치가 확 오그라드는 느낌이었다. 전화를 걸었으나 전화기가 꺼져 있다는 멘트만 흘러나왔다. 옷장을 뒤져 보니 옷과 신발도 모조리 사라졌다. 뭐라 말이 나오지도 않았다.

설마 그 꼴로 다시 타임 트래킹을 간 걸까?

빈 침대를 들여다보고 있으니 불안은 걷잡을 수 없이 커졌다. 김준일 교수 말로는 트래킹 도중 못 돌아올 가능성도 상존한다 했다. 물론 민호의 경우 귀환 요령이 탁월하다 했지만 그렇다고 불안이 줄어드는 것은 아니었다. 왜인지 모르겠지만 그 여자에게서는 어딘가에 매여 있다는 안정감이나 규칙적인 생활감이 전혀 느껴지지 않았었다. 그 여자는 어느 날 갑자기 여행한 곳이 마음에 들면 덜렁 불법이민(?)을 저지를 것만 같았다.

다시 속이 욱신 쑤셨다. 이완은 명치께를 지그시 문질렀다. 침착하자. 잠깐 외출한 것일 수도 있고, 집에 들어간 것일 수도 있다.

시간 여행자들을 곁에 둔다는 것은 꽤 불안하고, 감정 소모가 큰 일이 될지도 모른다. 눈에 보이지 않을 때마다 또 시간 여행을 떠났나, 이번에는 무사히 돌아올까, 영원히 돌아오지 않으면 어쩌나 걱정을 해야 하고, 곁에 있을 때는 이렇게 안정감 없는 생활상을 지켜봐야 할 테니까.

다른 시간 여행자들도 다 비슷한 기질을 가지고 있을까?

함께 일하거나 일을 맡기는 사람들은 그들을 안심하고 믿을 수 있을까?

……시간 여행자들을 아끼고 사랑하는 사람들은 불안해서 어떻게 매일매일을 살아갈까?

하릴없다. 그는 원무과로 내려가 퇴원 수속을 하고, 바로 주차장으로 가서 시동을 걸었다. 화각함이나 별다른 유물이 없는 상태였으니 트래킹이라기보다 멋대로 빠져나간 쪽에 무게가 기울었다. 이완은 민호가 입원할 때 기록한 주소를 확인했다. 사당동에 있는 옥탑방으로 되어 있었다.

놀란 시늉도 호들갑도 없이 덤덤하니 대문을 열어 주는 민호를 보고 이완은 맥없이 웃었다. 반가울 것도 같고, 화가 날 것도 같았지만 눈앞에 선 여자의 몰골을 보니 아무 생각도 나지 않았다.

산지사방 흩어졌던 머리카락이 좀 정돈되었나 싶었는데 가까이 보니 며칠 머리를 못 감아 기름을 먹어서 그런 것이다. 본드로 붙인 시커먼 안경에 부석부석한 눈과 눈곱, 입가의 침버캐까지, 이번에도 트리플 크라운의 구색을 다 갖췄다.

이완은 표정을 구기지 않기 위해 필사의 노력을 기울였다. 나도 자다 보면 저럴 수 있다. 아무리 깔끔한 사람도 입원해 있다 보면 못 씻을 수 있고, 자다 보면 당연히 눈곱 낄 수 있고, 침 흘릴 수 있다. 추우니까 귀여운 잠옷이나 우아한 슬립 대신 두터운 후드 티셔츠에 패딩 조끼를 껴입고 잘 수 있고, 그 소매에 붉은 양념이 묻어 있을 수도 있다. 세상의 모든 일은 이해할 수 있는 범주 내에서 일어나게 되어 있다.

이완은 좁은 철제 계단을 따라 올라가면서, 최선을 다해 레드 썬을 뇌었다. 이젠 무슨 일로 한밤중에 병원을 탈출했는지 추궁하고 싶지도 않았다. 틀림없이 이해할 수도 없고 이해하고 싶지도 않은 이유일 것이다. 왜 전화를 꺼 놓았는지도 궁금하지 않다. 분명히 배터리가 방전될 때까지 충전하는 걸 잊어버렸을 것이다.

"선정이 출근했으니까 잠깐 들어오세요."

"친구와 룸 쉐어를 하고 있습니까?"

"네. 대학 동기예요. 선정이도 유치원 선생님이고요. 걔가 집에 남자 절대 들이면 안 됐다지만 너무 추우니까 이해해 줄 거예요."

"……세상 남자들이 다 들어가도 민호 씨한테 별일은 없을 것 같습니다만."

무슨 말인지 고개를 갸웃하는 걸 보니 어제나 오늘이나 천하무적 철벽의 눈치가 맞다. 거울이라도 보여 줘야 되려나?

"룸메이트하고 방을 같이 쓰시면 조심스러운 부분도 많겠네요."

"아, 방을 따로 써서 괜찮아요. 선정이가 예민한 편이라서 저는 마루방에서 자거든요."

"아하. 마루……방에서. 그럼 예민하신 친구분보다는 방세는 절약하실 수 있겠군요."

"반씩 계산하는데요?"

"예? 어째서 반씩입니까?"

"먹고 씻고 자는 건 똑같으니까요. 저는 여기에서 자도 아무렇지도 않고요."

이완은 고개를 갸웃했다. 그의 상식으로는 이해되지 않는 말이었다. 민호는 현관문을 열고 잠시 멋쩍게 웃었다. 문이 열리자마자 끓고 있는 김치찌개 냄새가 밖으로 뭉글뭉글 퍼졌다.

"여기가…… 민호 씨가 계시는 곳이란 말이죠."

이완은 당황해서 신발도 벗지 못하고 그대로 서 있었다. 말이 나오지 않았다.

현관문을 열자마자 민호의 침대와 그 위에 얹힌 전기요, 이부자리가 환히 보였다. 방이라기보다 통로에 가까운 공간이었고, 그 알량한 공간마저 싱크대와 냉장고를 비롯한 잡다한 가구가 빼곡하게 잠식하고 있었다. 공동으로 쓰일 것 같은 스팀다리미와 다리미판, 청소기, 빨래 건조대에 각종 부엌살림과 잡동사니 따위도 복잡하게 쌓여 있다.

작은 냄비 받침이 놓여 있는 접이식 밥상, 침대 위에 얹힌 조그만 상, 스탠드, 전화기 충전기와 필기도구가 애처로웠다. 옷장은 보이지 않고 행거에는 몇 벌 안 되는 겨울옷이 걸려 있는데, 그중에서 가장 행색이 좋아 보이는 옷이 옆구리가 터진 검정 패딩 재킷이었다. 그 옆으로 서랍 장과 종이박스가 켜켜이 쌓여 있었다. 그냥 서 있기만 하는데도 코가 시리고 입김이 허옇게 쏟아졌다.

"안도 많이 춥죠. 쏘리 쏘리. 보일러를 틀어도 웃풍 때문에 그렇게 따뜻하진 않은데, 그나마 지금 기름도 달랑달랑해서, 나 혼자 있을 때는 되도록 안 틀기로 했거든요. 그래서 세수도 설거지도 찬물로 해요. 어, 지금 틀었으니까 일단 침대 위에 앉아서 몸 좀 녹이세요. 전기담요는 켜 놔서 따뜻해요."

그는 침대 위에는 차마 앉을 수 없어 맞은편 바닥에 앉았다. 성질대로 수건을 깔고 앉는 짓까지는 차마 할 수 없었다. 저 여자는 어떻게 남자 한테 덜렁 침대에 앉으라는 말을 할 수 있을까. 게다가 자신이 거기 앉 았다간 여자가 얼음 구들 위에 앉아야 할 판이었다. 방석 한 장 없는 마 룻바닥은 얇고 지저분한 노란 장판 한 겹이 다였는데, 발바닥으로 느껴 지기로는 숫제 얼음장 같았다.

누구에게랄 것도 없이 화가 치밀었다. 이 여자는 자신이 생각했던 것 보다 훨씬 생활감이 없다. 대체 윤민호란 인간을 어떻게 생각해야 하나. 몸도 안 좋은 사람이 이런 곳에서 몸을 잔뜩 꼬부리고 덜덜 떨면서 잤을 거 아닌가. 커튼 하나 못 치나? 바닥에 보온용 매트 하나 못 깔아? 방 같이 쓰게 해 달라고 왜 당당히 말 못 하지? 노숙자가 다리 밑에서 거적 치고 바람 피하는 것도 아니고, 대체 어떻게 이러고 살아?

이완은 옆으로 연결된 방문을 거칠게 열어 보았다. 선정이라는 친구 의 방은 깔끔하고 안온했다. 적어도 방주인의 취향이 보존될 정도로 평화로웠다. 침대, 책상, 옷장, 화장대, 아기자기한 책장에 바닥에는 폭신한 러그까지 깔려 있다. 지저분한 짐도 보이지 않았고, 커튼도 쳐져 있다. 바람이 숭숭 들어오는 '마루방'이라는 희한한 공간보다 훨씬 넓고 아늑했다.

"선정이 방 막 열지 마세요. 걔 프라이버시 침해당하는 거 싫어해요."

눈치 없는 경고에 이완의 턱이 저절로 꿈틀거렸다.

"이러고도 방세를 똑같이 낸다고? 정말입니까?"

"네. ……왜요?"

"민호 씨, 당신 어디 좀 모자라는 사람입니까? 아니면, 사람답게 살려는 욕구가 없습니까?"

"어? 무슨 말을 그렇게 해요?"

민호는 어리둥절한 얼굴로 눈만 깜박거렸다.

"왜 당당하게 방 번갈아서 쓰겠다고 말 못 해요? 아니면 같이 쓰든가, 돈이라도 적게 내든가. 당신, 룸메이트한테 이런 거 따지지도 못합니까?"

"갑자기 왜 이래요? 나는 괜찮은데 왜? 박 실장님이 뭘 안다고?"

"눈에 보이는 게 이 모양인데 뭘 더 알아야 합니까? 당신, 룸메이트한테 노예 계약이라도 했어요?"

"얼레? 이 아저씨 말하는 거 좀 보래요? 어디서 이렇게 말을 함부로 해요?"

"바닥에 따뜻한 거 하나 못 깔아 놓습니까? 당장 얼어 죽을 판인데 보일러도 못 틀 지경이에요?"

"왜 이래요, 그만해요. 나 추위 별로 많이 안 타서 괜찮다니까!"

"공평하지 않다는 겁니다! 당장 봐요. 저 방이 훨씬 아늑하고 따뜻하잖아! 당신 동태 돼서 죽으라는 거 아냐! 그런데도 가만히 있습니까? 당신 바보야?"

"박 실장님, 그만하란 말 안 들려요? 입 안 다물어?"

하지만 도저히 참을 수 없었다. 머릿속으로는 안 된다고 생각하면서도, 입으로는 가시 박힌 말이 계속 튀어나왔다.

"월세도 밀렸다고 했던가? 나이는 잔뜩 먹어 갖고, 고생고생 번 돈, 대체 뭐에 씁니까? 눈먼 아버지라도 봉양해요? 사업 실패한 남편 빚 대신 갚고 있어요? 대체 꼴이 이게 뭡니까?"

"아오 씨발, 듣자 듣자 하니 정말 좆같네."

민호는 들고 있던 국자를 집어 팽개쳤다. 이완의 입이 벌어졌다.

"나 너희 회사 안 가도 돼. 그러니까 나한테 욕 좀 먹어, 이 쥐뿔도 모르는 새꺄."

냄비에서 올라오는 수증기로 창문이 한층 보얗게 물들었다. 여자의 목소리도 좀 더 빡빡해졌다.

"나, 유치원에 취직해서 진득하게 못 다니고 해마다 잘렸어. 그 사이사이 일반기업에 이력서를 100통 넘게 보냈지만 한 군데도 된 곳이 없었어."

"……"

"왜 잘렸느냐고. 내 성질이 개지랄이라 그런 거 알아. 요새 자기 애들만 아는 염병 좆같은 엄마들 많거든. 웃기는 게, 그런 집은 애들도 좆같아. 내가 그 꼴을 못 봐. 그래, 나 성질 더럽고, 눈에 뵈는 거 없어. 댁이말한 대로 사는 것도 거지같아. 그래도, 남한테 정말 욕먹을 짓은 안 하려고 노력하면서 살았어."

"……"

"돈 뭐에 썼냐고? 나라고 간 쓸개 빼놓고 일한 돈으로 하고 싶은 거 없었겠어? 친구한테 급하게 3천만 원 빌려 주고 아직 못 받았어. 전에 살던 집에서도 보증금 못 받고 나왔어. 그래서 선정이한테 울면서 전화했더니 개가 군말 없이 당장 짐 싸 갖고 오라고 한 거야. 선정이, 그날 나랑 밤새 같이 울어 주고, 방세 몇 번 늦게 내도 나가란 말 한마디도 안 하던 애야. 지금 눈앞에 보이는 게 다는 아니란 말이야!"

"급하게 빌려 준 3천만 원은 대체 뭡니까?"

"진수라고, 세 살밖에 안 된 친구 아들놈이 심장에 뭐가 생겨서 죽을 뻔한 적이 있었어. 병원 가 보니까 콩알만 한 애가 얼굴이 보라색이 되어서 꼴락꼴락하고 있더라고. 친구가 애를 보면서 괜찮다고 걱정하지 말라고 하면서 웃는데, 애기 죽으면 내 친구도 그날로 목매서 죽겠다는 감이 오더라. 그래서 내가 그냥 적금 든 거 깨서 줬어."

"당신 호구야? 왜 그걸 아직도 못 받고 있어요? 추심업체한테 맡기기라도 해야 할 거 아닙니까!"

"그 집 아직도 빚에 치여서 살아. 나보다 돈 더 없는 집이야. 일부러 안 갚는 거 아니야. 돈 되는 대로 조금씩 갚고 있어. 개는 평생 걸려도 갚을 애라고."

"그 엄살을 믿습니까? 당신이 사는 세상에는 날개 없는 천사들만 있나 보군요. 그런데 당신 사는 꼴은 어째 이 모양입니까?"

"당신이 사는 세상엔 도둑놈 사기꾼만 살고 있나? 좋겠네. 지금 진수는 일곱 살이고, 건강하게 유치원 다니고 있어. 그거면 된 거 아냐?"

"……됐습니다. 그럼 전에 살던 집에서 보증금은 왜 못 받았습니까?"

이완은 맥빠진 목소리로 추궁했다.

"보증금이 천만 원이었는데 집주인 사업이 쫄랑 망해서 건물이 경매에 붙었어. 우리 돈 안 주고 몇 년 동안 도망치다가 얼마 전에 잡혔는데 배 째래."

"정말 가지가지군요. 그래서 쫓아다니지도 않고 손 놓고 있었습니까?"

"그때 보증금 떼인 사람이 일곱이야. 나는 먹고사는 일이 너무 급해서 하루하루 뛰어다니느라 쫓아다닐 생각도 못 했어. 다른 집은 아무 짓도 못 하고 몇 년 동안 그 사람 쫓아다녔어. 고소에, 반소에, 민사에, 추적에, 다들 피를 말리고 살았어."

"그래도 당신에게 떼인 것이 돌아오지 않았다는 사실엔 변함이 없죠."

"그래, 그렇다 쳐. 난 병신에 호구 인증했고, 대신 4년을 그 빌어먹을 집주인한테 얽매이지 않고 지냈어. 어느 쪽이 더 나았을 거 같아?"

이완은 매섭게 치켜뜬 민호의 눈을 마주 노려보았다. 생기 있게 반짝이는 것을 넘어 푸르스름하게 불이 올라오고 있었다. 새까맣고 짙은 눈동자에는 솔직하며 당당한 힘이 있었다. 외형은 이리도 추레한데, 눈빛은 왜 이렇게 싱싱해 보이는지 모르겠다. 갑자기 기운이 푹 가라앉은 이완은 손에서 천천히 힘을 풀었다.

"나는 민호 씨처럼 사는 사람을 이해할 수 없습니다."

아니, 정확히 말하자면 화가 나려 한다.

"나는 주고받는 것과 내 영역이 정확한 사람입니다. 남에게 피해를 끼치지 않으려 노력했고, 주었으면 반드시 반대급부를 받거나 손해배상을 받으며 살았어요. 내 손에 들어와야 할 것을 놓치고 산 적은 없었습니다."

당신은 왜 그렇지 못해? 구질구질 남에게 속없이 다 내주고도 어찌 그리 태연해?

"그래서 좋았어?"

"나쁠 이유가 있습니까? 대부분의 사람은 그렇게 살아요. 그렇게 살지 못하는 사람을 모자란다고 하고."

"그래, 모자란다고 해. 나 덜떨어진 사람이야. 그래도 내가 괜찮으니 상관없어.”

이완은 한참 동안 대답하지 못했다. 무거운 침묵이 흐른 끝에, 그가 내뱉었다.

“적어도, 당신에겐 나름 어울리는 방식일지도 모르겠군요.”

민호의 미간에 굵게 세로 주름이 잡혔다. 무슨 말인지 이해가 가지 않는 듯, 고개가 한쪽으로 살짝 기울어졌다.

“훌쩍 여행을 가기 좋을 것 같긴 합니다. 아끼는 뭔가를 남겨 둔 게 없으니 미련도 없을 테니까.”

“박 실장님은 시간 여행지를 도피처쯤으로 생각하나 보지?”

“아닙니까? 민호 씨는 꼴리는 일이 있으면 언제든지 다른 시대로 튀어서 새로 자리 잡고 살 수 있잖습니까.”

민호는 어이없다는 듯 풀풀 웃었다.

“다른 시대에 살고 있는 사람들이 그렇게 쉽게 사는 것처럼 느껴져? 제 시대에도 적응 못 해 도망친 인간 따위가 편히 자리 잡고 살 만큼?”

“……”

“그런 만만한 시대는 없었어.”

민호는 단언했다.

“내가 여행했던 모든 곳에서, 모든 시간에서, 사람들은 한결같이 목숨 걸고 치열하게 살고 있었어. 그저 살아남으려고. 남자든, 여자든, 어리든, 늙었든. 어느 시간이든지, 어느 장소든지.”

“그럼 당신은 다른 시대에 가서 살아 볼까, 하는 생각을 한 번도 해 보지 않았습니까?”

보글보글 찌개 소리가 한참 이어지도록 아무 대답이 나오지 않았다. 이완은 눈썹을 찌푸렸다. 민호는 끝내 아니라고 말하지 못했다. 그의 불안감은 근거 없는 것이 아니었다. 저 여자가 현재의 삶에 정착하지 못

하고 부유하는 느낌이 종종 들었는데 그것을 정통으로 확인한 기분이었다.

이완이 그동안 민호에 대해 느꼈던 감정은 단순하지 않았다. 땅 위에 발을 단단히 디디고 선다기보다 허공에서 둥둥 떠돌아다니며 아래를 내려다보는 느낌. 삶을 살아 나간다기보다 사람들의 삶 사이에서 방랑하며 언제든지 새로운 곳에서 새 삶을 시작할 수 있다고 온몸으로, 생활로 말하고 있는 사람들.

시간 여행자란 태생부터 발밑이 불안정한 사람들일지도 모르겠다. 그렇다면 삶에서 위태한 냄새가 나는 것을 피할 수 없을 것이다.

내가 알지 못하는 시간 여행자들의 세계는 대체 어떤 모습일까.

이완은 짧게 한숨을 뱉고 조용조용 말했다.

"당신의 생활을 보면 어디에 견고하게 뿌리박혀 있다는 안정감이 느껴지지 않습니다. 어디론가 금방 사라져서, 영영 안 올지도 모른다는 생각이 들어요. 아까도 병원에서 당신이 없어졌는데 얼마나 불안했는지 몰라요. 말도 없이 또 시간 여행을 간 건 아닐까. 가면 간 거지만, 가서 영영 안 돌아오는 건 아닐까. 몸도 안 좋았는데 가서 괜찮을까."

민호의 표정이 서서히 풀어지기 시작했다.

"그것 때문에 온 거야? 내가 걱정돼서?"

"천만에요. 제가 왜 당신 걱정을 한단 말입니까?"

이완은 딱 잘라 부인했다. 민호는 입술 끝을 실룩샐룩하더니 몸을 앞으로 내밀었다.

"물론 그러시겠지. 그럼 여기까지 왜 왔어?"

"일을 맡아 주기로 한 사람이 증발해서 말입니다. 어떻게 해야 하는지 방법도 물어보지 못했는데. 대체 어젯밤엔 왜 갑자기 도망간 겁니까?"

"급한 일이 있어서."

꼭 아침 먹고 볼일이 있어서 화장실에 갔다 왔다는 말처럼 여상했다. 그걸로 끝이었다. 이완은 그녀에게 왜 빠져나갔는지, 왜 사람을 걱정시켰는지 묻는 것이 무의미하다는 것을 알아차렸다. 민호는 등을 돌려 싱크대 쪽으로 향했고, 이완은 차분하게 말했다.

"갑자기 찾아와서 언성을 높여서 미안합니다. 아픈 사람이 없어져서 신경이 곤두선 참에 냉골에 와 있는 모습을 보니 더 언짢아져서 그랬습니다."

민호는 어깨를 으쓱했다. 알아, 그래서 봐준 거야, 하고 말하는 듯했다.

김치찌개 냄새가 좁은 공간을 꽉 채웠다. 민호는 가스레인지의 불을 줄이고 찌개의 맛을 보았다. 고개를 갸웃갸웃하는 것이 무언가 마음에 들지 않는 것 같다.

이완은 멈칫거리며 싱크대 쪽으로 한두 걸음 다가갔다. 찌개 냄새가 진해지자 공복감이 심해졌다. 저 여자가 끓인 김치찌개 맛이 어떨지 궁금했다. 순간 민호는 설탕 봉지를 꺼내 설탕을 큰 숟가락으로 떠서 냄비에 집어넣고 입이 닿은 수저를 넣고 휘휘 저었다. 제기랄. 이완의 입에서 짧게 신음이 흘러나왔다.

"배고파?"

아예 끝까지 말을 놓기로 작정한 모양이다. 듣다 보니 이게 더 자연스럽게 느껴지기도 한다. 이완은 순순히 받아들였다.

"……어제 점심부터 못 먹었습니다."

"왜?"

"당신 말마따나 성질이 뭣 같아서 그렇습니다. 죽 같이 먹으려고 사간 거였는데, 기다리다가 짜증이 나서 아무것도 못 먹었어요. 오늘 아침엔 갑자기 말도 없이 없어져서 사람 속을 다 뒤집어 놓고."

"어? 왜 그랬어! 나눠 먹으려고 사 왔다고 하지. 난 말해 주지 않으면 잘 모른단 말이야. 세상에, 그래서 밥을 걸렀다고?"

동정이나 미안한 표정 대신 여자는 당황한 얼굴로 야단야단이다. 이 완은 길게 한숨을 쉬었다.

"예, 앞으로는 말로 다 하겠습니다. 같이 일하는 동안엔, 어디 간다면 간다고, 언제쯤이면 돌아올 거라고 이야기 좀 해 주십시오. 적어도 이번 일 끝날 때까지는요."

"일일이 어떻게 다 그래? 듣는 것도 피곤하잖아."

"피곤하지 않습니다. 걱정하는 것보다는 낫습니다."

"거봐, 걱정했던 거면서."

"……그래요. 걱정했습니다. 많이 걱정했어요. 됐습니까?"

이완은 포기하고 속을 털어놓았다. 민호는 다시 어깨를 으쓱하며 싱긋 웃어 보였다. 거봐. 그녀가 어깨로 말했다.

"그나저나 당신 성질도 정말 만만찮네. 어떻게 비윗장이 틀린다고 밥을 못 먹나?"

"그뿐이 아니죠. 저 꽤 까다롭습니다. 지저분한 거, 남이 숟가락 댄 것도 못 먹습니다. 지저분한 의자엔 앉지도 않아요."

"결벽증도 있으셔? 하이고, 지랄맞아라. 마누라 될 사람 존나 피곤하겠다."

"그래도 전 적어도 식중독에 걸려서 고생하거나 TSS 따위로 죽을 고비를 넘길 일은 없습니다."

"이봐요, 나도 고환암 따위로 죽을 일은 없어."

민호는 찌개를 휘휘 저으며 킬킬거렸다.

"배고프면 맛 좀 볼래? 나 요리 잘해. 모양은 없어도 입에 쫙쫙 붙는 대. 어, 음. 그중에서도 김치찌개가 갑이지. 오늘 특히 맛있는데? 밥도 다 됐고."

입속에 들어갔던 수저가 저 찌개 안으로 들어갔는데, 저걸 먹어야 하나, 말아야 하나. 저을 때는 수저를 한 번만 씻어 주면 안 되나? 설탕 범벅인 찌개는 과연 어떤 맛이 날까? 냄비의 가장자리의 손때는 왜 박박 문질러 닦아 내지 않았을까. 냄새는 기가 막힌데, 내장은 꿈틀꿈틀 요동치는데 이완은 무서운 고뇌에 빠졌다.

민호는 양쪽 손잡이를 행주로 싸서 상 위의 냄비 받침 위로 얹었다. 두부까지 제대로 들어간 찌개였고, 자글자글하는 소리며, 토마토와 오렌지를 섞어 놓은 듯한 국물 색깔이며, 코를 짜릿하게 하는 신내까지 완벽했다. 지저분한 냄비나 저 여자의 침이 닿은 숟가락만 아니라면 미치게 먹고 싶었다.

이완의 고뇌가 길어지는 것도 아랑곳없이, 민호는 멸치를 꺼내고, 김봉지를 내려놓고 수저 두 벌을 챙긴다. 밥솥을 열자 김이 무더기로 오르면서 냉기 가득한 방에 달큰한 밥 냄새가 퍼지기 시작했다.

이완은 장렬하게 유혹에 굴복했다. 그래, TSS는 전염병이 아니지. 침한 번 정도는. 김치찌개고, 팔팔 끓인 거니까, 안 좋은 게 들어갔어도 멸균이 되었을 것이다. 그는 냉기가 도는 바닥에 다시 엉거주춤 앉았다. 민호는 밥을 내려놓은 후, 침대 다리를 툭툭 건드렸다.

"자자! 토마스 폰 에디슨? 그만 자고 나와서 밥 먹자. 오늘은 손님도 있다!"

이건 또 무슨 말인가? 이완이 뜨악하게 이불을 노려보는 순간 침대 아래쪽을 덮고 있는 침대 커버 부분이 꿈틀거렸다. 민호가 침대 커버를 슬쩍 들어 올리자 킹킹, 이상한 소리와 함께 까만 털 뭉치가 줄을 달고 도르르 굴러 나왔다. 이완은 스프링처럼 튕겨 일어났다.

"낑, 끼앙! 낑, 끼엥!"

"이, 이, 이게 뭡니까! 민호 씨! 이게!"

"야야, 토마스! 손님한테 가지 마! 야, 첨 보는 사람한테 그러면, 야!"

묶인 끈에서 해방된 털 뭉치가 이완에게 펄쩍 뛰어올랐다. 이완의 쇳소리가 천장을 쩌렁쩌렁 울렸다.

시꺼먼 털 뭉치의 정체는 윤민호의 양아들, '토마스 폰 에디슨'이라는 긴 이름을 가진 개였다. 주인보다 머리가 좋아지라는 염원을 담아 그녀가 직접 지은 이름이라 했다. 나름 뼈대(?) 있는 가문으로 입양되었기 때문에, '폰' 호칭까지 하사받았단다. 독일계 콧수염까지 그럴듯한 미니어처 슈나우저 견종이었다.

목욕도 자주, 개 껌도 자주, 귀 청소도 1주일에 한 번씩 하는 깔끔쟁이이며, 중성화수술을 시켜서 남에게 함부로 붕가붕가도 하지 않고, 3대 지랄견답지 않게 세상 얌전하다고 칭찬이 자자하다. 누가 와도 주인이 나오라고 하기 전에는 침대 밑에서 찍소리도 않고 기다리는 거 봐라, 얼마나 교육을 잘 시켰느냐, 하는 자화자찬도 줄줄 덧붙였다.

하지만 벽에 붙어 있는 이완의 귀에는 아무 소리도 들리지 않았다. 지상에 존재하는 모든 종류의 동물들은 이완에게 '불특정다수의 적'에 해당했다.

"으, 서, 설마 이 녀석 때문에 어제 병실에서 도망 나온 겁니까?"

"맞아. 사실 토마스한테 아직 전기담요 켜는 법을 못 가르쳤거든."

"룸메이트한테 부탁하면 되잖습니까."

이완은 여전히 벽에 들러붙은 채 지끈지끈하는 머리를 감쌌다. 그것도 모르고 뱃속이 뒤틀리도록 걱정했던 게 억울해 미칠 지경이다.

"이 총각은 나 없으면 밥도 슬픈 포즈로 먹고, 물도 슬픈 포즈로 마신

단 말이지. 게다가 선정이는 산책 데리고 나가서 똥 누게 해 주는 건 절대 안 해. 그러면 애는 이틀이건 사흘이건 얼굴이 새하얘지도록 똥을 참는데……."

"아, 알았습니다. 그런데 대체 어떤 포즈가 슬프게 밥을 먹는 포즈라는 겁니까?"

"애정만 있어 봐. 등짝만 봐도 알지."

"엉덩이가 슬프든 등짝이 슬프든 입으로 들어가 먹으면 그만이지 뭘 유난입니까?"

"토마스 폰 에디슨, 저런 말에 상처받으면 안 된다? 자, 밥 먹자, 밥!"

후러러러럭, 후러러러럭, 후럭, 후럭. 그녀의 내시 양자는 개 밥그릇에 덜어 준 찬밥과 멸치와 약간의 국물을 숨도 쉬지 않고 진공청소기처럼 빨아들였다. 민호는 개의 조그만 엉덩이를 토닥거렸다.

"잘 먹었네! 우리 아기 뽀뽀! 엄마 뽀뽀!"

털 뭉치에서 혓바닥이 나와 민호의 얼굴을 정신없이 핥는 것을 보며, 이완은 그녀에게 남은 쌀알만 한 호감이 모조리 소멸하는 것을 느꼈다. 민호는 패닉 상태에 빠진 이완에게 검은 털 뭉치를 들이밀었다.

"애는 순해서 물지 않아. 봐 봐, 가까이서 인사해 봐. 남이 와도 짖지도 않고, 손님들을 너무 좋아해."

"동물 싫어합니다. 제발! 들이대지 마세요! 털 달린 거 다 싫습니다! 제발 붙잡고 있으라니까!"

"아니, 허우대 멀쩡한 남자가 왜 이래? 그럼 털 없는 뱀이나 거북이, 붕어 같은 거 좋아해?"

"껍질도 싫고 비늘도 싫고 깃털도 싫습니다. 제기랄, 제발 좀!"

이완은 결국 밖으로 뛰쳐나와 자동차의 시동을 걸었다. 그를 부르는 소리는 들리지 않았다. 매콤한 김치찌개 냄새와 달큼한 밥 냄새 때문에 머리가 띵할 지경이었지만 그는 입을 꽉 다물고 액셀을 밟았다.

사무실에 도착하니 죽을 만큼 피곤했다. 저 인간이 돌아온 지 딱 이틀밖에 되지 않았는데 20년은 늙어 버린 기분이었다. 그는 책상에 이마를 대고 나직하게 신음했다. 속이 쥐어짜는 듯 아팠다.

매장에 들어선 앤드류는 빈 사무실에서 인기척이 나는 것을 알고 기겁했다. 동물이 그르렁대는 듯한 낮고 으스스한 소리가 사무실을 채우고 있었다. 방에 없어 일찍 나간 줄 알았던 이완이 얼굴이 새하얗게 질린 채 책상을 긁고 있었다.

○ ● ○

이완은 멍한 얼굴로 병실의 하얀 천장을 올려다보았다. 옆에선 김준일 교수의 껄끄러운 웃음소리가 흘러나왔다.

"세상에, 위경련으로 구급차 신세라뇨. 만성인가요? 그동안 어지간히 스트레스를 받으셨나 봅니다. 안목이 높은 만큼 성격도 은근히 까다로우시다는 소문이 있던데 설마 그 때문은 아니겠지요. 열쇠 찾기 전에 짝 맞춰서 액땜이라도 하시려는 겁니까?"

은근히 돌려서 까대는 말에 이완은 퉁명하게 말을 잘랐다.

"어쩐 일이십니까?"

"민호가 입원해 있었으니 들여다보려고 온 거죠. 말씀 안 드렸습니까. 제가 민호를 친동생보다 더 아낀다고요. 민호네 오빠들도 넷인가 있긴 한데 터울도 많고 민호가 워낙 혼자 멋대로 살아서 그런지 동생이 뭐 하고 지내는지 거의 모르고 있더라고요. 혼자 살 때는 아픈 게 제일 서러운데 저라도 들여다보지 않으면 챙겨 줄 사람도 없어요. 그런데 뜬금

없이 박 실장님이 누워 계셔서 얼마나 놀랐는지 아십니까?"

준일은 그답지 않게 너털웃음을 터뜨렸다. 이완은 이불에 묻혀 명치를 지그시 눌렀다. 교수가 그 여자에 대해 말하는 것이 거슬렸다. 앤드류가 있으면 눈치껏 쫓아내련만 눈치 좋은 비서님은 지금 자리에 안 계시다.

김준일 교수도 눈치가 없는 사람은 아닌데, 눈치가 없는 척을 하는 건지, 며칠 전 언쟁 때문에 심술을 부리는지, 계속 옆에서 뭉그적거리며 신경 거슬리는 짓만 하고 있다.

"어, 민호냐? 그래 나다! 네가 입원했던 특실에 누가 와 있는지 아냐? 박이완 실장님이 입원해 계시다. 뭘 그렇게 놀라? 위경련이래. 너 있는 줄 알고 왔다가 여우가 둔갑해서 누워 있는 줄 알고 깜짝 놀랐다. 그럼! 너 보러 왔지 누굴 보러 오겠냐. 지금 이리로 올래?"

"오지 말라 하세요. 위경련이 병이나 됩니까. 문병 같은 거 안 와도 됩니다."

이완은 옆에서 짜증스럽게 끼어들었다. 이런 꼴을 보이는 것도 싫고 바로 죽다 살아난 여자에게 오라 가라 하는 것도 가당찮았다. 하지만 준일은 들은 척도 하지 않는다.

"그래, 지금 바로 나와라. 문병하고 우리 밥이나 같이 먹자."

전화를 끊은 젊은 교수의 얼굴에 엷은 웃음이 뱄다.

"바로 오라니까 택시 타고 지금 출발하겠다는군요."

"아아, 아주 고분고분한 제자를 두셨군요."

말이 곱게 나가지 않는다. 그건 준일도 마찬가지인 듯했다.

"허? 이런, 부러우십니까? 그러면 박 실장님도 갤러리 접으시고 후진 양성에 힘쓰시면 되겠습니다."

"전화 한 통으로 사람을 불러내는 방법은 많습니다. 후진 양성은 그리 효율적인 방법은 아니죠."

이완은 명치를 지그시 누르며 덧붙였다.

"뭐, 밥 한 끼 정도라면 경제적인 방법이긴 하겠습니다."

교수의 찡그린 얼굴을 보고도 기분이 좋아지지 않는다. 자신과는 억세게 말싸움을 했던 여자가, 저 교수의 말 한마디에 바로 날아오다니. 둔통이 스멀스멀 강해졌다.

"위경련은 왜 생기는 건데요?"

시커먼 안경을 쓴 여자가 물었다. 통화를 끝낸 후 정확하게 20분 만에 도착한 여자를 보며 준일은 의기양양한 표정이었다. 하지만 이완은 옆구리가 터진 패딩 점퍼와 허옇게 본드 자국이 보이는 시커먼 안경을 보니 의례적인 웃음조차 나오지 않았다.

"위경련을 달고 있는 천 조교 말을 들어 보니까, 스트레스를 많이 받은 상태에서 안 좋은 음식을 먹거나 때를 거르면 온다는 것 같더라고. 아주 쥐어짜는 것처럼 아파서 데굴데굴 구를 때도 있어. 박 실장님이 좀 예민하시기도 한 것 같고."

"박 실장님 아침에 아무것도 안 드신 거 같던데. 그래서 그랬나 봐요."

여자는 정말로 걱정스러운 듯, 목소리에는 웃음기가 하나도 없었다. 새까맣고 반들거리는 눈동자가 얼굴 구석구석으로 달라붙었다. 이완은 이마를 찡그리고 손을 저었다.

"위경련이 무슨 큰 병이라고 문병까지 오십니까. 사람 우습게요."

"앰뷸런스에 실려 갈 만큼 아팠다면서 그게 우스워……요? 정말 속을 쥐어짜는 것처럼 무진장 아팠어……요? 지금은 괜찮아……요?"

"괜찮아졌습니다. 그리고 교수님 앞이라고 억지로 말 올리실 거 없습니다."

"그, 그래도 당분간 매장에서 일해야 하는데 말 놓아도 괜찮아……요? 정말로?"

"예, 말 놓으세요. 괜찮습니다."

말이 떨어지기 무섭게, 여자는 아예 침대 머리에 붙어서 본격 취조를 시작했다. 지금 뭐 좀 먹을 수 있느냐, 배는 정말 괜찮으냐, 죽 같은 거 먹어야 하는 거 아니냐. 속이 점점 거북해진 이완은 두 번이나 뒤로 물러앉았다. 옆에 있던 김준일 교수가 잡아끌 때까지, 여자의 눈치 없는 탐정질은 계속되었다.

"야야, 오지랖 태평양 아가씨. 병원에서 환자식 다 나오는데 별걱정을 다 한다. 게다가 자그마치 특실 환자 아니시냐. 그럼 박 실장님, 피곤하실 텐데 저희는 가 보겠습니다. 몸조섭 잘하세요."

김준일 교수는 유쾌하게 웃으며 병실 밖으로 나섰다. 민호는 영 내키지 않는 듯 두어 번 뒤를 돌아보며 끌려 나갔다.

두 사람이 나가자마자 이완은 옆에 놓인 진경제를 집어 들었다. 빌어먹을. 저절로 욕설이 튀어나오려 한다. 다시 속이 꿈틀거린다. 이완은 약을 털어 넣으며 이 '빌어먹을 사태(?)'의 원인이 무엇인지 곰곰 생각했다.

갉작대는 교수 따위는 사실 큰 문제가 아니다. 상속 문제를 해결하기 위해 저 여자의 도움이 필요한 것은 확실한데, 여자가 옆에 있으면 머릿속이 뒤집히든 뱃속이 뒤집히든 해서 견딜 수가 없다. 일이 해결될 때까지 어느 정도의 시일이 걸릴지도 모르는데, 마주칠 때마다 이러면 곤란했다.

뭐가 문제지.

이완은 허리를 펴고 앉아 길게 심호흡을 했다. 통증이 천천히 가라앉았다. 그는 눈을 감은 채 생각에 침잠했다.

○ ● ○

저녁 5시 30분. 너무 이른 건 아닐 거야. 괜찮을 거야. 민호는 노크하는 것도 잊어버리고 문부터 덜컥 열어젖혔다. 아침에 김치찌개를 보고 몹시 동한 얼굴을 하더니, 결국 위경련 따위로 입원을 했다는 게 그렇게 신경이 쓰였다. 병실까지 같다니. 이런 빌어먹을 인연이 있나.

아침에 김치찌개를 억지로라도 먹였어야 했어. 민호는 깊이 반성했다. 사람이란 자고로, 먹고 싶은 것을, 삼시 세 때 잘 맞춰서, 먹고 싶은 만큼 먹으면 탈이 날 일이 없다. 하물며 저 인간은 차돌을 삼켜도 똥으로 만들 수 있는, 새파란 남자사람 아니던가.

문이 열리자, 눈을 감고 느슨하게 누워 있던 사내가 화닥닥 일어나 자세를 바로잡았다. 이불로 맨발을 덮고 구김이 간 환의를 손으로 당겨 매무시를 바로잡는 손길이 급했다. 길고 쭉 뻗은 눈썹 끄트머리가 꿈틀거렸다.

"무슨 일입니까! 노크도 할 줄 모르십니까!"

"급해서 깜박했어! 쏘리! 근데 왜 소리는 지르고 그래!"

"노크 정도는 기본이지 옷이라도 갈아입고 있었으면 어쩔 뻔했습니까."

"……그럼 뭐, 나야 횡재한 거……는 아니고. 그런데 저기 혹시 속옷이라도 갈아입고 있었던 거야? 그래서 놀란 거야?"

"그건 아닙니다!"

"어, 괜찮아. 나 잠깐 나가 있을게, 얼른 입어."

"아니라니까요! 멀쩡하게 잘 입고 있습니다. 왜 사람 말을 안 믿어요?"

이완은 이불을 확 걷어치우고 '옷을 잘 입고 있다'는 증명을 해 보였다. 그래 놓고는 자신의 꼴이 한심해 보였는지 머리카락 속에 손가락을 틀어넣고 확확 저었다. 민호는 종이가방을 옆에 놓고 의자에 앉아 혼잣말로 투덜거렸다.

"거참, 아무리 그래도 그렇지. 문병 와 준 사람한테 어지간히 때때거리네. 그럴 땐 안녕하세요, 반갑습니다, 하고 인사하는 게 먼저라고 유치원에서 안 배웠나 봐."

"문병은 아까 오시지 않았습니까."

"누가 아침부터 쫄쫄 굶어서 쓰러진 건 줄 알았나. 솔직히 말해 봐. 아침에 그 김치찌개 먹고 싶었지?"

"아뇨. 제가 왜요."

"뻥치시네. 티가 팍팍 나던데? 먹고 싶었지?"

"뭐, ……냄새는 좀 괜찮더군요."

심드렁하게 대답하면서도 위로 치솟은 눈썹이 다시 꿈틀거린다. 어느새 침대에 걸터앉은 민호는 다시 고개를 바짝 들이댔다.

"인간적으로, 조금은 먹고 싶었지?"

안경 너머의 반짝이는 눈이 가느스름하게 웃고 있었다. 이완의 눈썹이 아래로 푹 내려앉았다.

"……예."

"그러게 왜 성질은 더러워서, 밥을 굶어서, 배는 아프고 재랄…… 야단이래. 사람 걱정시키려고."

앉아 있던 사내가 고개를 돌리고 묘한 시선으로 바라보았다. 눈꼬리가 지그시 가늘어졌다.

"걱정하셨습니까? 왜요?"

"그럼, 사람이 아픈데 걱정이 안 돼?"

"그래서 다시 오신 겁니까?"

"응. 한 맺히지 말라고 김치찌개 싸 왔지."

"위경련 환자한테 김치찌개요?"

그렇게 말을 하면서도 목울대가 꿀럭, 아래위로 움직인다. 민호는 씩
웃었다.

"물론 환자라서 죽도 싸 왔지. 조금 있으면 동지라서 단팥죽도 만들
었고, 다른 죽도 몇 가지 해 봤어."

"……그런 것도 만들 줄 아십니까?"

"그럼, 나 먹을 거 만드는 거 좋아해. 세상에서 그만큼 보람찬 일이
어디 있어. 내가 또 수라간의 스피드 윤 아니겠어."

"수라……간이요?"

"아, 아이고! 아냐! 이거 영업 비밀인데. 이, 잊어버려! 레드 썬! 레드
썬!"

눈이 멀뚱멀뚱, 입술 끝이 비식비식. 잘생긴 환자는 레드 썬에 협조를
해 주지 않는다. 제기랄. 민호는 복복 머리를 긁었다. 하긴, 내가 시간
여행 다니는 거 아니까 딱히 비밀도 아니잖아? 그럼 뭐 별일도 아니네.
민호는 가지고 온 종이가방을 앞으로 불쑥 내밀었다.

"자, 받아."

침대에 앉은 사내는 기묘한 표정으로 가방과 민호의 얼굴을 번갈아
바라보더니 천천히 가방을 받았다. 플라스틱으로 된 크고 작은 밀폐 용
기가 하나, 둘, 셋, 넷, 다섯, 여섯, 일곱 개가 차례로 나왔다. 그는 탁자
위에 밀폐 용기 일곱 개를 늘어놓고, 종이가방 밑에 놓여 있던 나무젓가
락과 수저를 눈높이로 들어 올렸다. 민호는 그제야 저것을 비닐봉지 안
에 넣어올걸, 후회했다.

그는 벌건 국물이 잔뜩 묻어 있는 뚜껑을 열고, 오늘 아침에 그렇게

애절한 눈으로 바라보았던 김치찌개를 응시했다. 길쭉길쭉 썬 무가 들어 있는 동치미와 보쌈김치, 흑임자죽, 단팥죽, 닭고기가 듬뿍 들어간 닭죽, 아직 김이 모락모락 오르고 있는 잡채, 달걀말이와 조기찜, 꼬막무침, 미역초무침들이 다른 여섯 개의 통에 어수선하게 나뉘어 있었다. 그는 믿을 수 없다는 듯 중얼거렸다.

"이걸 다 직접 만드셨다고요?"

"그럼, 이거 사 올 돈이 어디 있다고. 김치, 동치미 빼놓고는 다 오늘 한 거야. 안 먹을 거야?"

"아까 김준일 교수님하고 나가지 않았습니까? 그사이에 이걸 전부요?"

"밥 먹고 바로 집에 가서 만들었지. 이까짓 거 만드는 데 뭐 이박삼일 걸리나?"

이완은 입을 살짝 벌린 채 민호의 얼굴을 빤히 쳐다보았다. 민호는 괜히 얼굴로 열이 오르는 것 같아 두 손으로 뺨을 문질렀다. 그가 퍼뜩 정신을 차리더니 후, 짧게 숨을 내뱉었다.

"……그런데 무슨 죽을 이렇게 많이 싸 오셨습니까?"

"왜? 어, 혹시 죽 싫어해? 어제 죽 사 왔기에 좋아하는 줄 알았지. 근데 뭘 좋아하는지 몰라서 이것저것 했어. 검은깨하고 팥은 집에 있었고, 닭은 집 앞 슈퍼에서 반값 세일하더라고. 단호박죽까지 했으면 큰일 날 뻔했네. 그럼 지금 나가서 다른 거 사다 줄까?"

"단호박죽도 상관없습니다. 제가 죽은 꽤 좋아하……."

환자는 말을 하다 얼른 입을 다물고 다시 일곱 개의 그릇을 노려보기 시작했다. 민호는 속으로 구시렁거렸다. 아 씨, 제기랄. 저 깔끔쟁이의 레이더에 또 뭐가 걸렸구려. 물론 저 찬합이 아주 깨끗지 않다는 건 아는데, 이쑤시개로 뚜껑 구석구석에 낀 때까지 파헤치지는 못했는데, 그래도 나름 정성 들여 씻어 왔단 말이다. 아니면, 모, 모양이 좀 허접한가. 뭐, 물론 내가 만든 게 모양이 늘 자유분방하긴 하지.

"뭐, 모양은 개밥이지만 어차피 배 속에 넣고 두어 번 뛰면 다 똑같아져. 외유내강 몰라? 겉모습은 구려도 맛은 강력하지. 원래 대를 위해서 소를 희생할 수도 있는 거잖아?"

"꼭 개밥 소릴 제 입으로 해야 합니까?"

타박하는 환자의 목구멍에서 꿀꺽, 하는 소리가 천둥처럼 울렸다.

"링거가 있어서 딱히 허기는 느껴지지 않습니다만."

"오, 그러셔?"

"그래도 시간을 들여서 하신 거니, 감사히 먹도록 하겠습니다. 같이 드시겠습니까?"

"그걸 누구 코에 붙여?"

"……이거 5인분은 되겠습니다. 그냥 같이 드시죠?"

환자의 얼굴로 점점 핏기가 올라오고 있었다. 그는 손등으로 뺨을 문지르며 부채질을 했다. 오케이. 민호는 사양도 없이 침대 위까지 덜렁 올라가 마주 앉았다.

"그럼 먹자. 나도 이런 말 하기 좀 쪽팔리는 건 아는데, 난 내가 만든 게 그렇게 맛있더라."

"누가 해 준 거든 다 맛있는 게 아니고요?"

"얼러리. 어떻게 알았대? 그래! 입에 들어가는 건 다 맛있어. 내 인생이 설탕처럼 달달구리해진다는데, 뭐, 보태 준 거 있나?"

"인생이 달해진다……라. 나쁘진 않군요."

이완은 고개를 수그리고 죽을 떠먹기 시작했다. 옆에 있는 작은 컵에 흑임자죽, 닭죽, 단팥죽을 차례로 덜어 한 가지씩 맛보았는데 한 가지씩 입에 들어갈 때마다 눈이 한 단계씩 커졌다.

물 한 모금 마실 때마다 고개를 뒤로 젖히는 닭처럼 그는 죽 한 번 먹고 민호를 쳐다보기를 한참 동안 반복했다. 처음에는 점잖게, 천천히 움직이던 환자의 손놀림이 김치찌개를 맛보면서부터 2배속으로 빨라졌고, 잡채에 이르러서는 거의 진공청소기 흡입 수준으로 올라갔다.

두 사람은 서로 말도 하지 않고 먹는 일에 집중했다. 대충 맞춘 것 같은 음식인데 궁합도 요상하게 잘 맞았다. 절기가 한참 남은 팥죽과 요리사의 침이 들어갔을 것임이 분명한 김치찌개는 환상의 조합이었고, 참기름과 소금 간으로 감칠맛을 낸 닭죽은 적당히 익은 보쌈김치와 기가 막히게 잘 어울렸다.

그 짧은 시간에 그렇게 손이 많이 간다는 잡채까지 뚝딱 해 왔으면서도 공치사 하나 없다. 미역초무침이든 꼬막무침이든 생선찜이든, 하다 못해 단순한 달걀말이 하나만 해도 보드랍고 폭신한 맛이 제대로 났다. 배는 점점 불러 오는데 입에서는 먹을수록 새로운 식욕이 솟구쳤다. 근 사흘 동안 풍랑이 일던 위장은 엄청난 양의 음식을 받아들이면서 잠잠해졌다. 여자가 흐히히 소리를 내며 웃었다.

"내가 만든 도시락 이렇게 맛있게 먹는 사람 처음 봐. 이거 완전 신난다."

"다른 친구들은 민호 씨 도시락 안 먹어 봤나요?"

"음, 사실, 이런 거 싸 본 거 이번이 처음이야. 내가 뭘 예쁘게 꾸며서 담는 걸 잘 못 해서."

"아? 민호 씨가 만든 도시락을 제가 처음 먹어 본 겁니까? 영광이군요."

영광이군요, 말하는 투는 꼭 장난을 치거나 놀리는 것 같지만 표정은 심각했다. 갑자기 어색한 침묵이 두 사람 사이를 가로질렀다. 하지만 민호는 이완의 입매가 살짝살짝 움직이고 있다는 것을 알아차렸다. 그는 민호와 눈을 마주하며 알아차릴 듯 말 듯 웃고 있었다.

"이 정도면 충분히 예쁜 도시락입니다. 제가 평생 먹어 본 도시락 중에 최고로 맛있었어요. 고맙게 잘 먹었습니다."

드디어 사내의 웃음이 완연하게 드러났다. 민호는 둘 사이를 가득 채운 요상한 공기를 없애기 위해 손을 저으며 말했다.

"나도 어제 케이크 잘 먹었어, 죽도 정말 잘 먹었어. 그리고 내가 만든 거 맛있게 먹어 줘서 고마워."

이완은 안경 너머에서 곱게 가늘어지는 눈의 굴곡을 한참 동안 쳐다보았다. 여자가 웃을 때마다 안경 뒤에 숨은 눈은 예쁜 곡선을 그리며 가늘어진다. 하늘로 살짝 날아올라가는 긴 눈꼬리가 기가 막혔다. 여자의 웃음을 보는 순간 어제의 불쾌한 감정은 깨끗하게 사라졌고, 저도 모르게 유쾌한 웃음이 흘러나왔다.

입에 딱 붙는 음식을 배부르게 먹은 덕일까, 여자의 '생애 최초' 도시락을 먹어 보았다는 게 기분이 좋았던 걸까. 아니면 여자가 나를 생각해서 무언가를 만들었다는 게 좋았던 걸까.

……잘 모르겠다.

이완은 한참 머뭇대다가, 여자의 입가에 묻은 고춧가루를 손으로 떼주었다. 여자는 무안한 기색도 없이 손등으로 입가를 문지르며 웃었다.

○ ● ○

월요일 아침, 민호는 씩씩한 걸음으로 갤러리 려에 출근했다. 후드 티셔츠의 김칫국물은 사라졌지만 검은 패딩재킷의 꿰맨 자국은 여전했고, 허옇게 본드 자국이 남은 시커먼 안경도 여전했다. 이완은 팔짱을 끼고 눈을 가느스름하게 떴다.

"난 그럼 여기서 무슨 일을 하면 돼?"

"민호 씨는 열쇠 때문에 계약을 한 거니까 다른 일은 신경 안 쓰셔도 됩니다. 다만……."

어차피 이쪽 바닥을 전혀 모르는 여자고, 이쪽 세계에서는 아주 믿을 만한 가족이 아닌 직원에게 무언가를 가르쳐 가며 일을 시키지도 않는다. 다만 한 가지는 꼭 시켜야겠다고 이완은 결심을 굳혔다.

"민호 씨가 오늘 제일 먼저 하실 일은 저 앞의 안경점에 가서 렌즈를 맞추시는 겁니다."

이완의 뺨에 살짝 보조개가 팼다. 민호의 입이 저절로 벌어졌다.

"렌즈? 나 눈깔 작고 인상이 희미해서 크고 두꺼운 안경이 낫다는데?"

"김준일 교수가 그러던가요?"

민호는 눈을 동그랗게 떴다. 어라? 어떻게 알았지? 저 인간 독심술이라도 했었나 봐. 속으로 중얼대는 말이 들리기라도 했는지 이완의 뺨에 나타났던 보조개가 사라졌다.

"패션 테러도 전염병입니다. 옆에 있으면 옮습니다. 그 사람하고 같이 놀지 마세요."

"엥?"

"민호 씨도 재킷, 바지에 셔츠까지 체크로 입고 출근하면 그날로 해고합니다. 아시겠습니까."

월급이 깡패다. 어차피 김준일 교수님하고는 같이 안 놀기로 해마다 결심하고 있다고. 민호는 영 내키지 않는 얼굴로 안경을 만지작거렸다.

"나는 이게 좀…… 아무래도 큰 안경으로 가려야 할 것 같은데. 저기, 한번 봐 봐. 내가 눈이 너무 작아서……."

민호는 조심스럽게 안경을 벗고 눈을 비비며 앞에 놓인 작은 거울을 들여다보았다. 이완은 갑자기 드러난 여자의 민얼굴을 보고 순간 눈썹을 찌푸렸다. 한참 만에야 그가 작은 목소리로 툭 집어던졌다.

"괜찮습니다. 그 정도면."

"……한번 제대로 보라니까. 쌩얼로 보면 완전 단춧구멍이잖아."

"지금 보고 있잖아요, 괜찮습…… 예쁩니다."

입을 떡 벌린 여자의 머리 위로 찬란한 글씨가 떠올랐다. 저게 쥐약을 먹었나. 이완은 한숨을 푹 쉬고 고개를 돌렸다. 농담 아닙니다, 아니, 농담입니다. 웅얼대는 소리는 들릴락 말락 했다.

"며칠 전에 제가 민호 씨한테 봉안이라 했잖아요."

"그랬나? 그게 뭔데?"

"봉황의 눈이란 뜻이에요. 민호 씨 눈처럼 새까맣고 힘 있는 눈동자에 눈꼬리가 가늘고 길게 위로 올라간 눈인데, 관상에서 최고의 눈으로 꼽고 있어요."

여자가 눈을 껌벅이며 이완을 빤히 바라보았다. 오늘이 만우절인가, 저 인간이 만우인인가, 아님 한낱 꿈이런가. 이완의 목소리는 점점 바닥에 붙었다.

"……눈 예뻐요. 제일 예쁩니다. ……이보세요, 지금 기껏 칭찬하고 있는데 반응이 어째 그 모양입니까?"

꿈이다. 꿈.

출근 후 첫 번째 업무는 근 세 시간에 걸친 처절한 사투였다. 길고 지루한 검안 후, 시력에 맞는 렌즈를 '생전 처음' 착용해 보았는데, 민호에게나 검안사에게나 고문에 진배없는 시간이었다. 민호는 손가락이 눈앞으로 다가오면 번번이 눈을 깜박이거나 눈동자를 돌리는 바람에, 저혈압인 검안사의 혈압을 정상으로 되돌리는 데 혁혁한 공헌을 했다.

사무실 바로 앞의 안경점에 갔다가 연락이 두절된 직원을 찾으러 행차한 실장님은, 눈물을 줄줄 쏟고 있는 여자를 보고 깜짝 놀라고 말았다.

"이런 젠장, 미, 민호 씨, 렌즈가 안 들어가서 이래요?"

"우와, 우, 으으으! 렌즈가 안에서 접혔어! 사람 살려요! 나 눈깔 빠져요! 이거 빙 돌아서 내 뇌 속으로 파고들어 가는 거죠! 나 어떡해애애!"

"괜찮아요. 괜찮아. 그냥 빼면 돼요. 아, 손님. 손님! 빼야 하니까 발버둥 좀 고만 치라고요!"

흰 가운을 입고 있는 여자가 지친 목소리로 소리를 지른다. 이완은 황급히 민호의 눈을 살폈다. 눈이 아예 토끼 눈이 되어 있었다.

"민호 씨. 민호 씨? 그냥 안경으로 합시다. 왜 이렇게 미련한 짓을 해요. 이렇게 고생스러울 줄 알았으면 그런 말 꺼내지도 않았을 텐데. 그만하세요. 괜히 고생시켜서 정말 미안합니다."

하지만 민호는 고개를 저으며 주먹을 불끈 쥐었다.

"아냐. 까짓 거 이판사판이야. 누가 이기나 해 보자고. 나 이참에 안경 집어치우고 꼭 렌즈 할 거야!"

"왜요! 사생결단을 하면서까지 렌즈를 넣을 필요는 없어요!"

민호는 고개를 비쭉 틀고는 중얼거렸다.

"나, 그런 소리 머리털 나고 처음 들어 봤단 말이야."

매장이 순간 조용해졌다. 이완은 더듬더듬 물었다.

"무슨…… 소리요?"

"아오 쓰……! 묻지 마! 묻지 말라고!"

토끼 눈 딸기코가 된 여자가 캉캉 소리를 높였다.

눈물 콧물을 한 바가지는 실히 쏟고서야, 민호는 제 손으로 렌즈를 붙일 수 있었다. 거울을 보니 하루 종일 퍼질러 운 듯한 여자가 어색하게 눈을 찡그리고 있었다. 흠. 아무리 봐도 어제나 오늘이나 똑같은 상판인데. 그녀는 눈을 깜박거린 후 뺨을 탁탁 쳐 보았다.

이상하다? 어째 조……금 예뻐 보이는 것도 같고?

민호는 거울을 들여다보며 머리를 긁었다.

내 눈이 갑자기 착시 현상을 일으킨 걸까. 뭔가에 홀렸나? 시뻘겋고 우스꽝스러운 민얼굴이 어째 안경으로 가려 놓은 것보다 한결 낫다는 생각이 문득 들었다.

사실 저 안경이 좋았던 적은 없었다. 다만, 교수님한테 받은 물건들을 노상 버려야지, 버려야지 하면서도 한 번도 실행하지 못했을 뿐이다. 그동안 저 우스꽝스러운 물건이 네 예쁜 눈을 가리고 있어서 안타깝다는 말을 해 준 사람이 없었을 뿐이다. 안경을 벗은 얼굴이 예뻐 보일 거라는 생각을 감히 한 번도 해 보지 못했을 뿐이다.

그런데 예쁘다는 말 한마디를 듣고 나니 이 얼굴도 아주 나쁘지는 않다는 몹쓸 착각이 든다.

그래, 사실 김준일 교수님보다는 명색 고미술품 장사꾼의 안목이 그래도 조금 더 낫지 않을까? 민호는 거울을 들여다보며 필사적으로 자신을 설득했다. 그, 그렇다면, 쌍꺼풀 수술을 하지 않아도, 어쩌면 저 인간처럼 내 눈을 곱게 봐 주는 사람이 정말 나타날지도 몰라. 임자가 있는 사람이 아닌, 정말 나만 봐 주고 나한테만 예쁘다, 사랑한다 해 줄 사람이.

아주 짧은 순간, 세상이 살짝 흔들린 것 같다. 창밖에서 들어오는 햇살이 아까보다 더 환해진 느낌도 들었다.

예비용 안경을 고르고 있던 고용주께서 고개를 돌려 말끄러미 바라보고 있다. 그의 조각같이 매끈한 뺨이 살짝 상기되어 있다. 민호는 무조건반사처럼 침이 흘러나오려는 것을 후르륵 들이마셨다. 이봐요. 렌즈 무사히 장착했사와요. 뭘 무안하게 자꾸 보시나, 사람 정들게.

민호는 렌즈가 든 눈을 찌그러뜨려 '나름 윙크'를 날려 보았다. 세 시간 만에 이루어진 '렌즈 무사 장착'을 기념하는 윙크였다. 눈을 힘껏 찡그렸는데도 렌즈는 무사하니 아싸, 성공이다. 이완은 짧게 헛기침을 하고 다시 덤덤한 표정으로 돌아갔다.

○ ● ○

"오! 이번에 채용된 직원이시라고? 환영합니다!"

갤러리로 돌아가자마자 머리를 밝은 갈색으로 물들인 사내가 튀어나왔다. 병원 침대 너머에서 들리던 목소리다. 얼굴도 묘하게 낯이 좀 익었나 싶었는데, 갈색머리가 먼저 반가운 척을 한다.

"저는 앤드류 황이라고 해요. 앤디라 불러 주시면 됩니다. 박 실장님 5촌 조카뻘인데, 동갑이면서 누군 당숙이고 누군 조카라니 좀 억울하긴 합니다. 하지만 한국에서는 촌수가 깡패라니 별수 있나요. 뉴욕 려 갤러리에서 실장님 일을 도와드리다가 호출당해서 이렇게 끌려다니고 있습니다. 만나서 반갑고, 함께 일하는 동안 잘 부탁합니다."

하지만 쾌활하고 붙임성 있는 인사에도 불구하고 민호는 한 마디도 하지 못했다. 기억났다! 저 얼굴은! 민호는 충격과 공포에 가득 찬 눈으로, 그를 손가락으로 가리키며 외마디를 질렀다.

"똥꼬턱이다!"

이런 거지깽깽이 같은 일이 있나. 창고에서 가운을 입고 '마이 프레에에샤스!'라며 고래고래 소리 지르던 사나이가 해맑게 웃고 있다. 다른 건 몰라도 저놈의 선명한 똥꼬턱만큼은 잊을 수가 없었다.

다만 이상한 것은, 저 인간도 당연히 나를 알아봤을 것인데, 아주 꿩 구워 먹은 얼굴로 시치미를 딱 떼고 손을 내밀고 있는 것이다. 민호는 손을 맞잡고 악수를 하는 대신 그의 얼굴을 멀뚱히 쳐다보며 얼빠진 듯 중얼거렸다.

"또, 똥꼬턱이 틀림없는데. 전에 봤던 똥꼬턱인데."

두 사나이의 표정이 천천히 썩어 들어가기 시작했다. 민호는 머리를 감싸고 생각에 잠겼다. 관리인이 아니고 조카였구나. 조카가 같이 살고 있었나? 그런데 그 유물이 왜 마이 프레샤스지? 자기 것도 아닌데 왜 마이 프레샤스야?

"저를 어디서 보셨었나요? 박물관에서 말고?"

앤드류의 표정은 정말 아무것도 모르는 것처럼 순수하기 짝이 없다. 민호는 눈을 깜박거렸다.

"이봐요. 사람 좀 솔직해져 봐요. 나 보고 마이 프레에에에샤스! 했던 거 기억 안 나냐고?"

인사동 려 갤러리 단기 계약직원의 신고식은 그렇게 종료되었다.

같은 날 국립중앙박물관에서는 서담 박부전 특별전이 시작되었다.

○ ● ○

인사동 려 갤러리는 큰길에 면해 목이 좋은 곳이었다. 퀴퀴한 옛날 물건들이 침침하니 쌓여 있는 골동품 가게를 생각하던 민호는 한동안 문화 충격에 시달려야 했다. 매장이 넓은 편은 아니었지만 인테리어가 매우 고급스러웠고, 물건이 많지도 않았다.

벽에 수묵산수화가 두어 점, 인물화가 하나, 한쪽 벽에 붙은 유리 진열장에는 나무로 만든 소품이 몇 개, 맞은편에는 하얀 항아리가 드문드문 놓여 있는 게 전부였다. 안에 따로 마련된 작은 별실에는 방음 처리까지 되어 있어 몹시 조용했다. 전시를 목적으로 했다기보다 은밀한 거래를 위한 장소처럼 보였다.

별실의 책상 위에는 두 사람이 만난 첫날 보았던 붉은 화각함과 사진이 한 장 놓여 있었다. 가장자리가 노랗게 변색하고 손때가 가뭇가뭇 묻은 흑백 사진은 고색이 완연했다.

"할머님이 스무 살 되었을 때 찍은 사진입니다. 할머님은 사진 찍는 것을 싫어해서 남아 있는 사진이 없어요. 이 사진도 김준일 교수를 통해서, 일제 강점기 연구하는 원생한테 우연히 얻게 된 겁니다. 오른쪽에, 한복 입고 서 있는 키 큰 여자가 저희 할머님이세요. 아래에 이름이 써 있지 않았으면 모를 뻔했어요."

"한문이잖아. 뭐라고 써 있는 건데?"

"어지간하면 한문 공부 좀 하세요. 조덕희, 김춘방이라고 써 있는 거고, 김춘방이 저희 할머님이십니다. 봄 춘, 꽃다울 방 자를 쓰셨죠. 김해 김가라고는 하는데. 1909년에 시행된 일본의 민적법 때문에 아마 되는 대로 갖다 붙인 성일 겁니다."

"이 한문 어쩌고 2는 뭐야? 사진을 2명 찍었다는 거? 사람 수대로 사진값을 받았다는 거?"

"……정말 해석이 참신해서 존경스럽습니다. 옆에 있는 소화(昭和)2는 일본 연호 쇼와 2년이라는 거예요. 메이지(明治), 다이쇼(大正), 쇼와, 헤이세이(平城), 그런 순서로 나갑니다. 쇼와 시대는 1926년 겨울에 시작했으니까, 쇼와 2년은 1927년이 되죠. 할머님이 1908년생이시니까, 스무 살 때 사진이라는 계산이 저 연호 덕에 나온 겁니다."

음. 민호는 살짝 감탄할랑 말랑 했다. 이런 말을 들을 때는 확실히 저

사나이가 굉장히 똑똑해 보인다. 스마트폰으로 깔짝깔짝 검색한 것도
아닌데, 어떻게 그런 걸 조그만 뇌 속에 다 욱여넣은 채 살고 있을까?
나 같으면 대가리를 한 번만 흔들면 모조리 털려 나갈 것 같은데.

하긴. 저번에 박물관에서 찌르기만 하면 정보가 줄줄 나올 때부터 알
아봤어야 했다. 머릿속에 네이롱의 검색창을 탑재하고 있는 사나이는
태연한 얼굴로 설명을 덧붙였다.

"할머님은 굉장히 꼼꼼하고 까다로운 분이셔서, 로스앤젤레스에서는
고용인들이 레이디 내거(lady nagger), 트집쟁이 여사라고 불렀다 하더군
요."

트집쟁이 여사라니. 댁이 누구 성격 닮았는지 알겠네. 민호가 중얼거
리는 것을, 이완은 못 들은 척한다.

민호는 사진을 자세히 살폈다. 낡은 사진 속에서 사납게 생긴 여자가
자신을 노려보고 있다. 이마가 좁고, 광대뼈가 튀어나왔으며, 뼈마디도
억세 보였다. 눈썹은 굵고 입매는 아래로 무겁게 처져 긴 팔자 주름을
만들고 있었다.

특히, 조금 아까 보았던 앤드류 황이라는 사람의 갈라진 턱이 사진 속
여자의 턱에서도 선명했다. 이래서 핏줄은 못 속인다는 건가. 그녀가 베
토벤과 슈베르트와 헨델 기타 등등을 싫어하는 단 하나의 이유는 바로
그 쪼개진 턱에 있었거늘 이 무슨 운명의 장난인가. 그나마 천만다행으
로 박 실장은 그 똥꼬턱의 시례를 받지 못한 평범 턱이었다.

생긴 걸로만 보면 레이디 내거가 아니고 레이디 타이거가 더 어울렸
을 성싶다. 스무 살이라면서 벌써 30대는 된 것 같은 얼굴이었다. 떡대
튼실한 몸에는 흰 저고리에 검은색 치마를 두르고 있는데 그나마 개량
인지 치마 길이가 깡똥하고, 짚신 대신 고무신을 신고 있었다.

"스무 살이라면서 왜 이렇게 폭 삭았…… 아니 삭으셨…… 아니, 나

이 들어 보이시지?"

"고생에 찌들어서 그렇겠죠. 오죽하면 외국 사람이 '조선 여자들은 스물다섯이 넘으면 아름다운 사람이 없다' 고 했겠습니까. 왜 옛날에 찍은 사진들 보면 사람들 표정이 다 화난 표정 아닙니까."

"어, 하긴 그랬지. 길 가던 사람한테 할머니, 하고 불렀는데 알고 보니 서른다섯이었더라고? 그래도 춘방 할머니, 사진으로 보면 성질 꽤나 더러, 아니, 성격이 지랄, 아, 아니, 거시기하겠다 싶었……."

민호가 코를 찡그리며 입술을 쥐어박는다. 눈이 함께 찌그러들며 맵시 있는 굴곡선을 그렸다. 이완은 고개를 틀고 손등으로 입을 가리고 웃음을 참았다. 미치겠군. 저런 모습이 왜 이렇게 재미있어 보이지? 저런 말을 들으면 화가 나야 하는데 아무렇지도 않으니 그것도 문제는 문제다.

"할머님의 실제 성격이 어떠셨는지는 잘 모르겠어요. 할머님은 1941년…… 아버지가 일곱 살 때 돌아가셨거든요. 하지만 여장부였던 건 틀림없어요. 서담 컬렉션을 만들어 낸 실세는 할머니였다는 말도 있었으니까요."

"되게 똑똑하셨나 보다. 인텔리셨나? 양반 댁에서 자란 신여성?"

"설마. 이 사진을 보고도 그런 말이 나옵니까? 딱 봐도 무수리과 아낙네처럼 생기지 않았습니까?"

이완은 고개를 저으며 헐겁게 웃었다.

"할아버지부터가 기생첩의 아들이었는걸요. 서자도 아니고 얼자(孼子─양반과 천민 첩 사이에서 낳은 아들)라서 호적에도 오르지 못했는데 어떻게 양반 댁 딸이나 인텔리 신여성하고 결혼을 했겠어요."

"아하."

"게다가 할머니는 하녀 출신에 재혼이었어요. 황 씨 성을 가진 전남

195

편이 있었고, 그 사이에 아이까지 있었습니다. 미국으로 옮겨 가면서 전 남편과 이혼하고 할아버지와 혼인신고를 한 거죠. 앤디 황이 춘방 할머니와 전남편 황 씨의 증손자가 됩니다."

신기하네. 서담이라는 멋들어진 호까지 가진 사업가가 애 딸린 무수리 떡대 하녀랑 결혼이라니. 민호는 이런 곳에서 몹쓸 동질감과 희망을 느꼈다.

"어, 정말 궁금한 건데, 춘방 할머니는 어떻게 잘나가는 사업가인 할아버지랑 결혼했을까? 그것도 이혼하고 애까지 딸렸었다며."

"……"

"그냥 이해가 좀 안 돼서. 박 실장님도 아까 할머니가 무수리 과 아낙네라고 했잖아. 나도 같은 무수리 과라 잘 아는데, 그 종족은 무슨 짓거릴 해도 남자가 안 꼬이거든. 혹시 가문에 내려오는 독보적인 비법 같은 게 있었나? 여인경이라든가, 미녀경이라든가……. 아, 이건 그냥 단순한 호기심이야."

단순한 호기심이 아니라 절박한 호기심인 거 다 보입니다. 당신이 저 사진을 보고 희망의 불씨를 피워 보는 건 상관할 바 아니지만, 그게 포인트는 아니잖습니까. 이완은 썩어 들어가는 얼굴로 내뱉었다.

"지금 그게 중요합니까? 할머님의 보이지 않는 능력이 독보적이었든, 할아버님의 여자 취향이 독보적이었든, 대충 생각하고 넘기면 안 되겠습니까?"

"아하. 그렇구나. 그, 그래. 뭔가 알 수는 없지만 독보적인 영역이 있었겠지, 하하하. 그럼 김춘방 할머님은 어떻게 유물에 대해 배웠을까?"

민호는 아쉬움을 철철 흘리며 말을 돌렸다.

"할머님은 풍양 조씨 집안에서 데리고 있던 유모 딸이라고 들었어요. 아마 옆에 앉아 있는 세일러복을 입은 여학생이 할머니가 모시던 주인

집 딸인 것 같은데, 그 집안이 고서화와 유물 쪽에 조예가 깊었습니다. 그 집의 장남이 위창 선생에게 사사하고 독립운동에 투신하기도 했었죠. 하여간, 그쪽 루트로 알음알음 배운 게 아닐까 싶네요."

"위창 선생은 누구야?"

"간송 선생의 스승이기도 했던 독립운동가 오세창 말입니다."

"간송은 또 누구야?"

"전형필 선생 모릅니까? 간송박물관도 못 들어 봤…… 후우…… 네 네. 옛날에 호랑이 담배 피우던 시절에, 그런 사람들이 살았습니다."

차근차근 설명은 하고 있었으나 이완은 영 내키지 않는 얼굴이었다. 민호는 고개를 갸웃하면서도 눈을 반짝거리며 부연설명을 채근했다. 일단 정보는 많이 알수록 도움이 되니까.

"저희 할아버지는 미두(米豆―미곡선물거래)를 하셨는데, 박제순 대신의 아들이라는 걸 다들 알고 있었기 때문에, 시세 정보나 작황 자료 따위 알아서 갖다 바치는 사람들이 많았던 모양입니다. 덕에 굉장히 큰 재산을 모을 수 있었어요. 그걸 밑천으로 해서, 이복형이 돌리는 정보를 가지고, 동척(동양척식주식회사東洋拓殖株式會社)이 일인에게 불하하는 땅을 차명으로 헐값에 사들였던 모양입니다. 본처의 아들이었던 이복형― 큰할아버지도 고위 관직에 있으면서, 저희 할아버지가 미국으로 적을 옮기기 전까지 뒷배를 봐주었다고 했어요."

"박 실장님네 증조할아버지가 박제순 대신이라는 사람인가? 벼슬이 높았나 봐?"

이완은 잠시 눈썹을 찌푸리다가 긴 한숨을 쉬며 대답했다.

"그렇다고 볼 수 있죠. 외부대신, 참정대신, 중추원 고문에 경학원 대제학 정도면 반남 박씨 집안에서도 나름 화려한 이력이었다고 볼 수 있죠. 고조부도 참정을 하셨다는 기록이 남아 있고요."

"우와, 대단하다. 우리 집안은 몇 대조 할아버지가 진사인지 잡사인지를 했었다고 사돈의 팔촌까지 우려먹던데. 박 실장님네 집안은 완전 양반 가문이네."

. "지금 그게 다 무슨 소용입니까. 우리 그 얘긴 그만하고, 찾아올 방법에 대해서 이야기 좀 해 봅시다."

이완은 씁쓸하게 웃으며 이야기를 끊었다.

"민호 씨가 길을 잃은 시간 여행자들을 종종 데리고 나온 적이 있다고 들었습니다. 어떤 방법을 사용하십니까?"

민호는 별일 아니라는 표정으로 머리를 긁었다.

"현재 시간의 흐름을 벗어나서 다른 시간으로 들어간 사람이 있으면, 그 길에 자취가 남아. 그걸 따라가. 들어가서 운 좋으면 어리바리 길바닥에서 헤매고 있는 사람들을 만나지. 그리고 올 때는 반드시 들어왔던 길을 찾아서 돌아와야 하고. 어떤 시기에 속한 사람이 다른 시기로 가면 그 흔적이 남아서 되돌아가는 게 크게 어려웠던 적은 없었어. 그간 운이 좋았던 것 같기도 하고."

"다른 트래커들도 그렇습니까?"

"그야 모르지. 트래커가 길 가다가 우연히 만날 정도로 흔한 것도 아니고, 알아보지도 못하고, 얼마나 되는지도 모르는걸. 아마 각자의 방법이 있겠지."

"열쇠는 사람이 아닙니다. 어떻게 찾으실 생각이십니까?"

"열쇠를 최종 보관한 사람을 찾아야겠지? 할머니는 유언장을 작성하고 돌아가셨을 테니까 미리 만나야 큰 소용이 없을 것 같은데."

이완은 서서 사무실 안을 천천히 걸었다. 살짝 찡그린 이마 위로 힘줄이 도드라졌다.

"아마, 아버지가 받았을 가능성이 큽니다. 하지만 아버지가 그걸 기억하고 계셨으면 열쇠를 찾으려고 평생 허비하셨을 리가 없습니다. 지금은 식물인간 상태로 7년째 누워 계시고, 상태가 위독하십니다."

"저런. 결국 할머니를 찾아야 하는 건가? 어어, 그나저나 아버님이 그렇게 오래 아프시다니, 그동안 많이 속상했겠다."

"글쎄요. 저는 아버지를 안 보게 된 후부터 마음의 평화를 찾은 기분입니다만."

이런 얘기를 한다면 정의감에 불타는 저 여자에게 후레자식이라 욕먹을 게 뻔하지만, 굳이 애틋한 척, 안타까운 척 위장하기에는 역겨운 기억이 너무 많았다.

이완이 기억하고 있는 아버지는 항상 도박과 술에 빠져 있는 사람이었다. 그의 태도는 자신을 학대하거나, 방치하거나, 귀찮게 하거나 셋 중 하나였다. 이완은 한국에서 학교를 다니면서 아비가 식물인간이 되었다는 소식을 들었고, 그 순간부터 마음이 정말 평화로워졌다. 민호는 눈썹을 찌푸리더니 조그맣게 혀를 찼다.

"힘든 게 많았나 봐. 아버지에 대해서."

이완은 고개를 갸웃하며 그녀를 일별했다. 의외였다. 바로 정의의 사도가 튀어나와 후레자식, 호로자식 하며 흥분할 줄 알았는데. 하지만 그녀의 목소리에선 그를 진심으로 딱하게 여기는 마음이 느껴졌다.

"뭐, 좀 그렇죠. 그래도 아주 심한 건 아니었다고 믿고 살고 있습니다."

"아버지가 손도 대고 그랬어? 어렸을 때?"

이완은 눈썹을 찌푸렸다. 이런 종류의 이야기를 해야 할 때면, 항상 벌거벗겨진 기분이 들곤 했다. 그는 한참 망설이다가 고개를 끄덕였다. 어차피, 이 여자 앞에 서면 항상 그런 기분이었고, 이제는 방어하고 싶은 생각도 없었다.

"자주는 아니고요. 술 취하거나 돈을 잃으면? 열 살 때였나…… 밤마다 욕을 퍼부으면서 때리는 바람에 집 안의 가죽 벨트를 모조리 숨겨 놓기도 했었죠. 벨트로 맞아 본 적 없죠? 내가 세상에 왜 태어났나 싶을 정도로 아픕니다."

민호의 입술이 실룩샐룩했다. 아오, 개호로새끼. 욕설을 내뱉는 여자의 새까만 눈동자가 한 꺼풀 흐려졌다.

"한국이나 미국이나 똑같다니까. 내가 근무했던 유치원마다 그런 집 애들이 꼭 있었어. 애들이 뭔 죄야. 애비 자격도 없는 새끼들."

유치원 교사라더니 그런 쪽으로는 아무래도 예민한 모양이다. 민망해진 이완은 어깨를 으쓱하고 웃었다.

"뭐 괜찮습니다. 어렸을 때 일이니까요."

"괜찮긴 뭐가 괜찮아. 어렸을 때 상처가 원래 평생 가는 거야. 어렸을 때 인격이 만들어지거든. 그런 애들이 잘못하면 거, 거 뭐냐, 거시기패스가 되는 거라고."

거시기패스? 참 내. 이완은 창피했던 기분을 잊고 푸스스 웃고 말았다.

"뭐, 다행히 일곱 살 때까지 길러 주셨던 계부가 굉장히 좋은 분이셨어요. 다정하고 신사답고 교양도 풍부하신 분이었죠. 그분도 고미술품에 조예가 깊으셨는데, 어린 저한테도 많은 것을 가르쳐 주셨어요. 항상 저분이 내 진짜 아빠였으면 좋겠다고 생각했었죠."

"아하. 멋진 분이셨네."

"맞습니다. 어머니와 저를 끔찍하게 사랑해 주셨다는 기억이 납니다. 음악을 많이 좋아하는 데다 앤티크를 수집해서 그런지, 집에 구형 턴테이블과 LP판도 있었던 기억이 나요. 주말이면 계부의 품에서 음악을 들었어요. 지금도 기억나는 건, 집에 카잘스의 바흐 무반주 첼로조곡 초판 LP도 있었다는 거예요. 정말 대단하지 않습니까?"

민호는 눈을 깜박거렸다. 그게 뭔지도 모르는 눈치였다. 이완은 웃으며 말을 돌렸다.

"하여간, 아버지 모델은 제 친부인 제임스가 아니고 지금까지도 그분이에요. 그리고 뉴욕으로 와서는 앨버트, 그러니까 앤드류 아버지가 잘 챙겨 주셨고요. 그러니 제가 사이코패스가 되었을 거라는 상상까진 안 하셔도 될 겁니다."

"에헤. 그건 정말 다행이네. 난 학대당하는 아이들을 보면 미래가 너무 걱정되는 거야. 얼마나 지옥 같은 마음을 이고 살까. 평생 못 벗어나면 어쩌나. 그런 거 생각하면 집에까지 쫓아가서 염병할 엄마 아빠를 때려잡고 싶어서 참을 수가 없어."

민호는 그제야 마음이 풀린 듯, 배시시 웃어 보였다.

이완은 물끄러미 민호의 얼굴을 들여다보았다. 신기하다. 저 여자의 눈꼬리에서, 살짝 웃어 보이는 저 입매에서 온도가 느껴졌다. 따끈따끈하게 우린 차가 목구멍을 타고 배 속으로 스며드는 기분이었다.

아련한 그리움, 평생 사무치게 되찾고 싶었지만 이제는 불가능하게 된 몇 가지 기억이 여자를 통해 의식 위로 스며 나오려 한다. 소중한 것들. 하지만 너무 일찍 그의 곁을 떠난 것들. 이완은 멍하니 그녀의 얼굴을 들여다보다가 소스라치게 정신을 차렸다.

내가 지금 무슨……. 손바닥이 끈적했다.

민호는 앞에 놓인 화각함을 조심스럽게 손끝으로 만져 보았다.

"이거, 소뿔로 만든 거라고 했던가? 어떻게 소뿔로 이렇게 만들었을까?"

"자개함처럼, 화각함도 품이 많이 드는 물건입니다. 예전에 화각 장인이 작업하는 걸 한 번 본 적이 있는데 작은 조각 하나 만드는 공정이 장난 아닙니다."

"대체 얼마나 복잡하기에?"

"먼저 젊은 소의 뿔을 잔뜩 모아서, 큰 솥에 삶아요. 그래야 속을 빼거든요. 그걸 또 톱으로 켜서 불 위에서 펴고 한참 눌러서 판판한 우각판을 만들어야 하고요. 그런 걸 이런 화각함 하나 만들 때마다 백 개 넘게 만들어야 해요."

"아하."

"그게 또 전부는 아니죠. 우각판을 사각형으로 마름질하고, 종잇장처럼 갈고, 먹선으로 그림 그리고, 꼼꼼하게 색칠하고, 생선 부레를 녹여서 함에 각 맞춰서 붙이고, 광까지 내 줘야 합니다."

"우와. 완전 노가다 끝판왕이네."

"그렇습니다. 그런데 대다수의 전통 공예품들이 그렇게 손이 많이 가요. 그래서 예나 지금이나 가격이 세죠."

민호는 손끝으로 소뿔로 만든 판을 하나하나 더듬으면서 저도 모르게 웃음을 지었다. 유물이 가진 역사적인 가치나 가격 따위는 잘 모른다. 다만 세월의 흐름이 손끝에서 느껴졌다. 오래된 물건, 사람들의 애정과 정성을 켜켜이 받은 물건들에서 느낄 수 있는 부드럽고 안온한 흐름이 좋았다.

이 물건이 지나왔던 긴 시간을 차근차근 더듬어 올라갈 때 받는 설렘은, 그 독특한 느낌은 다른 이에게 아무리 설명해 주어도 모를 것이다. 이완은 민호가 화각함을 만지작대는 것을 보고도 전처럼 제지하지 않았다.

"민호 씨. 시간 여행을 하면, 정확한 일시를 지정해서 갈 수 있습니까? 가령 할머님이 돌아가신 1941년이라든가, 아버지가 어릴 때라든가."

"유감스럽게도 시간 여행은 타임머신을 타고 가는 게 아니라서. 아주 오래전, 비교적 최근에 가까운 시대, 그런 식으로 추측은 할 수 있지만 길은 랜덤으로 열리는 것 같아. 그때그때 교차해서 지나가는 시공으로. 한 번 들어왔던 길은 한동안은 유지가 되는 모양이고."

어디로 연결되는지는 그야말로 도박이지. 배낭여행보다 좀 더 짜릿한 모험이랄까? 민호는 태연하게 덧댔다.

"돌아오는 길이 막혔던 적은 없었습니까?"

"시간이 오래 지난 후라거나 매개 물건이 이동 중이거나 물건이 사라지면 길이 막힌다는 말은 들었어. 그리고 시간에 안 맞는 물건, 그러니까 신용카드라든가, 라이터라든가, 회사 로고가 박힌 옷이나 양말이라든가, 그런 거 흘렸을 때. 만약 무사히 썩어 없어지면 모르지만 나중에 문제가 되면 길이 막히나 보더라고."

이완은 팔짱을 끼고 생각에 잠겼다. 대충 짐작하고 있던 것이 맞았다. 도박에 가까운 모험. 물론 눈앞의 여자는 매번 백 퍼센트의 확률로 무사 귀환했다.

김준일 교수가 여자를 신뢰하고 일을 맡기는 것도 이해가 되기는 한다. 하지만 지금까지 운이 좋았다 해서 다음번도 운이 좋을 거라 보장할 수는 없다. 승률 100퍼센트라는 도박사도 새로운 승부 앞에서는 늘 결과를 장담하지 못하는 것이다.

"아버지 상태 때문에, 시간이 어느 정도 주어질지 알 수 없습니다. 최대한 빨리 찾아 주셔야 할 것 같습니다. 제가 무얼 협조해 드리면 됩니까?"

"먹을 것. 트래킹 갔다 오면 미칠 것처럼 배가 고파. 뷔페! 뷔페가 제일 좋아. 해산물 뷔페가 비싸면 동네 고기 뷔페도 괜찮아."

이완의 눈썹이 위로 치솟았다. 하지만 이내 차분하게 고개를 끄덕였다.

"……알겠습니다. 원하시는 대로 준비하겠습니다. 또?"

"토마스 폰 에디슨 밥 먹이고 산책시키면서 똥 누게 해 줘야 해. 안 그러면 변비 생겨."

"룸메이트가 그 정도도 안 해 줍니…… 알겠습니다. 사람 보내겠습니다. 또?"

"월급은 언제 줘? 유치원에서 받던 월급 수준으로 맞춰 준댔지? 떼어먹거나 그런 일 없지?"

이완은 결국 참지 못하고 한숨을 쉬었다.

"25일입니다. 떼어먹기는커녕, 늦지 않게 열쇠를 찾아오시면 별도로 보너스도 드릴 생각입니다."

민호의 입이 벌쭉 벌어졌다. 이건 또 웬 생각지도 않던 봉이냐, 얼쑤, 하는 말이 표정에 고스란히 떠오른다.

"보너스 얼만데?"

"드릴 만큼 드리겠습니다."

"백만 원 넘어?"

"당…… 아마 그렇지 않겠습니까?"

그 한마디에 입이 아주 째지게 벌어진다. 고작 백만 원이 저리도 좋을까? 열쇠의 회수 여부에 좌우되는 금액이 얼마인지 알면 고작 백만 원 따위를 부르지는 않았겠지.

예전에 조선의 철화백자 한 점이 뉴욕 크리스티 경매에서 841만 7,500달러, 100억 원이 넘는 가격에 낙찰되었다는 사실은 아나? 당신이 그런 유물 3,500점의 생사여탈을 쥐고 있다는 사실을 알면 기절하겠군 그래.

이완은 허탈하게 웃고 말았다. 마음이 가난한 자는 복이 있나니. 참말로 복이 넘치는 처자로다. 순간 민호가 무슨 생각을 한 듯, 입을 떡 벌렸다.

"아, 박 실장님! 혹시…… 혹시 김춘방 할머님 말이야……."

긴 목으로 침이 꼴까닥 넘어가는 모습이 보인다. 이완은 눈을 가늘게 하고 민호의 말에 귀를 기울였다.

"돌아가실 때 미국에 계셨어?"

"예. 미국에서 7년 동안 사셨고, 로스앤젤레스에서 교통사고로 소천하셨습니다. 아버지는 그 직후에 뉴욕으로 이사를 했다고 하더군요."

"오 마이 갓! 나 그럼 미국에 가게 되나? 나 영어 뽀큐 말고는 한마디도 못 하는데! 경사 났네!"

이완은 선 채로 머리를 움켜잡았다. 그 당연한 게 이제 생각났어? 그럼 댁이 저번에 다녀온 곳이 한국이었겠냐? 속에서 부레 끓는 소리가 절로 나왔다.

"대체 나한테 뭘 어쩌라는 겁니까! 지금 와서 영어 때문에 못 한다고 하면!"

"얼레? 내가 언제 못 한댔어?"

"……예?"

"경사 났다고 했지 내가 언제 못 한다고 했어? 한국말은 끝까지 들어 봐야지!"

"지금 영어 못 한다며!"

"아오, 진짜! 뭔 상관이야, 갔다 오면 되지, 갔다 오면! 영어가 대수야? 박 실장님은 로마 여행 갈 때 이태리어, 라틴어 따르르 마스터하고 가나? 보디랭귀지 몰라? 손으로 발로 눈으로 온몸으로 그윽하게 통하는 대화 몰라? 그리고 할머니는 한국말 하실 거 아냐."

"이 대책 없는 무대포 인간아! 영어 한마디도 못 하는 사람을 뭘 믿고 로스앤젤레스, 뉴욕 한복판으로 보냅니까! 마빡에 총이나 맞고 뻗을 생각입니까? 조선 시대, 고려 시대랑 1940년대 미국이 똑같은 줄 아냐고!"

이완은 허리에 손을 얹고 으르렁거렸다. 도대체 믿을 만한 구석이 있어야지, 종잡을 수가 있어야지, 안심이 되는 구석이 있어야지!

그는 방문 앞을 서성이다가 눈을 꾹 감고 마음을 진정시켰다. 심호흡. 길게 4초 들이마시고, 멈추고, 길게 4초 내뱉고. 내가 잠깐의 눈웃음에 홀려서 잊고 있었다. 저 여자를 상대하려면 마인드 컨트롤이 필수다. 그는 몇 번 심호흡을 한 후에야 간신히 누그러진 목소리를 낼 수 있었다.

"민호 씨. 다른 사람을 데리고 귀환할 수 있으면, 혹시 다른 사람을 데리고 같이 트래킹을 할 수는 없는 겁니까? 가령 나하고 같이 간다면?"

"……."

"그게 그렇게 어려운 일입니까? 뉴욕은 내가 어릴 때부터 자란 곳이에요. 로스앤젤레스도 업무 때문에 자주 방문하곤 했어요. 당신 혼자 가는 것보다는 낫지 않겠습니까?"

여전히 승낙이 떨어지지 않는다. 이완은 뒤를 돌아보았다. 탁자 위에 놓인 붉은 화각함, 그 옆에 놓인 낡은 흑백사진. 그리고 그 옆에 서 있던 껑충한 여자.

……는 보이지 않았다.

"윤민호! 민호 씨!"

며칠 전과 똑같은 상황이다. 병풍 뒤에서 갑자기 없어진 여자는 이번엔 자신의 사무실에서 종적을 감췄다. 눈앞이 하얗게 변했다.

제기랄! 당신 미쳤지! 제정신 아니지!

이완은 텅 비어 있는 공간을 노려보았다. 사람이 하나 있다가 사라진 공간이 너무 태연해 숨이 턱 막히는 것 같다. 아니, 몸이 들들 떨렸다.

빌어먹을! 이, 이 빌어먹을 인간 같으니! 대체 왜 이래! 그는 안절부절못
하다 탁자를 콱콱 내리쳤다.

"내가, 내가 말했잖아! 말 좀 하고 가라고! 당신 귓구멍이 막혔나? 뇌
세포를 화장실에서 다 싸 버리고 사나? 가면 언제 가는지, 가서 어떻게
할 건지, 언제 올 건지는 말을 하고 가란 말이야! 당신 왜 이렇게 제멋대
로야! 엉?"

다시 속이 뒤틀리는 것 같다. 차라리 내가 같이 따라갔으면 걱정은 덜
되었겠다. 그가 큰 소리로 욕설을 쏟아 내자 사무실에 있던 앤드류가 놀
란 얼굴로 뛰어들어왔다.

"무슨 일이야? 왜 갑자기 욕은 하고 그래?"

이완은 눈을 감고 길게 숨을 내쉬었다. 어? 앤드류가 갑자기 입을 다
물더니 두리번거리기 시작했다. 한참 후 앤드류는 떨리는 목소리로 물
었다.

"같이 있었던 윤민호 씨는 어디 갔어?"

"……."

"분명 조금 전까지 같이 있지 않았어? 내가 문 앞에 있어서 알아. 밖
으로 아무도 안 나왔잖아."

"타임 트래킹."

이완은 앤드류를 돌아보지도 않고 짧게 대답했다. 설마?

"그거 정말이야? 정말이었어? 저번에도…… 이런 식으로 갔다 온 거
였어?"

앤드류의 입이 천천히 벌어졌다. 사방은 숨 막히게 조용했다. 앤드류
는 비틀거리더니 허옇게 질린 얼굴로 의자에 털썩 주저앉았다.

이완은 앤드류를 잡아끌고 밖의 사무실로 나왔다. 앤드류는 여전히

창백한 얼굴로 입술을 벌름거렸다. 이완은 수건을 꺼내 이마의 땀을 문질렀다. 쏘는 듯한 시선이 느껴진다. 뭐라 설명을 해야 알아들을 수 있을까.

"자세하게 설명해 줘."

"앤디."

"함께 믿고 일하는 사람이잖아. 나도 네가 열쇠를 찾기를 간절히 바라는 사람이야. 뭔가 알아야 나도 도울 거 아냐! 이완!"

앤드류의 목소리가 자르르 떨렸다. 이완이 눈썹을 찌푸리며 말을 고르는 찰나, 뒤에서 문이 콰당 열리는 소리가 들렸다.

"박 실장님! 좀 도와줘!"

이완은 자리에서 벌떡 일어났다. 5분 전에 사라졌던 여자가 별실 문을 발로 걷어차며 튀어나왔다. 그런데, 그런데!

"미, 민호 씨! 대체 그 사람은 뭡니까!"

혼자 들어갔던 사람은 혼자서 돌아오지 않았다. 민호의 등에는 진달래색 치마에 개나리색 저고리를 입은 여자 하나가 업혀 있었다. 이완의 목소리가 와락 치솟았다.

"비, 빌어먹을, 이게 뭐야! 이거 대체 누굽니까!"

"사람 좀 살려 주세요! 목을 맸어. 병원에, 병원에 연락 좀 해 줘요! 얼른!"

"그 사람 누구냐고 물었습니다!"

"그걸 내가 어떻게 알아! 들보에 매달린 사람 끌어내리면서 안녕하세요, 어디 사세요, 통성명이라도 하라고?"

업힌 여자는 이미 얼굴이 시퍼렇게 변해 있었고 눈이 희게 뒤집혀 있었다. 하얗고 가는 목덜미에는 뱀이 감은 것 같은 벌건 자국이 남았다. 길게 늘어진 팔이 민호의 옆구리께에서 힘없이 달랑거린다. 이완이 떨리는 손으로 911과 119를 두서없이 누르는 동안, 민호는 여자의 호흡과 체온을 확인했다.

"민호 씨, 상태 어떻습니까?"

"호흡은 없고, 심장은 안 뛰어. 체온은 아직 떨어지지 않았어. 심장 멎은 지 오래 안 됐어! 여기 제세동기 같은 거 있어?"

"있을 리가 없잖습니까. 대체 누구를 데려온 겁니까! 민호 씨!"

"그런 건 일단 살리고서 물어보자고. 혹시 CPR(심폐소생술) 할 줄 알아?"

"그런 걸 제가 어떻게 합니까!"

이완은 기가 막힌 얼굴로 고개를 저었다.

"학교 다닐 때 응급처치 배우고 한두 번밖에 안 해 봤는데 잘 될까 모르겠다. 일단 CPR부터 할게."

민호는 여자를 바닥에 눕혀 놓고 손을 겹쳐 모으더니 명치를 세차게 누르기 시작했다.

4.
덕희

　이름도 모르는 여자는 응급실에서 간신히 호흡을 되찾았다. 길고 고른 숨소리가 흘러나오며, 가슴이 천천히 오르락내리락한다. 하지만 의식이 쉽게 돌아오지는 않았다. 여자가 누워 있는 1인실 앞에는 윤민호라는 이름이 붙어 있었고, 민호와 이완은 종일 침대 곁을 지켰다. 팔뚝에 꽂힌 링거로 맑은 수액이 느리게 떨어졌다.

　"당신이 하는 짓을 보고 있으면."

　이완은 싸늘한 목소리로 내뱉었다. 민호는 고개를 돌려 이완을 바라보다가 어깨를 움찔했다.

　"아메바 정도의 단세포 동물의 반응을 보는 것 같습니다. 당신은 무슨 행동을 하기 전에 생각이란 건 하는 겁니까? 대체 어쩔 셈입니까? 문제를 자꾸 끌어모으고 싶어 미치겠지요? 코앞의 문제를 해결하기도 힘든 판에?"

　"그럼 눈앞에서 사람이 죽어 가는 판에 그냥 팽 돌아 나오나? 지금 생각해도 아찔하구만. 난 그렇게는 못 해."

어스름한 방에 들어섰을 때, 민호의 눈앞으로는 붉은 치마가 한들거
렸다.

아이고, 좆 됐다. 사람이 있어? 어지간하면 들어갈 때 나올 때 사람
눈에 잘 안 띄는데 오늘은 웬일이람. 민호는 머리를 싸쥐고 쥐죽은 듯
엎드렸다. 하지만 서 있는 여자는 아무 말도 하지 않았다. 민호는 가자
미눈으로 할끔거리다가 그 여자의 버선발이 허공에 살짝 떠 있는 상태
라는 것을 알게 되었다.

'엥? 이건 대체 뭔 놈의 상황이······?'

고개를 든 민호는 천장 들보에 묶인 끈이 여자의 목을 얽고 있는 것을
발견했다.

"아오, 미친! 이, 이게 뭐야!"

민호는 필사적으로 입을 틀어막았다. 걷잡을 수 없이 몸이 떨렸다. 이
런 시발 엿같은 일이! 도망칠까. 그대로 돌아나가면 되는데! 나는 아무
것도 못 본 거고, 나 여기 온 거 본 사람도 없는 거고, 나중에 다시 트래
킹을 하면 되는데.

"나, 나는 아, 아무것도 못 봤어, 못 들었어. 오지도 않았어! 레, 레드
썬!"

먹힐 리가 없다. 민호는 덜덜 떨면서 머리를 움켜쥐었다. 내가 그냥
이대로 나가면. 나가면.

그러면 저 여자는 바로 죽겠지?

······확실히 죽겠지?

아 씨, 제기랄.

민호는 자리에서 벌떡 일어났다. 이성으로는 도망치라고 말을 하는

데, 손발이 매번 반란을 일으키고 재랄이다. 그래. 손발이 무슨 죄냐. 살릴 수 있는 사람을 모르는 척하는 짓이야말로 삼대가 고자, 모쏠로 썩어야 할 대역죄다. 고함을 쳐서 사람을 부를까 하다가 고개를 저었다. 납작 엎드려 숨어 다녀도 모자랄 판에, 수상한 인간 여기 있소, 하고 나발을 불 수는 없는 것이다.

민호는 옆에 나동그라진 작은 상을 끌어 놓고 올라가 끙끙대며 여자를 끌어내렸다. 덩치가 작은 여자는 가벼웠고, 아직 따뜻한 체온이 느껴졌다. 살릴 수 있을 거야. 두 번 생각할 틈도 없이, 민호는 여자를 둘러 업었다.

"그 안에서 사람을 불러 해결할 수 없었다면, 이 사람은 그 자리에서 죽을 운명이라는 말입니다. 그러면 죽게 놔두었어야 하는 것 아닙니까? 과거를 뜯어고치면 안 되는 거 모릅니까?"

"누가 뜯어고치면 안 된대? 그거 누가 정했어?"

"……과거를 뜯어고치면 현재가 붕괴한다는 결론이 안 나옵니까?"

"지금 붕괴 안 되고 멀쩡하잖아. 그럼 됐지 뭐."

제기랄. 이완은 속으로 욕설을 삼키며 억지로 목소리를 낮췄다.

"이 여자는 여기 오면 안 되는 거 알잖습니까. 당신도 현재에서 확정되지 않은 미래는 못 간다면서!"

"그따위 복잡한 건 몰라, 이 여잔 내가 살렸으니까, 이 여자는 죽을 팔자가 아니고 살 팔자였던 거야. 그냥 속 편하게 그렇게 생각하면 되잖아!"

"궤변 늘어놓지 말고, 이 사람이 정신 차리기 전에 그 방으로 되돌려 보내세요. 죽을 팔자라면, 눈앞에서 죽게 놔두는 게 맞지 않습니까."

"박 실장님, 우리 적당히 하자. 기왕 살려 낸 건데, 그럼 지금 다시 죽여?"

"아, 진짜!"

이완은 욕설이 터지려는 것을 간신히 눌렀다. 이 여자와 말을 섞다 보면 감정이 평소보다 몇 배로 증폭한다. 좋은 쪽이든 나쁜 쪽이든. 민호는 눈치를 할끔거리며 나름 살살대는 목소리를 냈다.

"일단 정신 차리는 건 보고 돌려보내야지. 할머니일지도 모르잖아. 물어는 봐야 할 거 아냐."

할머니라?

이완은 팔짱을 낀 채 누워 있는 여자를 내려다보았다. 체구가 작긴 했지만 보기 드문 미인이었다. 이마가 넓고 단정하고, 이목이 오목조목 모여 귀태가 났다. 가늘지만 선명한 눈썹이 반원형으로 곱게 휘어 올라갔고 입매도 작고 단아했다. 얼굴부터 몸매까지 내추럴본 무수리과였던 김춘방 할머니와는 하늘과 땅만큼 달랐다.

"할머님은 아닙니다. 전혀 다른 얼굴인데요."

"이 화각함이 있는 방에 있던 여자였어. 아까 본 김춘방 여사하고 안 비슷해? 박 실장님하고도 조금 비슷한 게, 눈썹이랑 입술이 얌치 없이 매끈하게 빠진 것이……."

"그 눈, 장식입니까? 어딜 봐서 그 사진하고 비슷하다는 말이 나옵니까? 사람 얼굴 구별 못 합니까?"

이완의 타박에 민호의 어깨가 푹 쭈그러들었다. 애초부터 알고 있었다. 닮은 구석은 눈 씻고 찾아봐도 없다는 거.

"으으, 그래, 아, 안 닮았어. 나도 안다고."

"우기지 않아서 그나마 고맙군요."

"젠장. 그래 맞아. 한복을 입고 있는 걸 보면 조선 시대 사람인가 보다. 빌어먹을, 또 실패했나?"

이완은 고개를 저었다. 적어도, 완전한 실패는 아니다. 물론 그와는 별개로, 윤민호라는 여자가 탐정 일에 전혀 소질이 없다는 것은 새로이 깨달았다.

"조선 시대는 아니죠. 적어도 대한제국 이후 시대인 것 같습니다. 머리가 단발이잖아요."

"……아, 맞다."

이놈의 눈깔이 해태 눈인가. 이놈의 대가리가 아메바인가. 민호는 중얼대며 대가리를 쥐어질렀다.

"신여성이라도 집에서는 한복 차림을 하는 경우가 꽤 있었으니까요. 화각함이 있는 방이라 했으니 풍양 조씨 집안의 딸일지도 모르겠네요. 화각함이 원래 할머니 손에 들어오기 전에는 풍양 조씨 집안에서 내려오던 거라 했거든요. 운이 좋으면 할머니를 알고 있을지도 모르겠고. 그러고 보니 아까 사진에서 본 여자하고 비슷한 것도 같네요. 어쨌든, 아직 결혼은 안 한 처자인 모양입니다."

"딸인지 며느리인지 박 실장님이 어떻게 알아? 나이가 적어도 스물대여섯은 되어 보이는데? 그때는 시집들 일찍 가지 않았나? 나는 며느리라는 데 한 표."

이완은 피식 웃으며 말했다.

"노랑 저고리에 붉은 치마는 미혼 여성들의 복식입니다. 기혼자들은 입지 않아요. 만약 신혼의 새 며느리라면 녹의홍상, 녹색 저고리에 붉은 치마를 입었을 거고, 풍양 조씨 정도의 사대부 집안 며느리라면 평소 집에서 남색 치마에 흰색에 가까운 옥색 저고리를 입었을 겁니다. 심지어 깃이나 고름이나 끝동 같은 것도, 아들이 있는지, 남편이 있는지, 시부가 살았는지 죽었는지를 알 수 있도록 규칙이 정해져 있습니다. 결혼 안한 딸일 거고, 아마 제대로 된 신식 교육을 받았을 겁니다."

"어, 박 실장님 똑똑한 건 알겠는데, 이번엔 내 말 믿어. 며느리라니까! 틀림없어!"

"좀, 우길 걸 우기시죠. 뻔한 거 갖고 계속 떠들어야 하니 아주 피곤해 죽겠습니다."

이완은 진저리가 나서 머리를 흔들었다. 그래도 민호는 자신만만하게 배를 내밀었다.

"그래도 지구는 돈다고! 아까 의사 선생님이 회진 때 오셔서, 배 속에 애가 들었다고 했단 말이야. 그러니까 틀림없이 결혼한 여자일 거라고."

아하? 이완의 입이 살짝 벌어졌다. 그는 고개를 천천히 돌려 환자복 차림으로 누워 있는 여자를 바라보고 다시 민호를 바라보았다. 입가가 실룩거렸다.

아기가 있다?

개화기를 전후할 때까지, 여성 복식의 사회적 규범은 여성들에게 폭넓게 적용되었다. 혼인 전이라는 자신의 추측에 차착은 없을 것이다. 임신 중이라는 것이 의외이긴 했지만 그럴 수도 있는 것이고. 다만 서른이나 먹은 여자의 말이 순진하기 그지없다. 꼭 결혼을 해야 아이가 생기는 건 아니잖아. 픽, 코웃음이 터졌다.

"저 아가씨가 왜 목을 맸는지 알 것도 같군요."

○ ● ○

깜박, 깜박, 깜박.

눈을 뜨는 게 힘겨웠다. 눈꺼풀 사이로 희미하게 빛이 들어오는 것만 느껴진다. 목이 졸아붙는 것처럼 아프다. 손을 들어서 목을 움켜잡고 싶은데, 팔이 천근처럼 무거워 움직이기 힘들었다.

여기가 어디지?

옆에서 쟁쟁쟁 하는 소리가 들린다. 낮고 우렁우렁하는 남자 목소리, 남자인지 여자인지 알 수 없는 목소리. 싸우는 것도 같다가, 차분해지는 것도 같다가 조곤조곤 속삭이듯 들리고 흥분한 듯 어조가 치솟기도 한다. 내용은 귀에 쉽게 들어오지 않는다.

"여자가 깨면 뭐라 할 거냐고. 실장님도 생각을 좀 해 봐."

"제가 데려온 거 아닌데 왜요? 결자해지, 모르십니까?"

"계약해지도 아니고 결자해지는 또 뭐야. 내 앞에서 문자 쓰지 마. 음, 기다려 봐, 저 여자, 아마 정신이 들어도 '난 죽어서 하늘나라에 왔나 보다.' 하고 생각할지도 몰라. 저승사자라고 하고, 명부가 잘못됐다고 되돌려 보낼까? 그럴듯하잖아?"

"차라리 이건 꿈이다, 하고 레드 썬을 건 다음에 마취 주사를 놓아서 데려다 놓는 쪽을 추천하겠습니다."

"꿈이라 하면 얼굴을 꼬집어 볼 수도 있잖아. 아, 저승사자보다는 옥황상제가 낫겠다."

"상제마마 트레이드마크인 허연 수염은 어쩔 건데요?"

"옥황상제라도 즉위한 지 얼마 안 된 말짱고 뽀얀 총각일 수도 있잖아."

"아 물론, 민호 씨는 언제 봐도 훌륭하고 건실한 총각처럼 보입니다만, 상제쯤 되면 운동화에 청바지에 뉴욕양키즈 후드티보다는 좀 더 럭셔리할 것 같지 않습니까? 저기 링거 거치대 들고 와서 제천대성이라고 하시면 차라리 믿겠습니다."

"제천대성은 또 뭐야? 저승사자, 옥황상제 같은 거야?"

"손오공 말입니다, 손오공! 서유기도 안 보셨습니까? 대체 아는 게 뭡니까? 뭐, 손오공이 싫으면 차라리 풍양 조씨 선산을 지키는 젊은 산신령이라고 하시는 건 어떻습니까? 아주 자알 어울릴 것 같습니다. 혹시 압니까? 여학생 팬클럽 1호 회원이 생길지."

사정없이 비웃는 말에 한쪽 목소리가 아르릉아르릉한다.

"아으 진짜. 됐어. 남자는 관두고, 일단 머리 동그랗게 틀어 올리고 가운 좀 빌려서 선녀라고 하는 게 낫겠다."

"선녀요? 그 말이 먹힐 것 같습니까? 손오공 제천대성 소릴 듣고 어떻게 선녀로 변장할 생각을 해요?"

처음에는 조용조용 목소리를 죽이는 것 같더니 시간이 갈수록 목소리가 치솟는다.

"이 인간이 인격을 팔아서 얼굴에 몰빵을 했나. 그래, 나 가슴 납작하고, 얼굴 그저 그렇고, 힘만 존나게 세서, 훌륭하고 건실한 총각처럼 보이는 거 자알 아는데, 댁한테 그런 얘기 듣고 싶지 않거든? 여자 몸매 흉보고 상처 주면 그쪽도 삼대가 고자로 빌어먹게 되는 거 모르시나? 한 맺힌 여자가 밤마다 작두 타면서 방자를 할 텐데?"

"고자로 삼대요? 그 고자 누군지 능력 있네요. 아들 손자까지 보다니."

"됐거든? 어쨌든 나 돈 착실하게 모아서 쌍꺼풀 수술에 F컵 수술까지 모조리 받을 거야. 그때가 되면 댁은 나 알아보지도 못할걸?"

"민호 씨 남한테 하는 거 보면 돈 새는 곳 천지인데 어느 천년에 모읍니까? 환갑 칠순 다 되어서요?"

"걱정도 팔자시네. 설마 모으는 데 평생 걸리겠어? 그리고 댁한테 돈 달라고 안 했어. 제기랄. 내가 왜 이런 얘기까지 해야 해?"

"나야말로 이런 이야기 아주 싫어해요. 정말 싫어한다고. 하지만 당신이 먼저 시작했잖아! 그리고 남자한테 고자 되라는 저주는 젠틀한 줄 압니까? 그게 남자들한테 얼마나 끔찍한 말인지는 알아 두시고 말하란 말입니다.”

　“아, 진짜! 그래! 잘났어! 당신 똥 굵다고 그래! 코끼리 다리처럼! 굵어! 아우 성질나 진짜!”

　시끄러워. 귓가가 윙윙 울린다. 머리도 아프다. 말을 하고 싶은데, 입술만 달싹거릴 뿐, 밖으로는 한 마디도 나오지 않는다. 콜록, 기침을 하려고 하는데 목구멍에 턱 걸려 버린다. 답답해. 여자는 팔을 간신히 올렸다. 팔이 올라오는 순간 천근 같던 눈꺼풀이 올라갔다.

　나, 죽었나?

　하얀 천장이 보인다. 고개를 돌리니 커튼이 쳐진 벽이 보이고, 드디어, 팔이, 손이 보인다. 생전 처음 보는 희고 빳빳한 옷에 푸른색으로 글씨가 박혀 있다. 글자가 눈에 들어오는 순간 머리가 띵해졌다.

　……세브란스?

　콜록, 드디어 기침이 터졌다. 콜록, 컥, 컥, 콜록. 여자는 목을 움켜잡고 격렬하게 기침을 토했다. 순간 떠들어 대던 소리가 조용해졌다. 탁탁탁, 급하게 다가오는 발걸음 소리가 들렸다.

　눈을 깜박거리자 드디어 앞에 서 있는 두 사람이 선명하게 보인다. 남자는 피부가 희고 시원시원한 이목을 갖고 있었고 옆에 선 여자는 머리가 길고 키가 몹시 컸다. 남자는 유행에 맞지 않는 이상한 양복 차림에, 여자는 옷차림이 말도 못할 정도로 기괴했다. 그리고 두 사람 모두, 아니 이 방 전체가 믿을 수 없을 만큼 깨끗했다.

　그녀는 정신없이 주변을 두리번거렸다. 이해할 수 없는 것, 알 수 없는 것으로 가득한 공간이다. 여기는 어디지? 손이 저절로 입을 틀어막는다. 목구멍에서 다시 비명이 치받으려 한다. 여긴, 여긴 어디, 여기는 어디야? 나, 죽었던 거 아니었어?

　“정신 들었어요?”

키 큰 여자의 목소리는 살짝 거칠었지만 조심스러웠다. 아니, 아니, 아냐. 이게 뭐야! 그녀는 목을 꽉 움켜잡았다. 말을 하려고 하는데 한 마디도 나오지 않는다. 온몸이 뻣뻣하게 굳는 것 같다. 눈을 홉뜨고 입을 달싹거렸지만 커다란 돌멩이가 목구멍을 틀어막은 것만 같다. 컥, 끅, 끅, 한마디도 하지 못한 채 정신없이 덜덜덜 떨고 있으니 옆에서 다른 목소리가 끼어들었다.

"괜찮습니다. 천천히 길게 숨을 쉬어 보세요. 진정하시고요."

사내의 목소리는 낮고 굵다. 심장이 터질 것처럼 뛰는데 천천히 어쩌고 할 경황이 어디 있나. 그르륵, 윽, 끄윽. 다시 명치께가 뭉쳤다. 파아아, 숨을 내쉬는 순간 드디어 목구멍에 맺혀 있던 비명이 터졌다.

"끼아아, 아아, 여, 여긴! 아아아! 와아아아아아!"

제기랄! 낮고 굵은 목소리를 가진 사내의 입에서 짧게 바람 빠지는 소리가 들렸다.

"읍, 흡, 윽, 이거 읍!"

덜덜덜 떨리는 몸을 꽉 누르고 입을 틀어막은 건 앞에 서 있던 사내였다. 아무리 몸부림쳐도 바윗덩어리에 묶인 것처럼 움쭉달싹할 수 없었다. 기괴한 옷을 입은 여자는 당황한 얼굴로 출입문을 흘끔대며 진땀을 흘렸다. 남자는 곤혹스러운 표정을 누르며 얼굴을 바짝 들이대고 속삭였다.

"조용히 하신다고 약속하면 놓아드리겠습니다."

"읍, 으으, 읍!"

"해치지 않을 겁니다. 위험한 일도 없을 겁니다. 심장이 멈추는 바람에 다시 살리느라 부득이 여기까지 모실 수밖에 없었습니다. 정신이 드셨으니, 다시 집으로 모셔다드릴 거고요. 하지만 다시 한번 소리를 지르면 입에 재갈을 물릴 수밖에 없습니다. 아시겠습니까?"

여자는 우들우들 떨면서도 고개를 끄덕일 수밖에 없었다. 그제야 입을 누르고 있던 손이 떨어졌다.

"실례했습니다."

남자는 기척 없이 뒤로 물러섰다. 그녀는 눈앞의 기괴한 복장을 한 키 큰 여자에게 고개를 돌렸다. 흥분과 공포가 진정되지 않아, 턱이 달달 떨렸다.

"여긴 어, 어디, 어디? 다, 당신은 누구고?"

기괴한 복장의 여자는 무척 당혹한 얼굴로 옆에 있는 사내를 곁눈질했다. 옆에 서 있던 사내는 길게 한숨을 쉬었다. 여자는 얼굴을 돌려 갑자기 엄숙한 표정을 짓더니 크게 헛기침을 했다.

"나는 에…… 음, 나로 말할 것 같으면……."

"아, 잠깐만. 민호 씨."

입을 틀어막았던 사내가 당황한 듯 한 걸음 다가왔다. 순간, 민호라 불린 사람의 목소리가 근엄하게 울려 퍼졌다.

"흠흠, 나로 말할 것 같으면, 풍양 조씨 집안의 선산을 지키는 산신령이니라. 내 특별히 너를 불쌍히 여겨 목숨을 구해 주었느니라."

뒤에 서 있는 사내의 표정이 크게 일그러졌다. 네 성씨가 풍양 조씨가 맞으렷다, 얼치기 산신령이 근엄한 얼굴로 확인하는 동안, 남자는 머리카락 속으로 손을 넣고 푹푹 헤집었다.

단발머리 여자가 멍하니 입을 벌리는 게 보인다. 나이스! 민호는 속으로 쾌재를 불렀다. 한마디에 여자의 떨림이 말끔하게 진정되는 걸 보니 산신령 드립이 생각보다 효과가 좋은 모양이다. 민호가 살살 분위기 파악을 하고 있노라니 단발머리 여자가 민호의 눈을 말끄러미 쳐다보기 시작했다. 얼레? 어쩐지 침대에 앉은 여자의 눈빛이 점점 사나워지는 것 같다. 아아, 뭔가 망했다. 민호가 입을 벙싯거리는 순간, 여자의 입에서 찬웃음이 튀어나왔다.

"산신령 좋아하시네. 어디서 입에 침도 안 바르고 거짓말이냐! 누굴 청맹과니로 보는 게야?"

이번에는 서 있던 두 사람의 입이 멍청하게 벌어졌다.

"이화여자전문학교 친구들과 세브란스 병원에 와 본 적 있다. 미국에서 온 의사들을 직접 만난 적도 있어. 무슨 낮도깨비 조화 속으로 이렇게 바뀌었는지는 모르지만⋯⋯ 예가 병원이란 것 정도는 알아!"

"어, 그게, 그게."

"여기가 천당도 극락도 아니란 것도, 네년이 산신령이 아니란 것도 알아. 어디서 감히 수작질이냐!"

난데없이 욕부터 들어먹자, 민호의 콧구멍이 벌름거린다.

"근데, 저거 말본새가 쎄하네? 야! 개욕 먹으면서 목숨 구해 줬더니 고따위로 씨불대지? 엉?"

단세포 아메바의 목소리가 팩 올라갔다. 누워 있던 여자에게서도 날카로운 목소리가 터졌다.

"네가 나를 구했어? 누가 구해 달라 했더냐?"

"얼씨구? 그래! 내가 너 허공에 동동 매달린 거 보고 둘러업고 나와서 살려 냈다. 내 돈까지 처들여서 아니, 저 사람 돈까지 처들여서! 심장도 안 뛰는 년 죽을 똥을 싸면서 숨 좀 쉬게 해 놨더니 뭐? 구해 달라 했냐고? 너 그게 생명의 은인한테 할 말이야?"

"고맙지 않은데 어찌 은인 소리 듣기를 바라! 누가 구해 달라고 했더냐고!"

"우와 시발, 뭐가 어째? 아가씨 말하는 색깔 좀 봐라! 엉! 봐라! 고맙다는 인사 하는 거 유치원에서 안 배웠냐, 엉? 늬 아부지 엄마가 목숨 구해 준 사람한테 눈 땡그랗게 뜨고 바락바락 지랄하라고 가르치던? 엉? 너 어디 유치원 나왔냐! 엉!"

윤민호의 속에서 잠자던 사랑과 정의의 용사가 출동했다. 두둥! 두두둥!

……잘 논다.

이완은 한 걸음 물러서서 팔짱을 끼고 두 여자의 개싸움을 지켜보며 잠시 생각에 잠겼다.

실패라고 생각했는데, 어쩌면 비슷한 시기로 들어간 건지도 모르겠다. 제중원이 세브란스 병원으로 개칭한 것이 1904년이었고, 이화학당이 여자전문학교로 인가를 받은 게 1925년이니, 적어도 그 이후일 것이다.

김춘방 할머니가 아버지 제임스를 낳은 것이 1935년 로스앤젤레스였지. 민호가 갔던 곳이 미국은 아니었던 모양이니 1935년보다는 전이라는 말이지. 그렇다면 약간 미리 간 것이겠다. 저 여자, 김춘방 할머님과 연배가 비슷할지도 모르겠는데. 그보다, 저 얼굴이 꽤 낯이 익다. 아까 분명 사진에서…….

순간 생각이 끊어졌다. 여자의 목소리에 울부짖음이 섞이기 시작했던 것이다.

"내가 네게 목숨을 구걸하기라도 했어? 왜 쓸데없이 나서서 설레발이냐고."

"어…… 저기, 이봐, 이봐요."

"죽게 놔두지 왜 살려! 네가 무얼 알아! 사람이 어떤 지경이 되어야 생때같은 목숨을 끊고 싶겠어! 왜 깨끗하게 죽게 놔두지 않아!"

민호는 입을 벌린 채 굳어 버렸다. 아니 내가 점쟁이도 아니고, 댁의 사정이 어떤지 무슨 재주로 헤아리나. 귀청이 터지게 울부짖는 여자에게 무어라 대거리를 할지도 알 수 없다. 이완은 민호의 어깨를 툭툭 치고 입술에 손가락을 가져다 댔다. 민호는 입술을 실룩이다가 입을 다물고 뒤로 물러섰다. 이완은 침대께로 가서 허리를 구부리고 조용한 목소리로 말을 붙였다.

"저희도 경황없이 모셔 와서 놀라게 해 드렸습니다. 죄송합니다."

"흐어, 어어, 어어억, 억! 허으으으으!"

"짐작하셨겠지만, 이곳은 서양식 의원, 병원입니다. 분위기가 많이 이상하겠지만, 말씀하신 세브란스 병원이 맞습니다. 이해가 되지 않는 건 굳이 이해하려 하지 마시고 그냥 덮어 두시는 게 좋을 것 같습니다. 한두 가지만 여쭤 보고 다시 댁으로 보내 드리겠습니다."

여자의 울음 끝은 길었다. 이완은 아랑곳하지 않고 담담한 목소리로 물었다.

"성함이 어찌 되십니까?"

"내, 흐으, 내가 왜 말해 주어야 하……."

"조덕희 씨. 맞죠? 풍양 조씨 집안의 딸. 할아버님께서 호조판서를 하셨던 조영헌 대감이시고, 위로는 오빠가 한 명 있을 거고."

뒤에 서 있던 민호의 입이 떡 벌어졌다. 조덕희라면, 아까 본 사진 속에서 세일러복을 입고 있던 학생이다. 김춘방 할머니의 주인집 딸이라고 했던가. 맞다. 그러고 보니 약간 나이를 더 먹은 것 같긴 하지만 갸름하고 오목조목한 얼굴이 똑 닮았다.

단발머리의 여자도 약간 놀랐는지 눈물 맺힌 눈을 깜박거렸다. 이완은 손수건을 건네주었고 여자는 머뭇머뭇 받더니 이내 수건에 얼굴을 묻었다. 수건에 짙은 얼룩이 큼직하게 번질 때쯤 되어서야 흐느낌이 천천히 잦아들었다. 그러고도 한참이 지나서야 여자가 고개를 끄덕인다. 이완은 조심스럽게 말했다.

"저는 박이완이라고 합니다. 저쪽에 있는 사람은 함께 일하는 동료로 윤민호라고 하고요. 산신령이나 허깨비 따위는 아닙니다. 실언을 해서 혼란을 드린 점 사과드리겠습니다."

"그럼, 너희는 왜 이렇게 낮도깨비 같은 짓거리를 한 게냐?"

"김춘방 씨를 찾던 중이었습니다. 그러다 우연히 덕희 씨와 마주치게 된 거고요. 김춘방 씨를 아십니까?"

덕희의 얼굴이 어리둥절해졌다.

"춘방이는 내가 데리고 있던 사람이다. 유모 딸이고."

"아직 데리고 계십니까?"

"아니. 집에서 머슴을 살던 황 씨하고 몇 해 전에 혼사를 치러서 제금 내보냈어. 집에 자주 와서 일은 하지만 얼마 전에 둘째 아들을 낳아서 몸조리 중이다. 왜, 춘방이에게 무슨 일이라도 생겼어?"

벌써 결혼을 한 상태구나. 아들이 둘이었던가? 맞다. 이완은 고개를 끄덕였다. 앨버트의 아버지에게 동생이 하나 있었는데 어려서 잃었다는 이야기를 들은 적이 있었다. 이완이 생각에 잠긴 동안 민호가 조심스럽게 물었다.

"그럼, 혹시 박부전이라는 사람은 알고 있어? 김춘방 할머, 아니, 김춘방 씨하고 잘 알고 있는 사인가?"

순간, 덕희의 얼굴이 표독하게 돌변했다.

"네년이 박제순 대감의 얼자를 아느냐? 왜 춘방이 얘기하는데 그 덜되어 먹은 놈이 나오느냐?"

"아? 그게, ……아니, 그나저나 댁은 왜 자꾸 반말이셔?"

민호는 허리춤에 손을 얹고 으르딱딱였다. 덕희의 목소리가 카랑카랑 높아졌다.

"민간 부녀자를 백주에, 안채에까지 들이닥쳐 납치하는 불한당 같은 연놈에게 격식 있는 말이 가당키나 하겠느냐. 순사나 더러운 앞잡이는 아닌 것 같고, 혹시 박 대감 집에서 보낸 사람이냐? 그 아들놈이 시켜서? 아하! 아까 박이완이라 했던가? 당신도 그 집의 일가붙이인가 보구나. 어쩐지, 박부전, 그 덜되어 먹은 놈이 호시탐탐 나를 염탐하고 찔러 대더라니 그예 일을 망쳤어. 내가 명예롭게 죽는 꼴을 못 보겠다더냐?"

덕희는 그럴 줄 알았다는 듯, 크게 조소했다. 이완은 팔짱을 끼고 생각에 잠겼다. 분위기를 보아하니 박부전 할아버지의 집안과 조씨 집안은 썩 좋은 관계가 아닌 모양이었다. 도대체 춘방 할머님과 어떤 경로로 연을 맺게 되는 걸까. 도저히 짐작이 되지 않았다.

"내, 이럴 줄 알았지. 나는 그 더러운 집안과는 상종할 일이 없다. 만약 그 젊은 박가 놈이 제 아비나 형님의 위세와 혈기만 믿고 또 한 번 들이댔다가는, 내 시신을 떠메고 가게 될 거라 전해라. 내 아버님과 오라버님이 모은 귀물들이 탐이 나 그러는 거라면, 우리 모두를 죽이고 시체를 타 넘고 가져가라고 해!"

듣자 듣자 하니 오만방자하기가 끝이 없다. 이완은 코웃음을 치더니 싸늘하게 쏘아붙였다.

"무슨 대단한 명예를 지킨다고 목을 맸습니까? 말하는 걸로만 보면 독립운동이라도 하다가 고문당하고 변절하지 않으려고 자결하는 줄 알겠습니다."

"더러운 집안의 푸네기가 방자하다. 말도 섞기 싫다, 나를 얼른 집으로 데려다 놓아!"

"부탁하는 법을 못 배우셨군요. 싫다면 어쩌시겠습니까?"

"네놈들 마음대로 더러운 곳으로 끌려다니느니 이 자리에서, 내 손으로 죽고 말겠어!"

여자가 독에 받쳐 앙칼하게 받았다. 이완은 이를 드러내고 냉소했다.

"아아, 그래서 다시 가서 목이라도 매시겠다? 물론 더러운 '반남 박씨 집안의 푸네기'가 할 말은 아닙니다만, 당신 말고도 한 명이 이유도 모르고 따라 죽을 텐데, 그쪽으로서는 억울하지 않겠습니까?"

"……뭐?"

"그렇게나 고상한 집안 아가씨의 배 속 아기씨도 함께 죽을 테니, 그 아기가 몹시 억울하겠다는 말입니다. 솔직히 말씀해 보시죠. 어느 씨인지 모르는 애를 배 놓고 겁나서 목맨 건 아니시고?"

갑자기 움직임이 멈췄다. 여자가 눈물로 얼룩진 고개를 번쩍 들어 올렸다. 창백하던 얼굴에 벌겋게 핏기가 올라왔다.

"아, 아이가……? 무슨 말이냐. 어찌 감히 그런 망발을 해!"

"모르셨습니까? 아까 의사…… 의원이 와서 말해 주던데?"

"아이가 있다고? 의원이? 내가 쓰러져 있을 때 진맥을 한 것이냐?"

"서양식 의원에선 진맥이 아니라 좀 더 정확한 방법을 씁니다. 확실하죠."

믿을 수 없다는 듯, 이완을 올려다보는 눈이 커다랗게 벌어진다. 여자의 두 손이 아랫배를 향했다. 무시무시한 침묵이 이어졌다. 크게 벌어진 눈이 초점을 잃고 점점 흐려지더니 이내 퀭하게 풀린다. 축축하게 스며 나오던 습기가 눈꺼풀 아래로 천천히 고이더니 고개가 수그러들었다. 반질반질한 단발머리가 여자의 뺨을 가렸다.

"아기가 생겼다고."

"정말 몰랐습니까?"

"흐어, 억."

여자는 대답하는 대신 입술을 깨물었다. 번들대던 눈에서 왈칵 눈물이 쏟아졌다. 뺨을 타고 흘러내린 눈물이 턱에 맺혀 아래로 줄줄줄 떨어졌다.

아이 때문에 자결하려던 게 아니었군. 하긴 겉으로 보았을 때는 전혀 드러나지 않으니 본인도 몰랐을 수 있다. 이완은 한 걸음 뒤로 물러섰다. 어, 허어, 허어어, 흐어어어! 여자는 시트를 움켜쥐고 오열하기 시작했다.

○ ● ○

여자는 자신에 대해서 한 마디도 이야기하지 않았다. 고고한 자존심 때문인지, 두려워해서 그러는지는 알 수 없었다. 자신을 집으로 데려다 달라고 말하고는 입을 조가비처럼 꼭 다물고 말았다. 맞춤하게 앤드류가 화각함을 들고 병원에 나타났다.

"화각함은 갑자기 왜? 그것도 병원까지?"

조덕희라는 여자를 데리고 인사동 사무실까지 가는 것은 너무 위험했다. 지금 커튼이 쳐진 특실 안에서 보고 들은 것만으로도 저 여자에게는 충분히 혼란스러운 일이었다. 밖의 풍경을 보여 주었다가는 그대로 정신이 붕괴될 것이다. 덕희의 눈이 둥그레졌다.

"이것을 왜 네놈들이 갖고 있느냐!"

"음? 이거 김춘방에게 준 거 아니고?"

분명 이 화각함은 풍양 조씨 집안에서 대물림했다가 김춘방에게 넘어간 것으로 들었는데? 아직 넘어가기 전인가? 민호는 고개를 갸웃거렸다.

"그럴 리가 있어? 이건 증조할머님 대부터 어머님까지 대물림해서 쓰던 것이야. 어머님께서 돌아가실 때 올케가 없어 내가 물려받은 것인데, 이 귀한 것을 왜 춘방이에게 준단 말이냐? 핑계하지 마라. 더럽고

227

천한 것들이, 왜국 것들의 사주를 받고는 부끄러움도 없이 이것마저 도적질하려고 수작을 부리는 게 아니냐!"

"댁의 건 댁의 방에 고스란히 있거든? 지금 당장 데려다줄 테니 확인하든가."

민호가 투덜대며 자리에서 일어났다. 이완은 눈썹을 찌푸리며 그녀의 앞을 막았다. 아. 민호도 순간 이완의 마음을 알아차리고 멈칫했다.

김춘방 할머니가 받기 전에 이 상자를 소유했던 사람.

열쇠는 한 쌍이라 했다. 하나는 궤짝 안에 있고, 하나를 물려주었다는 말이다. 문득 어떤 방법이 두 사람의 머릿속을 동시에 관통했다.

'열쇠 두 개 중 하나를 가져오면 되겠다.'

"이상하구나. 분명히 내 방에 놓인 화각함이 맞는데, 내 것이 아닌 것 같다."

여자는 들릴 듯 말 듯 중얼거렸다.

"색깔도 더 누르스름하게 변했고, 알지 못하던 자국과 손때도 올랐고, 자물쇠도 좀……. 게다가 이 지저분한 밀랍 인장은 다 무어란 말이냐."

자세히 뜯어보는 여자의 눈초리가 점점 매서워졌다. 이완과 민호는 눈을 마주치고 입꼬리를 살짝 올렸다. 두 사람이 같은 생각을 하고 있다는 것을, 두 사람이 거의 동시에 알아차렸다. 이완은 흥분한 기색을 숨기고 물었다.

"혹시 화각함의 열쇠를 덕희 씨가 갖고 있습니까?"

"당연하지 않아? 왜, 조금 전에 내 것은 방에 있다 하지 않았느냐."

'내가 데려다주고 그 열쇠를 얻어 올게.'

이완의 머릿속으로 민호의 또렷한 목소리가 지나갔다. 쿵쿵쿵쿵 심장이 커다란 북소리를 내며 울리기 시작했다. 그렇다면, 그렇다면 문제가 해결된다. 화각함의 행방불명된 열쇠가 지금 이 시기로 빠져나온 거라면, 그 또한 아귀가 맞아.

하지만 이완의 속으로 실낱같은 찬바람이 밀려들었다. 보내는 것이 불안하다. 가면 언제 올지 모르는 사지로 밀어 넣는 기분이다. 그러나 망설일 수는 없었다. 이완과 민호의 눈빛이 다시 얽혔다.

미안합니다. 부탁할게요, 민호 씨. 괜찮아. 금방 갔다 올게. 위험하면 바로 빠져나오세요. 서로의 생각이 실제 대화처럼 두 사람 사이를 오갔다.

민호는 보일 듯 말 듯 고개를 끄덕이며 눈꼬리를 살짝 구부리고 웃어 보였다. 이완은 크게 숨을 들이쉬고 주먹을 꾹 쥐었다. 심장이 콱콱 찍히는 기분이었다. 민호는 고개를 돌려 여자를 보고 헛기침을 했다.

"지금 당장 보내 줄 순 있는데. 조건이 하나 있어."

○ ● ○

"이 무슨 도깨비장난을 한 것이냐."

덕희는 입을 벌린 채 얼빠진 얼굴로 두리번거렸다. 어둑어둑한 방. 벽을 두른 자수병풍과 자개장, 반닫이와 서랍장, 책상과 이부자리, 그리고 조금 아까 병원에서 보았던 화각함이 눈에 들어온다.

귀신이 곡할 노릇이다. 조금 아까 보았던 것과 분명히 같은 것이지만 지저분하게 찍힌 밀랍 인장 따위는 없었다. 자신이 목을 매달았던, 천장에서 길게 내려온 흰 무명천은 여전히 남아 있고, 자신이 밟고 올라섰던 서안도 고대로 남아 있었다.

"너는 대체 누구냐."

덕희는 드디어 덜덜 떨기 시작했다. 고작 몇 걸음 걸어 나온 것뿐이다. 저 여자가 시키는 대로 순순히 손수건으로 눈을 가리고, 손을 잡고, 한 걸음, 두 걸음. 그리고 눈을 떴더니 자신이 목을 맸던 방이었다. 이건 상식으로 납득할 수 있는 일이 아니었다.

"덕희 씨라고 했나? 약속을 지켜."

"네년이 누구냐고 했다! 이게 무슨 야바위냐! 대체, 이게 대체 어떻게 된 거냐! 나는 조금 아까까지 병원에 있었다."

"내가 누군지가 뭐가 그렇게 중요해? 아까 통성명은 했잖아! 댁은 조덕희, 나는 윤민호! 이제 약속한 대로 얼른 화각함의 열쇠를 빌려 줘. 잠깐만 쓰고 돌려주러 올게. 정말 약속해."

"그런데 왜 내 화각함의 열쇠가 필요하지? 다른 화각함이면 내 열쇠로는 열리지 않을 것이다."

"그딴 걱정 안 해도 돼. 내가 알아서 할 거야. 잠깐 빌려 주기만 하면 우리가 알아서 할 거야."

"그냥, 지금 내 화각함의 열쇠면 되는 거냐? 정말?"

"아, 속고만 사셨나? 그렇다니까?"

"혹시, 내가 아까 보았던 함이, 지금 내 눈앞에 있는 함이냐?"

"……조덕희 씨. 우리 피차 곤란한 건 묻지 맙시다. 약속이나 지키자고요, 네?"

민호는 한숨을 쉬며 손을 내밀었다. 덕희는 꼼짝도 하지 않고 팽팽한 시선으로 버티었다. 민호는 손을 지그시 움켰다. 아오, 제기랄. 주먹이 운다. 이래서 똥 누러 들어갈 때하고 나올 때하고 다르다는 거지. 뭔가를 그럴듯하게 둘러대야 옳다는 건 알지만, 애석하게도 민호는 그런 재주가 바닥이었다. 곧이곧대로가 모토인 사랑과 정의의 용사는 요령 없기로도 천하무적이다. 딱 보아하니 저 고집 센 여자는 대답이 나올 때까지 버틸 모양이다. 민호는 모르쇠로 일관하기로 했다.

"골치 아픈 건 나도 몰라. 묻지 마."

덕희와 민호 사이로 팽팽한 긴장감이 흘렀다. 덕희는 키가 작은 편이었지만 허리를 꼿꼿하게 펴고 민호의 눈을 노려보았다. 낯빛은 창백했고, 낮게 갈라진 목소리는 거의 속삭이는 것처럼 들렸으나 그녀는 단호하게 말했다.

"같은 물건인 것 알아. 어떻게 된 일인지 설명을 좀 해 봐. ……부……탁이야."

민호는 코를 찡그렸다. 부탁한다는 말이 어렵게 꼬리에 붙는 걸 보니 어지간히 콧대 높은 아가씨인가 보다. 콧대가 높으면 약속을 지켜야 할 게 아니냐. 도대체 그 복잡하고 거지깽깽이 같은 시간 여행 이야기를 어떻게 말로 설명해 주냐고.

"지금은 바빠서 안 돼. 나중에, 열쇠를 돌려주러 와서 설명해 주면 되잖아."

"네가 나중에 돌려주러 올지 어찌 알지? 지금 설명을 제대로 하면 바로 열쇠를 내어 주마."

덕희는 요지부동이다. 이런 제기랄. 여기도 진상이냐. 민호는 욕을 삼켰다. 내가 댁 같은 종자를 모를 줄 알아? 나도 얼마 전에 당신 같은 깐깐이 하나 겪어 봐서 아는데 말이야, 하나를 설명하면 두 개를 요구하고, 두 개를 설명하면 열 가지에 대해 증명해 보라고 할 거잖아.

도로 끌고 간다고 협박을 할까. 녹록히 끌려갈 여자가 아닌데. 일단 포기할까, 아님 주먹으로 한 대 쥐어질러 놓고 방을 뒤져서 열쇠를 뺏을까. 그럼 뒷일이 골치 아픈데. 백 번을 굴려 봐야 몸으로 때우는 해결책밖에 생각 못 하는 아메바 대가리가 야속하다. 민호가 분위기를 살살 보며 주먹을 쥐었다 폈다 하는데, 밖에서 요란한 고함이 터졌다.

"아씨, 덕희 아씨! 야단났서유! 아니 워째 안채에두 아무도 읍는겨?

얼렁 나와 보시유! 대감마님이!"

고함이 멎기도 전에 벌컥 문이 열렸다.

"아씨, 야단났당게유. 에그머니!"

민호의 콧속으로 시큼한 악취가 훅 밀려들었다. 어느 시대를 가든지 익숙해질 수밖에 없는 지릿한 땀내였다.

방문을 열어젖힌 것은 기골이 장대한 여자였다. 땟국이 자르르한 치마저고리를 입고 있는 여자는, 겉모습으로 보아서는 사오십은 된 것처럼 찌들어 보였으나 아무래도 낯이 익었다.

그녀는 희게 질린 얼굴로 서 있는 덕희와 천장에 길게 매달려 대롱거리는 무명천을 보고 입을 딱 다물었다. 입술에 힘을 꾹 주었는지, 턱의 갈라진 선이 두드러진다. 순간 민호의 머릿속으로 무언가가 번개처럼 스치고 지나갔다.

"아씨, 시, 시방 뭔 짓을 허시려고 이걸 달아 놓으신 거여유?"

눈을 크게 뜬 여자의 얼굴. 오래된 흑백사진.

······김춘방?

"아씨, 이거 대체 뭐시여유? 워칙혀! 이게 무신 사단이여! 대체 무신 숭헌 생각을 허신 거여유? 시상에! 이걸 우째!"

덩치 큰 여자는 곁의 민호는 아랑곳없이 덕희의 손을 붙잡고 울며불며 야단을 했다.

"시방 작은주인님마저 잡히 가시구 안 지시는디, 아씨마저 이르시믄 워칙헌대유. 아무리 심들고 숭악헌 일을 겪으셨어두 늙은 대감마님 생각허시믄, 나쁜 마음 잡수면 안 되시유. 아씨!"

"어떻게 알고 왔어?"

"황 서방이 아까 난리 통에 갠신히 빠져나와서 알려 줬지유. 순사덜이 지달렸다가 다닥친 것 같다더구먼유. 시상에, 이 댁에서 대대루 모아 년 귀한 그림덜이랑 항아리덜, 책덜얼 싸그리 쓸어 갔으니 워쩌믄 좋대유. 지난번에 작은주인님 잡어갈 때부텀 거지반 집어 가드니 이번엔 아주 창고꺼정 싹 쓸어 간개뷰. 잡어가구 쓸어 가구 풀어 주구 재미 들린 겨, 쥐새끼덜이!"

"창고까지 하나도 남김없이 다……."

"숭헌 놈덜! 베락 맞어 뒈질 놈덜! 증거를 찾기는 무신 얼어 죽을. 이 참에 뺏어 간 것들두 분명히 그 박부전 놈 집으루다 고스란히 쓸려갔것지유. 박가 놈이 이 집 기둥뿌렝이까지 뿐질러 오라 혔는개뷰. 개같은 박제순 대감의 아들놈이니 오죽 개새끼 같것슈."

"그 개자식 이야기는 하지 마!"

덕희는 박가 놈 이야기가 나오자마자 눈에서 불을 뿜었다. 아이구, 이 년의 쎄빠닥이 주책이여. 덩치 큰 여자는 주먹으로 입을 줴질렀다.

민호는 갑자기 튀어나온 이름에 귀를 바짝 기울였다. 박부전. 기억난다. 박 실장의 할아버지고, 박제순 대감이라는 잘나가는 고위 관리의 아들. 민호는 고개를 갸웃했다. 대체 박제순이라는 사람이 누구기에 벼락 맞아 뒈질 놈이라는 말을 듣고 있을까? 박부전 할아버지는, 왜 '개같은 놈의 아들놈'이라는 말을 들어야 할까? 나중에 저 땟국 잘잘 아줌마하고 어떻게 연결이 되는 걸까.

현재 대대적으로 개박살이 나고 있는 이 조씨 집안은, 짐작하건대 꽤 유명한 집안인 것 같다. 그런데 짐작이 되는 게 전혀, 쥐털만큼도 없다. 아아. 고등학교 때 역사과목이라도 선택할 걸 그랬나. 아니, 도널드 교수님 시간에 집중 좀 할걸.

박 실장 얼굴이 떠올랐다. 그 인간처럼 네이롱의 검색창을 머릿속에 달고 있으면, 지금 이 여자가 하는 말이 뭔지 대충 짐작할 것도 같은데 자신의 눈앞은 그저 노란 안개로 가득할 뿐이다.

"영호 되련님허구 작은주인님허구 원체 가차이 지내신 걸 다들 아니께, 작은주인님은 진즉 잡히 들어가신 기구, 오늘은 머슴들꺼정 줄줄이 잡히간 기유. 물건들은 작정허구 창고부텀 깨부수구 쓸어 간 거구유. 아까 아씨까지 안 지시다는 말을 듣고 대감마님두 쓰러지셨잖유. 아씨두 잽히가신 줄 아시구유. 으이구, 안즉두 염통이 벌렁벌렁혀유."

"아버님이? 아버님이 쓰러지셨어? 그 얘기를 왜 이제 해!"

덕희는 자리에 풀썩 주저앉았다. 얼굴이 쌀뜨물처럼 변하면서 이마로 식은땀이 주르르 흘러내렸다. 제기랄. 엎친 데 덮쳤네. 열쇠! 마이 키! 마이 프레에에샤스! 내가 받아 가야 할 열쇠는 대체 어쩌라고. 제발 어디 가려면 지금이라도 주고 가. 급히 부축하는 민호의 이마 위로도 똑같이 식은땀이 흘러내렸다.

"못 들으셨던개비유? 에그, 이년이 진즉 와서 말씀디렸어야 혔는디. 황 서방이 큰사랑에 뫼셨으니 얼른 가 보세유."

덩치 큰 여자가 물코를 훌쩍 들이켜며 덧붙였다.

"아씨, 마음 씨게 잡수셔유. 아씨라도 대감마님께 심이 되어 주셔야지유."

덕희는 흐릿한 눈으로 고개를 저었다. 마음을 단단히 먹으라고? 어떻게? 지금도 질긴 목숨줄 끊지 못하고 다시 살아난 게 분하고 억울한데.

하지만 저 말도 일리가 있다. 일찍 상처하고 혼자 되신 아버지. 딸의 약혼자도, 하나뿐인 아들도 잡혀가고, 집안 대대로 모은 서화와 유물들도 모조리 실려 간 판에, 딸까지 목을 매 죽었으면 우리 불쌍한 아버지는 더 이상 버티지 못하셨을 것이다. 내가 이러고 있을 때가 아냐. 덕희는 입술을 깨물고 휘청휘청 몸을 일으켰다. 민호는 혀를 차며 덕희의 몸을 받쳐 주었다.

"저, 아씨, 이분은 뉘신가유? 이년이 처음 뵙는 분이구만유."

덕희는 고개를 돌렸다. 옆에서 꾸어 놓은 보릿자루처럼 서 있던 여자가 불만이 가득한 얼굴로 입술을 들썩이고 있다.

그녀를 바라보는 춘방의 눈에는 의심의 기색이 가득했다. 하긴. 키가 워낙 크고 정체를 알 수 없는 데다 뉴욕양키즈 후드티에 청바지 차림 아닌가. 오늘은 안채까지 사람들이 들이닥쳐 한바탕 뒤집힌 판이라 수상 쩍게 보일 만도 하다. 다행히 덕희가 그럴듯한 핑계를 만들어 냈다.

"……이화여전에서 같이 공부한 동무야. 이름은…… 윤민호라고 해."

말 한마디에 춘방의 태도가 백팔십도 달라졌다. 그녀는 크게 고개를 수그렸다.

"워매. 이화학당 친구분이시구먼유. 안녕하셔유. 워찌 이르게 훤칠허 시구 낯두 고우시대유."

민호는 엉거주춤하게 서서 머리를 긁었다. 얼굴 곱다는 이야기를 처음 들어 보아 남 이야기를 하는 것 같다. '아씨'의 친구라고 했으니 같이 하대를 해야 할 것 같은데, 초면이기도 하고, 박 실장님 할머님이라 생각하니 말을 놓기가 어려웠다. 무엇보다, 얼굴이 압도적으로 삭아 놓고 보니 저절로 존대어가 나왔다.

"어, 네, 네에. 고맙습니다. 저, 저기 성함이 어떻게 되세요?"

"어이구, 말씸 낮추셔유, 아씨."

커다란 덩치가 펄쩍 뛴다.

"지는 춘방이라고 허는구만유. 김춘방. 애기 때는 다들 큰년이라고 부르다가, 아씨께서 글을 배우시믄서 고운 이름을 지어 주셨구만유. 봄 춘 자허구, 꽃다울 방 자라구 혔어유."

역시나.

민호는 천천히 고개를 끄덕였다. 김춘방. 드디어 만나야 할 사람을 만났다. 사진에서 보았던 박 실장님의 할머님이 맞다. 벌써 이렇게 폭 늙어 버린 건가?

민호는 맥 빠지게 한숨을 쉬었다. 만나긴 만났는데 할 수 있는 일이 없다. 지금 정황을 보건대 화각함의 주인은 덕희였고, 열쇠도 덕희가 갖고 있었다. 사실 열쇠만 받으면, 춘방 할머니를 만날 필요가 없기도 했다.

하지만 덕희라는 깐깐하고 뾰족한 여자는 열쇠를 수월히 줄 눈치가 아니다. 데리고 올 때만 하더라도 바로 열쇠만 받아 나가면 될 줄 알았는데, 저 인간은 궁금한 걸 모조리 알아내야 빌려 줄 판이고, 그나마 집 안도 무시무시한 폭풍에 휩쓸렸다. 사람을 함부로 믿으면 이렇게 호구가 된다는 걸 번번이 반복 학습을 하고 있으니 이놈의 새대가리님이 아주 쟁그러워 죽겠다.

"아버님 뵙고 올 테니까, 이분한테 다과하고, 편하게 갈아입을 옷이라도 좀 드려. 이야기할 것이 몇 가지 있으니 잠시만 기다리시라 하고."

어, 어, 어? 지금 어딜 가시나 아가씨? 댁은 지금 그렇게 나가면 안 되거든? 다과는 뭐고 편히 갈아입을 옷은 또 뭐야. 이야기는 무슨 얼어 죽을! 나 댁하고 할 말 없다고! 나가더라도 열쇠는 주고 가셔야지? 제기랄. 야, 똥 누고서 안면 까는 계집애야, 너 인생 그렇게 사는 거 아니다? 빨리 저 춘방 여사를 내보내고 열쇠 좀 달라니까? 야 이 시불아아아! 민호는 속으로 사정없이 욕설을 퍼부었다.

하지만 고집 센 아씨께서는 안면 몰수하고 등을 돌리고야 만다. 닭 쫓던 개가 된 민호는 입을 뻐끔뻐끔, 손만 어정쩡하게 내민 채 세상에서 가장 멍청한 표정을 지었다.

아아. 진심으로 좆 됐다.

불행 중 다행으로 다과상은 푸짐했다. 다탁에 수북하게 쌓인 강정과 약과가 민호의 입으로 분노의 질주를 하고 있다. 춘방은 옆에 쪼그리고 앉아 조심스러운 태도로 민호에게 물었다.

"저, 민호 아씨께서 저희 집 아씨를 구허셨나유?"

"어, 음. 맞아요…… 맞아. 제가 조덕희 씨…… 만나러 왔다가, 매달린 걸 끌어내리고 CPR…… 아니, 병원에 데려가서 살려 주었어. 벌써 숨넘어간 줄 알고 얼마나 놀랐는지 몰라. ……어?"

민호는 약과를 욱여넣다 말고 입을 쩍 벌렸다. 말이 떨어지기가 무섭게 춘방이 땅바닥에 넙죽 엎드려 큰절을 올리는 것 아닌가. 절만으로도 모자라 이마를 바닥에 쿡쿡 찍기까지 한다. 민호의 양손에 가득했던 약과가 툭툭 떨어졌다.

"참말로 고맙구먼유, 시상에 우리 불쌍헌 아씨 살리 주신 분이 여기 지셨구만유, 이 은혜를 워치케 갚으면 좋을지 모르것는디, 하여간 참말루 고맙구먼유."

춘방은 이마를 방바닥에 대고 훌쩍훌쩍, 코맹맹이 소리를 냈다.

"아씨는 지금 이렇게 생때겉은 목숨을 끊으시면 안 되시는 분이셔유. 분허구, 억울하구, 억장이 무너져두 참구 버티셔야 혀유. 안 그러면 이 큰 집안이 그냥 뿌리째 뽑혀 나가는 거여유. 찢어 죽일 놈의 왜것들이 감히 이 집을 털도 안 뽑구 먹으려는 판인디, 아씨까지 이르케 흔들리면 워칙헌대유."

"아, 그, 그럼요, 그럼. 아무리 힘들어도……."

"시상 그륵케 총맹허시구, 똑바르시구, 야물구, 단단허신 분인디, 너무 승헌 일을 겪으셔서 잠시 잠깐 혼이 나가신개뷰. 지발 부탁이여유. 민호 아씨께서 즈이 아씨하구 친한 동무시라니, 아씨 좀 메칠만이라두 옆에서 꼭꼭 잡어 주셔유. 야?"

아오 진짜 똥 밟았네. 민호는 난감한 얼굴로 머리를 긁었다. 볼일만 끝나면 내뺄 사람한테 붙잡긴 뭘 붙잡으라냐. 나는, 당장 열쇠를 받아 돌아가서, 박깐깐 김도널드 양쪽으로 보너스를 받아 밀린 월세를 내고 카드값을 갚아야 한단 말이다! 물론 댁들에게도 뭔가 애절하고 절박한 사정이 있겠지만 나도 내 코가 석 자란 말이야.

하지만 민호는 그 말을 하는 대신 속으로 혀를 찼다. 속이 슬슬 두부처럼 물렁물렁해지고 있다. 이건 거의 고질병 수준이지. 나는 남자도 아닌데 왜 이렇게 다른 여자가 우는 꼴만 보면 마음이 약해질까. 왜 내 주변의 여자들은 나한테 고민을 털어놓지 못해 안달을 할까. 코흘리개 초등학생 중학생 때부터 시간 이동을 해 온 여기까지 끈덕지기도 하다. 등짝이 넓은 여자는 짠물이 그렁그렁한 눈으로 하소연하기 바쁘다.

민호는 들릴락 말락 한숨을 쉬었다. 춘방 할머니는 덕희라는 여자를 어지간히 아끼고 살피는구나. 평생 곁에서 자매처럼 자라며 수발을 들어 주는 사이란 이런 걸까? 그네들의 사연이 조금 궁금하기도 하고 딱하기도 하여, 민호는 조심스럽게 물었다.

"지금, 집에 무슨 일이 있는 건가? 아까 들었다가 깜짝 놀랐어. 덕희 씨…… 덕희가 이야기를 안 하고 울기만 해서 자세한 이야기는 몰라."

"아씨한테 원체 힘든 일이긴 했지유. 그러잖어두 내내 걱정은 했시유. 에이구, 우리 아씨, 불쌍헌 아씨."

춘방은 시커멓고 얼룩덜룩한 옷고름을 끌어당겨 코를 핑 풀었다.

"지헌티 들은 이야기는 딴 디 가서 허지 마셔유. 사방 쥐새끼덜이 득실허니께유. 숭악헌 놈덜."

춘방은 벌겋게 부은 눈으로 다짐을 두었다. 민호는 천천히 고개를 끄덕였다.

○ ● ○

금방 돌아올 것처럼 떠난 민호는 생각만큼 빨리 돌아오지 않았다. 이완은 얼굴이 시퍼렇게 질린 앤드류를 자리에 앉히고 민호에게 들은 이야기를 최대한 간단하게 설명했다. 정말 믿어 줄 거라 기대한 건 아니었다. 하지만 앤드류의 멍하니 벌어진 입과 불신 가득한 표정 역시 맘에 들지 않았다.

"아까 업혀 왔던 여자가, 일제 시대에 살았던 사람이라고? 윤민호라는 사람이 그 사람을 데려온 거라고? 그걸 지금 믿으라고?"

"안 믿어도 어쩔 수 없어. 다른 사람에게 떠들어 대지나 마."

이완은 차분하게 대답했다. 앤드류의 벌어진 입은 끝까지 다물어지지 않았다. 그는 아무 말도 없이 화각함을 들어 올렸다.

"손대지 마."

이완의 날카로운 목소리에 앤드류는 굳은 얼굴로 몸을 돌려 병실 밖으로 나섰다. 이완은 굳이 붙잡지 않고 그대로 두었다. 어쩌면 그에게도 생각을 정리할 시간이 필요할 것이다.

벽에 걸린 시계가 째깍이는 소리가 숨 막히게 들렸다. 시간이 어떻게 지나가는지 모르겠다. 그는 주머니에 손을 꽂고 빈 병실을 느릿느릿 돌았다.

열쇠를 찾아서 받아 오는 데 무슨 시간이 그리 많이 걸리나. 잠깐 잃어버리기라도 했나. 지금 방 구석구석을 뒤져 가며 찾고 있는 걸까. 돌아오는 시간을 잠깐 놓친 건 아닐까. 조금만 길이 어긋나도 다른 시간으로 가는 것 아닌가. 몇 시간 전? 며칠 전? 아니면 영영 아주 먼 시간? 미래로 가지 못하는 것을 그나마 다행이라 여겨야 하나.

십 분, 삼십 분, 한 시간을 넘어가며 이완은 입술을 깨물었다. 무거운 공기로 인해 압사할 것 같다. 그는 소파에 앉아 텔레비전 리모컨을 눌렀다.

시간이 얼마나 흘렀는지도 모르겠다. 어느새 해가 천천히 떨어지고 있었다. 의사와 간호사가 한 차례 들렀다 돌아갔고, 저녁때가 되어 들어온 식사는 고스란히 물렸다. 그의 시선은 무의미하게 화각함과 텔레비전 사이를 오갔다. 텔레비전에서 무엇을 왕왕대며 떠드는지도 귀에 들어오지 않았다.

「……이번 국립중앙박물관에서 개최하는 서담 박부전 특별전에는 추사 김정희의 미공개 산수화와 한시로 구성된 10폭 병풍을 비롯하여…….」

그는 퍼뜩 정신을 차렸다. 서담 특별전 광고가 텔레비전에 나오고 있다. 홍보영상의 최종 수정본은 김준일 교수와 박물관 담당 큐레이터, 그리고 홍보팀에게 맡겨 놓았었다. 같은 내용으로 신문 광고도 실린다 했던 것 같은데.

홍보 덕인지, 미공개 유물이었던 몇몇 특A급 작품에 대한 호기심 덕인지 특별전에 대한 대중의 반응은 생각보다 훨씬 좋은 편이었다. 시작한 지 얼마 되지도 않았는데 격찬이 이어지고 있었던 것이다.

이완은 이런 열렬한 반응이 사실 이해는 되지 않았다. 한국 사람들이 이 정도로 고미술품에 관심이 많았던가? 할아버지가 그렇게 인지도가 높은 사람이었던가? '서담 박부전'이라는 말이 메인 검색어에 올라올 정도로? 아나운서의 설명이 빠르게 귓가를 지나쳤다.

「뛰어난 감식안을 가졌던 서담 박부전 선생은, 자신이 사업으로 평생 쌓아 놓았던 거대한 부를 모두 조선의 미술품을 되찾는 데 사용했습니다. 특히 일본과 미국으로 헐값에 팔려 나간 미술품을 회수하는 데 혼신의 힘을 다했습니다. 1935년 도미(渡美) 당시, 경성에서 열 손가락 안에 들 정도로 거대한 재산을 축적했던 것으로 알려졌던 그는 1941년, 서른일곱이라는 안타까운 나이로 사망했을 때 남은 재산이 거의 없는 상태였습니다. 미술품을 제외한다면 로스앤젤레스의 자택과 자동차 한 대 외에는 아무것도 남기지 않았다고 알려져 있습니다.」

"이건 뭐야. 뛰어난 감식안은 뭐고, 되찾기는 무얼 되찾아."

이완은 눈썹을 찡그리며 자리에서 일어섰다. 유물들의 영상과 화려한 그래픽 작업 뒤로 아나운서의 내레이션이 계속 이어졌다.

「국권을 잃은 시대, 서담 박부전 선생이 시대의 아픔을 담아 수집한 고미술품의 품목은 무려 3,500여 점에 이릅니다. 이는 애국 운동의 일환으로 사재를 털어 넣어 5,000여 점의 유물을 수집한 간송 전형필 선생의 수집품과 쌍벽을 이룰 만한 위대한 유산이라 할 것입니다.」

이완은 입을 벌렸다. 시대의 아픔? 애국 운동의 일환으로 수집을 해? 간송 선생하고 쌍벽을 이룬다고? 아니, 어디서 이런 개같은 말이 튀어나왔어?

가당키나 한 말인가? 자신의 집안에는 아비나 조부나 증조부 대까지 올라가 보아도 그런 고아하고 위대한 낱말에 어울리는 사람이 없었다. 어디 감히 간송 전형필 선생에게 갖다 붙일 생각을 해?

이완은 짧게 쇳소리를 냈다. 홍보 담당이나 김준일 교수가 몇 마디를 첨언한 모양이다. 간송과 쌍벽을 이루는 서담이라. 숱한 사람들에게 쏟아지는 관심과 호평의 이유가 이것이었나?

혹시 그러면 신문 광고도 콘셉트가 이렇게 잡혔나?

빌어먹을. 그는 속으로 욕설을 삼키며 전화기의 스위치를 눌렀다.

○ ● ○

덕희는 오라버니의 친구들이 사랑에 모이는 날이면 가슴이 두근두근했다. 오라버니는 덕희와 터울이 다섯 살 났는데 워낙 일찍부터 철이 들어, 덕희의 눈에는 장성한 어른으로 보였다. 오라버니의 친구들도 마찬가지였다. 하나같이 기골이 준수한 헌헌장부들로, 모두 보성전문학교 경제과에 재학 중인 지식 청년들이었다.

덕희는 그를 처음 보던 날을 잊을 수 없었다. 열다섯 살. 여름방학 때였다.

"덕희? 혹시 덕근이 자네 동생인가? 뭐야. 이렇게 다 큰 아가씨를 아직 땟물도 못 벗은 어린아이라고 한 거야? 이렇게 고운 숙녀분께 모욕 아닌가!"

크게 홍소하는 사내의 목젖이 두드러졌다. 학교에 다녀오다가 사랑채 앞에서 오빠의 친구 두 명과 맞닥뜨린 덕희는 당황했다. 고운 숙녀분이라니. 나는 겨우 열다섯인데. 오빠의 친구를 함부로 맹랑히 쳐다볼 수 없어 덕희는 고개를 살짝 수그렸다. 교복의 구김이 간 치맛자락과 먼지에 뒤덮인 검은 구두코가 보여 창피했다. 웃음소리가 잦아들었다.

"처음 뵙겠습니다. 덕희 양. 전영호라고 합니다. 덕근이하고 같은 경제과에 다니고 있습니다."

고개를 살짝 들어 올렸다. 낡았지만 깨끗한 검은 교복이 보인다. 금속 단추에 한참 머물던 시선을 간신히 위로 올리니, 깨끗하고 시원시원한 이목을 가진 청년이 미소를 머금고 있었다. 맑고 총기 있는 눈동자에, 큼직한 귀, 단정하고 붉은 입술과, 그 곁에 어울리지 않게 자리한 보조개가 눈에 확 들어왔다. 덕희는 순간 찌는 듯한 더위를 잊었다.

저 얼굴이 귀여워 보이면, 버릇없는 걸까?

매미 울음소리가 폭포처럼 시원하게 쏟아졌다.

"아이 참. 사랑채에서 영호 오라버님 목소리만 들리면 머리가 징징 울리는 것 같아."

춘방에게 속을 실토한 것은 열여섯 살, 손톱에 봉숭아 물을 들이던 초여름 오후였다. 사실은 머리가 징징하는 것뿐 아니고, 뱃속도 꿀렁꿀렁했지만 그 말까지 할 순 없었다. 봉숭아 꽃잎이 얹힌 손톱을 실로 잘끈 동여매던 춘방이 심드렁하게 대답했다.

"그 되련님이 목통이 크기는 허시지유. 지가 시방 솜이라두 갖다 드릴까유? 귓구녕이라두 막으시믄?"

"아니 괜찮아. 기분이 나쁜 건 아냐. 그 오라버니가 목소리는 좋잖아."

덕희는 애서 태연한 척하며 대답했다. 춘방은 킬킬 웃었다.

"목소리만 좋은가유. 허우대두 멀쩡허시구, 보성전문에서 꼬박 우등을 하는 지식 청년이시구, 뭐시냐, 쩝때 보러 갔던 활동사진 있잖어유, 월하의 맹서에 나오는 영득이모냥 잘생기기도 혔구유."

"그렇게 점잖고 성실하신 분을 어디 노름꾼 영득이에 비교를 해! 생긴 것도 훨씬 잘생겼지. 단정하시고, 깔끔하시고."

예의 앵돌아진 소리를 냈다. 춘방은 고개는 갸웃했지만 이내, "야, 그르네유, 이년이 잘못혔슈." 하며 수긋해진다.

"저기, 춘방아. 이거 물 잘 들어서, 첫눈이 올 때까지 손톱에 남아 있으면 어떤 일이 생기는지 알아?"

"워메, 아씨. 그때꺼정 손톱 안 짤르실 게유? 왜유? 가세가 읍시유?"

"아니, 자르는데, 그때까지 빨간 게 남아 있으면."

춘방의 눈이 데굴데굴한다. 덕희는 입을 가리고 웃었다. 어쩐지 뺨이 따끈따끈한 것 같다.

"첫사랑이 이루어진대. 좋아하는 사람하고."

"워메, 하늘을 봐야 별을 따지유? 좋아허는 사람이 있어야 되든 말든 허지 않것슈?"

풍, 콧방귀를 뀌던 춘방의 목소리가 딱 멎었다. 덕희의 얼굴로 열이 확확 올랐다. 춘방은 그녀의 얼굴을 요리조리 뜯어보다가 눈을 동그랗게 떴다.

"워메 시상에. 아씨! 이걸 우짠댜."

춘방은 입을 떡 벌리고 중얼거렸다.

그날부터 춘방은 작은사랑에 손님이 들었다 하면 덕희를 부엌으로 불러냈다. 그전까지만 해도 덕희는 그들이 올 때마다 사랑채와 안채를 오가며 안에 들어갈 구실이 없을까 마음만 졸여야 했다. 하지만 춘방의 지원사격에 힘입어, 덕희는 작은사랑으로 다과상이며 꿀물이며 화채를 나르는 일을 도맡게 되었다.

그녀는 부엌에서 직접 오락가락하며 수선을 피우다가 찬모와 춘방을 들볶기도 했다. 상을 전해 주고도 한동안 그들의 대화에 귀를 기울이며 미적거렸고, 방문 밖에서도 그의 목소리에 귀를 쫑긋 기울이기도 했다. 오라버니의 사랑에 모여 있는 사람들의 목소리에서, 유독 한 사람의 목소리만 천둥처럼 선명하게 들렸다.

전영호는 가세가 기울기는 했으나 범절이 반듯한 집안의 자제로, 행동거지가 당당하고 품위가 있었다. 생긴 것도 볼수록 사내답고 귀태가 흘렀다. 그의 아버지는 초시만 합격한 유학자로, 경술국치 이후 비분강개에 겨워하다가, 결국 만세운동 이후 항일 무장군에 가담했다 하였다. 그는 김좌진 장군 휘하에서 일본군과 싸우다 몇 해 전 전사했다.

그 후부터 전영호는 늙어 허리를 펴지 못하는 어머니와 누이를 책임지며 꿋꿋하게 고학으로 학업을 잇고 있었다. 애어른 소리깨나 듣던 오라버니도 그 친구에게만큼은 한 수 접어 주는 눈치였다. 생각이 깊고 두루두루 살필 줄 아는 사람이었으며 집에서 부리는 하인들에게도 인사를 하고 나이 먹은 하인들에게는 아무렇지도 않게 공대를 하기도 했다. 덕희를 볼 때마다 다정하고 친절하게 먼저 인사를 하고, 안부를 묻는 것도 그였다.

목소리가 크고 웅장해서, 그가 왔는지 안 왔는지는 목소리만 듣고도 알아차릴 수 있었다. 그가 사랑방에서 크게 홍소를 할 양이면 안채와 부엌에까지 다 들릴 지경이었던 것이다. 사랑 대청에서 빈 소반을 들고 배회하던 덕희는 그의 웃음소리가 들릴 때마다 얼굴을 붉혔다.

오라버니와 이야기를 나눌 때의 그는 조리 있고 생각이 깊었으나 고집 또한 만만치 않았다. 함부로 화를 내는 일은 드물었지만, 잘못된 일에 대해서는 엄중하게 시비곡직을 가리고야 말았다. 어떤 때는 쫀쫀하다 싶을 정도로 끝까지 따지고 들었다. 한 번 물면 놓아주지 않는다 해서 '부르도꾸'라고 부르는 친구도 있다고 했다. 같이 경제과에 재학 중인 동기들은 전영호라는 친구를 가장 좋아하고 따르면서도 두려워한다고 했다.

덕희는 오라버니에게 그에 대한 단편적인 정보를 얻을 때마다 두세 번씩 속으로 뇌며 잊지 않으려 애썼다. 아니, 애를 쓸 것도 없었다. 그 사람에 대한 소식이라면, 끌로 바위에 새긴 것처럼 잊히지 않았다.

영호가 덕희를 특별히 귀여워하는 것은 누가 보아도 다 알았다. 그녀가 다과를 갖고 갈 때마다 직접 한 것이냐, 솜씨가 좋다, 하며 칭찬을 아끼지 않았고, 공부하는 것이 어려운 것이 있으면 언제든지 가져오라고 해 준 것도 그였다.

정중하고 예의 바른 사람이라 시답잖은 농을 거는 일은 없었지만 덕희가 가끔 학교에서 있었던 일을 조잘거리면 양 볼에 보조개가 보일 정도로 훤히 웃어 주곤 했다. 진명여고보에 다니던 덕희가 우등상을 받아 왔을 때는 두고두고, 낯이 빨개질 때까지 칭찬해 주기도 했었다.

전영호와 항상 함께 방문하던 친구로 박부전이라는 사람도 있었다. 그는 전영호와 달리 유복한 집안의 자제인 듯했다. 생긴 것은 멀끔한 편이었으나 키는 두 사람에 비해 작은 편이었고, 눈이 나쁜지 동그란 안경을 항상 끼고 있었다.

사내답지 못하게 수줍음도 많이 타고, 말을 더듬는 버릇도 있었다. 보성전문 경제과 정도에 다닐 정도면 머리가 나쁜 축은 아니겠지만, 더듬는 꼴만 볼 때면 어딘가 모자라는 사람처럼 보였다.

하자만 두 오라버니는 부전을 전혀 무시하거나 하대하는 내색을 하지 않았다. 덕희도 딱히 그를 싫어하지 않았던 것은, 그가 '누이도 어머니도 없는데 선물로 들어오는 것이 많다'며 이것저것 챙겨 주었기 때문이다.

여자가 좋아할 만한 코티분이나 서양 화장품을 덕희에게 건네며, 그는 한참 진땀을 빼며 더듬었다. 바, 박가분에는 납이, 납이 들어 피부를 상……하게 하, 한다니까, 더, 덕희 씨는 여, 여전에 가시면, 이것을 쓰세요.

하나에 1원 50전이나 하는 비싼 립스틱이나 꽃무늬 자수가 놓인 손수건, 양산 따위를 전해 주면서도 더듬는 꼴은 영 달라지지 않았다. 이런, 이런 것이 자꾸 선물로, 들어와서요. 거절할 수 없어 받으며 난처한 얼굴을 하기는 했지만 딱히 싫은 것은 아니었다.

영문학을 공부하고 싶어 하던 덕희가 영문 원서를 구하지 못해 속상해하자, 부전은 유학 시절에 머물렀던 로스앤젤레스로 전갈을 넣어 원서를 입수해 덕희에게 건네주기도 했다.

한 번은 외국에서 들여왔다는 자동차란 것을 타고 와 집안사람들을 몹시 놀래 준 적도 있었다. 하인들은 저 도령이 어떤 집안의 자제인지에 대해 오랫동안 설왕설래했다.

하지만 전영호나 오라비나, 박부전의 집안에 대해서는 한결같이 함구했다. 나중에 오라비가, 부전의 아비는 고위관직에 있으나 자랑할 만한 집은 아니고, 어미가 기생첩 출신이라 집안 이야기를 꺼린다고 귀띔을 해서야 이유를 알게 되었다.

그 말을 들은 후, 한동안 그 사람이 달라 보이기도 했으나, 오라버니나 전영호는 부전이 얼자임을 크게 개의치 않는 눈치였다.

물론 출신이나 외모, 말 더듬는 버릇 따위로 사람을 평가하는 것이 부끄러운 일이란 건 덕희도 잘 알았다. 특히 부전은 오라비나 전영호에게선 볼 수 없는 사업적인 감각이 탁월했다.

하지만 말더듬이 맹꽁이 안경 사나이가 자신이 좋아하는 전영호라는 사람과 자꾸 비교되는 것은 어쩔 수가 없다고 생각했다. 항상 중얼중얼 더듬거리며 숫기 없이 웃기만 하는 사람보다야, 자신만만하고 정중하면서도 가끔 넉살 좋게 농담도 하는 사람이 훨씬 빛나 보이지 않는가.

엄하신 아버지는 오라버니와 친구들이 몰려오면 기꺼이 큰사랑방을 내주었다. 아버지 역시 보성전문학교에서 수학한 적이 있어, 오라버니와 그들의 친구에게 대선배 격이 되었다. 몇 해 전 만세 운동에 보성학교 교장 선생이 연루되어 옥고를 치를 때, 그녀의 아버지는 보성학교의 동기와 선배들에게 간곡히 부탁을 해, 은사와 학교를 구제하도록 사방으로 애를 쓰기도 했었다.

그들이 사사하던 위창 선생을 모시고 시간을 보낼 때, 아버지는 종종 자리에 합석해 흥겹게 이야기를 나누기도 하였다. 위창 오세창 선생은 유명한 서예가이자 서화 수집가로, 덕희의 아버지와도 오랜 친분이 있던 사이였다.

간혹 오라버니와 동무들, 그들의 스승 사이에 비밀스러운 이야기가 오갈 때도 있었다. 그곳에 모인 피가 끓는 사내들은 일황의 지배에서 벗어날 날을 꿈꾸고, 새로 들어서게 될 눈부신 나라를 꿈꾸었다.

인류가 만들어 낸 가장 완벽한 통치체제란 어떤 것이냐, 해방이 될 경우 다시 복고 왕정제로 돌아가는 것이 옳으냐 그르냐를 말하며 그들은 눈을 빛냈다. 서양에서 자리 잡은 '공화제'라는 이상적 통치체제에 대한 이야기를 은밀하게 나누며 들뜬 목소리를 내기도 했다.

시간이 지나가며, 그것을 위해 우리가 무엇을 해야 하느냐, 까지 이야기가 흘러가기 시작했다. 그럴 때는 으레 해가 진 다음, 사람들의 눈을 피해서 좀 더 많은 사람이 모였고, 순사 보조원이 들이닥치지 않은 날이면, 밤을 새우는 일도 드물지 않았다. 몇 해 전 만세운동의 참담한 결말에 낙담한 그들은, 더 이상 평화적인 방법을 신뢰하지 않았다.

덕희는 그들의 이야기를 제대로 이해하지 못했다. 다만 깊은 밤, 사모하는 이가 담장 하나를 격하여 있다는 사실만으로, 그리고 그들이 자신은 감히 끼어들지도 못하는 큰일을 도모하고 있다는 사실만으로, 덕희의 속은 하염없이 출렁거렸다.

"덕근이, 나 자네 동생하고 정식으로 교제하고 싶은데."

덕희가 따끈한 꿀차와 직접 만든 타래과가 담긴 소반을 들고 사랑채로 들어설 때, 낮고 정중한 목소리가 방 안에서 들렸다. 발이 그대로 얼어붙었다. 오라버니의 어이없는 듯한 웃음이 한참 이어졌다.

"염치없는 놈일세. 아버님께서 그 애를 얼마나 귀애하시는지 알면서 그래?"

"어, 그래. 내가 날도둑놈처럼 보일 건 알겠지만, 아버님 눈에야 누군들 그렇게 안 보이겠나?"

멀리 갈 것도 없이, 내 눈에도 날도둑놈으로 보여. 헛웃음을 짓던 오라버니가 진지한 어조로 말을 덧대었다.

"걔, 성격 보통이 아니야. 우리 집안에서 제일 먼저 단발랑(斷髮娘)이 된 게 덕희라고. 조그만 애가 겁도 없고, 머리도 여간 아니야. 내년에 이화여전 영문과에 들어가게 되었다고 말하지 않았던가. 자칫하면 자네 평생 휘둘리면서 살걸?"

"내가 그런 점에 반했으니 암말 말게. 아름다운 장미라면 가시가 있어야 하고, 맛좋은 김치라면 쏘는 맛이 있어야 하지. 사랑방에서 함께 세상 돌아가는 이야기를 나눌 수 있는 여성이야말로 내가 바라는 바야."

"아버님께 다리몽둥이 얻어맞을 각오가 되어 있다면, 내 한번 이야기 해 봄세."

껄껄 웃는 오라버니도 기분이 썩 나쁘지는 않은 모양이었다.

덕희는 기척도 내지 못한 채 소반을 들고 그대로 부엌으로 도망쳤다. 부엌 턱에 발이 걸리면서 꿀차가 담긴 소반이 바닥에 나뒹굴었다. 하지만 아픈 것도 전혀 느끼지 못했다.

덕희는 여전에 입학하던 해 여름, 전영호와 약혼했다. 사내의 집이 가난하고 아비 없음이 흠이긴 했으되, 사람됨이 훌륭하고 성품이 사나이다운 점이 그녀의 아비에게 좋게 보였던 덕이었다.

아버지는 영호가 보성전문학교를 우등으로 졸업하고, 젊은 나이에도 고서화에 조예가 깊음을 기특하게 생각했고, 그의 죽은 아비가 몇 해 전 김좌진 장군 밑에서 순국했음을 장히 여겼다. 가난한 적이 없었던 대갓집의 주인에게, 올곧고 똑똑한 사위 자리의 가난은 외려 흠이 아니었다.

약혼이 결정된 날, 덕희와 춘방은 손을 붙잡고 밤새워 울고 웃기를 되풀이했다. 믿을 수 없을 만큼 행복했다. 저렇게 잘나고 훌륭한 분이 내 사람이 되는구나. 꿈만 같았다. 다만 한 가지 걱정스러운 것이 있었다.

영호는 약혼녀가 학업을 계속하고 싶다 하는 말에, 한숨을 푹 쉬었다.

"약혼까지 해 놓고 몇 년이나 참으라니, 너무하시는군요. 이거, 덕희 씨 좋아하는 저한테는 무척 잔인한 고문인 거 아닙니까?"

크고 따뜻한 손이 작고 보드라운 손을 감싸 안았다. 살짝 훔쳐본 얼굴은 꽤나 상심한 듯했지만 볼에 팬 보조개는 여전했다. 심장이 터질 것처럼 들뛰었다.

"좋습니다. 똑똑하고 당찬 여성을 바랐으니, 내가 감수합니다. 대신 학교를 졸업하는 날, 바로 혼인식 올립니다."

감싸 안은 손에 가만히 힘이 들어갔다. 덕희의 머리 위로 쏟아지는 한숨이 뜨끈하게 느껴졌다.

이듬해 이른 봄, 춘방은 집에서 머슴을 살던 황막쇠와 결혼하여 제금을 나갔고, 그해가 지나기 전에 아들 칠우를 낳았다.

덕희가 졸업을 한 해 남겨 놓고 있던 해, 광주에서 소규모 학생 시위가 터졌다. 일본인 남학생들이 조선인 여학생들을 희롱하다가 학생 간 패싸움이 벌어진 것이 발단이었다. 일본인 순사는 아무런 경위도 듣지 않고 조선인 학생들만 구타했다.

격분한 학생들의 항의에서 시작된 가두시위는 이내 숱한 학교들로 퍼져 나갔고, 이내 각 학교의 휴교령으로 이어졌다. 하지만 그간 누적되었던 반일 감정으로 인해, 연합 시위는 전국의 학교로 퍼져 나갔다.

독립운동단체인 신간회에서는 그것을 전국적인 항일운동으로 연계할 계획을 세웠다. 반일학생시위는 마른 짚단에 불붙는 기세로 진행되었다.

신간회 산하 학생전위동맹의 비밀 활동책을 맡고 있던 영호는 서울 시내에 있는 학교에 수천 장의 격문을 뿌렸고, 일주일도 되지 않아 바로 수배되었다. 일본 경찰의 그물망이 촘촘한 경성에서는 길게 피신할 수 없었다.

해를 넘기기 전, 그는 만주에 있는 한국독립당과 연줄이 닿아, 국경을 넘기로 결심한다. 1929년, 스무 살의 덕희는 두려움이 없었다. 함께 만주로 가겠다 강청하는 약혼녀에게, 영호는 처음으로 깊이 입을 맞춘 후, 파혼을 통고했다.

○　●　○

김준일 교수는 수업을 마치자마자 갤러리 려로 달려왔다. 박이완 실장의 목소리가 싸늘한 것이 마음에 걸렸다. 인사동에 도착하니 벌써 사방은 어둑어둑하다. 이완은 사무실 안쪽에 있는 별실에서 기다리고 있었다. 화각함을 앞에 놓고 팔짱을 낀 이완의 표정은 돌처럼 굳어 있었다.

"전시회 광고 수정이 대대적으로 이루어진 모양입니다? 서담 박부전의 유물 수집이 간송의 수집처럼 애국 운동의 일환으로 이루어진 것이다? 내세울 것 없는 집안인 줄 알았는데 저도 모르게 그런 영광스런 짓을 했었다니, 저는 전혀 몰랐군요."

"아, 언짢으셨습니까? 서담 박부전이라는 이름이 그리 유명한 편이 아니라, 새로운 콘셉트가 필요하다는 중론 때문에 그렇게 되었습니다. 저희 같은 사람도 쉽게 접하지 못하는 A급 유물들이 한꺼번에 들어왔는 데, 홍보가 부족해서 많은 사람이 보지 못한다면 얼마나 아깝습니까. 이번에 새로 잡힌 광고 콘셉트 정도라면 이번 전시회에 대한 관심과 호감도가 급상승할 것이라는 홍보팀의 분석이 있었습니다."

"분석은 분석이고, 아닌 건 아닌 겁니다."

준일은 답답하다는 듯 길게 한숨을 쉬었다.

"생각해 보십시오. 항일운동의 일환으로 유물을 수집했던 간송 선생의 인지도가 얼마나 높고, 이미지가 얼마나 좋은지. 서담 컬렉션은 간송 박물관에 있는 유물과 비교해서도 절대 뒤지지 않습니다. 그건 박 실장님이 더 잘 아시지 않습니까?"

"인지도와 이미지가 그리 중요합니까? 이렇게 가당치 않은 광고를 낼 정도로?"

"무엇이 가당치 않단 말입니까?"

"박부전이 누구의 아들인지 아시지 않습니까."

준일은 손을 크게 저으며 딱 잘라 말했다.

"그걸 누가 압니까! 저처럼 한국사를 전공한 사람도 박 실장님이 말씀해 주시기 전엔 몰랐습니다. 더욱이 측실의 자제라, 박제순의 호적에도 올라 있지 않잖습니까. 문서상 박제순 대신에게는 총독부에서 관리를 했던 박부양이라는 적자 한 명만 있는 것으로 알려져 있습니다."

이완의 얼굴에 불쾌한 기색이 점점 짙어졌으나 준일은 여전히 여유 있게 웃었다.

"박 실장님, 생각해 보세요. 서담 선생이 을사오적 중 한 명이었던 박제순 대신의 아들이라는 걸 누가 안단 말입니까? 아무리 검색해도 자료가 나오지 않는 사람이니, 박제순 자작과 무슨 재주로 연결을 시키겠습니까? 박 실장님께서 앞장서서 떠드시지만 않으면 말이 나갈 일도 없지 싶습니다만."

"로스앤젤레스나 뉴욕에서는 알고 있는 사람이 없지 않을 텐데요. 이민자 사회란 생각보다 작고, 교류 장소가 제한되어 있는 데다 뒷말까지 많은 사회입니다. 누가 누구의 후손인지 한두 대만 거슬러 올라가면 아는 사람이 나오게 되어 있습니다."

이완은 잇새로 으르렁거렸다.

"예의상 서로 집안에 대해 덮고들 살고 있지만, 작정하고 캐고 들면 알 사람은 알게 되어 있어요. 물론 지금 후손들에게까지 돌을 던지면 억울한 일이겠습니다만 저한테 집안 이야기는 결코 자랑스러운 게 아닙니다. 10대가 지나가도 별로 자랑스러워질 것 같지 않군요. 그러니, 그따위 광고가 나가면 얼마나 가소롭고 재수 없게 느껴질지 모르시겠습니까? 교수님은 친일세력 후손들의 토지반환 소송을 보면 기분이 좋던가요?"

이완의 강경한 태도에 김준일 교수는 난감한 빛을 띠었다.

"신문 광고도 동일한 콘셉트로 나갔습니까?"

"예. 면목이 없군요. 미리 수정된 걸 한 번쯤은 귀띔을 해 드렸어야 했는데."

"지금이라도 바꿀 방법은요?"

"당장 내일 조간신문부터 광고가 나가는걸요. 4대 일간지에 5단 6칼럼 박스광고입니다. 지금은 뺄 수 없어요. 그리고 다시 한번 말씀드리지만 너무 걱정하지 않으셔도 괜찮으실 겁니다."

"저는 들킬까 봐 걱정해서 이러는 게 아닙니다. 제 스스로가 기가 막히고 낮이 없어 이러는 겁니다. 저는 지금이라도 광고를 회수하고 위약금을 물어야 한다고 생각합니다."

"박 실장님!"

"항일 애국이요? 박부전, 박제순 집안에서? 저는 못 합니다. 남들이 다 몰라도 저 스스로는 알지 않습니까. 저는 그렇게 후안무치한 광고를 할 정도로 뻔뻔하진 않습니다."

"정 그러시면 박물관 홍보팀장과 다시 의논해 보겠습니다만……."

준일은 못마땅한 얼굴로 말끝을 흐렸다. 확답은 어렵겠다, 왜 괜한 일로 긁어 부스럼을 만드느냐는 말이겠지. 이완은 고개를 흔들고 짜증스럽게 한숨을 쉬었다. 이것저것 걸린 일마다 속이 뒤집힌다. 앤드류는 다시 말짱한 태도로 돌아와 매장을 지키고는 있으나 사라진 민호에 대해서는 의식적으로 말을 꺼리고 있었다. 민호는 여전히 돌아올 생각도 하지 않는다.

퇴원 수속을 하고, 화각함을 조심스럽게 차에 싣고 오는 동안도 신경이 바짝 곤두서 있었다. 행여 화각함이 차에 실린 상태에서 되돌아올까봐, 그러다가 다치거나 아니면 아예 어긋난 시간으로 가 버렸을까 봐 얼마나 걱정을 했는지 모른다. 그렇게 화각함을 다시 별실에 갖다 놓고 새로 한나절이 지나갔는데도, 민호는 여전히 종무소식이다.

열쇠를 만들어 오려는 건가, 얼굴이 곱지만 앙칼졌던 그 여자가 민호를 붙잡아 놓기라도 한 건가. 제 손으로 목을 맸던 여자니 어떤 독한 일을 할지 알 수 없지 않나.

일제 강점기. 사진보다 열 살은 더 숙성해 보이는 그녀의 얼굴. 사진을 찍은 후로 10년쯤 흐른 건가? 쇼와 12년 정도라 친다면, 1930년대 중후반 정도? 민족 말살기에 가까워지고 있는 시기.

들어간 시기가 좋지 않다.

이완은 팔짱을 끼고 창밖을 내다보았다. 블라인드 사이로, 작은 골목길 풍경이 내려다보인다. 어디엔가 전화를 하던 김준일 교수가 고개를 갸웃하더니 이완에게 고개를 돌렸다.

"혹시, 민호 지금 어디 있는지 아십니까? 여기 출근하기 시작한다고 들었습니다만."

"기다리는 중입니다."

"혹시 트래킹 중입니까?"

이완은 무겁게 고개를 끄덕였다.

"민호 씨가 잠깐 들어갔다가, 심정지가 온 사람을 한 명 데리고 나왔습니다. 그래서 세브란스까지 데리고 가서 살려 낸 다음에 있던 곳으로 돌려보낸다고 함께 갔습니다만……. 바로 올 줄 알았는데 몇 시간째 소식이 없군요."

체크 재킷 사나이의 입이 떡 벌어졌다.

"사람을 데려왔다고요? 맙소사. 미치겠군. 제발 흔적 없이 조용히 다니라고 그렇게 신신당부를 했는데! 이젠 별짓까지 다 벌이는군요."

"가서 열쇠를 찾아오마고 했어요. 그 여자를 데려다 놓고 열쇠만 받아서 바로 온다 했습니다만."

"기, 김춘방 여사를 모셔 온 겁니까?"

"김춘방 할머님이 모시고 있던, 화각함의 전 주인입니다. 조덕희라고 하죠. 춘방 할머님이 모시던 주인집이 호판대감 댁으로 불렀다 들었습니다. 그렇다면 아마 헌종 치하에서 호조판서를 했던 조영헌의 손녀 정도로 짐작이 됩니다."

준일은 여전히 입을 벌린 채 버버버 하였다. 이완은 길게 한숨을 쉬었다.

"할머님에게든 조덕희에게든, 잠시만 열쇠를 빌려 오면 될 거라 생각했습니다. 저나 민호 씨나 바로 돌아올 수 있을 거라 생각했고요. 일이 이렇게 간단하게 해결될 거라 믿은 제가 순진했습니다."

"제가 말하지 않았습니까. 시간 여행은 돌아오지 못할 위험이 상존한다고."

"말씀하시지 않아도 이제 뼈저리게 느끼고 있습니다."

속이 타서 미칠 것 같다는 말은 간신히 삼킬 수 있었다. 김준일 교수는 지난번처럼 화를 내지도, 말을 덧대지도 않았다. 김 교수 역시 같은 이유로 이완에게 비난을 받았었다. 이완도 말을 멈추고 인사동 골목을 오가는 사람들을 물끄러미 응시했다.

'차라리 같이 갔어야 했는데.'

속이 다시 지글지글 끓는다. 모든 것이 다 눈에 거슬렸다. 블라인드에 살짝 얹힌 먼지도, 유리창에 그려진 땟물도, 바닥에 남아 있는 흠집까지도. 특히 뒤에서 안절부절못하는 체크 재킷의 사나이가 가장 거슬렸다.

"교수님은 이런 일을 많이 겪으셨다면서, 매번 이렇게 걱정되십니까?"

"당연하죠. 어떻게 걱정이 안 되겠습니까."

"지난번에 민호 씨가 사라졌을 때, 교수님께서 화를 내셨던 게 이해가 됩니다. 연락 하나 할 수 없는 상태로 기다리기만 하는 시간이 정말 불안해서 미칠 지경입니다."

"그래도 저만 하겠습니까. 저는 민호와 알고 지낸 지 벌써 10년입니다. 시간 여행에 대해 서로 편하게 이야기를 나눌 수 있는 사이이기도 하고요. 친오빠 친동생보다 더 가까운 사이예요. 이럴 때는 속이 바작바작 까맣게 탑니다."

"친오빠 동생보다 더 가까운 사이라."

이완은 천천히 뇌까렸다. 되씹을수록 속이 시렸다. 어울리지 않고, 보기도 흉한 안경을 줄곧 쓰고 다니던 이유도, 부러진 안경다리를 본드로 붙여 쓰고 왔던 이유도, 저 사람이 선물한 것이기 때문이었다.

그뿐이 아니었지. 욱하고 화가 치미는 순간에도 교수님 책임이 아니고 제 책임이라며 나서지 않았던가. 확인 작업을 위한 시간 여행이 내키지 않음에도 군말 없이 승낙한 것도, 김준일 교수가 고소당하지 않도록 막기 위한 것이었다.

무엇보다, 두 사람 사이에는 시간 여행자들끼리만 통하는 무언가가 있는 것 같다. 다른 사람은 감히 끼어들지 못하는 세계가.

훅. 속에서 불이 치솟았다. 불길 속에는 어떤 감정이 숨어 있었다. 쾌와 불쾌로 단순하게 나누자면 분명 '불쾌'에 속할 감정이지만 그 정체는 확실치 않았다. 불확실함 때문에 이완은 더욱 불쾌했다. 속에서 계속 맴도는 한 가지 질문. 눈앞에서 인상을 쓰고 있는 체크 재킷 사나이에게 묻고 싶은 한마디가 목구멍까지 차올랐다. 이완은 주저하다가 조용히 입을 열었다.

"친동생보다 더 가까운 사이란 어떤 겁니까?"

"예? 무슨…… 말씀이신지?"

김준일 교수는 놀란 얼굴을 했다. 이완은 구체적으로 풀어 물었다.

"교수님은 윤민호 씨한테 특별한 감정이 있습니까? 이성으로 호감을 갖고 있다거나."

"아이고! 노총각 혼삿길 막으려고. 저 내달에 결혼하려고 날 받았어요. 며칠 있다 청첩 드리려고 했는데 무슨 말씀을!"

김준일 교수는 손사래를 치며 크게 웃었다. 하지만 찰나의 망설임이 이완의 눈에 띄었다. 손을 흔들기 전, 어색한 웃음을 띠기 전, 순간적으로 스치고 지나간 흔들림. 이완은 눈썹을 찌푸렸다. 스멀스멀하는 불쾌감이 점점 선명해진다. 하지만 이완은 매끄럽게 웃을 수 있었다.

"아아, 좋은 일이군요. 축하드립니다. 그래도 교수님 명망에 비하면 결혼이 꽤 많이 늦으셨습니다."

"에이, 이제 겨우 시간강사 딱지 뗐는걸요. 시간강사 때만 해도 가진 것 없는 앵벌이나 다름없어서, 귀한 집 딸 달라고 하기가 얼마나 눈치 보였는지 모릅니다. 조교수 간판 달고서야 허락이 떨어졌어요. 여자친구도 미국에서 석사까지는 하겠다고 고집을 부려서, 자칫하면 나이 마흔에 결혼식을 할 뻔했습니다. 그래도 유학 전부터 칠팔 년이나 한눈 안 팔고 기다려 주었으니 고마울 뿐입니다."

"그것참, 그랬다가는 교수님께 우주적 재앙이 될 뻔했습니다. 장거리 연애인데도 그 정도 기간이라면 정말 대단하군요. 어떻게 만나신 겁니까?"

"저희 인문대 학장님의 막내딸입니다. 조교 일을 하다가 우연히 알게 되었죠."

아하. 이완은 한쪽 입술 끝을 살짝 올리며 웃었다. 김준일 교수답군. 전시회 성사시키는 과정을 보아하니 정치적인 감각이며 사람 다루는 솜씨가 좋은 축일 거라 짐작했었다. 아니나 다를까. 결혼할 여자도 연줄 좋고 뒷배 든든한 사람으로 재빠르게 잡은 모양이다. 이완은 팔을 느슨하게 풀며 편안한 어조로 튕겨 보았다.

"교수님은 그 여자친구분을 굉장히 아끼시나 봅니다."

"그렇죠. 나이 차이도 꽤 나요. 민호보다 더 어린걸요. 고리타분하다 구박 안 하고 오래 기다려 주었으니 고맙죠."

이번에도 이완은 대답하기 전까지의 짧은 망설임을 발견했다. 저도 모르게 살짝 흘러나오는 한숨과 아래로 향한 시선까지. 세 가지는 하나의 사실을 말하고 있다. 이완은 기어코 그것을 확인하고 싶었다.

"교수님은 윤민호 씨한테 특별한 감정이 있습니까? 이성으로서 호감을 갖고 있냐는 말씀입니다."

같은 말을 두 번 되풀이해 묻는 이유를 김준일 교수는 알았다. 아까 제대로 대답하지 않고 의뭉하게 넘겼으니까. 하지만 이번에는 대답하지 못했다. 왜 그런 것을 묻느냐 따지지도 못했다. 숨 막히는 침묵이 두 사람 사이를 가득 채웠다.

○　●　○

"영호 되련님은 그때만 혀두 저희 아씨 고집이 월마나 씬 줄 모르셨던 게지유."

춘방은 길게 한숨을 쉬더니 다시 숨죽은 목소리로 설명을 시작했다.

"작은주인님이나, 영호 되련님이나, 나라를 위헌 큰일에 뜻을 품게되신 건 워찌 보면 당연허구, 장헌 일이었지유. 영호 되련님은 무사히 만주꺼정 가서서, 지청천 장군 밑이서 동에 번쩍, 서에 번쩍 홍길동이처럼 신출귀몰 댕기셨구, 작은주인님은 만주루다가 군자금을 종종 보내셨구먼유. 황 서방도 몇 해 전에 만주에 한 번 댕겨왔지유."

민호는 고개를 끄덕였다. 만주에 다녀온 남편의 이야기를 하는 춘방은 조심스러우면서도 자랑스러운 목소리였다. 득이 되는 것도 아니고, 힘들고 위험한 일일 텐데. 잡히면 언제 죽을지 모르는 일이었을 것이다. 코끝이 찡하고 가슴에 바위가 박힌 것처럼 먹먹했다.

어느 시대나, 어느 장소나, 사람들은 자신을 위해서만 살지만, 그래도 간혹 큰 뜻을 위해 자신이 가진 것을 희생하는 이들이 있었고, 그 뒤에는, 그들을 존경하며 자랑스러워하는 이들이 있었다.

물론 희생을 감수한 이들이 매 순간 거룩하고 이성적인 판단으로 자신을 내어던졌던 게 아니라는 것 정도는 안다. 어쩌면 일순간 속에서 욱하고 치받는 공분으로 가시밭길을 선택하게 되는 경우도 있었을 것이다.

전영호라는 사람이나 덕희의 오라버니라는 사람은 무슨 이유로 그런 길을 선택했을까? 그저 이것이 바른길이라는 신념뿐이었을까? 남들이 모르는 치밀한 계산이 있었을까, 혹은 뒷일을 생각하지 않는 젊은 혈기였을까.

잘 모르겠다. 그토록 오랫동안 열렬히 사랑하던 사람과, 편안하고 안락하게 보장된 미래를 던지는 이들의 마음을, 그리고 그것을 속으로 삭이며 받아들여야 하는 주변 사람의 마음을, 민호는 도저히 짐작할 수 없었다. 다만 눈앞의 춘방처럼, 그들을 깊이 존경하면서도 안타까워하는 마음까지는 이해할 수 있었다.

"아씨는 되련님 뱃속을 뻔히 아는지라, 파혼을 받아들이지 못허겠다구 혔지유. 그래서 대감마님의 큰 노염두 사셨구유. 대감님도 속이 말이 아니셨지유. 하나 있는 아드님은 전문학교꺼정 나와서 걸핏허문 순사헌티 잡혀가고 몹쓸 꼴 당허는 걸 빼 오셔야 혔구, 애끼시는 똑똑하고 고운 딸은 시나브로 늙어 가는디 사위 자리는 만주서 꿩 궈 먹은 소식이지유, 와서두 왜놈덜이 판치구 지랄허는 시상에서 번듯허게 자리 잡구 사실 수 있것슈? 고생질 훤히 뵈는디, 그걸 워치케 기냥 냅둔디유?"

"음."

"대감마님께서 다른 이허구 혼인허시란다구 아씨는 곡기를 끊구 드러누우셨지유. 나넌 지다릴 수 있다. 늙어 죽을 때꺼정두 지다릴 수 있다. 파혼을 되물리 달라. 되물리지 않으면 굶어 죽거나, 만주루다 가서 사생결단을 낼것다, 그러셨잖유. 아씨가 어릴 적부텀 독한 디가 있었거든유."

민호는 천천히 고개를 끄덕였다. 그 여자라면 충분히 그러고도 남을 것 같다.

"영호 되련님허구, 대감마님께서 결국 항복하셨지유. 정말루 열흘 넘게 곡기를 끊구 해골이 돼서 누워 있는디, 그냥 두면 송장을 치것는디 워칙허겠슈. 결국 대감마님께서 만주루다 연통을 넣으셨구, 만주에서 비밀루다 전보가 왔지유. 조선이 독립허거나, 사정이 나아지는 대루 아씨를 데리러 오겠다구유."

"아하."

어느새 날이 뉘엿뉘엿 저물었고, 춘방은 옆에 있던 초에 부싯돌로 불을 댕겼다. 민호는 가만히 고개를 끄덕이며 이야기를 기다렸다.

"한국독립당이라나 하는 디서, 독립군을 새루 만들었는디, 영호 되련님이 거서 큰일을 허신다지 않것슈? 그동안 월매나 신출귀몰허게 피해 다니셨는지 몰러유. 근디 근자에 군자금 오는 기 수월찮었는지, 직접 경성에 잠입혔다가, 해필 되련님 얼굴을 아는 앞잽이 놈허구 역전서 딱 마주쳤다지 뭐여유. 그때라두 작파허구 돌아가싯어야 혔는디. 돈이야 야중에 보낼 수두 있잖유."

"……"

"영호 되련님, 이 집이서는 딱 하룻밤밖에 못 지셨시유. 아씨가 만주 갈 짐을 꾸리시는디 쥐새끼 놈들이 새벽버텀 순사들을 끌구 다닥쳐서 작은주인님허구, 영호 되련님허구 잡아끌구 가는 것두 모질라서, 사랑채, 별채에 든 유물들을 싹 쓸어 간 게유. 그 질루 두 분은 또 이별허구 마셨구만유. 5년 지다려서 제우 얼굴 한 번 뵈셨는디!"

춘방은 분해 죽겠다는 듯 가슴을 펑펑 쳤다. 저런. 민호는 눈썹을 지그시 찌푸리며 물었다.

"두 분 지금 수감 중인 거야? 상태가 어떤지 혹시 알아?"

"지는 상태는 잘 모르구유, 메칠 전에 아씨가 겁두 읎이 혼자서 면회

261

를 갔다 오싯는데, 그담부터 말 한 마디 못 허시더니, 오늘 목을 매신 거구먼유. 상태가 썩 좋덜 않으싯나, 뭔 말이라두 들으셨나. 창세기가 바작바작 타는디, 갓난쟁이 때미 수월허게 들이다볼 수가 있어야쥬."

춘방은 한참 물코를 들이켜더니 결국 지저분한 옷고름에 코를 휑 풀었다.

"친구분이 찾아오셔서 워찌나 고마운지 몰러유. 잠시만이라두 지시면서 아씨 좀 붙잡어 주셔유."

순간 밖에서 쾅쾅대는 소리가 났다. 나이 든 여자의 찢어지는 소리와 낯선 사내의 고함이 날카롭게 부딪쳤다.

"덕희, 덕희 씨를 모, 모셔 와! 안에 덕, 덕희 씨 계십니까!"

○　●　○

"저 더러운 자식이 감히 무슨 낯짝으로 여기에 발을 들여놓아!"

이를 바득 갈며 뛰쳐나간 덕희는 대문을 확 열어젖혔다. 높고 강파른 덕희의 목소리가 밤공기를 쨍쨍 갈랐다.

"정신이 나갔군요! 예가 어디라고 찾아옵니까? 십년지기들을 팔아 사지로 몰아넣은 버러지 같은 인간이 무슨 염치로요! 왜요. 이따위 자동차라도 끌고 오면 예전처럼 부전 오라버니, 이 쇠귀신은 무어요, 하고 놀란 척이라도 해 줄 줄 알았습니까?"

시커멓고 큼직한 독일 자동차가 넓은 대문 앞을 꽉 틀어막고 있었다. 집에서 일하는 하인인 듯한 늙은 여자 몇몇과 주변에서 구경 나온 사람들이 얼씬거렸다. 그 앞에 중키의 양복 사내가 동그란 안경에, 검은 중절모를 쓰고 안절부절못하며 서 있다. 얼굴에는 초조한 빛이 가득했다.

"우리 집에서 빼돌린 유물들도 잘 챙겨 두셨겠습니다? 이번엔 창고까지 알뜰하게 털어 갔으니, 뿌듯하시겠습니다. 집에서 일하는 아이들은 아무것도 모르니 사람 상하기 전에 풀어 주시지요."

"아, 오, 오해가 있……습니다. 덕희 씨. 지금, 지금 말씀드리진 못하지만……."

"오해? 무슨 오해? 순사들이 우리 집에서 압수해 간 물건들이 당신집 창고에 쌓여 있는 걸 본 사람이 한둘이 아닌데 무슨 오해를 했단 말입니까? 부끄러움도 모르는 집안이니, 친구를 팔아서라도 그것들을 집어삼켜야 했겠지요. 안 그렇습니까?"

"그, 그런 게 아닙니다! 오해십니다! 애초 유, 유물에 욕심낸 건 경시청의 형사부장 하, 하야시 상이고, 제가 아닙니다. 그자, 그자가 그것들을 본토로 실어 간다기에, 제가, 제가 그, 급하게 막은 것뿐입니다. 제, 제가 어떻게 감히……."

"핑계도 좋습니다. 하야시 상이 기껏 빼돌린 유물들을 왜 그 집에 갖다 바치겠습니까? 위세 당당하신 박제순 대감님이 돌아가신 것도 오래전 아닙니까? 당신도, 유물에 관심은 없었을지 몰라도 돈 냄새를 잘 맡는다는 건 압니다. 후일 돈이 될 만하다고 누가 충동이라도 했겠지요. 거기에 총독부에 계시는 형님의 뒷배도 든든하니 못 할 것이 무엇이겠습니까."

"이……러지 마세요. 덕희 씨, 저, 저는 덕희 씨를 도와 드리려고……."

"도와요? 뭘?"

"지금, 지금 덕희 씨는 몸을 피하셔야 한다니까요. 일, 일단 사정이 급하시니 우리, 저희 집으로라도 오세요. 저희 집은 순, 순사들이 함부로 드나들지 못합니다. 아시지 않습니까?"

"하! 누구 집이요?"

덕희는 사정없이 냉소했다.

"지금 저한테 범의 아가리 속으로 대가리를 들이밀라는 겁니까? 가서 무슨 험한 꼴을 당할 줄 알고? 사람 우습게 보지 마세요! 제가 약혼하기 전부터 추근추근 추파 보내던 것을 모를 줄 아십니까?"

"덕희 씨!"

"똑똑히 들으세요! 당신이 아무리 더러운 술수를 써도, 나는 전영호 씨의 약혼녀예요. 죽을 때까지 그의 사람입니다, 아시겠습니까?"

동그란 안경 너머의 눈이 크게 일그러졌다.

"덕희 씨, 제, 제발요, 무, 무슨 욕을 해도 좋으니, 제발……. 지금 자리를 피하, 피하셔야 합니다. 아까 여기에 왔던 사람은…… 더, 덕희 씨를 잡으러 왔던 겁니다. 다행, 다행히 자리에 안 계셔서 유물하고 눈에 띄는 하인들만 잡아, 잡아간 거예요. 순사들이 언제 다, 다시 들이닥칠지 몰라요. 제발 자동차에 타세요. 짐은 나, 나중에 사람을 보내 챙겨 오라 하면 됩니다."

"거 잘됐군요. 그럼 나도 잡아가라 해요. 나도 영호 씨 옆에서 같이 죽으면 되지 않습니까! 아쉬울 것 없어! 댁 같은 인간에게 더러운 추파를 받는 것도 끔찍하고, 이 넌더리 나는 주변 꼴도 두 눈 뜨고 못 보겠습니다. 더 이상 무슨 희망으로 살란 말입니까!"

덕희는 쨍쨍한 목소리로 악을 썼다.

"덕희 씨, 제, 제발! 제 말 좀 들어 주세요!"

"여기 문 닫고 소금 뿌려!"

덕희는 매몰차게 등을 돌렸다. 커다란 나무 대문이 삐걱거리며 닫혔다. 빗장 지르는 소리가 무겁게 울렸다. 모여들었던 사람들이 천천히 흩어지고, 커다란 자동차와 중절모의 사내만 남았다.

안에 들어가지 않고 대문 밖에 남은 민호는 어찌해야 좋을지 한참 망설었다. 저 사람의 절박한 어조가 마음에 걸렸다. 게다가 아까 덕희가 분명 '부전 오라버니'라고 했었다. 그러면 춘방이하고 결혼해서 박 실장의 할아버지가 될 그 사람이다. 지금 상황으로 봐서는 천만 년이 지나도 그런 일이 일어날 것 같지 않은데. 민호는 어찌해야 좋을지 몰라 담벼락 옆에서 엉거주춤 서서 눈치를 보았다.

중절모 사내는 사람들이 모두 흩어질 때까지 대문 앞에서 발을 동동 굴렀다. 그래도 끝까지 덕희가 나오지 않자, 결국 주먹을 꾹 움켜쥐고 자동차에 올랐다. 아무래도 만나서 이야기를 좀 해 봐야 할 것 같은데. 민호가 망설이는 동안 부르릉, 시동이 걸렸다. 민호의 머릿속에서 생각이 말끔히 사라졌다. 그녀는 자동차 곁으로 뛰어가 문을 두드렸다.

"혹시…… 박부전 씨 되시나요?"

"맞습니다. 저…… 뉘신지요?"

말을 더듬는 사내의 목소리는 의외로 정중했다. 뭐라 하지, 뭐라 할까. 민호의 머릿속이 데굴데굴 굴러갔다.

"어, 저는, 음, 덕희의 학교 친구인 민호라고 합니다. 윤민호."

"도와, 도와주십시오. 같은 이화여전의 동문이시라면, 더, 덕희 양을 설득해 주세요."

엽차 두 잔을 앞에 놓고, 중절모의 사내는 모자를 벗고 고개를 깊이 수그렸다. 그는 미국에서 몇 년 동안 유학 생활을 했다 하였는데, 그 때문인지 민호의 시대를 앞서 가는(?) 옷차림에 잠시 놀라기는 했으나 크게 개의치는 않는 눈치였다.

"오해, 오해를…… 살 만한 일이었던 건 압니다. 수, 순사들이 압수해 간 이 집의 유물들이, 제 집에 와 있는 걸 덕희 씨가 알게 되었거든요. 덕희 씨나 조 대감이나, 저희, 저희 집안에서 이 일을 사주했다고 믿고 있습니다. 그건 정말, 정말 아니에요."

"어. 솔직히 그건 의심을 살 만한 상황 같아요. 왜 그게 박부전 씨 집에 들어가 있나요?"

"겨, 경시청 고등계 형사부장인 하야시 신조(林晉三) 상은 조선, 조선의 고서화에 관심이 많고, 경성이나 지, 지방의 유서 깊은 집안에 내려오는 가보들, 유물들을 헐값에 쓸어 모으는 중이에요. 덕……희 씨 집안에서 물림하는 유, 유물이 대단하기로 소문이 자자하니, 하야시 상이 진작부터, 눈, 눈독을 들이고 있었는데 조 대감께는 먹히지 않았었죠……."

"아, 예. 그러면 이번엔 어떻게 된 건데요?"

"덕, 덕근이와, 덕희 씨의 약혼자인 영호가 독립, 독립운동을 지원하는 것이 큰 꼬투리가 된 거죠. 이, 이번에 둘을 잡아들여 갈 때, 증거 품목이라는 피, 핑계로 압수하도록 경찰 측에 압력을 넣은 겁니다. 귀에걸면 귀걸이 턱이라, 아닌 것을 뻐, 뻔히 알면서도 막을 수가 없었습니다. 하야시, 하야시 상은 그걸 교토의 본가로 실어 갈 생각이었어요. 제가 할 수 있는 일은, 그걸 제게 넘겨 달라고 부탁하는 정도였습니다."

민호는 눈썹을 가만히 찌푸렸다. 그렇다면 이 사람은 덕희에게 그렇게 욕을 먹을 게 아니라 고맙다는 인사를 받아 마땅하다. 그런데 왜 덕희는 그를 더럽다 매도하고, 말도 제대로 못 붙이게 하는 걸까? 민호는 조심스럽게 물었다.

"하야시 신조? 그 사람이, 달라고 하니까 그냥 순순히 주던가요?"

"그럴 리가요."

부전은 기름을 발라 정돈한 머리를 조심조심 쓸어 올렸다. 둥그스름한 얼굴에, 아래로 처진 눈, 큼직하고 우뚝한 코를 가진 사내로, 살짝 늘어진 턱 때문에 덕희보다 열두어 살은 더 먹어 보였다.

"어, 얼마 전 동척(동양척식주식회사)에서 본국인 이름으로 분양받은 토지의 절반을 하야, 하야시에게 고스란히 넘겨주기로 했습니다. 값으로 따지면 경성 내의 기와집 30채가 넘는 돈이 든 셈이죠. 그거, 그것도, 총독부에 계시는 부양, 형, 이복형님의 도움을 받아야 했습니다. 무, 물론 덕희 씨에게 이런 걸 알아 달라고 하는 건 아닙니다. 덕희 씨는 동척에서 본국인 이름으로 땅을 불하받는 짓 따위도 몹시 더럽게 보거든요. 저, 저는 다만, 덕희 씨 집안의 귀한 가보들이 보, 본토로 넘어가는 걸 차마 볼 수는 없었어요."

"본국이면, 일본 말씀하시는 거죠?"

"······죄송합니다. 제, 지, 집에서 생각 없이 쓰던 말이라. 일본으로 넘어간다는 말이었습니다."

"제가 들어가서 그 말을 전해 드리면 되는 건가요? 그 말씀을 하시고 싶어서 오신 건가요?"

"중요한 건, 그, 그게 아니에요. 지금 더, 덕희 씨가 몸을 피해야 하는데, 제 말을 믿지 않고 있습니다. 애초부터 제, 제 말을 믿을 생각을 안 하고 있어요. 물론 이해는 갑니다. 예전······부터 그랬던 것도 알고 있지만, 유물, 유물이 저희 집으로 와 있는 걸 알고부터는 아예 대, 대놓고 벌레 취급이에요."

"······."

"나, 나중에 때가 조, 좋아지면 돌려 드릴 생각이었습니다. 저······정말입니다."

그는 손수건을 꺼내 이마의 땀을 닦았다. 줄무늬가 선명한 양복 사이로 깨끗하게 다림질된 조끼와 셔츠, 그리고 반짝거리는 회중시계가 보였다.

덕희와 춘방이 악을 쓰며 욕을 하던 부전이라는 사람은 말을 더듬긴 하지만 제법 점잖고 조리가 있어 보였다. 민호는 의아해졌다. 그 정도 인연이 길었으면, 한 번쯤 해명이라도 들을 법하건만, 박부전이라는 사람은 덕희에게 왜 이렇게 맹렬한 불신을 받고 있을까.

"이상하네요. 덕희는 왜 박부전 씨를 그렇게 싫어하나요? 애초부터 그렇게 믿지 않을 만큼?"

"아무, 아무래도 오라버니와 약혼자가 긴 세월 독립운동에 투신했다 보니, 저희…… 집안을 버, 벌레처럼 보는 건 어쩔 수 없다고 생각했어요. 애초 더, 덕근이와 영호 정도 되는 이들이 박제순 자작 집안의 어, 얼자와 어울렸던 것 자체가 놀라……놀라운 일이었죠. 두 친구가 호방하고 생각이 트인 이들이라 가능했던 겁니다만."

그는 동그란 안경을 벗어 탁자에 놓고 양손을 깍지 꼈다. 민호는 그의 말이 이해가 되지 않아 머리에 쥐가 나도록 고민했으나, 전혀 짐작 가는 바가 없었다. 박 실장님 증조할아버지인 박제순 자작 집안이라. 자작이라는 호칭은 신기하다. 만화책에서 보던 귀족 작위를 우리나라에서 받았던 적도 있구나. 민호는 작은 목소리로 물었다.

"그런데 왜 덕희는 박부전 씨 집안을 벌레처럼 보는 건가요?"

"지금…… 그걸 몰라서 물으시는 겁니까? 아, 아니면, 새로 사람 놀리는 방식인가요?"

그가 허탈하게 쓴웃음을 지었다.

"아, 당연히 모르니 묻는 거죠! 자작 집안이라 싫어하는 건가요?"

부전은 이맛살을 찌푸리고 탁자에 놓아둔 안경을 썼다. 민호의 어리둥절한 얼굴을 찬찬히 살피더니 짧게 실소했다.

"허 참. ……당신 덕희 씨 동무 맞습니까?"

그는 말없이 자리에서 일어서서 엽차 값을 치렀다. 민호는 갑자기 멍청해진 기분이었다. 이봐요? 내가 좀 모를 수도 있지? 사람 쪽팔리게 그

268

렇게 무시하고 가 버리면 나는 어떡하라고?

"다른…… 말씀은 드릴 것 없고, 덕희 씨에게, 며, 며칠 내로…… 피신할 만한 곳을 찾았으면 좋겠다고 전해 주세요. 위, 위험하면 저희 집으로 언제든지 오시라고. 지, 지금 담당 서의 순사들도 갓 부임해서 의욕이 넘치는 데다, 위에서 있는, 있는 대로 쪼아 대니 도, 독이 잔뜩 올라서, 제가 영호나 덕근이에게 거의 손을 쓸 수 없는 상태예요. 더, 덕희 씨까지 잡혀가면 문제가 커집니다. 다른 마음은 없습니다."

"덕희는 아까 목을 맸다가 제가 간신히 살려 냈어요. 별로 살고 싶은 마음이 없는데 부전 씨한테 목숨을 구걸하러 갈 것 같지는 않아요. 어떡하죠?"

"목을…… 맸다고요?"

중절모를 쓴 사내의 입술이 바르르 떨렸다. 단장을 쥔 손에 핏줄이 돋을 만큼 힘이 들어간다. 그는 한참 만에야 떨리는 목소리로 말했다.

"사, 사실 덕희 씨가 아는 것……은 거의 없으니까 별 정보를 캐지 못하리라는 건 그, 그들도 알아요. 하지만 굳, 굳이 덕희 씨를 잡아가려는 이유 중…… 하나는, 영호 앞에서 덕희 씨를 고, 고문해서 영……호가 죽기 전에 갖고 있는 모든 정보를 불게 하려는 겁니다. 그, 그 바닥에서 제일 잘하는 짓……이에요. 여자들에게 몹쓸 짓을 하는 경우도 많……습니다. 여, 영호는 그것까……지 버티지는 못할 겁니다. 이, 이미 충분히 만신창이가 됐어요. 두…… 사람 모두에게 그런 일까지 겪게 하고 싶지는 않습니다."

"면회를 가 보셨나요?"

"매일…… 가, 가고 있습니다. 가 보아야, 제가 할 수 있는 게 아무, 아무것도 없습니다. 저는 차라리 영호가 빨리 숨이 끊어지기를 바라고 있습니다."

그는 참담한 표정으로 손에 든 모자를 눌러쓴 후 회중시계를 확인했다. 벌써 밤이 늦었다.

"덕희…… 씨 집까지 모셔다드리겠습니다."

○ ● ○

민호는 덕희의 방이 있는 안채 쪽으로 살금살금 들어갔다. 담을 넘어 들어간다고 하니 부전의 입이 떡 벌어졌지만, 한밤중에 이리 오너라 저리 오너라 꽥꽥 소리를 지르고 싶지는 않았다.

담장이 어깨높이 정도는 되었으되, 두어 번 버둥거린 끝에 넘어갈 정도는 되었다. 월장은 납작한 머리핀으로 자물통을 따는 기술과 함께 민호가 비어 있는 본가로 들어갈 때 항상 애용하는 방법이었다.

안채에서 나온 앳된 하인에게 들키긴 했지만 상관없었다. 민호의 행색이 뭐라 말할 수 없이 기괴했지만, 명색 주인아씨의 손님이었던 것이다.

덕희는 담담한 태도로 고개를 들었다. 흰 적삼 차림에 이불까지 깔아 놓은 걸 보면 막 잠잘 시간이 되었던 것도 같은데, 얼굴에는 잠기운이 하나도 없었다. 민호를 기다리고 있었던 듯했다.

"박부전 씨와 이야기를 나누고 온 건가? 그 인간이 무슨 시답잖은 말로 속을 쑤석이더냐?"

민호는 주춤거리며 그에게 들었던 말을 옮겨 주었다. 귀한 유물을 하야시 상 같은 일본 사람에게 뺏기고 싶지 않아서, 하는 말에 덕희는 구차한 변명이라 쏘아붙였고, 몸을 피신해야 한다는 말에는 한쪽 입술을 일그러뜨렸다. 하지만 아까처럼 신랄하게 비웃지는 않았다.

민호는 박부전의 아버지인 박제순 자작에 대해 물어볼까 망설이다 입을 다물고 말았다. 박부전의 반응을 보면 이 시대 사람에게는 아이돌만큼이나 유명한 듯싶은데, 섣불리 물었다간 대체 어디서 온 스파이냐 의심을 톡톡히 받을 것 같다.

그런 사람이 나중에 어떻게 김춘방 같은 아줌마와 결혼하게 될까? 김춘방은 이미 다른 사람과 결혼했다. 게다가 직접 와서 보니, 내추럴 본 무수리와 대갓집 돈 많은 사업가와의 레벨 차이가 생각보다 엄청났다. 아무리 민호의 꿈과 희망을 투사해 보아도 두 사람이 결혼할 가능성은 퍼펙트 제로 값이었다.

"어, 저기, 덕희 씨. 음, 김춘방 할머니, 아, 아니 춘방이는?"

"둘째 낳은 지 몇 달 안 되어서, 젖 먹이러 집에 갔어. 내일 아침에 다시 올 거다."

"자, 그, 그럼. 덕희 씨. 지금이라도 약속한 대로 열쇠를 좀 빌려 줘."

"오늘은 안 될 것 같아. 내가 확인할 게 있어."

덕희는 아무렇지도 않은 얼굴로 내뱉었다. 민호는 입을 딱 벌렸다. 그러고 보니 아까 탁자 옆에 얌전하게 놓인 화각함도 종적 없이 사라졌다. 이런 제기랄. 내가 못 가게 숨겨 놨나? 속에 든 말이 걸러지지 않고 입 밖으로 튀어나갔다.

"아이 씨발! 이 빌어먹을 계집애야! 너 정말 이러기냐! 나 안 가면 눈 빠지게 기다리는 사람이 있어……."

민호는 문득 말을 멈췄다. 생각해 보니 나 안 온다고 속 태우면서 기다리는 사람은 개뿔. 일주일 넘게 안 들어가도 여행지랄병이네 역마펄 떡살이네 타박하는 인간들만 널렸구나. 민호는 양심상 얼른 말을 바꾸었다.

"……눈 빠지게 기다리는 사랑하는 강아지가 있다고! 내가 안 가면 그 사랑스럽고 딱한 녀석은 변비에, 추위에, 굶주림에 시달릴 거란 말이야."

제발 나의 사랑하는 선정아, 우리 불쌍한 토마스 폰 에디슨 밥 좀 줘라. 똥 참다가 변비로 똥꼬 막히는 건 내가 알아서 뚫을 테니, 개밥이라도 좀.

선정은 개를 예뻐하긴 했지만, 개가 생산하는 2차 생산물은 눈으로 보는 것만으로도 칠색 팔색 하는 진성 프린세스였다. 박 실장에게 말을 해 놓긴 했으나, 믿을 종자가 따로 있지. 지금 토마스 폰 에디슨은 추운 방에서 한 그릇 물로 연명하면서, 터질 것 같은 배변 욕구를 참기 위해 사투를 벌이고 있을 것이다. 말하고 보니 정말 사정이 다급하지 않은가.

"개가 사람보다 소중한가? 너에게는?"

"염병, 말이 또 어떻게 그렇게 돌아가? 나는 네가 약속 안 지키고, 날 돌아가지도 못하게 막는 거 말하는 거야."

"내가 언제 돌아가지 못하게 막았더냐? 지금이라도 자가용 인력거든 가마든 내줄 터이니 재주껏 돌아가든가."

"인력거고 나발이고 다 필요 없고, 그 벌건 상자 어딨어! 나 갈 거야!"

"그 상자는 중요한 것이 들어 있어서 손이 타지 않는 곳에 숨겨 두었다. 그런데 이상하구나. 네가 돌아가는 것과 그 상자가 무슨 상관이지?"

민호는 입을 딱 다물었다. 어이쿠. 유도신문에 걸릴 뻔했다. 민호는 손을 휘휘 저으며 맹렬하게 고함쳤다.

"관계없어, 아아무런 관계도 없어. 신경 꺼셔. 맹세코 아무 상관 없는 일이야."

"어쨌든, 정말 미안하게 생각해. 조금만 참아 줘. 몇 가지만 이야기해 주면 바로 열쇠를 줄게. 정말이야."

덕희의 머리가 아래로 수그러들었다. 민호는 갑자기 말을 멈췄다. 꼿꼿하고 쨍쨍하던 덕희의 목소리가 이상해진 것 같다.

"네게 묻고 싶은 게 좀 있어서. 부탁이야."

덕희는 조용히 고개를 들어 올렸다. 일렁이는 촛불로, 그녀의 눈썹이 젖어 뭉쳐진 것이 보였다.

민호는 덕희가 내준 자리옷으로 갈아입고 옆에 새로 펴 준 요 위에 누웠다. 속적삼 따위를 입고 불편해서 어찌 자는지 알 수 없지만 청바지를 입고 자는 것보다는 낫다. 다른 방에 새로 군불을 넣게 하느니 요 옆에서 조용히 하룻밤만 자고 가는 것도 괜찮을 것 같다. 웃풍이 센 편이었지만 방바닥은 뜨끈뜨끈해서 기분이 한결 나아졌다.

말똥말똥. 잠이 오지 않는다. 혹시나 박이완 실장님이 나 기다리는 건 아닐까? 하긴, 바로 돌아올 줄 알고 있으니, 병원에서 기다리다가 짜증을 팍팍 내고 있겠구나.

거기서 이틀 이상 기다리고 있으면 좀 곤란한데. 1인실이니까 입원비도 몇 십만 원 더 깨질 테고, 열쇠 때문에 애를 태우고 있을 테니, 돌아가면 욕깨나 먹겠다. 옆에서 다시 조용한 말소리가 들렸다.

"민호, 라고 했던가?"

"응."

"누군가를 좋아…… 사랑해 본 적 있어?"

"……응. 아, 아니, ……음."

"뭐 대답이 그래?"

덕희가 피시시 웃었다. 민호는 투덜대며 대답했다.

"사랑에 대해선 나한테 묻지를 말라고. 혼자 옆에서 짝사랑한 것만 벌써 7년이야."

세상에. 덕희는 딱하다는 듯 혀를 찼다.

"왜, 말도 못 했어? 혹시 너하고 같이 있던 그 키 크고 잘생긴 사람인가?"

"아니, 아니야! 그게 뭔 말이야!"

민호는 기겁을 하며 소리를 빽 질렀다.

"어, 그보다는 조금, 아주 조오오금 못하지만 잘생긴 사람. 난 일단 좀 잘생겨야 불꽃이 튀더라고."

"그럼, 화각함을 가지고 들어왔던 그 사람만큼 잘생겼나?"

"어, ……똥꼬틱, 아니 아니 앤드류? 그보다도 아주 조금 더 못생겼지만 잘생겼어."

"뭐야. 잘생겼다는 말은 좀 걸러서 들어야겠는데? 사랑에 빠지면 곱사에 원숭이도 잘생겨 보인다더만. 그래도 7년이라니 대단하다."

"흥. 네가 7년 철벽 짝사랑의 슬픔을 알기는 해?"

민호는 어쩐지 불퉁해졌다. 덕희의 가벼운 웃음소리가 들렸다. 그녀의 웃음소리는 생각보다 부드러웠다.

"내가 왜 몰라? 나도 영호 씨 좋아할 때 혼자 속앓이를 몇 년이나 했는지 몰라. 어렸을 때부터 항상 자유연애를 꿈꿨는데, 막상 그 사람 앞에 서면 말 한 마디를 못 하겠더라고. 봉숭아 물 들인 걸 섣달까지 남겨 두려고 손톱을 길게 길렀다가 오라버니께 야단맞기도 했고, 춘방이가 밤에 가위로 몰래 잘라 버려 하루 종일 울기도 했고."

짤막한 웃음소리가 들리다가 바로 스러졌다.

"이렇게 말해 볼걸, 저렇게 웃어 볼걸, 너무 되바라졌을까, 너무 팔삭동 같았을까. 바보처럼 그 사람이 오기만 하면 오만 팔푼이 짓은 다 해놓고 밤새 춘방이만 들들 볶았었어. 그래서 그분도 나를 좋아한다는 걸 알았을 땐 온 세상을 다 가진 기분이었지."

말끝이 쓸쓸해진다. 춘방에게 이야기를 들었던 민호는 그녀의 아픈 러브스토리를 굳이 캐내지 않고 가만히 두었다.

"민호 씨는 참 이상하네. 만난 지 얼마 안 되었는데 속의 이야기를 다 털어놓아도 될 것 같은 생각이 들거든."

"내가 좀 그래. 유치원 다닐 때부터 애들이 나한테 온갖 인생 상담을 다 하더라고. 내가 만만한가 봐."

"만만한 게 아니고, 묘하게 그런 분위기가 있어. 입도 무거울 것 같고. 무슨 이야기를 해도 편안하고 괜찮을 것 같은."

그따위 신뢰나 편안함 따위 싫거든? 그것도 능력이라면, 시간 여행 능력만큼이나 어지간히 귀찮고 쓸모없는 능력이다.

학교를 졸업하니 유치원 꼬마 신사 숙녀의 연애상담과 인생 고민부터 친구들의 술주정, 선정이와 같이 살고부터는 그녀의 장밋빛 연애 스토리와 몇 달 후 으레 찾아오는 실연의 아픔을 매일 밤 되풀이해 들어 주어야 했다.

하다못해 아까 춘방 여사도 생전 처음 보는 나를 붙잡고 구구절절 하소연이 늘어지지 않았나. 나도 여왕처럼 오만하고 도도하고 남들이 함부로 말 못 붙이는 비싼 여자가 되고 싶었다고.

"민호 씨도 외사랑을 그리 길게 했으면, 말이나 한번 해 보지그래?"

"말하면 안 돼."

"왜? 민호는 어떤 신여성보다도 훨씬 솔직하고, 거침없는 것 같은데? 자유연애를 할 용기는 없는 건가? 아버지가 정해 주신 사람이 있는 거야?"

"엄마 아버지 돌아가신 지 오삼 년이고, 자유연애고 나발이고 용기가 차고 넘쳐도 안 되는 건 안 되는 거야."

"왜 안 되는데?"

"그 남자, 아주 오랫동안 좋아하는 사람 있거든. 기다려도 기다려도 헤어질 생각을 안 해. 나도 지킬 건 지킨다고."

민호는 그 여자가 공부도 잘하고 집안도 연줄도 좋고 얼굴도 자신보다 더 예쁘다는 말은 굳이 하지 않았다. 아, 저런. 덕희는 다시 혀를 끌끌 찼다.

"그 사람 말고는 좋아하는 사람이 안 생겼어?"

"그게, 한눈에 불꽃 스파크가 튈 만큼 잘생긴 남자가 거의 없더라고. 아까 말했잖아. 내가 좀 얼굴을 밝히⋯⋯ 어! 웃지 마! 아오, 웃지 말라니까! 하여간 나도 얼른 멋진 사나이를 찾아서 봄바람에 살랑살랑 연애도 좀 하고, 남녀상열지사까지, 으, 이게 아니고."

민호는 손을 저었다. 웃는 소리가 좀 더 커졌다. 민호는 자포자기하고 말을 덧댔다.

"물론 한눈에 불꽃이 튄 사람이 아주 없는 건 아니었는데⋯⋯. 사실 같이 병원에 있던 그 사람 말이야아아⋯⋯?"

오 마이 갓! 민호는 말을 해 놓고도 뜨악해서 주둥이를 쭉쭉 잡아 뽑았다. 바보 윤민호! 싸구려 주둥이! 백만 년 동안 손가락이 오그라들 흑역사를 뭐가 잘났다고 떠벌대! 하지만 덕희는 민호를 놀리는 대신 명랑하게 웃으며 속살거렸다.

"어머나, 잘됐네. 그 사람 정말 영호 씨처럼 멋지긴 하더라. 한번 말해 보지 그랬어."

영호 씨처럼? 에휴 어딜 가나 콩깍지가 유죄지. 민호는 불타오르는 뺨을 손바닥으로 감쌌다.

"네 말대로 용감하게 말했다가 바로 걷어차였어. 나 같은 게 주제도 모르고 그렇게 들이대는 게 아닌데."

"네가 뭐 어때서? 그 인간이 그렇게 많이 잘나기라도 했어? 일황한테 작위라도 받았대?"

물론 잘난 건 맞다. 내추럴본 무수리와 털어 봐야 먼지 하나 없는(문자 그대로의 의미) 네이롱의 능력자 사이에는 오작교로도 커버가 안 되는 거대한 강이 흘렀다. 다만 그것보다 조금 더 결정적인 문제가 있었으니. 민호는 병원에서 엿들었던 두 사나이의 대화를 떠올렸다. 부레가 녹을 듯한 한숨이 절로 나왔다.

"자는 척하면서 몰래 들었는데 그 남자도 애인이 있대. 뭐, 원래 좀 괜찮다 싶은 남자들은 일찌감치 팔려 나가는 법이니까."

"저런."

"그 여자 옆에 없다고 허전해서 죽으려고 해."

민호는 이불 속에서 발가락을 세게 꼼지락거렸다. 이야기를 할수록 궁금한 것이 생겨났다. 미국 여자일까? 서양 이름을 가진 한국 여자일까? '바람과 함께 사라지다'의 주인공 스칼렛이나, 맞은편에 누워 있는 덕희처럼 도도하지만 기품 있는 여자일까?

박 실장 같은 사람에게 사랑을 받으면 대체 어떤 기분일까. 그런 여자를 사랑하는 박 실장은 어떤 모습일까. 그 까칠한 인간도 여자 귀에 대고 속살속살 애정 어린 말을 해 주고 그럴까? 여자가 삐치거나 화를 내거나 하면 쩔쩔매고, 달래기도 하고, 애원도 하고, 한밤중에 잠도 못 자면서 속앓이도 하고 그러려나.

우웨엑. 상상하노라니 창자가 저절로 꿈틀거리는 것 같다. 사랑, 사랑, 사랑이 뭐길래 이 집이나 저 집이나 그 타령이냐. 더럽게 싱숭생숭한 밤이다. 세상의 모든 남자, 여자는 어디선가 무슨 방법으로든 인연을 찾아 사랑을 하는데, 나이 서른이 넘어가도록 모태 솔로인 나는 대체 뭐지.

전생에 나라를 팔아먹었던 게 틀림없……

아냐. 민호는 고개를 절레절레 젓는다. 이완용 같은 매국노도 아들딸 낳고 잘 먹고 잘 살지 않았더냐.

아아. 그렇다면 나는 전생에 외계인에게 지구를 팔았나 보다.

덕희와 민호의 대화는 끊어질 듯 말 듯 하며 달이 푹 기울도록 조곤조곤 이어졌다. 민호는 몹시 피곤했지만 덕희의 말을 끊지 않고 잠자코 들어 주었다. 내가 조금 양보해서 저 불쌍한 여자의 속에 맺힌 것을 조금이나마 풀어 줄 수 있다면 그것도 만년의 공덕거리다. 혹시 아나, 천당인지 극락인지에 가서 표창장이라도 받을지.

'천년의 모태 솔로 저주를 받은 윤민호는 그럼에도 불구하고 실연 및 불의의 사건 사고로 헤어질 위기에 봉착한 불우 처자들의 수다를 밤새워 들어 주며 그 아픔을 위로한 공이 크므로 이 상장을 수여함.'

거 참 더럽게 폼 나네.

민호는 들릴 듯 말 듯 한숨을 쉬었다. 이게 참 신세 볶는 성격이긴 한데, 딱하고 안쓰러운 사람만 보면 늘 속이 연두부처럼 물렁물렁해지곤 하는 것이다. 미스 연두부는 불의와 몹쓸 것을 보면 뱃속에서 튀어나오는 사랑과 정의의 용사와 한 짝인 것 같다.

어느새 달빛이 창문으로 들어 불투명한 문살 그림자를 이불 위에 만들어 냈다. 덕희의 목소리는 한껏 부드럽고 녹진해졌다.

"민호 씨. 사람한테 남녀 간의 사랑보다 더 중요하고 큰 힘이 있을까?"

"뭐, 사랑도 다 같은 사랑인가. 애기 엄마한테 물어봐. 애가 남편보다 중하다고 하겠지."

"춘방이는 애가 둘이라도, 황 서방이 낫다던데?"

"쳇, 그 할머니, 아, 아니 그 아줌마 얼굴은 50대면서 아직도 이팔청춘이네."

덕희는 다시 소리 죽여 웃었다. 소곤소곤 다정해진 목소리는 어쩐지 깊은 속을 고해하는 것처럼 들렸다.

"민호 씨. 자신에게 가장 소중한 것을 포기할 정도로 위대하고 가치 있는 일이 있을까?"

"음?"

"사랑방에서 오라버니들이 그렇게 열을 내어 토론하고 희생하고 노력하던 그런 것들이, 정말 가장 소중한 것을 포기할 정도로 가치 있는 일일까?"

"글쎄……."

제대로 대답하기 어려웠다. 일단 민호에게는 엄마가 돌아가신 여덟 살 이후로, 가장 소중한 것이라 할 만한 것이 없었다. 혹시 김준일 교수와 제대로 사랑에 빠졌으면 그런 게 생겼을지도 모르지만. 지금 당장 죽는다 생각할 때, 미련과 여한이 남아 끝까지 뒤돌아보게 하는 그 무엇이 없었다.

그게 좋은 건가 나쁜 건가.

불현듯 박 실장의 말이 떠올랐다. 현실에 제대로 빠릿빠릿 적응하지 못하고 어설프게 붕붕 떠서 살고 있는 모습에, 언제든지 현재를 버리고 떠날 준비가 된 것처럼 보인다고 했다. 시간 여행에 어울린다고. 부스럭부스럭 이불을 뒤집어쓴 덕희가 조그만 소리로 말했다.

"나 사실은…… 저번에 영호 씨 만나러 가서 이렇게 말하고 오려고 했어."

"무슨 말?"

"영호 씨, 다 말해요. 독립 따윈 영원히 안 될지도 몰라. 천행으로 먼 훗날, 독립이 된다 해도, 후손들이 우리를 고마워할지도 알 수 없어. 영호 씨 이렇게 고생하는 거, 누가 기억해 주지도 않아."

"……."

"나를 생각하고, 나와 함께하기로 했던 행복한 미래를 생각하면 되잖아요. 아는 것 다 불어 버리고, 털고 나와요. 나를 생각해요, 우리도 남들처럼 살 수 있잖아. 당신 친구 박부전 씨를 생각해 봐요. 그의 잘난 아비인 박제순 자작을 생각해 봐요. 나라를 팔아먹은 집안인데 벼락도 안 맞고, 아비가 죽었어도 아들들이 대를 이어 희희낙락하고 살아요. 우리는 그러면 안 돼?"

민호는 이불을 걷고 몸을 일으켰다. 잠이 천천히 달아난다. 박부전이라는 사람이 그렇게 잘나가는 집안을 부끄러워하던 이유가 있었구나. 나라를 팔아먹은 사람으로는 이완용밖에 모르는데. 박제순이라는 사람도 있던 모양이다. 덕희는 처연하게 중얼거렸다.

"당신이 하는 일이, 우리가 사랑하며 행복하게 사는 미래를 모조리 날려 버릴 정도로 가치 있는 일인가요? 그렇게 묻고 싶었어."

민호의 가슴이 써늘하게 저렸다.

"그렇게 물어봤어? 면회 가서?"

"아니. 못 했어."

"왜? 아무래도 옳은 것 같지 않아서?"

"대체 옳고 그른 게 이제 와서 무슨 소용이지? 늦었어. 늦은 것뿐이야."

이불 속에서 목멘 소리가 더듬더듬 흘러나왔다.

"그 사람, 무사히 살아 돌아오기는 틀렸어. 신념이 대단한 사람이니까 아마 끝까지 변절하지도 않겠지. 죽을 자리를 찾아왔다고 그러던걸. 그러니 지금 와서 행복한 미래 따위의 이야기를 하면 우리 두 사람을 더 비참하게 만들 뿐이야. 그래서 말 못 했어. 그 말을 하기엔 너무 늦은 거라고."

덕희는 조용히 말을 맺었다. 민호는 그녀가 어둠 속에서 숨죽여 울고 있음을 알았다. 하지만 자존심을 꼿꼿하게 세우며, 그녀는 흐느낌 한 자락 입 밖으로 내지 않았다.

시대의 아픔은 모른다. 저 조그만 여자의 어깨에 지워진 무게가 얼마나 무거운지도 짐작할 수 없다. 하지만 사랑을 잃는 게 얼마나 아픈지는 나도 안다. 다는 몰라도 조금은 안다.

민호는 눈을 깜박이며 속으로 뇌까렸다. 여덟 살, 하늘과 땅, 아니 내 세상의 전부였던 사랑을 잃었다. 스물셋, 가장 눈부시고 아름다울 나이에 사랑을 시작했지만, 그 고운 싹을 매 순간 누르고 밟아 없애 버리는 짓을 7년째 되풀이하고 있다.

사람의 뱃속에는 끝까지 메꿔지지 않는 큰 구멍이 하나씩은 있는 것 같다. 열 살 때 처음으로 시간 여행을 한 후부터 그 시간으로 되돌아가기 위해 얼마나 몸부림을 쳤는지 모른다. 하지만 열 살 때 벽장 안에서 잠시 열렸던 그 길은, 그 이후 이어진 숱한 시간 여행에서도 단 한 번도 열리지 않았다.

눈앞에서 놓쳐 버린 한 번의 기회, 내가 여덟 살 때의 벽장 속으로 다시 돌아갈 수만 있다면, 나는 미래가 어그러지든 말든 어머니를 내 곁에 붙잡을 것이다. 지금이라도 기회가 생긴다면.

"예전의 그 시간으로 되돌아갈 수만 있다면."

민호의 속말을 읽기라도 한 것처럼 덕희가 중얼거렸다.

"그분을 처음 만났던 그 시간, 약혼을 했던 그 시간으로 돌아갈 수만 있다면. 학업을 마칠 때까지 기다려 달라 부탁하지 말고 먼저 혼인을 하고, 만주로 가게 하는 대신 내 품에 잡아 앉혀서, 평안하게 눈 감고 귀 막고 살게 했으면 좋았을걸. 이상은 위대하지만 손에 잡히는 것 없는 파멸의 길로 들어서게 하는 대신, 그를 닮은 예쁜 아이들을 그의 팔에 안겨 주었으면 좋았을걸."

민호는 옆을 더듬어 그녀의 손을 잡았다. 앙칼지고 당찬 성품과 어울리지 않게 작고 보드라운 손이었다. 이 손으로 사랑하는 남자를 잡을 수 있었던, 하지만 그렇게 하지 못했던 여자의 마음은 어땠을까. 이렇게 따뜻한 온기를 가진 손을 두고 떠나야 했던 남자의 마음은 또 어땠을까. 차마 짐작할 수 없다. 민호는 손에 가만히 힘을 주었다.

5.
카인의 후예

민호는 돌아오지 않았다. 이완은 새벽 여섯 시까지 화각함 앞에서 내처 앉아 있었다. 몸이 천근처럼 무겁고 눈이 욱신거렸다. 속으로 열이 훅훅 치밀었다. 비틀비틀 욕실로 가서 거울을 들여다보니 부스스한 머리에 핏발 선 눈을 한 사내가 인상을 쓰고 있었다.

'윤민호 이 멍청한 인간 같으니. 갔던 일이 안 되었으면 바로 돌아오라고 했잖아! 연락도 안 되는데 질질 잡아끌지 말고! 딱 뿌리치고 오는 게 그렇게 어려워?'

새대가리, 닭대가리, 금붕어, 아메바, 돌대가리! 차례로 읊으며 욕설을 삼키던 그는 머리를 확확 흔들었다. 바로 돌아온다 했는데 지금까지 오지 못하는 건, 그쪽에서 또 새로운 사건 사고에 휘말렸다는 의미일 것이다. 그렇게 오지랖이 넓고 남의 사정에 풍덩풍덩 이입을 해 대니 사건 사고를 블랙홀처럼 빨아들이는 것이다. 어디 좀 모자란 게 아니고서야 번번이 이럴 수가 있나. 화가 나서 미칠 것 같다. 아니, 걱정이 돼서 미칠 것 같다.

한심해, 한심해. 지난번에 겪은 짓이라 조금은 관록이 생겼을까 싶었는데 어쩐 일인지 이번엔 훨씬 더 증세가 심각해졌다.

돌아와야 한다. 와서, 그 커다란 목소리로 가당찮은 내용을 빡빡 우겨대고, 삿대질도 하면서 무식한 소리도 해 주어야 한다. 서른이나 되는 나잇값도 못 하고, 막가파 정의의 용사가 시도 때도 없이 튀어나와 욕설을 퍼부어도 괜찮다. 비윗장 틀리면, 이젠 나도 참지 않고 욕설을 퍼부어 주면 그만이다. 정말 이렇게 피 말리면서 기다리는 게 얼마나 지긋지긋한지 그 대가리 속에 징글징글하게 입력시켜 줄 것이다.

행여나. 이완은 끙, 신음하며 머리를 절레절레 저었다.

이봐, 사람 좀 솔직해져 보자. 말짱한 얼굴로 돌아와서 "나 갔다 왔어, 많이 기다렸어?" 하고 손을 팔랑팔랑 흔드는 데 대고 욕을 퍼부을 수 있겠어? 새까맣고 반짝반짝하는 눈동자를 깜박깜박하면서 폴폴 웃으면 어쩔 건데? 상상하는 것만으로도 머리가 비어 버리는 것 같잖아.

솔직히 그 여자가 다시 사람을 데려오면 돌려보낼 생각이 없지? 한 명을 업고 오든 열 명을 끌고 오든, 그 인간들이 현대에서 멘탈 붕괴를 겪든 말든 절대 되돌아가지 못하게 빡빡 윽박지를 거 아니냐고.

이번에도 열쇠를 못 가져오면?

순간 속에서 엉뚱한 목소리가 치솟았다.

……열쇠를 영영 못 찾는다 해도.

이완은 멍청한 얼굴로 입을 벌렸다. 이건 무슨 얼빠진 결론이지?

대체 말이 돼? 내가 왜 한국까지 와서 무식하기 짝이 없는 유치원 선생을 만나고 있는 건데?

열쇠 때문이잖아!

왜 필요도 없고 별로 득도 되지 않는 전시회를 온 신경을 곤두세워 가면서 열어야 하는 건데? 유물들을 많이 내보일수록 가치 떨어지는 거, 누구보다 가장 잘 알면서!

열쇠 때문이잖아!

내가 왜 생전 처음 알게 된 여자한테 들들 볶이면서, 속을 끓이면서 기다리고 있는 건데!

열쇠, 열쇠! 그 빌어먹을 열쇠 하나 때문이잖아. 3,500여 점 유물을 내 손에 안겨 줄 열쇠를 찾아보려고!

그런데 뭐? 열쇠를 못 찾아도 뭐가 어쩐다고?

자문자답하던 이완은 침대에 걸터앉아 넥타이를 풀고 와이셔츠를 벗었다.

"……아무래도 내가 밤을 새워서 정신이 나간 게지."

일단 한숨 자면서, 속에서 치받는 것을 좀 진정시킨 다음에, 지금 무엇을 해야 할지 생각해 보자. 생각하던 이완은 이불을 뒤집어쓰고 풀풀 웃었다.

"뭐야. 할 수 있는 게 없잖아. 기다리는 일밖에 못 하는 건가?"

어쩐지 한심한 기분이 들었다. 이완은 이불 속에 푹 파묻혔다. 내가 할 수 있는 일. 내가 남아서 기다리면서 해야 할 일. 졸음이 해일처럼 쏟아지는데, 무언가 개운치 않은 게 남았다. 이게 아닌데. 내가 할 일이 뭔가 있는 것 같았는데. 얼마 전에 물어봤었다. 타임 트래킹 할 때 도와줄게 뭐가 있냐고.

순간 머릿속으로 번쩍 번개가 들이쳤다. 맙소사. 맙소사. 이완은 이불을 걷어치우고 벌떡 일어났다.

토마스 폰 에디슨!

뉴욕으로 전화하기 위해 새벽부터 전화기를 붙들고 있던 앤드류는 깜짝 놀랐다. 안색이 허옇게 변한 이완이 핏발 선 눈으로 허청허청 걸어

나오고 있었다. 앤드류는 이완이 이 정도까지 흐트러진 모습은 거의 본 적이 없었다.

"어, 당숙 형님? 웬일이야. 아침부터 어디 가려고?"

"그건 무슨 개족보야? 어쨌든 잘 됐다. 일어났으면 운전 좀 해. 사당 동까지. 졸려서 운전대 못 잡겠으니까."

목소리까지 쉬어 갈라지셨다. 앤드류는 눈을 둥그렇게 뜨고 물었다.

"사당동? 그게 어딘데? 이 새벽에 무슨 급한 일로?"

"출근 시간 되기 전에 서둘러야 해서. 개를 한 마리 데려와야 해."

앤드류는 이번엔 입을 떡 벌렸다. 세상에, 동물이라면 종류와 크기와 나이 여하를 막론하고 무조건 진저리를 치는 깔끔쟁이가 뭐? 뭐를 데려 와? 하지만 이완은 가타부타 말도 없이 차 열쇠를 앤드류에게 던졌다.

"올레. 살다 보니 별일도 다 있네? 육해공의 모든 동물들은 무조건 비토 아니었어?"

그래. 살다 보니 내가 생각해도 별일이 다 생긴다. 뭐, 앤디 너야 어렸 을 때부터 강아지나 고양이 사진 보면 예뻐서 사족을 못 썼으니 한 며칠 은 네가 맡아 줘야겠다. 이완은 속으로 중얼거리며 주차장으로 걸음을 옮겼다. 앤드류는 뒤에 대고 서둘러 말했다.

"나 털 알레르기 있어! 집에 개 들어오면 나 호텔로 옮겨야 해."

이완은 걸음을 우뚝 멈췄다. 단 하나 믿었던 보루가 와르르 무너지는 소리가 들렸다.

○ ● ○

같은 유치원 교사라는 민호의 룸메이트 김선정은 민호와는 달라도 좀 많이 달랐다. 아침 일곱 시부터 벨을 눌러 양해를 구하는 두 사람을 인터폰 앞에 세워 놓고 일차로 무례한 불한당 취급을 해 주시더니, 이내 꼬치꼬치 따져 묻기 시작했다.

민호와 무슨 관계냐, 언제부터 알고 지냈다고 민호가 그런 부탁을 했겠느냐, 상식적으로 회사 윗사람한테 그런 부탁을 할 리가 없지 않으냐, 확인전화를 하고 싶은데 민호하고 왜 전화가 안 되느냐, 출장을 갔다면 민호가 지금 어디 있는지 아느냐, 개 이름이 뭔지는 들었느냐, 나이가 몇이냐, 혼자냐 둘이냐, 정말 민호가 그런 부탁을 했느냐, 하며 경찰 심문하듯 했다.

이거 무슨 성추행범 취조하는 것도 아니고. 하지만 조신하기 짝이 없는 룸메이트는 자신들의 집은 금남구역이라는 것을 거듭 강조한 후, 상황이 어쩔 수 없으니 이른 시간이지만 세수만 하고 내려가겠다고 했다.

'세수만'의 시간은 장장 삼십 분이었다. 이완은 대문 앞에서 코가 빨갛게 될 때까지 덜덜 떨며, 윤민호란 여자가 씻지도 않고 내려온 것은 자신을 나름 배려(?)한 행동이라는 결론을 내려야 했다.

다시 벨을 누르고 한마디 해 줄까, 참을까, 다 때려치우고 돌아갈까를 백 번쯤 고민할 즈음, 선정은 토마스 폰 에디슨을 데리고 내려와 대문을 열어 주었다.

선정이라는 룸메이트는 여러 가지 의미에서 윤민호와 대척 지점에 서 있는 여자였다. 턱이 뾰족하고 눈이 살구 씨처럼 동그랗고 큰 데다 이목구비가 고양이처럼 오목조목 모여 있어 귀엽고 여성스러워 보였다. 게다가 피부마저 우유처럼 뽀얘서 인형 같은 느낌을 주었다.

키는 자그마했지만 한 뼘은 될 만큼 굽 높은 슬리퍼를 신고 있었고, 전천후 뉴욕양키즈 후드 티셔츠와 무릎 나온 추리닝 차림의 누구와 달리 풍성한 붉은색 니트 터틀넥과 무릎까지 오는 흰색 치마를 입고 있었다.

간깐하게 따져 대던 것과 달리, 눈을 곱게 깜박거리며 "아, 진짜, 너무 일찍 오셔서 세수도 제대로 못 했는데, 어떡해요. 나중에 민호한테 이런 얘기는 하지 마세요." 하며 살그머니 웃기까지 한다. 출근용 풀 메이크업에 머리끝을 동그랗게 세팅까지 한 게 뻔히 보이는데! 물론 어지간한 남자들이 보기에 눈길이 한 번 더 갈 정도로 예쁘장하긴 했지만 그걸 인정하기에는 30분 동안 기다렸던 시간이 너무 추웠다.

이완의 마음속에는 한 가지 의문점이 솟아올랐다. 윤민호라는 인간은 대체 뭐지? 저런 룸메이트하고 4년을 같이 살면서 저런 거 안 배우고 대체 뭘 한 거지? 반의 반의 반의 반만 배웠어도 매번 맞닥뜨리는 뜨악한 꼴은 안 보고 싶은데.

선정의 프린세스 포스가 얼마나 강력했는지 멀찍이 주차된 차 안에서 기다리고 있던 앤드류도 얼빠진 듯 차 문을 열고 나왔다. 아니 대문간까지 와서 엉거주춤 인사까지 한다. 이완은 강아지를 묶은 줄을 받아 들고, 고맙다고 인사를 하면서도 속에 든 말은 한마디 하고 말았다.

"삼십 분쯤 걸릴 거라면 미리 이야기를 해 주시지 그러셨습니까. 날이 많이 더워서 땀 좀 났습니다."

선정은 그 말에 미안한 기색도 없이 입을 가리고 조그맣게 소리 내어 웃었다.

"어머나, 어떡해요. 많이 추우셨나 봐요. 강아지 짐 챙기는 데 시간이 좀 걸려서요."

……라고 해 보았자 검은 비닐봉지에 담긴 건 개 밥그릇과 물그릇, 그리고 개의 목에 감긴 목줄뿐이었다. 일전에 보았던 귀족견 토마스 폰 에디슨은 눈이 퀭한 상태로 이완의 눈치를 보며 발발 떨고 있었다.

"많이 추우셨으면 조금만 기다리시겠어요? 따뜻한 꿀차라도 한 잔

드릴게요."

"아이고, 고맙습니다. 이거 좀 춥네요!"

차 안에서 발 뻗고 앉아 있던 빌어먹을 조카 녀석이 설레발을 쳤다. 이완은 앤드류에게 무섭게 눈총을 주었지만 이미 때는 늦었다. 선정은 들어오라고 하는 대신 잠시만 기다리라 하며 안으로 총총 들어갔다. 이번에는 세 명의 사나이, 아니 한 명의 고자와 두 명의 사나이가 코를 훌쩍이며 대문 앞에서 기다려야 했다.

15분 후, 밀폐용 컵에 뜨거운 꿀차를 담아 내려온 선정을 맞이한 것은 시퍼렇게 얼어붙은 동태 세 마리였다. 그녀는 추운 몸을 녹이는 데는 꿀차만 한 것이 없다며 꿀의 효능에 대해 조곤조곤 늘어놓은 후, 지금은 출근 준비로 바쁘니 나중에 민호 편으로 컵을 돌려보내 달라는 알뜰한 부탁을 남겼다.

○ ● ○

토마스 폰 에디슨은 마루 한구석에 자리를 잡았다. 이완은 인터넷에서 강아지 배변에 대한 정보를 샅샅이 살펴본 후, 산더미 같은 티슈와 비닐봉지를 준비하며 심호흡을 했다. 장갑을 끼니까 괜찮다. 손에 닿지 않아. 병균이 비닐을 뚫고 들어오진 않겠지. 기생충 약 정도는 먹였겠지. 와서 장갑은 버리고 손 닦으면 되니까 괜찮아. 정말 괜찮아.

전의를 다진 그는 비장하게 장갑을 끼고 개의 목줄을 채워 인사동 뒷골목 산책에 나섰다. 이 억지 산책은 그녀의 양자를 변비에서 구제해 주는 중차대한 임무였다. 두리번두리번 사방팔방 들뛰던 강아지는 이십 분쯤 산책한 끝에, 드디어 등을 동그랗게 말고 밀어내기 한판에 성공했다.

이완은 고자 사나이가 속 시원한 시간을 보내는 동안 몸을 돌리고 모르는 척했다. 토마스 폰 에디슨, 나는 너를 모른다. 다만 나는 우연히 줄을 잡고 있는 것뿐이야. 하지만 처절한 레드 썬에도 불구하고 지나가는 사람이 다 쳐다보는 것 같아 얼굴이 화끈거렸다.

지나다니는 사람이 오죽 많은가. 곁눈으로 슬쩍 보니 건강하고 탄력 있어 보이는 맛동산이 두 덩어리. 작업 완료, 라고 외치고 있는 듯한 자랑스러운 얼굴과 기운차게 팔랑대는 짤막한 꼬리. 어서 치워라. 치우지 않고 무얼 하고 있느냐, 호령하고 있는 듯한 콧수염.

생각 같아선 귀족 고자 사나이든, 저놈의 맛동산이든 모조리 땅바닥에 버려 놓고 줄행랑을 치고 싶다. 하지만 이곳은 다른 곳도 아니고 유동인구가 많기로 소문난 종로 옆 동네 인사동 아닌가. 사당동은 그래도 주택가지만 인사동은 시내 한복판이었다. 강아지를 데리고 밀어내기 한판을 위한 산책을 하기엔 매우 적절하지 않은 장소였고, 강아지와 맛동산을 유기해 놓고 줄행랑을 치기에는 더욱 적절하지 않은 장소였다.

그는 쭈그리고 앉아 힐끔힐끔 맛동산들을 곁눈질했다. 백 번을 흘겨보아도 염력으로 그것이 사라지지는 않았다. 그는 비닐장갑을 낀 손에 티슈를 열일곱 겹쯤 겹쳐 잡고 팔을 길게 뻗어 망할 놈의 맛동산 두 개를 집었다. 그리고 준비해 온 검은 비닐봉지에 넣어 밀봉한 후, 다시 두 겹 봉지로 덧싸서 쓰레기통이 있는 곳까지 팔을 쭉 뻗고 걸었다.

걸으며, 그는 결심했다. 윤민호가 돌아오면, 돌아오기만 하면 이 손 많이 가는 강아지, 저 스스로 배변 처리하는 법을 교육시키라고 해야겠다. 마당에 강아지용 변기를 하나 준비해서, 가서 오줌이든 똥이든 싸게 하고, 앞발로 물을 누르게 교육해야 한다. 그리고 강아지 전용 비데도 하나 설치하라고 해야겠다. 이런 짓은 박이완 평생 단 한 번이면 족하다. 생각하던 이완은 힘없이 한숨을 쉬었다.

속이 찌르르 후벼 파이는 것 같다. 지난번 토기등잔을 들고 오던 날도 밤새 걱정하며 기다리긴 했지만 그때와는 느낌이 다르다. 뱃속 밑바닥에 정체를 알 수 없는 께름한 덩어리가 들어찬 것 같다.

그래. 맛동산 처리 방법 따위가 뭐가 중요한가. 지금 심정으로는 그 인간이 돌아오기만 하면 이 고자 귀족이 광화문 광장에서 밀어내기 한판을 하든, 뉴욕 타임스스퀘어 한가운데서 한판을 하든 아무 상관이 없을 것 같다. 그저 돌아오기만 하면. 무사히 돌아오기만 하면.

이완은 집에 돌아와 토마스 폰 에디슨의 발바닥과 엉덩이를, 이물질 분자 하나도 남지 않을 정도로 물티슈로 문질렀다. 아니, 그래도 계속 개운치 않다. 그는 깽깽대며 몸부림치는 강아지를 붙잡고 결국 목욕까지 시켰다. 목욕뿐이면 양반. 피부병이 생기지 않도록 드라이질까지 꼼꼼하게 시켜야 했다.

구글에 상주하는 만물박사의 말에 의하면, 드라이질을 하지 않고 수건으로만 닦고 방치하면 피부병이 생겨, 온몸에서 비듬을 눈처럼 날리는 사태가 벌어질 거라 했다.

서울에 산다는 또 다른 만물박사는 동물들에겐 대한민국의 의료보험이 적용되지 않는다는 점과, 피부병 하나 제대로 고치려면 몇 십만 원은 우습게 깨진다는 점을 친절하게 강조했다. 개 따위가 피부병이 생기든 말든! 투덜대던 이완은 이내 비듬 폭설 공격을 1차로 당하게 될 당사자를 떠올리고 입을 꾹 다물고 드라이어의 스위치를 올렸다.

해야 할 일은 그뿐이 아니었다. 그는 토마스 폰 에디슨이 썼던 샴푸와 먹이 그릇, 물그릇을 밀봉 팩에 챙겨 와 끓는 물로 소독을 했고, 피곤해서 눈이 따끔거리는 것도 참으며 소독약을 희석한 물에 걸레를 빨아 강아지가 비비고 돌아다녔던 모든 곳을 빡빡 닦기 시작했다.

291

사람이 먹던 밥에 길들었던 토마스 폰 에디슨은 이완이 내놓은 사료를 하루 종일 먹지 않고 끙끙대며 버티었다. 하지만 이완은 사람이 먹던 찬밥에 멸치나 생선 조각을 얹어서 국물을 부어 주는 '천년 전통 개국밥' 따위를 만들어 줄 생각이 전혀 없었다. 생각만 해도 구역질이 나올 것만 같다.

개는 처음에는 반항하며 제법 늑대인 척 크게 울었다. 하지만 개 따위에게 애정 한 톨 없던 이완에게 통할 리가 없었다. 이완이 고무 밴드를 들고 와 저놈의 주둥이를 묶어 놓을까 말까 진지하게 고민하며 노려보자 독일계 고자 귀족은 귀신같이 반항을 멈췄다. 그래도 꼴에 자존심은 있는지 먹지 않고 버티다가 하루가 채 지나가기 전에 이완에게 백기를 들고 말았다.

녀석은 그릇에 있는 사료를 아낌없이 쓰레기통에 버리려 집어 든 이완의 앞을 막아섰다. 귀족의 품격 따위, 고고한 자존심 따위는 통하지 않는다! 깨달음을 얻은 토마스 폰 에디슨은 납작 엎드렸다. 이완은 눈썹을 찌푸렸지만 반성하는 자에게 단 한 번의 기회를 주어 보기로 했다. 그릇을 내려놓자마자 고자 귀족 사나이는 밥그릇에 놓인 사료를 청소기처럼 빨아들였고, 배가 땅땅해지도록 물을 마셨다.

밤이 되니 이젠 마루 구석에 쪼그리고 앉아 끙끙거리기 시작했다. 등짝만 봐도 슬픈지 기쁜지 알아차릴 내공은 없었지만 이완은 그 콩알만한 멍멍이가 주인을 보고 싶어 한다는 것을 알아차렸다.

"시끄럽다. 내 속은 더 심란하니 좀 조용히 해라."

하지만 이번엔 탁자 밑으로 기어들어 가 주인을 찾으며 힝힝 울었다.

"너도 주인님 보고 싶으냐? 걱정되냐?"

코 울음 소리가 점점 커졌다. 이완은 탁자 앞에 쭈그리고 앉았다. 동그랗게 몸을 움츠린 녀석이 말끄러미 이완을 올려다보았다. 새까맣고 동그란 눈이 꺼멀꺼멀하는 것을 보니 녀석이 어떤 감정을 갖고 있는지 조금 알 것도 같았다.

"나도 그러니까, 너까지 울지 마라."

이완은 녀석을 더 이상 야단치고 싶지 않았다. 그는 한숨을 쉬고 밖에 나가 작은 무릎담요와 커다란 방석을 사 들고 들어왔다. 붉고 푸른 공단에 화려한 자수가 놓인 전통 방석이었다. 그것을 잠자코 탁자 밑에 밀어 넣었다.

그때까지 끙끙대던 토마스 폰 에디슨은 폭신한 담요 속을 파고들어간 후에야 울음을 멈추었다. 이완은 강아지가 잠든 것을 확인한 후, 욕실에 들어가 살균 기능이 있는 비누를 꺼내 전신 소독 작업에 착수했다.

이완이 한 가닥 희망을 걸었던 앤디는 말한 대로 인근 호텔로 줄행랑을 놓았다. 내가 개한테 유감 있는 건 아냐! 너한테도 아아아무 유감이 없어. 하지만 분화구 폭발한 얼굴로 매장에 버티고 있으면 안 되잖아. 차라리 마당 있는 집을 하나 구해서 마당에다 기르면 어때? 땅값 비싼 인사동 사무실을 집으로 쓰긴 아깝지. 어차피 려 갤러리 한국 사무실을 냈으니 한국에도 제대로 된 집을 하나 마련하는 게 어떨까?

이완은 고개를 저었다. 그때까지 그 여자가 안 돌아오면 곤란하다. 매우 곤란하다.

○ ● ○

다음 날 늦잠을 잔 민호는 화들짝 일어나 두리번거렸다. 함께 잠을 잤던 덕희는 어느 결엔가 사라지고 없다. 밖에서 춘방의 목소리가 들렸다. 민호 아씨, 지침허셨슈? 민호는 허연 속적삼 차림으로 덜렁 문을 열고 툇마루로 나섰다.

"에구머니, 그르케 나오시믄 숭혀유, 시상에!"

춘방은 칠색 팔색 손을 저었다. 아씨가 민호 아씨의 이상한 옷 대신 제대로 된 옷을 입혀 놓으라 했다고 한다. 하지만 그녀가 꺼내 준 저고리마다 너무 짧아서 두 팔을 다 끼웠다가는 등짝이 찢어질 지경이었다. 아니 뭔 놈의 팔뚝이 이렇게 가늘가늘 조막만 해!

"그냥 내가 입고 온 옷 입을게."

"그 옷은 하두 숭측 망측혀서 집에 무시루 들랑대는 순사들이 눈여겨 본당께유. 지 옷이라두 괜찮으시믄."

민호는 선선히 고개를 끄덕였다. 춘방은 발이 재게 어디론가 뛰어가더니 흰색 저고리에 검정 치마를 들고 왔다. 구깃구깃 버석거리는 것은 둘째 치고, 여전히 길이가 깡뚱하다. 춘방도 다른 사람보다는 덩치가 큰 편이었지만 민호의 장대 같은 키를 당할 수는 없었다. 그녀는 춘방의 옷을 어찌어찌 꿰입고는 작은 거울 앞에 서 보았다.

팔푼이 무수리가 따로 없군.

그녀는 팔을 쭉 내밀었다가 당겼다가 엉덩이를 비쭉배쭉 돌려 보았다. 이번에는 치맛자락을 살랑거리고 흔들어 보았다. 제기랄! 어느 포즈를 취해 봐도 각이 안 나오는 것이, 한복은 틀려먹었다. 어차피 한복이란 신체가 아담하고 얼굴이 쌀알만 한 처자들이나 어울리는 옷이 아니더냐.

뒤를 슬그머니 돌아보았더니 춘방은 입을 틀어막고 비비적비비적 몸을 꼬고 앉았다. 민호가 가자미눈을 하고 확 째리자 춘방은 커다랗게 웃음을 터뜨렸다.

"덕희는 어디 갔고?"

"조반 일찍 자시고 남대문 밖 도동 쪽으루다 잠시 댕겨 오신다구유.

294

인력거 타고 가셨으니께 그르케 오래 걸리지는 않으실 거구만유. 진지 드시구 지달려 달라구 하셨어유."

춘방은 작은 소반에 아침상을 차려 방으로 들이밀었다. 반찬이야 슴슴한 푸성귀 두어 가지에 집에서 만든 두부와 김치, 그리고 식어서 가운데가 푹 꺼진 계란찜 한 보시기였다.

부잣집이라 해도 한겨울이면 딱히 찬이 많을 수 없다는 건 민호도 경험으로 잘 알고 있었다. 양반집 손님 상차림이라고 상다리가 부러지게 차려 나오는 것은 어디까지나 드라마일 뿐이다. 다만 밥과 된장국의 양은 몹시 마음에 들었다. 밥은 식당 공깃밥의 네 배 정도 되는 양이고, 국은 거짓말 조금 보태서, 엎지르면 방바닥에서 배 띄우고 노 저을 만한 양이었다.

시간 여행을 할 때 마음에 드는 것 한 가지는 어느 시대건 밥그릇이 몹시 크다는 것이었다. 곳간이 넘쳐 나는 기와집이든 온가족이 삼순구식을 하는 누옥이든 밥그릇만큼은 한결같이 큼직했다. 한 끼를 먹더라도 배가 째질 때까지 끝장을 보는 바람직한 철학이 사랑스러웠다.

물론 보통 기와집이 아닌 집으로 들어가게 될 경우, 밥그릇 크기와 별개로, 먹을 것이 씨가 마른 경우가 많았다. 겨울철쯤 되면 멀겋고 노란 좁쌀죽이나 콩죽은 양반이었다. 정체도 알 수 없는 풀떼기의 뿌리는 어찌나 쓰고 질긴지 열심히 씹다 보면 껌 좀 씹은 누님의 포스가 절로 나오곤 했다.

어느 시대던가, 소나무 속껍질 벗긴 것을 꿀꿀이죽처럼 만들어 내놓던 집도 있었는데, 맛은 둘째 치고, 밀어내기 한판을 할 때가 정말 지옥이었다. 똥끝이 째진다는 속담이 어디서 나왔는지 온몸으로 체험한 민호는 모든 먹을 것에 경건하게 감사하는 법을 배웠다.

찬모의 솜씨인지 춘방의 솜씨인지 조 대감 댁 1식 5찬은 깔끔하고 맛이 좋았다. 자그마치 Free MSG인 것이다.

덕희는 날이 늦도록 오지 않았다. 깡똥한 치마저고리를 입은 민호는 마당을 백 바퀴쯤 돌고, 사랑채 행랑채를 지나 대문 밖까지 풀방구리처럼 드나들었다. 하도 할 일이 없어서 우물물을 길어 렌즈를 소독하고, 눈물 콧물을 뽑아 가며 눈에 렌즈를 끼우는 연습을 하다가, 방에 들어가 그 빌어먹을 화각함이 대체 어디 있는지, 열쇠를 어디쯤 숨겨 놓았을지 탐색하기도 했다.

하지만 좁은 방, 적은 가구에서 털어 봐야 나올 것도 없었다. 열쇠는 커녕 열쇠 비슷한 것도 나오지 않았다. 민호가 좁은 방에서 셜록 홈스 놀이를 열 번쯤 하고 저녁상을 받을 때가 되어서야, 덕희가 탄 인력거가 대문 앞에 도착했다.

"내가 어디 갔다 왔는지 알아?"

덕희는 방문을 열어젖히고 다짜고짜 물었다. 어젯밤의 나긋하던 목소리는 종적 없이 사라졌다. 혼자 밥을 퍼먹던 민호는 엉거주춤 머리를 긁었다.

"내가 점쟁이야? 말도 안 하고 나갔는데 어딜 갔는지 낸들 아나? 왜 화를 내고 야단이래?"

"도동에 있는 세브란스 의원에 다녀왔지."

민호는 멍청하게 입을 벌리고 덕희의 얼굴을 마주 보았다. 화난 듯 보였던 얼굴은 사실 화가 난 표정이 아니었다. 새파랗게 질려 있었다.

"내가 누워 있던 그곳이 아니었어. 내가 며칠 전에 만났던 사람들이 아니었어."

그녀는 입술을 덜덜 떨면서 중얼거렸다.

"내 심장이 멎은 걸 되살렸다고 했던가?"

296

고개를 쳐든 여자의 눈에서 파랗게 불이 일었다.

"지금 기술로는 심장 멎은 걸 다시 되살릴 수 없대. 미국에서도 그런 기술은 없다 했어!"

"어, 저기, 그게……."

"그걸 확인하러 갔던 거야. 그걸 확인하기 전에는 묻는 것이 의미가 없을 것 같았거든."

덕희는 방으로 성큼성큼 들어와 민호를 내려다보았다. 제기랄. 병원에서 정신 차릴 때까지 기다리면 안 되었는데. 심장이 멈춘 걸 살려 냈다는 이야기 따윈 하는 게 아니었는데. 민호의 손바닥이 축축하게 젖었다.

"넌 어디서 왔어?"

민호가 대답 없이 눈만 껌벅거리자 덕희는 파리한 얼굴을 세차게 흔들었다.

"이게 아니지. 내가 생각하는 걸 확인하는 게 빠르겠어. 아까 병원에서부터 여기까지 인력거를 타고 오면서 내내 생각했어. 대체 이게 어떻게 된 일일까. 네 말투, 네 옷차림, 네 행동거지. 무엇 하나 이상하지 않은 게 없었어."

"거, 이쯤하고 넘어가면 안 될까? 그게 뭐가 중요해. 알든 모르든 달라질 게 뭐가 있어?"

민호가 어물어물하자 덕희는 거칠게 밥상을 밀어냈다.

"달라져! 나한테는 중요해!"

그녀는 외치다시피 하며 고개를 바짝 쳐들었다.

"지금은 쇼와 9년, 서력으로 1934년이다. 어제 내가 누워 있던 세브란스 의원은 이 시대의 것이 아니야. 그곳은 언제냐."

새하얗고 조그만 얼굴이, 눈동자가, 작지만 다부진 턱이 발발 떨렸다.

한 번도 상상하지 못했던 것을 맞닥뜨릴 때의 공포와 혼란이 그녀를 휩싸고 있었다. 하지만 덕희는 조금도 물러서지 않고 민호를 노려보며 대답을 기다렸다.

민호는 그녀가 어디냐, 고 묻지 않고 언제냐, 하고 물을 때부터 머리가 하얗게 변했다. 감 좋고 눈치 빠른 여자다. 어제 병원에서 찰나간 겪은 것이 무슨 의미인지 알아차리기 위해 머리가 터지도록 생각해서, 가설을 세우고, 그것을 확인하러 병원에 갔던 것이다. 속일 수 없을 것이다. 민호는 침을 꿀꺽 삼켰다.

"이곳에 무슨 방법을 통해서 들어온 게냐. 어찌 그리 순적하게 그 시기와 왕래하는 게냐. 무슨 도구를 쓰느냐."

"……"

"화각함을 통해 이동한 거냐?"

민호는 입을 떡 벌렸다. 으힉! 어떻게 알았어? 라고 튀어 나가려는 말을 황급히 틀어막아야 했다. 수상하다 이상하다 눈치를 줘 쌓더라니. 제기랄, 댁은 왜 이렇게 쓸데없이 머리가 좋고 지랄이냐고.

이, 이제 난 뭐라 하면 되지? 나는, 불리한 진술을 하지 않을 권리가 있으며, 변호사를 선임할 수 있고 어쩌고저쩌고. 아, 빌어먹을! 미란다 원칙인지 오란씨 원칙인지 폼 나는 문장이 생각나지 않는다. 민호는 허리에 손을 얹고 큰소리를 쳤다.

"말 안 해. 응, 사나이든 아가씨든 한 번 안 한다면 안 하는 거야. 네가 이 윤민호를 잘 모르는 것 같은데 말이야."

"좋아. 말하지 않아도 돼. 언제든지 말해 주고 싶을 때 말해 주면 돼."

덕희는 깨끗하게 물러섰다. 응? 이건 웬 쿨 시크? 민호는 안도의 한숨을 푹 쉬었다. 하지만 덕희의 이어지는 말을 듣는 순간 다물렸던 입은 다시 떡 벌어지고 말았다.

"원래 있던 곳으로 돌아가고 싶으면, 화각함이 어디 있는지 열심히 찾아봐야 할 거야."

아아, 쿨 시크가 아니라 뒤끝의 끝판왕이었구나. '좆 됐다, 씨발'이라는 환청이 민호의 귓가에 가득 울려 퍼졌다.

○ ● ○

이튿날 아침, 강아지에게 먹이를 주고 갤러리로 내려온 이완은 쇼윈도를 보고 걸음을 멈췄다. 거리에 면한 쇼윈도에 누렇게 흘러 얼어붙은 길쭉한 자국이 보인다. 하나, 둘, 셋. 등 뒤로도 싸늘하게 한기가 흘러내렸다. 열쇠로 막 문을 열고 들어오던 앤디의 얼굴도 희게 질려 있었다.

"계란……을 던진 것 같은데. 이, 이게 무슨 일……."

계란뿐이 아니었다. 바닥에 나동그라진 계란 껍데기 옆에는 구겨서 버린 쓰레기가 몇 개 쌓여 있다. 거리에 쓰레기가 아주 없을 수는 없으되, 작정하고 던져 버린 듯한 크고 작은 쓰레기 뭉치에서는 분노와 악의가 선명하게 느껴졌다.

"이, 이게 무슨 일이지? 대체 왜 이래? 어제저녁까지도 아무 일 없었는데?"

이완은 쿵쿵 울리는 머리를 지그시 눌렀다. 어쩌면 알 것도 같다.

"앤디. 지금 당장 인터넷에 접속해서, 서담 박부전 특별전을 검색해 봐."

좋지 않은 예감은 항상 어긋나는 법이 없다. 어떤 블로거가 서담 박부전 특별전에 대해 신랄한 비아냥을 남겨 두었던 것이다.

〈친일파 유산으로 이룩한 애국적인 유물 전시회?〉

국립중앙박물관에서 개최하는 서담 박부전 특별전에 다녀왔다. 규모가 작지 않다. 300여 점의 유물을 보는 순간 저절로 감탄이 나왔다. 대부분 특A급으로 분류되기에 부족하지 않은 것들로, 삼국시대의 도자공예, 목공예품부터, 조선 후기의 왕실 의상과 가구, 유명 화원들의 미공개 화첩, 병풍과 각종 서책들까지 골고루 포진해 있었다.

소장품의 면면을 보건대, 고서화나 유물에 대해 대단히 높은 안목을 갖고 있던 사람이 오랜 세월에 걸쳐 수집한 것이 틀림없다. 또 하나 확실한 것은, 그것을 수집하기 위해 엄청난 돈을 퍼부었다는 것 정도?

전 재산을 유물 수집에 다 몰아넣어 집 한 채와 자동차만 남았다는 광고는 어쩌면 사실일지도 모른다. 하지만, 난 그 말이 왜 이렇게 가소롭지?

그거 유물 가격이 어느 정도로 폭등했는지 모르나? 소위 백만장자 클럽 사람들의 투자 아이템 중 최종 정착지가 미술품이나 골동품이라는 걸 몰라서 그러나? 자선사업에 바친 거 아니잖아? 대기업에서 왜 미술관을 세워 운영하는지 조금만 짱구 굴려 보면 답 안 나오나? 당시 경성에서 열 손가락 안에 손꼽히던 부자가 빈털터리가 되었다고? 빈털터리는 개뿔. 그 유물들을 크리스티나 소더비 같은 대형 경매에 모조리 팔아치우면 지금은 서울이 아니라 대한민국에서 열 손가락 안에는 넉넉히 들지 않을까?

그것뿐 아니지. 그 재산이 누구의 피고름을 짜서 모은 것일까 생각하면 문제가 아주 엿같아지는 것이다.

나는 재미교포다. 그래서 교포사회의 뒷담화가 얼마나 지랄 같고 재수 없는지 아주 잘 안다. 주류 사회에 끼어들기 어려우니 같이 말 통하는 사람들끼리 좁은 바닥에 모여 뒷담이나 죽어라고 까는 거니 이해는 해 주고 싶은데, 40년 전 누구네 할머니 할아버지 바람피웠다가 얼마 위자료 받고 헤어졌던 일이 손자 대까지 전해지는 꼴을 보면 참 한심하다는 생각이 든다. 그런 건 기억하면서, 살고 있는 곳의 주지사 이름은 모르고 있으니 그 역시 웃기는 일이고.

뭐, 각설하고, 박부전은 로스앤젤레스에서 이민 생활을 시작했다가, 그가 죽은 후 그의 아들 제임스 박과 친척들은 바로 뉴욕으로 이주를 했다.

로스앤젤레스에서 박부전 내외는 도심에서 멀리 떨어진 곳에 숨어 살다시피 했는데, 그래도, 과거 빅 마우스로 한 자락씩 하셨던 할망구들 중 기억하는 사람들이 없지는 않다. 아들이 하나 있었는데 이름이 제임스 박이고, 이번 전시회를 허락하고 추진한 이완 박은 제임스 박의 아들이라 들었다.

이완 박은 뉴욕에서 꽤 잘나가는 고미술품 딜러인데, 아직 결혼은 안 했고, 뭐 썩 요란한 스캔들을 일으킨 적은 없는 것 같다. 뭐 나하고야 딱히 유감도 없고 원수진 것도 없다. 나 같은 사람이 만나 볼 일이 없으니까. ㅋㅋㅋㅋ

하지만 이 사람의 족보에 대해서라면 꽤 유감스럽다. 차라리 이 정보를 몰랐으면 이렇게 가소롭지도 않았을 텐데.

서담 박부전은 친일파다.

그것도 적당히 핍박에 못 이겨 창씨개명이나 하고 글줄이나 써서 학도병 모집을 선동해 준 수준이라면 애교로 보일 만큼 뼛속까지 깊은 친일파다.

서담의 아버지가 누군지 아는가? 을사오적 중 한 명, 나라의 외교권을 팔아넘기던 외부대신 박제순 자작이다. 죽는 순간까지 일본의 딸랑이로 살면서 주는 벼슬 다 받아먹고 귀족 작위 받고 희희낙락하던 놈이고, 서담 박부전은 그런 인간의 아들로 온갖 메리트를 다 받으며 돈을 쓸어 모으던 사업가였다.

물론 박제순의 호적에는 없지. 첩의 아들이니까. 하지만 호적에 없어서 모를 거라고 생각했다면 오산이다. 아시다시피 이 바닥 교포사회엔 빅 마우스들이 대를 이어 활동하고 계시거든.

그러면 조용히 유물에 대해서나 떠들어 댈 것이지 뭐가 어쩌셔?

내가 아주 광고 올라온 거 보고 어이가 없어서 말이 안 나오더라. 어디 갖다 붙일 게 없어서 간송 전형필 선생과 비교를 해? 서담이 위창 오세창 선생에게 사사했다는 말도 있지만 그렇다고 해서 그의 행적에 애국이라는 낱말을 갖다 붙이는 건 정말로 지나가던 개가 웃을 일이다.

간단히 정리하자면, 서담 특별전. 조용히 감상하고 구경하기에 좋은, 수준 높은 전시회였다. 거기까지. 딱 거기까지다. 유물 자체는 죄가 없으니까. 다만 돼먹지도 않게 간송이며 애국심을 갖다 붙인 것이 재수 없을 뿐이다.

전시회 기간이 두 달이라는데, 그따위 콘셉트로 우리를 기만하려 했으면, 그 유물 안 봐도 좋다. 안 본다고 굶어 죽는 사람 없다. 막말로 누가 보여 달라 바짓가랑이 붙잡고 애걸이라도 했냐? 내일이라도 당장 짐 싸서 돌아가라. 그리고 다시는 오지 마라.

아직도 위안부 문제가 해결 안 돼서 90 다 되어 가는 불쌍한 할머니들이 칼바람 맞으면서 시위하고 있는 마당에 애국으로 포장된 친일파의 전시회 따위 구역질이 나와서 보고 싶지 않다.

박제순, 박부전, 제임스 박, 이완 박, 고 홈 포에버 앤 에버.

블로거 *hidepark*

이완은 스크린을 물끄러미 들여다보았다. 척추로 주르르 한기가 돋았다. 자신이 뉴욕 화랑가에서 간신히 명함이나마 내밀게 되었다지만 그것도 얼마 되지 않았다. 유명인사 축에도 못 든다는 말이었다. 하지만 이렇게 증조부에서부터 4대에 이르는 내력을 훤히 알고 있는 사람이 존재하고 있었다는 게 소름 끼쳤다.

나이가 좀 든 사람일까? 적어도 이민 3세대 정도 되면 이 정도 한국어를 구사하기란 거의 불가능하다는 게 이완의 판단이었다.

이완은 이민 3세대에 해당했는데, 사실 3세대 정도까지 내려오면 한국말을 한 마디도 못 하는 경우가 많았다. 다만 이완의 집안은 어렸을 때부터 한국어를 철저하게 사용하도록 가르쳤고, 더욱이 이완은 한국에 와서 학사와 석사를 했기 때문에 한국어 회화와 작문이 능숙했던 것뿐이다.

작성한 글로 미루어 보면 고미술품을 보는 제대로 된 안목을 갖고 있는 것 같은데.

고미술품 사회는 다이아몬드 카르텔처럼 철저하게 닫힌 사회다. 직원이나 친척에게도 절대로 노하우를 알려 주지 않는 바다에서 안목을 갖추고 있다는 뜻은 이 바닥 사람, 즉 자신이 아는 사람일 수도 있다는 뜻이었다.

누굴까. 동종업계, 이 정도로 매끈하게 한국어 작문을 할 수 있으며 우리 집안의 내력까지 이렇게 꿰고 있는 사람은. 이렇게 속속 까발리는 진짜 이유는 뭘까? 단순하게 재수 없다는 이유만은 아닐 것 같은데.

블로거 하이드파크. 이완은 그 블로그의 포스팅을 앞뒤로 뒤집어 보았다. 만든 지 얼마 되지도 않았고, 캘리포니아 주와 뉴욕 주, 워싱턴 주에서 가 볼 만한 곳과 좋은 식당을 소개하는 몇몇 게시글밖에 보이지 않았다. 눈가림으로 해 둔 것이 뻔했다.

이완은 머리를 감싸 쥐고 지그시 눌렀다. 징징 두통이 일기 시작했다. 어젯밤 열한 시 넘어서 올라온 글이었는데, 벌써 댓글이 수백 개에 달하고 있다. 많은 사람이 크게 공감을 한다는 뜻이었다. 여기저기 퍼 나르는 부지런한 것들은 또 왜 이리 넘쳐 나는지.

그는 일간 검색어 상위 등수까지 서담 박부전이 떠오른 것을 보고 이를 갈았다. 나 역시 그따위로 포장되는 것을 원하지는 않았다. 나도 부끄러움이 뭔지는 아는 사람이니까. 하지만 변명할 것도 없다. 억울하다 거짓이다 반박할 내용이 없었던 것이다. 등 뒤로 끈적하게 땀이 흘러내렸다. 발치에서 토마스 폰 에디슨이 몸을 동그랗게 구부리고 낑낑, 앓는 소리를 냈다.

다음 날 아침 짤막한 두 번째 게시글이 올라왔다.

재미있는 것 하나 더. 나도 우연히 알게 된 사실인데, 서담 박부전과 그 부인이었던 김춘방은 자기 유물을 아들이 상속받지 못할 상황이 되면, 그 유산을 한국이 아닌 미국의 메트로폴리탄 박물관에 기증한다고 유언을 남겼다더라. 남의 집 유산분쟁 따위야 알 것 없지만 한국으로 갖고 들어온다고 했으면 저 광고를 조금은 믿어 줄 맘도 있었는데. 굿 잡! 좆같이 위대한 유산이잖아.

블로거 hidepark

또 줄줄 늘어지는 수백의 댓글. 이완은 그것을 굳이 열어 볼 생각을 접고 인터넷 창을 닫았다.

두 번째 게시글이 올라온 후부터 사정은 더욱 악화되었다. 갤러리 앞은 연이은 계란 세례와 쓰레기 투척으로 차마 눈 뜨고 보지 못할 지경이 되었다.

갤러리에 앉아 있으면 사람들이 지나가며 괜히 툭, 무언가를 집어 던지고 지나간다. 그것이 무슨 정의로운 행동이라도 되는 것처럼 당당한 걸음새였다. 간혹 안에서 사람이 빤히 보고 있다는 것을 알면서도 손가락질에 입술을 비틀며 웃거나 공공연히 가운뎃손가락을 들어 올리는 경우도 있었다.

이완은 사흘 동안 고집스럽게 갤러리의 문을 열었고, 경찰에 신고해서 앞에 무엇인가를 투척하는 사람들을 잡아 달라 청했다. 이런 짓을 하면 여론이 악화된다는 것은 알고 있지만 이완의 성격상 그대로 놓아둘 수는 없었다.

꾹꾹 참아 보았자 사람들이 우호적으로 바뀌지는 않을 것이다. 경찰이 갤러리 앞을 오가기 시작하면서 사람들의 행패는 줄었지만, 그래도 겁 없이 집어 던지는 사람도 있었다. 이완은 그를 현행범으로 붙잡아 바로 고소장을 집어넣었다.

경찰서까지 끌려간 청년은 그제야 고개를 수그리고 눈물까지 보이며 잘못을 빌었다. 고소까지 할 거라 생각 못 했다, 홧김에 그랬다, 취업을 준비하는 중이라 벌금형이라도 받으면 그야말로 취업이 끝장나는 것이며, 인생을 말아먹게 될 것이라는 호소였다. 하지만 이완은 고소를 철회하지 않고, 싸늘하게 쏘아붙였다.

"나이 스물여섯쯤 되고, 군대까지 다녀오셨으면 말입니다, 남의 매장에 계란을 던지다 잡히면, 취업에 어떤 영향을 끼칠지 정도는 계산할 수 있지 않습니까? 그런 계산도 안 되는 사람을 기업에서 뽑을 것 같지는 않군요."

경찰서의 문을 열고 나오는 순간, 뒤에 앉은 청년의 입에서 악에 받친 고함이 터졌다.

"너희 같은 새끼들은 해방이 되었을 때 다 붙잡아다 광화문 앞에서 찢어 죽였어야 했어! 너희 할애비 같은 놈들 때문에 억울하게 죽어 나간 사람들이 얼만지는 알아? 지금 토지 반환 소송을 하는 친일파 자식새끼들도 시내 한복판에서 돌팔매질을 해서 죽여야 한다고."

이완은 잠깐 걸음을 멈추고 고개를 돌렸다. 못 들은 척 나가 버릴까. 다시 되돌아가 멱살이라도 붙잡고 너는 유공자의 아들이냐, 네 집안엔 창씨를 한 인간이 하나도 없을 것 같냐, 멱살을 쥐고 퍼부어야 할까. 그는 고개를 젓고는 희미하게 웃었다. 그런 생각이 들었다는 것 자체가 부끄러웠다.

"어찌나 정의로우신지 온몸이 다 떨리는군요."

"야, 이 개쌍놈의……!"

"당신 말이 맞아요. 우리 조상 같은 사람들은, 죄다 광화문 앞에서 돌 맞고 죽었어야 했어. 평생 쫓기면서 살든가, 감옥에서 죗값을 치르든가. 독일처럼 말이지."

청년과, 맞은편에 앉아 있던 담당 형사의 얼굴이 멍청하게 굳었다. 나라를 위해 고군분투했던 이의 후손이 그의 선조를 자랑스러워하는 게 당연하다면, 부끄러운 선조의 죗값 역시 후손에게 유전되는 게 어쩌면 당연하다. 이마 위에 선명한 낙인이 찍힌 듯한 기분이었다. 아니, 애써 숨겨 왔던 낙인이 만천하에 까발려진 기분이었다. 이완은 씁쓸하게 웃으며 덧붙였다.

"고소, 취하하겠습니다."

박물관의 전시도 예정대로 계속 진행되었다. 다만 유물의 보호를 위해 경비업체 직원이 전시실에 짝을 이루어 상주하기 시작했다. 다행히, 유물의 가치가 가치인 만큼, 파손했을 경우 이어질 후폭풍을 인지해서인지 유물에 손을 대는 관람객은 없었다.

인터넷의 작은 기사에서 시작된 반발은 빠른 속도로, 일파만파 커졌다. 독립운동가의 후손이며 친일세력청산을 목표로 한다는 어떤 인터넷 커뮤니티의 대표는 박물관 앞에서 피켓을 들고 일인 시위를 시작했다. 그가 원하는 것은 서담 박부전 특별전의 취소. 박물관 측의 사과. 전시 기간은 고작 두 달 남짓이었으나, 그는 친일 행적으로 모은 유물을 애국적인 행위인 양 포장한 꼴을 단 하루도 참아 줄 수 없다고 했다.

방송국과 신문사에 예약해 둔 광고는 이완의 말대로 모조리 취소해야 했다. 손해가 이만저만이 아니라 했지만 방법이 없었다. 인터넷에서의 비난은 더욱 맹렬해졌다. 박제순과 그의 첩의 아들이었던 박부전에 대한 멋대로의 억측, 부인이었던 김춘방의 유언에 대한 비아냥을 지나, 그의 아들인 제임스 박과 손자인 이완 박에 대한 신상 털기가 시작되었다.

광고와 글이 올라가고 하룻밤 만에 시작된 가두 일인 시위는 그날 저녁이 되자 열댓 명으로, 다음 날 점심에는 수십 명으로 불어나 있었다. 박물관 입장객 수는 예상과 달리 폭발적으로 늘었으나 시선은 냉랭하기 그지없었다. 수많은 사람이 웹에 '성지순례'라는 제목으로 비판적인 후기를 남기기 시작했다.

아니, 어떻게 반응이 이렇게 과격하고 폭발적일 수가 있나. 기가 막혔지만 이완으로서는 손쓸 수 없는 사태라, 그저 뜬눈으로 사태를 지켜볼 수밖에 없었다.

　결국 이완은 갤러리의 셔터를 닫아 걸고 휴업에 들어갔다. 경찰에게 부탁해도 몰래 쓰레기를 집어 던지는 사람을 완전히 막을 수는 없었다. 박물관에도 사태 수습을 위한 전화가 빗발쳤다.

　김준일 교수와 담당 큐레이터 최정국은 때아닌 홍역을 치르느라 얼굴이 시커멓게 되어 갤러리 려에 나타났다. 격분한 앤드류는 두 사람과 마주 앉아 영어로 속사포처럼 욕설을 퍼부었다. 이 전시가 이렇게 파행으로 치닫게 된 것은 광고의 콘셉트가 그따위로 잡혔기 때문이며, 이는 전적으로 그쪽의 책임이라는 것이다.

　이완은 앤드류의 말을 막고 두 사람에게 조용히 말했다. 지금 뉴욕에서 려 갤러리의 변호사가 막 출국한 참이며, 이번 일로 려 갤러리의 한국 진출이 좌초될 경우 그에 대한 손해배상을 해야 할 것이라 못을 박았다.

　최정국은 창백한 얼굴로, 광고의 콘셉트는 그쪽에서 최종 확인하는 대신 이쪽에 일임했기 때문에 우리의 책임이라 하기 어렵다고 말했다. 그는 려 갤러리 쪽이 법적 공방을 택할 경우, 이쪽도 최고의 로펌에서 변호사를 선임해 맞대응을 하겠다고 밝혔다.

　그날 밤도 민호는 돌아오지 않았다. 이완은 2층 방으로 올라가 강아지의 줄을 풀어 주었다. 한참을 망설이다 조심스럽게 손을 뻗어 머리와 등을 살짝 쓰다듬었다. 털이 북슬북슬한 것이 제법 보드랍고 따스하다.

　강아지는 조그맣게 낑낑 소리를 내더니 발랑 몸을 뒤집어 배를 보여 주었다. 이게 애교를 부리거나 복종하는 표시라고 했던가. 그녀의 말대로, 강아지는 이 정도면 눈치도 빠르고 총명하고 순한 편인 것 같았다.

　세상 물정 모르는 듯한 동그란 눈을 보고 있으니 꼭 누군가를 보고 있는 것 같다. 새까맣고 총기 있는 눈으로 번번이 해묵은 그리움에 빠뜨리는 누구. 나이도 먹을 만큼 먹고, 여러 시대 사람도 만날 만큼 만나 보면서도 여전히 속없이 남을 믿고, 순수하게 웃고 울면서, 케이크 한 조각에도 체신 없이 행복해할 수 있는 누구.

　그 여자가 지금 이 자리에 있었으면 무어라 할까. 뱃속에 숨어 사는 정의의 사도가 출동해서 친일파의 후손이라고 다른 사람들처럼 비난 행렬에 끼어들까?

　당신은 그러지 않았으면 좋겠는데. 다른 사람이 다 뭐라고 비난해도 당신만큼은 나한테, 네 잘못은 아니잖아, 라고 한마디만 해 주면 좋겠어. 물렁물렁 속없이 솔직하고 따뜻한 당신이, 진심을 담아서, 괜찮아, 이런 거 아무것도 아니야. 정말 괜찮아, 그렇게 말해 주면 참 좋겠어.

　생각이 점점 가지를 치며 뻗어 나가더니, 갑자기 울컥 감정이 솟구쳤다. 며칠 동안 애를 졸이고, 힘들게 버텨 오던 것들이 툭 터져서 한꺼번에 밀려오는 느낌이었다. 해일에 휘말려 허우적거리고 있는데, 발버둥을 칠 기력도 없이 까라진다. 그는 천천히 눈을 감았다.

　당신 지금 어디에 있는 거지?

　난 돌아오겠노라 약속한 누군가를 하염없이 기다리는 게 싫어. 기약도 없이 누군가를 그리워하고 기다리는 건 끔찍해. 나만 놓아두고 다 떠나 버리는 건 정말 지긋지긋해. 희망만 주고 가 버리는 건 질 나쁜 고문이야. 그 희망이 강력할수록 더욱더.

　빨리 돌아와요. 제발 무사히. 제발.

　손에 감긴 보드라운 털과 그 속에 깃든 온기만이 작은 위안이었다. 그는 검은 강아지를 끌어안고 고개를 천천히 수그렸다.

○ ● ○

"나는 다만 궁금할 뿐이야."

잠결에 덕희의 혼잣말이 귓가에서 일렁일렁했다. 민호는 못 들은 척하고 이불을 뒤집어썼다. 군불을 너무 때서인지 등으로 축축하게 땀이 배 나왔다.

"영호 씨가 무사히 풀려날 수 있는지, 건강하게 회복할 수 있는지, 그 것이 알고 싶을 뿐이야."

그걸 어찌 알아. 그건 대가리 속에 검색창을 달고 사는 박 실장도 모를 거라고. 민호는 속으로 말을 삼키며 드르릉, 코 고는 소리를 되풀이 했다.

"나의 미래에 그가 있을까? 그의 미래에 내가 있을까? 아니, 미래란 게 있기는 할까?"

애타게 궁금해하는 마음은 이해하겠지만 말이지, 나는 그딴 거 모르 니까, 길바닥에 돗자리 펴고 앉은 사람한테 가서 복채 듬뿍 주고 물어보 라고!

"저 패역무도한 왜국의 통치를, 우리의 힘으로 정녕 물리치게 되는 거야? 노서아의 자유시 참변 때 흩어지고 갈라진 우리 독립군들이 다시 하나로 뭉쳐 일본과 맞서 싸워서 해방을 맞을 날이 오기는 와?"

민호는 자신의 무식이 가끔 속 터지게 답답했다. 노서아는 누구며, 자 유시 참변이 무언지 모르니 덕희가 무슨 말을 하는지 정확히 알 재간이 없었다. 하지만 덕희가 왜 이렇게 애타게 묻는지는 짐작이 된다. 말해 주고 싶겠지. 옥에 갇혀 있는 연인과 자신에게, 우리의 희생은 헛된 것 이 아니라 그만한 가치가 있는 일이라고 설득하고 싶겠지.

하지만 그렇다고 대답해 줄 순 없었다. 차라리 아는 것이 아주 없어서, 덕희가 원하는 대로 패역무도한 일본제국을 우리의 자랑스러운 독립군이 물리쳤다고 대답을 해 주면 좋을 텐데.

하지만 민호는 그 희망 사항이 거짓이라는 것 정도는 알았다. 역사 과목을 통째로 포기하긴 했지만, 항일 독립군과 일본이 전면대결을 하고 우리가 멋들어지게 승리해서 나라를 되찾은 것이 아님은 잘 알고 있었다.

그렇다고 애타게 대답을 기다리는 저 자그마한 여자에게, '우리가 끼어들지도 못했던 힘센 나라들의 협상이 있었고, 어디엔가 떨어진 원자폭탄 두 방으로 일본이 항복한 거야.' 라고 말할 수도 없었다.

"내일 영호 씨를 다시 보러 갈 생각이야. 영호 씨는 다시는 오지 말라고 했지만."

"……."

"너도 알겠지만, 가서 꼭 해 주어야 할 말이 있잖아."

알긴 개뿔, 내가 뭘 알아. 민호는 코 고는 소리를 내는 것도 잊고 이불 속에서 눈을 깜박거렸다.

"같이 가 줘."

젠장. 잠이 깨 있는 걸 빤히 알고 있었어. 그래도 민호는 대답하지 않았다.

"혼자 가기는 무서워. 같이 가 줘. 부탁이야. 하루만 더. 내일은 꼭 열쇠를 주도록 할게."

강철같이 단단한 덕희의 목소리가 잠자리 날개처럼 떨렸다.

"어차피 네 약속 따윈 이제 안 믿어."

민호는 퉁명스럽게 내뱉었다. 하지만 마음 내키는 대로 거절하기엔 떨리는 목소리가 너무 간절했다. 민호는 한 손으로 이불을 꾹 움켜잡고 느릿느릿 고개를 끄덕였다.

○ ● ○

덕희의 오빠인 덕근과 영호는 다른 곳에 수감되어 있었다. 덕근은 집에서 멀지 않은 경찰서에 남아 있었고 몸도 나쁘지 않은 상태였으나, 영호는 어느새 서대문 형무소로 이송되어 있었다. 각계의 명망 있는 지도자들이나 독립 운동가들이 대거 갇혀 있는 곳이기도 했다.

이송된 것도 모르고 헛걸음을 한 덕희와 민호는 다시 자가용 인력거에 끼어 앉아 무악재 쪽으로 향했다. 덕희는 다른 사람이 두 사람의 모습을 보지 못하도록 포장을 쳤다.

민호는 가마는 우연히 타 본 적이 있었지만 인력거는 처음이었다. 일단 가마를 탈 때처럼 지독한 멀미 증상은 없었다. 하지만 두 사람이 한꺼번에 타기는 몹시 빠듯했다. 덕희가 바리바리 담아 온 찬합 보따리의 부피도 만만찮았다.

인력거꾼 두 명이 두패지르기까지 하면서 달렸지만 속도가 수월하게 붙지도 않았고, 돌에 걸릴 때마다 바퀴가 삐걱삐걱 죽는소리를 냈다. 날은 무섭게 추워서 인력거 안에서도 온몸이 벌벌 떨렸다. 덕희는 그 와중에도 따뜻한 밥을 먹여야 한다며 보자기에 싸인 찬합을 외투로 폭 감싸 안고 내내 허리를 구부리고 있었다.

하지만 맹추위를 뚫고 서대문 형무소에 도착하니, 면회가 되지 않았다. 교도관은 전영호의 이름을 듣자마자 고압적으로 팔짱을 끼고 고개를 저었다. 이유도 설명하지 않고 턱짓으로 나가라 명령할 뿐이었다. 덕희는 교도관 앞에서 발을 굴렀지만 일본인 교도관에게는 큰 소리조차 낼 수 없었다.

하릴없었다. 민호와 덕희는 무거운 찬합을 들고 터덜터덜 인력거로 되돌아왔다. 새파랗게 얼어붙은 조그만 입술에서 더듬더듬 떨리는 목소리가 흘러나왔다.

"생각해 보니 오히려 잘됐어. 저번에, 어떤 모습을 보더라도 그 사람 앞에선 눈물을 보이지 않기로 약속했었거든."

하지만 잘됐다 말하는 목소리는 가물가물 까라져서 땅바닥에 달라붙었다.

"지금 가 봤자 흉하게 눈물이나 짜고 말겠지. 그래서 가뜩이나 힘든 영호 씨 화중이나 돋우고 오겠지. 잘됐어. 나중에 오면 돼. 아직, 만날 준비가 안 된 거야."

민호는 덕희의 얼굴을 잠깐 바라보았다가 눈을 돌렸다. 작고 가녀린 얼굴에는 얼룩얼룩 얼어붙은 눈물 자국이 점점 흉하게 얼크러지고 있었다. 채 얼어붙지 못한 짠물은 땅바닥에 떨어지지 못하고 코트의 앞자락에 진한 얼룩을 남겼다. 민호는 조그맣게 그녀의 말을 따라 했다.

"그래그래, 나중에 오면 돼. 만날 준비 다 한 다음에."

"응. 그래. 괜찮아. 나중에 와서 만나면 돼."

덕희의 되풀이되는 말에서 민호는 불현듯 깨달았다. 다음번 만남의 기회 따위는 아마 없을 거라고. 덕희는 이미 지난번 면회에서 그것을 알았고, 그래서 스스로 목숨을 끊으려 했던 거라고.

어쩌면 저 무거운 찬합에 든, 이제는 차게 식은 따뜻했던 밥은, 사랑하는 사람에게 줄 수 있는 마지막 음식이 될 수도 있었다. 민호는 입술을 꾹 깨물고 코를 훌쩍였다. 다른 사람의 감정에 쉽게 이입하는 성격이 이럴 때마다 진저리 나게 싫었다.

인력거의 바퀴가 굴대에서 빠져나간 것은 형무소에서 한 마장도 채 지나지 않은 곳에서였다. 인력거꾼은 난감한 얼굴로 두 사람이 타서 그런지 아까부터 삐거덕거렸노라 변명했다. 그는 덕희에게 다른 인력거를 잡든가, 이 인력거를 수리해 올 때까지 어디선가 엽차라도 마시며 기다리는 게 좋겠다며 허리를 굽실거렸다. 덕희는 무거운 찬합을 들고 내려서며 채꾼에게 말했다.

"좀 걷겠다. 먼저 들어가."

서대문 형무소에서 남산 쪽에 위치한 덕희의 집까지는 인력거로 한 시간밖에 안 걸렸지만 여자 걸음으로 돌아가려면 두 시간은 족히 잡아야 할 것이다. 집에 도착하면 해가 떨어지고 말 것이다. 민호는 군말 없이 따라 내려서 무거운 찬합을 받아 들었다.

집까지 내려가는 길은 큰길이라 그런지 바람이 거셌다. 좁은 골목길로 가는 거라면 차라리 시선도 가리고 바람도 피할 수 있을 텐데. 빵빵 커다랗게 경적 소리를 내며 자동차들이 옆을 지나가고 마차, 인력거, 가마들도 가끔 뒤섞여 길을 오갔다.

사람들이 앞을 가로막을 때마다 인력거꾼들은 비켜 달라 고함을 질렀고, 자동차는 시끄럽게 경적을 울리곤 했다. 그 사이로, 옷을 얇게 입은 사람들이 새파랗게 언 손을 모아 쥐고 입김을 불며 종종종 뛰어간다. 맨발로 뛰어다니는 몇몇 어린 사내아이들의 발은 시퍼렇게 색이 죽어 있었다. 덕희의 얼굴색도 그와 비슷했다. 시체처럼 색이 죽은 입술 사이로 불분명한 중얼거림이 흘러나왔다.

"차라리 이렇게 가다가 길바닥에서 얼어 죽었으면 좋겠다."

뒤에서 다시 빵빵, 하는 경적 소리가 들렸다. 민호는 얼빠진 듯 걷고 있는 그녀의 팔을 붙잡고 길 가장자리로 붙어 섰다.

옆으로 빠져나갈 것 같던 검고 긴 자동차가 두 사람의 앞에서 멈춰 섰다.

"그, 그렇다고 이 추운데 집에까지 걸어······걸어가실 생각을 하셨다고요? 호, 호되게 앓아누우시려 작정이라도 하셨습니까!"

두 사람이 말도 없이 터덜터덜 걷는 것을 발견한 것은 막 면회를 마치고 나오던 박부전이었다. 박부전이 살고 있는 곳은 서대문 형무소에서 그리 멀지 않은 곳이라 했다. 민호의 머릿속으로 부전이 했던 말이 퍼뜩 지나갔다. 그렇지, 친구에게 매일 면회를 가고 있다고 했던가? 우리는 말도 못 붙이고 거절당했는데? 민호에게 사정 설명을 들은 부전은 가볍게 혀를 찼다.

"교도관······이 여, 연······초값을 바라면, 조, 종종 그러기도 합니다만, 사실······ 영호가 특별 과, 관리 대상이라 그런 것도 있습니다."

"웃돈을 얹어 주면 면회가 가능한가요?"

"저, 정확하진 않아요. 저도 정식 면회는 아니고 간수들 수, 순회하는데, 끼어서 자, 잠시 보고 오는 거라서요. 저, 저도, 사실은 덕희 씨가 만나지 않고 그냥 가셨, 가셨으면 싶습니다."

"영호 씨 상태가 지금 어떻기에 그런가요?"

덕희는 가라앉은 목소리로 물었다. 지난번 그를 문전박대하던 것처럼 목에 핏대를 세울 수 없었다. 부전은 약혼자와의 면회를 성사시킬 수 있는 유일한 사람이었다. 부전은 한참 만에야 조심스럽게 대답했다.

"한국, 한국 독립군 내에서 전······영호 정도 되는 사람을 붙잡기가 쉬운 게 아니니까요. 여, 영호는 한중 연합군 총참모장인 배, 백산 지청천 장군의 최측근 중 한 명이거든요. 지금, 어, 지금 일본 내각 쪽 분위기가 많이 좋지 않습니다. 내, 내선일체 유······화 정책이 아무 효과가 없다는 말이 계속 나오고 있어서, 내각에서 강경책으로 선회······하려는 모양이에요."

"말씀 돌리지 않으셔도 괜찮아요. 고문을 많이 당했다는 말씀이

시죠?"

부전은 천천히 고개를 끄덕였다. 동그란 안경 너머의 눈에는 근심이 가득했다. 민호는 눈을 가늘게 뜨고 동그란 안경 너머의 진짜 표정을 살폈다. 그는 친구의 약혼자에 대해 지나치게 조심스럽고, 배려 깊은 태도를 보이고 있었다.

그보다 더 신경 쓰이는 것은 그의 눈빛이었다. 처음에 보았을 때는 친구의 동생이나 친구의 약혼자를 배려하는 애틋함이라 생각했으나 보면 볼수록 그보다는 농도가 짙은 눈빛이었다. 하지만 음흉한 것을 숨긴 눈은 아니었다. 오히려 맑고 순수하여 마음이 시렸다.

"며, 면회는 곤란할 겁니다. 오늘 한…… 번 거절당했으니 지금 가 보아야 소용없을 거예요."

"그, 그럼 언제쯤 가능할까요. 저는 영호 씨를 꼭 만나야 해요. 한 번만이라도, 짧아도 괜찮아요. 꼭 전해야 할 말이 있어요."

덕희는 간절하게 말하다 말고 고개를 흔들며 입술을 물었다. 자신이 경멸하는 사람에게 이렇게 구차한 부탁을 해야 하는 처지가 한스러웠다. 부전은 그것을 눈치챈 듯했으나 부러 모르는 척 시선을 다른 곳으로 돌리고 더듬었다.

"무슨, 무슨 말인지, 제가 대신 전해도 될까요?"

"제가 직접 대답을 들어야 해요."

"제, 제가 대신 전해 드릴 수 있습니다. 더, 덕희 씨가 면회를 가는, 거, 건 아무래도 위험해요."

꼭 깨문 입술 사이로 피가 스며 나올 것 같다. 덕희는 입을 열지 않았다. 부전 역시 면회를 도와주겠노라 수월하게 대답하지 않았다. 위험하다는 건 어쩌면 핑계일지도 몰라. 민호는 두 사람을 번갈아 바라보며 두 사람의 속을 헤아려 보았다.

안경 사나이는 어쩌면 친구와 그의 약혼자를 만나게 해 주는 것이 싫은지도 모른다. 흔들리는 눈빛과 달그락대는 손가락이 그의 마음을 대신하는 것처럼 보였다. 덕희가 감옥 속의 약혼자에게 반드시 전해 주어야 할 말은 무엇이며, 약혼자의 친구는 왜 친구 약혼녀의 간절한 부탁을 무지르는 것일까. 민호는 눈썹을 찌푸렸다.

부전은 직접 운전대를 잡고 덕희의 집으로 향했다. 그는 운전 솜씨가 좋은 편이 아니었고, 덕희의 집이 있는 남산 초입까지 길이 썩 평탄하지도 않아 시간이 걸렸다. 집 앞에 도착했을 때는 땅거미가 져서 어둑어둑해진 상태였다. 덕희는 평소의 꼿꼿한 모습은 어디로 날려 버리고, 민호에게 몸을 기대고 늘어졌다.

덕희의 집이 보이는 골목 어귀에서 부전이 차를 세웠다. 왜 집 앞이 아니고 골목 끝에 차를 세웠을까? 민호는 고개를 앞으로 빼고 사방을 둘러보았다. 무슨 일인지 항상 닫혀 있던 대문이 반쯤 열려 있는 것이 보였다.

민호는 덕희를 부축하고 한 손으로 무거운 찬합을 집어 들었다. 이제야 길고 지겨운 하루가 끝났다. 가서, 약속대로 열쇠를 받고 돌아가기만 하면 될 것이다. 부전이 운전석에서 내려 뒷좌석으로 와 문을 열었다. 민호가 덕희의 팔을 한 손으로 걸고 막 내려섰을 때였다. 솟을대문 안쪽에서 찢어지는 비명이 터졌다.

"딸이 없다면 아비를 잡아가면 될 테지. 발칙하게 숨길 생각은 집어치우는 게 좋을걸?"

동그란 검정 베레모를 쓰고 검정 제복을 입은 사내가 한국어로 빽빽 고함을 질렀다. 부전은 문을 잡고 서 있다가 눈을 크게 뜨고 고개를 돌렸다. 차 밖으로 내려서려던 덕희의 몸이 후드득 떨렸다.

대문 앞에서는 검은 두루마기 차림의 백발 노인이 갈색 제복을 입은

317

두 명의 사내에게 질질 끌려 나오고 있었다. 대감마님이라는 소리가 나오는 걸 보니 덕희의 아버지인 조 대감인 듯싶었다. 뒤에 줄줄 따라오는 나이 먹은 하인들과 이웃에서 몰려온 듯한 아낙들이 야단법석을 하며 울부짖었으나 키가 땅딸한 사내는 입에 담뱃대를 문 채 깡깡 소리를 냈다.

"지금이라도 늦지 않았으니, 조덕희를 내보내라고. 몇 가지만 묻고 돌려보낸다니까?"

"아, 지금 안 계신다니까! 아침나절에 어디 가셨는지 안 계시다고!"

"올 때마다 어디 갔다, 없어졌다 말만 뺀드르르하지. 그러니까, 잘 전해 주시라고. 어떻게 생겨 먹은 귀한 아가씬지는 모르겠지만, 응? 아버지 다시 모셔 가고 싶으면 얼른 경찰에 출두하시라고. 응?"

역전에서 만났다는 앞잡이가 저 사람인가? 춘방이 말하던 쥐새끼들 중 꽤 유명한 사람인가 보았다. 끌려 나온 노인은 거의 넋이 나갔다.

"저, 개자식, 영호 씨를 잡아간 것도 모자라서 아버지까지!"

덕희는 이를 부드득 갈며 앞으로 튀어 나가려 했다. 부전은 기겁하며 덕희를 차 안으로 밀어 넣고 문을 닫았다.

"미, 미쳤습니까? 지금, 지금 나가셨다간 그대로 끌⋯⋯려가서 무슨 짓을 당하게 될지 모릅니다!"

"그럼 아버지가 끌려가는 걸 그대로 보고 있으라고? 이거 놔! 이거 놔요!"

부전은 얼굴이 퍼렇게 질린 채 그녀의 두 팔을 내리눌렀다. 팔을 붙잡힌 덕희는 몹시 발버둥을 쳤다. 놔, 놓아요! 이것 놔! 민호는 찬합을 든 채 황급히 몸으로 차창을 가렸다. 사람들이 차 안에서 몸싸움하는 꼴을 보면 수상하게 여길 것이다.

다행인지 불행인지 대문 앞에서의 소요가 커서 자동차 안의 실랑이까지는 사람들의 시선이 와 닿지 않았다. 갈색 제복을 입은 일본 순사 두 명이 거칠게 노인을 끌어당겼다. 노인은 휘청휘청 넘어질 것처럼 끌려갔다. 순식간에 재산과 아들, 그리고 딸까지 잃게 된 노인은 이미 모든 것을 포기한 듯이 보였다.

차 안에서 두 사람이 어찌나 몸부림을 치는지 자동차가 들썩들썩 움직였다. 민호의 입술이 바작바작 말랐다. 지금 덕희가 잡혀가면 어떻게 되나?

박부전이라는 사람의 말대로라면 전영호라는 사람 앞에서 차마 말도 못 할 고문을 겪게 될 가능성이 컸다. 나는 현재로 돌아가지 못한다. 화각함을 어디 숨겨 두었는지 모르니 돌아가는 통로를 어느 구석에서 찾아야 할지 모른다. 하지만 지금 그대로 모른 척한다면, 덕희의 아버지가 어찌 될지 알 수 없다. 한참 망설이는 중에 갑자기 안쪽에서 커다란 목소리가 터졌다.

"나 여기 있으니께, 우리 아부지를 놔 드려!"

갑자기 주변이 조용해졌다. 익숙한 목소리에 민호는 숨을 크게 들이켰다. 맙소사. 저 목소리는. 펄떡펄떡 움직이던 자동차의 진동도 갑자기 멎었다. 안에서 다시 쩌렁쩌렁한 목소리가 터졌다.

"나가 조덕희여, 응, 그려, 내가 왔응게, 엄한 우리 아부지 끌구 가지 말구 놔 드리란 말이여!"

머리를 어느새 되는대로 잘라 깡뚱하게 묶고, 덕희가 입었던 다홍색 치마를 둘러 입은 춘방이 나타나 고함을 쳤다. 베레모를 쓴 사내와 갈색 제복을 입은 순사들이 움직임을 멈췄다. 베레모는 순사들에게 일본어로 굽신굽신 몇 마디를 붙인 후 춘방을 향해 몸을 돌렸다.

"댁이 조덕희라고?"

"그려. 나가 진멩여고보허구, 이화여전 영문과 졸업한 조덕희여. 네

깟 쥐새끼 같은 놈이 이제 우리 아부지헌티꺼지 손을 대! 이 천벌을 받을 눔. 늬 외조부님 댁이 우리 아부지께 크게 은덕 입었던 걸 이 꼴로 갚어, 이 쥐새끼만도 못헌 후레자식 겉으니!"

춘방의 독 오른 얼굴에 땅딸한 베레모 사내가 따귀를 후려쳤다. 춘방은 바닥에 심하게 나동그라졌다. 주변에서 아이고, 저걸 어째, 하는 신음이 흘러나왔다.

숨 막히는 정적이 찾아들었다. 끌려가던 노인은 춘방의 얼굴을 보고 멍한 눈으로 고개를 저었다. 그러지 말라는 뜻인지, 끝까지 말하지 말라는 뜻인지, 혹은 그저 정신을 놓은 딱한 노인의 몸짓인지는 아무도 알지 못했다.

주변의 사람들도 입을 딱 벌린 채 춘방만 바라보았다. 모인 사람 중 그녀가 덕희가 아니라는 것을 적지 않은 사람이 알았을 터이지만, 아무도 그것을 입 밖으로 내지 않았다. 베레모의 설명에 순사들은 조 대감을 묶은 줄을 풀고 춘방의 두 손을 묶어 양팔을 거칠게 붙잡았다.

"지랄을 한다. 언젯적 이야길 하고 있어. 내 나이가 지금 사십이야. 나이도 새파란 게 어디다 대고 찍찍 반말이야? 내가 늬 오라비라도 되는 줄 알아? 아직두 이 집이 판서 댁이구 우리 외할아버지가 노비인 줄 아나? 신분제 폐지된 게 언젠데? 순사 보조원이 만만해 보이나 본데, 언제까지 그렇게 터진 주둥이를 나불댈 수 있는지 한번 보지. 계집년이 재수가 없으려니! 진명여고보, 이화여전 나오면 다야? 암탉이 울면 집안도 망하고 삼대가 재수가 없는 거야!"

춘방은 피가 터져 흐르는 입술을 묶인 손으로 닦으며 주변을 무섭게 노려보았다. 내가 아씨가 아니란 걸 말하지 마. 절대 말하지 마. 치뜬 눈에선 불이 이글이글했다. 베레모는 곰방대를 입에 물며 입술을 비틀었다.

"그러게 계집들은 학교랍시고 보내면 주둥이만 까지고 신여성이네, 자유연애네, 대가리에 헛바람만 들어온단 말이지. 그저 계집년들이란 야들야들 벗겨 먹기 좋을 때 시집보내서 서방하고 시어매한테 죽지 않을 만큼 두들겨 맞으면서 주제를 알게 해야 하는데. 잘난 척 나불거리다 이 꼴이 나지."

주변에 모여서 있던 사람이 웅성웅성했으나 그녀가 덕희가 아니라는 말은 끝까지 나오지 않았다. 베레모는 갈색 제복의 순사들에게 다시 살살대는 목소리로 춘방을 손가락질하며 낄낄거렸다. 순사들도 흡족하게 따라 웃으며 춘방을 개 끌고 가듯 질질 잡아끌었다. 몇몇 하인들은 서둘러 노인을 부축해 안으로 모셔 들였다.

춘방은 손을 묶여 끌려가면서 주변을 두리번거렸다. 골목 어귀에 세워진 낯익은 자동차를 본 춘방이 황급히 고개를 돌리고 발걸음을 재촉했다. 닫힌 자동차 안에서 덕희는 미친 듯이 몸부림을 치고 있었다. 부전은 덕희를 진정시키기 위해 필사적이었다.

"안 돼, 춘방아. 안 돼. 춘방이는 아무 짓도 안 했어! 나가야 해, 내보내 줘요!"

"다, 당신도 아무 짓 안 했어!"

"춘방이는 안 돼요! 내가 가요. 내가 가야 해요. 왜 나 대신 춘방이가! 왜!"

"지금……지금 가면 당신도 죽고 영호도 죽어요!"

"이거, 놔! 이건 안 돼. 춘방이가, 춘방아!"

소리가 점점 커지려 한다. 춘방을 끌고 가던 순사가 고개를 돌리더니 이상하다는 듯 고개를 갸우뚱했다. 아, 안 돼! 지금 들키면 그야말로 끝장인데. 민호는 황급히 자동차 앞문을 열고 운전석에 앉았다.

"지금 여기를 빠져나갈게요. 꽉 잡으세요."

민호는 바로 시동을 걸고 차를 출발시켰다. 베레모를 쓴 종종한 사내가 고개를 갸웃거리며 가까이 다가오려 할 때, 민호는 그들이 모인 옆을 그대로 스쳐 지나갔다. 순간, 민호와 춘방의 시선이 딱 마주쳤다. 춘방은 거의 울 것 같은 얼굴로 입술을 달싹거렸다. 덕희 아씨, 절대루 말씀허지 마셔유, 지가 혼저 당허것슈, 하는 것 같기도 하고, 아씨, 겁나니께 지발 얼렁 구하러 좀 와 주세유, 하고 덜덜 떠는 것 같기도 했다.

부전에게 붙잡힌 덕희가 끌려가는 춘방을 보며 울부짖는 동안, 자동차는 집 앞을 빠르게 벗어났다. 그곳에 모인 사람들이 황급히 흩어지는 모습이 사이드미러로 들어왔다. 민호의 입에서 안도의 한숨이 길게 흘러나왔다. 그제야 뒤에서 놀란 목소리가 들렸다.

"미, 민호 씨, 운전할 줄 아십니까?"

"당연하죠. 이래 봬도 1종…… 아니, 이거보다 열 배는 큰 차도 운전할 수 있어요."

대형 캠핑카를 몰고 각지를 여행하는 것이 꿈이었던 민호는 일찌감치 1종 대형면허까지 따 놓은 상태였다. 하지만 말이 떨어지기가 무섭게 푸르륵 시동이 꺼져 버렸다. 운전석도 오른쪽에 있고, 차선도 반대인 데다, 조작법도 상당히 달랐기 때문이다. 그나마 골목을 벗어나 커브를 튼 상태라 다행이었다. 다시 운전석에 앉은 부전은 민호를 보며 얼빠진 얼굴로 중얼거렸다.

"가끔…… 미, 민호 씨는 신여성이라기보다…… 다른 시대를 사는 여성 같습니다."

빙고. 민호는 어깨를 움츠리고 중얼거렸다.

"일단, 일단 저희 집으로 가겠습니다. 지, 지금 덕희 씨 집에 가시면, 무, 무슨 사달이 날지 알 수 없으니까요."

덕희는 두 손에 얼굴을 묻고 눈물이 철철 흐르도록 흐느꼈다. 운전대를 잡은 사내는 한 손으로 핸들을 잡고, 한 손으로는 바지를 쥐어뜯다가, 손수건을 꺼내서 뒤로 건네주다가 전신주를 들이받을 뻔했다. 그는 차를 잠시 세운 후, 안경을 벗어 들고 땀을 문질렀다.

"오, 오늘 밤은, 저희 집에서 일단 쉬세요. 아무 생각 마시고, 제가 내일 아침에 방법을 찾아 빼 보겠습니다."

"어떻게요?"

"더……덕희 씨는 저, 저희 집에 숨어 계시고, 가서, 다른 사람을 잡아간 거라고 알려 주면 됩니다. 지금은 저녁이라 면회가 안 되는 시각이니까, 내, 내일 아침 먹고 바로 가 보도록 하겠습니다."

덕희는 입술을 꽉 깨물었다. 작고 얇은 입술에 핏물이 배 나왔다. 그녀는 머뭇머뭇 몸을 추스른 후 부전에게 어색하게 고개를 숙였다.

"고맙습니다."

○ ● ○

"혹시 시간을 돌이켜 갈 수 있다면, 나를 과거로 한 번만 가게 해 줄 수 있어?"

깜깜한 어둠 속에서 조용한 목소리가 울렸다. 옆에 누워 있던 민호는 눈을 깜박깜박했다. 무슨 말이 나올지 알 것 같다.

"가서 뭐 하게?"

"영호 씨가 저 꼴이 되기 전에, 내가 어린 시절의 덕희에게 해 주고 싶은 말이 있어."

이런 말이 나올 거라 생각했다. 민호는 이런 말을 들을 때마다 가끔 폐가 무르는 것 같았다. 그 마음을 이해하지만 얼마나 부질없는 짓인지 또한 알기 때문에.

"공부 따위가 뭐가 중요하고, 독립운동 따위가 뭐가 중요해? 후세가 어찌 살든 우리가 알 게 뭐냐고. 다 집어치우고, 저 사람을 내 품에 잡아 앉히는 게 뭐가 어때서?"

"응, 그래."

민호는 조용조용 수긍했다.

"남들이 고마워하지도 않을 일을 하느라 피투성이가 되어 감방에 갇혀 있는 모습이 아니라, 우리를 꼭 닮은 아이를 데리고, 함께 행복하게 웃을 수 있는 그런 사람이 되게 해 주고 싶어. 누가 다스리든 무슨 상관이야? 밥 먹고 사는 거 똑같고, 저 사람 능력이면 조선인이 다스리든 왜놈들이 다스리든 얼마든지 잘 살 수 있어. 왜 못 해?"

"그래그래, 그 말이 맞아."

민호는 다시 고개를 끄덕였다.

"내가, 내가 부탁하면 들어줄지도 몰라. 내가 간절히 부탁하면."

"그래. 그럴 수도 있지. 그런데 말이야."

민호는 목 안쪽이 매캐하게 느껴지는 것을 참으며 말을 이었다.

"혹시 어렸을 때나 약혼하기 전에, 또 다른 어른 덕희가 찾아와서 무슨 이야기든 하고 간 적이 있었어?"

"그게 말이 돼? 당연히⋯⋯."

"없었잖아. 그렇지?"

아. 덕희는 눈을 크게 뜨더니 이내 입을 다물었다. 열여덟 살 덕희가 스물다섯 살의 덕희를 만난 적이 없다는 의미가 무엇이겠는가. 총명한 덕희는 시간 여행에 익숙한 민호의 말을 쉽게 이해했다. 돌이켜지지 않는다. 지금 할 수 있는 게 없다.

"나도 그 마음은 알아. 아주 잘 알아. 나도 매일 그런 생각을 하거든."

"우리 미래는 어찌 되는지 말해 줄 수 없어?"

덕희의 목소리는 간절했다. 민호는 대답하지 않았다. 대답할 수 없었다. 덕희는 그마저 짐작을 했는지 이불 속에서 쓰게 웃었다.

"춘방이는 괜찮을까? 정말 걱정이야."

"춘방이 걱정은 안 해도 돼. 무사히 나올 거니까."

민호는 풀기 없이 웃으며 일러 주었다. 그 정도쯤은 알려 주어 안심하게 해도 괜찮을 성싶었다. 덕희는 이불을 걷고 일어나 앉았다. 눈꺼풀이 파르르 떨렸다.

"정말? 정말이야?"

"믿기 싫으면 말고."

"다치지 않고 나오게 될까?"

"그것까지야 알 게 뭐야. 하지만 일단 죽지 않고 무사히 나오긴 할 테니 너무 걱정하진 마."

조금 퉁명스러운 말에 덕희는 그제야 약간 안심이 되는지 길게 한숨을 쉬었다.

"아무 탈 없이 무사히 나와야 할 텐데. 난 춘방이가 조금이라도 잘못되면 견디지 못할 거야."

조용조용 속삭이는 목소리 위로 하얀 달빛이 내려앉았다.

민호가 보기에도 춘방이나 덕희는 고용인과 주인 사이보다 훨씬 살갑고 가까웠다. 덕희는 대갓집의 딸인지라 아랫것에 대한 하대가 익숙했지만, 조금만 들여다보면 신분과 상관없이 속정이 깊었다. 오라버니의 영향을 받아 생각이 트인 것도 있었고, 춘방이 주인의 총애를 방패 삼아 기고만장하지 않고 늘 선을 잘 지켰던 덕도 있다 하였다.

두 살 터울이 나는 유모의 딸이긴 했지만, 키도 크고 어른스러운 춘방은 덕희를 친동생 이상으로 살갑게 보살피고 뒷수발을 들었다. 외동딸이었던 덕희에게 춘방은 단 하나 있는 소꿉친구이자, 언니이자, 자신의 속을 모두 털어놓을 수 있는 상담자였다.

덕희는 춘방의 이름을 자신이 지어 준 것이라며 희미하게 웃어 보였다. 어느새 덕희는 살짝 잠긴 목소리였다. 어릴 때 그렇게 착하고 재미있는 언니가 큰년이라는 이름을 갖고 있는 것이 속상했더라 하며 소리 내어 웃기도 했다.

유모가 뒤늦게 딸의 출생신고를 올릴 때, 덕희는 큰년이 대신 새로 고운 이름을 지어 주겠다고 진땀을 흘리며 글씨를 골랐다. 덩치는 커다란 주제에 춘방이라는 이름이 예쁘다고 어린애처럼 어찌나 좋아했는지 몰랐다. 흙바닥에 몇 번씩 쓰는 연습을 하던 모습이 아직도 눈에 선했다.

춘방은 혼례식 올리기 전날까지 덕희와 함께 잠을 자며, 훌쩍대는 대신 멋쩍게 웃었다.

'아씨 두구서 먼저 시집갈려니까 참말루 쑥스럽구만유, 깨가 쏟아지게 좋은지, 징글징글 웬수 겉은지 지가 먼저 알려 드랄께유.'

덕희에게 가족, 혹은 약혼자만큼이나 잃지 말아야 할 사람이 있다면, 바로 춘방이라고 할 만큼 두 사람의 사이는 *끈끈하고* 애틋했다.

민호는 덕희가 대면했던 이완이 춘방과 박부전의 후손인 것을 말하지 않았다. 어차피 덕희와 상관도 없는 사람이고, 굳이 알려 주어 사람을 놀라게 할 필요도 없었다. 물론 현재 상황으로 봐서는 저 돈 많고 집안 좋고 가방끈 긴 박부전과, 애가 둘이나 딸린 가비(家婢) 출신 김춘방이 어떻게 결혼하게 되는지 짐작도 할 수 없었지만, 일단 김춘방이 무사히 풀려나오는 것은 확실했다.

그 두 사람의 아들인 제임스 박은 나이 80이 되어 뉴욕에서 살고 있고, 박이완이라는 아들까지 보지 않았나. 덕희가 보았던 박 실장이야말로 춘방의 무사귀환에 대한 가장 확실한 증거였다.

"그동안 너무 오래 붙잡아 둬서 미안해. 내일 사람을 시켜서 화각함을 이리로 가져오라고 할게. 열쇠도 찾아서 가져오라 할게. 한 쌍이니까, 하나는 그냥 가져도 돼."

"헹. 이번엔 거짓말 아니지? 아오, 이젠 열쇠 말만 들어도 지긋지긋하다니까. 어쨌든 고마워. 얼른 가긴 가야 해. 지금 그 깐깐이 대마왕이 잔뜩 열 받아서 기다리고 있을 거라고."

"그 키 크고 잘생긴 사람 말이지? 이름이 뭐랬더라?"

"박이완 실장. 으으으, 지금 어지간히 욕을 하고 있을 텐데."

그를 생각하니 어쩐지 속이 거북했다. 일이 꼬이려니 번번이 그 사람 속을 뒤집어 놓기만 했었다. 생각해 보면 성질이 좀 더럽긴 해도 나쁜 사람은 아니었는데. 나 걱정하느라 잠도 못 자고 밥도 못 먹었댔지. 난 여기서 잘 먹고 자고 있으니 그쪽도 밥 좀 챙겨 먹고 꿀잠이나 자고 있으면 좋으련만.

도널드 교수님! 교수님은 또 얼마나 속을 태우며 걱정하고 있을까. 생각하던 민호는 문득 눈을 껌벅거렸다. 교수님은 자신을 너무 믿고 있어서 걱정 따위는 별로 안 하는 것 같다.

상념을 깨뜨린 것은 뒤에서 들린 덕희의 가라앉은 목소리였다.

"미래를 하루만 보여 줘."

갑작스러운 말에 민호는 이불을 걷어치우고 일어났다. 이건 또 무슨 귀신 씻나락 까 잡수시는 망발이냐. 자신에게 충고하기 위해 과거로 데려다 달라는 것까지는 이해가 가지만 미래는 왜? 여태껏 날 들들 볶은 것으로도 모자라서? 지금까지 시간 여행을 하면서 이런 부탁을 하는 사람은 한 번도 보지 못했다. 민호는 불퉁불퉁 내뱉었다.

"지금 누구 덕에 일이 하도 꼬여서 아주 고마워 죽겠거든? 이제 더 골치 아픈 일은 만들고 싶지 않아."

"그게 내 탓인가? 나는 네게 아무런 짓도 하지 않았어."

물론 그야 그렇지. 약속한 열쇠도 아직 주지 않았으니, 정말 아무 짓도 안 했고말고. 요 덕희라는 아가씨는 연애를 했다 하면 밀당의 진수를 보여 줄 거고, 거래를 했다 하면 흥정 한번 야무지게 할 것이다. 민호는 한숨을 쉬며 덧붙였다.

"네가 나를 따라오면, 나는 너를 데려다주러 한 번 더 와야 한단 말이야. 나는 더 이상 사건 사고에 휘말리고 싶지 않거든."

"확인하고 싶은 게 있어. 딱 하루, 하루만 보여 주면 돼."

"거참, 지금 댁이 나한테 더럽게 민폐 끼치는 건 알고나 있어?"

"미래를 보고 싶어. 한순간이라도."

자그마한 여자의 목소리에서 잔물결이 일었다. 민호는 어찌해야 할지 알 수 없어 손가락을 쥐어뜯었다. 무엇을 보고 싶은지, 어떤 것을 확인하고 싶은지, 그것이 얼마나 간절한지는 말하지 않아도 안다.

이 불쌍하고 딱한 여자는, 자신과 약혼자의 희생이 그만한 가치가 있었는지 확인하고 싶은 것이다. 지나간 것은 이미 되돌릴 수 없게 되었으니, 그것만이라도 두 사람의 비참한 종말을 가려 줄 이유가 되어 주기를 바라는 것이다.

민호는 그녀와의 인연이 길고 복잡하게 얽히는 것이 마땅치 않았으나, 목에서 넘어오는 불만을 꿀꺽 삼켰다. 그녀의 요구는 정당했다. 미래의 사람들을 위해 현재를 내놓은 자로서, 자신의 희생에 대한 결과물을 보고 싶다는 것인데 어찌 정당하지 않겠는가. 게다가 비참하고 끔찍한 일까지 당하고 남의 집 별당 구석에 숨어서 저렇게 처연하게 부탁하는 것을 보니 아주 코끝이 다 시큰해졌다.

빌어먹을. 이놈의 뱃속에 들어 있는 사랑과 정의의 용사인지 순두부 용사인지 또 발동이 걸리는구나. 아주 용사가 아니고 웬수다, 웬수. 아무짝에도 쓸 곳 없는 오지랖, 영양가 하나 없는 이년의 팔자. 내가 미쳐. 민호는 속으로 투덜거리면서도 결국 고개를 끄덕였다.

"하루. 딱 하루."

조그만 얼굴 위로 천천히 안도의 기색이 퍼졌다.

○ ● ○

덕희는 부전이 돌아올 때까지 하루 종일 안절부절못했다. 부전의 집에 전화기가 한 대 있기는 했으되, 해거름이 될 때까지 아무 연락도 없었고, 부전은 안전이 확인될 때까지 별채에서 한 걸음도 나가면 안 된다 못을 박았다.

덕희는 태연한 척 무심한 척 애는 썼으나 종일 자리에 앉아 있지 못하고 쉴 새 없이 방을 맴돌았다. 민호에게 춘방에 대한 이야기를 툭툭 던지면서 작은 입술을 파르르 떨기도 했다. 걱정하는 모양새로만 보면 약혼자인 영호나 오라버니인 덕근을 걱정하는 것보다 더하면 더했지 덜하지는 않았다. 그나마 어젯밤 민호의 말을 듣고 조금은 안심하고 기다리는 꼴이 저 모양이었다.

"제발 무사히 나와. 조덕희가 아니고 김춘방이란 게 확인만 되면 괜찮을 거야. 나올 수 있을 거야."

덕희는 혼잣말을 하며 거스러미가 일어난 입술을 자근자근 깨물었다.

화각함을 들고 있는 부전의 얼굴은 허옇게 질려 있었다. 덕희의 부탁으로, 숨겨 둔 화각함을 찾으러 갈 때만 해도 큰 걱정은 하지 말라 웃어 보였던 부전이었다. 오는 길에 춘방이 잡혀간 지서에 들러 보겠노라, 저 사람은 조덕희가 아니고 그 집에서 일하던 가비라 말해 주겠노라, 금방 올 수 있을 것이다, 수월하게 장담했던 사람이었다. 하지만 예상과 달리 그가 돌아온 것은 날이 저문 다음이었다.

두 사람이 숨어 있는 별채로 급하게 들어온 그는 화각함을 바닥에 내려놓았다. 열쇠는 찾지 못한 모양인지 화각함뿐이었다. 하지만 그것을 추궁할 계제는 아니었다. 안경 너머의 눈은 불안하게 흔들렸고, 입술은 부들부들 떨리고 있었다. 무슨 일이지? 민호는 눈썹을 찌푸리고 박부전을 바라보았다. 추운 겨울날인데도 그의 이마에는 땀이 송골송골 맺혀 있었다.

"더, 덕희 씨, 노, 놀라지 마십시오."

"무슨 일이신가요?"

"추, 춘방이가, 오, 오늘 새벽에 죽었습니다."

민호는 엉거주춤 자리에서 일어섰다. 천장이 훅 내려앉는 것 같았다. 외려 덕희는 아무것도 듣지 못한 것처럼 움직임 없이 앉아 있었다. 아니, 입술을 살짝 올리고 뺨을 실룩거렸다. 웃으려 애쓰는 듯했다. 하지만 눈가에, 입술 끝에 힘이 빳빳하게 들어가 있었다. 그녀는 옆에 있는 민호와 부전을 번갈아 바라보다가 얼빠진 목소리를 냈다.

"추, 춘방이가 뭐요? 뭐라 하셨어요?"

"서대문, 서대문…… 형무소에서 오늘 새벽에 자진을 했답니다. 나, 남편인 황 서방은 그 소식을 듣고 난동을 부리다 잡혀 들어갔고요. 하, 하야시 상에게 부탁해서 화, 황 서방을 몰래 빼내느라 시, 시간이 걸렸던 겁니다. 시신은 나중에 뒤로 빼 주겠다고 하야시 상이 약조는 했습니다만, 그것도 확실치는 않아요. 지, 지금 장사 지낼 준비도 모, 못 하고, 분……위기도 말이 아닙니다. 대감님께선 일어나지도 못하고 계십니다."

민호는 어질어질한 머리를 붙잡았다. 이상하다? 왜 일이 이렇게 돌아가지? 춘방 할머니는 지금 감옥에서 죽으면 안 되는데. 어떻게든 살아남아서 지금 앞에 서 있는 맹꽁이 안경에 중절모를 쓴, 얼굴이 둥그런 사람과 재혼을 해야 하는데. 그래서 박이완 실장의 아버지인 제임스 박이라는 아들을 낳아야 맞는 건데.

"아니라 했잖아, 미, 민호 씨, 춘방이, 춘방이가 무사히 돌아올 거라 했잖아."

덕희의 목소리가 우들우들 떨렸다. 민호는 민호대로 공황 상태에 빠져 머릿속이 쑥대밭이었다. 손을 들어 보니 손끝이 덜덜 떨리고 있었다. 뭐가 어떻게 돌아가는지 종잡을 수가 없다. 갑자기 옆에서 털퍽, 하는 소리가 들렸다. 옆에서 몸을 앞뒤로 흔들며 서 있던 덕희가 결국 눈자위를 허옇게 드러내고 쓰러진 것이다.

어제저녁 늦게 인근 경찰서로 끌려갔던 춘방은 소환장도 아무런 정식 절차도 없이, 바로 영호가 갇혀 있던 서대문 형무소로 끌려갔다 하였다. 정식으로 이송 절차를 밟으려면 시일이 소요될 터라 여유 있게 생각했던 게 잘못이라며 부전은 고개를 숙였다.

"어젯밤 늦게, 비……비밀리에 어, 서대문 형무소로 끌려가서, 심한 고문을 당한 모양입니다."

"춘방이는 아는 게 아무것도 없어요! 고문해 봐야!"

덕희는 부전을 보고 악을 썼다. 부전은 주머니에서 수건을 꺼내 이마에 맺힌 것들을 문질렀다.

"춘방이는, ……조덕희가 아니라는 마, 말을 끝까지 하지 않았다고 했고, 사실 끌고 간 사람도 조덕희에게 뭔가 정보를 얻어 내려고 끌······고 갔던 건 아니었습니다."

"······."

"여, 영호를 고문하기 위해 조덕희가 필요했던 거니까요. 그 고문은 영호 앞에서 행해졌고, 전기······ 전기고문까지 있었던 모양입니다."

와악, 우욱, 왁. 덕희의 입에서 구역처럼 비명이 솟았다. 이걸 어찌해, 이걸. 춘방아! 숨이 넘어갈 것 같은 울부짖음이 끝없이 터졌다. 그녀는 머리를 움켜잡고 둥글게 허리를 구부리며 허물어졌다. 부전은 머뭇머뭇 손을 내밀었으나 차마 손을 댈 수는 없었는지, 손을 허공에 멈춘 채 먹먹하게 내려다보기만 했다.

민호는 곁에 쭈그리고 앉아 덕희의 파들파들 떨리는 등을 쓰다듬었다.

"안 죽는다며, 무사히 돌아온다며!"

덕희는 민호의 등을 끌어안고 통곡했다. 민호는 도대체 어떻게 말해야 할지 알 수 없었다.

"영호 씨가 아무 말도 안 했대요?"

"영, 영호도 저, 전기고문을 받고, 저, 정신이 빠져 있었고, 춘······방이가, 완강하게 덕희라고 우, 우겼답니다. 춘방이니까, 덕희······ 씨의 인적 사항에 대해서도 세세히 알고 있었고······ 미, 민적부본을 이송해서 대, 대조하기도 전에 그렇게 된 거예요."

"춘방아, 아아, 춘방아! 왜 그랬어! 춘방아아아!"

부르짖던 덕희는 고개를 번쩍 쳐들었다.

"그럴, 그럴 리가 없어. 보지 않고서는 못 믿겠어요. 내 눈으로 똑똑히 봐야 믿겠어요."

부전은 무슨 말을 할까 말까 한참 망설였지만, 결국 푸들푸들 떨리는 입술을 떼었다.

"고문도 고문이지만, 그, 지, 짐승 같은 것들이 대여섯이나 들어와서…… 영호 앞에서 모, 몹쓸 짓도 한 모양입니다. 그, 그래서."

부전은 고개를 옆으로 돌리고 말끝을 흐렸다. 성고문을 당했다는 말이구나. 민호는 이를 부드득 갈았다.

"영호, 영호가 알고 있는 걸 모두 불…… 때까지 그 짓을 당할 거라는 말을 했다는데, 아, 아마 그 말을 듣고서 그랬던 모양……모양입니다."

혀를 물었더랬다. 마침 고문하던 신문계 순사가 한두 식경 휴식을 취하는 사이에 있던 일이라, 돌아왔을 때는 이미 저고리가 피로 흠뻑 젖어 있더라 했다. 과다출혈인지, 말려들어 간 혀가 기도를 막아 생긴 질식사인지 확실치는 않다고 했다.

하야시 부장은 부전을 보고 난처한 얼굴을 했다. 아무리 그녀가 조선인이라 해도, 정식 소환장을 낸 것도 아니고, 제대로 된 이송 절차를 밟고 서대문 형무소로 데려간 것도 아니었던 것이다.

그는 덕희가 아닌 다른 사람인 것 같다는 부전의 말에 똥 씹은 얼굴을 하더니 바로 흥정을 걸어 왔다. 조용히 시신을 돌려보낼 터이니 골치 아프게 말이 나오지 않도록 협조해 달라고. 다만 그녀가 긴 시간 고통받지는 않고 죽었을 거라는 것이 유일한 위안이었다.

"어떻게 그래! 하룻밤만 버텨 주지. 춘방아! 너까지 가면 어떡해. 나는 어찌 살라고! 생때같은 아이들은 어떡하고! 미안해. 미안해! 미안해! 아아, 미안해."

덕희는 목이 갈라지도록 울부짖었다.

"얼마나 힘들었어. 하룻밤 만에 자진할 생각을 할 만큼 힘들었어? 얼마나 아프고 놀랐어! 나를 위해서 온갖 궂은일 다 맡아 주고 했는데, 나 때문에 이렇게 기가 막히게 죽게 해서 미안해. 미안해. 조금만 버텨 주지, 반나절만. 이렇게 그냥 보내서 미안해서 어떻게 해.”

한번 터진 오열은 쉽게 스러지지 않았다. 꿀럭꿀럭 울음을 들이켤 때마다 속에서 비린 파도가 출렁거리는데 꼭 피비린내 같다는 생각이 들었다.

민호는 혼란한 머릿속을 주체 못 하고 절레절레 흔들었다. 머릿속에서는 두 개의 정보가 맹렬하게 충돌하고 있었다.

박부전이라는 사람이 거짓말을 하는 것 같지는 않다. 그럼 도대체 일이 어떻게 돌아가는 건가? 박부전과 결혼할 춘방 할머니가 죽었으면, 박 실장의 아버지는 태어나지도 못하는 것이고, 그렇다면 당연히 박 실장도 없는 것이다.

그렇다면 내가 만난 박 실장은 어느 우주에서 태어난 것일까?

민호는 미래가 바뀐다는 것에 대한 생각을 깊이 해 본 적이 없었다. 다만 외부에서 들어간 사람이 기록이나 시대에 맞지 않는 물건을 남겼을 때 그 시대에 묶이는 것만 알았다. 혹시 과거로 와서 현재를 어그러지게 만들면? 그러면, 지금까지 몸담아 왔던 현재가 사라지고 새로운 현재가 만들어지나? 나는 새로운 현재로 돌아가는 걸까? 아니면 혹시.

나…… 이 시대에 묶이는 걸까?

민호는 솟구치는 한기에 몸을 떨었다. 물론 과거의 어떤 시대에 들어가 사는 것이 크게 두렵지는 않았다. 하지만 이런 방식으로 억지로 밀리듯 주저앉는 것은 원치 않았다. 게다가 이유도 정확하지 않은데. 정신이 아득해졌다. 부전은 조용조용 덧붙였다.

“괴, 괴로우시겠지만, 마음, 단단히 하세요. 때, 때가 좋지 않아요. 조 대감님께, 아무, 아무런 이의를 제기하지 마시고 조용히 계시는 것이 좋을 것 같다, 밖으로 말이 나가지 않는 선에서 하야시 상과 제가 합의를 보겠다고 마, 말씀드렸습니다. 그, 그게 덕희 씨나 덕근이나, 화, 황 서방을 위해서 최선이라 생각해요."

"고, 고맙……."

희게 질린 덕희의 얼굴로 눈물방울이 가득 흘러내렸다.

"덕희, 덕희 씨는, 가, 가능한 빨리 이 나라를 빠져…… 나가셔야 할 것 같습니다. 다, 다른 사람이 이상하다 찔러 넣기 저, 전에요."

"내가 나가긴 어딜 나가요? 내가 왜!"

"위, 위험하다고 거듭 말씀드렸습니다. 제발요, 덕희 씨! 이, 일본의 입김이 다, 닿지 않는 미국 같은 곳으로 피하셔야 해요. 제, 제가 공부했던 미국 남가주 지역에 조, 조선 사람들이 모여 사는 곳이 있습니다. 아, 아까 대감님께도 말, 말씀은 드렸습니다. 어르신께선 몹시 힘들어하셨지만, 그, 그게 안전하다면, 보내, 보내시겠다, 어, 얼른 채비해 주겠다 하셨습니다."

"싫어! 내가 왜! 내가 무슨 죄를 지어서 영호 씨도 없고 아버지, 오라버니도 없는 곳으로 가야 해요? 나는 차라리 이곳에서 죽을 거예요!"

"덕희 씨!"

"도시 살아 무엇해요? 더럽고 구질구질해! 나한테 남은 게 뭐가 있다고! 이러고 신산하게 사느니, 죽는 게 나아요!"

덕희는 눈물로 뒤얽힌 얼굴을 들어 올리고 악을 썼다. 약혼자와 함께한다는 사실 하나만으로 만주행조차 두려워하지 않던 여자는, 이제 버티고 서 있을 것이 남지 않았다. 황금빛 미래는 진작 스러졌고, 친자매 같은 소중한 사람을 잃고, 집안이 풍비박산이 나고, 아직 무엇 하나 실감 나는 것도 없는데 목숨 하나 건지자고 당장 평생 살아온 나라를 등져야 할 판이다. 고작, 이 알량한 목숨 때문에.

보다 못한 민호가 덕희의 옆에 다가가 쪼그리고 앉았다. 바락바락 악을 쓸 때는 그렇게 앙칼지고 다부진 여자였지만 등을 둥글게 구부리고 우는 모습은 하염없이 작고 가냘팠다. 민호는 팔을 뻗어서 덕희를 꼭 안아 주었다. 눈물에 흠뻑 젖은 몸이 그대로 무너졌다. 민호는 등을 토닥토닥하며 귀에 대고 속삭였다.

"조덕희, 너. 잊고 있는 게 있어. 넌 지금 혼자가 아니잖아."

……혼자가 아니잖아.

희망이 될 수 없는 말, 족쇄로 생을 옭아매는 말. 잔인하다. 비참하고 복잡한 심경이 고스란히 드러난 여자의 얼굴에 새로운 눈물이 얽혔다. 그녀는 순순히 고개를 끄덕이는 대신 민호를 일별한 후 다시 부전에게로 시선을 돌렸다.

"잠시 다녀올 곳이 있어요. 하루만 말미를 주세요."

"덕희 씨. 시간, 시간이 없습니다. 밖에서 돌아다니다 잡히면……."

"돌아다니다 잡힐 일은 없을 거예요. 꼭 확인해야 할 게 있어요. 영호 씨를 마지막으로 만나기 전에."

간절하고 단호한 어조에 부전은 침중하게 입을 다물었다. 덕희는 부전의 수건을 받아 눈물을 씻고 매무새를 다듬었다. 눈가와 콧방울은 붉었지만, 새로운 눈물은 흘러나오지 않았다.

"하루, 딱 하루요."

얼굴이 희고 조그만 여자는 고개를 들고 또박또박 말을 맺었다.

○ ● ○

한 걸음, 두 걸음. 민호는 천천히 발을 디뎠다. 부전의 집 가장 안쪽에 위치한 별실. 창호지로 마감한 벽과 격자무늬의 조그만 창이 눈앞에서 천천히 흩어졌다. 민호는 손끝에 닿는 소뿔 조각의 매끈한 감각에 집중했다. 수건으로 눈을 감싼 덕희가 민호를 잡은 손에 지그시 힘을 주었다.

분명히 들어온 길의 자취가 남아 있다. 떠났던 시기로 되돌아갈 수 있다는 뜻이다. 민호는 일단 안도했다. 하지만 박 실장이 과연 있을까. 박 실장의 선조가 되는 춘방이 죽었는데. 박부전이라는 사람과의 아이는 고사하고, 전혀 다른 사람과 결혼해서 살다가, 박부전이라는 사람과는 결혼도 못 한 채 그냥 죽었는데.

민호는 눈을 깜박거렸다. 분명 들어온 길을 되짚어 왔는데, 시공이 바뀐 것은 분명한데, 전혀 모르는 곳이다. 려 갤러리 사무실도 아니고, 덕희가 누워 있던 병원도 아니다.

등줄기가 오싹해졌다. 정말 박이완 실장이 존재하지 않는 곳으로 온 건가? 이 화각함은 박이완 실장도 아니고 제임스 박도 아닌 제삼자에게 전해지게 된 건가? 그녀는 침을 꼴깍 삼키며 조심스럽게 한 걸음 앞으로 내디뎠다.

가구도 거의 없는 아담한 방이었다. 작은 창과 한지로 된 벽지, 붉은 빛이 도는 높직한 앉은뱅이책상과 높이가 한 뼘은 될 것 같은 넓은 보료, 그 뒤로는 수묵화가 그려진 병풍이 펼쳐져 있었다. 붉은빛이 도는, 무늬 하나 없는 민자 문갑이 벽 쪽으로 놓였고, 그 위에는 길쭉한 난 화분이 하나, 그리고 모서리의 사방탁자에는 가슴이 불룩한 청자와 배가 둥그스름한 백자가 하나씩 얹혀 있었다. 화각함은 그 곁에 얌전하게 놓였다.

어, 시간을 잘못…… 들어왔나 보다?

식은땀이 주르르 흘러내렸다. 분명 들어온 길로 되짚어 온 게 맞는데. 다른 시대로 들어간 거라면 보통 문제가 아니다. 되짚어 돌아갈 길도 더 이상 찾을 수 없으니 끝없이 시간 속에서 헤매든가 언제인지도 모르는 시대에 주저앉아 살아야 할지도 몰랐다. 민호는 바짝 긴장해 사방을 둘러보았다. 순간 천장에 달린 전등과, 서안 옆에 세워져 있는 작은 등잔 모양의 스탠드가 눈에 들어왔다. 스탠드에서 희미한 노란빛이 나와 두 사람을 은은하게 감싸고 있었다.

아, 다행이다.

민호는 후들후들 떨리는 다리를 가누지 못하고 허물어지듯 주저앉았다. 박 실장의 존재 여부는 모르겠지만 비슷한 시기로 돌아온 것은 맞는 것 같다.

그럼, 여긴 어딜까?

민호는 조심조심 사방을 두리번거렸다. 작고 어찌 보면 허전하다고 생각될 만큼 공간이 많은 방이었지만 화려함이 배제된 간결한 가구들에서 절제된 기품이 느껴졌다. 운치 있는 고가구 몇 점으로 이렇게 고아한 분위기가 날 수 있다는 것이 놀라웠다. 이 방의 주인이 누구일지 문득 궁금해졌다.

수건을 푼 덕희는 어리둥절한 얼굴로 사방을 둘러보았다. 그다지 놀란 얼굴은 아니었다. 그도 그럴 것이, 지금 방의 풍경은 사극에서 흔히 보이는 남자들의 방 모습과 비슷했다. 덕희는 서안 옆에 있는 스탠드나 천장의 전등을 쉽게 눈치채지 못했다.

"······이게 무슨 소리지?"

순간 민호는 이 작은 공간을 채우고 있는 또 다른 존재를 뒤늦게 알아차렸다. 그것은 허공을 유영하는 풍부한 음의 흐름이었다. 창호지 문을 하나 격하여, 단조한 음악이 흘러나오고 있다. 부드럽고 뭉근하게 흩어지며, 굵고 편안하게 깔리는 현의 소리, 낮고 그윽한 남자의 목소리와 유사한 소리였다.

민호는 홀린 듯 그 자리에 서 있었다. 허공을 헤엄치던 음의 흐름은 뱃속으로 스며들어 따끈한 시내가 되어 흘렀다. 곡 이름은 알 수 없었으나 가끔 광고에서 듣던, 익숙한 테마가 들어 있다. 끝없이 유려하게 이어지는 멜로디가 일정한 규칙을 지키면서도 다채롭게 변주된다. 두 사람이 서 있는 작은 공간을 꽉 채우고도 흘러넘쳐, 시간과 함께 유유자적 흘러가는 느낌이었다. 말할 수 없이 아름답고 편안했다.

어쩐지 안심이 되었다. 이곳이 어디인지, 언제인지와 상관없이 안락한 안식처에 들어온 것 같아 안도의 한숨이 길게 흘러나왔다.

민호와 덕희는 그 자리에 망연히 선 채 닫혀 있는 미닫이문을 응시했다. 음악은 끊어질 듯, 끊어질 듯 길게 이어졌다. 몹시 그리운 소리가 끼어들었다. 끼응, 끄응. 나직하지만 분명히 알고 있는 소리다. 민호는 천천히 다가가 미닫이문을 열었다. 발 앞으로 검은색 털 뭉치가 굴러 나와 펄쩍거리며 뛰었다. 꿈을 꾸고 있는 것 같다.

"토마스 폰 에디슨!"

이곳에서 자신의 강아지를 보게 된 것을 믿을 수 없었다. 민호는 팔에 끼고 온 옷가지를 팽개치고 강아지를 세게 끌어안았다. 강아지는 민호의 품에 안겨 미친 듯이 발버둥을 쳤다. 자그마한 얼굴에, 축축한 코에 정신없이 뺨을 비볐다. 돌아왔다. 제대로 돌아왔구나. 토마스 폰 에디슨의 따뜻한 체온이 얼굴에 닿을수록 제대로 자신의 현실에 돌아왔다는 사실이 실감이 났다.

순간 공간을 꽉 채우던 선율이 멈추었다.

옆방은 더욱 어둑어둑했다. 등이 꺼져 바깥의 가로등 조명만 희미하게 들어오고 있었다. 침대 곁에서 키가 큰 사내가 가운 차림으로 의자에 앉아 있었다. 그의 오른손에는 긴 활이, 앞에는 윤기가 도는 첼로가 한 대 놓여 있었다.

앉아 있던 사람은 놀라지 않았다. 민호가 몸에 맞지도 않는, 구겨진 검정 치마저고리를 입고 있는 것을 보고도, 뒤에 덕희가 서 있는 것을 보고도 차분했다. 그는 활을 옆에 놓고 천천히 자리에서 일어섰다.

"오셨습니까."

"응, 왔어. 열쇠는 이번에도 못 받았어. 미안. 하도 정신없이 일이 터져서 경황이 없었어."

"괜찮습니다."

"하도 이상한 일이 많아서, 박 실장님 다시 못 볼 줄 알았어. 다시 보게 돼서 정말 다행이야."

민호는 진심을 담아 말했다. 이곳에 도착하기 직전까지 그녀는 이완이 소멸했을까, 이완이 사라진 현실로 돌아오게 될까, 걱정했었다. 한참 동안 침묵이 이어졌다.

"예. 정말 다행이군요."

이완의 목소리는 여전히 담담했다. 민호는 그의 얼굴을 말끄러미 쳐다보았다. 열쇠만 받아 금방 온다고 해 놓고 나흘 만에 왔다고 짜증을 낼 줄 알았는데. 그런데 이완은 아무것도 묻지 않았고, 화를 내지도 않았다.

이상했다. 그는 그저 아무 감정이 없는 얼굴로 말없이 민호를 내려다볼 뿐이었다. 하지만 엄청나게 많은 말을 한꺼번에 듣고 있는 기분이었다.

아니다. 민호는 그의 입술이 보일락 말락 달싹거리는 것을, 목의 울대뼈가 느리게 아래위로 꿀럭꿀럭 움직이는 것을 알아차렸다. 움직임을 알아차린 순간, 무감해 보이는 얼굴이 수만 가지 감정을 담고 있는 것처럼 보였다. 무슨 말을 하고 싶은 걸까. 맹렬하게 뒤섞여 외치는 듯한, 그래서 무어라 말하는지 오히려 한마디도 알아들을 수 없는, 그런 느낌이었다.

밖에서 들어오는 가로등의 불빛이 그의 얼굴에 선명하게 음영을 만들었다. 눈꺼풀의 떨림, 입술의 미세한 움직임, 길고 깊은 호흡에 따라 느리고 깊게 오르내리는 가슴의 움직임. 그를 방어하듯 가로막고 있는 거대한 첼로. 그는 첼로를 지팡이처럼 의지한 채 서 있는데, 몹시 지치고 힘들고 쓰러질 것처럼 보였다. 침묵은 밀도 높은 공기처럼 무겁게 두 사람을 휘감아 짓눌렀다. 민호는 점점 숨이 막혔다.

"개를 잠시만 내려놓으시겠습니까?"

민호는 눈을 깜박이며 검은 강아지를 내려놓았다. 순간, 무거운 향기가 민호의 주변을 일렁일렁 감쌌다. 첼로 옆에 서 있던 사내가 민호의 앞으로 다가온 것이다. 민호는 어리둥절했다. 이완의 긴 손가락이 민호의 얼굴과 뺨을 가만히 쓸어내리기 시작했다.

손가락의 움직임은 얼굴만큼이나 많은 감정을 담고 있었다. 어디 다치지 않았나 걱정하며 살피는 것도 같았고, 좀 더 무겁고 짙은 감정이 깃든 것도 같았다. 아니, 어쩌면 자신 이상으로 지쳐서, 그저 위안을 구하는 간절한 몸짓 같기도 했다. 조금 두려워진 민호는 한 걸음 물러서서 살짝 갈라진 목소리로 더듬었다.

"첼로 잘 켜나 봐? 아까 곡 이름이 뭐였어? 정말 좋았는데."

"바흐의 무반주 첼로 조곡입니다. 마음에 드셨습니까?"

"응. 정말 부드럽고 아름다워서, 집에 돌아온 것처럼 편안했어."

이완의 입가로 희미하게 미소가 스며들었다. 그는 허리를 살짝 숙이고 속삭이는 목소리를 냈다.

"바흐의 음악은 규칙과 질서가 줄 수 있는 아름다움을 극한까지 끌어올린 곡들입니다. 첼로의 음색은 사람의 음성과 가장 닮았다고 하죠. 그래서 바흐의 첼로 조곡이, 세상에서 가장 아름답고 편안하게 느껴지는 겁니다."

"……"

"누군가를 기다리고 있는 따뜻한 집과, 그곳에서 질서정연하게 반복되며 변주되는 일상처럼."

말이 끝나기가 무섭게 민호의 몸이 휘청했다. 이완이 민호를 확 끌어당겨 두 팔 안에 가두었다는 것은 잠시 후에야 알게 되었다.

민호는 눈을 커다랗게 떴다. 이게 무슨 말일까. 이게 무슨 짓일까. 그동안 나를 계속 기다리고 있었다는 말일까. 힘들게 다녀왔으니 수고했다는 의미일까. 하지만 자신을 붙잡아 안은 팔에서 느껴지는 진동은 다른 것을 말하고 있었다. 민호는 그를 가만히 올려다보았다. 매끈하고 선굵은 턱이, 꾹 다문 입매가, 반쯤 아래로 내리깐 눈썹이 미세하게 떨리고 있었다.

무슨 일이 있었구나.

민호의 가슴속으로 커다랗게 출렁이는 너울이 들이쳤다. 자신을 끌어안은 사내의 심장에서 시작된 거대한 파도가 방파제도 없는 해변을 무작하게 때려 부수는 기분이었다. 무얼까. 이 사람을 이렇게 두들겨 댄것이. 자세한 내용은 알 수 없으나, 그의 나흘이 자신의 나흘만큼이나 길고 고통스러웠을 거라는 헤아림이 왔다. 민호는 홀린 듯 그의 눈을 올려다보았다. 바닥을 알 수 없을 만큼 깊고 어두운 눈이 자신을 내려다보고 있었다.

"박 실장님, 박……이완 씨."

"예."

"얼마나…… 많이 힘들었어?"

붙잡은 사내의 눈이 설핏 벌어졌다. 민호는 자신을 붙잡은 팔이 일순 부르르 진동하는 것을, 그리고 그의 온몸으로 떨림이 번져 가는 것을 느껐다. 그는 끝까지 대답하지 않았다. 민호를 잡아 가둔 팔의 힘이 너무 완고해 민호는 한참 동안 그대로 서 있었다. 민호의 머리 위로 신음과 같은 한숨이 지나간 직후, 벽에 걸린 시계가 새벽 세 시를 알렸다.

6.
One day

이완은 그동안 있었던 일에 대해 입에 담지 않았다. 민호가 나흘 만에 돌아온 것에 대해서도, 덕희가 다시 온 것에 대해서도 한 마디 하지 않았다. 하다못해, 금방 온다 하더니 왜 이제 왔느냐, 그렇게 사람을 기다리게 했으면서 열쇠는 결국 못 가져온 거냐, 당연한 타박조차 없었다.

꽉 붙잡았던 민호를 놓아주더니, 고개를 옆으로 돌리고는 조용한 목소리로 "많이 늦었으니 덕희 씨하고 여기서 주무시는 게 좋겠습니다." 하고 끝이었다. 한바탕 잔소리를 들을 거라 생각했는데. 민호가 덕희와 이완을 번갈아 보며 얼빠진 꼴로 눈을 슴벅이는 동안, 이완은 침대 위에 새로운 패드를 깔아 주고, 새 이불과 베개를 두 개 꺼내 주었다.

"왜…… 화를 안 내지? 며칠 만에 왔는데, 열쇠도 못 갖고 왔는데, 잔소리도 안 하고, 길길이 뛰지도 않고……."

"왜 제가 화를 낼 거라 생각하셨습니까? 이렇게 무사히 돌아오셨는데요. 그거면 충분합니다.”

이완은 약간 쉰 듯한 목소리로 부드럽게 대답했다. 민호는 점점 오리
무중이 되어 간다. 왜 화를 내긴, 내가 댁한테 열쇠를 찾아 주기로 했는
데 계속 물만 먹고 있으니 당연하지 않나? 지난번 토기등잔을 가져왔을
때나, 덕희 씨를 데려왔을 때만 해도 소리를 깡깡 지르면서 뭐라 하지
않았어?

“무슨 일 있었는지 궁금하지 않아?”

“자세한 이야기는 내일 듣는 게 좋겠습니다. 오늘 밤에 다시 가시는
게 아니라면요.”

“어, 물론이지, 오늘 밤엔 안 가.”

이완은 그 말에 애써 미소를 지었다. 하지만 민호는 그의 눈 아래로
짙게 내려앉은 그늘을 알아차렸다. 맑고 깨끗하던 흰자위에도 실핏줄이
군데군데 터져 있었고, 피부도 꺼칠하니 지쳐 보였다. 민호가 고개를 들
이대고 그의 얼굴을 자세히 살피자 이완은 고개를 옆으로 돌려 시선을
피했다.

“대체 무슨 일 있었어? 왜 그래, 사람 걱정되게.”

“피곤하긴 하네요. 며칠 동안 잠을…… 좀 못 잤어요. 잠이 안 와서.
괜찮습니다.”

민호의 눈이 둥그레졌다. 아니 저렇게 피곤한 얼굴을 하고 있으면서
어떻게 잠을 못 잘까? 딱하면서도 도무지 이해가 가지 않았다.

윤민호의 신체 사전에 존재하지 않는 질병이 몇 개 있는데 우울증, 불
면증, 거식증 따위가 그것이었다. 특히 등 대면 3초 숙면 시스템이 탑재
된 인간으로서 피곤한데 잠이 안 온다는 것은 절대 이해 불가 영역이었
다. 하긴. 저번에 하룻밤 시간 여행에서 돌아왔을 때도 저 사람, 잠을 못
잤다고 했다. 거 사람, 성질도 어지간히…….

"성질도 어지간히 지랄맞죠."

뜨끔해진 민호는 입을 떡 벌리고 말했다. 으아니, 혹시 내 혓바닥이 주인 허락도 없이 소리를 내 버렸나? 이완은 씁쓸하게 웃었다.

"주무실 때, 개는 거실에 자리를 마련해 주었으니 침대에는 올리지 않으셨으면 좋겠습니다. 제가 개를 좀 많이 안 좋아해서요."

"에헤헤이, 지금까지 같이 방에 데리고 있었으면서 안 좋아한다고……?"

강아지를 안아 들고 멋쩍게 눈웃음을 치던 민호는 아차 싶어 얼른 고개를 끄덕였다. 맞다. 저 인간은 깔끔쟁이 결벽증 환자다. 지난번에 토마스 폰 에디슨을 처음 보았을 때 얼마나 칠색 팔색을 했었나. 먼지를 시도 때도 없이 털어 대고, 옷에 구김 가고 때 탈까 봐 맨바닥에 앉기도 싫어하는 그런 사람인데. 부탁했던 것을 잊지 않고 토마스를 데려와 챙긴 것만으로도 저 사람에게는 퍽 고역이었을 것이다.

토마스 폰 에디슨의 표정을 보니 변비로 고뇌한 흔적이 보이지 않는다. 개똥을 치우는 일은 룸메이트 선정이도 한 번도 안 해 주던 일이었다. 하지만 고맙고 미안하다는 인사에 이완은 무표정하게 고개를 저었다.

"약속했던 조건이니까요."

이완은 자신이 덮던 이불과 베개를 옆방으로 옮기고, 불안한 낯으로 두리번거리는 덕희에게 짧게 묵례한 후, 침실과 작은방 사이에 있는 미닫이를 닫았다. 졸지에 주인을 몰아낸 신세가 된 민호는 우물우물 겸양을 차렸다.

"우리가 밖에서 잘게. 그냥 침대에서 편히 자. 박 실장님?"

"그 방이 제일 조용하고 따뜻해요. 일단 편히 쉬세요. 늦게까지 푹 주무셔도 됩니다."

미닫이 너머로 조용한 목소리가 전해졌다. 민호는 미닫이를 다시 열지 못하고 그 자리에 얼없이 서 있었다. 문 너머로 부스럭거리는 소리가 들렸다. 한두 번, 노곤한 신음도 함께 흘러나왔다.

속이 뜨끔했다. 아까 머리 위로 흘러나오던 뜨끈한 한숨이 떠올랐다. 그때 그의 얼굴을 보았어야 했는데. 저 냉랭한 독설가가 어떤 표정을 짓고 있었을지 궁금했다. 저 사람 아까 왜 그랬을까. 아무 일도 없었던 것 같지는 않은데 대체 왜? 생각할수록 얼굴로 열이 몰렸다. 민호는 여전히 목석처럼 서 있는 덕희의 손을 붙잡고 얼른 침대로 들어가 이불을 뒤집어썼다.

얼굴이 따끔거렸다. 궁당궁당 심장이 뛴다. 손발이, 배꼽이 미치도록 근지러웠다.

아침에 일찍 일어난 민호는 옆에 덕희가 아직 잠들어 있는 것을 보고 살금살금 침대를 벗어났다. 민호는 일단 눈을 뜨면 답답해서 침대에 붙어 있지를 못했다. 다행히 덕희는 낯선 침대에서 수월하게 잠이 들었다. 새로운 시대로 들어온 충격이 꽤 컸을 텐데, 옆에서 부스럭거려도 쉽게 일어나지 못하는 걸 보니 곤하긴 했던 모양이다. 하긴 어제 겪은 일만으로도 진이 다 빠졌을 테니까.

방은 따뜻하다 못해 후끈후끈했다. 커튼 사이로 보이는 이중창에는 보얗게 성에가 끼어 있었다. 추울까 봐 보일러를 꼭대기까지 올려놓았나 보다. 민호는 곁에 빼 둔 렌즈를 간신히 눈에 끼워 넣고 주변을 두리번거렸다.

생각해 보니 박 실장님 방에 들어와 본 건 처음이다. 침대와 옷장, 협탁과 의자, 그리고 소형 냉장고만 놓여 있는 작은 방이었다. 침대건 창틀이건 바닥이건 먼지 하나 없이 깨끗했다. 그 사람의 방답다는 생각이

들었다.

침대 옆에는 어제 보았던 커다란 첼로가 서 있었다. 어젯밤 그가 켜고 있던 악기였다. 무척 오래된 듯 고색이 완연한데 위쪽으로 갈수록 밝은 갈색이 은은하게 돌아서 특이하게 느껴졌다.

어제 무슨 곡인가를 연주하고 있었는데. 뭐라고 했더라. 바흐라고 했던가. 민호는 고전 음악에 대해서 아는 바가 전무했으나 박 실장이 어지간한 취미 이상의 실력을 갖고 있다는 건 쉽게 알 수 있었다. 어젯밤 방 안을 꽉 채우고 있던 선율에서, 서투르거나 머뭇거리는 기색은 전혀 느껴지지 않았다.

솔직히 이런 생각을 자꾸 하고 싶진 않지만, 조물주는 박이완이라는 인간에게 몰빵을 한 게 분명했다. 민호는 은은하게 윤기가 도는 첼로를 한 손으로 쓰다듬으며 콧김을 풀풀 날렸다. 첼로라는 게 피아노나 바이올린처럼 어릴 때 개나 소나 배우는 악기는 아니지 않나. 게다가 하는 일조차 음악 쪽하고는 전혀 상관없는 골동품 장사 아니던가.

민호는 퍼뜩 정신을 차렸다. 아서라 아서. 저런 일에 질투하는 짓은 무수리 인생살이에 전혀 도움이 안 된다. 외계 종족이란 애초 질투의 대상이 될 수 없는 법, 기억하자 돌아보자 윤민호의 좌우명. 먹는 것만이 남는 것이며, 네 팔은 네가 흔들고, 내 팔은 내가 흔드는 것이다.

속이 짜르르 쓰리지만 인정할 건 해야 했다. 박 실장님하고 나하고는 이번 계약 기간만 끝나면, 다시 만날 일도 없는 관계로 돌아갈 거란 말이지. 박봉의 짠내가 넘치는 유치원 선생이 골동품을 수집할 턱이 없으니까.

근데 말이지, 민호는 잠시 머리를 긁적였다. 댁의 팔은 댁이 흔들고 내 팔은 내가 흔드는 건 아는데 말이지, 딱 하나 거시기한 게 있단 말이야.

……어제 왜 나를 끌어안았느냐고?

생각이 떠오르자마자 다시 얼굴로 열이 뭉게뭉게 올라왔다. 민호는
벌게진 뺨을 양쪽으로 죽 잡아 늘였다. 이거 참 낯살이나 잔뜩 처먹어서
쪽팔리게 이게 뭐야. 촌스럽게 겨우 이런 걸로 염통이 벌렁벌렁하다니!

민호는 펄럭펄럭 손부채질을 하며 맹렬하게 머리를 굴렸다. 생각할
수록 머릿속에선 실타래가 얽히고 뱃속은 복작복작한다. 민호는 코끝을
실룩이며 미닫이를 살그머니 열고 옆방으로 들어갔다.

이완은 보료 위에서 이불을 반듯하게 덮은 채, 고른 숨소리를 내고 있
었다. 옆으로 밀어 놓은 서안과 화각함 뒤로 그의 얼굴이 절반쯤 드러나
있었다. 살짝 벌어진 입술 사이로 시익, 식, 시이, 식, 하는 규칙적인 숨
소리가 흘러나왔다. 으음, 어제 들었던 것과 비슷한 신음도 짧게 흘러나
왔다. 민호는 홀린 듯이 살금살금 걸어가 보료 옆에 쪼그리고 앉았다.

깨울까 말까. 지금 해가 중천에 떴는데 갤러리 문 안 여나? 출근 첫
날 듣기로는 분명 아홉 시에 매장 문을 연다고 했다. 근데 지금 열 시가
넘었는데? 열쇠가 어디 있는지라도 알아야 내가 가서 열든가 말든가 할
것 아니냐고.

이보세요, 실장님. 아니 무슨 장사를 이렇게 날로 하시나?

하지만 섣불리 손을 내밀어 깨울 수가 없었다. 시익, 식, 후우, 후. 길
고 고른 숨소리만 들어도 그가 얼마나 달게 자고 있는지 알 것 같았다.
잠을 못 자고 있었다더니 밀린 잠을 벌충하기라도 하는 걸까.

불면증은 개뿔, 이렇게 잘만 자면서.

민호는 가만히 쪼그리고 앉은 채 고개를 조금 빼고 곁눈으로 그의 얼
굴을 살폈다. 오호. 무방비한 얼굴이 더 근사한걸? 민호는 얼굴을 조금
더 가까이 들이대고 고개를 갸웃거렸다. 항상 반들반들 말끔하게 보이

던 사람인데 턱과 인중에 수염이 조금, 아주 조금 돋아 있었다.

거참 신기하네. 공주님 여왕님처럼 하도 깔끔을 떨어 대서 안 볼 때마다 가자미눈을 하고 째려 주었는데, 그래도 고자는 아닌가 보다. 눈썹도 썩 짙은 편은 아니지만 길고 깨끗하게 뻗어 있었고, 속눈썹이 기가 막히게 길었다. 매일 거울에서 만나는 누군가의 속눈썹의 세 배는 될 것 같다.

며칠 잠을 못 잤다더니 평소보다 피부가 약간 거칠어 보이기는 했다. 하지만 어디까지나 평소에 비해서다. 폭염이건 한파건 민얼굴로 싸돌아다니는 윤 모 처자의 얼굴에 비하면 그야말로 '물광이 찬란'이다. 저도 모르게 손을 내밀어 만져 보려던 민호는 흠칫 놀라 손을 떼었다.

내, 내가 미쳤나, 대체 무슨 짓을. 민호는 다른 한 손으로 그 고약한 손을 사정없이 후려갈겼다.

이, 이건, 수, 순전히 그냥 부러워서 저절로 손이 나갔던 것뿐이야. 순전히, 부러워서. 역시 한 살이라도 어리고 봐야 한다니까. 너도 눈깔이 있으면 저 입술 좀 보라고. 저 속에서 쪼는 말이 나오지 않으니, 저 얄팍하고 볼그레한 입술에 달린 거스러미까지 미치도록 섹시, 섹시해 보이는 것이다!

민호는 맹렬하게 고개를 저었다. 섹시? 섹시? 애인도 아닌 남자 입술이 섹시 터져서 뭐에 쓰는데! 이건 순전히 어젯밤에 요상한 일을 겪어서 나사가 풀려 그러는 거라고!

섹시하지 않아. 저건 만년의 발정을 날리는 입술이야! 정말이라니까! 윤민호 30 평생에 키스를 유발하는 입술은 도널드 교수님의 돌출 주둥이뿐이란 말이야! 어쩐지 미스터 도널드에게 잘못을 저지른 것 같아, 민호는 가슴을 부여잡고 속으로 맹렬히 외쳤다. 사라져라, 없어져라 레드 썬! 겟 아웃, 클린 업 레에에드 썬!

하지만 아무리 레드 썬 옐로 썬을 외쳐 보아야, 어젯밤의 기억을 막을 순 없었다. 자신을 팔 안에 가두고 힘주어 누르고 있을 때, 그의 팔에서 느껴지던 잔물결이 생생하게 떠오른다. 머리에 와서 닿던 뜨끈한 날숨. 그리고 낮은 신음이 희미하게 섞인 깊은 한숨. 어제는 경황이 없어서 뭔 사태가 벌어졌는지 감이 잡히지 않았는데, 곱씹어 생각할수록, 윤민호 솔로 외길에 보통 일은 아니라는 필이 팍팍 왔다.

자자, 객관적으로 따져 보자. 이건 그냥, 냉정하기 짝이 없는 눈으로, 평가만 해 보는 거야.

일단 얼굴. 그래. 이 외계 종족, 얼굴 하나는 기가 막히게 잘생겼다는 건 인정해 주어야 해. 얼굴만 보고도 배부른 여자가 있다면, 이 사람하고 결혼하면 평생 배불러 터질걸. 음. 몸매 잘빠진 건 덤. 돈 버는 능력도 좋아 보이는 건, 보, 보너스. 뇌 속에 내장된 네이롱 자체 검색창은 원 플러스 원. 어, 물론 어제 첼로 연주가 레코드를 틀어 놓은 게 아니라는 가정하에, 문화적, 교양적 소양은 파격 할인 추가 옵션 아이템.

……거 봐. 몰빵이 맞다니까.

둥당둥당, 가슴이 뛴다. 더럽게 깔끔한 성질에 까칠한 말본새가 지랄이지만, 어젯밤처럼만 신사적이면(아니 야수적이면) 다시 용기를 내서 들이대 볼 만하지 않냐 말이다. 신년도 얼마 안 남지 않았느냐! 러블리 도널드 김준일 교수의 망령에서 벗어나리라 결심하는 신년맞이 연례행사가 다가오고 있는 것이다.

혼자 앉아 머릿속으로 대하드라마를 찍고 있던 민호는 드디어 서서히 결론을 맺기 시작했다.

그래. 사실은 사실로 받아들이고 인정해야지 어쩌겠어. 민호의 얼굴이 헤실헤실 풀리기 시작했다. 무, 무려 그런 남자가, 나를 포옹한 거라고! 포옹! 나 윤민호를! 이 천년의 연애 고자를! 배꼽이 간질간질, 온몸이 따끔따끔, 혈관마다 엔도르핀이 퍼져 나가기 시작하였다.

순간 한 줄기 벼락이 머릿속을 관통했다.

……스칼렛!

등골로 얼음물이 조르르 흘러내렸다. 제기랄, 깜박 잊고 있었어. 민호는 뒤로 냉큼 엉덩이를 빼고 주저앉았다. 만년 누적의 엔도르핀이 아드레날린, 코르티솔 덩어리로 통째 전이되는 순간이었다. 이런 우라질 레이션, 그 중요한 변수를 까먹다니. 천년의 연애 고자 대가리에 드디어 바람구멍이 들었구나. 민호는 멀쩡하게 잠들어 있는 사내 앞에서 머리털을 쥐어뜯었다.

○　●　○

이완의 어깨가 미세하게 꿈틀거렸다. 누가 침실과 연결된 미닫이문을 드르르 열 때부터 잠이 설핏 깨기는 했었다. 이완은 눈을 감은 채 늘어진 몸을 추스르려 애썼다. 잠든 모습을 남에게 보여 주는 것이 싫었다.

누구지? 조덕희가 저렇게 겁 없이 성큼 나올 것 같진 않으니 민호 씨인가? 화장실에 가려나? 배가 고파서 나왔나? 그는 시간 여행을 다녀온 민호가 무섭게 폭식하던 것을 떠올렸다. 그때는 질리고 추하다는 생각뿐이었지만 지금은 얼마나 배가 고플까 하는 생각이 먼저 떠올랐다.

……뭐라도 먹게 챙겨 주어야 하는데.

하지만 3일 만에 간신히 잠든 참이라 몸이 물먹은 솜처럼 무거웠고, 혈압도 낮은 편이라 눈꺼풀도 무거웠다. 그는 이를 물고 눈썹을 찡그렸다. 끙, 소리가 절로 흘러나왔다.

뭔가 이상했다. 문을 열고 나갈 줄 알았던 여자가 애써 소리를 죽이며 다가온다. 나름 살금살금 걷는다 생각하는 모양인데, 발걸음 소리만 들으면 누군지 바로 알아차릴 만큼 씩씩하다.

그런데 분위기가 아무래도 이상했다. 깨워서 밥을 내놓아라, 화장실로 안내해라 쪼아 댈 것 같은 여자가 얌전히 옆에 와서 보시락보시락 쪼그리고 앉는 것이다. 그것만이 아니었다. 얼굴을 바로 앞에 들이대기라도 했는지 여자의 콧김이 얼굴을 연신 간질이기 시작했다.

이때부터 슬슬 등짝으로 진땀이 돋기 시작했다. 기분이 점점 언짢아지는 것이, 얼굴에 쏟아지는 것은 콧김 때문만은 아니었다. 맹렬하고 끈덕진 시선도 느껴진다. 왜 남이 자는 꼴을 들여다보고 있는 거지? 눈썹이 저절로 꿈틀거리며 움직였다.

어쩐지 일어날 타이밍을 놓친 것 같은데.

이완의 얼굴로 쏟아지는 콧김은 가까워졌다 멀어졌다 하며 한참 동안 사람을 괴롭혔다. 무슨 일이 일어난 것인지 종잡을 수 없었다. 눈을 떠야 하는 건 알겠는데 그랬다가는 저 여자의 어떤 꼴을 보게 될지 몰라 겁이 났다. 중얼대는 소리, 히죽대는 소리, 뭐 마려운 강아지처럼 끙끙대는 소리, 나름 생각에 잠긴 듯 짧은 침묵, 다시 부산하게 부스럭거리며 흐흐거리는 소리.

이완은 벌떡 일어날까 말까 머리가 쪼개질 정도로 고뇌했다. 자는 척하는 것이 이렇게 고역일 줄이야. 무언가가 짝 하고 내려치는 소리가 났을 때는 눈꺼풀까지 푸르르 떨렸다. 그러더니 이번엔 쿵 하고 둔중한 소리까지 난다. 엉덩방아라도 찧었나? 결국 이완은 참지 못하고 실눈으로 그녀를 보았다.

히죽히죽 희희낙락하던 여자는 혼자 낙담해 머리를 쥐어뜯으며 좌절에 빠져 있었다. 아니, 혼자 주저앉아 손발을 퍼덕이며 팬터마임 원맨쇼를 다 하고 앉았다. 잠이 말짱 달아났다.

남이 자는 모습을 보고 있었다는 데 대한 불쾌감이며 어젯밤 얼결에 저질렀던 짓에 대한 민망한 감정도 모조리 날아가 버렸다. 아무 생각도 없이 웃음부터 밀려 나왔다. 미치겠다. 아, 정말 미칠 것 같아. 이완은 웃음을 터뜨리지 않기 위해 아랫배와 목에 힘을 꽉 주었다.

으아아아, 절망에 빠진 듯한 나직한 외침, 머리를 미친 듯 쥐어뜯는 모습. 아오 미친! 씨발씨발, 이런 제기랄. 욕설까지 엿가락처럼 혀에 착착 감긴다. 이완은 결국 콜록, 기침을 터뜨리는 것으로 웃음을 막았다.

"힉? 바, 박 실장님 일어났어?"

여자가 눈에 띄게 허둥허둥 물러앉는다. 얼굴이 잘 익은 토마토처럼 벌그데데한 걸 보니 대체 무슨 짓을 하고 있었는지, 어떤 생각을 하고 있었는지 조금은 알 것 같다. 어젯밤에 내가 얼결에 저지른 짓도 있으니 그것 때문일지도 모른다.

이완의 얼굴로도 풀풀 열이 몰렸다. 그는 태연한 척 몸을 일으켜 마른 세수를 한 후 입을 꾹 다물고 흐트러진 가운 깃을 여몄다. 여자의 가는 눈자위 속 새까만 눈동자가 데굴데굴 부산한 것이 보인다. 콜록, 콜록. 쿡. 웃음이 터지려는 것을 숨기려니 그저 연거푸 억지 기침뿐이다.

"지, 지금 콜록, 자는 거 구경났습니까? 크흡, 콜록."

"아, 그, 그게 아니고. 무, 물, 배고프, 아, 아니, 화장실. 건강한 하루를 위해서 화장실."

"제가 변기로 보일 정도로 시력이 엉망입니까? 화장실은 거실에도 있고, 1층 사무실에도 있습니다."

"아냐, 아냐! 내가 그렇게 못된 사람은, 아, 아니, 그렇게 눈이 나쁜 사람은 아냐!"

시뻘게진 얼굴이 맹렬하게 좌우로 돌아갔다. 그렇게 못된 사람이 아니라? 대체 무슨 상상을 하는 거야. 이완은 손등으로 입을 틀어막고 입술을 일그러뜨리며 계속 마른기침을 했다.

민호는 땀을 찔찔 흘리며 자리에서 일어났다. 내가 하던 짓을 봤을까? 안 봤을 거야, 네버네버 안 봤어야 해! 아냐, 그런데 봤을 거 같아. 저거 겉으로는 점잖아 보여도 오밤중에 외간 여자를 덜렁 끌어안는 거 보면, 의외로 음충맞은 놈일지도 몰라. 내 미친 짓거릴 다 구경했을지도 몰라. 민호는 썩은 미소를 지으며 엉덩이로 뒷걸음질했다. 얼른 이 방을 벗어나서 없던 똥이라도 만들어서 누어야 한다.

민호가 엉덩이 뒷걸음으로 방문에 도달하기까지 이완은 고개를 수그리고 입을 막은 채 자꾸 마른기침만 했다. 민호는 입술을 비쭉거렸다.

"걱정하지 마! 그렇게 킹킹캥캥 눈치 안 줘도 1층 매장 화장실 쓸게."

"누가 눈치를 줬단 말입니까?"

"뭐, 댁이 특이한 향기를 좋아하는 변태라면 얼마든지 거실 화장실을 써 줄……."

"1층 가십시오."

이완은 황급히 말을 막았다.

"그런데 그거 알아? 방금 배출한 고구마 속엔 향기로운 꽃 냄새 성분이 들어 있대. 짱돌인지 차돌인지 하는 성분이 있는데 그게 아주 적은 양일 경우엔 세상에 꽃향기가……."

"인돌(indole)입니다. 그 향기, 혼자서 많이 맡으세요."

민호가 불타오르는 얼굴로 문을 닫고 나가자마자 이완은 이불에 얼굴을 박았다. 와하, 와하, 아하하하하하하! 미친 듯이 웃음이 터져 나와 한참 동안 멎지를 않았다. 한참 동안 시원하게 웃고 눈꼬리에 달린 눈물을 손가락으로 밀어냈다. 가슴이 시원해진 느낌이 들었다. 그제야 방 안에 가득하게 들어찬 아침 햇살이 눈에 들어왔다.

……이런.

어젯밤까지 자신을 숨 막히게 누르고 있던 것들이 종적 없이 사라졌다.

1층 화장실에서 한참 꾸물대고 시간을 죽이던 민호는 20분쯤 지나 슬금슬금 기어 나왔다. 윤민호 기준으로 20분이면, 새로 쓰인 흑역사가 어느 정도 잊힐 만한 시간이었다. 하지만 이번은 경우가 달랐다. 여전히 2층으로 다시 올라갈 용기가 나지 않았다.

민호는 허파가 쏟아질 정도로 크게 한숨을 쉬며 매장의 불을 켰다. 청소라도 해 놓자. 아는 게 개뿔 없어도 인간 윤민호, 공짜 월급 받는 거 아니고 명색 직원이란 말이야.

아니 근데 여긴 왜 사수도 없어? 앤드류라는 직원은 왜 안 오는 거야? 아니 무슨 회사가 신입 직원한테 일도 안 가르치고 사장부터 솔선해서 늦잠을 때려 주무시나. 그러니까 직원도 안심하고 대박 지각이지. 실장님 친척이라더니 아주 만만한가 봐? 민호는 구시렁거리면서 환하게 불이 들어온 갤러리를 둘러보았다.

"뭐야⋯⋯. 이거 왜 이래?"

격자 철문으로 가려진, 큰길에 맞닿은 쇼윈도가 거미줄처럼 쩍쩍 갈라져 있었다. 돌이나 단단한 무엇이 날아오기라도 했는지 두세 군데 요란하게 구멍도 나 있었다. 그리로 새 들어오는 바람을 막으려 발라 놓은 박스테이프 때문에 더 흉물스러웠다. 그뿐이 아니었다. 무슨 음식 쓰레기인지 모를 것들이 유리문에 길쭉길쭉한 얼룩을 만들어 놓고 있었다.

아니 내가 아침부터 헛것을 보고 있나?

민호는 눈을 비비고 다시 보았다. 틀림없다. 출근하던 첫날 티 없이 해맑던 쇼윈도가 아방가르드 예술작품이 되어 있었다. 민호는 얼없이 중얼거렸다.

"아니 이 깐깐이 깔끔쟁이가 쥐약을 드셨나. 매장이 이 꼬라지가 되도록 왜 가만 놔두고 있대?"

"이 꼴이 되어도 싼 일이 있어 그렇습니다. 유리는 오늘 새로 끼우기로 했어요. CCTV도 설치해 두었고요."

2층 계단참에서 차분한 목소리가 들렸다. 민호는 화들짝 놀라 뒤를 돌아보았다. 으헉! 거 사람이 기척 좀 하지. 검은 터틀넥에 긴 카디건을 걸친 이완이 풀기 없이 서 있었다.

"무슨 일인데? 싸기는 뭐가 싸?"

"별일은 아니에요. 정의로운 사람들이 좀 많네요. 어쩌겠습니까. 일일이 잡고 싸울 수도 없고. 당분간 문을 닫아 두려고요."

민호는 눈썹을 찌푸리고 그의 건건한 얼굴을 뜯어보았다.

"정의로운 사람들?"

"친일파 후손을 증오하니 정의롭죠."

이완의 얼굴로 옅게 그늘이 졌다. 민호는 며칠 전에 들었던 말을 기억해 냈다.

"아, 박 실장님네 증조할아버지 박제순 자작님 말하는 건가? 덕희한테도 개같은 놈, 벼락 맞아 뒈질 놈 소리를 아낌없이 듣고 있던데. 나라를 팔아 냠냠 잡수셨다고……. 아, 아이고, 이게 아니고, 하여간 그 말이야?"

"……예."

"그래서 지금 박 실장님이 이 꼴을 당해 싼 거라고?"

"그렇습니다."

"근데 박 실장님이 나라를 팔아 잡수신 건 아니잖아."

"……그 이야기는 그만하죠."

이완은 껄끄러운 듯 이야기를 끊었다. 민호는 고개를 옆으로 기울이고 눈을 데굴데굴 굴렸다. 아무리 그래도 이상해. 왜 뜬금없이 이런 일이 벌어지지? 내가 떠날 때까지는 아무 일도 없었잖아. 무엇보다, 저 깐 깐 깔끔이가 이따위 짓을 그냥 두고 볼 사람이 아닌데.

음. 혹시 저 사람, 할아버지나 증조할아버지에 대해서 굉장히 창피해 하고 숨기려고 했던 건가? 그래서 이런 짓을 얌전히 감수하기로 한 건 가? 어쩐지 이해가 될랑 말랑 하면서도 분통이 터진다.

"그럼, 어제 그렇게 힘들어 보였던 게 혹시 이거 때문이었어?"

대답이 나오기도 전에 앞의 유리에 무언가 툭, 부딪치는 소리가 났다. 배낭을 멘 여드름 총각이 건물 옆으로 바짝 붙어 지나가다가 손에 들고 있던 종이컵을 격자 철문 틈으로 집어 던진 것이다. 아래쪽으로 탁한 갈 색의 얼룩이 지르르 흘러내렸다. 설상가상으로, 아래쪽에 여기저기 널 브러진 커피 컵과 과자 봉지들이 뒤늦게 민호의 눈에 띄었다. 머릿속에 서 핑, 줄이 나가는 소리가 들렸다.

"야아아! 이 개새끼야아아아!"

민호는 뒷문을 왈칵 열고 뛰어 나갔다. 이완이 멍청한 얼굴로 멈칫대 는 사이 어느새 격자 철문 사이로 민호가 맹렬하게 질주하는 모습이 눈 에 들어왔다.

"미, 민호 씨, 민호 씨?"

"야이야이야아아아아! 이이이 조오오오까튼 새끼야아아!"

욕설이 순식간에 멀어진다. 이완은 황급히 뒷문으로 민호를 따라 나 갔다. 키가 커다란 여자가 길고 껑충한 다리로 겅중겅중 누군가를 뒤쫓 고 있었다. 커피 컵을 집어 던진 건 근처 대학교에 다니고 있는 학생처 럼 보였는데 누가 쫓아올 거라고 생각은 못 했는지, 팔다리를 버둥버둥 하며 꽁지가 빠져라 줄행랑을 놓고 있었다.

"민, 민호 씨! 민호 씨!"

폭주하는 사랑과 정의의 용사의 귀에는 아무것도 들리지 않는다. 이완의 입이 점점 벌어졌다. 입김이 훌훌 나오는 추운 날씨에, 잘 때 입고 있던 얇은 티셔츠만 덜렁 걸친 여자가 긴 머리를 휘날리며, 팔까지 붕붕 휘두르며 씩씩하게 달린다. 이완은 도무지 어떻게 해야 할지 알 수 없었다. 다만 뱃속에서 웃음이 폭발했다. 야이야이아아, 이 조오오오까튼! 자판기 커피 마신 백만여드름새까아아아아아아! 고함은 여전히 우렁차서 인사동 거리를 쩡쩡 울린다.

이완은 매장 앞에서 허리를 구부리고 미친 듯이 웃기 시작했다. 인사동 한가운데서 벌어진 난데없는 추격전에 사람들이 걸음을 멈추고 구경하다가 주머니에서 스마트폰을 꺼내 촬영을 시작했다.

얼굴이 새파랗게 얼어붙은 껑충한 여자가 배낭을 멘 학생을 질질 붙잡아 끌고 오는 것으로, 맹렬한 추격전은 막을 내렸다. 이완은 입고 있던 카디건을 벗어 민호에게 입혀 주었다. 민호는 서슬이 시퍼런 얼굴로 여드름 총각을 매장 앞에 내동댕이쳤다. 이 더런 년, 너도 친일파 후손이냐, 너 같은 연놈들은, 어쩌고 욕설을 속사포처럼 쏘아 대던 녀석에게 민호가 얼굴을 바짝 들이대고 으르렁거렸다.

"얼굴에 있는 여드름 백만 개 죄다 터뜨려 놓기 전에 조용히 해라. 한마디만 더 나불거리면 고소 들어간다. 여기 카메라 설치해 놨거든?"

시끄러운 소리가 단번에 조용해졌다. 민호는 그 주변에 너저분하게 늘어진 쓰레기를 손가락으로 가리켰다.

"치워. 먼지 한 톨 남지 않게 치우지 않으면, 현행범으로 잡아끌고 갈 거야."

등짝을 붙잡힌 백만여드름이 맹렬히 발버둥을 쳤다.

"씨발, 안 해! 안 치워! 내가 왜! 너도 좆같은 친일파 자손이냐?"

"어, 아마 아닐걸? 우리 집안은 백 년 전통 무수리 마당쇠 집안 같던데. 진사 이상 벼슬은 못 들어 봤어."

"넌 양심도 생각도 없냐? 나라 팔아먹은 새끼들이 씨알도 안 먹히는 소리 씨불이고 자빠졌는데?"

"어, 그래, 댁이 정의로운 건 정말 존나 멋진 일이야."

쿨 시크한 대답에 백만여드름은 오히려 어리둥절했다. 그런데 말이지, 민호는 콧방귀를 핑, 뀌고는 손가락을 살살 흔들었다.

"난, 댁이 남의 가게에 커피 집어 던진 게 잘못했다는 거야. 응? 커피 말이! 커피 담긴 종이컵, 쓰레기통에 들어갔어야 할 예쁜 일회용 자판기 종이컵과 그 안에 남아 있는 똥색 나는 액체! 엉? 벽에 묻으면 똥물 튄 거 같은 분위기의 그 액체! 댁의 눈으로 보기에도 거시기하고 삼삼치 못하고 아름답지 않잖아? 그러니, 대인배의 마음으로, 조국을 위해 거리 청소 봉사 좀 하란 말이야, 알아들어?"

"너 미래의 고객이 될지도 모르는 사람한테 이렇게 막 행패 부려도 괜찮을 줄 알아?"

백만여드름이 드디어 무소불위 '잠재 고객' 카드를 뽑아 들었으나 전직 유치원 교사는 도리어 진지하게 물었다.

"어, 나 정말 몰라서 묻는 건데, 너 혹시, 저기서 파는 물건값이 어느 정도 하는지는 알아? 몇 개쯤 살 수 있어?"

"개뿔, 내가 그런 걸 어떻게 알아? 근데 댁은 여기 직원 아냐? 물건값을 왜 나한테 물어?"

"직원 맞는데. 실장이 안 가르쳐 줘서 말이지."

"직원도 모르는 걸 내가 뭔 재주로 알아? 그리고 평생 알고 싶지도 않다고! 내가 대가리에 총 맞았어? 고린내 나는 물건을 돈 처들여서 사 들이게?"

"이런 시발, 대가리에 총을 쏴야 미래의 고객이 되는 거야? 난 골 빈

고객 필요 없으니까, 왈왈대지 말고 청소나 해."

민호는 그의 앞으로 빗자루와 걸레를 집어 던졌다. 텀 앤 더머의 대화를 듣고 있던 몇몇 사람들이 폭소를 터뜨렸다. 주변에서 사람들이 힐끗거리며 촬영하는 것을 본 민호는 뒤를 확 돌아보며 고함을 질렀다.

"내 얼굴 멋대로 찍어 올리는 놈들도 고소 들어간다! 엉! 손에 든 것들 반짝반짝하는 것들 안 내리냐, 엉!"

멈칫멈칫, 폰을 꺼내 들고 있던 팔들이 조금씩 내려갔다. 민호는 창피한 것도 없이 으르딱딱였다.

"내가 못할 줄 알지, 엉? 난 전생에 나라가 아니고 우주를 팔아먹어서 지금껏 만년의 모태 솔로고! 그래서 겁나는 것도 없어, 엉? 내가 수틀리면 전 국민 솔로화를 위해서 밤마다 작두를 타는 수가 있어! 만년 솔로가 물귀신이 되면 얼마나 무서운지 아냐, 모르냐! 엉!"

느닷없는 말에 쿡쿡, 여기저기서 웃음소리가 터졌다. 민호는 옆에서 들리는 낯익은 웃음소리에 고개를 돌렸다. 옆에 서 있던 이완이 손등으로 입을 가리고 고개를 옆으로 틀고 웃고 있었다. 민호는 빨갛게 얼어 버린 코를 비비며 물었다.

"박 실장님, 괜찮아?"

"덕분에 괜찮습니다."

문자 그대로, 정말 당신 덕분에 괜찮아졌습니다. 이완은 맹렬 추격전 때부터 웃느라 벌겋게 된 눈을 손가락으로 문질렀다. 이제 정말 아무래도 좋다는 생각이 들었다. 민호는 미심쩍은 듯 실눈을 떴다.

"정말 괜찮아? 정말? 어젯밤에 그렇게 골골 죽어 가던 거, 이거 때문 아니었어?"

"글쎄요. 아마 그렇겠지요."

사실은 반쯤은 당신 때문이었지만, 일단 그렇다고 해 두지요. 민호는 멋쩍은 듯 큼큼 헛기침을 하고 말했다.

"어, 뭐라고 말해 주어야 할지 모르겠지만, 힘 좀 내."

"네."

"괜찮아. 이딴 건 아무것도 아냐. 정말 괜찮아질 거라고."

이완은 고개를 끄덕이며 싱긋 웃었다. 저 여자 입에서 괜찮다는 말을 들으면 기분이 어떨까 궁금했는데, 생각보다 훨씬 기분이 좋았다. 나긋하지도 않고, 부드럽지도 못하고, 그저 형제들끼리 툭 쥐어박듯이 튀어나오는 말인데도 얼어붙은 속이 따끈하게 녹아내리는 느낌이 신기했다.

아무 근거도 없이, 그냥 괜찮다 말을 듣는 것만으로도 반 넘게 치료가 된 기분이었다. 얼굴이 시퍼렇게 얼고, 벌겋게 된 코를 손등으로 문지르며 물코를 훌쩍이는 개산발 여자가 새삼 예뻐 보였다.

민호는 어느새 이완의 긴 코트를 주워 입고 나와 매장 앞 청소에 동참했다. 가방을 압수당한 백만여드름은 인근 대학에 다니는 2학년생으로 아직 군대도 갔다 오지 않은 맹탕 꼬맹이였다. 그는 매장 앞에 놓인 쓰레기들을 쓰레기 봉지에 쓸어 담았다.

민호는 녀석을 쥐 잡듯이 취조하면서, 나흘 만에 일어난 대역사에 대한 전말을 들을 수 있었다. 전시회 광고 콘셉트를 잘못 잡았는지 어쨌는지, 하여간 야심만만하게 준비한 서담전이 개욕을 먹는 중이고, 국립중앙박물관과, 인사동에 있는 려 갤러리 한국 사무실이 타겟이 되어 자근자근 밟히는 중이라 했다.

박물관 앞에서는 전시회 취소를 요구하는 사람들이 점점 많아지고 있으며, 려 갤러리 앞에 쓰레기를 투척하는 것으로 성지순례 인증 사진을 올리는 블로거들이 늘고 있다고 했다. 지랄 똥들을 싼다. 민호는 울근불

근하며 벽에 지저분하게 묻은 얼룩을 말끔하게 닦아 냈다.

앤드류가 느지막이 사무실에 도착했을 때, 모든 상황은 말끔하게 종료되어 있었다. 골골 죽어 가던 당숙은 2층 사랑에 앉아 뜨거운 차를 마시며 얼빠진 얼굴로 웃고 있었다.

려 갤러리 성지순례의 새로운 인증사진이 올라와 빛의 속도로 퍼졌다. 제목은 '우주를 팔아먹은 만년의 모태 솔로' 였다. 다행히 만년의 모태 솔로의 저주가 두려웠는지 얼굴은 모자이크 처리가 되어 있었다.

○　●　○

"Hello? Hello?"

연약하고 귀족적인 박 실장님과 난생처음 시간 여행을 해서 시차(?)를 겪는 대갓집 아가씨가 좀 더 휴식을 취하는 동안 무수리는 콧물을 맹렬히 훌쩍이며 청소를 한다. 자칭 타칭 내추럴 본 무수리 민호의 팔뚝에 불끈 근육이 솟았다.

"Hello? Is Mr. Park there?"

허리를 구부리고 열심히 1층 바닥 마무리 청소를 하는 민호의 엉덩이 쪽에서 난데없이 혀 꼬부랑이 소리가 들렸다. 맑고 시원한 목소리. 대걸레를 들고 뒤를 돌아본 민호는 입을 떡 벌렸다.

붉은색 물결이 시야에 가득 찼다. 얼굴이 우유처럼 하얗고 붉은 머리카락을 가진 여자가 깨진 유리문을 열고 서 있다. 눈을 둥그렇게 뜨고 주변을 두리번거리기까지. 오, 이건 아니지. 왜 멋과 전통의 거리 인사동에서 영어 따위를 쓰고 야단이래!

……라고 하기엔 인사동 거리를 돌아다니는 외국인들이 지나치게 많

구나. 그렇지, 세계로 뻗어 나가는 대한민국이니까.

초장부터 찾아온 개시 손님을 내쫓을 순 없다. 민호는 얼른 고개를 꾸벅 숙이고 '어서 옵쇼!'를 최대한 혀를 꼬부려 말해 주었다. 민호의 말을 용케 이해했는지 여자가 이를 여덟 개쯤 드러내며 활짝 웃었다.

여자는 머리가 아주 길었는데 색깔이 워낙 세다 보니 몸을 살짝살짝 움직일 때마다 정육점에서 파는 선지가 출렁출렁 쏟아지는 것처럼 보였다. 정신이 산만했다. 속눈썹이 길고 눈은 바비 인형처럼 큼직했다. 눈동자는 오묘한 재색으로 물들인 유리 같다. 가슴은 또 왜 이리 커서 내 속을 아프게 하나. 저거 나한테 조금만 나눠 줘도 A/4컵에서 C컵으로 승진할 것 같다.

인사를 끝냈으니 영업을 해야 하겠지. 그렇지, 그 이름도 고상한 갤러리 려의 박 실장님도 결국 물건 파는 장사꾼인 것이다. 하지만 민호가 아는 영어라야 '아이 앰 스마트 폭스.', '유 아 제인.', '하우 아 유.' 뿐인 데다 물건 가격도 개뿔 아는 것이 없다. 민호는 2층 계단에 대고 큰 소리로 외쳤다.

"박 실장님, 코 그만 풀고 내려와 봐……요! 개시 손님……요!"

잠시 후 사박사박 계단 내려오는 소리가 들렸다. 박 실장이란 작자는 고양잇과인지 덩치보다 조용하게 다니는 편이었다. 1층까지 내려온 박 실장은 그새 말끔하게 새 옷으로 갈아입은 상태였다. 빨간 폭포 왕방울 눈 여자가 코트 자락을 휘날리며 또각또각 그에게 다가갔다. 그의 눈이 설핏 벌어지며 보조개가 살짝 나타났다.

"……Cally? I thought about picking you up but how did you get here?(칼리? 모시러 가려고 했는데 어떻게 여기까지 왔어요?)"

여자 역시 영어로 빠르게 무어라 지껄이며 활짝 웃더니 한 손으로 박 실장의 어깨를 안았다. 사내는 여자의 뺨에 입술을 댔다. 뽁, 하는 부드러운 소리가 울렸다. 민호는 그대로 얼어붙었다.

"뭐야, 이완 씨. 사람을 불러 놓고 호텔에 대기만 시키면 그만이야? 누가 서울 관광하고 싶대?"

"미안해요. 그동안 경황이 없었어요. 시차는 괜찮아요? 아직 피곤해 보이는데."

"이 정도쯤이야 뭐. 그래, 열쇠는 찾았고?"

"열쇠는 아직이에요. 생각보다 시간이 좀 걸리려나 봅니다. 안 되면 할 수 없는 거고요. 아, 하여간 칼리가 오니 마음이 든든하네요."

"신기하네. 그렇게 오래전의 물건을 찾아내는 사람이 있다니. 어떤 의미로는 정말 대단한 사람들이야. 나 한번 소개해 주면 안 돼?"

순간 두 사람의 사이로 커피잔이 덜그럭 놓였다. 키가 껑충한 여자가 두 사람의 눈치를 슬슬 보면서 뿌연 커피 두 잔을 내밀었다. 두 사람은 아메리카노를 선호했는데, 이미 타 온 것을 되물릴 수도 없었고, 코끝이 빨간 데다 머리카락까지 붕붕 공중 부양한 여자가 나름 입이 째져라 미소를 짓고 있는 꼴을 보니 안 마신다고 거절할 수도 없었다. 그랬다간 그날 밤으로 다트 방자의 표적이 될 것 같았다. 이완은 민호를 가리키며 부드럽게 웃었다.

"칼리. 이분이에요. 이번에 열쇠를 찾아 주신다고 한 분이. 그쪽 필드의 스페셜리스트죠. 윤민호 씨예요."

붉은 폭포가 살짝 흔들렸다. 여자는 허리를 펴고, 어리둥절한 얼굴로 두 사람을 번갈아 바라보는 '스페셜리스트'를 관찰했다. 길게 반달형을 그리며 휘어 올라간 눈썹이 꿈틀꿈틀했다.

"믿어지지 않아."

"만에 하나 열쇠가 내 손에 돌아올 운명이라면, 저 사람 아니면 찾을 수 없다는 건 확실해요. 아, 민호 씨, 인사해요. 며칠 전에 제가 부탁해서 도와주러 오신 분이에요. 갤러리 려의 변호사죠. 뉴욕 주세페 마치니 로펌 소속이에요."

"Call me, Cally.(칼리라고 불러 주세요.)"

칼리는 가장 쉬운 영어만 골라 쓰며 천천히 또박또박 말해 주었다. 아, 손님이 아니고 변호사, 변호사였구나. 그 미드나 영화 같은 데서 나오는, 겁나 말발 세고 똑똑하고 섹시한 직업군단. 민호는 눈을 동그랗게 뜨고 있다가 허둥지둥 대답했다.

"아, 아이 앰 민호 윤? 윤민호? 마이 네임 이즈 윤민호? 아, 하여간, 나이스 투 미츄! 하우 두 유 두? 아니 하이? 헬로우?"

아는 영어를 모조리 동원해 봐야 말하는 사람이나 듣는 사람이나 멘탈 붕괴에 빠질 뿐이었다. 여자는 킬킬 웃음을 터뜨렸다. 당황한 민호가 허둥지둥 덧붙였다.

"아 유 아메리칸?"

이완은 두 손으로 얼굴을 감싸고 고개를 돌렸다. 그 말이 여기서 왜 나와. 말하는 건 저 여자인데 부끄러움은 나의 몫이다. 하지만 민호와 며칠 시간을 보내 본 결과 이완은 자신의 능력으로 윤민호라는 여자의 폭주를 막을 방법이 없다는 것을 알고 있었다. 칼리는 흥미가 이는 표정으로 다리를 꼬고 앉았다.

"American, Yes. But my mom, and dad, Italian."

"오, 오케이, 이탈리안 맘, 울트라 베리 구우우우웃! 피자 메이킹 그랜드마스터! 나이스 투 미츄, 앤드, 하우 올드 아 유?"

점입가경, 설상가상, 사면초가, 수습 불능. 이완은 머리를 감싸고 신음했다. 왜 한국의 교과서는 이런 무례한 글을 기본 예문으로 넣어 두었지? 나이가 몇이냐, 결혼했느냐 그런 걸 초면에 취조하듯이 캐는 건 대체 어느 나라 예의냐. 이완은 칼리가 눈썹을 다시 꿈틀하는 것을 보았다.

칼리는 성격이 불같은 데가 있었다. 무례하다 생각하면 남녀노소 무론하고 거침없이 쏘아붙이기가 일이었다. 하지만 그녀는 화를 내는 대신 이를 드러내고 웃으며 35살, 하고 손가락까지 펴 가며 친절하게 대답했다. 민호는 눈을 깜박이며 다시 물었다.

"혹시, 당신 칼리, 유, 네임, 리얼 네임?"

"칼리는 애칭이에요. 자, 그럼 우리 둘이 이야기할 게 있으니 민호 씨는 취조 그만하고 자리를 비워 주시겠어요?"

듣다 못한 이완이 말을 막았다. 칼리는 결국 입을 틀어막고 웃었다.

민호는 쫓겨나 하릴없이 밖을 서성서성했다. 아무리 귀를 대고 들어 봐야 귀에 들어오는 것은 없고, 들어와 봤자 영어라 더더욱 알 수 없었다. 대화는 꽤 길게 이어졌다. 민호는 빈 커피잔을 수거한다는 핑계로 들어갈까 말까 무섭게 고민했다. 하지만 두 사람이 입술을 붙이고 쭉쭉 빨고 있는 장면을 목격하게 될까 봐 등골이 뻣뻣하여 차마 손잡이에 손을 댈 수가 없었다. 민호는 좁은 갤러리 안을 빙빙 돌다가 풀방구리처럼 안팎을 왔다 갔다 안절부절못했다.

밖에 나가서 찬바람을 맞으며 손을 펄럭펄럭하고 있노라니 딸랑, 문이 열리며 여자가 걸어 나왔다. 민호는 화들짝 놀라 뒤로 물러섰다. 여자는 생긋 웃더니 악수를 하자며 손을 내밀었다. 민호는 화려한 반지들로 빼곡한 여자의 손을 두 손으로 맞잡고 최대한 정중하게 인사를 했다. 해서 보내려고 했다. 하지만 이성을 벗어나서 튀어나온 최후의 한 마디는 막지 못했다.

"아 유 스칼렛?"

갑자기 분위기가 묘해졌다.

"How do you know that?"

여자는 재미있다는 듯 몸을 앞으로 내밀었다. 뭐라시냐 이 아줌마. 예스면 예스고 노면 노지. 민호가 주춤대며 한 걸음 뒤로 물러서자 여자는 한쪽 눈을 찡긋 감더니 고개를 끄덕였다.

"Yes. But, just one man, use, the name.(맞아요. 하지만 그 이름을 사용하는 사람은 단 한 명의 남자뿐이랍니다.)"

민호의 귀에는 Yes라는 한 마디가 천둥처럼 크게 들렸다. 여자는 손에 힘을 꾹 주며 덧붙였다.

"At night, especially.(그것도 밤에만.)"

밤에, 밤에, 특별히, 밤에! 우릉, 우릉, 우르릉, 마른하늘에 천둥 번개가 꽝꽝 내리치는 기분이었다. 백만여드름과 유쾌 상쾌 통쾌하던 청소 덕분에 한결 좋아졌던 기분이 그놈의 벼락을 맞아 모조리 쪼그라들어 버렸다.

여자는 눈을 가늘게 뜨고 민호를 찬찬히 바라보더니 고혹적으로 웃었다. 그래, 밤에만, 밤에만이라고. 모든 역사가 이루어지는 밤이라고. 저 여자가 장난을 치는 게 틀림없다는 생각은 들었지만, 마음은 도무지 진정이 되지 않는다.

아 제기랄, 저 벌겋고 출렁출렁하는 머리카락을 보고 있으니 없던 울렁증도 생기겠네! 왜 머리카락 하나 얌전하고 단정하게 정리하지 못해! 저놈의 정신 산만한 것을 다섯 가닥으로 종종 땋아서 틀틀 말아서 기름 쫠쫠 발라서 똥처럼 말아 붙여 쪽을 쪄 버렸으면 좋겠네. 민호는 주먹을 꾹 쥐고 속으로 퍼부었다.

그래도 지구는 돌지. 전철역 방향으로 걸음을 옮기는 변호사는 앞태든 뒤태든 얼굴이든 엉덩이든 그야말로 섹시 작렬로 끝판이었다. 민호는 정처 없이 흘러가는 구름을 쳐다보며 허파가 오그라들 것처럼 한숨을 쉬었다.

○　●　○

"박 실장님네 할머니…… 김춘방 할머니가 돌아가셨대. 바로 어제."

민호는 이완의 맞은편에 앉아 덤덤하게 직고했다. 찻종을 들고 있던 이완과 앤드류의 손이 크게 휘청거렸다.

"박부전 할아버지하고 손도 못 잡아 보고, 재혼은커녕, 황막쇠라는 사람의 와이프로 살던 중이었어."

앤드류라는 사람의 눈썹이 꿈틀꿈틀했다. 이완은 입매를 완강하게 굳히며 고개를 저었다.

"어……떻게."

"일본 순사한테 끌려가서 고문 받다가 자살했다고."

"사실이 아닐 겁니다. 제가 이렇게 태어나서 살고 있는데요."

"하지만 그거 전해 준 사람이 거짓말을 할 이유는 없었는데. 완전 얼굴이 새파랗게 질려서 왔더라고. 연극 같은 거 할 만한 사람은 아닌 거 같던데."

"그거 전해 준 분이 누군데요?"

"박부전 할아버지. 동그란 안경 쓰고 얼굴도 둥글둥글한 아저씨였어."

이완의 손이 다시 크게 흔들렸다. 찻종 안에 든 연녹색 찻물이 붉은 서안 위로 떨어져 부서졌다. 앤드류는 입만 멍청하게 벌린 채 말이 없었다. 세 사람 사이로 긴 침묵이 지나갔다.

"시신은 확인했습니까?"

"아니, 그러고 보니 시체는 못 봤네. 다시 가서 확인해 보고 올까?"

"아뇨! 누가 죽었건 살았건 아무 상관 없습니다. 가지 마십시오."

이완의 목소리가 갑자기 치솟았다. 절대. 절대로. 이완은 찻잔을 잡고 싸늘한 목소리로 못을 박았다. 민호와 앤드류의 입이 벙, 벌어졌다.

"아니, 데리고 온 여자는 어쩌라고?"

"그러게 말이야. 덕희 씨 돌려보내야 할 거 아냐. 나 열쇠 못 가져왔어. 덕희가 이번에 가면 반드시 주겠다고 약속했어."

"아직도 그 말을 믿습니까? 이번에 줄지 안 줄지 그걸 어찌 압니까. 대체 저 여자는 열쇠 줄 생각은 안 하고 왜 덜렁 따라온 겁니까."

"미래를 보여 달라고 했어. 확인할 게 있다고."

"허……. 그래서 예이 알겠습니다, 하고 모셔 왔고요? 뻔뻔하고 겁 없는 것도 유분수죠. 대체 현재까지 와서 뭘 확인하겠다고. 왜, 자료 찾아보고 주식투자라도 하겠답니까? 복권이라도 맞추겠다고?"

이완은 생각할수록 분기가 가시지 않았다. 열쇠 하나를 미끼로 시간 여행자인 민호를 수족 부리듯 하고 있어? 나는 걱정이 되어서 잠도 못 자고 피를 말리고 있었는데? 윤민호라는 여자도 그렇다. 걸핏하면 쌈닭처럼 잘도 싸우면서 왜 또 이런 일엔 허당이 되어서 사서 고생을 해.

"그 여자 참, 겁도 없고 당돌합니다. 다시 못 돌아갈 거란 생각은 못 했나 보지요? 민호 씨가 돌려보내지 않으면 이곳에 못 박혀 살아야 한다는 생각도 못 했을까요? 당신이 그 여자 종입니까? 하란 대로 다 해 주게?"

민호는 이완의 분한 기색을 알아차리고 할끔 눈치를 보았다.

"종은 무슨. 왜 이렇게 까칠하게 화를 내고 그래. 그냥, 보고 싶다는 거 구경시켜 주고, 내가 한 번만 더 갔다 오면 되는 거잖아. 벼룩도 낯짝이 있으면 이번에는 떼먹지 않고 줄 거라고."

"아뇨. 열쇠건 나발이건 됐습니다. 다른 방법으로 찾아볼 거고, 최악의 경우 유물 기증한다고 해도 굶어 죽지 않아요. 저 그렇게 무능하지 않습니다. 더 이상 시간 여행 같은 거 가지 마세요."

이완은 딱 부러지게 말했다. 얼러리. 민호의 눈이 멀뚱멀뚱 돌아간다. 이 똘똘한 인간이 왜 이렇게 똥고집이지?

아무래도 이상해. 박 실장 저 사람, 어젯밤부터 확실히 맛이 갔다. 눈이 돌아갈 것 같은 애인을 두고서 뜬금없이 외간 여자를 부둥부둥 하지 않나, 아까는 별일도 아닌 일에 허파에 구멍이 난 것처럼 웃어 대질 않나, 이제는 몇 천 개인가 하는 유물을 통 크게 포기하고, 100년 전 할망구를 잡아 놓겠다니. 맛이 간 정도가 아니라 완전히 푹 쉬어 버렸다.

민호는 고개를 쭉 빼고 이완의 얼굴을 이리저리 뜯어보았다. 이완은 코에 주름을 잔뜩 잡고 고개를 돌렸다. 민호는 삿대질로 기선을 잡으려는 유혹을 뿌리치고 살살 달래 보기 시작했다.

"아니, 이봐, 다른 방법으로 찾아볼 수 있었으면 박 실장님이 나한테까지 오지도 않았을 거잖아. 유물들이 3,500개가 넘게 있다며. 그거 하나에 만 원씩만 쳐도 3,500만 원이고, 3만 원씩만 쳐도 1억 원이 넘는다고! 접때 본 토기등이나 병풍 같은 건 많이 비싸다며? 그걸 포기해? 그러면 안 되지. 절대 안 되지."

하나에 만 원, 삼만 원? 이 여자가 장난하나. 이완과 앤드류는 입술을 찌그러뜨리고 헛기침을 했다. 무식도 저 정도면 국보급이다. 시간 여행도 꽤 다녔으면서 어째 이 바닥을 그리 모를까.

"그리고 저 여자 안 돌려보내면 뒷수발을 누가 들어. 금방 갔다 오면 돼."

"금방이 일주일일지 열흘일지 일 년일지 어찌 압니까. 당신 말마따나 역사가 변하든 말든 알 게 뭡니까. 제 할머니가 제 아버지를 낳기도 전에 돌아가셨다는 판에. 덕희 씨도 여기서 살라 하십시오. 아니, 돌아가지 않고 여기서 사는 게 더 나을 겁니다."

"왜?"

이완은 눈을 가늘게 뜨고 팔짱을 꼈다. 목소리가 낮아졌다.

"가 봐야 좋은 꼴은 못 볼 테니까요."

"무슨 말이야? 어, ……설마?"

민호는 침대가 놓여 있는 옆방을 얼른 곁눈질했다.

"덕희네가 어떻게 되는지 혹시 알아?"

"호조판서 조영헌 집안의 몰락기 정도는 대충 알고 있죠."

가슴이 선득선득하다. 혹시나 들었을까? 조금 전 차 마시러 올 때 덕희가 자고 있는 건 확인했었다. 덕희는 시간 여행의 충격이 심했는지, 점심때가 넘어가도록 숨소리까지 색색거리며 단잠에 빠져 있었다. 민호는 목소리를 잔뜩 낮추었다.

"어떻게 되는데?"

이완은 손에 든 찻잔을 가만히 입으로 가져갔다. 민호는 그의 입에서 무슨 말이 나올까 열심히 쳐다보았다. 얄팍하고 가는 입술에 찻물이 묻어 축축하게 젖었다. 붉은색이 한층 선명해졌다. 대답은 수월하게 나오지 않는다. 민호의 아랫배가 점점 슬렁슬렁한다.

"조영헌 판서의 손자…… 덕희 씨 대에서 풍비박산이 납니다."

"어떻게?"

"덕희 씨 일어나면 미주알고주알 알려 주려고요? 좋지도 않은 소식을?"

이완은 말하기가 마땅치 않은지 대답을 피했다. 제가 아는 대로 말씀 드리죠. 아버지한테 들은 말이 있어요. 옆에 있던 앤드류가 대신 나섰다.

"호조판서이던 조영헌 대감의 장손자가 조덕근, 그러니까 조덕희 씨의 오빠인데, 보성전문학교 학생 시절부터 무장독립운동 군자금을 댔어요. 아버지도 아마 암암리에 묵인하거나 동조했던 것 같습니다. 그러다가 경시청에 걸려들었고요. 그러잖아도 꼿꼿한 유학자 집안이라 미운털이 박혀 있던 참인데 장손이 걸려들었으니 당연히 집안이 풍비박산이 나죠."

"아, 이런."

"조덕근은 젊은 시절 내내 옥고를 치르다 건강이 상해서, 젊은 나이에 옥사했다 하더라고요. 결혼도 안 한 상태고 애도 없었죠. 태평양전쟁 전인가? 하여간 1940년도 되기 전일 겁니다. 그 많은 젊은 인재들이 허무하게 죽어야 했으니, 참 몹쓸 시대였지요."

아아. 맙소사. 덕희의 오빠도 해방을 맞이하기 전에 죽었구나. 이완이 씁쓸하게 덧붙였다.

"아까운 일이죠. 그 명문가가 그런 식으로 덧없이 없어지다니. 위창 선생과의 교류도 있고, 주인도 서화에 조예가 깊었던 데다 대대로 고미술품을 수집했던 학자 집안이었습니다. 그 유물들이 작정하고 달려든 일본인들 손으로 고스란히 떨어졌다 들었습니다."

"어, 그건 박부전 할아버지가 일본인한테 돈 내고 사바사바해서 도로 사들였다고 들었는데. 박 실장님, 그러면, 지금 갖고 있는 그 유물 중 일부가 덕희네 유물 아니었을까?"

"음, 그랬습니까? 그 이야기는 금시초문이군요. 앤디, 너는 혹시 그런 이야기 아버지께 들은 적 있었어?"

"응? 아니. 그런 이야기는 나도 처음이야."

앤드류가 얼른 손을 저었다. 민호는 조심조심 물었다.

"그, 그럼 덕희는 어찌 되는지 혹시 알아?"

이완은 닫혀 있는 미닫이를 일별하며 내키지 않는 어조로 대답했다.

"조씨 집안의 외동딸은, 독립운동을 하던 약혼자 때문에 잡혀가서 고문당하다가 죽었다고 들었습니다. 딸은 독립운동에 직접 관여한 것 같진 않은데 그랬다더군요. 그 소식을 들은 조 대감은 식음을 전폐하고 앓다가 한 달 만엔가 명을 달리했다고 하고요."

"어······."

민호의 얼굴이 허옇게 질렸다. 덕희도 고문당하다 죽는다고? 춘방이가 죽은 것도 모자라서? 이건 풍비박산이라는 말도 부족할 지경이다. 앤드류가 조심스럽게 이완의 얼굴을 살폈다.

"그래서 저 여자를 돌려보내지 않겠다는 거야? 그러면 과거가 바뀌는 거잖아. 현재가 뒤집히거나 그러면 어쩌려고 그래?"

"이미 뒤집혔어, 앤디."

이완은 차분하게 말을 막았다.

"김춘방 할머니가 재혼하지 못하고 돌아가셨다잖아. 황막쇠······ 맥켄지 황, 너희 증조할아버지와 결혼한 상태로."

으이. 민호의 머릿속으로 새로운 깨달음이 관통했다. 맞다, 저 조카님 이름이 앤드류 황이라고 했었지. 황막쇠 아저씨와 김춘방 할머니 사이에 아들들이 있다 했는데, 그 후손이 앤드류 조카님이구나.

김춘방, 황막쇠, 박부전, 조덕희, 박부전, 김춘방. 김춘방의 사망. 그러면 대체 제임스 박은 어떻게 태어난 걸까. 만약 바뀐 과거대로 시간이 흘러간다 치면 박이완 실장님은 없어져도 앤드류는 살아남는 건가?

이완과 앤드류 역시 눈썹을 찌푸리고 한참 동안 생각에 잠겼다. 두 사람은 민호가 어제부터 느끼고 있던 혼란을 뒤늦게 실감했다.

"춘방이가 죽은 건 아직 확인되지 않았어."

드르륵, 침실과 연결된 장지문이 열리더니 맑고 단단한 목소리가 흘러나왔다. 곱게 한복을 차려입은 여자가 입을 꼭 다물고 서 있었다. 무지근한 침묵이 세 사람을 휘감았다. 세 사람의 대화를 덕희가 들었는지는 알 수 없었으되, 그녀의 작은 얼굴이 유난히 희었다.

"내 눈으로 직접 봐야 믿을 것이다."

"다시 한번 묻겠다. 내가 살던 때는 쇼와 9년, 서력으로 1934년이다. 너희가 살고 있는 때는 쇼와 몇 년이냐."

"쇼와 시대는 끝났습니다."

이완은 청자로 된 다관을 들어 덕희의 찻종에 차를 따랐다. 나이도 어린 덕희가 초장부터 자신을 하대하는 것도 개의치 않기로 했다. 아무리 신교육을 받았다 해도 덕희는 많은 사람을 부리는 대갓집의 딸로, 어머니와 올케가 없는 집안의 안주인이었고, 저런 하대를 여상하게 여기던 시대를 살았다. 게다가 군이 따지면 자신의 할머니가 모시던 사람이었다. 바로 민증 까고 말을 트는 민호처럼 말하기가 어려웠다.

덕희는 시간 여행이 실제 상황인지, 어떻게 가능한지 따위는 더 이상 개의치 않는 눈치였다. 아니, 그것보다 더 중요한 것이 그녀를 사로잡고 있는 것처럼 보였다. 또르르르. 두 사람 사이로 맑은 소리가 퍼졌다.

"쇼와 시대는 64년 동안 지속된 후 끝났습니다. 지금 일본은 헤이세이 연호를 씁니다. 헤이세이 25년, 서력으로 2013년이죠. 하지만……."

"80년. 80년 가까이 지났다고?"

덕희의 얼굴이 허옇게 질리는 것을 지켜보며 이완은 덧붙였다.

"저희는 더 이상 일황의 연호를 쓰지 않습니다."

"어째서?"

"서력 1945년, 쇼와 20년에 해방이 될 겁니다. 그때 우리나라는 조선도 대한제국도 아닌, 대한민국이란 국호를 갖게 되죠."

"해방이라 했나? 우리가 일본 제국에서 벗어난다고?"

희게 질린 얼굴에 확, 핏기가 퍼졌다. 돌처럼 굳어 있던 얼굴이 풀린다. 쇼와 20년, 11년 후에 해방이라고. 그게 정말이냐. 그저 우리가 헛되게 꿈만 꾸던 것이 아니었구나. 여자는 작은 입술을 파들파들 떨다가 두 손으로 입을 가렸다. 덜덜 떨리는 음성이 흘러나왔다.

"퇴위하신 황상께서 복위하시느냐?"

"이씨 황가의 복위는 없습니다. 대한민국은 공화정입니다."

"대한제국도 아닌, 대한민국, 대한민국이라."

이완은 말을 아꼈다. 덕희는 한참 동안 눈동자를 왼편으로 모으고 생각에 잠겼다.

"공화정……. 그래, 들어 본 적이 있다. 백성들이 나라를 다스리는 사람을 직접 뽑는 것이 공화정이던가? 미국처럼?"

"그렇습니다."

"오라버니와 내 약혼자는 그 통치체제가 가장 완벽하고 이상적인 것이라 말했다. 정말 우리 조선 신민들이 그런 완벽하고 이상적인 국가에서 살게 되는 것인가?"

하. 하하. 이완은 눈썹을 찌푸리고 짧게 웃었다. 가부의 대답은 나오지 않았다.

"그래, 그보다는, 어느 부대가 일본과 맞서 승전보를 전하는지 알려 다오."

여자의 눈은 기대감으로 빛났다. 그녀가 포기해야 했던 것은 영원히 눈부시게 느껴질 것이다. 그녀에게는, 희생했던 사람들에게는, 자신이 잃었던 것에 대한 상실감을 덮을 것이 필요했다. 상실감과 아픔보다 더 큰 당위와 미래에 대한 희망, 가슴이 뻐근할 만한 자랑스러움이 필요했다. 이완은 대답하지 않고 물끄러미 그녀를 응시했다. 연민도 동정도 없는 담담한 낯이었다. 덕희는 허리를 앞으로 숙이며 채근했다.

"국호가 대한민국이라 했던가. 그래, 그렇다면 상해의 임정(大韓民國臨時政府)이 해낸 게로구나. 그곳이 하는 일이 그리도 미덥지 않아 영호 씨가 분통을 많이 터뜨렸더니, 그래도 해냈구나!"

이완은 대답 없이 찻잔을 입으로 가져갔다. 기대에 들뜬 여자의 목소리가 좀 더 높아졌다.

"지금 내 약혼자는 한국독립군 소속으로 중국과 연합하여 싸우다가 잡혀서 고문을 당하고 있다. 한국독립군도 그 승리에 동참하게 되겠지? 아니면, 순수하게 임정 휘하의 부대로 승리를 쟁취했나?"

이완은 다시 다관을 기울여 두 번째로 잔을 채웠다. 첫 번째 잔과는 달리 찻종 아래에 탁하게 찌꺼기가 보였다. 잔이 채워지는 소리가 유난히 길게 들렸다.

"미국에서, 일본에 끔찍한 신무기를 사용한 직후에 일본이 항복했습니다."

"……우리가 아니고 미국이?"

덕희의 목소리에서 훅, 생기가 빠져나갔다. 얼굴이 순식간에 시커멓게 물들었다. 제기랄. 민호는 속으로 혀를 찼다. 꼭 있는 사실 그대로 알려 주어야 해? 뭐, 누군 원자폭탄, 버섯구름 그거 몰라서 이야기 안 해 준 줄 알아? 달랑거리는 손톱 거스러미를 갉작거리는 것처럼 속이 따끔거렸다.

'이봐! 이봐요, 박 실장님. 잠깐만, 잠깐만!'

이완은 눈썹을 찌푸리며 말을 멈췄다. 민호가 손을 붕붕 휘저으며 뻐끔뻐끔 맹렬하게 붕어처럼 외치고 있다.

'실장님, 사람이 어째 그래! 그냥 독립군이 싸워서 이겼다 해. 총 쏘고 대포 쏴서 신나게 후드려 까고 들어와서 이겼다 하라고! 일본 황제 나으리가 독립군 앞에 엎드려서 싹싹 빌었다고 해! 딱 눈치 보면 모르시나? 어차피 이 여자, 여기 다시 올 일도 없을 거라고! 얼마 안 있어서 고 문당하다 죽는다면서!"

하지만 이완은 하려던 말을 평연히 이었다.

"일본이 미국의 해군기지를 선제공격해서 태평양전쟁이 일어나거든요. 약 4년 남짓 끌다가 미국이 새로 개발된 대규모 살상용 폭탄을 투하해 전쟁을 끝냈습니다. 폭탄 하나에 7만이 넘게 죽었고 7만 5천 명이 부상을 당했습니다. 두 도시에 폭탄이 투하되는 것만으로도 전의를 완전히 상실할 수밖에 없었어요. 일황이 읽은 항복 조서가 라디오로 전국에 방송되죠."

"14만? 믿을 수가 없구나."

중얼거리는 여자의 목소리가 작은 새의 날개처럼 떨렸다.

"히로히토 천황…… 그자가 항복 조서를 읽었다? 제 입으로 잘못하였다 사죄했다는 말인가?"

"그럴 리가요."

이완은 히로히토의 '대동아전쟁종결조서'의 내용을 더듬더듬 떠올리며 쓴웃음을 지었다.

……짐은, 세계 대세와 제국의 현 상황을 감안, 비상조치로서 시국을 수습하려고 충량한 신민에게 고한다.

짐은, 제국 정부를 통해서, 미, 영, 지(중국), 소 4개국에 그 공동 선언을 수락함을 통고케 하였다.

대저 제국 신민의 강녕을 도모하고 만방공영의 즐거움을 나누고자 함은 황조황종의 유범으로, 짐은 이를 삼가 젖혀 두지 아니하였다. 미영 2개국에 선전포고를 한 것도, 제국 자존과 동아시아의 안정을 세계 각국과 함께 번영해 나가는 것이다. 타국의 주권을 배격하고 영토를 침략하는 행위는 본래 짐의 뜻이 아니다.

하나 교전한 지 이미 4년이 지나 짐의 육해군 장병의 용전, 짐의 백관유사의 여정, 짐의 일억 백성의 봉공 등 모두 최선을 다했지만 전세는 호전되지 않았으며, 세계의 대세 역시 우리에게 유리하지 않다.

뿐만 아니라 적은 새로이 잔학한 폭탄을 사용하여 번번이 무고한 백성을 살상하였으며 그 참해는 헤아릴 수 없는 지경에 이르렀다. 교전이 계속된다면 우리 민족의 멸망을 초래하고, 인류의 문명도 파각할 것이다. ……짐이 제국 정부로 하여금 공동 선언에 응하도록 한 것도 이런 이유이다.

……생각하건대, 금후 제국이 받아야 할 고난은 심상치 않고, 제국 신민의 충정도 짐은 잘 알고 있다. 그러나 짐은 시운이 흘러가는 대로 참기 어려운 어려움을 참고, 이로써 만세를 위해 태평한 세상을 열고자 한다…….

아시아를 전란으로 몰아넣은 주범이자 전범국의 항복 조서라기에 지나치게 뻔뻔하고 후안무치했다. 대략의 내용을 전해 들은 여자는 입속에서 벌레가 터진 듯한 표정을 지었다.

"그 결과로 해방이 되었습니다만, 강대국 두 나라가 나누어서 대한민국의 전후 처리를 맡게 되었습니다. 강대국들의 마찰로 인해 아무 상관도 없는 대한민국이 3년이 넘게 내전을 치르기도 했고요. 그 덕에 나라가 두 개로 갈라져서 싸우고, 나라 전체가 초토화되고, 사람들은 오랜 세월 동안 가족과 이웃끼리 서로 죽고 죽이는 세월을 살아야 했습니다."

'아, 글쎄! 박 실장님!'

민호가 개구리처럼 입을 뻐끔거리며 소리 없이 고함을 칠 때 덕희가 뒤를 돌았다. 물기가 서렸지만 서늘한 눈이었다. 민호는 입을 떡 벌린 채 고스란히 굳었다. 덕희는 허리를 반듯하게 펴고 희미하게 웃어 보였다.

"나를 걱정해 주는 건 고마워. 하지만 난 있었던 일을 보려고 온 것이지, 보고 싶은 것을 보려고 온 건 아니야."

웃음은 눈빛만큼이나 단단했다. 소명을 부여받은 여자에게 어제와 같은 흔들림은 더 이상 없었다.

"미래 경성의 모습, 사람들이 사는 모습을 보고 싶어. 이야기를 들려주어야 할 사람이 있어."

희생의 대가를 확인할 수 없는 희생자는 제대로 된 사실을 알 권리가 있다.

자신의 모든 것을 포기하고 얻게 될, 혹은 얻을 수 있었던 대가를, 결과를.

○ ● ○

젊은 할마마는 나름 용감했다고 볼 수 있다. 어린 나이에 쑹덩쑹덩 단발까지 저지른 나름 '당대의 신여성'은, 전등 스위치를 올리고 자, 어때, 하며 의기양양하던 민호에게 콧방귀를 뀌어 주었다.

"뭐 겨우 천장에 붙은 전등이라니, 크게 달라진 건 없는 모양이구나. 전깃불 따위는 우리 때에도 있었다."

"언제 그런 걸 들여오고 그랬대?"

"전깃불이 들어온 게 언젠데! 돌아가신 선황 폐하께서 나나 오라버니가 태어나기도 한참 전에 건청궁에 전기가 들어오게 하셨다. 에디슨 전기회사에 명령해서 연못의 물을 이용해 발전기를 짓게 하고 밤을 낮처럼 밝게 하셨지."

오호라, 에디슨 전기회사? 일제 시대가 시작되기도 전에 벌써 서양물 좀 먹었단 말이지. 그나저나 경복궁 덕수궁도 아니고 건청궁은 또 어디냐.

"그, 그랬나? 그래도 너희 집에는 전등 하나도 없었잖아."

"네가 사랑채에는 안 가 본 모양이구나. 사랑채에는 방방이 들어와 있고, 내가 있던 안채에도 곧 들어올 예정이다. 우리가 살던 남산 어름의 길가에 줄줄이 서 있는 전봇대를 보지 못했느냐? 물론 집집마다 방방마다 전기가 들어오게 되었다니 격세지감을 느끼긴 한다만 우리도 문화주택들에는 방방이 전기가 들어온다. 점점 많은 사람이 한복 대신 서양 옷을 입고 다니고, 이제는 여자들이 머리를 깎아도 크게 욕먹지 않는다. 전차도 자주 타고 다니고, 전화도 사용해 본 적 있고, 활동사진도 다봐서 놀랍지 않아. 사람 사는 건 다 비슷하게 마련이야."

"오, 그래? 잘나셨네?"

민호가 실쭉하자 콧대 높은 신여성은 어깨를 으쓱했다.

하지만 콧대는 딱 거기까지였다. 박 실장님의 방이 워낙 고전적으로 꾸며져 있던 덕일까? 80년 후도 별것 아니로구나, 하던 여자의 얼굴이 문 밖을 나서는 순간부터 둥둥 들뜨기 시작했다. 한 걸음 디딜 때마다, 문을 하나 열어 볼 때마다, 눈을 한 바퀴 돌릴 때마다 움찔움찔 경기를 일으켰다.

뒷간이 집 안에 들어와 있다는 사실이 그렇게 기겁하게 놀랄 일인가?

덕희는 집 안으로 들어온 뒷간이 대갓집 사랑방보다 훨씬 깨끗하고 쾌적한 장소라는 것을 받아들이지 못했다. 그녀는 둥그런 통에 담긴 맑고 깨끗한 물이 집 안에 들어온 우물물이라는 신념을 끝까지 굽히려 들지 않았다.

"우리 집 마당에도, 우리 집 사람들만 쓰는 우물이 있었느니라. 혼자 쓰는 우물이라니 호사가 넘치긴 한다만 이해 못 할 건 아니지. 하지만!"

그녀는 큰소리로 땅땅 을러 댔다.

"우물물 위에 대고 소피를 보라니! 그런 막돼먹은 경우가 어디 있더란 말이야! 뒷간이 없으면 없다 할 것이지, 시대가 다르다 하여 사람을 놀리려 들어! 볼일이 급한 사람을 놀리니 고약하지 않아! 얼른 요강이라도 가져와!"

그렇지. 바야흐로 지금은 아침 시간이다. 숙녀께서 말씀은 하지 않았지만 많이 참았을 것이 분명하다. 민호는 이완을 돌아보며 소곤소곤했다.

"박 실장님, 우물 위에는 죽어도 안 누실 거 같은데? 뭔 강인지 대령하랍시는데? 수집한 유물 중에 그런 거 한두 개는 있지 않나? 없으면 작은 항아리라도."

"……제가 한국 유물을 좀 수집하긴 합니다만, 절대 들이지 않는 게 몇 개 있습니다. 차라리 우물 위에 볼일을 보라고 설득하세요."

이완은 단호한 얼굴로 고개를 저었다. 그는 다른 유물은 전부 다 모아들여도 타구나 요강, 똥장군 따위의 아이템만큼은 절대, 절대 수집불허의 원칙을 갖고 있었다. 아무리 뚜껑에 금박을 두른들, 몸통에 아무리 기가 막힌 산수화가 그려져 있다 한들, 요강이나 똥장군에 담기는 것이라야 뻔할 뻔 자고, 가장자리를 칠보에 자개로 장식을 했다 쳐도 타구는 가래 뱉는 그릇일 뿐이었다.

문제를 해결한 것은 서바이벌에 강한 시간 여행자였다. 그녀는 젊은 할매의 멘탈 붕괴와 깔끔쟁이 사나이의 거부감을 충분히 이해했다. 키가 큰 여자는 키가 작은 여자의 손을 꼭 잡고 화장실로 들어가 문을 걸어 잠갔다. 두 남자를 밖에 세워 둔 채, 여자들끼리 부스럭부스럭 졸졸 소곤소곤하는 시도가 있었다.

밖에서 모종의 상상을 하던 점잖은 사내의 멘탈이 조금씩 허물어지는 동안, 물을 연속으로 10번쯤 내리는 소리가 거실을 가득 채웠고, 그 후에야 젊은 할매의 신념이 붕괴되었다.

민호는 커피라도 한 잔 대접할 겸, 현대 주방 문화 탐방도 도와주겠노라 덕희를 주방으로 이끌었다. 커피라는 말에 덕희는 예의 심드렁한 표정을 지었다.

덕희는 커피라는 음료에 대해서도 익히 알고 있었다. 외국인들을 통해 들어와 황실에서 즐겨 마시기 시작한 갈색의 이상한 음료는 조선 땅에 들어온 지 반세기도 되지 않아 많은 이들의 입맛을 사로잡았다. 쓰고 달고 독특한 향이 있는 음료는 방귀깨나 뀌는 집안의 어르신들과 유학파 귀족 자제들, 젊은 식자층 사이에서 유행처럼 번졌다.

덕희도 커피라는 음료에 익숙하다면 익숙했고 오라버니도 정동의 손탁 호텔에서 종종 커피를 마시고 온다더라 하였다. 이 역시 전등처럼, 서양 의복처럼, 전화처럼 좀 더 많은 사람에게 퍼졌지만 기실 별거 아니라는 생각이 들었다.

덕희는 민호라고 하는 여자의 움직임을 유심히 관찰했다. 움직임이 태연하고 자연스럽다. 하긴. 이 시대가 저 여자가 살던 곳이니 당연하다 할 것인데, 생각해 보면 민호라고 하는 저 여자는 덕희가 살고 있는 80년 전의 시대로 흘러와서도 전혀 위화감이 없고 자연스럽게 녹아들었다. 새삼스럽게 신기했다. 어떻게 그럴 수 있지? 자신을 대하는 것이 멀리 여행을 온 친구를 대하는 것처럼 여상하고 자약하였다.

민호가 박 실장이라는 사람으로부터 은색 주전자를 건네받았다. 주둥이가 가늘고 길게 빠진, 얄망궂게 생긴 놈이었다. 그녀는 네모 모양의 붉은 상자 아래 주전자를 갖다 놓았다. 나무도 쇠도 종이도 아닌 것이 딱딱하기도 하고 반지르르하기도 했다. 상자 양옆으로 반짝이는 은색 꽃무늬가 그려 있고 자그마한 글자들이 새겨져 있었다.

스마트 냉온 정수기
냉수 / 온수
제품 위에 물건을 올려놓지 마세요. 상해나 화재의 원인이 됩니다.
1회 출수 / 연속 출수

무슨 말인지 읽을 수는 있는데 이 물건이 무엇에 쓰이는지 파악하는 데는 전혀 도움이 되지 않았다. 우리 때와 조금 다른 한글을 쓰는 건가? 덕희는 입을 꼭 다물고 훨씬 높아진 부뚜막 위의 붉은 상자를 뜯어보았다. 민호가 그 붉은 상자 위를 손가락으로 톡 건드리자 땡, 하는 종소리가 울리며 물이 조르르 흘러나오기 시작했다.

"지금 소리를 어떻게 낸 것이······? 지금 나오는 게 무어냐!"

덕희는 화다닥 뒤로 물러섰다. 눈을 동그랗게 뜨고 두리번거렸지만 무슨 일이 벌어졌는지 알 수 없었다. 물지게도, 항아리도 없는 작은 상자에서 샘물이 졸졸졸 끝도 없이 흘러내렸다. 민호는 작은 그릇에 따로 물을 담아 덕희에게 건네주었다. 맑고 먼지 하나 없었다. 시원하고 잡스러운 맛이 없는 깨끗한 물이었다.

붉은 상자만이 아니었다. 민호가 손가락을 까딱까딱 몇 번 움직이자 부뚜막의 벽에 붙어 있는 쇠로 만든 뱀 모양 관에서도 물이 쏟아졌다. 그곳에서는 아까 상자에서 쏟아지던 것과 달리 콸콸 쏟아졌다. 심지어 손가락으로 무엇을 옆으로 밀자마자 이번에는 김이 펄펄 오르는 뜨거운 물이 쏟아졌다.

덕희는 바짝 긴장했다. 이 무슨 도깨비 조홧속이냐. 뒷간에서는 단추를 누를 때마다 물이 새로 채워지더니 부뚜막 위에서도 귀한 샘물이 여기저기 쏟아지고 있다.

맑은 샘물이란 얼마나 귀한 존재던가. 동리에서 길어 먹는 공동우물이란 주변에서 오줌똥을 누는 것들이 많아 늘 찝찔한 맛이 나게 마련이었고, 날이 가물면 짠맛이 더 강해지곤 했다. 덕희의 집은 그래도 집안 사람들이 전용으로 쓰는 개인 우물이 있어 사정이 훨씬 좋은 편이었지만, 찝찔한 맛이 나는 것은 어쩔 수 없었다.

물은 항시 여인들의 몫이라, 매일 춘방이나 찬모들이 두레박을 늘여 이끼와 곰팡이가 잔뜩 얹힌 우물에서 물을 퍼 올려야 했고, 물이 자칫 마르기라도 하면 별수 없이 물장수의 신세를 져야 했다. 세상에 이렇게 신기할 데가. 그녀는 물 나오는 구멍에 얼굴을 들이대고 언 놈의 작은 이들이 관 속으로 물지게를 져 나르는고 하며 눈을 부릅뜨고 손을 휘젓다가 정통으로 물벼락을 맞고 말았다.

주둥이가 긴 은색 주전자가 동그랗고 까만 쇳덩이가 솟아 있는 상자 위에 놓았다. 덕희는 이번엔 저 여자가 무슨 요상한 짓을 하려는지 궁금했지만 놀라는 것을 눈치채이지 않게 흘끔흘끔 곁눈질을 했다. 미래로 왔다 해서 촌스럽게 보이고 싶지는 않았다.

민호라는 여자는 마법을 쏟아 내는 사람답지 않게 매우 익숙하고 태연한 손짓으로 동그란 손잡이를 달그락 돌렸다. 따르르, 딱 소리와 함께 동그란 쇳덩이가 푸른색 불꽃에 감싸였다.

"불이다! 불이 나왔어!"

전등에 태연하고 변기와 수도의 충격을 꿋꿋이 이겨 낸 덕희였지만 화염 도술 한 방에는 덜렁 뒤로 주저앉았다. 불씨도, 부싯돌도, 말린 쑥 부스러기도 없이 그저 손가락질 한 번, 따르륵 딱! 따르륵 딱. 아궁이의 거센 장작불보다는 작았지만 어차피 불이란 작게 시작해서 먹이를 주어 가며 크게 키우는 법 아니던가.

집에서는 밥때만 되면 찬모와 춘방이가 아궁이 앞에 쪼그리고 앉아 매운 연기로 눈물을 철철 흘려가며 불땀 조절을 하곤 했는데, 저 도술을 부리는 여자는 손가락 하나로 그 모든 것을 이루고야 말았다.

"어느 구멍으로 불이 나왔느냐? 무슨 방법으로 이 불을 끌어온 것이지? 너는 시간을 오가는 도술도 부리고, 불이나 물을 다루는 도술도 부리는 게냐? 아니면 야바위꾼들처럼 무언가 눈속임을 하여 주머니를 털려는 거냐? 혹시 뒤에서 뵈지 않게 성냥을 켜 주는 사람이 있느냐? 아니, 그건 워낙 비싸고 귀하니 아니라 치자, 뒤에서 누가 부시를 켜 대는 사람이 있느냐, 장작을 대 주는 사람이 있느냐, 군불 때는 곳에서 몰래 연결을 해 준 것이냐?"

그녀는 열이 폭폭 오르고 있는 주전자 아래, 장작도 없이 불꽃을 만들어 내는 신비한 구멍에 얼굴을 바짝 들이대고 불의 마법을 탐구하려다 머리카락을 홀랑 태울 뻔했다. 그것도 모자라 '따르르 딱'을 만들어 내는 손잡이를 돌려 대다가 손잡이를 잡아 빼기도 했다. 민호가 냉큼 나섰다.

"아이고, 이걸 어째? 조덕희 여사님, 이제 무슨 재주로 불을 다시 켠다지?"

"이 동그란 물건이 없다면 다시는 불을 피우지 못하는 거냐?"

"당연하잖아! 이거 큰일 났네! 어쩔 건데!"

민호가 허리춤에 손을 얹고 으르딱딱였다. 덕희의 얼굴이 파랗게 질렸다. 덕희가 어릴 적에, 찬모나 유모는 가끔 화로의 불씨를 꺼뜨렸는데, 그럴 때마다 어머니에게 호되게 야단을 맞았고, 옆집에서 불씨를 얻어 오거나, 부싯돌로 애를 먹어 가며 불을 피워야 했다. 요새는 조선성냥이라는 기가 막힌 물건이 인기리에 퍼지고 있지만 한 통에 쌀 한 되라는 비싼 가격인지라 생돈을 내고 쉽게 살 만한 것은 못 되었다.

"미, 미안하구나, 내가 그런 몹쓸 짓을 저지르다니. 내 돌아가면 반드시 성냥을 돈 닿는 대로 공수해서 들려 보내도록 하겠다. 내가 가진 걸 다 팔아서라도……."

민호의 입에서 캑캑 웃음이 터졌다. 웃음기 하나 없이 뒤에서 건조하게 서 있던 사내의 뺨에도 슬쩍 보조개가 팼다. 앤디는 아예 고개를 돌리고 웃음을 터뜨렸다. 덕희는 그제야 민호가 자신을 놀려 먹은 것을 알아차렸다.

"웃지 마라! 이런 고얀 것들이 있나! 웃지 말라니까!"

자존심이 상한 덕희가 분해서 소리를 빽 질렀다.

벽에 붙어 있는, 사람의 키보다 훨씬 더 큰 쇠 상자에는 문이 두 개 있었다. 그 두 개의 문 뒤에는 차가운 바람이 저장되어 있었다. 왼쪽에 저장된 찬 바람이 더욱 맵고 시렸다. 쇠 상자 안에서는 크고 작은 유리 상자와 과일, 색색의 기묘한 호리병과 달걀이 찬바람을 맞으며 줄지어 서 있었다. 더 놀라운 것은, 옆의 상자에서는 손을 대기만 하면 언제든지 얼음이 튀어나온다는 점이었다. 여름이건 겨울이건 상관없이 나온다고 했다.

여름의 얼음이란 천하 없이 귀한 물건이었다. 겨울에 얼음장수들이 한강에서 얼음을 떼어 내 우차로 각지의 빙고에 보관해 두었다가 여름철에 조각을 내서 파는 것인데, 아무리 북향빙고에 넣어 짚으로 더위를 막는다 해도 여름까지 남는 얼음이란 드물게 마련이라, 한 조각 얼음의 값은 눈이 튀어나올 정도로 비싼 법이었다.

유명한 기생집이나 요릿집이라면 모를까 여염집에서 얼음을 대놓고 먹는다는 것은 당치 않은 일이었다. 그런데 이건 뭐 손가락 까딱에 물이 나오고, 불이 나오고, 이젠 얼음까지 콸콸, 콸콸이라니! 그녀는 두 손에 가득하도록 얼음을 받아 놓고 뚫어져라 노려보았다. 동그랗게 덩어리진 얼음들이 빠르게 녹아 손가락 사이로 흘러내렸다.

동그란 유리 창문이 있는 흰 쇠 상자 안에는 구멍이 숭숭 뚫려 있었다. 빨래를 대신 해 주고 말려 주기까지 하는 기계라 했다. 안쪽에 2단으로 쇠그물 서랍이 들어 있는 흰 상자는 그릇과 솥단지, 숟가락, 젓가락들을 대신 씻어 주는 기계라 했다. 민호라는 여자는 그것들을 설명하며 박 실장이라는 사람을 부러운 눈으로 쳐다보았다.

저녁마다 군불을 넣는 일을 대신 해 준다는 고리짝만큼 하는 쇠 상자도 벽에 달려 있었는데, 그것을 조종하는 작은 상자는 또 다른 방에 붙어 있었다. 나무를 해 오지 않아도, 장작을 따로 패지 않아도 알아서 불을 때 준다더라 하였다. 어떤 집에서는 나무 대신 기름을 쓴다 하였고, 어떤 집에서는 눈에 보이지 않는 가스라는 것을 쓴다고 하였다.

허리 높이로 높아진 부뚜막 위에는 정체를 알 수 없는 물건들만 놓여 있었다. 길쭉한 구멍이 위로 두 개 나 있는 하얗고 조그만 기계는 빵을 대신 구워 주는 녀석이라 했다. 둥그렇고 단추가 많이 달린 뚜껑이 달린 통은 밥만 전문적으로 해 주는 녀석이라 하였다. 차 끓이는 물만 전담한다는 배가 불룩한 기계도 있었고, 커피만 전용하여 끓이는 기계도 있는

데 그건 1층에 따로 있다고 하였다. 맷돌질을 대신해 주는 길쭉하고 투명한 통도 있고, 차가워진 음식을 통째로 따뜻하게 해 주는 앞문 달린 상자도 있었다.

숯불과 입으로 물을 뿌릴 필요가 없는 다리미도 있었고, 바닥의 먼지를 혼자서 청소해 준다는 둥그렇고 알락달락한 기계도 있었다. 모든 신기한 물건에는 한결같이 희고 검은 긴 꼬리가 달려 있었고, 꼬리는 벽에 있는 전기가 전해지는 구멍에 연결되어 있었다.

허리를 구부려야 하는 부뚜막, 눈물 콧물 뽑아 가며 연기를 마셔야 했던 아궁이, 부엌에서 이어진 뒤꼍에 항상 쌓여 있던 장작, 부지깽이, 부삽, 여기저기 날아다니는 재티, 그릇과 소반과 말린 푸성귀며 각종 소쿠리가 복잡하게 뒤엉킨 시렁과 선반, 커다란 물 항아리, 뒤주, 바구니에 담긴 오래된 계란, 늘어진 말린 생선, 쥐들이 드나드는 흙벽의 구멍, 뒤꼍의 한쪽 구석에 쌓여 썩어 가는 축축한 음식 쓰레기들, 땅속에 묻힌 큰 김장독과 햇볕 아래 놓인 크고 작은 항아리들, 절구, 맷돌 따위는 어디에도 보이지 않았다. 대여섯 걸음도 되지 않는 공간에서 익숙한 것이라곤 두 손 두 발 달린 사람들 뿐이었다.

넓지도 않은 집 안 탐방을 채 마치기도 전에 젊은 할매는 탈진했다. 누군가의 배 속에서 갑자기 천둥 치는 소리가 들렸다. 오후 세 시였다.

○ ● ○

"요새 것들은 정말 저런 옷을 입고 다닌단 말이야? 왜, 아예 속곳만 입고 다니라 하지! 기생년들이 누(樓)에 올라앉아 치마 걷으면서 유혹하는 것과 무에가 달라? 한량들한테 수작 걸어 달라고 아주 작정한 꼴 아니냐? 어째 부끄러운 줄을 몰라!"

민호의 손을 꽉 움킨 자그마한 손에 힘이 바짝 들어갔다. 아오, 할매! 쪼오옴! 조용히 좀 말해! 조용히!

야심만만 서울 투어, TV, 컴퓨터, 스마트폰 탐방계획은 식신원정대의 파워에 밀려났다. 일찍이 박 실장님이 자그마치 '호텔 뷔페 투어'를 약속하지 않았느냐. 그래서 뱃구레에서 벼락 치는 소리를 냈던 처자는 80년 전 할매에게 생활한복을 껴입히고 다짜고짜 '지상'으로 끌어 내렸다. 하지만 서바이벌의 황녀도 네이룽의 검색창 사나이도 잘 몰랐던 것이 있는데, 젊은 할매의 뱃속에서도 정의의 용사가 살고 있었다는 사실이었다.

거리로 나서자마자 덕희의 쌍심지 게거품 모드가 본격 발동되었다. 민호는 머리를 쥐어뜯었다. 무릎 위로 기어 올라간 치마, 몸에 착 달라붙는 바지만 보고도 야단야단이었다. 한여름에 데려왔으면 등에서 칼을 뽑아 들 뻔했다. 똥꼬 치마에 부츠를 신은 젊은 처자를 보았을 때 그녀의 거부반응은 극에 달했다.

인어공주가 육지라는 신세계로 나왔을 때 말을 못 하게 된 건 다 이유가 있는 법. 게다가 깐깐한 여사께서는 생각보다 목통도 크고 까랑까랑해 주변을 쩡쩡 울렸다. 민호는 저놈의 주둥이를 박스테이프로 발라 버릴까를 심각하게 고민하기 시작했다. 엉거주춤 따라나선 두 남정네는 감히 끼어들 수 없는 판이었다.

"아니 그래도 명색 신여성이라며! 이화여전 영문과 출신이라며! 콧구멍에 바람 좀 쐬어 봤다는 여자가 왜 이래?"

"신문물을 받아들이는 것과 저렇게 여자가 다리를 훤히 내두르고 날 잡아 잡수 하고 다니는 것이 어찌 같아!"

"잡아 잡숫긴 뭘 잡숴! 만년의 발정도 식을 만큼 얌전하잖아. 겨우 무릎 위 5센티잖아. 바로 선 보러 가도 되겠네!"

"뭐? 얌전? 저게? 눈을 어디에 달고 다니는 게야? 입성 행실이 저 모양이면 검계 놈들이나 왈짜들한테 잡혀가도 싸잖아!"

건물을 벗어나자마자 시작된 언쟁은 주차장까지 한 블록 남짓을 걷는 동안 점점 격렬해졌다. 민호는 고개를 살짝 돌리고 소곤거렸다.

"박 실장님, 검계는 뭐고 왈짜는 또 뭐야?"

"조폭이나 양아치, 날건달 같은 사람들입니다. 아니, 한국 사람이 교포한테 그런 걸 물으면 어떡해요?"

"아오, 조폭 양아치? 이봐요, 조덕희 씨? 그게 말이야, 말 방귀야? 뭐? 잡혀가도 싸다? 왜 그게 여자 잘못이야?"

"처신을 잘못한 걸 누구 탓을 하냐!"

"처신은 개뿔, 댁도 다른 여자들이 다 쪽머리 댕기머리 줄줄 늘이고 다닐 때 단발로 껑충 후려 깎은 주제에? 동네 어르신들이 뒤에서 몹쓸 물이 들었다, 풍기문란이다, 그런 얘기 안 했어? 그럼 양아치 새끼가 댁을 후려서 섬에다가 팔아먹어도 된다는 뜻이야?"

기세등등하던 덕희가 잠깐 풀이 죽었다. 하지만, 이내 고개를 바짝 들고 속사포처럼 쏘아 대기 시작했다.

"누가 꼭 그렇다느냐? 뭐, 물론 처음 앞장서서 단발한 여자들이 기생 출신이라, 나 같은 여학교 학생이 용기 있게 머리를 깎았을 땐, 아무것도 모르는 동리 영감들이 수군대긴 했었다. 하지만 시대에 뒤처진 늙은 영감들의 입질이 무에 그리 중요하단 말이냐? 그리고 단발유행이 얼마나 빨리 퍼졌는지 알아? 게다가 머리카락하고 옷은 다르잖아. 우리네도 여성 치마 길이로 신문이나 책에서 비난과 토론이 많기는 하다만, 저런 몹쓸 지경은 결단코 아니었어! 저런 옷은 사내들이 저절로 이상한 상상을 하게 만들지 않냐 말이야!"

"아, 멀쩡하게 길 가는 여자, 치마 짧다고 후린다는 새끼가 개새끼지!"

말이야 바른 말이지 왜 엄한 여자 옷 속 풍경을 상상하는데? 그런 새끼들은 붙잡아다 가위로 꼬추를 잘라서 빨랫줄에 꿰어서 광화문 앞에 달아 놔야 한다고!"

반경 10미터가 쌔그르르 조용해졌다. 민호는 흠칫하고 어깨를 움츠리고 두리번거렸다. 이완과 앤드류의 얼굴이 허옇게 뜬 것이 보인다. 아차, 너, 너무 나갔나? 민호는 주둥이를 후려갈겼다. 망했다, 망했어. 꼬추 드립은 좀 참을걸.

사실로 말하자면 민호는 주변 사람들에게 항상 조신하고 아리땁고 벌레 하나 못 죽이는 연약한 여자로 보이고 싶었다. 다만 흥분하면 살짝 도를 넘어가는 그놈의 한 끗이 문제였다. 덕희는 말을 잃었고, 뒤에서 긴 코트를 입고 조신하게 따라오던 사내의 얼굴은 왜인지 허옜다가 벌겠다가 종횡무진하고 있었다.

모두에게 천만다행으로, 맞춤하게 주차장에 도착했다. 수도와 변기, 가스레인지에 경기를 하던 덕희는 이완의 덕국 자동차에 대해서는 전혀 놀라지 않았다.

○ ● ○

여행의 첫 번째 목표지는 민호가 손꼽아 기다리던 뷔페였다. 이완은 어젯밤까지만 해도, 민호가 무사히 돌아오기만 하면 서울 시내에 있는 모든 호텔 뷔페 투어를 해도 상관없으리라 생각했었다. 하지만 그 여자가 걸귀 우짖는 소리를 하며 먹어 대는 것을 보고 투어를 깨끗하게 포기하기로 했다. 이런 전무후무한 창피함은 한 군데로 족했다.

"아오, 뱃가죽이 등딱지에 달라붙은 것 같아. 뱃구레에 구멍이 날 뻔했다고."

이완은 애써 시선을 회피했다. 나는 맛동산 생산자 모드의 토마스 폰 에디슨을 모르듯, 식신 모드인 윤민호를 모른다. 물론 아침부터 신나게 소리 지르고 뛰어다닌 데다 점심까지 걸렀으니 어지간히 먹어도 이해는 해 주려고 했다. 나도 꽤 시장하니까. 하지만, 사람이면, 대체 사람의 한계는 지켜서 먹어야 옳지 않으냐.

이완은 저 엄청난 식욕이 '시간 여행의 부작용'이 아니라는 사실도 알게 되었다. 함께 시간 여행을 온 덕희는 먹을 것을 거의 입에 대지 않았던 것이다. 시간 여행은 새빨간 핑계일 뿐. 인간 윤민호의 배 속에는 사랑과 정의의 용사 말고도 아귀, 걸귀, 먹깨비 삼인방이 살고 있었던 것뿐이다. 시간 여행은 그저 그들이 출동할 수 있도록 해 주는 뇌관에 불과했다.

"무슨 허발이 들렸어? 좀 적당히 먹지 이 무슨 추한 꼴이냐. 입맛 떨어지게."

결국 덕희가 눈썹을 찌푸리고 포크를 내려놓았다. 덕희는 학교에서 교육을 받기라도 했는지 포크와 나이프를 우아하게 사용할 줄 알았다. 호텔 뷔페의 어마어마한 음식과 사람에 놀라기는 했지만 음식들 앞에서 호들갑을 떠는 촌스러운 짓도 하지 않았다. 입이 터지도록 스테이크를 욱여넣고 있던 민호는 냉큼 두 주먹을 불끈 쥐고 대거리했다.

"내가 이거 먹는 데 뭐 보태 준 거 있어? 이거, 박 실장님이 사 준 거 거든?"

"보태 주지 않으면 모자라는 사람 꾸지람도 못 한단 말이냐? 너처럼 걸귀 들린 것처럼 쓸어 먹는 사람이 많으니 나라가 쇠망하는 것이다!"

"이거 보세요, 아주 애국자 나셨네? 망하긴 뭘 망해! 지금 누가 누굴 꾸지람을 해? 박 실장님이 항렬로 할머니랑 동급이라고 존댓말 해 주니까 아주 개나 소나 죄다 밑의 것으로 보이나 본데, 진짜 같잖거든요? 나는 댁하고 항렬상 아무 상관 없으니 민증 까고 붙어 보자고. 내 나이가 서른인데, 너는 몇인데? 이마도 눈깔도 주름 한 올 없이 반드르르한 게 어딜 덤벼, 덤비길?"

"그렇게 늙었다고? 그러면서 나잇값도 못 하고 걸근거린 게야? 눈가에 주름 자글자글한 게 자랑이야?"

이완은 두 여자의 다툼에 끼어들지는 못하고 냉연하게 두 사람을 바라보았다. 민호의 얼굴이 붉으락푸르락하는 것이 보였다. 말이야 젊은 여사님의 말씀이 지당하다. 이마와 눈가에 잔주름 보이는 것도, 저렇게 허발하며 먹는 것도 자랑은 아니지. 그런데. 그런데. 민호가 풀이 죽어 코를 실룩거리는 꼴을 보니 속에서 불이 치밀었다. 이완은 따각, 소리를 내며 포크와 나이프를 내려놓았다.

"밥 많이 먹는다고 소문난 시대에서 오신 분이 하실 말씀은 아닌 것 같습니다만."

여섯 개의 눈동자가 이완에게 쏠렸다. 이완은 말을 멈추고 고개를 갸웃하더니 눈썹을 찌푸렸다. 자신의 입에서 왜 그런 말이 튀어 나갔는지 알 수 없었다. 그는 내친김에 설명을 부연했다.

"중국이나 일본, 서양 선교사들이 남긴 기록을 보면, 조선 사람들은 식사량이 엄청났다고 되어 있습니다. 한 끼 일곱 홉의 식사라면 현대인들이 먹는 양의 서너 곱절은 넉넉히 먹었더란 말입니다. 임진왜란 때 한국에 왔던 왜장 고니시 유키나가(小西行長)는 조선인이 저렇게 먹으면 얼마 가지 않아 나라가 망할 거라고 했을 지경입니다."

"맞아, 맞아! 너희 집도 밥그릇은 항아리만 하고, 국그릇은 함지만 하잖아!"

"실제 조선 말기 자료 사진에서 보면 밥그릇에 쌓인 밥의 양이 사람 얼굴만 합니다. 민호 씨 정도 먹는 것은 아무것도 아니죠. 저도 앤드류도, 다른 사람들도 다 저만큼은 먹습니다."

웃기지 마! 나는 저 여자만큼 못 먹어! 스모 선수 아닌 담에야 누가 저렇게 먹어! 옆에 있던 앤드류가 황당하다는 얼굴로 버벅거렸다. 저것이 과연 입 짧고 입맛 까다롭기로 유명한 박이완의 주둥이에서 나온 말이 맞느냐 하는 소리 없는 외침이 들렸다. 이완은 그 시선을 애써 무시하고 다시 포크와 나이프를 들었다.

"먹음직스럽게 먹는 것을 복스럽다 하지 않습니까? 윤민호 씨 먹는 거, 얼마나 복스럽습니까."

"……."

"어디가 눈가에 주름이 자글자글하단 말입니까? 댁의 눈보다 훨씬 선이 고운 눈매 아닙니까."

앤드류의 입이 벙, 벌어지는 것이 보였다. 이완은 이쯤 해서 말을 거두어야 한다고 생각했다.

"늙긴 무어가 늙었단 말입니까? 윤민호 씨 정도면 지금 당장 춘향전이나 로미오와 줄리엣을 찍어도 될 정도로 탱탱…… 음, 아니, 젊어 보입니다. 아, 이게 아니고."

하지만 말은 제멋대로 튀어나오고, 말할수록 수습이 안 되고 있다. 앤드류의 뒤를 이어 덕희의 입이 벌어진다. 이완은 스테이크에 포크를 꽂은 채 진땀을 흘렸다. 결론은, 그래서 결론을 어찌 맺어야 하느냐.

"……민호 씨, 많이 드십시오."

결국 민호의 입도 벙, 벌어졌다. 이완은 고개를 수그리고 맹렬하게 칼질을 했다. 스테이크는 가죽처럼 질겼다.

앤드류는 벌어진 입을 닫지도 못한 채 스테이크를 잘게 조각 내고 있는 이완을 응시했다. 그는 고기를 산산조각 내 놓고도 먹을 생각도 없이 옆으로 밀어 놓더니, 샐러드를 가져오겠다며 자리에서 일어났다. 고개를 살짝 수그린 사내의 귓불이 붉었다.

"박 실장이라는 저 사람, 좋아하는 정인(情人)이 있다 하지 않았어?"

덕희가 우아하게 포크와 나이프를 사용하며 민호에게 들릴락 말락 한 소리로 물었다. 어떤 일이 있어도 더 이상 놀라거나 촌스럽게 소리치지 않겠다고 약속을 받은 후부터 덕희는 제법 눈치껏 현대인의 흉내를 내고 있었다.

민호는 송충이를 씹은 얼굴로 고개를 끄덕였다. 덕희는 자리에서 일어선 사내의 뒷모습을 응시했다. 시선이 묘해졌다. 그녀는 고개를 갸웃하며 앤드류에게 시선을 돌렸다.

"박 실장은 결혼했나?"

"결혼은 아직 안 했습니다."

"좋아하는 사람은 있나?"

"에이, 이런 사적인 이야기를 함부로 해도 되나요. 오면 직접 물어보시면 어떨까요?"

"직접 물어보면 말 안 할 것 같은데. 나야 어차피 곧 돌아갈 거니 말을 전할 이도 없지 않아?"

덕희는, 옆에서 포크를 입에 문 채 우물우물하는 민호를 곁눈질한 후, 앤드류를 보며 살짝 웃었다.

"아니면 어떤 여자를 좋아하는지 정도만이라도 이야기해 줄 수 있나? 성격이나, 특별히 원하는 조건 같은 건? 혹시 아나? 근사한 중신 자리라도 이어 줄 수 있을지?"

민호는 고개를 돌리고 입안에 든 것을 맹렬하게 씹었다. 저 할매가 왜 이렇게 나서는지 대충 이유를 알 것 같다. 이 시대에 아는 여자라야 윤민호라는 만년의 모태 솔로 한 명뿐이고, 저 총각은 그놈의 모태 솔로에게 간만에 불꽃 스파크를 유발한 사람이었기 때문이다.

하지만 안 그래도 돼. 저 남자의 여자 사람 실물을 봤거든. 뽀뽀하는 것도 봤거든. 민호는 고개를 숙이고 단백질에 집중했다. 콧김이 시근시근, 볼이 불룩불룩, 입에서 말이 튀어나오려는 것을 필사적으로 참으려니 배 속으로 입성했던 고기들이 짝을 지어 밸리 댄스를 추는 것 같다. 앤드류는 음식이 진열된 쪽에서 이완이 어디 있는지 흘낏 둘러본 후 어깨를 으쓱했다.

"중신이요? 소개해 주는 거 말하는 거죠? 소용없을 텐데요. 이상형이 확실한 데다 생각보다 철벽이라서요. 열 번 찍어도 안 넘어가는 사람 있거든요."

게다가 저 철벽 사나이의 이상형이 썩 만만한 것도 아니었다. 앤드류는 이완이 들을세라 그의 동선을 흘끔거리며 덕희 쪽으로 허리를 굽혔다.

○ ● ○

이완에 대한 앤드류의 최초의 기억은, 눈물이 그렁그렁한 커다란 눈이었다. 옛날 영화에서나 나올 법한 흰 셔츠에 멜빵 반바지, 조끼, 흰색 타이츠에 먼지 덮인 검은 에나멜 구두. 몹시 촌스러워 보이는 울 코트를 입은 소년은 넓은 저택의 홀에 혼자 서서 겁에 질린 얼굴로 두리번거리고 있었다.

로스앤젤레스에서 어머니와 계부와 일곱 살 때까지 살던 소년은 두 사람이 교통사고로 죽은 직후 뉴욕 본가의 친아버지 제임스 박에게 보내졌다. 제임스가 건드리고 돌아다닌 여자들이 한둘은 아니었지만 결국 제임스는 이완이 아들인 것을 순순히 인정했다.

이완은 급작스럽게 변한 환경에 제대로 적응하지 못했다. 죽은 어머니와 계부, 그리고 자신을 뉴욕으로 데려다준 이모를 애타게 찾으며 한 달 가까이 책상 밑에서 훌쩍였고, 아주 작은 일에도 놀라면서 겁을 먹었다. 겁먹었다는 것을 누군가에게 들키면 몹시 부끄러워하며 새빨개진 얼굴을 손으로 가렸다.

아버지인 제임스는 갑작스레 떠맡게 된, 그동안 존재도 잘 몰랐던 아들에게 관대하지 않았다. 소년은 아버지에게 심하게 맞기라도 한 날이면 눈이 퉁퉁 붓도록 울었지만, 부은 얼굴이나 멍 자국을 남에게 보이지 않으려 필사적이었다. 그는 한여름에도 반팔 티셔츠나 반바지를 입어 본 적이 별로 없었다.

제임스의 집 가까이 살던 앨버트 황은 이완이 뉴욕 생활에 잘 적응하도록 앤드류가 다니고 있는 유치원 같은 반에 넣어 주었다. 동갑내기였던 앤드류는 촌수도 알 수 없는 친척—친구를 자신이 지켜 주고, 잘 놀아 주어야겠다는 갸륵한 생각을 했었다.

갸륵한 생각은 1년도 채 가지 않아 질투로 바뀌었다. 이완이 유치원 시절부터 여학생들에게 인기가 더럽게 많았던 탓이다. 앤드류의 눈으로 보아도 이완은 촌스러운 때를 벗자마자 눈에 띌 만큼 말끔하고 잘생긴 사나이로 탈바꿈했다. 기억력도 좋고, 책을 좋아하고 유치하게 쌈박질 따위도 하지 않았다. 말이 거의 없어 레이디들의 애를 태우긴 했지만 누가 보기에도 반듯하고 매너가 좋은 소년이었다.

앤드류를 위시한 몇몇 가까운 친구들에게는 제법 잘 웃어 주기도 했다. 이완의 수줍은 듯한 웃음과 그럴 때마다 살짝 패는 보조개는 누가 보아도 매력적이었다. 생일이면 꽃과 리본으로 장식된 선물을 내미는 아가씨들이 넘쳤고, 어른이 되면 꼭 결혼하자며 새끼손가락을 걸거나,

뽀뽀하자며 덤비는 꼬마 레이디까지 다양했다.

고등학교 때 이완과 함께 다니는 것은 상당히 곤혹스러운 일이었다. 학교 락 밴드의 베이시스트였던 앤드류도 여학생들에게 인기가 많은 편이었지만, 조금만 가까워졌다 싶으면 여자들은 어김없이 "너 이완이하고 친하다며? 나도 좀 소개해 줄래?" 하고 본색을 드러냈던 것이다.

이완은 빈말로라도 따뜻하거나 편안하다고는 할 수 없는 성격이라, 다들 말 붙이기를 어려워했다. 이완을 좋아하는 여자들은 쾌활하고 붙임성 좋은 앤드류를 꼭 징검다리로 삼으려 들었다. 사실을 알게 된 이완은 그녀들에게 대놓고 신랄한 독설을 퍼부었으나, 그런 행렬은 이완이 성인이 되어서까지 줄기차게 이어졌다.

문제는 이완이 그 레이디들에게 일말의 관심이 없었을뿐더러, 누군가 접근할 때마다 진저리를 치며 도망치곤 했다는 것이다. 처음에는 정말 무슨 문제가 있나 싶었는데, 여자에 대해 이야기가 나왔을 때 얼핏얼핏 대답하는 것을 들으면 딱히 그렇지도 않았다. 오히려 앤드류에게 이상형에 대해 이야기를 해 준 적도 있었다. 꽤 수줍어하기는 했지만.

"똑똑했으면 좋겠어. 나보다도 훨씬 똑똑하고, 아는 것도 많고. 당차고 자기 할 일 잘하는 그런 여자. 무식한 소리나 해 대고, 뭐든 몸으로, 콧소리로 때우려는 여자는 싫어."

거기까지는, 걸어 다니는 백과사전이라는 별명을 갖고 있는 너드(nerd) 고등학생다운 대답이었다.

"……얼굴이 예쁘면 좋고, 음. 특히 누, 눈이 좀 예뻤으면 좋겠어. 눈이 총명하게 반짝반짝 빛나는 사람. 웃을 때 눈꼬리가 위로 가볍게 날아올라가는 여자가 좋아. 아테나 여신처럼 지적이고 시원시원한 기품이 있고, 요정처럼 발랄하고 경쾌한 매력도 있는 여자."

앤드류는 고개를 갸웃했다. 생각보다 은근히 구체적이네? 외모도 은근 밝히고? 대답이 정연하게 나오는 걸 보면 늘 마음에 담고 있던 어떤 사람이 있는 모양이었다.

하지만 똑똑한 데다 외모에 분위기까지 받쳐 주는 여자가 어디 있겠냐. 야! 너 그냥 '나 고자요.' 하고 혼자 살아! 괜히 멀쩡한 여자들 좌절시키지 말고! 앤디가 소리를 빽 지르려던 차에 이완이 더 조그만 목소리로 중얼거렸다.

"다정하고, 딱 안겼을 때, 어, 부드럽고 따뜻한 느낌이 나는 여자면 좋겠어. 그래. 안겼을 때. 이상하게 웃지 마. 야한 생각 한 거 아냐! 누구랑 했냐고? 왜 여기서 그런 말이 나와? 앤디, 나 정말 아무하고도 안 해 봤어! 난 나중에 정말 좋아하는 사람하고만…….. 우, 웃지 말라니까! 앤디. 앤드류!"

눈이 예쁘고, 이완을 부드럽고 따뜻하게 안아 주었던 여자가 누구였는지는, 앤드류도 제법 오랜 시간이 지난 후에야 알게 되었다. 이완의 이상형은 그 후로도 변한 적 없이 한결같았다.

그리고 지금 눈앞에는 이완의 이상형과 정반대쯤 위치한 여자가 폭식을 하고 있었다. 앤드류는 이완이 그 여자를 바라보며 얼빠진 소리를 하던 것을 아직도 믿을 수가 없었다.

이야기가 끝나기도 전에 이완이 새로운 접시를 들고 와 자리에 앉았다. 앤드류는 입을 냉큼 다물었다. 이완의 손에 들린 접시는 두 개였다. 두 번째 접시에는 민호가 허발하고 먹어 댔던 고기와 회 종류, 그리고 샐러드가 몇 가지 얹혀 있었다. 그는 민호가 앉은 방향으로 접시를 애매하게 밀어 놓고 한 마디 툭 집어던졌다.

"많이 드십시오."

"나도 갖다 먹을 수 있어. 나도 손 있어."

민호가 더듬거렸다. 세상에서 가장 몹쓸 짓은, 애인이 있는 것들이 다른 여자에게 필요도 없이 친절을 베푸는 것이다. 사람들은 모른다. 그런 짓을 하다간 한 여자의 아까운 20대를 통째로 날려 먹을 수 있다는 것을. 손 있고 발 있고 눈깔 두 개 달린 여자에게 먹을 것을 대신 담아 주는 일 따위는 함부로 하면 안 된다는 것을 모른다. 이완의 입술 끝이 딱딱하게 굳었다.

"……그걸 누가 모릅니까?"

테이블은 조용해졌다. 민호와 이완은 눈도 마주치지 않고 사나운 얼굴로 먹는 것에 집중했다. 덕희와 앤드류의 입술은 이상한 굴곡을 그리며 꽁꽁 뭉쳐졌다.

○ ● ○

하루는 짧은 시간이기도 했고, 긴 시간이기도 했다. 현재로 끼어든 옛 사람과, 옛 시대를 무시로 드나드는 사람, 그리고 현재에 매여 있는 두 사람은 서울 시내를 길게 돌아다녔다.

덕희는 토요일 오후의 88도로를 가득 채운 자동차의 물결을 보았고, 지하철 안에 가득한, 각자의 일로 바쁜 사람들을 보았다. 그녀는 남산타워 꼭대기에 올라가 높은 건물로 가득한 서울의 모습을 보고 입을 가렸고, 한강을 가로지르고 있는 30여 개의 다리를 보고 눈을 크게 뜨고 말을 잃었다.

자신이 졸업한 이화여전과 오라버니와 약혼자의 모교인 보성전문학교가 번듯한 대학교가 되어 있는 것을 보고 가슴에 손을 얹고 길게 심호흡을 했다. 민족의식을 고취시킨다며 일본에서 끝까지 대학 인가를 내주지 않아 오라버니와 약혼자가 통탄하였는데, 이렇게 규모가 큰 대학교가 되었구나. 캠퍼스를 오가는 먼 시대의 후배들과 젊은 학생들을 보며 덕희는 입술을 옴죽거렸다.

새로 개축된 숭례문, 홍인문을 보았고, 박물관이 되어 버린 서대문 형무소를 돌아보았다. 그녀는 서대문 형무소 지하의 작은 독방 앞에서 한참 동안 못 박혀 서 있었다.

대소변 자국이 곳곳에 널려 있던, 소달구지와 인력거와 자동차들이 사람 사이로 뒤엉키고 먼지가 보얗게 일던 광화문 앞의 육조거리가 엄청난 차량이 통행하는 큰 도로와 깨끗하고 거대한 광장이 되어 있는 것을 보았다.

좁고 고불고불한 골목이 아닌 직선으로 쭉쭉 뻗은 도로들이, 먼지 일고 눈이 오면 질척해지던 맨땅을 모조리 뒤덮었다. 그리고 그곳을 중심으로 사방 하늘을 찌를 듯 건물들이 높고 빽빽하게 들어찼다.

덕희는 그 많은 건물 중 한 곳에 자리 잡고 앉았다. 도로에 접한 카페—커피를 파는 집이었다. 그녀는 유리 너머로 헤아릴 수 없이 많은 사람이 오가며 각자의 일들로 분주한 것을 보았다. 걸음은 빠르고 활기찼고, 뒷짐을 지고 한가로이 다니는 사람이나 등을 웅숭그리고 쭈그린 이들은 잘 보이지 않았다.

그들 모두는 덕희가 살던 때보다 한 뼘씩은 키가 크고 귀공자처럼 피부가 말끔했으며 잘 먹고 다닌 양반집 자제들처럼 얼굴이 훤했다. 믿을 수 없을 만큼 입성이 깨끗했으며, 그리 춥지 않은 날임에도 두꺼운 솜이 든 옷이나, 털이 빽빽하고 부드러운 외투를 입었다.

때에 절어 반질반질, 색깔도 모르게 된 옷을 입고 있는 사람도, 떡이 진 머리를 산발하고 다니는 사람도, 땟물이 켜로 앉은 얼굴에 콧물을 한 뼘이나 늘어뜨리고 다니는 어린것들도, 홑옷 차림에 신발도 없이 맨발로 시퍼렇게 얼어 돌아다니는 사람들도 없었다. 그렇게 많은 사람이 다님에도 거리는 깨끗했다.

"저 사람들이 한결같이 갖고 다니는, 반들반들하고 납작한 물건은 무엇이냐. 사람들은 왜 저것에 손가락질을 해 대는 거지?"

덕희는 카페를 둘러보며 고개를 갸웃했다. 창 안의 사람이나 밖의 사람이나 한결같이 손에 무언가를 들고, 확인하고, 어디에 있는지도 모르는 사람들과 부단히 이야기를 했다. 이완은 주머니에서 스마트폰을 꺼내 잠금을 해제한 후 덕희의 앞으로 그것을 내밀었다.

"7~80년 전과 지금의 가장 큰 변화라고 한다면, 어쩌면 이런 것이겠죠."

작고 매끄럽게 반짝이는 납작한 물건에서 갑자기 알록달록한 빛이 쏟아졌다.

"저희는 집배원 없이 그 자리에서 편지를 주고받고, 전깃줄이 없어도 누구든지, 언제든지 얼굴을 보며 이야기를 할 수 있습니다."

이완은 유리 위를 몇 번 두드렸다. 순간 민호의 주머니에서 우렁찬 나팔 소리가 울려 퍼졌다. 민호는 전화를 받아 영상통화로 전환했다. 두 사람의 손바닥 안에서 다소 멋쩍은 듯한 서로의 얼굴이 나타났다. 덕희는 이완의 스마트폰을 받아 들고 눈을 커다랗게 떴다. 작은 화면 안에 맞은편에 있는 이완과 민호, 그리고 앤드류가 옹기종기 얼굴을 들이밀고 있었다. 툭. 갑자기 영상이 사라지더니 이완의 목소리가 다시 귓가에 떨어졌다.

"그뿐 아닙니다. 저희는 이제 24시간 내내, 손바닥 안에서 전 세계 60억 사람들과 연결된 상태로 살고 있습니다. 미국 캘리포니아에 있는 이름 모를 사람이 오늘 저녁에 먹은 메뉴가 무엇인지까지도 알 수 있는 시대죠."

"……."

"모든 것을 쉽고 빠르게 알 수 있다는 것, 편리할 거라 생각하지 않습니까?"

덕희는 입을 다물고 눈앞에서 펼쳐지는 손바닥만 한 우주를 응시했다. 이완은 많은 것을 설명하지 않았다. 한참 만에야 그녀가 고개를 갸웃하며 입을 열었다.

"이름도 얼굴도 모르는 사람이 무얼 먹었는지 알아서 무얼 하지? 다 알아야 한다면 피로해서 어찌 산단 말이냐."

의외의 반응에 이완과 앤드류는 눈을 깜박거렸다.

"그 많은 사람과 지식을 다 알 필요도 없을 것이고, 알 수도 없을 터인데."

덕희는 눈썹을 찌푸리며 생각에 잠겼다. 민호는 이해가 간다는 듯 웃으며 말을 받았다.

"그렇지, 모든 것을 알기에 세상은 너무 넓고, 사람은 너무 많고."

모든 것을 안고 흐르는 시간은 너무 길지. 세상의 지식은, 그렇지, 다 알 필요도, 다 알 수도 없는 것이다.

이완은 덕희와 민호의 말에 반박할 생각을 접고, 눈앞에 있는 자그마한 여자와, 그녀를 데려온 키가 크고 어딘지 모르게 성글지만 그 여백만큼 넉넉한 여자를 지켜보았다. 자그마한 여자는 극심한 변화에도 흔들리지 않고 의연했다. 어떤 부분은 의외로 수월하게 받아들이고, 어떤 부분은 작은 것에서도 소스라쳤다. 하지만 처음처럼 호들갑스럽고 격한 반응을 보이지는 않았다.

변화에 대한 적응력이 가장 빠른 부류가 젊은 여성들이라고 했었다. 망국기, 질곡과 피폐의 수탈기와 맞물린 개화기를 살아갔던 신여성이기 때문일까? 격렬하게 변화한 한 세기를 살고 있기 때문일까? 그녀는 80년 후의 삶에 놀라기는 했으나 두려워하는 모습을 보이지는 않았다.

○ ● ○

　오후 느지막하게 경복궁 안으로 들어섰을 때는 덕희는 한참 동안 말을 잃었다. 그녀는 근정문을 지나가며 망연하게 사방을 휘둘러보았다.

"없어졌구나."

"응? 뭐가?"

"이곳에 서 있던……."

　작고 하얀 얼굴 위로 갑자기 툭, 눈물이 터졌다. 그녀는 판석이 길게 깔린 조정을 지나 두 개의 층으로 된 월대에 올라섰다. 근정전 앞에서 조심스럽게 몸을 돌렸다. 품계석이 줄지어 서 있는 뒤로 근정문이 있고, 그 뒤로 홍례문과 광화문이, 그 뒤로는 서울 시내를 길게 관통하는 큰길이 연결되어 있다. 민호가 주머니에서 꼬깃꼬깃 접힌 휴지를 건네주며 물었다.

"왜. 여기에 뭐가 있었는데?"

"궁궐 안, 이 바로 앞에, 조선 총독부 청사가 있었습니다."

　뒤에 서 있던 사내의 목소리가 대신 흘러나왔다.

"일본이 조선 통치를 위해 세운 4층짜리 현대식 건물이었습니다. 당시 동양 최대라는 규모였으니, 위용이 대단했었죠. 다만 그 의도가 악랄했어요. 한 나라의 법궁을 조각조각 헐어 낸 것도 모자라, 경복궁의 핵심이었던 근정전을 완전히 가리도록 만들었으니까요. 당시 자료사진을 보면, 경복궁뿐만 아니라 경성 전체가 그 건물에 짓눌려 있는 느낌이었습니다."

"……."

"총독부 청사는 1995년 광복절에 철거되었습니다. 일본 사람들이 자신들이 돌멩이 하나까지 본국으로 가져가 복원하겠다고 철거하지 말라고 청원을 넣었다고 하더군요. 그 청원 덕에 바로 폭파 해체가 결정되었다 들었습니다."

"아아."

민호는 고개를 끄덕였다.

"지금은 그때 헐렸던 경복궁 건물들은 대부분 복원되었습니다. 고종 황제와 명성황후가 머무르던 건청궁까지 복원이 끝난 상태입니다."

그래. 그렇구나. 덕희는 근정전 안에 있는 어좌와 일월오봉병풍을 바라보며 중얼중얼 대답했다.

민호와 덕희는 앞장서 안내하는 이완의 뒤를 졸졸 뒤따랐다. 네이롱의 검색창이 아는 것을 모조리 설명해 줄 거라 생각했는데 의외로 이완은 별다른 말을 하지 않았다. 덕희 역시 잡다한 설명을 필요로 하지 않는 듯 보였다. 그녀는 찬찬히 근정전과 강녕전, 교태전들을 돌아보고, 뒤쪽으로 멀찍이 위치한 건청궁을 향해 천천히 걸음을 옮겼다.

저녁때가 되어 가서 바람이 쌀쌀했다. 민호가 다가가 덕희의 팔짱을 끼었다. 덕희는 잠시 움찔했지만 태연하게 웃는 민호를 보고 손을 푸는 대신 희미하게 따라 웃었다. 덕희가 문득 이완에게 물었다.

"황가 사람들은 어찌 되었나? 다이쇼 16년(1926)에 이어하신 황제 폐하의 후손들은? 왕정복고 논의는 없나?"

"왕정복고 세력은 힘을 얻지 못했습니다. 의친왕마저 공화주의자였으니까요. 황실의 후손들은 대부분 평범한 시민이 되어서, 직장에 다니거나 사업을 하면서 우리들 속에 묻혀 살고 있습니다."

"고작 70년, 80년 사이에 그런 일이 가능하구나."

민호는 덕희가 팔짱을 낀 팔에 지그시 힘을 주는 것을 알았다. 압력을 통해 작은 열감이 느껴진다. 덕희는 천천히 물었다.

"너는, 80년 전 독립운동을 하다가 목숨을 잃은 사람을 얼마만큼 알고 있지?"

"어, 어? 그게. 누, 누가 있더라, 도산 안창호, 단재 신채호, 김좌진 장군. 김구 선생. 어, 어!"

민호의 자체 검색엔진으로는 채 다섯 명까지도 채우지 못했다. 아무리 덕희가 부처님 가운데 토막이라도 그 대답에 만족할 만한 수준은 아닐 것 같다. 하지만 열 명이 나오든 스무 명이 나오든 그다지 만족할 것 같은 표정은 아니었다. 저 네이롱의 능력자라면 한 백 명쯤은 줄줄 나오지 않으려나. 그러면 좀 만족하려나.

민호는 고개를 돌려 이완을 보았다. 긴 회색 코트가 저녁 바람에 펄럭거리는 것이 보인다. 하지만 능력자는 의외로 대답 한 마디 않고 잠잠히 뒤에서 두 사람의 대화에 귀를 기울이고만 있었다. 덕희는 좀 더 가라앉은 목소리로 채근했다.

"먼 나라 미국에 있는, 얼굴도 알지 못하는 사람들이 먹은 저녁 식사까지 알고 있는 시대라면서. 그러면, 너희를 위해서 70년 전, 100년 전에 모든 것을 희생한 사람들의 이름 정도는 남김없이 기억해 주어야 하지 않나?"

민호는 눈을 가만히 깜박거렸다. 그녀의 비난이 정당하다 해야 할지, 부당하다 해야 할지 헷갈렸다. 뒤에서 자신을 바라보는 시선이 짙게 느껴졌다.

"왜 기억하지 못해? 기억해 주어야 하는 거 아냐? 매일매일, 기억하면서, 뼈에 사무치게 고마워해 주어야 하는 거 아냐?"

시내 한복판에 있는 고궁의 저녁은 한적했다. 해가 높게 솟은 건물들 사이로 가라앉아 있어 사방이 어둑어둑해지고 있었다. 문 닫을 시간이 가까워 오고 있었다. 민호는 더듬더듬 대답했다.

"그래서, 우리 열심히 살고 있잖아. 이렇게."

"……."

"그래, 그렇게 노력해서 만들어 준 세상에서, 우리, 열심히 살아."

이완은 덕희와 민호의 뒤를 따르며 두 사람의 모습을 찬찬히 관찰했다. 두 여자는 아까부터 말씨름도 꽤나 하고 투덕투덕하고 있지만 적어도 한 세기 가까운 시간을 건너뛴 데 대한 위화감은 보이지 않았다. 누가 보아도 친한 친구나, 언니 동생 같은 자연스러운 분위기였다.

앤드류나 이완은 덕희에게 아무래도 여상하게 말을 걸 수가 없었다. 덕희는 그들에게 80년 전 시대에서 온 이방의 존재였고, 함께 어울리기 조심스럽고 거북했다.

시간 여행자로서 살아가는 윤민호가 어찌 대답하려는지 궁금했다. 고마워하고 있다고 할까. 기억 못 해서 미안하다 할까. 하지만 민호의 대답은 의외였다. 전혀 상관없는 대답임에도, 어쩐지 가장 그럴듯한 대답을 들은 것 같았다.

긴 시간을 오가며, 여러 시대에 발을 디디고 있던 사람만이 할 수 있는 대답이려나. 이완은 조용히 발밑을 내려다보았다. 서울 시내에서 보기 힘든 흙길을 오가다 보니 구두코에 부연 먼지가 얹혀 있었다. 오래된 땅이고, 어쩌면 오래된 먼지일지도 몰랐다. 과거는 여러 형태로 지금과 뒤섞여 있었다.

덕희는 지루한 얼굴로 따라다니는 갈색 머리의 사내에게 시선을 돌렸다.

"자네는 비서라고 했나? 박이완 실장의?"

"비서 맞습니다만, 저희 집안은 할아버지 대부터 박 실장님 집안과 가까운 사이였습니다. 먼 친척뻘이라고 할 수도 있겠네요. 제 이름은 앤드류 황인데, 편하게 앤드라고 부르시면 됩니다."

앤드류는 쾌활하게 대답했다. 성이 황 씨라는 말에 덕희의 눈이 잠시 가늘어졌다.

"박 실장은 박부전 집안의 후손이라 얼핏 들었는데, 알고 지내던 집안이라니. 혹시 황막쇠나, 황칠우나, 그런 사람 알고 있나?"

"두 분은 저희 증조할아버지와 할아버지가 되십니다."

덕희의 움직임이 멈췄다.

"그럼 김춘방이 증조할머니가 되시나?"

"그렇습니다."

"춘방이의 증손자라고."

"……저희, 증조할머니를 잘 아십니까?"

앤드류는 여전히 미소를 띤 채, 하지만 바짝 긴장해서 대답했다. 덕희는 대답하는 대신 두 손을 입으로 가져갔다. 시선은 앤드류의 어리둥절한 얼굴을 뚫어질 듯 훑었다.

"모를 리가."

조그맣고 가는 손가락이 주춤주춤 다가가 그의 뺨을 살짝 스쳤다. 앤드류와 이완은 그 자리에 얼어붙은 듯 서 있었다. 민호는 옆에 서 있는 박이완 실장 역시 김춘방의 손자인 것을 알려 주어야 할까 생각했다. 이부가계(異父家系)이긴 하지만 분명 김춘방과 박부전의 손자다.

하지만 민호는 말을 삼켰다. 춘방이가 죽었다고 했다. 박부전과 손 한 번 잡아 보지도 못하고. 그렇다면 일이 어찌 돌아간 건지 이제는 아무것도 확신할 수 없다. 그저 다행인 것은, 현재의 박이완이 소멸되지 않고 그대로 존재하고 있다는 것뿐이다.

한참의 시간이 흐른 후 민호는 덕희의 눈에 반들반들 습기가 한 켜 얹힌 것을 알게 되었다. 낙조의 빛으로도 눈의 반짝임이 선명하게 느껴졌다. 어둠이 내리기 시작하는 건청궁은 조용했다. 멀리서 빨리 나가야 한다고 친구를 부르는 여학생들의 소리가 희미하게 들렸다.

"그래, 다들, 아이를 낳고 또 아이를 낳고 또 낳아서, 여러 모습으로 섞여 열심히들 사는구나."

"……."

"보기 좋구나."

"……."

"그런데, 나는……."

덕희는 더 이상 아무것도 묻지 않았다. 세 사람은 아무 말도 할 수 없었다.

○ ● ○

"저도 따라가겠습니다."

화각함 앞에서 이완이 두 여자를 가로막았다. 민호는 기가 막혀 이완을 올려다보았다. 한 사람 끌고 다니기도 대갈통이 뽀사질 판인데 뭐?

"바로 오겠다는 말, 믿을 수 없습니다. 금방 오겠다고 하고 가 놓고, 언제 올지 어찌 안단 말입니까."

"금방 와! 이번엔 정말이야!"

"당신 성격에, 눈앞에서 사건 터지면 휩쓸리지 않으리라 누가 보장합니까? 저라도 따라가야, 엉뚱한 짓을 하기 전에 붙잡아서 끌고 오지 않겠습니까?"

얄미운 소리만 내뱉는 주제에 얼굴은 제법 초조하고 피가 마른 시늉을 한다. 민호는 짜증을 왈칵 냈다.

"같이 돌아다니면 걸리적거린다고!"

"여자 혼자 돌아다니는 것보다야 남자하고 함께 가는 게 훨씬 든든할 텐데요? 이상한 곳에 떨어지거나 일이 잘못되면 애먼 사람에게 괜히 얻어맞거나 끙끙 앓고 다닐 거 아닙니까."

"왜 이래. 이래봬도 난 서바이벌의 황제, 황녀란 말야. 어디 가서 괜히 얻어맞고 다니지는 않는다고!"

"그래요? 말도 안 통하는 곳에 기어들어 가서 총 맞아 죽을 뻔한 사람은 누굽니까? 이상한 병에 걸려서 죽기 일보 직전에 기어들어 온 사람은 또 누구고요? 목매 죽으려는 사람 둘러업고 들어온 사람은 누구고요?"

"아, 글쎄 갔다가 열쇠만 바로 받아 올게! 맹세! 우리 토마스 폰 에디슨을 증견으로 걸고 약속한다고!"

물론 그러다가 급한 일이 터지면 어쩔 수 없지만. 민호는 속으로 중얼거렸다. 그 말을 듣기라도 한 것처럼 이완의 굵은 눈썹이 꿈틀거렸다.

"그러면 못 갑니다. 안 보냅니다."

"야! 아, 아니. 이봐요, 박 실장님! 덕희는 어떡하고!"

"여기서 살라 하면 되지 않습니까? 여기서 과거로 여행 갔다가 눌러 사는 사람도 있다면서요? 반대는 왜 안 됩니까?"

"아오, 미치겠네! 그건 사건 사고 때문에 묶인 거지! 박 실장님 열쇠는 어쩔 건데! 그리고 덕희는 있던 곳으로 돌아가야 한다고!"

하지만 민호의 목소리에선 악센 힘이 빠졌다. 돌아가면 뭐. 가 봤자 뭐. 덕희는 일본 순사들에게 잡혀가 끔찍하게 고문 받고 죽기 위해 돌아가야 하는 것이다.

열쇠 이야기에 이완 역시 숨을 길게 뿜으며 말을 멈췄다. 꽉 움켜잡은 손이 가늘게 흔들리는 것이 보였다. 열쇠를 찾을 가능성이 있는 한, 포기할 수 없을 것이다. 더욱이 이렇게 눈앞에 바로 잡을 수 있도록 보이는 경우라면. 이완은 길게 숨을 내쉬더니 덕희를 돌아보았다.

"덕희 씨, 열쇠를 바로 주실 수 있는 상황입니까?"

덕희는 고개를 저었다.

"열쇠는 집에, 내 방에 있어. 화각함이 있는 곳은 다른 집이고, 찾으러 가야 할 거야."

"자동차로 10분 정도 거리였어. 그러니까 금방 갔다 올……."

"그렇다면 같이 가겠습니다."

이완은 단호하게 말을 끊었다.

앤드류는 침을 삼키며 문틈에서 일어나는 사태를 지켜보았다. 잠시 밖에 나가 있으라는 말을 호락호락 들을 수는 없었다. 어차피 시간 여행을 한다는 것도 이제는 확실히 알 것 같고, 저 덕희라는 여자가 어느 시대에서 왔는지, 누구인지도 대충 튕겨서 들었다.

앤드류는 그들의 시간 여행 장면을 눈으로 확인하고 싶었다. 그게 사실이라면 이건 보통 일이 아니다.

이완은 어쩌면, 정말로 열쇠를 찾을 수 있을 것이다. 하지만 열쇠가 문제가 아니다. 등 뒤로 식은땀이 진득하게 흘렀다. 과거로 드나들 수 있는 통로를 갖는다는 것이 어떤 의미인지, 깊이 생각하지 않아도 알 수 있었다.

남의 일에 끼어드는 법이 없던 이완이 결연한 표정으로 화각함을 막아선 것도 모자라, 따라가겠다 나선다. 키 큰 여자의 손을 조심스럽게 잡고, 시키는 대로 눈을 꾹 감는다. 긴장했는지 얼굴과 목덜미로 핏기가 몰리기 시작했다. 여자는 덕희라는 여자와 팔짱을 낀 손을 화각함에 가져다 댔다.

이완이 부탁한 것은, 저쪽에서 슬픈 얼굴로 눈을 껌벅이며 묶여 있는 검은 강아지의 밥과 물을 챙겨 달라는 것, 그리고 이 화각함을 다른 장소로 이동하지 말라는 당부였다. 매개 물건이 완전히 이동해서 움직이지 않는 상태라면 괜찮지만 이동 중일 경우 돌아오는 길을 찾지 못하거나, 최악의 경우, 공간에서 아주 소멸해 버릴지도 모른다는 여자의 설명이 있었다. 그리고 잠시 방 밖으로 나가 달라는 것이었다.

문틈으로 세 사람이 나란히 붙어 서 있는 모습이 보인다. 앤드류는 바짝 긴장한 채 숨을 죽이고 지켜보았다. 짧게 바람이 이는 것이 느껴졌다. 아니, 바람이 분 것이 아니라, 공기가 잠시 흔들린 것 같다.

앤드류는 일순, 그들의 몸이 투명한 공기에 스며드는 것처럼 보인다고 생각했다. 분명히 투명한 공기인데, 그들이 공간의 켜를 들추고 들어가는 것처럼 느껴졌다.

"이완!"

보지 말라는 말을 잊은 채, 앤드류가 큰 소리로 외쳤다. 아무 대답이 돌아오지 않았다. 모여 있던 세 사람은 이미 사라졌다. 앤드류가 보았던 그 스며드는 듯한 순간은 지극히 짧은 시간이었다. 앤드류는 문을 박차고 들어갔다.

"이완! 윤민호 씨! 이완!"

너무 두려워 두서없이 고함이 터졌다. 눈앞에 놓인 것은 화각함. 최종 유언장이 들어 있는 낡고 붉은 화각함뿐이었다.

○　●　○

동그란 안경을 쓴 사내가 응접실에서 그들을 맞았다. 입술이 바르르 떨렸지만 속을 내색하지는 않았다. 사내가 들어간 적 없는 별실에서, 얼굴도 모르는 사내가 나왔음에도 그는 아무것도 묻지 않고 입을 꾹 다물었다. 하루. 그가 덕희에게 확보해 주었던 시간은 만 하루였고, 긴 하루가 가기 전에 그들은, 아니 덕희는 무사히 돌아왔다.

이완은 동그란 안경을 쓴 사내를 유심히 지켜보았다. 박부전. 어떻게 된 일인지는 모르나 하여간 이완이 살아가는 세계에서는 자신의 할아버지가 될 사람이었다.

이완은 자신의 할아버지가 생각보다 젊고 지적인 분위기를 갖고 있어 약간 놀랐다. 게다가 거실 한구석에 자리하고 있는 축음기와 검은색의 큼직한 첼로 케이스도 상당히 의외였다. 고미술품뿐 아니라 음악 쪽에도 조예가 있었나?

"제, 제가 음악을 조, 좋아합니다. 나, 남가주 유학 시절에 조금 배웠습니다. 음악을, 하, 하고 싶었지만 형님께서, 하, 학비를 끊는다 하셨었죠. 그러는 형님의 아, 아들도, 으, 음악에 푹 빠져 있긴 합니다만."

부전의 목소리가 생각을 툭 끊고 들어왔다.

"하야, 하야시 신조 상에게 전언이 왔습니다. 오, 오늘 밤 여덟 시에 간수들이 교대한다 했습니다. 그리고 두어, 두어 시간 후에 간수들이 소내를 돌며 점호를 합니다. 그, 그사이에 김춘방 씨의 시신을 눈에 띄지 않게 수습, 수습해 가라고 했습니다."

정말 죽은 것이 확실한가. 세 사람의 얼굴이 제각각 굳었다.

"그리고 전영호의 면회는 앞으로 불가할 거라는 말을 들었습니다."

"면회까지 막아 놓고, 무슨 극악한 짓을 하려고! 천인공노할 놈들! 벼락을 맞을 것들!"

파리하게 빛을 잃은 덕희의 입술 사이로 증오 서린 외침이 터졌다.

"일단 오늘 밤에 두세 사람을 데려가, 시, 시신을 수습해 나온다고 했습니다. 대신, 가, 가는 길에, 영호를 한 번만 더 만나 보기로 조건을 걸었습니다. 하야시 상은, 정식 면회는 불가하고, 독방 앞에서 이야기를 나눌 수 있는 시간을 잠, 잠시 주겠다고 했습니다."

민호의 손을 쥐고 있는 덕희의 조그만 손에 힘이 바짝 들어갔다. 덕희는 자신이 민호의 손을 붙잡고 있다는 것도, 그 손바닥에 축축하게 땀이 배고 있다는 사실도 모르는 것 같았다.

"나는, 분해."

"덕희 씨."

"아무것도 기억 못 할 사람들을 위해서."

민호의 뒤통수가 뜨거워졌다. 민호가 꿈지럭거려 덕희의 손을 뺐다. 죄스러운 기분과 억울하다는 기분이 동시에 든다. 갑자기 어깨 위로 묵직한 손이, 조심스럽게 얹혔다. 괜찮아, 당신 탓이 아닙니다. 어깨를 살짝 끌어당기며 한 번 톡, 치는 손가락이 그렇게 말했다.

"분해. 분해……!"

덕희는 이를 악물고 어깨를 떨었다. 희고 동그란 뺨으로 한 방울 짠물이 툭, 물길을 냈다. 부전은 시선을 피하며 중얼거렸다.

"더……덕희 씨에게 부, 부탁드릴 게 하나 있습니다."

"……."

"무슨, 무슨 일이 있이도, 여, 영호 앞에서 눈물을 보이지 않겠다고 약속해 주십시오."

○ ● ○

서대문 형무소는 부전의 집과 지척이었다. 세 사람은 머슴이나 가비로 보일 만한 옷차림으로 바꾸어 입고 부전을 따랐다. 민호와 덕희는 흰 무명 저고리에 검게 물들인 치마를 입고 얼굴에 재를 살짝 문질렀다. 그래 놓으니 제법 집에서 부리는 종년처럼 보였다. 하지만 머슴 행색의 이완은 옷차림과 지독하게 어울리지 않았다. 키가 지나치게 큰 탓도 있었다. 부전의 집에서 일하는 머슴의 바지는 무릎 중동에까지밖에 닿지 않았다.

이완은 옷의 길이는 둘째 치고 다른 사람이 입던 옷이라는 점을 가장 곤욕스러워했다. 깨끗하게 빨아 둔 옷이라는 말도 그에게 전혀 위안이 되지 못했다. 얼굴에 검댕칠을 하는 것은 그의 성격에 어림도 없었다.

하지만 민호가 코를 실룩하며 눈을 흘기자 잠자코 민호에게 얼굴을 맡겼다. 손가락이 뺨과 이마를 몇 번 오가며 희미하게 땟자국을 만드는 동안, 그는 미간에 주름을 잔뜩 잡고 입술에 힘을 주었다. 꽉 눌러 감은 눈꺼풀과 긴 속눈썹이 미세하게 떨리는 것이 보였다.

하야시 신조는 갈색 제복과 각이 빳빳이 잡힌 제모 차림이었는데, 허리에서 검은색 환도가 덜렁거렸다. 키가 크고 장작처럼 마른 사내로, 눈이 작고 얼굴 폭이 좁았는데 눈빛이 날카로웠다. 그는 행여 골치 아픈 말이 윗선에 들어갈까 해서 짜증을 내면서도 조심하는 눈치였다.

그가 조 대감 집안의 유물을 벗겨 먹은 방법은, 서에서 증거물품과 서류를 누락시키는 방식으로 이루어진 것이라 마냥 큰소리를 칠 수는 없는 상황이었다.

그는 형무소 간수부장이라는 사내와 몇 마디 이야기를 나누었다. 간수부장은 그에게 깍듯한 태도를 취하기는 했지만, 두 사람은 적잖은 친분이 있는 듯했다.

간수부장은 네 사람을 형무소 보안과 청사 지하의 작은 취조실로 데려갔다. 딱딱한 표정으로 손가락 세 개를 펴 보인 후 꾹꾹 누르는 어조로 삼십 분의 유예를 주겠다 하였다. 역시 긴 환도를 차고 있던 간수과장 한 명이 복도 끝에서 뒷짐을 지고 얼쩡거리다가 슬그머니 자리를 비웠다.

취조실은 철문 위쪽에 뚫린 구멍으로 복도의 빛이 희미하게 들어오는 작은 감방이었다. 천장에 노란 알전구가 달려 있었다. 한쪽 구석에는 욕조 크기가 채 되지 않는 큼직한 물통과 탁자가 있었고, 바닥에는 나무로 만든 의자, 누런색 주전자 따위가 굴렀다. 벽에는 긴 가죽채찍과 새끼줄이 넌출넌출 걸려 있었다.

뒷골이 싸해지는 냉기와 함께 역한 냄새가 훅 밀려 나왔다. 사방이 썩어 들어가는 퀴퀴한 냄새, 싱싱한 피 냄새가 뒤섞여 머리를 찌르는 비린 내음을 만들었고, 탄내가 섞인 노린내도 매캐하게 켜를 이루고 있었다.

민호는 안으로 들어서자마자 숨을 훅 몰아쉬었다. 냄새의 정체를 짐작하니 구토가 날 것 같다. 뒤에 서 있던 이완이 실색하며 수건으로 코를 막더니 몇 걸음 뒤로 물러서는 것이 보였다.

춘방의 시신은 눈에 보이지 않는 구석에 천으로 덮여 있었다. 얼추 수습은 되어 있었다. 사후 경직으로 몸이 뒤틀리지 않도록 사지를 모아서 묶어 놓고, 검게 물들인 천으로 핏자국에 눌어붙은 치마저고리를 감쌌다. 검은 천 아래로 깡똥한 붉은 치마가 기어 나왔다. 억지로 끼어 입은 덕희의 노란색 저고리는 얼마나 많은 피로 적셔졌는지 본디의 색을 잃었다. 붉은색은 벌써 탁하게 변하고 있었다.

얼굴은 대충 닦아 놓은 듯했으나, 이미 시커멓게 뭉그러지고 부어 윤곽조차 제대로 알아볼 수조차 없었다. 그저, 벌어진 입속으로 보이는 이만 끝까지 붉었다. 어떻게 하룻밤 새에 이 지경까지 만들어 놓았는지 믿을 수가 없었다. 덕희는 얼굴을 덮어 둔 보를 열어 보고 그 자리에 주저앉아 가슴을 치며 숨넘어가는 소리를 냈다. 속 시원하게 눈물도 나오지 않고 목소리도 나오지 않았다.

이틀 전 서대문 형무소로 면회를 가는 아씨를 위해 새벽부터 일어나 뜨거운 밥과 반찬을 준비할 때, 자신이 그 형무소에서 이렇게 허무하게 죽을 줄은 꿈에도 생각하지 못했을 것이다. 아직 돌도 되지 않은 젖먹이 와 간신히 콧물이나 닦게 된 어린 것을 두고.

그저 잠시, 대감마님 붙잡아 가는 것을 말려 보려고 나섰을 텐데. 며칠 내로 금방 누군가 찾아오리라고 믿었을 텐데. 자동차를 타고 스치고 지나갈 때, 그 마주친 시선이 그렇게 애절하고 급박했는데. 사람 목숨이 그리 질기다더니 어찌 이리 어이없을 정도로 허망한지. 바윗덩이 같은 빚을 덕희의 어깨에 지워 놓고, 그녀는 죽어 검게 변하고 있었다.

민호는 목을 틀어잡고 꺽꺽 쇳소리를 내는 덕희를 붙잡았다. 큰 소리 가 나오면 곤란했다. 형무소의 취조실이란 제대로 애도를 하기에 적당 한 곳이 아니었다. 의식을 거반 놓은 여자는 생명을 놓은 여자를 붙잡고 몸부림쳤다.

민호는 역한 냄새가 켜로 쌓여 있는 찬 바닥에 함께 주저앉아 말없이 덕희를 끌어안았다. 두 명의 사내가 돌처럼 굳은 여자의 시체를 거적으 로 감싸 밖에 대기시켜 둔 달구지에 싣는 동안, 하고 많은 시간을 여행 했던 여자는, 그 속에 묶여 사는 가련한 여자의 입을 틀어막고 함께 울 었다.

○ ● ○

"덕희 씨!"

군데군데 녹이 슬어 있는 철문 뒤에서, 조그만 구멍을 통해 쉬어 터진 목소리가 흘러나왔다. 사람의 목소리라기보다 짐승이 끽끽거리는 소리 에 억양이 섞인 것 같다.

"어디 있어……. 덕희 씨, 어디, 덕희…… 맞지! 어……디 있어!"

"영호, 날세. 진정해. 잠시만, 잠시만 진정해."

철문에 뚫린 조그만 감시 구멍으로 얼굴을 바짝 대고 달래는 것은 박부전이다. 안에서 들리는 목소리는 막무가내였다.

"지금, 지금…… 들린 건 덕……희 목소리야……. 덕희가…… 왔어? 부전이, 자네……와 함께 왔어? 덕희 씨! 어디…… 있습니……까!"

사내의 부르짖음에선 발음이 샜다. 제대로 발음할 기력조차 없어서일까. 고함을 칠 때마다 입가에서 침과 핏물이 뒤엉긴 물이 지저분하게 흘러내렸다. 놔, 이거 놔! 민호의 팔 안에 갇힌 여자의 몸부림이 그악해졌다.

덕희의 약혼자가 갇혀 있는 곳은 같은 지하에 있는 작은 독방이었다. 철문의 위쪽에 작은 구멍이 뚫려 있어 안에 있는 사람을 들여다볼 수 있었다. 한 명 누우면 꽉 찰 정도의 공간밖에 되지 않았다.

정식 면회로 허락받은 것이 아니기에, 하야시가 간수를 데리고 잠시 시간을 내는 동안 문밖에서 이야기를 나누고 오는 수밖에 없었다. 그동안 박부전도 이런 방법으로 몇 마디 이야기를 하거나 상태를 확인하곤 했다 말했다.

만주와 중국 본토에서 중한연합군으로 직접 싸우던 사람이라, 고문을 세게 당했다고 부전이 침중하게 귀띔했다. 일본군이 만주와 간도 지역의 한인 사회를 초토화한 후에도 항일 무장 세력이 끈덕지게 살아남아, 일본 측에서는 독이 바짝 올라 있다고 했다.

그들은 국내에서 군자금을 대는 세력에 대해서도 이를 갈았다. 그런 와중에 간부급 인물이 손에 굴러들어 온 것이니 얼마나 지독하게 추달을 했겠느냐. 그 말을 하며 부전은 눈썹을 찡그리고 진저리를 쳤었다.

그래도 설마 이 지경일 줄이야.

사람이라고 할 수 없었다. 몸 펴고 눕기도 빠듯한 한두 평 남짓 되어 보이는 독방에서 사람의 형체로 보이는 어떤 것이 피떡이 되어 차가운 바닥에 널브러져 있었다. 죄수복인 흰색 바지저고리는 검붉은 색으로 뒤덮여 본디의 색을 가늠하기 어려웠다. 겁에 질린 얼굴로 감방 안을 들여다본 덕희가 손으로 입을 가리고 비명을 질렀다. 소, 소리 지르시면 안 됩니다! 부전이 기겁하며 속삭였다.

순간, 널브러져 있던 사내의 몸이 크게 꿈틀거렸다. 그 입에서 죽어가는 짐승이 그르렁거리는 듯한 신음이 흘러나왔다. 시체 같던 덩어리는, 그래도 기를 쓰며 움직였다. 끄, 끄륵, 끄르르륵…….

덕희의 비명이 한숨 멎었다가 다시 이어질 때 민호는 등 뒤에서 덕희의 입을 다시 막아야 했다. 간수가 와서 끌고 가기라도 하면 끝장이다. 다시 볼 기약도 없을뿐더러 지금 이곳에 와 있는 여자는 전영호의 약혼자 조덕희가 아니라 김춘방의 시신을 수습해 주러 온 사람일 뿐이었다.

옥사에 있던 사내는 기다시피 더듬어 나오더니 철문을 붙잡고 벌레처럼 꿈틀거리며 몸을 세웠다. 햇빛 한 줌 들지 않는 곳이라, 누워 있을 때는 모습이 자세히 보이지 않아 안타까웠는데, 철문 앞에 얼굴을 들이민 것을 보니, 차라리 전혀 보이지 않았던 것이 나을 지경이었다.

"목소리……라도 한…… 번 더 들……으면 소원이 없을 거라 빌……었어. 부질없는 소원이라 생각했는데. 꿈……만 같아요. 어디, 어디 있습니까! 덕희 씨."

그의 말은 빠지고 뭉그러진 잇새로 새어 어눌하게 들렸다. 복도의 희미한 불빛으로도 피딱지로 뒤덮인 그의 얼굴을 확인할 수 있었다. 눈가에는 붉게 핏자국이 엉겨 있고, 눈꺼풀은 주먹만큼 부어 떠질 줄 몰랐다. 벽을 애타게 더듬는 꼴을 보니 이미 눈이 보이지 않는 것 같았다.

"덕……희 씨! 보고 싶습니다, 덕희 씨! 어……디 계십니까! 온 거 알아요. 온 거, 알아!"

목소리를 돋우려 애를 쓰는 것 같은데 번번이 가래 끓는 소리에 막힌다. 그는 쇠창살의 위치를 찾기 위해 팔을 허우적거리며 철문을 더듬었다. 팅팅 부어 굳게 감긴 눈에서 눈물이 흘러나왔다. 눈물은 얼굴에 얽힌 핏자국을 지나가며 피눈물처럼 변해 아래로 줄줄 흘러내렸다. 기능을 거의 잃어버린 입에서는 덕희, 덕희, 덕희를 부르는 울부짖음만 이어졌다.

그녀는 민호를 붙잡고 주저앉았다. 안에서 들리는 단 한 마디, 사람의 음성 같지도 않은 기괴한 소리가 되풀이될수록 작은 여자의 눈에선 눈물이 철철 쏟아졌다. 벽을 애타게 더듬던 손이 드디어 쇠창살 사이로 나왔다. 밖을 향해 손가락이 애타게 허덕거렸다.

"덕희 씨, 당······신이, 온 게 맞······다면, 덕희 씨."

민호는 이를 부드득 갈며 고개를 돌렸다. 끔찍하다는 것을 넘어 구토가 올라왔다. 앞으로 내뻗은 손가락마저도 성한 부분이 없다. 특히 손톱이 하나도 남아 있지 않고 손끝이 시뻘건 색으로 모조리 굳어 있었다. 불로 지지기라도 했는지, 양쪽 팔뚝에는 피고름이 줄줄 맺혀 있었는데, 그 위로 허옇고 작은 벌레가 어글거리는 것이 보였다.

덕희는 손을 마주 내미는 대신 얼굴이 새하얗게 변하면서 몸을 크게 휘청거렸다. 덕희 씨! 동그란 안경을 쓴 사내가 기겁하게 놀라 허둥지둥 그녀를 부축했다. 아, 아아아! 아아아! 그녀가 머리를 쥐어뜯으며 주저앉았다. 민호는 덕희의 어깨를 붙잡고 세게 흔들었다.

"간신히 얻어 준 기회를 멍청하게 날릴 셈이야?"

발작 같은 울부짖음은 부전의 코트 자락 사이로 천천히 스며들었다. 민호는 얼굴을 바짝 갖다 대고 으르렁거렸다.

"씨발, 야, 조덕희, 너 정신 놓으면 나한테 얻어맞을 줄 알아! 집에 가

선 쓰러지든 자빠지든 상관없는데, 여기선 안 돼! 너 저 사람한테 할 말 있어서 온 거잖아! 꼭 해야 할 말이 있다면서!"

눈물에 흠뻑 젖은 눈이 천천히 깜박거렸다. 민호는 온몸을 들들 떨고 있는 여자의 팔을 붙잡아 일으켰다. 여자의 얼굴에는 두려움과 후회와 비참함 따위의 감정이 엉망진창으로 얽혀 있었다.

"기회가 두 번이든 세 번이든 계속해서 생기는 줄 알아? 후회하기 전에 할 말을 하란 말이야!"

민호는 평생 혹처럼 지고 다니는 열 살의 기억에 치를 떨었다. 모든 기회가 두 번씩 오는 게 아니라는 걸 그때도 알았더라면.

작은 여자가 눈물로 난탕이 된 얼굴을 들어 올렸다. 여기 오기 전에, 그래, 누군가 울지 말라는 약속을 시켰다. 왜 그랬는지 이제는 알 것 같다.

그녀는 억지로 울음을 삼키더니 부전이 건네준 수건으로 눈물을 닦았다. 흐르륵, 흑흑. 짧은 흐느낌의 꼬리가 남았지만 그녀는 입술을 꼭 다물고 고개를 들었다. 조그맣고 창백한 얼굴에 파랗게 독이 오른다.

드디어 덕희는 허리를 곧게 펴고 일어섰다. 구겨진 치마를 탁탁 털어 매무시를 정돈하고 철문 앞으로 한 걸음 다가가는 그녀의 모습은 청초했지만 결연해 보였다.

"저 왔어요, 영호 씨. 덕희예요."

덕희, 덕희 씨. 덕희 씨. 핏덩이가 되어 버린 손가락이 구물거렸다. 덕희는 파랗게 굳은 얼굴을 하고서도 천천히 손을 내밀어 그 손을 잡았다. 그녀는 손을 잡아끌어 자신의 뺨으로 가져갔다. 눈이 제대로 보이지 않는 사내는 급히 손가락을 움직여 그녀의 이마를, 눈을, 뺨을 더듬었다. 손의 감각으로 그 얼굴을 알아볼 수 있기라도 한 듯, 구석구석을 되풀이해서 쓸고 매만졌다.

꺽, 꺽, 끄르륵, 꺽. 그의 숨죽인 통곡은 지나치게 절절해 제대로 된 소리로 맺히지 못했다. 그의 차가운 손에 만져지는 작고 따스한 얼굴은, 그가 애타게 갈구했던 사람, 사랑, 온기, 안온한 삶, 한때 그가 이 손으로 가질 수도 있었던 것, 이제 잃어야 할 그 모든 것이었다. 그에게 덕희는 바로 그 모든 것이었다.

"기쁜 소식을 전해 주려고 왔어요. 재미있는 소식도 있고. 영호 씨한테 부탁도 하나 해야 하고."

뺨과 입술을 더듬던 손가락이 주춤 멎는다. 숨죽인 오열도 일시 잠잠해졌다. 덕희는 파리한 얼굴로 힘껏 웃어 보이며 한 자, 한 자, 또박또박 말했다.

"아이가 생겼대요."

모든 소리가 멎었다. 움직임도, 흐느낌도 종적 없이 사라졌다. 철문을 하나 사이에 둔 복도와 좁은 방에서는 밀도 높은 공기가 들어찼다. 덕희는 크게 심호흡을 하고 다정한 목소리를 냈다.

"아이가 생겼대요. 아버지가 이름은 지어 주셔야죠."

눈을 잃은 사내의 얼굴에는 표정이 없었다. 그저, 좁은 틈으로 얼굴을 바짝 붙인 채 멍청하게 입을 벌리고 있을 뿐이다. 핏물로 엉망진창 뒤엉긴 얼굴이 천천히, 천천히 무너지기 시작했다.

훅, 먼저 짧게 신음한 것은 뒤에 서 있던 부전이었다. 민호가 뒤를 돌아보았을 때, 그는 안경을 한 손에 들고 뒤로 돌아서서 고개를 수그리고 있었다. 주먹을 쥐고 있는 한 손이 부들부들 떨렸다. 그는 비틀대는 걸음을 떼어 덕희가 소곤대는 소리가 들리지 않을 정도로 멀찍이 떨어졌다. 덕희의 목소리는 점점 나지막하고 달콤해졌다.

"아버지가 훌륭한 사람이었다는 걸 알게 해 줄 멋진 이름이면 좋겠어요. 저는 그 아이에게 당신 덕분에 네가 더 좋은 시대에서 살고 있는 거라고 이야기를 해 줄 거예요."

덕희를 쓰다듬던 손길에서 힘이 빠져나갔다. 뜨이지 않는 눈에서 새로 눈물이 흘러내렸다. 뒤에 서 있던 사내는 천천히 허물어져 차가운 바닥에 무릎을 대고 벽에 머리를 박았다. 둥글게 구부린 등이 몇 번 꿈틀거렸다. 안 돼. 덕희 씨. 안 돼요. 안 돼. 가는 흐느낌이 그의 입에서 실처럼 흘러나왔다.

"미안……해요. 덕희 씨. 미……안합니다. 미안."

철문 안에서, 쉰 목소리로 속삭이는 사내의 눈에선 새로운 눈물이 그치지 않았다. 피투성이가 된 손이 덜덜 떨리는 작은 손을 움켜쥐었다. 놓아주어야 한다는 건 머리로는 알지만 의지는 그것을 따르지 못했다. 당신의 인생을 내가 망칠 것이라는 걸 알면서도 멈추지 못했다. 놓아주지 못했다. 그의 절절한 후회가 그곳에 있는 사람들의 가슴을 쳤다.

"후회하지 않아요. 나는 당신이 한 일이 옳은 일이었다고 믿어요. 두 번 되돌아가도, 세 번 되돌아가도 그렇게 선택했을 거라 믿어요."

거짓말. 새빨간 거짓말. 민호는 덕희의 얼굴이 일그러지는 것을 보았다. 덕희는 그것을 믿지 않는다. 그녀는 시간을 돌이킬 수 있다면, 정반대의 선택을 할 것이다. 배 속에 있는 아기와, 사랑하는 사람과 함께 적당히 눈감고 행복하게 사는 길로 잡아끌 것이다. 이 작은 땅덩이를 누가 다스리든 무슨 상관이야? 저 사람 능력이면 조선인이 다스리든 왜놈들이 다스리든 얼마든지 잘 살 수 있어. 왜 못 해?

민호에게도 전해지는 소리 없는 파열음을 감옥 안의 사내가 모를 리가 없다. 후회하지 않아요. 두 번 돌아가도, 세 번 돌아가도. 당신은 남들이 감히 가지 못한 일을 한 거예요. 덕희는 이를 꽉 문 채 되풀이했다. 뒤에서 무릎을 접은 사내는 손으로 얼굴을 가리고 끅끅 숨 막히는 소리를 냈고, 덕희의 얼굴을 더듬던 사내는 숨을 크게 헐떡였다.

"우리, 우리 아이, 아이에게⋯⋯."

영호는 불분명한 소리로 중얼거리더니 잠시 후 고개를 숙였다. 작은 속삭임이 덕희의 귓가에서 흩어졌다. 덕희는 고개를 수그리고 조용히 그의 입에서 나온 속삭임을 되풀이한다. 한 번, 두 번 되풀이하던 덕희의 눈이 빠르게 깜박거린다. 입술이 달싹거린다. 눈으로는 헤아릴 수 없이 많은 말을 하고 있었지만, 입 밖으로는 한 마디도 나오지 않는다.

그녀는 입술을 바르르 떨며 잠시 고개를 돌려 뒤에 서 있는 일행을 돌아보고, 다시 영호의 얼굴을 바라보았다. 영호를 잡고 있는 덕희의 손이 파르르 떨렸다. 영호가 폐가 녹을 듯 한숨을 쉬며 중얼거렸다.

"⋯⋯우리 아이에게 꼭 전해 주세요. 내가 꿈꾸던 세상을 너에게 전해 주고 싶었다고. 우리의 아이만큼은 그런 무흠 무결하고 완전한 세상에서 살았으면 좋겠다고."

"당연히 그렇게 될 거예요, 영호 씨."

덕희는 그의 뺨을 쓰다듬으며 조용하게 속삭였다.

"우리 아이는, 그 아이가 낳은 후손들은 당신이 꿈꾸던 시대를 살면서, 당신을 자랑스러워할 거예요."

"⋯⋯."

"얼굴도 이름도 모르는, 어디에 존재하는지조차 모를 우리의 후손들은, 당신이 만들어 준 세상에서 사랑하는 사람을 만나 열심히 살아갈 거라 믿어요. 우리가 살고 싶었던 일상을, 행복한 줄도 모르고 행복하게 살아가겠죠."

또박또박 말하는 여자는 우는 대신 핏자국으로 얼룩진 얼굴을 들고 활짝 웃었다.

"당신은 안심하고 믿어도 좋아요."

그녀가 창황 중에 얻어 낸 황금 같은 하루는 온전히 당신을 위한 것,

이 순간을 위한 것이었다. 이제는 그에게, 자신이 보고 온 것을 말해 줄 차례였다.

"어젯밤에 재미있고 신기한 일이 있었어요."

덕희는 철문에 얼굴을 바짝 갖다 대고 소곤거렸다.

"80년 후의 조선의 모습을 보고 왔어요. 일본 제국에서 벗어난, 대한민국이라는 나라의 모습을 보고 왔어요."

"백일몽을 꾸었습니까. 간절하게 바라는 모습을 꿈으로 보았습니까."

덕희는 자세하게 대답하는 대신 웃으며 고개를 저었다. 그가 꿈이라 생각해도 좋고, 사실이라 생각해도 좋았다. 그저, 그에게 보고 온 것을 말해 주어야 했다. 그는 그것을 들을 권리가 있다.

그녀의 여행이, 길었던 하루가 곧 먼 여행을 떠나야 할 사내의 앞에 길게 펼쳐졌다. 그녀는 하늘까지 닿을 듯 솟아 있는 마천루와, 인력거나 달구지 대신 넓은 도로를 꽉 채우고 있는 자동차의 물결을 이야기했다.

짐을 짊어지고 간도로 이주하는 꼬리 긴 행렬이나, 맨발 홑저고리 차림의 유리걸식자가 없는 거리 풍경도 조조이 일러준다. 기모노와 제복, 때 묻은 치마저고리가 보이지 않는 거리에는 다른 옷차림의 사람들이 혈색 좋은 얼굴로 바쁘게 걸어 다녔다. 손바닥 안에서 전 세계 사람과 이야기를 나눌 수 있고, 조그마한 상자 안에 세상의 허다한 지식을 쌓아 놓고 사는 사람들에 대하여서도 말해 주었다.

피투성이의 사내의 입술이 실룩거린다. 그는 그것이 한 자락 백일몽인지 덕희의 시간 여행에 대한 증언인지 혹은 새빨간 거짓말인지 굳이 따지지 않았다. 피투성이가 된 뺨으로, 처량한 주름이 팬다. 덕희는 그것이 웃는 것임을 알았다.

"우리는, 우리 힘으로 우리가 간절히 꿈꾸던 독립을 득하게 될 거예요."

그녀는 확신에 찬 어조로 말했다.

"우리는 1945년에 본토로 진군했다 했습니다. 당신이 속해 있던 한국독립군이 그 선봉에 서게 되어요. 적지 않은 희생이 있었지만, 우리는 욱일승천하던 일본 제국을 무릎 꿇리고, 우리 힘으로, 우리가 간절히 꿈꾸던 독립을 쟁취하게 되어요. 천황 히로히토가 전국에 방송으로 조선 백성들에게 사죄했습니다. 무릎 꿇고 사죄했습니다."

"……."

"그 시대를 살고 있는 후손들은, 그것을 위해 희생했던 많은 사람들을 기억하고, 영구히 기리며 살고 있습니다."

단 하루의 시간 여행이 아닌, 먼 여행을 가게 될 사내는 보이지 않는 눈으로, 덕희의 손을 잡고 웃었다.

"나는 임진왜란 때 죽었던 장수와 병사들의 이름을 다 기억하진 못했어요."

덕희의 입이 살짝 벌어졌다. 무어라 말이 나올 것처럼, 입술이 달강거렸다.

"그리 말하지 않아도, 괜찮아요."

"……."

"덕희 씨. 괜찮아."

덕희는 손으로 얼굴을 가렸다.

부전은 비틀비틀 철문 앞으로 다가갔다. 친구가 자신을 찾고 있었다. 혼신의 힘을 다해 버티던 자그마한 여자는 실신하듯 민호의 팔에 늘어졌다. 철문 안에서는 거칠게 갈라진 목소리가 토막토막 흘러나왔다.

"부전이, 자네에게도 미안해. 내가 항상 어려운 부탁만 했어. 위험하지만 남에게 존경도 받지 못할 그런 부탁만."

"벼, 별말을 다 한다. 나는, 나야말로 고마워. 넌 나를 부끄러워하거나 경멸하지 않고 진짜 친구로 새, 생각했지. 항상, 어, 항상 고마워하고 있었어."

"마지막으로, 어려운 부탁 하나만 더 함세."

꺼져 가는 목소리에 부전은 황급히 고개를 끄덕였다.

"내, 내가 들어줄 수 있는 일이라면. 무엇이든."

"덕희를 부탁해."

"응, ……뭐?"

민호는 고개를 들어 철문을 사이에 두고 있는 두 사내를 지켜보았다. 동그란 안경을 쓴 사내의 입이 크게 벌어졌다. 손에 쥐고 있는 단장이 바닥에 툭 떨어졌다. 호흡을 가다듬는지 어깨가 크게 오르락내리락했으나, 결국 몸이 가늘게 떨리기 시작했다. 민호는 자신에게 머리를 기대고 있는 덕희를 가만히 내려다보았다. 넋을 반쯤 빼놓고 있는지 그녀는 반응이 없었다. 옥사 안에 있는 사내는 숨죽은 목소리로 말을 이었다.

"이제…… 사는 것엔 미련 없어. 이 꼴로 나가게 된들 그게…… 사는 것이겠나? 하고 싶은 것도 갖고 싶은 것도 없어. 덕근이네도 어찌 될지 더 이상 보장할 수 없으니, 그저, 덕희, 덕희만 걱정이야. 나…… 때문에, 나 하나 때문에."

그는 친구의 손을 붙잡고 억눌린 흐느낌처럼 신음했다. 동그란 안경 너머의 눈동자가 심하게 흔들렸다. 한참 만에 흘러나온 대답은 눈동자보다 더 크게 출렁거렸다.

"……그래, 내, 내 최선을 다해 돌봐 줌세."

영호는 한참을 망설이다 말을 덧대었다. 미안하네. 미안해.

"사실 나, 자네에게…… 몹쓸 부탁을 하는 것도 알아. 덕희에 대한 자네…… 마음은 오래전부터 알고 있었어. 알면서도…… 이러는 거니 마

428

음껏 욕을 해 주어.”

“뭐? 뭘…… 안다고? ……아, 알고 있었다고?”

안경 너머의 눈이 커다랗게 벌어졌다. 두 사람 사이에는 무거운 침묵이 흘렀다. 제기랄, 중절모를 쓴 사내는 모자를 아래로 푹 내려 눈을 가렸다. 그것으로도 모자라, 다시 수건을 눈에 가져다 대고 고개를 숙였다. 제기랄, 제기랄, 그는 고개도 들지 못한 채 계속 중얼거렸다. 영호는 작은 창구멍으로 얼굴을 바짝 갖다 대고 말했다.

“덕희가 자네 안 좋아하는 것도 알고 있어. 손끝 하나 대지 못하게 할 테지. 야멸찬 말을 사정없이 쏘아 댈지도 몰라. 하지만 부탁할 사람이 자네밖에 생각이 안 나. 가장 믿을 만하고, 든든한 사람으로, 자네밖에…… 정말 미안하네.”

부전은 한참 동안 대답하지 않았다. 영호는 고개를 숙이고 기다렸다. 결국 부전은 안경을 고쳐 쓰고 고개를 들었다.

“천만에. 나, 나처럼 겁 많고, 비, 비겁한 사람에게는, 부, 분에 넘치는 부탁이야. 영광이지.”

그는 수건을 주머니에 넣고, 두 손으로 피투성이가 된 친구의 손을 잡았다.

“괜찮아. 내가, 내가, 어떻게든 더, 덕희 씨를 보호하고, 아이를 거, 거둘 테니 걱정 말게. 소, 손끝 하나 건드리지 않을 테니까. 내, 내가 어찌 감히 그러겠나.”

그는 입술을 살짝 떨며 덧붙였다. 크흑, 영호는 머리를 철문에 박으며 짧은 쇳소리를 냈다. 차마 미안하다, 고맙다는 말 따위로는 도저히 갚을 수 없는 짐을 친구에게 떠넘기는 것이다. 부전은 고개를 들고 담담한 어조로 말을 맺었다.

“거, 걱정하지 마. 나…… 나는, 약속은 지켜.”

덕희와 영호의 인사는 짧고 담담했다. 하야시와 약속한 시간을 넘겼다. 조만간 간수부장이 순시를 돌 시간이다. 부전이 안절부절못하는 동안 두 사람은 쇠창살을 사이에 두고 한참 동안 손을 잡고 있었다. 작은 손을 모아 잡은 피투성이 손이 꿈틀거렸다.

"영호 씨. 갈게요. 몸조심하고요."

"그래요. 너무 걱정하지 마세요. 그렇게 고생하진 않을 거니까. 그동안 덕희 씨 붙잡아 놓고 힘들게 해서 미안해요."

고마웠어요. 미안해요. 괜찮아요. 행복했어요. 나중에 만나기를 기약하는 사람들의 인사에 미래는 보이지 않았다. 피투성이 사내는 흐늘흐늘한 발음으로 중얼대며 조그만 약혼녀의 손을 토닥거렸다.

여자의 얼굴에 곱게 미소가 나타났다. 마지막으로 아껴 둔 듯한 사박거리는 말들이 짤막하게 두 사람의 입술 사이로 오갔다. 민호는 그 말을 듣지 못했다. 따그락따그락, 돌 바닥에 징 박힌 군화 소리가 가까워졌다.

○ ● ○

네 사람은 형무소 밖, 부전의 차가 주차되어 있는 곳까지 한참 걸었다. 덕희의 집으로 향하는 자동차 안에서, 그녀는 민호의 어깨에 오랫동안 얼굴을 기대고 있었다. 민호는 말없이 그녀에게 팔을 내밀어 주었다. 어깻죽지가 흥건하게 젖는 것을 느꼈다. 자동차 안은 고요했다. 문득 민호와 두 사내의 귀에 작은 속삭임이 흘러들었다.

"저번에 영호 씨를 만나러 갔었어. 그때는 면회가 됐었거든. 그날, 영호 씨가 어쩌면 견딜 수 없을 것 같다고 부탁한 게 있었지."

"……."

"나는 그 말을 듣고 난생처음으로, 그에게 무섭게 화를 냈었어. 딱 죽을 생각밖에 들지 않았지."

"무슨 부탁?"

자동차는 고요했다. 웅웅웅웅, 현대의 자동차보다는 다소 큰 엔진음만 그들 사이를 채웠다.

"……비상을 갖다 달라고."

끼르르끼익!

부전은 길 한가운데서 급브레이크를 밟았다. 안전벨트가 나오기 전의 차량인지라 민호와 덕희는 몸이 크게 앞으로 쏠리며 시트에 부딪쳤다. 조수석에 앉았던 이완은 유리에 머리를 부딪치는 바람에, 이마를 감싼 채 이맛살을 심하게 찌푸렸다. 부전은 운전대를 잡고 벌벌 떨었다.

"무, 무슨 말입니까."

"오늘…… 영호 씨에게, 비상을 전해 주었어요."

차 안의 공기가 팽팽해졌다. 차를 세워 둔 채로, 부전이 무시무시한 얼굴로 뒤를 돌아보다가 흠칫한다. 여자는 웃고 있었다. 할 일을 마친 사람처럼. 자신에게 지워진 마지막 짐을 다 내려놓은 것처럼 그렇게 흠뻑 젖은 얼굴로 웃고 있었다.

"미쳤어! 더, 덕희 씨!"

"저 사람이 살아서 나올 거라고 생각해요?"

"그래도 어떻게 다, 당신이…… 그, 그럴 수가 있어요!"

"사식에 넣어 달라 부탁했지만 차마 그러진 못했어요. 그래도, 오늘 영호 씨를 보니 결심을 할 수 있었어요. 주는 게 낫겠다고."

덕희는 처연하게 웃으며 대답했다.

항일 무장군의 밀사들은 종종 극약을 갖고 다녔다. 일경에 잡혀 들어갈 경우, 지켜야 할 정보가 많을 경우, 그리고 간부급일 경우, 그들은 생을 속히 포기하는 것이 가장 좋은 일이라 배웠다. 비상, 청산가리, 그들이 갖고 다니던 독극물의 색은 한결같이 결백하고 싸늘했다.

영호는 약혼녀가 처음 면회를 왔을 때, 자신이 미처 준비하지 못한 극약을 부탁했다. 그녀는 약을 구하는 대신, 절망에 휩싸여 목을 매는 쪽을 택했다. 하지만 그 이후에 일어난 일들은, 그의 말이 그르지 않음을 증명했다. 지금 그의 몰골은 신속한 죽음만이 유일한 희망이라 말하고 있었다. 부전의 목소리가 덜덜 떨렸다.

"지, 지금 영호가 죽으면, 우리, 우, 우리 모두 죽어요! 형사들이 약의 출처를 캐지 않겠습니까?"

"우리가 혐의를 벗을 시간 정도는 기다릴 거예요. 그리고 지금 몸의 상태로, 중독으로 죽었는지, 고문으로 죽었는지 분별이 될 것 같은가요?"

"……."

"이제는 평화로운 안식을 주고 싶어요. 죽는 것 이상으로 고통스러운 지옥에서 벗어나게 해 주고 싶어요."

억지로 맺혀 있던 눈물이 눈에서 툭 터져 내려왔다. 덕희는 두 손에 얼굴을 묻었다. 그녀의 흐느낌은 너무 오래 묵어 웃음처럼 느껴졌다. 비난과 동정과 두려움의 시선이 좁은 공간에서 끈끈하게 엉겼다.

민호는 옆으로 바짝 붙어 앉아 그녀를 감싸며 시선을 막았다. 그러잖아도 이미 스스로를 갈가리 찢어 대고 있을 게 분명한 여자에게 비난의 시선까지 닿게 하고 싶진 않았다. 세상에는 당위의 잣대로 판단할 수 없는 것들이 있다.

동그란 안경을 쓴 사내의 이마 위로 진땀이 미끄러졌다. 이해해 주고 싶다. 작고 가는 손가락 사이로 줄줄 떨어지는 물방울을, 침묵 같은 웃음과 오열을 기꺼이 받아 주고 위로하고 싶다. 저 마음이 어떠하겠는가.

자신의 친구는 남은 생을 살게 될 여자에게 가장 잔인한 부탁을 했다. 그에게 안식이 있기를 부전도 간절히 바랐던 바였다. 하지만 비상이든 청산가리든 망자의 시신에서 자신의 존재를 숨기는 독은 아니다. 제대로 부검만 한다면 들키는 것은 시간문제다. 그는 이를 물고 액셀을 밟았다.

"추, 출국 준비를 서두르겠습니다."

7.
사랑해 본 적 있습니까?

춘방의 시신을 실은 달구지는 남산 쪽 덕희의 집으로 진작 출발했다. 이제 민호와 이완에게 남은 일은, 부전의 집에서 화각함을 챙기고, 덕희의 집에서 열쇠를 받아 현재로 돌아가는 일뿐이다. 해가 완전히 떨어져 바람이 더욱 매웠다. 그믐이 가까워지고 있어, 하늘의 달은 눈썹처럼 둥글고 가늘었다.

화각함을 챙겨 덕희의 집에 도착했을 때는 이미 달이 중천까지 올라 있었다.

안에서는 벌써 곡성이 늘어졌다. 걸걸한 사내의 울부짖는 목소리가 대문을 넘었다. 화각함을 들고 대문을 들어서던 그들은 걸음을 멈추었다. 큰사랑 쪽에 불이 환했고, 집안일을 거드는 푸네기들과 동네 사람들이 마당에 웅성웅성 모여 있었다.

어쩌면 좋아. 대감마님 대신해서? 응? 아니, 아씨를 대신해서? 어느 쪽이든 함부로 나설 일이 아니잖아. 왜 제 목숨은 귀한 줄 몰라. 생때같은 목숨이 날아갔으니. 아직 걷지도 못하는 갓난이는 어쩌면 좋아. 여자들의 중얼거림이 술렁이는 파동을 만들었다.

"주인어른! 대감마님! 저희한테 어떻게 이러실 수 있냐고요. 칠우 어미가 왜 이렇게 가서 개죽음을 당한 거냐고요. 하룻밤만 고생하면 돌아올 거라면서요! 보약도 해 주고 자리보전할 만큼 잘 돌봐 주신다면서요! 그런데 이게 뭔 소리냐고요. 오늘 말 한 마디 못 해 보고 시체를 찾아온다니, 이런 날벼락이 어디 있습니까. 서대문에 가서 불이라도 싸질러 보지 않고, 왜 그냥 돌아와요! 예? 누가 저 살고 싶다고 빼 달라고 했습니까? 이 핏덩이들은 어찌 키웁니까. 분해서 못 살겠습니다! 분해 죽겠습니다요! 제발 뭐라고 말씀 좀 해 주십쇼, 예?"

할 말이 있을 리가 없다. 덕희가 돌아온 것을 알아차린 몇몇 사람이 에그머니, 하며 종알대던 입을 가렸지만 황 서방은 뒤에 누가 왔는지 수런거리는 소리에 신경 쓸 경황이 없었다.

옆에 있던 머리를 박박 민 꼬맹이가 황 서방 옆에 서서 발을 구르며 울고 있었다. 홑저고리 바람에 콧물을 한 발이나 늘어뜨렸는데, 우는 소리는 벌써 쉬어 꼬부라졌다. 부전과 민호, 덕희는 반쯤 넋을 놓은 상태로 뒤에서 망연하게 그들을 쳐다보았다. 이완이 얼굴을 딱딱하게 굳히며 쏘아붙였다.

"지금 이러고 있을 때 아닙니다. 빨리 갑시다."

민호는 퍼뜩 정신을 차렸다. 생각보다 시간을 많이 허비했다. 다른 사람이 손대는 것도 싫어하는 사람을 형무소까지 데려가서 구역질 나는 지하 취조실이며 감방으로 끌고 다니고, 시체 수습에 운반까지 시켰으니 참 몹쓸 짓이었다. 말은 하지 않아도 화가 많이 났을 것이고, 돌아가서는 처음 만날 때처럼 몹시 닦아세울지도 모른다.

민호는 얼른 덕희의 손을 끌고 중문을 지나 안채로 들어섰다. 밖에서 웅성대는 소리와 시끄러운 고함이 긴 꼬리처럼 끌려왔다.

이완은 화각함을 안에 들여놓았고, 부전도 머뭇거리며 댓돌에 신발을 벗고 따라 들어갔다. 제대로 된 집안의 안채란 외간 사내가 함부로 발을 들이지 못하는 곳이라, 부전은 눈에 띄게 조심스러운 태도를 보였다. 덕희는 옆에 놓아둔 화로에서 불을 댕겨 등에 불을 붙였다.

"너무 오래 기다리게 해서 미안해. 약속한 열쇠를 줄게."

덕희는 벽장 문을 열고 여름 이불 아래 깊이 숨겨 둔 큼직한 자개함을 꺼냈다.

"어머니가 물려주신 거야. 장신구 담아 놓은 거라 숨겨 놓았어."

손때가 결은 듯했으니 곱게 사용한 모양으로 자개며 장석들은 여전히 반짝거렸고, 칠에 흠집 한 자락, 귀퉁이 한 군데 나간 곳이 없다.

이완은 그것을 지켜보며 눈을 가느스름하게 떴다. 눈에 익다. 그렇군. 한때 서담 컬렉션에 포함되어 있었다던 유물이었다. 서담 컬렉션에 조씨 집안의 유물들이 생각보다 많이 흘러들어 온 모양이다. 할아버지 박부전이 조씨 집안의 유물을 한꺼번에 건져 낸 과정을 들었으니 이해는 간다.

하지만 아쉬운 것은, 지금 서담 컬렉션에 저 자개함과 안에 든 장신구들은 없다는 점이었다. 자료 사진을 보고 며칠 동안 찾아보기까지 했었다. 중간에 할머님이나 할아버지가 처분하신 게 아닐까, 하는 앨버트의 말을 듣고 몹시 아쉬워했던 기억이 난다.

그는 덕희의 손 아래 놓인 자개함에 집중했다. 자개함을 열자 각색 화려한 장신구가 켜켜이 쌓여 있었다. 단작노리개, 삼작노리개, 비취며 백옥투각 노리개, 향낭, 화려한 장식이 새겨진 은장도에 칠보 비녀, 은비녀, 뒤꽂이, 첩지, 떨잠, 칠보나 옥으로 장식한 화려한 뒤꽂이와 뒤치개, 덕희가 어렸을 때 썼을 성싶은 제비부리댕기도 보였다. 대대로 물려받은 것이라더니 대가의 종부나 고명딸들에게나 가능할 것 같은 호사였다.

한 칸을 내리자 그곳에는 양장에 어울릴 법한 금목걸이와 귀고리, 진주 목걸이, 팔찌, 금으로 된 쌍가락지와 옥가락지 등이 가지런히 정리되어 있었다. 약혼을 하였다 했으니 반지 정도는 예물로 받은 것일지도 모르겠다. 이완이 눈썹에 힘을 주며 생각에 잠긴 동안 그녀는 뒤에서 길쭉하고 누르스름한 색이 나는 무언가를 꺼냈다. 놋쇠로 만든 작은 쇠막대기의 한쪽 끄트머리에는 붉은 매듭장식이 길게 늘어져 있었다.

가물가물한 기억으로는 아주 어릴 때 돌아가신 어머니도 화려한 장신구가 든 보물 상자를 갖고 있었다. 어머니는 깐깐하고 신경질이 많아 애틋한 기억도 별로 없었지만, 이런 유물을 볼 때마다 문득문득 어머니가 떠올랐다. 몰래 한 번 열어 본 어머니의 보물 상자에 어떤 것이 있었더라.

기억을 더듬던 이완은 쓰게 웃었다. 새아버지에게 많은 사랑을 받았던 어머니는 이 상자 안에 든 것보다 훨씬 화려하고 눈부신 보석을 많이 갖고 있었다. 하지만 우울증에 시달리던 그녀는 돌아가실 때까지 그것을 사용하지 않았다. 단 한 번도.

"이것이 저 화각함의 열쇠야. 두 개 중 하나이니 쓰고 가져와도 되고, 오기 어려우면 그만두어도 된다."

덕희는 허리를 구부리고 화각함의 물고기 모양 자물통에 열쇠를 밀어 넣었다. 잠금 형식이 단순한 듯, 물고기의 머리 부분으로 길쭉한 쇠가 쭉 밀려 나오며 자물쇠가 툭 떨어졌다. 그녀는 잘 확인했느냐는 듯, 두 사람을 둘러본 후, 다시 자물쇠를 채우고 열쇠를 빼내어 민호의 손에 쥐여 주었다. 이완은 어스름한 촛불 아래 놓인 화각함을 다시 확인했다. ㄴ자 모양으로 구부러진 형태의 붕어 자물통이었다.

"돌아갈 거면, 지금 얼른 돌아가도록 해. 이 화각함을 보이지 않는 곳에 숨겨야 하거든. 들키면 걷잡을 수 없는 일이 생기니까."

"지금 화각함에 뭐가 들었는데?"

"비밀이야. 알려 주면 너에게 좋을 일도 없고. 미안해."

민호는 그 자리에서 이완에게 열쇠를 내밀었다. 민호의 입이 살짝 웃음을 머금었다. 이완은 천천히 호흡이 가빠지는 것을 느꼈다. 심장이 둥, 둥, 둥 빠르게 울린다.

이렇게 찾게 되다니.

찾을 수 없을 거라 생각했다. 애초에 크게 희망을 갖고 한국에 왔던 게 아니었다. 이 여자가 문제를 해결할 전문가라는 말을 듣고는 거의 자포자기 상태가 되었었다. 아는 것 없고, 엉성하고, 계획도 없이 마음 가는 대로 일을 저지르는 사람이라 생각했다.

하지만 결국 열쇠를 찾아낸 건 이 여자다. 좌충우돌하면서 기어코 연을 잡아 결과를 내는 여자다. 내가 선입견을 갖고 보았던 것과 다른 사람이다. 감탄스러운 마음에 가슴이 울렁거렸다.

이완은 두 손을 내밀었다. 민호가 건네주는 열쇠를 정중하게 받고 고개를 살짝 수그렸다. 고맙고 미안했다. 민호의 손가락 끝이 손바닥에 와서 닿는데, 손바닥 안에서 찌르르, 작은 물결이 일었다. 민호는 왜 두 손으로 받는지 의아한 눈으로 고개를 갸웃하더니, 멋쩍은 얼굴로 배시시 웃었다. 새까맣게 빛나는 눈이 가느다랗게 접혀 가는 실처럼 위로 올라간다.

이제는 돌아가면 된다.

민호는 자신의 옷과 이완의 옷을 꼼꼼히 챙겨 들고 일어섰다. 시대에 어울리지 않는 물건들은 항상 위험했다. 민호는 화각함에 손을 대기 전에 뒤를 돌아보았다. 동그란 안경을 쓴 중키의 사내 곁에, 흰 무명저고리를 입고 있는 덕희가 파리한 얼굴로 서 있었다.

"고마워."

그녀가 중얼거렸다. 민호보다 한참 젊은 나이였지만 오만하고 꼿꼿했고, 이미 수많은 신산과 인내를 겪은 얼굴이었다. 민호는 이완의 손을 잡으려다 한 걸음 물러섰다. 조그만 여자는 꼿꼿하게 서 있었지만 촛불에 비친 그림자는 쉴 새 없이 일렁일렁 흔들렸다. 정말 고마워. 은혜, 평생 잊지 않을게. 그녀는 다시 말했다. 민호는 가까이 다가가 그녀를 끌어안았다. 작은 어깨가 파르르 떨렸다.

"너 보고 싶으면 다시 올 거야."

"윤민호."

"내가 여행을 좀 많이 다녀서, 여기저기에 친구가 좀 많아. 친구들은 내가 찾아가면 재워 주고 먹여 주고, 밤새 수다를 떨고 그러지. 너도 내가 오면 당연 재워 줘야 할 거야."

"응. 그래. 내가 있을 때 제대로 잘 찾아와야 할 거야."

덕희는 희미하게 웃으며 민호를 끌어안고 뺨을 비볐다. 민호의 뺨이 흥건하게 젖기 시작했다.

"그러니, 아프지 말고 건강해. 아기 낳고서 돌 반지랑 기저귀 사 들고 올지도 몰라."

여자는 대답하는 대신 좀 더 환하게 웃으며 고개를 끄덕였다. 와, 꼭 와. 웃으면서 끌어안은 팔에 힘을 주었다. 민호는 눈물에 잠긴 웃음을 보며, 문득, 덕희가 오늘 아침 자신의 미래를 듣고 받아들였다는 느낌이 들었다. 끔찍한 고문과 비참한 죽음. 그녀는 사랑하는 이가 자신의 그런 모습을 보기 전에 안식을 맞이하길 바랐던 것이다. 그래서 약혼자의 부탁을 들어줄 수 있었던 것이구나. 민호는 눈을 깜박거렸다. 목이 탔다.

"덕희 씨."

"응."

"너, 덕희야."

시간이 엿가락처럼 늘어졌다. 민호는 흘낏 뒤를 돌아보았다. 뒤에 서 있던 이완의 눈썹이 꿈틀거린다. 민호의 입에서 무슨 말이 나오려는지 짐작한 것 같다. 그의 긴 목에서 울대가 움직였다.

"나랑 같이 가자."

"안 됩니다!"

두 사람의 말이 동시에 튀어나왔다. 덕희의 입이 설핏 벌어졌다. 민호는 덕희의 손을 잡았다.

"나랑 같이 가자. 우리랑 같이 섞여 살면 돼. 80년 후라고 별거 아니야. 300년 전이라도 별거 아니고. 다 사람 사는 곳이야. 너도 봤잖아. 겁 먹을 것 없어."

"민호 씨! 지금 무슨 말을 하시는 겁니까?"

"안 죽게 할 수 있잖아! 피하게 할 수 있잖아!"

"그게 말이 된다고 생각하십니까? 정해져 있는 것을 거슬러서 대체 무슨 짓을 하시려고요? 모든 것은 정해진 대로 흘러가게 하는 게 맞습니다! 그대로 될 일이 이루어지게 두시란 말입니다!"

"지금 이 시대에 정해진 운명이 어디 있어. 현재에선 미래가 정해져 있지 않아."

"하지만 제가 있던 상태에선 과거가 정해져 있지 않습니까."

"여기선 1934년이 현재란 말이야. 여기선 1950년이, 2000년이 정해져 있지 않아! 원하는 대로 선택하는 게 현재를 사는 사람들의 유일한 권리라고! 태어나는 것도 죽는 것도 마음대로 안 되는 판에, 선택해서 살 권리조차 없으면 그게 사람 사는 거야? 사는 게 뭐, 컴퓨터 프로그램이야?"

"궤변 늘어놓지 마십시오! 현재를 붕괴시킬 참입니까?"

"붕괴될 게 뭐가 있어? 박 실장님도 죽어 없어진 게 아니라 이렇게 살아 있잖아. 덕희는 원한다면 얼마든지 우리와 함께 갈 수 있어."

"윤민호, 이제 그만해."

옆에서 덕희가 끼어들었다. 하지만 이완과 민호는 물러서지 않고 팽팽히 대치했다.

"내 행동이, 내 선택이, 내가 사는 현재를 만들었다고 믿으면 되잖아. 그 중간에 어떤 일이 일어날지는 우리가 지레 걱정할 영역이 아냐."

"당신은 그저 기분 내키는 대로, 멋대로 일을 저지르고 다니는 것뿐입니다!"

이완이 으르렁거리는 목소리로 말을 잘랐다. 바짝 고개를 드는 여자의 눈초리가 매워졌다.

"함부로 말하지 마! 나는 매 상황에서 옳다고 생각하는 일, 해야 한다고 생각하는 일을 하는 거야!"

"옳고 그름을 누가 판단합니까?"

"내가 판단해! 내가 판단해서 옳다고 생각하는 일을 해!"

죽게 두는 것보다는 살 수 있도록 하는 것이 옳다. 민호의 속말을 짐작한 이완이 차갑게 쏘아붙였다.

"시비는 결과를 보고 판단하는 겁니다! 저희는 결과를 알고 있어요! 정해진 길로 행동하는 게 맞지 않습니까!"

"알긴 뭘 알아? 정해지긴 뭘 정해져? 지금 당신이 어떻게 태어났는지도 다 꼬인 상태인데! 어차피 지금 상태에선 미래가 정해져 있지 않다니까!"

"민호 씨! 제발 이러지 마세요. 제발! 당신이 이럴 때마다 피가 말라!"

무슨 말인지 이해할 수 없는 부전은 그 자리에서 돌처럼 굳은 채 말을 잃었다. 이완은 거친 말을 쏟아 낼 듯 입술을 들썩이다가 손을 들어 머리카락을 훅 쓸어 올렸다.

"좋습니다. 어쨌든 당신만 무사히 현재로 돌아간다면⋯⋯."

"나는 가지 않아."

차분한 목소리가 두 사람의 다툼을 막았다. 덕희는 빙긋 웃으며 고개를 저었다.

"생각해 줘서 고마워. 하지만 내가 살다 죽을 곳은 여기야."

"⋯⋯그걸 누가 정했어?"

"내가 정했어. 네가 말했지? 매 상황에서 네가 옳다고 생각하는 일을 한다고. 난 가지 않는 게 옳다고 생각해."

"덕희야."

"난 가지 않아. 난 이곳에 남아서 나한테 주어진 일을 해야 해."

두 번 말 붙일 여지도 없을 만큼 단호했다. 그래도 같이 가자고 말해 줘서 정말 고마워. 덕희는 민호의 어깨를 한 번 더 끌어안고 축축한 목소리로 말했다.

"잘 가."

민호는 뒤를 돌아 머뭇머뭇 이완의 손을 잡았다. 이완의 입술 사이로 길게 한숨이 흘러나온 순간이었다. 중문 너머 바깥채에서 크게 수런대는 소리가 들리더니 뒤이어 황 서방의 커다란 울음소리가 터져 나왔다. 아이고 이걸 어째, 이걸 어째, 여기저기서 여자들의 곡소리가 흘러들어오기 시작했다.

덕희의 눈이 둥그레졌다. 바로 뛰어 나가려 하는 것을 부전이 황급히 잡았다.

"지, 지금 나가 봐야⋯⋯ 좋은 꼴을 못 봅니다. 황 서방, 서방이 무슨 독을 품고 있을 줄 알고요."

황막쇠의 울부짖음이 밤공기를 갈가리 찢어발겼다. 아이의 작고 새된 울음소리가 어우러졌다.

"대감마님, 이러실 순 없어요! 이렇게 죽은 것도 억울한데! 왜! 왜 우리한테 만주나 간도에 가라 하는 겁니까! 그까짓 돈 몇 푼 받고 여기를 뜨라고요? 왜요! 저희가 입을 나불대기라도 하면 아씨가 어찌 될까 봐요? 칠우 어미가 누구 대신 죽은 건데 이러십니까! 너무하시는 거 아닙니까!"

고함을 들은 덕희는 부전의 손을 뿌리쳤다.

"내가 나가 봐야 해요. 황 서방을 저렇게 가라고 하면 안 돼요. 아이들도 우리가, 내가 거둬야 해."

"덕, 덕희 씨! 지금 가긴 어딜…… 가신다고. 가지 마십시오. 지, 지금 덕희 씨는 되도, 되도록 빨리 외국으로 나가셔야 합니다. 잘못 걸리면 출국…… 자체가 금지될 수도 있어요! 언……제 일이 발각이 될지 모른다니까요. 아이들이라니요!"

"나 대신 죽은 춘방이의 아이들이에요!"

여기서, 이 황막쇠를 죽이십쇼, 대감마님! 저하고 새끼들하고 같이 모가지를 따 버리라고요! 커다란 고함과 비명이 들렸다.

순간 덕희는 그를 뿌리치고 날래게 댓돌 아래로 뛰어내렸다. 부전은 신발도 신지 못한 채 그녀를 따라 중문을 지나쳤다. 민호가 황급히 따라서 뛰어 나가려는 순간 이완은 그녀를 거칠게 잡아챘다. 늘 싸늘하고 무감해 보이던 사내의 눈에서 불꽃이 튀었다.

"우린, 지금 돌아갑니다."

"지금 무슨 일이 일어났는지……."

"대체 지금 무슨 짓을 하려고? 더 이상 우리가 관여할 일이 아닙니다. 덕희 씨는 아버지도 있고, 든든하게 지켜 줄 만한 다른 사람도 있습니다. 모르시겠습니까? 더 이상 당신이 오지랖 넓게 나서서 걱정하지 않아도 된단 말입니다!"

"하지만, 하지만! 이상하게 자꾸 신경이 쓰여! 그냥 놔두고 가면 안 될 것 같단 말이야!"

"제발 그냥 돌아가요! 내가 왜 여기까지 당신을 따라왔는지 아직 몰라? 당신 이렇게 제 목숨 아까운 줄 모르고 오지랖 부리는 거 뜯어말리려고! 당신이 이러고 다닌 덕분에, 주변 사람들이 얼마나 피 마르게 기다렸는지 아십니까?"

"나 그렇게 피 마르게 기다리는 사람 없어."

민호는 너무 태연하게 말했다. 그런 말을 하면서도 전혀 자괴감이 느껴지지 않는다. 이완은 이를 물고 으르렁거렸다.

"없다? 병원에 찾아왔던 당신 오빠들, 친구들은 다 뭔데? 당신 허깨비예요? 왜 기다리는 사람이 없습니까!"

"친구들은 어느 시대에나 있어! 난 누굴 만나든지 만날 땐 최선을 다해서 마음을 주지만 다시 만날 것처럼 누군가를 기다리게 하고 싶지 않을 뿐이야. 난 아무리 친한 친구라도 어디 간다, 언제 온다, 언제 만나자 그런 말 안 한단 말이야!"

이완은 입을 꾹 다물었다. 그렇다. 전에도 느꼈던 것이지만 저 여자에게는 주변 사람과 뿌리가 얽혀 있다는 느낌이 없었다. 가족이든, 친한 친구든, 누구든지. 그녀는 언제든지 작은 흔적만 남기고 훌쩍 떠날 수 있는 사람, 그런 것이 잘 어울리는 사람으로 느껴진다.

여러 시간을 오가는 여행객은, 자신이 속한 시간에조차 뿌리내리지 않고 변함없이 방랑객의 모습으로 살고 있었던 것이다. 그녀를 절실하게 붙잡아 주는 것이 그녀가 속한 시간에는 없었던 것일까. 속이 타는 것 같다. 이완은 이를 지그시 물고 씹어뱉었다.

"저는 기다렸습니다."

주변의 소란이 말끔하게 소거된 기분이다. 민호는 입을 벌린 채 다음 말을 기다렸다. 이완은 억지로 한 마디씩 밀어냈다.

"제가 민호 씨를 피 마르게 기다렸습니다. 그러니, 더 이상 이곳 일에 개입하지 말고 돌아갑시다. 우리의 일이 아닙니다."

논리적인 설득은 되지 않았다. 민호는 그 말에 동의할 수 없었다. 하지만 그가 피 마르게 기다렸다는 말에서, 그녀는 귀환하던 날 밤의 첼로의 음색과, 심해와 같은 그의 목소리, 그리고 그녀를 끌어안던 완강한 팔의 힘과 미세한 떨림을 떠올렸다. 머리 위로 쏟아지던 뜨끈하고 괴로운 듯한 숨소리가 되살아났다.

민호는 한 손을 이완에게 내밀고 한 손을 화각함에 가져다 댔다. 그녀에게는 눈앞에 펼쳐진 상황이 항상 현재였지만, 지금만큼은 돌아갈 시간이었다.

○　●　○

다혈 기질의 막쇠는 속으로 뭉친 것을 풀 길이 없었다. 창졸간에 기가 막힌 일을 당하고 보니, 눈물도 나지 않고 기가 막혀 숨도 쉬어지지 않았다. 막쇠와 춘방은 말본새는 서로 사나워도 주변에 흥이 잡힐 정도로 부부간의 정분이 좋았다. 가슴을 쿵쿵대며 두드려도 속에 묵직하게 들어 맺힌 것은 가라앉을 줄을 몰랐다. 그는 집어 먹는 대로 구역질을 하고 토했다.

가장 서러운 것은, 그가 머슴으로 섬기고 있는 큰어르신 조 대감이었다. 막쇠는 하루 이틀 새 봉두난발 형상이 되어 큰사랑의 댓돌 앞에 엎드렸다. 분해 죽겠으니 따지러 가야겠노라고. 돌아오는 것은 경거망동하지 말라는 말뿐이었다. 이틀 내내 술에 잠긴 그는 두려울 것이 없었다. 다 필요 없다, 지금이라도 서에 가서 불이라도 싸지르고 순사든 마누라를 죽인 형사들이든 모조리 통돼지를 만들고 자신도 같이 죽겠다, 그는 한 말들이 석유 병을 사 들고 와서 시근거렸다.

하지만 그는 변변한 소란조차 피우지 못하고 잡혀 들어갔다가 몽둥이 찜질만 당하고 간신히 돌아올 수 있었다. 그것도 모자라 큰어르신으로부터 더 이상 춘방이의 죽음을 따지지도 말고, 경찰서나 형사들도 찾아가지 말라는 엄명만 들어야 했다.

그런 짓을 했다간 네 목숨도 안전할 수 없고, 간신히 확보해 놓은 덕근이나 덕희의 안전을 보장할 수 없기 때문이라 하였다. 이번에 자신을 빼 준 자작 집안의 측실 도령이 신신부탁한 것이, 이번 사건을 조용히 덮어 달라는 것이라 했다. 그래야 덕희를 미국으로 무사히 데리고 빠져나갈 수 있으리라 하였다.

신신당부가 귀에 들어올 리가 없었다. 오히려 생으로 사람이 죽었는데 입을 다물라는 게 말이 되느냐, 그리는 못 하겠다, 막걸리를 꼭지까지 마셔 불콰해진 얼굴로, 그는 대청마루에 앉아 방성대곡했다.

노인은 그의 태도에 노여운 기색을 숨기지 않았다. 볼이 홀쭉하게 꺼진 얼굴로 장죽을 물고 혀를 차던 노인이 좋지 않은 기색으로 입을 열었다. 자리 잡을 만한 돈을 어느 정도 줄 터이니, 아이들을 데리고 북간도나 만주 쪽에 가서 새로 시작하는 게 어떻겠나 하는, 강요에 가까운 제안을 하기에 이른 것이다. 저도 모르게 거친 욕설이 터져 나왔다.

덕희와 민호가 이야기를 나누던 시각, 웅성웅성하던 중문 밖의 소란은 거의 난장 수준으로 바뀌어 있었다. 사람들은 연신 혀를 차다가, 황 서방의 고함에 고개를 움츠리다가, 아이의 날카로운 울음소리에 고개를 저었다.

여자들의 술렁임이 잠시 잦아들었다. 키가 작지만 한 번도 아랫것들에게 주눅이 들어 본 적이 없는 덕희가 고개를 빳빳이 들고 사람들을 헤치고 마당으로 들어섰다. 가비들이나 입는 낡은 치마저고리를 입고 있었지만 그런 것으로 가려지지 않는 매서운 기세와 위엄이 있었다.

여자들이 황급히 양쪽으로 갈라 길을 내 주었다. 부전은 사람들의 뒤에 서서 안절부절못하고 덕희의 등만 애타게 쳐다보았다. 덕희는 울고 있는 춘방의 아들을 끌어안고 수건으로 눈물과 콧물을 닦아 주었다. 안에서는 노인의 노성이 터졌다.

"이제 그만 조용히 물러가라 했다. 내 할 말은 다 했다 하지 않았나!"

어르신이 너무한 거 아닌가. 어떻게 마누라도 잃은 사람한테 바로 다른 지역으로 떠나라고 해. 누구 덕에 목숨을 건졌는데. 먹고 살 만치 떼어 주기는 개뿔. 이 집은 이제 껍데기밖에 안 남았다고. 재산을 홀랑 다 뺏기지 않았어. 간도에 가서도 밭 한 뙈기 살 돈이나 줄 수 있겠나. 가뜩이나 욱하고 치받기 잘하는 황 서방 성질머리에, 저러다 사달이 나지, 누가 좀 말려야 하는 거 아닌가. 여자들의 수군대는 소리가 어둑어둑한 마당을 채웠다.

덕희는 급하게 치맛자락을 쥐고 안으로 들어섰다. 아버지를 말려야 했다. 나도 이렇게 억장이 무너지는데, 분신을 잃은 황 서방에게 저리 모진 소리를 하면 안 되었다.

"황 서방이 자꾸 순사들한테 쑤석거리고 고등계 형사들을 찾아가서 주정을 하다가 긁어 부스럼을 만들면 죽도 밥도 안 된다. 덕근이도 그렇고, 덕희 네가 빨리 가야 안심이 될 터인데 그러기 전에 황 서방이 쑤석이다가 다시 잡혀 들어가면 어쩐란 말이냐."

딸이 들어간 후로 노인의 음성은 눈에 띄게 수그러들었으나, 대화 내용이 대청마루까지 선명하게 들리는 건 어쩔 수 없었다. 혹시나 하고 댓돌 위에 올라서 기웃대던 사내의 얼굴이 무시무시하게 일그러졌다. 남의 죽을병이 내 고뿔만 못한 것이고, 남의 마누라가 딸 대신 죽어 나간 것보단 결국은 제 자식 잡혀갈 걱정이 우선일 뿐이다. 사내의 분위기는 더욱 흉흉해졌다.

쾅쾅쾅쾅, 계시오, 사람 계시오! 대문에서 문을 열어 달라는 고함이 들렸다. 서대문 형무소에서 왔다는 말에 댓돌 위에 섰던 막쇠는 한달음에 뛰어가 문을 열었다. 기다랗게 둘둘 말린 거적을 실은 달구지가 대문 앞에 서 있었다. 말린 거적 사이로 시커먼 천이 한 자락, 그 아래로 거무스름하게 얼룩이 든 맨발이 한 짝 밖으로 나와 있었다. 마당에서 술렁이던 여자들의 입에서 아이고, 하는 곡소리와 탄식이 흘러나왔다.

어허어어으으! 어어어어어으으!

그는 목을 놓아 울부짖으며 마당으로 달구지를 들인 후 거적을 끌어내렸다. 둘둘 말린 거적 속에서 나온 것은, 시커멓게 변하고 핏물에 젖어 얼룩덜룩 변해 가는, 며칠 전까지만 해도 생생히 살아 있던 자신의 여자였다. 얼굴은 시커멓게 뭉개져 누군지도 알아볼 수 없을 지경이었다.

우아아아아. 아비가 찢어지게 부르짖자 꽁지처럼 딸려온 까까머리 아들도 날카롭게 다시 울었다. 무슨 일인지 방에서 대청으로 나온 노인의 이맛살이 몹시 일그러졌다.

"이게 무슨 짓이야! 당장 내보내지 못해!"

"어르신!"

"밖에서 죽은 사람은 집 안으로 들이지 못하는 법이다! 그것도 자네 집이 아닌 이 집으로 들여놓을 생각을 해! 고이헌 일이야, 얼른 밖으로 빼고 소금 뿌리지 않고 뭣들 하는 게냐!"

마당에 모여 선 사람들의 입에서 장탄식이 흘렀다. 객사한 시신을 집 안으로 들이는 것이 크나큰 금기라 해도, 아무리 부정을 타네 동티가 나네 해도 저렇게 말을 하면 안 되었다. 적어도 좋은 말로 수습해 사람을 딸려 황 서방의 집으로 보내 주어야 옳았다. 하지만 늙어 아집이 강해진 데다 며칠 동안 힘든 시간을 보낸 노인의 말은 강파를 수밖에 없었다.

"어르신, 너무하십니다요!"

거적 옆에 엎드려 울부짖던 사내가 몸을 일으켜 이를 갈았다.

"아씨! 아씨! 아이고, 이걸 어째! 아씨!"

"어르신! 대감마님! 아이고, 어여 물 좀 가져와! 우물에서 물 좀 퍼서 가져와, 뭣들 하고 있어!"

"황 서방 끌어내! 황 서방 좀!"

"칠우 우뗏노! 아가, 칠우야? 벵우야!"

중문 밖은 야단야단이 났다. 큰사랑 앞 대청 쪽으로 훤한 빛이 너울거렸다. 안에서는 노인의 기함성과 덕희의 찢어지는 비명이 터졌다.

헛간에 숨겨 두었던 한 말들이 석유 병이 성난 사내의 손에 들렸다. 그는 안채로 뛰어들어 부엌 아궁이에 남은, 잉걸불이 발딱거리는 장작을 들고 나왔다. 사람들이 웅성거리는 사이, 그는 큰사랑으로 올라섰고, 충격을 받은 노인이 휘청대며 뒷걸음질 쳤다. 덕희가 황급히 아버지를 부축해 안으로 들어가 문을 걸어 잠그고 물러가라 소리를 치자, 황 서방은 커다랗게 웃음을 터뜨렸다.

"네 연놈들이 할 수 있는 건 그저 주둥이로 호령이나 하고, 뻔뻔하게 남의 목숨 앗아 먹고도 미안한 줄 모르다가 끝판엔 쥐새끼처럼 도망질 하는 것뿐이지. 나오기 싫으면 내, 나오게 해 주면 되지."

그는 망설이지 않고 문턱과 마루에 기름을 촤악촤악 흩뿌렸다. 장작

449

개비를 갖다 대자 까물대는 불씨에서 푸르륵 하는 소리가 터지며 열기가 주변으로 확 퍼졌다.

창호지를 겹으로 발라 놓은 분합문에 쉽게 불이 붙었다. 그는 문지방과 주변에 기름을 뿌려 대고, 불에 타 구멍이 난 문짝 안으로 기름병을 던져 넣었다. 푸르르, 파르르, 말이 투레질하는 소리처럼 불길이 기운차게 번졌다.

문틈으로 흘러들어 간 기름이 문 옆에 개어 둔 이불에 스몄고, 불길은 안으로 폭풍처럼 달려들었다. 섣달을 앞에 둔 건조한 겨울에, 불은 쉽게 쉽게 옮겨붙었다. 표구해 둔 병풍에, 자랑처럼 쌓여 있는 책들에 먼저 불이 붙었고, 이내 건조하여 장작처럼 바짝 마른 청마루 기둥에, 기름이 번져 가는 마루에 불이 너울너울 춤추며 기세를 올렸다. 덕희가 바로 나올 거라 믿고 있던 부전이 소리를 지르며 툇마루로 뛰어 올라갔다.

"더, 덕희 씨! 덕희 씨! 얼른 나와요! 뭐 하는 거예요!"

"나오긴 어딜, 참새구이가 되고 싶어서? 네놈은 어디서 굴러먹던 놈이 이래? 너도 죽고 싶으냐! 오냐, 네놈이 그 자작 집안의 기생첩 아들놈이구나, 네놈도 죽으려고!"

대청에 서서 불붙은 장작을 들고 있는 사내가 불을 들이대고 으르렁거렸다. 부전은 잠시 멈칫거렸지만 이를 물고 그에게 주먹을 날렸다. 하지만 몸에 살집이 있고 움직임이 굼뜬 부전은 제대로 맞추지 못하고 허우적거렸다. 재빨리 피한 황 서방은 코웃음을 치며 그의 멱살을 잡고 얼굴과 명치에 주먹을 날렸다. 주먹질 한 방에 안경이 깨어지고 코피가 터졌다.

사람들이 그의 주변에 모여 괴성을 지르고 야단야단이다. 물을 가져와! 안채에서 물 좀 가져와! 누가 황 서방 좀 잡아, 아빠! 아빠아아! 아빠. 아이 우는 소리까지 끼어들어 마당은 수라장이 되었으나 불길이 순식간에 솟구친 대청 위로 선뜻 다가오는 사람은 없었다. 젊은 아낙 하나가 물 한 양동이를 가져와 주춤거린다.

"여기 물 가져왔어요!"

"얼른 부어, 어르신 다치기 전에 얼른!"

황 서방과 부전이 한데 엉켜 구르는 동안, 그녀는 덜덜 떨며 툇마루로 올라가서 불이 붙은 곳으로 물을 확 끼얹었다.

"까아아아!"

파아아, 큰 소리를 내며 불꽃이 폭발하듯 번졌다. 기름이 물 위를 타고 미끄러지며 외려 불길이 크게 번진 것이다. 물을 뿌린 여자가 미친 것처럼 비명을 질렀다. 대청에 있던 두 명의 사내도 갑자기 쏟아진 열기에 황급히 바닥으로 나동그라졌다.

치마꼬리에 불이 붙은 여자는 양동이를 집어 던지고 얼른 마당으로 뛰어내려 치마를 털었다. 하지만 치맛자락에 붙은 불은 이내 속바지로 옮겨붙었다. 그녀는 미친 사람처럼 바닥을 뒹굴었다. 마당은 아수라장이 되었다. 물 뿌리지 마! 그러면 뭐로 끄나! 거적 가져와! 물에 적신 거적 가져와!

큰사랑의 문과 대청마루는 어느새 크게 불길에 휩싸였다. 안에서는 노인의 고함과 덕희의 비명이 끊임없이 치솟았다. 안경이 깨진 사내는 코피를 줄줄 흘리며 일어서려 버르적거렸다. 다시 일어선 황 서방의 다리를 붙잡은 부전은 다시 한번 호되게 걷어차였으나 용케 나가떨어지지 않고 다리에 매달렸다. 그 바람에 황 서방은 또다시 바닥에 뒹굴었다.

겨울의 건조한 날씨에 불이 무섭게 번졌다. 사람들이 고함을 지르며 분분이 흩어졌다. 몇몇은 도망가고, 몇몇은 마당에 놓인 거적과 작은사랑에 있는 이불에 물을 적셔 들고 왔다. 하지만 섣불리 대청으로, 방 안으로 들어서는 사람은 없었다.

"비켜! 비켜! 아오, 씨발, 지금 다들 뭐 하는 거야!"

뒤에서 찢어지는 고함이 터졌다. 키가 껑충한 여자가 중문을 박차고 뛰어나오는 중이다. 사람들이 화르르 물러섰다. 그녀는 펄렁대는 치마를 훌렁 걷어 허리춤에 묶은 후 옆에 있는 양동이의 물을 머리에 쫙 끼얹었다. 그녀는 망설이는 기색 하나 없이, 두 팔로 얼굴을 가리고는 활활 불타는 문을 걷어차고 안으로 뛰어들었다.

"민호 씨! 윤민호! 민호 씨!"

뒤이어 황급히 따라온 사내가 크게 부르짖었다. 모두 낯선 얼굴이라 사람들이 겁먹은 얼굴로 길을 비켜 주었다. 그는 황급히 주변을 둘러본 후, 작은사랑으로 뛰어들어 이불을 한 채 가져 와 물을 끼얹었다. 그리고 이불을 머리에 뒤집어쓰고 대청 위로 뛰어올랐다.

"죽으려고 작정했습니까? 민호 씨! 지금 안에 있습니까? 당장 안 나옵니까! 민호 씨!"

"이건 또 뭐야!"

이완이 올라서자마자, 부전의 얼굴에 주먹질을 해 대던 황 서방이 달려들었다. 이완은 고개를 꺾고 그의 주먹을 흘려 버린 후 오른손으로 그의 콧잔등을 세게 후려쳤다.

우지직, 콧대가 부러지는 소리가 났다. 와아악, 그는 코를 감싸 안고 데굴데굴 굴렀다. 손가락 사이로 붉은 피가 줄줄 흘러 떨어졌다. 이완은 나동그라진 사내를 발길질해 댓돌 아래로 넘긴 후 불이 일렁대는 방 앞에서 외쳤다.

"민호 씨! 사람 피를 말려 죽이려고 작정했어요! 제발, 윤민호! 다 집어치우고 나오라고! 당신이 무슨 상관인데!"

이완은 억센 목소리로 악을 썼다. 안에서 치솟던 비명이 일순 잠잠해졌다. 빠그작, 따닥, 마른 나무를 화마가 살라 먹는 소리가 났다. 시간이 없다. 이완은 젖은 이불을 뒤집어쓰고 안으로 뛰어들었다.

"돌아가는 길이 열리지 않아."

눈을 커다랗게 뜬 여자가 중얼거렸다. 손을 붙잡고 눈을 감고 있던 사내가 다시 눈을 떴다. 인사동 사무실로 돌아와 있을 거라 생각했던 사내는 눈썹을 찡그렸다.

"무슨, 말입니까?"

"……돌아가는 길이 막혔어."

민호가 눈을 깜박이며 중얼거렸다. 이완은 멍하니 입술을 벌렸다.

"지, 지금 당신, 밖에 무슨 일이 일어났는지 가 보고 싶어서 거짓말하는 거 아닙니까?"

이완은 기가 막힌 얼굴로 민호에게 물었다. 민호는 왈칵 화를 냈다.

"대체 나를 어떻게 보고. 난 그런 거짓말은 안 해, 당신하고 싸워서 정정당당하게 나갔다 온다면 모를까."

등 뒤로 소름이 돋는다. 손에 든 열쇠에 진득하게 땀이 묻었다. 여자가 거짓말을 하는 게 아니라는 건, 이제 그냥 알 것 같다. 검고 반짝이는 눈이 당당했다.

민호가 화각함을 다시 찬찬히 어루만지며 집중하려 애를 쓴다. 시위 먹인 활줄처럼 팽팽하게 당겨진 긴장감이 가득한 방. 밖에서 일어나는 소음이 들리지 않는다. 붙잡은 손 사이로 흥건하게 땀이 흘렀다. 제기랄. 나지막하게 욕설을 뱉은 민호가 이완을 붙잡은 손에 힘을 주었다.

"아무래도 이상해."

"왜. 이런 일이 종종 있습니까? 어떤 경우에 이런 일이 일어납니까?"

이완의 목소리가 바짝 날이 섰다.

"타고 들어온 물건이 파손되어 사라졌을 때. 아니면 물건이 이동 중일 때."

이동 중은 아닐 것이다. 이완은 분명히 앤드류에게 물건을 이 자리에서 움직이지 말라고 신신당부하고 떠났다. 그렇다면 설마, 화각함이 파손되기라도 했단 말인가? 그럴 리가 없다. 사무실에 멀쩡하게 놔둔 물건이 왜 갑자기 파괴된단 말인가.

혹시 누가 사무실에 난입하기라도 했나?

……맙소사. 그럴 수도.

머리털이 쭈뼛 서는 것 같다. 가능성이 아주 없지는 않다. 친일파 후손의 애국 콘셉트 전시회로 맹렬한 비난을 받고 있던 상태였다. 오늘 아침까지만 해도 갤러리 앞에 쓰레기를 던지고 가는 사람을 붙잡아 길 한복판에서 야단야단을 하지 않았던가.

"너무 지레짐작해서 걱정하진 마."

이완의 마음을 읽기라도 한 듯, 민호가 입술을 꿈지럭거리며 웃어 보였다.

"그런 이유 말고도, 처음 들어왔을 때부터 시간이 많이 지나면 겹치는 시공이 이동하기 때문에 다시는 되돌아갈 수 없는 경우도 있어."

"하루 이틀 사이에 그런 일이 벌어지기도 합니까?"

"음, 나는 그런 일을 겪은 적은 없는데, 뭐, 워낙 정보가 없으니 알 수 없지."

민호는 콧구멍을 벌름거리며 중얼중얼했다. 안심하라고 한 말인데 이완의 얼굴은 더 시퍼렇게 변했다. 시간 여행자가 아닌 일반인을 데리고 시간 여행이라니. 민호는 자신이 생각보다 훨씬 경솔한 짓을 했다고 절절하게 자각하는 중이었다. 자신이 느끼는 불안감과 저 사람이 느끼는 불안감의 온도는 하늘과 땅만큼이나 차이가 날 것이다. 얼마나 기가 막히고 두려울까. 그래도 이완은 자신의 공포를 드러내지 않고 침착하게 참고 있었다.

민호는 화각함에 손을 대고 한 번 더 집중했으나, 달라지는 것은 없었다. 여러 갈래로 펼쳐진 길 속에서, 자신이 타고 들어왔던 길은 보이지 않았다. 민호는 풀 죽은 목소리로 중얼거렸다.

"어…… 간신히 열쇠를 찾았는데 화각함이 망가진 거면 어떡하지? 그러면 빼도 박도 못 하게 바로 유언 집행이라며. 바로 미국 박물관으로 넘어가는 거라며."

"그게 문젭니까? 돌아갈 수 없다는 게 더 큰 문제라는 생각은 안 듭니까?"

이완의 목소리가 나직하게 바닥에 깔렸다.

"다시 한번 해 보세요."

"하고 있어."

다시 한번. 한 번 더. 한 번만 더.

길고 진득한 시간이 방 안에서 늘어졌다. 얼마만큼의 시간이 흘렀는지도 모르겠다. 그들은 덕희의 어두운 방에서 벗어나지 못했다. 민호는 손을 털고 한 발 물러섰다. 이완과 붙잡았던 손을 치맛자락에 문질렀다. 손바닥이 축축하고 미끌미끌했다. 이완은 잔뜩 가라앉은 목소리로 물었다.

"돌아갈 길이 아주, 영영 막힐 때도 있습니까?"

"아마 말했을 거야. 시대에 맞지 않는 물건을 흘려서 후일 문제가 되거나, 아니면 기록에 남거나 한 경우. 내가 가끔 그런 사람들을 찾아 데리고 현대로 나온 적도 있고."

"저희도 그럼?"

"우린 아냐, 내가 여행 짬이 얼만데 그런 실수를 하겠어? 난 그놈의 회사 로고 때문에 양말 한 짝까지 다 챙겨 다닌다고."

민호는 고개를 저으며 단언했다. 이완은 민호의 옆구리에 둘둘 말려 끼어 있는 두 사람의 옷 보퉁이를 바라보며 고개를 끄덕였다. 민호는 조그만 목소리로 덧붙였다.

"좀 기다렸다가 다시 해 볼게. 미안."

"왜 당신이 미안하다 합니까? 의뢰한 건 나인데."

이완은 길게 한숨을 쉬며 물러섰다.

침묵이 길어지며 천천히 숨통이 조여들었다. 길이 막혔다는 의미가 제대로 인식이 되면서, 자신에게 닥칠 일이 순차적으로 몰려오기 시작했다. 누가 뒤통수를 쿡쿡 치는 것 같은데, 그것이 점점 큼직한 쇠망치로 바뀌고 있는 것 같다. 깅깅. 궁, 궁, 쿵, 쿵, 쾅, 쾅, 쾅당, 쾅당, 꽈르릉. 일이 어찌 돌아가는지 짐작이 되지 않아 머리가 깨질 것 같다. 그는 열쇠를 쥔 채로 머리를 움켜잡았다.

일이 이렇게 돌아가선 안 되는데, 억지로 따라와서는 안 되는 거였는데. 과거로 찾아들어 가는 일이 아프리카나 남미의 원시 부족을 찾아가는 것 이상으로 위험한 줄 알았더라면 기필코 오지도 않고, 보내지도 않았을 것이다.

여자의 무심하고 의연한 표정을 보니 오싹 한기가 흘렀다. 이 시대든, 내가 살던 시대든, 아무 곳이나 내려앉아 살면 된다. 여자의 얼굴은 그렇게 말하고 있었다. 하지만 자신은 그렇지 않았다. 아니, 세상 누구라도 그렇지 않을 것이다.

"방법은 얼마든지 찾아볼 수 있어. 내가 무슨 일이 있어도 박 실장님만큼은 돌아갈 수 있도록 할게. 걱정 마. 난 서바이벌과 귀환의 천재거든. 박 실장님은 내 등만 보고 따라오면 돼."

여자가 승리의 V자 모양을 손가락으로 만들어 보이며 눈을 가늘게 하고 웃었다. 이완은 표정 없이 그녀를 응시하다가 툭 내뱉었다.

"제가 이렇게 무능력하게 느껴지는 날이 올 줄은 몰랐군요."

"아냐, 서바이벌 천재보다 더 상위 능력자는, 그 천재한테 월급을 주는 사람이야."

푸스스, 이완의 입에서 바람 빠지는 소리가 났다. 그의 양쪽 뺨으로는 보조개가 보일락 말락 번졌다.

추가 시도마저 실패로 끝나고, 두 사람은 촛불이 일렁이는 어두운 방에서 말없이 서 있었다. 중문 밖의 소란스러움이 그제야 천천히 귀에 들어왔다. 덕희와 부전이 뛰쳐나간 지 한참 되었던 것 같은데, 아직도 소란이 가라앉지 않았나? 민호가 잠시 문을 여는 순간 중문 밖에서 커다란 고함이 터졌다.

"불이야!"

"에그머니, 사람 살려! 아씨! 아씨이이! 이걸 어째!"

저도 모르게 번개처럼 발이 움직였다. 이완이 채 붙잡을 틈도 없이, 민호는 맨발로 댓돌을 뛰어넘어 중문을 박차고 뛰어 나갔다. 등 뒤로 이완이 자신을 황급히 부르는 소리와 거친 욕설이 달라붙었다.

○ ● ○

일렁이는 불길이 잠시 휘청거렸다. 사람들은 입을 한 발이나 벌리고 발을 굴렀다.

잠시 후, 덩어리진 그림자 두 개가 뭉쳐서 황급히 뛰어나왔다. 먼저 젖은 이불을 뒤집어쓴 여자가 옷과 머리카락에 불이 붙은 작은 여자를 끌어안고 나오더니, 황급히 몸을 돌려 젖은 이불을 안으로 있는 힘껏 던져 넣었다. 뒤이어 키 큰 사내가 마른 노인을 부축해, 이불을 뒤집어쓰고 천신만고 끝에 방을 빠져나왔다.

댓돌 아래로 내려온 덕희는 미친 듯이 비명을 질렀다. 덕희의 옷과 머리카락에 이미 불이 붙었다. 민호의 소맷부리에도 불꽃이 너울거렸다. 굴러! 얼른 굴러! 민호는 소맷부리에 붙은 불을 개의치 않고 덕희를 바닥에 굴렸다. 소매에 붙은 불이 커지자 맨손으로 두드리다 꺼지지 않자 저고리를 훌렁 벗어 던지고, 옆에 물동이를 들고 서 있는 하인에게 큰 소리로 외쳤다.

"눈깔 빠졌어? 얼른 물 안 뿌려?"

흙바닥에 엎어진 여자 위로 물벼락이 쏟아졌다. 옷과 머리카락에 붙은 불이 순식간에 꺼졌다. 여자의 비명과 움직임이 한순간에 멎었다. 댓돌 아래로 굴러 떨어진 황 서방은 사람들에게 붙잡혀 거적 옆에 무릎이 꿇렸고, 피투성이가 된 부전은 제 발로 엉금엉금 기어 내려왔다.

사람들은 뒤늦게 빠져나온 키가 큰 사내와 깡마른 노인을 에워쌌다. 물에 흠뻑 젖은 사내가 부축해 나온 노인의 바지 자락에 붙은 불을 탁탁 쳐서 껐다.

"대감마님, 주인 어르신! 괜찮으십니까!"

사람들이 고래고래 외치며 넋을 놓은 노인과, 바닥에 죽은 듯이 누워 있는 덕희를 부축했다. 노인은 다행히 크게 다치지 않았다. 그제야 안심한 사람들은 분분히 흩어져 젖은 이불을 들고 뛰어오거나 흙을 져 날랐다.

덕희가 작은사랑으로 옮겨지는 것을 보고 민호는 급격한 한기를 느꼈다. 묵직한 발걸음 소리가 민호의 곁에서 멎었다. 민호는 팔을 감싸 안은 채 벌벌 떨며 맞은편에 선 사내의 발치를 내려다보았다. 고개를 들면 험악한 꼬락서니를 볼 것 같아서였다.

흠뻑 젖은 머리카락과 물에 젖어 몸에 축 들러붙은 흰 저고리와 고무신이 보인다. 저 사람에게 정말 안 어울리는 꼴이라는 것이 새삼스럽게 실감이 되었다.

그녀는 조심조심 눈을 들어 올렸다. 옷고름과 소맷자락이 그을리긴 했으나 얼굴은 무사해 보였다. 의외로 그는 아무런 표정이 없었다. 다만 눈빛만은 살을 베어 낼 것처럼 형형했다.

민호는 그의 시선이 자신을 난도질하듯 훑는 것을 느꼈다. 다친 곳은 없는지, 불에 덴 곳은 없는지, 머리카락 끝이 타긴 했지만 바로 껐고, 치마도 올려 입은 덕에 불이 붙진 않았다. 저고리를 홀렁 벗어 버린 서슬에 드러난 맨 팔뚝이 시리고 따가웠다. 아까 저고리에 살짝 불이 붙었는데 약간 화상을 입은 모양이다.

"당신 미쳤어? 제정신이냐고!"

민호의 눈앞에 별이 번쩍 솟아올랐다. 갑자기 몽둥이로 얻어맞은 듯한 큰 충격이 머리를 후려쳤다. 너무 놀란 민호는 자신이 땅바닥에 내동댕이쳐졌다는 것조차 퍼뜩 이해하지 못했다.

"뭐, 뭐 하는……?"

대답이 나오지 않는다. 다만 그녀의 옷에 붙은 불을 끄느라 맨손으로 불꽃을 두드려 대는 사내의 시퍼런 얼굴만 보일 뿐이다. 그는 몸을 부들부들 떨며, 팔다리에 멍이 들 만큼 힘껏 후려치고 있었다.

불을 끄던 사람들이 힐끔대며 바라보았지만, 끼어들 경황은 없었다. 바람은 거셌고, 불은 바람을 타고 따닥따닥 무섭게 번지고 있었다.

민호의 옷과 머리카락에 붙은 불이 간신히 잦아들었다. 그사이 사내의 머리카락과 얇은 옷이 빠르게 얼어붙었다. 그러나 그는 자신이 덜덜 떨고 있다는 사실도 모르는 것처럼 보였다.

"다, 당신은, 왜, 왜 이렇게…… 사람을 미치게 해."

"나 이제 괜찮아, 불 다 꺼졌어! 아프다고! 아프다니까!"

반쯤 정신이 빠진 사내가 그녀의 어깨를 움켜잡고 힘껏 흔들어 댄다.

"대체, 대체 당신, 나한테 왜 이래! 엉? 왜 사람을 이렇게 번번이, 속을 태워 죽이려고 해!"

이 인간이 미쳤나! 민호는 그의 손을 뿌리치고 뒤로 물러앉았다. 그제야 정신을 차린 그가 떨리는 목소리로 중얼거렸다.

"다행입니다. 불은 다 꺼졌군요. 덴 곳은 없습니까?"

"없어. 누구 덕에 멍은 잔뜩 들었겠지만."

"미, 미안합니다. 순간적으로, 너, 무 두려워서 잠깐 이성을 잃은 것 같습니다. 괜찮습니까? 많이 아팠습니까?"

그의 목소리는 여전히 와들와들 떨려서 제대로 알아들을 수 없었다.

그의 손이 민호의 어깨로, 얼굴로 멈칫멈칫 다가오다가 그대로 굳었다. 그의 얼굴에 번질번질 남아 있다가 살짝 얼어 가는 물방울 위로 새로운 물방울이 길을 냈다. 민호는 그것을 보는 순간 벗어 버린 어깨에 유난히 소름이 돋는 것을 느꼈다.

민호는 한 걸음 물러서서 숨을 가다듬었다. 두려워서, 두려워서, 라는 말이 귓속에 들러붙었다. 이해할 수 있다. 저 사람은 내가 아니다. 내가 잘못되면 저 사람은 이곳에 그대로 갇히는 거였다. 꼼짝없이, 이런 곳에 와 보았던 아무런 경험도 없이 혼자 내동댕이쳐지는 것이다. 현재 세계에 쌓아 두고 온 눈부신 성취와 재산들을 고스란히 놓아두고. 이곳에서. 그 끔찍한 공포는 자신이 상상할 수 있는 무게가 아니었다. 민호도 한 걸음 물러서서 머리를 숙이고 사과했다.

"나도 미안해. 내가 잘못되면 당신이 갇히는 걸 깜박 잊었어. 걱정하지 마. 무슨 짓을 해서라도 당신만은 돌려보낼게."

그는 몹시 고통스러운 얼굴로 입술을 깨물었다. 고개를 젓는다. 하지만 목이 메는지 말은 입 밖으로 나오지 않는다. 그는 위에 입고 있던 젖

460

은 옷을 벗어 민호의 어깨에 덮어 주며 중얼거렸다.

"정말, 숨이 막혀서 죽을 것 같아요. 당신 이럴 때마다! 제발 이러지
마세요."

중얼대는 소리가 와락 가까워졌다. 아니, 중얼댄다기보다 짐승이 으
르릉대며 신음하는 소리처럼 들렸다. 체취가 없을 거라 생각한 사내에
게서 희미한 몸 냄새가 났다. 샌님처럼 약할 거라 생각한 사내의 팔의
힘은, 자신의 등뼈를 으스러뜨릴 듯 강력했다.

"제발, 제발 나한테 이러지 마세요, 민호 씨. 제발."

"당신이 왜 나한테……"

촉, 가볍고 부드러운 소리가 들렸다. 눈가에 무엇인가 젖은 것이 살짝
눌린다. 흘러나오던 말이 목구멍에서 그대로 얼었다. 소리와 촉감의 정
체를 알 수 없다. 얼한 뺨 위로 무언가 따끔하고 거칠거칠한 것이 길
게 문질러진다. 얼어붙어 차가운 그의 뺨에서 하루 끝에 돋아난 짤막한
수염이 생동감 있게 느껴졌다.

민호는 생각을 멈추었다. 머릿속이 하얗게 되어 아무것도 움직이지
않았다. 지금은, 그의 얼굴에서 새로 흘러나오는 물방울보다, 그곳에서
느껴지지 못하는 온기보다, 수염 끝이 찌르는 따가운 감각만이 유일하
게 살아 있는 것처럼 느껴졌다.

○ ● ○

"그, 그래서, 아직 기…… 길이 열리지 않아, 돌아가지 못하, 못하고
있단 말씀입니까?"

두서없는 하룻밤이 지나고, 민호와 이완은 덕희가 입원한 병원에서

꼬박 하룻밤을 지낸 참이었다. 민호는 덕희의 옆에서, 이완은 병실 밖에서 추위에 허리를 잔뜩 꼬부리고 토막잠을 자야 했다. 난방이 충분치 않아, 숨을 쉴 때마다 입김이 희게 쏟아졌다.

문득 어깨를 톡톡 두드리는 느낌에 소스라쳐 일어나니 어느새 주변이 환해졌고, 중키에 중절모를 쓴, 얼굴이 시커멓게 멍든 사내가 놀란 얼굴로 내려다보고 있었다.

"주무실 곳이 없는 줄 알았다면 저, 저희 집으로 오셨으면 좋았을 것을요. 어, 어제 조 대감님도 저희 댁으로 모, 모셨는데요. 그쪽 집이, 사랑채가 거의 다 타서 난장이라."

이완은 고개를 들고 얼굴이 둥근 사내를 올려다보았다. 안경이 없는 얼굴은 사진에서 항상 본 것과 달리 생소했다.

"괜찮으십니까?"

"고, 고작 코, 코피 좀 나고 멍이 든 것뿐인데요. 제, 제가 원래 모, 몸이 좀 둔해서."

고작 코피 정도는 아닌 것 같다. 눈 위가 크게 찢어졌다. 콧잔등이 크게 부어 있는데 코뼈도 성할 성싶지 않았다. 그는 시커멓게 부어오른 뺨을 문지르며 조심스럽게 물었다.

"그나저나, 도, 돌아가신다더니, 어, 어찌 되신 겁니까? 무슨 무, 문제가 있으십니까?"

이완의 긴 이야기를 들은 부전은 둥그런 눈을 크게 뜨고 한동안 말을 잇지 못했다. 아직까지 반신반의하는 눈치였지만, 구태여 그 진위를 가려 보겠다고 따지고 들지는 않았다.

그는 운전대를 잡은 민호에게 다른 시대에서 온 여성 같다는 소회를 피력한 적도 있다 하였다. 미두 사업과 이런저런 곳에서 돈 불리는 재주가 좋은 사람이라고도 했다. 말을 더듬고 감정 표현을 잘하는 것 같지는 않지만, 그가 한 행동을 미루어 보면 판단이 빠르고, 추진력도 있으며 앞뒤 상황을 짜 맞추는 머리가 좋은 사람인 것 같다. 길이 다시 열릴 때까지 한동안 기다려야 할지도 모르겠다는 말에 부전은 눈썹을 찌푸렸다.

"좋, 좋지 않습니다. 덕희 씨……와 저는 지금 예, 예정보다 빨리 출국을 해……야 합니다. 짐은 나중에 부쳐도 되지만, 그, 그 길이 열릴 때까지 한정…… 없이 기다릴 순 없습니다."

이완은 고개를 끄덕였다.

"지금, 지금 덕희 씨를 만나 봐야 합니다. 의, 의논할 게 많습니다. 일단, 미국행, 배표, 배표를 수배하고 이, 있습니다. 여, 여행이든, 친지바, 방문이든 얼른 나가야 합니다. 저, 저희 집과 더, 덕희 씨 집은 지금 짐 챙기느라 저, 정신없습니다."

"덕희 씨, 정신 들었어요. 그런데, 지금은 아무도 만나고 싶지 않대요."

병실 문이 드르륵 열리는 소리가 나며, 약간 잠긴 목소리가 들렸다. 부스스 들뜬 머리카락에, 뉴욕양키즈 티셔츠 위에 치마저고리를 겹쳐 입은 여자가 비슬비슬 걸어 나왔다. 얼굴도 부석부석했고 머리카락도 불에 그슬린 자국이 남아 있었다.

"왜 이렇게 갑작스럽게 일정이 바뀌었나요? 무슨 일이 있어요?"

"영호, 영호가 오, 오늘 새벽에 비, 비상을 먹은 것 같습니다."

두 사람의 움직임이 멎었다.

"호, 혼수상태라고 하야시 상에게 급하게 연락이 왔는데, 아직 중독인 건 모르는 것 같습니다만, 부검하자는 마, 말이라도 나오, 나오면 끝장입니다."

이완은 입을 꽉 다물었다. 놀랍지는 않았다. 어쩐지 그럴 것 같았다.

전영호라 했던가. 다만 안타까웠다. 그가 극한의 길을 선택한 것이 안타까운 것이 아니라, 깔끔하게 숨을 거두지 못하고 고통이 길어진 것이 더 안타까웠다. 이완은 민호의 얼굴을 살폈다. 반짝이는 검은 눈이 한 꺼풀 물기를 머금어 흐릿해졌다. 나와 같은 생각을 하는 걸까. 명치끝이 거북했다.

부전이 주머니에서 수건을 꺼내 이마에 맺힌 땀을 벅벅 문지른다. 생각하면 놀라운 일이다. 친구와 친구의 약혼녀로 인해 전도양양한 젊은 사업가가 말도 못 할 고생을 하고 있는데도 그들을 원망하는 말은 지금껏 한 마디도 나오지 않았다.

이완은 그의 둥근 얼굴을 물끄러미 바라보았다. 자신의 할아버지가 되는 사람. 아니, 할머니인 김춘방이 죽었으니 그나마 어찌 될지 알 수 없지만 자신이 살아온 시간에서는 틀림없이 할아버지였다. 사진으로 보았던 얼굴이지만, 안경을 벗은 사내에게선 사진에서 느낄 수 없는 독특한 분위기가 풍겼다.

"원망스럽지 않으십니까? 이런 말도 안 되는 희생을 당신이 죄다 감수하는 게?"

이완은 저도 모르게 툭 물었다. 눈을 껌벅이던 부전이 한참 만에야 씁쓸하게 웃었다.

"당신은 누군가…… 사랑해 본 적이 없습니까?"

이완은 입을 설핏 벌리고 자신의 할아버지를 쳐다보았다. 무어라 대답해야 할지 알 수 없었다. 부전은 얼굴의 멍 자국을 문지르며 침중하게 덧붙였다.

"아, 아닙니다. 제가 별말을. 이, 일단 두 분 모두 국민증이 있으신지?"

있을 리가 없다. 생각해 보니 여러 가지로 복병이 산재해 있다. 일제 시대에 처음 도입된 황국신민증─국민증에는 인적 사항뿐 아니라 사진까지 붙어 있어, 호패 따위와 달리 위조가 어려웠다. 검색이라도 당하면 그야말로 낭패였다. 그럴 줄 알았다는 듯, 부전이 고개를 끄덕였다.

"상황이 썩 좋지 않습니다. 얼른 이, 이곳을 떠나시는 게 좋, 좋겠습니다."

8.
길

간신히 덕희의 집에 도착하니, 그곳은 이미 한바탕 뒤집힌 상태였다. 사랑채는 거의 전소했고, 일꾼들과 동네 사람들로 보이는 이들이 몰려와 잔해를 치우고 있었다. 조 대감은 황 서방의 짓거리를 몹시 노여워했으나, 그를 경찰에 넘길 생각은 없다 하였다. 황 서방은 광에 묶인 채 술이 깨고서는 잘못했다, 죽여 달라 실성한 듯 울고불고 야단이 났다.

안채에서는 조 대감의 명을 받은 찬모와 침모, 나이 먹은 여자들이 드나들며 덕희의 짐을 바리바리 싸서 앞에 놓인 자동차에 싣고 있었다. 부전이 아닌 동그란 모자를 쓴 사내가 운전대를 잡고 있었다. 소란한 와중에 아낙들 사이에 끼어들어 안채로 슬쩍 들어간 민호는 입을 멍청하게 벌렸다.

어제까지 방에 놓여 있던 화각함이 벌써 사라지고 없었다.

"자동차에는 없는 것 같습니다. 벌써 서대문의 자택에 실려 간 모양입니다. 지금이라도 그곳에 가서……."

"어, 서대문 자택? 맹꽁이 안경네 집? 으, 아니, 그게 아니고 박부전 할아버지 댁? 할아버지도 안 계시는데 들여보내 주기나 하겠어? 그리고 가 봐야, 다시 열릴지 막혔을지도 알 수 없어."

"그럼, 이제 어쩔 셈입니까?"

이완은 초조함을 간신히 누르며 물었다. 여자의 덤덤한 태도가 여전히 견디기 힘들었다. 아니나 다를까. 여자는 태평하게 툭 집어던진다.

"박 실장님 걸어 다니는 거 잘해?"

"……무슨 말입니까? 제 발이 장식으로 달린 것 같습니까?"

"일단 비상구를 찾아가 보자. 거기도 될지 안 될지 모르지만."

"비상구라뇨?"

"남양주에 나 어렸을 때 살던 집이 있어."

"민호 씨가 살던 집이, 비……상구란 말입니까?"

이완의 입이 저절로 벌어졌다.

"400년 된 고택이라고 얘기 안 했던가? 우리 집 종가거든. 그때 병원에 왔던 큰오빠가 자그마치 대종손이야. 무늬만 대종손."

그러고 보니 들었던 것 같다. 김준일 교수 처음 만난 이야기를 듣던 때.

"아, 예……. 그럼 이참에 민호 씨 집 구경도 할 수 있겠군요."

"뭐, 지니가 떼어 가지 않았으면 지금도 그 위치에 있겠지. 물론 문화재 같은 건 아니야. 엄마가 새마을 운동 때 퓨전으로 개조해서 얼러리 짬뽕이 다 됐거든. 울 엄마 툇마루 대청마루에 올록볼록 돌무늬 장판 깔고 흙벽을 시멘트로 땜질한 용자야."

모전여전이었던가. 이완은 도무지 표정 관리가 되지 않아 손등으로 입을 가리고 고개를 돌렸다.

"거긴 내가 처음으로 시간 여행을 한 곳이고, 어른이 될 때까지 줄창 그 집 헛간을 베이스 삼아 여행을 했어. 지금은 폐가가 되었어도 일 년에 한 번 이상은 가."

"일 년에 한 번 이상? 폐가……를 말입니까?"

"엄마 기일에 나 혼자 살짝 가서 그냥 어슬렁거리고 와. 하얀 옷 입고 나가면 경운기 타고 지나가던 아저씨가 귀신이라고 도망가고 그래. 뭐, 일전에도 무사히 다녀왔으니 재수가 좋으면 지금 현재로 가는 길을 찾을 수 있을 거고. 그래서 비상구라는 거야."

민호는 어깨를 으쓱했다. 이완은 속이 쿡쿡 막혔다. 재수가 좋으면? 그럼 재수가 없으면 어찌 되는데? 대체 확실히 되는지 안 되는지도 모르고 일단 돌격이라고?

"뭐, 어쨌든 방법이 없잖아? 아님, 여기서 살고 싶은 거?"

"미쳤습니까? 이런 데서 제가 어떻게 삽니까!"

"지금 이 시대 사는 사람은 미쳐서 여기 사나?"

민호는 조그만 소리로 투덜거렸다. 그렇게 말하자면 할 말은 없다. 이완은 잠자코 입을 다물었다.

"우리 시골집 말이야, 존나, 아, 아니, 매우 깡촌에 있는 집이라 오래 걸어야 해. 경기도 남양주 쪽 천마산 방향으로, 산길 타고 한참 가야 한다고."

민호는 운동화를 신은 발을 탁탁 구르고, 제자리 뛰기를 두어 번 했다. 남양주라고. 지금부터 거기까지 걸어가야 하는 건가? 이완의 눈앞으로 시커먼 연기가 무덕무덕 솟았다.

"오래 걸을 거니까, 지금 작은사랑에 가서 뭐라도 좀 주워 입고 와. 어제 입었던, 그 저고리에 털옷이라도 훔쳐 입든가. 많이 추워."

"추위 안 탑니다. 제가 레이어드 스타일에 알레르기가 있습니다."

아무리 추워도 댁의 꼴로 다니느니 그냥 얼어 죽고 맙니다. 이완은 가시 박힌 말을 간신히 삼켰다.

민호가 옷을 껴입은 꼴은 흉악했다. 후드 셔츠의 모자를 쓴 후 바람이 들지 못하게 끈으로 단단히 졸라매고, 청바지를 입고, 그 위에 고쟁이를 입고 치마를 두르고 솜을 두어 누빈 저고리를 입었다. 그 위에 털배자를 껴입고, 어디선가 굴러다니던 다른 고쟁이를 요령껏 접어 목도리처럼 둘둘 감았다. 발목도 바람이 들지 않게 단단히 끈으로 묶었다.

"박 실장님, 그 털 한 올 안 붙은 얇은 코트보단 이렇게라도 겹쳐 입는 게 훨씬 나아. 옛날 겨울은 지금 서울보다 훨씬 춥다고. 설마 내가 이상해 보여서? 체면만 버리면 만사가 편한 것이 서바이벌의 철칙이거든."

뜨악한 시선을 눈치챈 그녀는 손을 저으며 황급히 변명했다.

"누가 뭐라 했습니까. 아방가르드하고 패셔너블합니다. 그리고 이거 캐시미어라서 충분히 따뜻하니 걱정 안 하셔도 됩니다."

"오호! 내가 아방 패션 소리를 다 들어 보네."

그 말이 좋단다. 그러더니 무얼 찾는지 고쟁이 속으로 손을 넣어 부산하게 속주머니를 뒤적거린다. 점입가경 패션을 꼭 이렇게 완성해야 하나? 속에 청바지를 또 껴입고 있으니 괜찮다고 생각한 걸까?

하지만 말만 한 처자가 큰길로 면한 대문 앞에서, 그것도 시커먼 짐꾼들이 들랑거리는 곳에서 치마를 훌떡 걷어치우고 속바지 허리춤 사이로 손을 집어넣어 뒤적대는 꼴은 영 봐줄 만한 게 아니다. 쳐다보자니 변태 영감이 된 것 같고, 외면하자니 눈이 의지를 배반하고 자꾸 곁눈질이었다. 또 무슨 지저분한 아이템을 들이대려고 저러나.

"짜잔!"

그녀의 손가락 안에서 퍼러둥둥한 종이 한 장이 푸슬거렸다. 가운데 그려진 벚꽃 문양 위에 수염이 길게 늘어진 노인의 초상이 보인다. 십원(拾圓)이라는 글자 위로 조선은행권(朝鮮銀行券)이라는 한문이 박혀 있었다.

"그래도 이거 봐. 나름 만반의 준비를 했다고."

"허? 어디서 난 겁니까?"

"박 실장님네 할아버지한테 삥 좀 뜯었어. 내가 돌아가서 박 실장님한테 갚으면 되지? 십 원?"

……당신의 승리요. 윤민호 씨.

날이 구물구물한 데다 쌀쌀했다. 섣달을 코앞에 두고 있다더니 바람이 맵기 그지없다. 이완은 작은사랑 앞의 툇마루에 걸터앉아 잠시 눈을 감았다. 제대로 잠을 자지 못해 몹시 피곤했다.

햇볕이 들긴 했지만 날이 추워 잠이 오지는 않았다. 게다가 마당에서 북적이는 사람도 적지 않았다. 중간중간, 민호의 목소리가 섞여 들었다. 침모나 찬모를 부르는 소리, 뭔가를 부탁하고 덕희의 상태에 대해 잡다하게 떠드는 소리가 들린다.

민호의 목소리가 들릴 때마다 이완은 퍼뜩퍼뜩 소스라치며 눈을 번쩍 떴다. 자동 반사적으로 두리번거리며 여자의 행방을 좇는다. 여자는 치맛자락을 펄렁펄렁하며 사랑채로 안채로 행랑채로 부지런히 돌아다닌다. 여자의 옷과 머리에 그슬린 자국이 얼핏얼핏 보인다.

이완은 저도 모르게 외면했다. 여자를 볼 때마다 자신을 붙잡아 주는 무엇인가가 머릿속에서 툭 툭 끊어지는 듯한 기분이 들었다. 자신이 또 무슨 이상한 행동을 할지 두려웠다.

어젯밤, 여자가 저 다칠 줄 모르고 불 속으로 뛰어드는 것을 보는 순간 이완은 분명 이성을 잃어버렸다. 긴 창에 몸통이 푹 꿰인 듯한 그 공포와 충격을 이완은 똑똑히 기억하고 있었다.

놀람, 걱정, 당황, 분노, 그런 설명이 가능한 감정이 아니었다. 오로지 단 하나의 강렬한 느낌.

저 여자가 죽으면 나도 죽는다. 저 여자가 잘못되느니 내가 잘못되는 게…….

머릿속엔 온통 그 한 가지 생각밖에 없었다. 말 그대로 눈에 보이는 게 없었다. 저 여자가 다치면 나 혼자 돌아갈 수 없으니 그렇게 생각하게 된 걸까?

전혀 아니다. 귀환 걱정 따위가 끼어들 경황조차 없었다.

입술에 닿던 이마의 감촉이 여전했다. 차갑고 끈적하고 땀 냄새가 섞여 있었다. 머리카락의 감촉이 입술에 여전히 남아 있었다. 그녀의 매운 손길이 아직도 뺨에 남아 있는 것 같다. 그는 홀린 듯 손을 들어 뺨과 입술을 천천히 더듬었다.

고개가 푹 아래로 꺼진다. 생각해 보면, 처음 박물관에서 만난 후부터 저 여자는, 가끔 벼락이라도 치는 것처럼 자신의 속을 뒤집어 놓았다. 처음에는 가벼운 바람처럼 살짝만 흔들어 놓고 지나가더니 이제는 해일처럼 잇대어 들이닥친다.

이완이 원치 않는데 억지로 들이닥치던 것들은 대부분 적대감이 가득한 것들이었고, 그는 지금까지 최선을 다해 그것을 방어하며 살아왔다. 하지만 적대감이 깃들지 않은 것이 이렇게 무작하게 들이닥치는 일에는 면역이 없었다. 속이 다시 술렁술렁한다. 이완은 길게 심호흡을 했다.

그의 속에서 어떤 전쟁이 일어나고 있는지 짐작도 못 하는 여자가 안채에서 무언가를 챙겨 들고 중문을 나서다가 이완과 눈이 마주쳤다. 새까맣고 반짝반짝하는 눈이 물결 모양으로 사르르 가늘어진다.

"실장님, 이거 이거! 이거 얻어 왔어!"

그녀는 정체를 알 수 없는 옷가지를 위로 들어 보이며 의기양양하게 웃었다.

이완은 눈을 감고 햇빛이 오는 방향으로 얼굴을 돌렸다. 조건반사처럼 올라오려는 웃음을 애써 덮는다. 덮어야 했다.

지금은 파랑(波浪)에 휩쓸릴 때가 아니다. 특히 이 상황에서는.

대문 밖으로 나오면서부터 머리가 지근지근했다. 여자의 손에 쥐여진 검게 물들인 보따리를 보고 있노라니 웃음과 한숨이 동시에 나왔다. 그새 찬모, 침모와 안면을 튼 민호가 그들을 구워삶아 그 바쁜 와중에 남은 밥과 반찬을 얻어 주먹밥을 만들어 온 것이다. 안에 김치하고 고추장아찌도 박았어. 참기름도 발랐다고! 하고 자랑스러워하는데, 이완은 그녀의 시커먼 손을 보며 일만 년의 입맛을 잃고 말았다.

"그 밥, 혼자서 드십시오."

"이따가 배 안 고플 거 같지?"

"식당 놔뒀다 뭐합니까? 이 시대에는 주막이 아니라 자그마치 식당이 있는 시대인데요. 신여성, 모던 보이에 자동차가 돌아다니는 1934년입니다."

"그 주막인지 식당인지가 이 밥보다 깨끗한 밥을 줄 거 같지? 뭐 좋아. 싫다니 나야 잘됐다. 나 혼자 먹을 거야."

"밥 타령은 그만하시고, 남양주까지 갈 방법이나 생각해 보죠. 남산에서 남양주는 직선 거리로도 도보 하룻길이 넘는데요. 길도 안 좋지 않습니까."

두 사람은 대문 앞에서 머리를 맞대고 고민에 빠졌다.

"음, 자동차가 있으면 좋을 텐데."

그렇지. 지금은 과거라고 해도 명색 자동차와 영업택시가 다니는 개화기! 근대문명과 외국문물의 물 좀 먹었다 하는 격동의 시대 아니던가. 그 거리를 고스란히 생짜로 걷느니, 황금 같은 십 원으로 문명의 이기를 이용할 수도 있을 것 같았다.

하지만 주변 상황이 썩 협조적이진 않았다. 1934년이면 택시는 분명 존재했다는데, 말을 들어 보니 부르기가 녹록한 게 아닌 모양이다. 기생집, 유곽에 대기하고 있으면 돈을 저절로 긁어 들일 판에, 도로조차 안 깔려 있는 산골짝까지 가자 하면 어느 미친 택시 기사가 와 주겠느냐 하는 것이다. 간다고 해도 10원 한 장 가지고는 턱도 없으리라는 것이다.

유일한 희망인 부전의 차는 지금 이삿짐을 나르느라 정신이 없다. 잠시만 빌려서 타도 되느냐는 말에 빵모자를 쓴 기사는 별 미친 소릴 다 듣겠다는 듯 아래위로 훑어보았다. 다른 이들을 붙잡고 차를 구할 수 있느냐 물으니, 그런 걸 왜 나한테 묻느냐고 그들 역시 아래위로 눈질이다. 하긴, 개인 자동차가 있기는 해도, 자동차 자체가 귀한 시대이긴 했다.

인력거를 불러 달라 눈치껏 침모의 옆구리를 찔러 보니, 꼬박 하룻길이 넘는 산길로 어느 인력거가 두 사람을 뫼시고 가겠느냐 손사래를 친다. 민호는 대문 앞을 덜그럭거리며 지나가는 우차를 보며 중얼거렸다.

"그래, 차라리 작은 소달구지를 빌려 타면……? 치마 좀 걷고 히치하이크를……."

"아, 내가 정말 미치겠……. 됐습니다. 그냥 걷겠습니다."

달구지에 더덕더덕 묻은 검불과 진흙과 거름 자국을 보며 이완은 다시 진저리를 쳤다. 순간 무슨 생각을 했는지 민호가 펄쩍 뛰어올랐다.

"그래! 기차! 옛날 무슨 영화 보니까 일제 때 기차 있더라. 우리 기차 타고 남양주까지 가서……."

그거 그럴듯하다. 경춘선을 타고 춘천 방향으로 가다가 중간에서 내리면 시간이 절약될……. 생각하던 이완은 다시 머리를 붙잡고 앓는 소리를 냈다.

"경춘선은 태평양전쟁 발발 후에 개통됩니다. 아마 1939년인가 그럴 겁니다."

"지금은 없는 거?"

"예. 1934년엔 기차로 평양도 가고 베이징도 하얼빈도 가고 시베리아 횡단해서 유럽까지 갈 수 있습니다만 남양주는 못 갑니다."

에이, 엿 됐네. 민호는 실망한 기색도 없이 씩씩하게 웃었다.

"그럼 걷지 뭐. 하루 이틀 해 뜨는 방향으로 나 죽었다 하고 걷다 보면 우리 집이 나오더라고? 밤에 하인들이 잠이 들면 그때 안으로 몰래 들어가면 되니까 나만 믿어!"

가슴을 한껏 내밀고 텅텅 치는 여자를 보며 이완은 등골이 서늘했다. 해 뜨는 방향으로 무작정? 앓느니 죽는다. 이완은 그나마 한 가지 다행스러운 사실을 떠올렸다.

"1934년이면…… '전차' 는 탈 수 있겠군요."

남산 어름에 있는 덕희의 집에서 광화문 앞 전차 역까지 걷기로 한 건 거리가 그리 멀지도 않거니와 더 이상 누구를 붙잡고 부탁을 할 만한 상황이 아니었기 때문이다. 민호는 새로 낯을 익힌 집안의 푸네기들에게 요란하게 인사를 하고는 보퉁이를 들고 집을 나섰다.

마을을 지나가며 민호는 정신없이 두리번거렸다. 덕희의 집이 한옥인 데다 안채에는 전기도 들어오지 않던 상태라, 인근의 현대식 가옥이 무척 신기하게 느껴졌다. 한두 채가 아니라 동네 전체가 초가도 기와도 아닌 벽돌집이었다. 전봇대가 길가에 드문드문 서 있고, 길이 제법 번듯하게 뚫려 있었으며, 큰길로 나오자 자동차나 인력거가 심심찮게 먼지를 피우며 지나다녔다.

신기한 것은 분명 경성 한가운데 있는 땅인데 기모노를 떨쳐입고 나막신을 달각거리면서 가는 여자들이 무척 많았다는 것이다. 일본 남자들도 한두 명이 아니다. 깔끔한 양장 차림에 진주 목걸이를 건 단발 여성과 타이츠와 반바지, 짧은 코트를 입은 사내아이가 손을 잡고 일본말을 무어라 지껄이며 종종 지나간다.

허름한 치마저고리 차림의 나이 든 여자가 등에 업힌 아이에게 한국말로 어르는 것을 보니 반가울 지경이었다. 조그만 갓을 쓰고 담뱃대를 쥐고 있는 두루마기 영감, 그 옆으로 줄무늬 양복쟁이가 자전차를 타고 휭하니 지나간다. 민호와 이완을 앞서 걸어가는 홑저고리 차림의 물지게꾼이 노래를 흥얼거린다.

칠서억날, 떠나아던 배 소식 어없더니
바닷가아 저쪽에 뜬 돌아아오오는 배애애
사아공 노랫소리 가까아아아워 오건만
한 번 간 그으 예엣님은 소식 어어없구나아

목소리가 썩 구성지다. 키가 작달막한 사내는 주름이 주글주글한 것이 나이가 많아 보인다. 입에서 노래가 흘러나올 때마다 하얀 입김이 모락모락 뒤로 흩어졌다.

떴다 보오아라, 안창남의 비행기이이, 그 지게꾼은 무슨 노래를 부르든 진양으로 늘어지게 만드는 재주가 있었다. 내려다 보아라아, 엄복동의 자전거. 그 사내를 앞질러 가며 민호는 함께 가락을 탔다. 웬 여자의 목소리가 섞이자 물지게꾼이 뺄쭘한 듯 쳐다보고는 쑹얼쑹얼한다.

"허허. 안창남이가 죽은 게 언젠데 자꾸 이러누. 카악 퉤. 젊고 아까운 조선 사람만 죽어 나가는 이놈의 세상."

침 뱉는 모습을 보고, 이완이 얼른 민호의 손을 잡아끌어 자신의 옆에 바짝 붙였다. 헹. 거 좋을 때네. 물지게를 진 사내가 두 사람을 힐끗 바라보며 코를 실룩대며 웃었다. 물지게꾼의 오해에 이완이 무안했는지 슬그머니 민호를 원위치로 밀어냈다.

민호는 머쓱했다. 내가 불타는 빨강 머리에 은방울 목소리를 가진 섹시한 변호사님이 아닌 건 알지만, 나도 밀리면 쪽팔리고 상처받는 염색체 XX란 말이야. 민호는 속으로, 속으로만 열심히 중얼거렸다.

"박 실장님 여기는 서울인데 일본 사람이 굉장히 많네? 두세 명 중 하나는 일본인 같은데?"

"여기가 경성의 혼마치, 본정통(本町通)이라 그렇습니다."

심드렁한 척하면서도 사방을 둘러보던 네이롱의 검색창이 말했다.

"1930년대쯤엔 한탕을 꿈꾸는 일본인들이 많이 들어왔거든요. 인구 비로 보면 5%? 스무 명에 한 명쯤은 일본인이었을 건데, 여기 본정통이 일본인들이 가장 많이 모여 살던 곳입니다."

"본정통?"

"네. 중심가 정도로 이해하면 됩니다. 충무로, 명동, 덕희 할머니 집이 있던 남산 기슭 일대까지 전부 경성의 본정입니다. 이 지역은 서너 명에 한 명은 일본인일 거예요. 백화점이나 상점들도, 이곳에 있는 것이 조선의 화신 같은 곳보다 훨씬 세련되고 고급스러웠죠."

"일본인들이 그렇게 잘 살았나?"

"······당연한 거 아닙니까?"

"부자들이 왔나?"

"와서 부자가 됐죠. 동양척식 같은 곳에서 조선인의 땅을 죄다 뺏어 안겨 주는데 잘살지 못하면 멍청한 거였겠죠. 우리 할아버지도 그 속에 끼어서 크게 한몫 잡으셨고요."

이완의 목소리에 얹힌 무거운 감정에 민호는 가만히 입을 다물었다.

남산 기슭에서 출발해 퇴계로와 명동 사이를 가로질러 종로 쪽으로 쭉 걸어 올라가며 두 사람은 이런저런 이야기를 잡다하게 나누었다.

의외로 이완은 길게 이야기 나누는 것을 싫어하지 않았고, 일견 무식(?)하고 실없는 이야기도 제법 맞장구를 치면서 잘 들어 주는 편이었다. 그리고 생각보다도 훨씬 박학다식했다. 잘난 척하고 아는 대로 줄줄 나열하는 짓은 안 하지만, 무엇에 대해 묻기만 하면 많든 적든 어떤 형태의 정보라도 흘러나왔다.

그리고 말본새와는 달리 세심하기도 했다. 추운지 손이 시린지 가끔 돌아보며 물었고, 긴 다리로 성큼성큼 가다가 수시로 뒤를 돌아 민호가 잘 오고 있는지 확인했다. 얼음판에 민호가 덜렁 미끄러져 엉덩방아를 찧자, 황급히 뛰어와 부축해 주기도 했다. 다만 힘 조절이 잘 되지 않아 부축이라기보다 한 손으로 둥실 안아 올리는 느낌이었다.

그는 인상을 잔뜩 구기고는, 길바닥에서 칠칠치 못하다느니, 조심성도 없다느니 잔소리를 해댄 후, 바로 곁을 지나는 인력거를 잡았다. 덕희와 탔을 때보다 더 좁았고, 열 배는 더 거북해서 민호는 내내 꼼지락거렸다. 그때마다 이완은 몸이 찌그러들도록 바짝 붙어 앉아 시선을 밖으로 돌렸다. 다행인지 불행인지 바퀴는 빠지지 않았다. 땀에 새까맣게 전 수건을 목에 걸고 있는 인력거꾼의 등이 땀으로 축축하게 젖어 있었다.

광화문 앞 전차 역에 도착한 것은 점심때쯤이었다.

이완은 인력거에서 내린 민호가 순간적으로 인파에 묻혀 보이지 않아 등골이 오싹했다. 과거의 장면 속에 묻혀 있는 여자는 전혀 이질감이 느꺼지지 않았다. 검은 보따리를 움켜잡고 길게 쫑쫑 땋은 머리카락을 고무줄로 질끈 묶어 놓은 여자는 온전히 이 시대에 묻혀 살고 있는 사람처럼 보였다. 신기하기도 했지만, 등이 서늘할 정도로 위태하게 느껴지기도 했다.

광화문 앞의 정경은 현재와 많이 달랐다. 일단 광화문 뒤로 둥근 반구형이 지붕이 눈에 들어왔다. 거대한 르네상스식 건물, 조선총독부 청사다. 지금 이곳은 일제강점기하 조선의 가장 중심이 되는 지역이었다.

눈앞에 펼쳐진 광경은 거대한 용광로처럼 보였다. 국가별, 세대별, 성별, 신문명과 구문명의 충돌과 혼합 상태를 고스란히 드러내고 있었다.

검은 두루마기에 양복 바지에 고무신을 신은 노인, 교복 차림의 학생, 머리를 한껏 올려 온갖 비녀와 뒤꽂이로 장식한, 화사한 기모노 차림의 일본 여자, 하카마와 하오리를 입고 게다를 신고 팔자걸음을 걷는 키 작은 사내, 양장을 하고 모자를 쓰고 굽 높은 구두를 신고 있는 신여성, 머리를 단정하게 쪽 찐, 남색 치마저고리에 두루마기를 입은, 단아해 보이는 중년 여성, 단발에 치마저고리, 고무신 차림의 여학생, 위에는 고름 달린 저고리, 털조끼, 아래는 짙은 색 몸뻬를 입으신 국적 불명의 할머니, 데데데따따따 중국어로 빠르게 지껄이는 호복 차림의 장사치도 두엇 얼려 지나간다.

중절모에 몸에 잘 맞는 줄무늬 양복를 입은 풍채 좋은 사내, 이 추운 겨울에도 맨발로 목판을 목에 걸고 뛰어다니는 까까숭이 사내아이들, 칼바람 속에서 땀을 팥죽처럼 흘리고 있는 인력거꾼, 새파란 나이에 엽궐련에 베레모, 단장까지 짚고 건들거리는 '모던 보이'가 있는가 하면 말을 타고 비키라고 소리를 지르며 지나가는 갈색 제복 차림의 경찰들과 지게꾼, 장사치들이 보였다.

어떤 차림들 하고 있든 이질적이지 않았다. 역동적이고 불안정하면서도 거대한 힘이 온몸에 와서 부딪치는 것 같고, 변화로 크게 물결치는 시대의 한가운데 서 있다는 것이 생생하게 느껴졌다.

그리고 민호는 그 개화기 풍경의 한가운데에 너무 자연스럽게 녹아들 었다.

민호는 널찍한 육조거리 광화문통을 보자마자 서울 구경 처음 나온 사람마냥 사방을 두리번거렸다.

"우와! 바, 박 실장님! 보던 거다! 저거 좀 어디서 많이 보던 거다!"

"······광화문 아닙니까."

아니나 다르랴. 실망시키는 법이 없는 윤민호. 이완은 뭐라 할 말을 찾을 수가 없어 말을 끊고 웃고 말았다.

처음 박물관에서 만난 이래, 아니, 눈앞에서 안경을 벗고 쌔그르르 웃 어 보인 이래, 저 여자가 고와 보일 때가 있었다. 눈이 마주치면 말 그대 로 숨이 턱턱 막히기도 했다. 그럴 때면 자신이 백치가 된 것 같은 기분 이었다.

그나마 다행인 것은, 그런 일이 생길 때마다 여자가 반드시 저렇게 무 식이 튀는 소리를 해 준다는 점이었다. 이완은 그때마다 간신히 평정심 이 회복되는 느낌이 들었다.

······다행인 건가?

애매하다.

광화문 앞으로는 전차가 다니는 침목이 길게 놓였고, 나무로 만든 전 봇대들이 길게 줄을 이어 섰다. 전차 정류장 부근에는 사람들이 드문드 문 흩어져 전차를 기다리고 있었다. 광화문 좌우로는 현대식 건물들이 주르르 고개를 들고 있고, 그 사이사이로 낮은 기와집이 지붕을 잇대고 있는 것이 보였다.

이완은 새삼스러워 사방을 둘러보았다. 총독부 쪽으로 나와 보니 생각 외로 현대식 건물이 많았다. 한문이나 일본어 상호가 적힌 간판이 대부분이었다.

소달구지와 수레, 자동차, 자전거, 인력거들이 뒤엉켜 좌우로 달린다. 그들 사이에 나름의 규칙이 있는지 크게 부딪쳐 싸우는 일도 없이 고갯짓 한 번으로 한쪽이 멈추고 한쪽은 옆으로 돌아 속도를 낸다. 현대의 도로처럼 평탄하지는 못해서 작은 수레들은 걸핏하면 퉁탕거렸고, 한쪽에선 전차 침목을 넘다가 굴대가 빠진 인력거가 옆으로 나동그라졌다.

사이사이로 자전거를 탄 숱한 사람들이 땡땡 소리를 내며 사람들 사이를 빠르게 지나갔다. 이완은 자신이 흑백영화 한 장면 속에 스티커처럼 붙어 있는 컬러사진처럼 느껴졌다. 이곳에 와 있으면서도 둥둥 부유하는 것처럼 도무지 현실감을 느낄 수 없었다.

눈 깜박할 사이에 여자가 또 사라졌다. 여자가 이 풍경 속으로 들어가 버리면 가슴이 덜컹 내려앉기부터 한다. 한참을 둘러보고서야 목판을 멘 엿장수 아이와 이야기를 주고받는 여자를 찾아낼 수 있었다. 기가 막혀 멍하니 바라보고 있으니 한참 만에야 달려와 수집해 온 정보를 털어놓는다.

"전차 값은 한 명이 3전 5푼이니까 둘이서 7전이야. 백번 타도 남겠다. 하여간 지금 막 지나갔대. 조금 있다 오긴 한다는데 일단 우리 밥이나 먹자."

"밥이요? 지금 여기서? 이런 데서요?"

"그럼 여기서 먹지 집에 갈 때까지 굶을 거였어? 가다 쓰러지면 내가 업고 가야 하는데? 나 쌀 두 포대까지밖에 못 지는데. 박 실장님 쌀 두 포대보다는 무겁지 않나?"

"제가 74킬로그램입니다. 20킬로그램짜리 쌀로 세 포대 반이 넘……."

내가 미쳤나. 무슨 말을 하는 거야. 그는 고개를 확 돌리고 이맛살을 구겼다. 이완은 자신이 어느새 덤 앤 더머의 물결에 휩쓸렸다는 것을 알아차렸다. 맙소사. 이 여자는 바보 바이러스를 전염까지 시키는구나. 그는 풀 죽은 목소리로 대답했다.

"네, 밥 먹습니다. 뭐라도 먹으면 될 거 아닙니까."

"아, 그래. 저 앞으로 가서 왼쪽으로 꼬부라지면 맛있는 거 파는 집 많대. 백화점도 있고."

민호는 손가락으로 종로 방향을 가리켰다. 그렇군. 광화문 앞에서 종로로 빠지는 왼쪽 길은 옛 운종가, 종로 2정목으로 불리던 곳으로 예나 지금이나 전국 제일가는 상가 밀집 구역이다. 지나온 본정만은 못해도 종로 2정목 역시 현대식 건물이 우후죽순으로 솟아 있을 것이다.

"백화점이라니, 이때도 쇼핑족들이 많았나 봐. 무슨 백화점일까? 롯데? 현대? 갤러리아?"

미치겠다. 이 여자는 시간 여행을 그렇게 다니면서 역사에 대해 전혀 관심이 없나? 롯데나 현대 그룹 초대 회장이 아직 까까숭이 나이일 거란 생각은 안 하나?

"경성의 5대 백화점이면, 미쓰코시, 미나카시, 조지아, 히라다, 화신. 이렇게 있을 겁니다. 종로의 백화점이라면 화신이겠죠. 미쓰코시나 미나카시들은 아까 우리가 가로질러 지나왔던 본정통에 있을 겁니다."

"우와. 정말 대단하다. 머리에 10테라 메모리쯤 끼워 갖고 다니는 거지? 아까부터 생각했는데, 박 실장님 뇌의 주름들은 상을 받아야 마땅해! 자, 상!"

민호는 이완의 앞으로 손을 쑥 내밀었다. 한입 크기로 자른 누런 엿이 들려 있었다. 이완은 입을 멍청하게 벌리고 뒷골을 잡았다. 대답 잘 했다고 참 잘했어요 상품인가? 누가 유치원 선생 아니랄까 봐?

게다가 위에 묻은 거무스름한 자국이 무엇인지 도무지 알 수 없었다. 이완은 목판을 목에 건 맨발 소년을 곁눈질했다. 떡 진 머리카락과 시커먼 옷과 더께가 앉은 손등과 때로 코팅된 손가락을 보니 눈앞이 깜깜했다.

안 먹습니다. 댁이나 다 드세요, 하는 말이 분명 목구멍 끝까지 솟았는데, 여자를 보고 있으니 그 간단한 말이 나오지를 않는다. 대신 한숨을 쉬고 얌전히 입을 벌렸다. 아니, 솔직히 말하자면 의지에 반해서 입이 저절로 벌어진 것이다. 어쩐지 될 대로 되라는 심정이 되었다.

민호는 손을 올려 엿가락을 이완의 입에 밀어 넣었다. 심장이 벌떡, 요란하게 뛴다. 눈썹 끝이 확 오그라드는 것 같았지만 잠자코 받았다. 여자의 반짝이는 새까만 눈이 날렵한 굴곡을 그리며 곱게 가늘어졌다. 엿은 추위 때문에 딱딱했지만 여자의 손가락이 닿았던 부분은 그래도 끈적했다. 균이 몇만 마리가 들어 있는지 알 수 없으되, 아침까지 거른 상태라, 입에선 그저 달았다. 민호는 그의 손을 붙잡고 끌어당기다가, 제 흥에 겨워 겅중겅중 앞장을 서기 시작했다.

이완도 천천히 운종가 쪽으로 걸음을 옮겼다. 허기가 밀어닥치고 있으니 여자 말대로 밥은 먹어야 했다. 앞장서서 뛰듯이 걸어가는 여자의 발걸음이 경쾌했다. 아아, 배고파, 배고프다, 하늘에는 별도 많고, 세상에는 먹을 것도 많고. 아까 물장수처럼, 그녀의 입에서도 노랫말이 토막토막 굴러 나온다.

대체 나이는 어디로 먹고 저럴까. 저걸 어떻게 나이 서른이라고 해. 속으로 투덜거리면서도 저절로 웃음이 샜다. 길게 늘어뜨린, 얼기설기 땋은 머리 꽁지가 달랑달랑 흔들리는 것이 우습기도 하고 예쁘기도 하다. 씩씩하게 달리는 여자의 치맛자락이 펄렁펄렁 날리면서 겹으로 껴입은 속옷이 보이는데 그 역시 민망하다기보다 이젠 귀엽게 보였다.

이완은 자신의 머리가 텅 비어 버린 건 아닐까 하는 생각이 들었다. 지금, 현재로 돌아갈 수 있는지 확실치도 않은 초비상 상황 아닌가. 이런 상황에서 웃음이 나오다니. 저 여자의 옆에 잠시만 함께 있으면, 매번 이렇게 얼이 빠지고 만다. 일어날지 안 일어날지 모르는 미래의 일에 대한 숱한 걱정은 모조리 사라지고 마는 것이다. 나만 이런 게 아니고, 저 여자 옆에 있으면 다 이 꼴이 되는 거라고 누가 말 좀 해 주었으면 좋겠다.

한 손에 쥔 검은 보따리를 앞뒤로 신나게 흔들며 달리던 여자가 문득 멈췄다. 종로 초입부에서부터 사람들이 몰려 있다. 그녀는 뒤를 돌아 손을 휘휘 돌리며 큰 소리로 불러 댄다.

"박 실장님, 얼른 와 봐! 여기 재밌는 거 한다!"

새로 기와를 얹어 놓은 목 좋은 술집 마당의 평상에서, 때에 전 지게를 내려놓은 사내가 술 종지 세 개를 엎어 놓고 야바위판을 벌였다. 지게꾼인 것치고는 손 솜씨가 대단해서, 모여서 돈을 내건 사람들의 돈을 순식간에 따먹고 말았다.

종지가 홀딱 뒤집힐 때마다 민호의 콧잔등이 실룩실룩한다. 분명 저거 맞는데, 저거 분명 눈속임인데. 저거, 저거 옆에 건 왜 안 열어 봐. 저거 속였다고. 분명 가운데 들어간 거 맞단 말이야. 모여 선 사내들끼리도 주먹이 부룩부룩, 이맛살이 실룩샐룩, 사기네 어쩌네 드잡이질을 하려 하니, 덩달아 민호의 주먹도 불끈거린다.

이완은 얼른 민호의 소맷부리를 잡아당겼다. 국민증도 없이 도망 다니는 주제에 아주 순사를 불러들일 작정이냐고 타박을 받고서야 주춤주춤 물러선다.

옆에 딸린 미닫이가 달린 쪽방에선 문을 반쯤 열어 놓고 얼치기 기생 사촌을 데려다 놓고 술판이 늘어졌다. 둥당, 둥당 몇 번의 북소리와 함께 나이 든 여자의 구성진 가락이 흘러나왔다. 그 옆에 앉아 있던 두루마기를 차려입은 작달막한 노인이 수염을 쓰다듬으며 흥에 겨워 어깨를 들썩이다가, 붓을 들어 앞에 놓인 긴 화선지 위에 길쭉하게 난을 친다.

낮술이 과했던지, 교모를 머리에 쓴 교복 차림 청년 하나가 비틀비틀하며 뒤로 돌아가 토악질을 한다. 주방으로 빠지는 좁다란 골목 한 켠에선 머리를 박박 민 중늙은이와 꼬맹이 하나가 나란히 서서 소변을 보았다. 김치 단지를 끙끙대며 들고 오던 주인 노파가 자꾸 우리 집 담벼락에 냄새를 피우면 붕알로 젓갈을 담아 버리겠다는 협박을 했다.

동쪽으로 길게 뻗은 운종가의 양쪽으로는 현대식 건물들이 제법 볼만하게 솟아 있었다. 3~4층 콘크리트 건물 사이로 기와지붕이 자잘히 붙은 모양새가 쭉 이어져 퍽 번잡하기도 했다. 장식이 화려한 현대식 고층 건물로는 양복쟁이와 정장을 차려입은 여자들이 드나들었고, 그들을 위해 넓지 않은 길에 자동차와 인력거, 마차들이 정신없이 지나다녔다.

흙먼지가 풀풀 이는 바닥에는 군데군데 배설물 말라붙은 것이 나뒹굴어 도무지 안심하고 발을 디딜 수가 없었다. 조선 제일의 번화가인데도 그렇다. 분뇨 처리 시스템이 확립되지 않은 상태에서 도시로 인구가 몰리기 시작하면 필연적으로 나타나는 현상이었다.

알고는 있지. 알고는 있는데, 눈으로 그 꼴을 봐야 하는 것은 이완에게 끔찍한 고문이었다. 구두코는 벌써 먼지로 허옇게 덮였고, 여기저기 풍기는 악취며 주변에 지저분하게 쌓인 음식 쓰레기 냄새 때문에 금방이라도 구토가 올라올 것 같다. 이 여자는 이런 곳이 뭐가 좋다고 허구한 날 여행을 오는 걸까?

끼니때가 되어서인지 밥집마다 양복쟁이 한복쟁이들이 복닥복닥 들끓었다. 이완은 여러 영역에서 예민한 편이지만 냄새에 특히 예민했다. 한식을 잘 먹긴 하지만 청국장 따위는 냄새 때문에 평생 입에 대 본 적이 없었고 특유의 누린내가 나는 국밥집은 근처에도 가지 않았다.

하지만 민호가 좋아라 앞장서 들어간 곳은 돼지해장국밥집이었다. 입구에 들어서자마자 누린내와 퀴퀴하게 찌르는 냄새가 뒤섞여서 그의 코를 쏘았다. 이완은 포기하고 자리에 앉았다. 저 여자와 함께 다니려면 자신의 정체성을 하나씩 헌납해야 하는 것 같다.

두 사람은 돼지국밥을 하나씩 시켰다. 이완은 10년은 빨지 않았을 듯한 방석을 보고 뱃속이 뒤틀렸고, 곰팡이가 검게 슨 천장을 보고 당장 일어나야 하나 끔찍하게 고민했다. 압권은 자신의 앞에 놓인 돼지국밥이었다. 뚝배기 속의 벌건 국물 속엔 잇자국이 남은 김치 조각이 들어 있었고, 머리통만큼이나 높이 쌓아 놓은 고봉밥 한쪽 구석에는 주황색 국물이 묻어 있었다. 어질어질했다. 수저에 묻은 지저분한 얼룩과, 때에 결어 끈끈한 감이 느껴지는 소반 따위는 애교 수준이다.

대체 어떤 새끼들이 먹던 걸 다시 내놓는 거지? 음식물 재활용 금지가 일반상식이 된 것이 그리 오래전은 아닌 모양이다. 이걸 따질 수도 없고, 새로운 밥으로 달라 했다간 저 불친절한 주인 할머니로부터 또 어딜 떼어서 젓갈을 담겠다는 폭언을 들어야 할 판이다. 이완은 밥을 앞에 놓고 앉아 고뇌에 빠졌다. 민호는 눈을 둥그렇게 뜨고 그의 표정을 좌우로 살폈다.

"박 실장님. 왜 그래? 먹기 싫어? 입맛 없어?"

"남이 먹던 걸 줬네요. 이걸 어떻게 먹으라고."

쓰게 씹어뱉자 여자는 밥그릇을 한참 동안 이리저리 들여다보더니 태연하게 그의 밥그릇과 국그릇을 끌어당겼다.

"그럼 내가 먹지 뭐. 이런 거 먹었다고 체한 적은 없었거든. 박 실장님 이거 새것 먹어."

이완이 한마디 하려고 입을 벌리는 순간 민호는 벌써 한술 크게 떠서 입안으로 욱여넣는다. 이완은 그것을 말리지도 못한 채 멍청하게 그녀를 쳐다보았다. 차라리 안 먹으면 안 먹었지 이러려고 했던 건 아니다.

"대체 뭐 하는 짓입니까? 제가 까다롭긴 하지만 남에게 이런 짓까지 시키는 진상은 아닙니다."

그는 이마를 확 구기며 다시 밥그릇과 국그릇을 빼앗았다.

"아, 누가 진상이래? 나는 아무렇지도 않으니까 그렇지."

"누가 바꿔 달랬습니까? 당신이 하녀, 무수리예요? 남이 먹다 남긴 거 내려 먹게? 다른 데 가서도 남들보다 못한 거, 모자라는 거, 이상한 거 구태여 찾아 먹지 마세요. 기분 나쁩니다."

"내가 먹는데 왜 박 실장님이 기분이 나빠?"

민호는 당황한 듯 눈을 껌벅거렸다. 이완은 말도 없이 고개만 수그리고 지저분한 수저를 소맷자락으로 문질렀다.

"어, 그리고 이제 그거 내 침도 닿았는데?"

"제가 못 먹을 것 같습니까?"

"아까 못 먹을 것처럼 말했잖아. 먹던 거 줬다고. 한 입으로 두말해?"

"두 사람이 먹던 거면 오히려 중화돼서 괜찮습니다."

이완은 퉁명스럽게 대답했다. 그는 입술에 지그시 힘을 주고 산더미처럼 쌓인 밥을 뚝배기에 몰아넣었다. 아까는 죽어도 못 먹을 거라 생각했는데, 이제는 먹을 수 있으리란 생각도 든다. 설마 먹고 죽을 일이야 있겠는가. 그는 눈을 꾹 감고 돼지국밥을 입에 넣기 시작했다.

"어, 침 두 사람 게 닿으면 중화되는 게 정말이야?"

"……정말 사람 미치…… 그걸 또 믿습니까?"

"에이, 그렇지? 그럼 그냥, 한 사람이 먹던 밥보다 두 사람이 먹던 밥이 좋았던 거였어?"

"……그만합시다."

이완은 포기하고 말았다. 여자가 말끄러미 웃으며 지켜보는 것이 느껴진다. 왜 남의 밥 먹는 것을 구경하고 난리인가. 얼굴로 열이 조금씩 올랐다.

신기하게도, 밥이 목구멍으로 넘어간다. 저 여자 말마따나, 저 여자가 한 번 더 먹어 준 밥이 나았다. 누린내 나고 거친 밥이 제법 입에 달았다. 겉껍질만 도정된 딱딱한 현미밥도, 벌써 시고 짠맛이 들어 버린 김치도 그럭저럭 먹을 만했다. 맞은편에 앉은 여자는 눈을 가늘게 휘고 웃으며 참으로 행복한 얼굴로 돼지국밥을 퍼먹고 있었다.

"막걸리 한 사발만 시켜 먹으면 안 될까?"

옆에서 행색이 지저분한 사내들이 탁배기를 돌려 마시고 있는 것을 본 모양이다. 여자의 목구멍으로 침이 꼴까닥 넘어가는 게 보인다.

"달고 맛있어. 나 막걸리 좋아한다고. 열도 나고, 알딸딸하고, 기분도 좋아. 뭐야, 막걸리, 동동주 안 먹어 봤어?"

"술 안 좋아합니다. 안 먹어 봤습니다. 행여 마실 생각은 꿈에도 하지 마세요."

"그냥 한 병 사 가는 건?"

"갈 길이 멀다면서 술병 들고 갈 겁니까! 지금도 술 취한 것 이상으로 건사가 힘든데 술까지 먹여 놓으면 무슨 일이 벌어질지 알고. 몸무게 57이라 했었죠? 쌀 세 포대를 짊어지고 남양주까지 가게 할 참입니까?"

부다다다 터진 이완의 잔소리에, 여자는 움찔 물러나 아쉬운 입맛을 다셨다.

이완은 다소 느긋해진 마음으로 거리로 나섰다. 여자가 들고 있는 검은 보따리도 뺏어 들었다. 여자는 주인을 구워삶아 동전 몇 푼에 찬밥을 얻어 내고 또 주절주절 사설을 풀어 가며 무언가 '삥'을 뜯어 보따리 안에 집어넣어 둔 참이었다. 보따리가 제법 불룩해졌다. 무엇을 넣었는지는 묻고 싶지 않았다.

잠시 전차 생각은 잊고 함께 종로 2정목을 가로질렀다. 예나 지금이나 널찍한 번화가였다. 앞장서 달려가며 점포를 구경하던 여자가 화신 백화점의 특매품부 '30전 균일가' 코너로 뛰어들더니 억센 남자들 사이에 파묻혀 버렸다. 이완은 저 여자의 허리를 끈으로 묶어 손에 쥐고 다녀야 할까 심각하게 고민했다.

화신 백화점은 말이 백화점이지 물건의 배치나 짠내 풍기는 사내들이 복작대는 꼴을 보면 동네 대형 슈퍼마켓이 더 나을 지경이었다. 사람들이 몰려 있다 보니 냄새도 참을 수 없을 만큼 역했다. 하지만 민호는 아무렇지도 않은 듯, 전투적으로 사람을 헤치며 물건을 골랐다. 그 움직임에서 엄청난 관록이 느껴졌다.

이완이 한참 떨어진 곳에 서서 팔짱을 끼고 기다리노라니, 여자가 억센 사내들을 걷어 내고 손을 휘저으며 달려 나온다. 짜잔! 선물! 하는 명랑한 목소리가 흘러나왔다.

"목도리야. 털이 두툼해서 두 개 샀어."

갑자기 목 뒤로 훅, 무엇인가가 덮였다. 그는 흠칫하고 한 걸음 물러섰다. 여자는 손에 들린 남은 하나를 들어 보였다. 검고 북슬북슬한 털이 가득한 긴 목도리였다. 천만다행으로, 여자의 목에 둘러 있던 고쟁이 목도리가 사라졌다. 그런데 나는 왜?

"대체 이런 건 왜 사 온 겁니까?"

"산 넘어갈 땐 많이 추울지도 몰라. 이거 하나 있으면 제법 따뜻하거든. 완전 낚였어. 30전 균일가라더니 이건 또 비싸. 하나에 일 원 오십 전이나 해. 그래도 박 실장님 체면을 생각해서 내가 좀 센 거 질렀다."

"뭡니까. 똑같은 걸로 두 개 산 겁니까?"

"어, 잡히는 대로 사다 보니. 아, 맞다. 헷갈릴 수 있구나. 내가 빨간 걸로 바꿔 올게."

"……아닙니다. 됐습니다."

"색깔 똑같이 까만데?"

"전혀, 전혀 상관없습니다. 신경 쓰지 마세요."

이완은 민호의 손에서 목도리를 받아서 그녀의 목에 얹었다. 눈이 동그래진다. 예쁘게 모양을 감아 묶어 주었다. 목도리에 파묻힌 여자가 이게 뭔 사태라냐? 하는 얼굴로 눈알을 데굴데굴 굴렸다. 그래도 시선이 닿으니 또 배시시 웃는다.

심장이 덜컹대는 소리를 낸다. 조금 아까 보았던, 침목을 간신히 넘어서는 인력거처럼. 이완은 난처한 얼굴로 고개를 돌렸다. 북슬대는 목도리에 푹 묻혀 있어서 그런지 얼굴로 열이 오르고 숨이 막혔다. 살짝 눈을 감았다. 이젠 뱃속에서까지 불 한 덩어리가 굴러다니는 것 같았다.

두 사람이 전차를 탄 것은 오후 세 시가 가까워서였다. 암녹색과 베이지색으로 도색된 전차는 생각보다 크기가 작았다. 크기로만 보면 열차가 아닌 버스에 훨씬 가까웠다. 다만 도로에 레일이 깔려 있고 위로 전기가 연결되어 전차로 불릴 뿐이었다.

전차는 속도가 상당히 느린 편이었는데, 아무리 좋게 주어 봐야 시속 30킬로미터도 채 나오지 않을 성싶었다. 전차 운전수는 선로 위를 오가는 사람들이 있을 때마다 속도를 줄여야 했다. 그래도 걷는 것보단 훨씬 낫겠거니. 이완은 그렇게 생각하며 손잡이를 잡은 손에 힘을 꽉 주었다.

전차 안은 여러 계층의 사람들이 한꺼번에 타고 있었다. 현재와는 달리 어지간히 넉넉한 집이라도 자가용이 없는 경우가 많아, 경성 시내 거의 전 계층의 사람들이 전차를 이용했기 때문이다.

미 대공황의 여파로 인한 불경기, 극심한 수탈, 일본민 우대정책, 시골노동자의 무작정 상경 바람, 대부분의 고학력 청년마저 백수를 면치 못하는 암울했던 시기. 하여 1930년대의 경성은 극심한 빈부격차로 악명이 높을 수밖에 없었다.

이완이 알기로, 영화나 자료에 남아 있는 당시 문화나 예술, 패션, 신여성들 사이에서 유행했던 문화적 아이템들은 한결같이 최상류층, 극히 일부의 사람들만 향유하던 것이었다. 하지만 그 유행이 매우 빠른 속도로 퍼질 수 있었던 것은 바로 이 '전차'라는 공동의 개방된 공간이 있었기 때문이라 했다.

정강이 윗부분까지 올라간 치마를 입은 단발 여학생 둘이 한 손엔 가방을 들고, 한 손은 높이 들어 전차 손잡이를 꽉 잡고 있다. 두 여학생의 팔에는 금빛이 반짝반짝하는 시계가 채워져 있었다. 팔이 아프다 소곤거리면서도 손잡이를 바꿔 잡지 않고 버티는 것을 보니, 저 시계 역시 첨단 유행 아이템인 모양이다. 남자들뿐 아니라 그곳에 타고 있던 연령 불문 아낙들의 시선이 여학생들의 짧은 치마와 반짝이는 시계 사이를 부산하게 오갔다.

전차 안은 꽤 복잡한 편이었다. 그래도 민호는 용케 빈자리를 차고 앉았다. 7년간 출퇴근 지옥철에서 단련된 좌석 헌터의 능력이 빛을 발하는 순간이었다. 민호의 오른쪽에는 몸이 퉁퉁하고 얼굴이 번질번질한 양복 신사가 앉아 있었다. 양복 신사는 둘둘 말린 잎담배를 뻐끔거리며 담배 연기를 좌우로 푹푹 내뱉었다.

다리를 심하게 벌리고 앉은 양복 신사 때문에 양쪽 옆으로 앉은 두루마기 노인과 민호는 다리를 움츠리고 앉아야 했다. 조금 짜증이 난 민호는 슬그머니 한쪽 다리에 힘을 주어 쩍벌 허벅지를 옆으로 밀어냈다. 엇

흠, 양복쟁이가 다리를 오므릴 생각도 않고 등을 뒤로 붙이며 더 힘을 준다. 얼씨구, 이놈이 뭐 하자는 짓이냐. 민호의 콧잔등이 실룩, 움직였다.

'아오 씨, 100년 전이나 지금이나 이놈의 쩍벌 새끼들이란! 가랑이를 째 놓아야 생각이라는 걸 하고 살라나.'

속으로 중얼거린 민호는 팔짱을 턱 끼고는 똑같이 다리를 쩍 벌렸다. 양복 사내가 흠칫하더니 옆에 앉은 여자를 아래위로 훑어보고 입술을 실룩거렸다. 어디서 감히 새파란 여자가. 그는 엉덩이를 부르륵 흔들고는 다시 다리에 힘을 빡 주어 다시 민호의 다리를 밀어냈다. 민호의 이마 위로 증기가 솟았다.

'아우우우? 새끼, 내가 쩍벌남을 봐주는 유일한 예외 사항은 꼬추 까는 수술 받았을 때뿐이라고!'

민호는 온몸에 힘을 실어 양복 사내의 쩍벌 다리를 밀어내기 시작했다. 두 사람의 얼굴이 시뻘게졌다. 주변의 시선이 흘끔흘끔 모이기 시작하자, 부끄러워진 사내가 중절모를 손에 꽉 움키고는 목소리를 높였다.

"이거 어디서 굴러먹던 년이 개같은 짓을……."

"민호 씨, 무슨 일 있습니까?"

차갑고 낮은 목소리가 사내의 말을 자르고 끼어들었다. 큰 그림자가 사내의 위로 늘어졌다. 민호는 명청한 얼굴로 이완을 올려다보았다. 이완의 시선은 쩍벌 사나이에게 무시무시하게 쏟아지고 있었는데 멀쩡한 사람 하나 잡아 죽일 만큼 살벌했다. 민호는 사내들끼리의 기선제압 따위에 대해서는 잘 알지 못했다. 그저 모르는 개들이 서로 만나면 한순간 눈빛으로 서열이 정해지듯이 남자들도 그런 게 있다더라 말만 들었다.

그리고 지금 그녀의 앞에는 실시간 개싸움이 벌어지고 있다.

"……이런 니미."

민호의 상상과 달리 서열은 곧 정해졌다. 이런 니미, 하는 욕이 민호의 귀에는 깨갱깨갱으로 들렸다. 토마토처럼 얼굴이 익은 양복 사내는 화를 터뜨리지 못하고 씩씩거리며 시선을 옆으로 돌리고 말았다. 흥. 결국 이럴 거면서. 민호가 다시 한쪽 다리를 쭉 밀었을 때, 그는 시근시근하면서도 드디어 다리를 모아들였다. 사내의 다른 편에 앉아 있던 두루마기 영감이 민호를 쳐다보며 씩 웃어 보인다.

민호는 다시 할끔할끔 시선을 올렸다. 이게 웬일인가 싶다. 이런 쌈박질 창피해하는 사람인데. 내가 일행이라고 인정하고 싶지도 않았을 텐데.

물론 전차 안에서 큰 소리로 싸움 나는 게 쪽팔려서 미리 막아 준 거라는 것 정도는 잘 안다. 그래도 고마웠다. 민호는 입을 동그랗게 오므리고 소리 나지 않게 "고마워! 박 실장님 멋있어."라고 치사를 해 주었다.

순간 말도 안 되는 일이 일어났다. 차갑고 살벌하던 표정이 거짓말처럼 풀리더니 민호를 향해 살짝 눈웃음을 보내는 것이다. 뺨으로 동그란 보조개가 깊이 패기까지 했다. 믿을 수가 없다. 입술이 달싹거린다. 뭐, 뭐라고 하는 거야. 민호는 눈에 힘을 빡 주고 그의 섹시 터지는 입술의 움직임에 집중했다. 민호 씨, 잘했습니다. 저렇게 못된 놈들은 응징을 해야죠. 괜찮으신가요?

민호는 얼른 고개를 숙였다. 어. 이게 아닌데. 이게 아닌데에에? 얼굴로 화산이 폭발하듯 열이 몰렸다. 하지만 2초도 견디지 못하고 다시 시선을 올렸다. 쏙 팬 보조개가 여전히 남아 있다. 눈이 마주친다. 다시 홀랑 눈을 깔았다가, 다시 2초 후 고개를 든다. 조건반사의 고약함이 가히 형언할 수 없다.

전차는 덜컹덜컹 소리를 내며 달렸다. 길게 이어진 길을 따라서, 정류장마다 사람들을 쏟아붓고 미어지게 태우고선 천천히 속도를 낸다. 전차가 멀찍이 다가오는 것이 보여도 사람들은 태연히 선로를 가로질렀다. 그때마다 운전대를 잡은 일본인 운전수는 바가야로, 칙쇼, 욕설을 퍼부으며 경적을 울렸고, 사람들은 그제야 산지사방 달음질해 흩어진다.

2000년대 초입을 살아가는 사람이나 1900년대 초입을 살아가는 사람이나, 모두 시끄럽고, 혼란스럽고, 자신의 일로 바빴으며, 주변의 사람들과 얽혀 거대한 장면과 시간의 흐름을 만들어 내고 있었다. 이완은 어느덧 자신도 그 장면 안에 끼어들었다는 생각이 들었다. 이곳도, 여기도 어쩌면 사람이 살 수 있는 곳이로구나. 당연한 사실을 새삼 실감한 그는 바람 빠지는 소리를 내며 웃었다.

저 여자는 그걸 오래전부터 알고 있었다. 막연하게 생각하고 두려워하던 일이, 저 여자에겐 그렇게 두려워할 만한 일이 아니었던 거다. 그것을 인식한 순간 그동안 이 상황을 공포로만 받아들였던 자신이 약간 부끄러워졌다.

슬그머니 웃음이 나온다. 이상하군. 이 상황에서 자꾸 웃음이 나오다니. 그래도 나쁘진 않다. 길이 막혔다 했을 때부터 마음을 옥죄고 있던 굵은 줄이 살짝 느슨해진 기분이었다.

청량리 종점에 도착해 전차에서 내린 두 사람은 남양주 방향을 찾아 터벅터벅 걷기 시작했다. 청량리에서 동쪽 방향을 잡기 위해 이완이 손목시계의 시침을 태양 쪽으로 맞추고 방위를 가늠하고 있을 때, 민호는 길 가는 사람들을 붙잡고 천마산 가는 길을 묻기 시작했다.

지나가는 차나 달구지를 히치하이크라도 해 보겠다는 민호의 시도는 장렬하게 무산됐다. 신작로를 오가는 차가 적기도 했거니와, 갓길에 서서 치마를 팔락팔락 들어 올려 보겠다는 계획에 이완이 얼굴을 시퍼렇게 하며 화를 냈던 것이다. 인력거꾼을 교섭해 놓고도 위치 설명을 제대로 하지 못했고, 산길까지 넘었다간 오늘 해 떨어지기 전에 돌아오지 못할 거라고 퇴짜를 놓는 통에 꼼짝없이 걷는 수밖에 없었다.

그래도 먼 길을 걷겠다는 이상한 옷차림의 남녀가 안쓰러웠던지, 인심 좋은 인력거꾼이 어림으로 길을 알려는 준다. 중간에 외진 산길을 타야 하지만 아주 높은 산도 아니고, 장돌뱅이들이 내내 오가는 길이라 아주 호젓치도 않을 것이고, 중간에 드문드문 마을도 나올 터이니 거기서 하루 자고 들어가는 게 좋을 거라 했다.

한참을 걷던 두 사람은 걸음을 멈추었다. 풍경이 점점 이상하게 변하고 있다. 악취도 점점 심해졌다. 개천가를 면하여 먼발치에서는 쓰레기를 쌓아 둔 더미처럼 보이던 곳이, 가까이 볼수록 점점 이상했다.

적지 않은 사람들이 주변을 느린 걸음으로 돌아다니고 있었다. 쓰레기를 잡다히 쌓아 놓은 곳인 줄 알았는데, 그 속에 거적이 움직움직하더니 사람들이 구물구물 거적을 걷고 밖으로 나온다. 이완은 눈썹을 지그시 찌푸리고 자세히 살폈다. 그들 가운데로 흘러가는 개천물은 검고, 움막 소리도 못 들을 정도의 쓰레기 집들은 우중충한 잿빛이었다. 민호도 약간 놀랐는지 눈을 깜박이다가 고개를 돌리고 물었다.

"저게 뭐지?"

"경성 시내 곳곳에 있던 토막촌입니다. 일제 때 생긴 거대한 빈민촌이죠."

"왜 일제 시대에 이런 게 생겼어?"

물어보는 여자의 눈이 흐려졌다. 이완은 가라앉은 목소리로 말했다.

"여러 가지 이유가 있죠. 지금은 세계적으로 대공황이기도 하고, 제대로 된 일자리가 거의 없기도 했고, 시골에서 농사를 짓던 사람들이 막

무가내로 경성으로 올라와서 그렇기도 하고요. 도시의 인구 폭발기에 나타나는 현상이긴 하지만, 경성의 경우 상황이 훨씬 나빴었어요.”

“왜?”

아래를 내려다보는 여자의 눈이 부옇다. 여자의 시선은, 거적문을 들치고 나가는 늙은 여자의 치마꼬리에 달린 작은 아이에게 고정되어 있었다. 부황이 들렸는지 홑저고리에 배가 불룩 나온 앙상한 아이였는데, 시커멓게 변한 얼굴로 악을 쓰며 울고 있었다. 빽빽 우는 소리는 쉬고 갈라져 돌을 가는 소리처럼 들렸다. 옆에서는 비슷하게 궁기가 흐르는 아이가 바닥에 주저앉아 흙을 움켜 입에 넣었다 뱉기를 반복했다. 그런 아이가, 그런 엄마가, 개천가에 한둘이 아니었다.

“글 모르는 대부분의 자작농은 동척에 땅을 뺏기고, 소작농은 새로 바뀐 지주와 법령 덕에 수확한 것을 대부분 털렸으니까요. 소작료와 부대비용으로 70~80%를 뺏겼다는 기록도 있습니다. 만주나 간도 같은 외국에서라도 목숨 붙이고 살겠다고 거지처럼 쫓겨 간 국민이 전체 인구의 1/6에 이릅니다. 정착금 하나 없이 빈 몸으로 야반도주해야 하는데 누군들 가고 싶었겠습니까.”

“응. 그렇구나.”

“여기는 만주나 간도까지는 차마 갈 수 없는 사람들이 모여든 곳이에요. 경성 시내 곳곳에 토막촌들이 있었다고 하더군요. 여기보다 훨씬 규모가 큰 곳도 많고.”

“……응.”

“우리 할아버지 같은 사람도 가해자 세력에 들어 있죠. 어렸을 땐 몰랐지만, 직업 때문에 이쪽 역사를 배우기 시작하면서 이런저런 것을 자세히 알게 되니, 제 몸에 흐르는 피가 낙인처럼 느껴지더군요. 그냥 모르는 척 덮고 살긴 하는데, 문득문득 얼굴이나 손을 불로 지지는 것 같은 느낌이 들 때는 있죠. 특히, 이번 전시회 사건처럼."

"……."

"나는, 이 낙인에서 평생 자유로울 수는 없을 거라 생각해요."

두 사람은 토막촌을 가로질러 천천히 걸음을 옮겼다. 악취 때문에 저절로 콧잔등이 찌푸려졌다. 이완은 자신보다 약간 앞장서서 가고 있는 여자가 이 동네에서조차 자연스럽게 녹아드는 것을 보고 길게 탄식했다.

저 여자는 이곳이 아니고, 아까 지나온 본정의 조지아 백화점 크리스마스 파티 장소에 갖다 놓아도 자연스럽게 녹아들 거라 확신했다. 조금 앞서 가는 여자는 가끔 손가락으로 눈가를 북북 문질렀다. 그녀는 웃는 것도 우는 것도 남몰래 숨기고 의뭉을 떠는 법이 없었다.

토막촌이 끝이 날 즈음, 길 어귀에 작은 좌판들이 줄이어 늘어서 있는 것이 보였다. 민호는 걸음을 멈췄다. 민호는 눈가가 불그레하게 물든 것도 모르고 고개를 돌리더니 싱긋 웃었다.

"박 실장님. 먹을 것 사 가자. 배 안 고파?"

"별로 위생적일 것 같지 않습니다."

"어차피 박 실장님 기준에 맞게 위생적인 음식은 이 시대에 없을 것 같아. 난 배가 고프면 인생이 온통 비극으로 보여. 아아, 뱃구레가 비어 있으니 하늘도 땅도 개천도 온통 시커멓구나. 꿈도 희망도 없어."

배 속에 서식하는 삼대 거지가 발동이 걸렸겠다. 참새가 방앗간을 어찌 그냥 지나가랴. 본성과 감정에 솔직한 여자를 보는 것은 처음엔 당혹스럽지만 시간이 지날수록 점점 편안하고 심지어 유쾌한 일이 되어 가고 있다. 이완 역시 아랫배를 쥐어뜯는 허기를 느꼈다. 지금까지 겪어보지 못했던, 강렬하고 복합적인 허기였다.

나이를 짐작할 수 없는 여자가 한쪽 구석에 쭈그리고 앉아, 화로에 불을 피워 놓고 음식을 만들고 있었다. 민호가 내놓은 1원짜리 지폐 두어 장에 여자의 눈이 번쩍 뜨였다. 민호는 그 자리에서 구운 떡과 녹두전을 허겁지겁 먹기 시작했다.

'이건 시간 이동의 후유증도 아니고 내가 걸신이 들려 그런 것도 아냐.'

민호는 속으로 고시랑거렸다. 이건 어디까지나, 절대적으로 하루 종일 고달픈 일정에 시달린 내 몸이 주장할 수 있는 당연한 권리……라기엔 좀 뻘쭘한 것이, 저 사람은 정말 왜 아무것도 안 먹는 걸까?

민호는 옆에 엉거주춤 앉아 물끄러미 자신을 쳐다보는 사내에게 부침 조각을 찢어 나누어 주었다. 그는 길거리 음식이 영 내키지 않는 모양이었으나 그녀가 내미는 부침 조각은 잠자코 받아먹었다. 부침개 한 조각을 먹을 때도 정말 조용하게, 얌전하게 씹어 삼킨다. 무슨 남자가 먹는 것도 저래. 사나이라면 파워! 먹는 것도 파워 넘치게 먹어야 멋지지 않은가.

하지만 정당화를 해 보았자 요란한 소리를 내며 먹던 게 창피해졌다는 건 어쩔 수 없었다. 민호가 갑자기 입을 오므리고 오물오물 씹기 시작하자 이완이 입술을 실룩실룩하며 웃음을 참는다.

"그냥 드시던 대로 드세요. 왜 갑자기 조신을 떨어요."

"이거 왜 이래. 내가 항상 그렇게 터프하지는 않아. 배가 너무 고프지만 않으면 나 원래 우아 쩌는 처자야."

"배가 안 고플 때가 없었잖아요. 터프해도 멋지니까 원래대로 드세요."

민호는 부침개를 먹다 말고 입을 쩍 벌리고 말았다. 환상은 딱 1초 만에 깨졌다. 터프해도 멋지다고 발린 소리를 해 대던 인간이 눈썹을 확

497

찡그리더니 음식을 먹다 말고 입을 쩍 벌린다고 잔소리를 해 대기 시작했던 것이다. 그러면 그렇지. 민호는 콧김을 애잔하게 뿜으며 다시 먹는 일에 집중했다.

민호가 배부르게 먹을 때까지 말없이 기다리던 그는, 점포에서 파는 주먹밥과 떡, 말린 생선, 은행구이와 마른 대추, 부침개 따위를 두서없이 사서 시커먼 보따리 속에 넣기 시작했다.

"비상식량이야? 많이 사! 많이 사도 지금은 안 쉬어."

"예."

"어떤 일이 있어도 그 보따리는 잃어버리면 안 돼. 내가 들고 다닐까?"

"알겠습니다. 잘 챙길 테니 걱정 마세요."

"죽는 한이 있어도. 그거 잃어버리면 길 가다가 민가 없는 곳에서 굶어 죽을지도 몰라."

"……예. 걱정 마시라니까요."

민호는 고개를 갸웃했다. 뭔가 점점 수상하다. 저렇게 짜증도 안 내고 수긋하게 대답할 사람이 아닌데?

보따리 밑에서 무언가 흥건하게 국물이 흘러나오고 있었다. 지금 저 사람이 산 것 중에선 국물 흐르는 게 없는데? 생각하던 민호는 입을 살그머니 가렸다. 아이고, 맙소사. 점심때 밥집에서 얻어 온 것 중 재강이 있었다. 막걸리는 안 된다고 하도 펄펄 뛰어서, 비상식량 겸해서 막걸리 거른 찌꺼기를 두 덩어리 얻어 왔었다. 꼭꼭 짰다 해서 괜찮을 줄 알았는데 결국은 저 꼴이 되었나 보다. 시큼한 냄새까지 풍기는 것이 여간 고약하지 않다.

드디어 그가 코트를 내려다본다. 얼룩이 든 것을 발견하고, 보따리를 본다. 눈썹이 잠깐 꿈틀, 춤을 추었다. 보따리를 들어 올리고, 흥건하게 젖은 얼룩에 코를 대고 냄새를 맡아 보기도 한다. 하지만 이내 한숨을 쉬고는 민호 쪽으로는 시선을 한 번 주고 보따리를 내렸다. 성질대로라면 저놈의 보따리를 진작에 팽개치고 한바탕 야단을 했어야 옳은데.

"우와, 미안해서 어떡해. 거봐, 내가 든다고 했잖아. 난 검정치마라 괜찮았을 건데!"

"세탁하면 됩니다. 신경 쓰지 마세요."

이제는 확신할 수 있다. 저 속에 든 건 박이완이 아니다. 가난한 사람들에게 제비를 시켜서 금으로 만든 옷을 나눠 주었다는 벌거벗은 왕자님의 영혼이, 저 잘생긴 얼굴에 혹해서 내려앉은 게 분명하다.

"그 머리로 굴려 봤자 생각하는 거 다 보입니다. 엉뚱한 생각 말고 따라오기나 하시죠."

그가 등을 돌리고 앞장서며 툭 내뱉었다. 아, 빙의의 시간은 아쉬울 정도로 짧았다.

흐릿하고 쌀쌀하던 바람이 조금 더 매워지나 싶더니 눈송이가 푸슬푸슬 날리기 시작했다. 눈이 온다고 천하태평으로 강아지처럼 날뛰기에, 민호는 서바이벌 경험이 지나치게 많았다. 걸어갈수록 인적이 휑한 들판이 이어지면서 눈발이 점점 굵어지기 시작했다.

민호는 이완의 뒤를 졸졸 따라 걸었다. 뒤처져서 걷는 성격은 아니었지만 일단 길이 좁았고, 저 사람이 앞장선 길을, 뒷모습을 보며 따라가는 것이 의외로 좋았다. 짙은 회색의 긴 코트 자락이 일정한 모양으로 움직였다.

적당히 마른 체형이라 생각했는데 생각보다 어깨도 넓고 몸의 비율도 멋있었다. 걸을 때 허리를 곧게 펴고, 고개를 위로 들고 있기 때문에 사람이 훤칠하고 당당하게 느껴졌다. 가다가 적당히 뒤를 돌아보아 민호가 잘 따라오고 있는지 확인도 한다. 시선이 한두 번 마주칠 때마다 고개를 싹 돌리고 다시 걸음을 빨리하는 것만 빼면 함께 이렇게 걸어가는 것도 나쁘지는 않은 것 같다.

눈발이 점점 굵어졌다. 바닥에 밟히는 감각이 조금씩 폭신해졌다. 사방은 점점 조용해지고, 이완이 남긴 발자국이 눈에 보일 정도가 되었다.

날이 점점 추워지면서 손발이 시리기 시작했다. 치마저고리엔 주머니가 없었고, 그렇다고 고쟁이 주머니에 손을 넣고 다닐 순 없는 노릇이었다. 그녀는 발을 탁탁 구르면서 손을 열심히 비비다가 뺨에도 대 보고 후후 불어 보기도 했다. 갑자기 조용한 목소리가 들렸다.

"손, 잡아요."

민호는 눈을 커다랗게 떴다. 무슨 못 들을 말을 들은 것 같다. 폭신한 눈이 사방을 잠식하고 있어서 차고 쌀쌀하게만 들리던 저 사람의 목소리가 몹시 부드럽고 은은하게 들렸다. 이완은 다시 손을 내밀었다.

"손 시리잖아요. 잡으세요."

민호는 어색한 얼굴로 한 손을 내밀어 그의 손을 잡았다. 손 시리니까 잡아 준다 한 주제에 그의 손도 똑같이 차가웠다. 손가락이 선비처럼 가늘다고 생각했는데 자신을 잡은 손에서 꽤 억센 힘이 느껴졌다. 그는 민호의 손을 끌어당겨 외투 주머니에 넣었다. 길이 그리 넓지 않아 두 사람은 어깨를 바짝 맞대고 걸어야 했다. 손을 지그시 눌렀다 풀리는 힘이 왔다 갔다 한다. 손이 얼어 있으니 주물러 주는 건가.

대체 이걸 어떻게 해야 할지 모르겠다. 속에서 보글보글 화산이 끓고, 손을 빼야 할 것도 같고, 그냥 두어야 할 것도 같다. 이 사람이 왜 평소 안 하던 짓을 해서 내 복장을 지르나. 하지만 그냥 빼기는 또 너무 아깝다. 주무르는 손에서 조심성이 걷혀 갈 때, 민호는 침을 꼴깍 삼켰다.

그래, 내 인생에 이런 경험을 또 언제 해 보겠어. 그냥 3등이나 4등

로또를 받았다고 생각하지 뭐, 그래. 인생에 한 번쯤, 저렇게 멋진 사람이 손을 조몰락거리고 잡아 주는 일이라도 있어야 태어난 보람이 있지 않겠느냐. 그렇게 생각하니 조금 서글프기도 해서 민호는 코를 크게 훌쩍였다. 입에서 하얗게 입김이 쏟아졌다. 뒤를 돌아보니 길게 두 쌍의 발자국이 나란히 얽혀 있다. 기분이 묘했다. 순간 속에서 꾸룽꾸룽 천둥 치는 소리가 들렸다.

"배고파요?"

모처럼 분위기 잡는데, 쪽팔리게 창자들이 협조를 해 주지 않는다. 하긴. 분위기고 나발이고 저 사람 앞에서 밑천 털린 게 한두 개냐. 첫 만남에서부터 무식을 총총 인증하며 창피를 당했고, 자수비단뽕 사태로 절벽 가슴을 제대로 인증했으며, 만난 지 이틀 만에 뭔 생리대 증후군인지로 업혀 갔고, 유치원에서 잘리는 꼴이며, 월세까지 밀려 가며 거지같이 사는 꼴도 모조리 들통이 나지 않았느냐. 밑천을 털린 사람한테 창자 우는 소리쯤이야 무에 그리 대수랴.

"당삼 배고파. 존나리 고프지."

코가 불그스름해진 남자가 보일락 말락 웃더니 국물로 지저분해진 보따리를 바위 위에 놓고 먹을 것을 주섬주섬 꺼내 건네주었다. 두 사람은 차가워진 떡과 부침개, 주먹밥들을 아껴 가며 먹었다. 민호가 그 대부분을 먹고 민호보다 덩치가 큰 사내는 그녀보다 훨씬 적게 먹었다.

민호는 앞서 가는 사내가, 자신이 아침 일찍 싸서 넣어 둔 주먹밥을 조금씩, 천천히 떼어 먹고 있다는 것을 알았다. 저 사람도 눈이 뒤집히게 배가 고픈 모양이다. 그렇지 않고서야 저렇게 지저분하게 싸 온 것을 먹을 리가 없다. 고개를 약간 수그리고 걷고 있는 사내의 턱이 느릿느릿 움직였다. 소금 간에 김치와 장아찌 몇 조각이 들어간 게 다인데, 세상 맛있는 것을 먹는 것 같았다.

"맛있어?"

"예."

"그게 맛있어?"

"……댁이 만들어 놓고 그렇게 말하고 싶습니까?"

"뭐, 아니, 생각하고 달리 잘 먹는다 싶어서. 그런 거 입도 안 댈 줄 알았어."

"어릴 때 더 심한 것도 먹어 본 적 있어요. 그때도 세상모르고 맛있게 먹었죠."

"미국 애들한테 이런 걸 먹인다고? 혹시 보이스카우트 어린이 캠프 같은 거에서, 한 사흘쯤 굶기고 이런 주먹밥 먹이나?"

하하, 짧은 웃음이 터졌다.

"어렸을 때 한 일주일인가? 도보 여행을 한 적이 있었어요. 그때 별 걸 다 먹어 봤었습니다."

"일주일? 어린애한테 그런 걸 시킨다고? 대단들 하네. 국토종주라도 할 생각이었나?"

이완은 입술을 실룩거렸다. 웃으려 애를 쓰는 것 같은데 웃음이 잘 안 나오는 듯했다. 눈치를 챈 민호가 조심스럽게 입을 다물었다. 이완은 목소리를 가다듬고 조용히 말했다.

"그래도 그때가 그리워요. 여행 기간이 한 달쯤으로 더 길었으면 기억나는 게 더 많았을 텐데. 이상하게 어렸을 때 일은 기억이 잘 안 나네요."

"어렸을 때 기억은 나도 당연히 안 나."

"제가 민호 씨보다 기억력은 음, 아주 조금, 아주 조금 더 좋은 것 같습니다. 다른 건 기억 잘 합니다."

이완은 피시시 웃으며 말했다.

"어, 이건 기억난다. 유치원에서 굉장히 잘생긴 남자애가 있었는데, 이름이 순구였나 문구였나 그랬어. 근데 성질은 굉장히 지랄이었는데, 얼굴만 보면 자동으로 '네 죄를 사하노라' 모드가 되는 거야. 하여간 그래서 내가 문방구에서 산 꽃반지 들고 결혼하자고 들이댄 적이 있었어. 열 번 찍어 안 넘어가는 나무 없다고 오빠들이 그래서, 한 며칠 따라다니면서 가방도 들어 주고 물도 떠 주고 그랬는데."

"도대체 그놈의 얼굴 밝힘증은 어떻게 안…… 아, 네. 그래서요."

"애가 다음 주에 유치원에 안 나오고 그 집 엄마가 왔어. 난 이틀 후에 반이 바뀌었고. 그런 기억은 난다."

"그놈이 멍청해서 다행이군요."

이완은 알쏭달쏭한 대답을 했다.

"박 실장님은 어렸을 때 그렇게 프러포즈한 친구 없어?"

민호의 질문에 이완은 팔짱을 끼고 웃었다.

"제가 좀 조숙했습니다. 이모한테 프러포즈를 했었지요."

"……뭐?"

"왜 애들이 '나 커서 엄마하고 결혼할래' 하잖아요. 그런데 엄마한테는 그 말이 안 나오더라고요. 그런데 이모님이 꽤 예쁘고, 멋있었어요."

"개족보 만들 뻔한 주제에 조숙은 개뿔이래. 아, 맞다. 박 실장님 이상형이 이모 같은 사람이라며?"

"……앤디……한테 들었습니까?"

갑자기 이완의 얼굴로 열이 확 올랐다. 민호는 싱긋 웃으며 말을 돌렸다.

"이모는 지금 어디 사시는데?"

"안 계십니다. 이모는 저를 아버지에게 데려다주시고 경찰에 쫓기다가 돌아가셨어요. 만난 지 일주일 만에, 그것도 제 눈앞에서요."

아아. 세상에. 민호는 말끝을 흐렸다. 이완은 보일락 말락 웃으며 덧붙였다.

"아마…… 저 때문이었을 겁니다."

○ ● ○

눈가와 입가에 주름이 팬 사내가 이완을 안아 올리며 뺨을 비볐다. 이완의 계부는 키가 크지 않았고, 마른 사람이었다. 콧잔등이 낮아 썩 보기 좋은 얼굴은 아니었다. 아는 것이 많은 것에 비해 말수가 무척 적었다. 하지만 어머니를 지극히 사랑했고, 이완을 끔찍이 위해 주었다.

골동품을 다루었던 그에게는 옛날 물건과 오래된 LP 음반들이 가득했다. 일찍 퇴근한 저녁이면 이완을 품에 푹 끌어안고 함께 음악을 들었다. 카잘스의 무반주 첼로 조곡 초판 LP가 있었는데, 아버지는 그것을 구했다는 것에 큰 자부심을 갖고 있었다. 그는 그것을 들으면서 소년의 발바닥을 간질이거나, 얼굴을 바짝 대고 비비는 것을 좋아했다. 이완은 그의 약간 거칠거칠한 턱의 감촉까지 좋아했다.

계부는 한국의 골동품을 거래하는 사람이었다. 음악도 좋아했다. 집에는 커다란 첼로가 있었다. 항상 반질반질 윤이 났던 첼로에서는 크고 은은한 소리가 났다. 바짝 마른 아버지가 커다란 첼로를 끌어안고 연주하는 모습은 퍽 신기했다. 이완은 그가 만들어 내는 음악으로 거실이 꽉 차는 그 느낌을 좋아했다. 신경질이 많고 무서운 어머니도 그때만큼은 조용히 앉아 눈을 감고 음악을 들었다.

이완은 엄마를 좋아하지 않았다. 아니, 좋아하지 않았다기보다 무서워하는 쪽에 가까웠다. 엄마는 키도 작고 몬스터처럼 생긴 데다 기분이 아침저녁으로 널을 뛰었고, 대체로 쌀쌀맞고 신경질적이었다.

이모는 엄마의 동생이라는 것이 믿어지지 않을 정도로, 굉장히 예쁘고 마음씨가 고왔다. 세련된 옷차림에 늘씬하고 후리후리한 데다 은은하게 화장을 했는데 눈이 튀어나오는 줄 알았다. 반짝반짝 빛나는 귀고리와 진주 목걸이, 상큼한 향수, 무릎까지 오는 분홍색 치마, 윤기가 반지르르한 흰색 털코트, 굽 높은 구두. 이모는 옷차림이 흐트러지는 것도 아랑곳하지 않고 이완을 번쩍 안아 올려 빙빙 돌려 주고, 뺨이 빨갛게 될 때까지 뽀뽀를 해 주었다.

이모는 이완에게 처음 들어 보는 노래와 재미있는 게임을 가르쳐 주었다. 옛날이야기도 어찌나 구성지게 들려주는지 이완은 생전 처음으로 침을 흘리는 것도 모르고 시간을 보냈다. 이완은 이모가 웃을 때마다 눈이 물결 모양으로 가늘어지면서 눈꼬리가 위로 올라가는 그 모습이 참 예쁘다고 생각했다.

"보지 마!"

눈앞이 깜깜해졌다. 뿌아아, 뿌아, 뿌아아. 끼르르, 끼르르르, 끼륵. 귀청이 찢어질 듯한 소리가 귓속에서 뭉쳤다. 쇠가 갈리는 소리와 비슷한 비명이 귓청을 찢었다.

"보지 마, 아가, 보지 마. 듣지 마. 고개 돌리지 마."

꽉 끌어안고 있는 이모의 몸이 덜덜 떨리는 것이 느껴졌다.

계부와 어머니가 어떻게 되었는지 보지 못했다. 이모의 품에 안겨 있던 소년은 그 시간에 대한 기억을 조각조각 잃었다. 이모는 코끝과 눈가가 새빨개진 얼굴로 활짝 웃으며 손을 내밀었다.

"자, 씩씩한 사나이, 우리 집에까지 신나게 걸어가 볼까?"

"엄마 아빠는 어떻게 되었나요?"

밝고 경쾌하던 목소리가 살짝 무거워졌다.

"엄마 아빠는 지금 우리와 함께 가지 못해. 그래도 네가 한 군데도 다치지 않아서, 이모는 정말 다행이라 생각해."

"이모?"

"이모하고 함께 가자. 일단 아무 생각 하지 말고, 집에 돌아가는 것만 생각하는 거야."

다정하고 부드럽지만 한편으론 단호한 목소리였다. 이완은 고개를 수그리고 몰래 눈물을 떨어뜨렸다. 일곱 살 소년에게 이별은 명확하고 구체적인 사실로 다가왔다기보다, 커다랗게 덩어리진 무겁고 슬픈 감정의 전이로 먼저 다가왔다. 이모는 이완을 번쩍 안아 올려 뺨에 뽀뽀를 해 주더니 영차, 등에 둘러업고 코트를 허리에 감았다.

"대신, 너는 사랑하는 사람들을 더 많이 만나게 될 거야. 사람들은 모두 사랑하는 사람을 중간중간 잃어버리고, 새로 만나면서 산단다. 그러니까, 너도 아무 걱정 말고 앞으로 가는 거야."

기억은 조각조각 파편처럼 흘러 다니며 드문드문 이어졌다. 이완은 이모와 함께 가는 동안 생전 먹어 보지 못한 것을 수도 없이 먹었다. 이게 뭐냐고 끝까지 물어 대는 소년에게 이모는 풀기 어려운 수수께끼를 잔뜩 내 주고 그것을 풀어야만 무엇인지 알려 주겠다 내기를 걸었다.

자잘한 말 유희에서부터 달에는 무엇이 살고 있는가에 대한 질문까지 범위가 몹시 넓었고, 자칭 백과사전파라 자신하던 이완이 풀 수 없는 문제가 너무 많았다. 이완은 3일이 지나면서부터 입에 들어오는 것이 무엇인지 묻지 않았고, 엄마와 의붓아버지를 찾지도 않았다.

천신만고 끝에 집에 도착했을 때, 곱던 이모는 거의 만신창이가 되어 있었다.

"이모는 저를 뉴욕에 사는 생부에게 데려다주었어요. 제가 지금 사는 집이죠. 그때 아버지하고, 앨버트하고 같이 있었는데 셋이 몹시 다투었던 것 같아요. 그러다가 경찰이 이모를 잡으러 왔고, 그때 이모는 건물 밖으로 떨어져서 돌아가셨어요. 아무리 어려도, 좋아하던 가족이 눈앞에서 죽는 것을 보는 건 끔찍한 일이에요. 바닥에 흥건하게 고여 있던 핏자국이 아직도 생각나요."

"……"

"그때, 전 한 달 넘게 실어 증세를 보였다고 해요. 뉴욕으로 이사 와서 엄청 바뀐 환경에 적응하는 데도 반년이 넘게 걸렸고요. 지금 생각해도 로스앤젤레스와 뉴욕의 수준이 엄청나게 달랐던 것 같고, 모든 걸 새로 배우는 기분이었어요. 아는 사람 하나 없고, 아버지는 걸핏하면 손찌검이니 적응도 쉽지 않았었죠. 좋은 추억이라기보단 구질구질합니다."

민호는 고개를 들어 이완의 얼굴을 쳐다보았다. 피로와 추위에 지친 얼굴은 그래도 담담해 보였다. 하지만 민호의 시선이 닿자 그는 고개를 돌리고 한 손으로 마른세수를 했다.

부모와 이모가 죽은 것을 받아들이지 못한 소년은, 하루의 대부분을 책상 밑에 박혀서 자신을 데리러 온다는 이모가 오기만 애타게 기다렸다.

몇 주가 지나서야, 앤드류가 책상 밑으로 살그머니 기어들어 와 입술을 달싹거렸다.

"이완, 이런 말 해서 정말 미안해. 아버지가 그냥 내버려 두라고 했지만 네가 사실을 알아야 할 거라고 생각해."

동갑내기 소년의 눈에는 그렁그렁 눈물이 괴어 있었다.

"미안해. 이모님은 그때 총 맞고 창밖으로 떨어져서 바로 돌아가셨어."

"이모는 오실 거야."

이완은 책상 밑에 박혀서 덜덜 떨며 고집스럽게 중얼거렸다.

"의붓아버지도, 엄마도 다시 만나러 갈 거야. 내가 커서 훌륭한 사람이 되면, 이모가 다시 만나게 해 준다고 약속했어. 이모는 거짓말 안 한댔어."

"이완, 의붓아버지랑 엄마도 돌아가셨대. 정말이래. 사실 너도 잘 알잖아."

쇠가 갈리는 이명이 다시 길게 이어졌다. 이완은 귀를 막았다. 끔찍한 장면들을 머릿속에서 뭉개기 위해서는 혼신의 힘을 짜내야 했다.

"사람들이 너 자꾸 이상하다고 한단 말이야. 뭐가 씌었다고 수군거린다고. 바보천치라고 한단 말이야. 아닌 거 알아. 넌 그냥 울고 싶은 거잖아. 그런 건 나와서 울어도 된단 말이야."

앤드류는 그의 손을 잡아끌며 콧물을 흘리며 울기 시작했다. 이완은 자기 대신 울어 주는 소년을 한참 동안 바라보다가 엉금엉금 기어 나왔다.

앤드류는 울고 있는데, 그걸 보면서도 정작 자신은 눈물이 잘 나오지 않았다. 엄마, 아빠, 이모가 죽은 것을 대신 울어 주고 있는 건가? 이완은 이제 그 사실을 받아들여야 한다는 것을 알았다. 속에서 살고 있는 작은 불들이 하나씩 꺼지다가, 마지막으로 남은 하나마저 꺼져 깜깜해진 기분이었다. 짠물이 넘실넘실 출렁이는 가슴에 돌멩이들이 꽉꽉 들어차기 시작했다. 무덤처럼 높게 쌓인 돌멩이의 무게로 가끔 숨이 답답했다. 눈물은 끝까지 나오지 않았다.

첼로의 선율에 마음을 빼앗긴 것은, 자신을 몹시도 사랑했던 계부에 대한 그리움과 상실감을 채우기 위해서였다. 하지만 인간의 음성을 가장 많이 닮았다는 악기에서 나오는 음색은 태생부터 짠물에 흠뻑 젖어 있었다. 그는 계부가 좋아했던 악기에 침잠해 있으면서도 그 음색을 온전히 좋아할 수는 없었다.

어느 날 밤늦게 들어온 제임스는 오밤중에 첼로를 붙잡고 있던 아들을 발견했다. 열세 살 된 소년은 헨델의 라르고를 연습하고 있었다. 늙은 아비는 그날 하룻밤에 2만 달러를 잃어버린 상태였다. 음악은 궁상맞고 처량하고 축축 늘어졌다.

소년이 대여해서 쓰고 있는 6/7사이즈 첼로가 술 취한 사내의 손에 의해 부서졌다. 이완은 그날 밤 죽기 직전까지 폭행을 당했다. 아비의 폭행에는 늘 마땅한 이유가 없었고, 술과 분노에 잠긴 그에겐 폭주를 누를 이성이 없었다.

오늘은 이대로 죽을 거라는 생각이 들었다. 자신을 제어하던 끈이 끊어지던 순간, 이완은 아비의 손에 들린 피 묻은 벨트를 뺏어 그의 목을 졸랐다. 아비의 눈이 뒤집힐 지경이 될 즈음, 이완은 손의 힘을 풀고 그대로 실신했다. 제임스는 그 일로 금고형과 1년간 접근금지명령을 받았다.

이완은 2주 가까이 병원의 침대에 누워 상처가 아물기를 기다렸다. 머릿속은 병원 천장의 색깔처럼 하얗기만 했다. 그는 다시 입을 다물었고, 정신과 치료를 병행해서 받아야 했다.

음악이 듣고 싶었다. 카잘스의 바흐가 듣고 싶었다. 병원으로 찾아온 앤드류에게 바흐의 무반주 첼로 조곡과 헨델의 라르고를 종잇조각에 적어 부탁했다. 앤드류가 작은 CD에 구워 온 음악을 들으며, 소년은 흰 천장을 하염없이 바라보았다. 인간의 음성을 닮은 현의 노래는 사람들의 삶처럼 슬프고 잔인하며, 고단하기도 했다. 거의 2주일 내내 그는 헤드셋을 머리에 끼고 누워 있었다.

볕이 좋은 날이었다. 창문으로 들어온 햇빛이 느껴졌다. 햇빛을 받은 천장이 유난히 희었다. 이유도 없이 툭, 눈물이 터졌다. 하지만 당황스럽지는 않았다. 어쩐지 이런 시간이 올 것을, 또 다른 자신은 알고 있었던 것 같았다.

그는 한 낱의 소리도 스며 나오지 않게, 지독히도 조용하게 울었다. 눈물은 눈꼬리를 타고 한없이 흘러 베개를 풍덩 잠길 만큼 적셨다. 온몸의 수분이 모조리 빠져나갔나 싶을 지경이 되자, 가슴을 차지하고 있던 돌무더기가 거대한 화석처럼 굳어 버린 것을 알게 되었다. 하지만 이제 무얼 어쩌랴 하는 담담한 마음이 들었다. 싸늘하고 결백한 병실 천장이 처음으로 마음에 들었다.

대답이 들리지 않는다. 아니, 아까부터 대답은 들리지 않았다. 비단실처럼 가는 소리가 한 가닥 공기 중으로 흐른다. 이완은 여자를 돌아보았다. 여자는 걸음이 한참 느렸다. 고개를 수그리고 손등으로 눈을 문지르고 있었다.

이완은 잠시 자리에 서서 눈을 맞으며 울고 있는 여자를 지켜보았다. 참 눈물도 많지. 저리 속이 헤퍼서 이 세상을 어찌 살까. 이완은 한 걸음, 두 걸음 뒤로 걸어갔다. 어깨를 움씰대고 있는 여자에게 가만히 팔을 얹었다.

"옛날 일에 괜히 아깝게 눈물 낼 것 없습니다."

메마른 목소리에 비하면 어깨를 두르고 있는 팔과 손은 따뜻했다.

"어차피 다 사라진 사람들의 이야기 아닙니까. 덕희 씨와 전영호, 박부전 씨의 사연들과 마찬가지로, 의붓아버지, 어머니, 이모님, 다 죽어 없어진 사람들의 이야기입니다."

민호는 살짝 잠긴 소리로 울음을 삼켰다.

"그렇게 생각하면 좀 덜 슬퍼? 편해? 좋아?"

"화석이나 미라를 보고 슬퍼할 이유는 없으니까요."

여자의 눈에서 짠물이 하염없이 흘러 동정께로 떨어졌다. 이완은 입을 꽉 다물고 눈을 내리깔았다. 한참을 망설이다가, 주머니를 더듬어 수건을 꺼냈다. 그는 수건을 꺼내고도 또 한참 머뭇거리다가 그것을 민호의 뺨에 갖다 대었다. 눈발이 두 사람의 어깨 위로 팔랑팔랑 쌓였다.

민호는 사양도 없이 그의 팔에 얼굴을 푹 들이밀었다. 그의 소맷부리가 눈물과 콧물로 흥건히 젖어 갔다. 이완은 엉성하게 팔을 둘러 민호의 등을 두드렸다. 민호가 얼굴을 비비며 코를 훌쩍이는 소리를 낼 때마다 그의 몸이 딱딱하게 긴장하는 것이 느껴졌다. 아차. 이 사람, 지저분한 것을 싫어하는 결벽증 환자였지. 민호가 조심스럽게 몸을 떼려 할 때, 이완은 민호를 붙안은 팔에 힘을 주었다.

"이모는, 제가 사랑하는 사람을 잃어버린 만큼, 새로이 만나게 될 거라 했어요."

이완은 조용히 중얼거렸다.

"이제 당신을 보면, 돌아가신 이모님이 생각나요."

〈2권에서 계속〉

타임 트래블러 1

2판 1쇄 찍음 2022년 7월 1일
2판 1쇄 펴냄 2022년 7월 8일

지은이 | 윤소리
펴낸이 | 정 필
펴낸곳 | (주)뿔미디어

출판등록 | 2002년 9월 11일 (제1081-1-132호)
주소 | 경기도 부천시 소향로17, 303(두성프라자)
전화 | 032)651-6513 팩스 | 032)651-6094
E-mail | bbulmedia@hanmail.net
블로그 | http://blog.naver.com/dahyangs
비북스 | http://b-books.co.kr

값 13,000원

ISBN 979-11-315-3453-3 04810
ISBN 979-11-315-3452-6 04810 (SET)